스티븐 프라이의
그리스 신화

영웅 이야기

옮긴이 **이영아**

서강대학교 영어영문학과를 졸업하고 성균관대학교 사회교육원 전문 번역가 양성 과정을 이수했다. 현재 전문 번역가로 활동하고 있다. 옮긴 책으로 『누군가는 거짓말을 하고 있다』, 『몹쓸 기억력』, 『쌤통의 심리학』, 『민주주의는 여성에게 실패했는가』, 『라이프 프로젝트』, 『걸 온 더 트레인』, 『행복은 어떻게 설계되는가』, 『도둑맞은 인생』 등 다수가 있다.

스티븐 프라이의

그리스 신화

스티븐 프라이 지음 ✣ 이영아 옮김

영웅 이야기

HEROES

현암사

우리가 들어보지 못한 모든 영웅들에게.
당신도 그중 하나일 것이다.

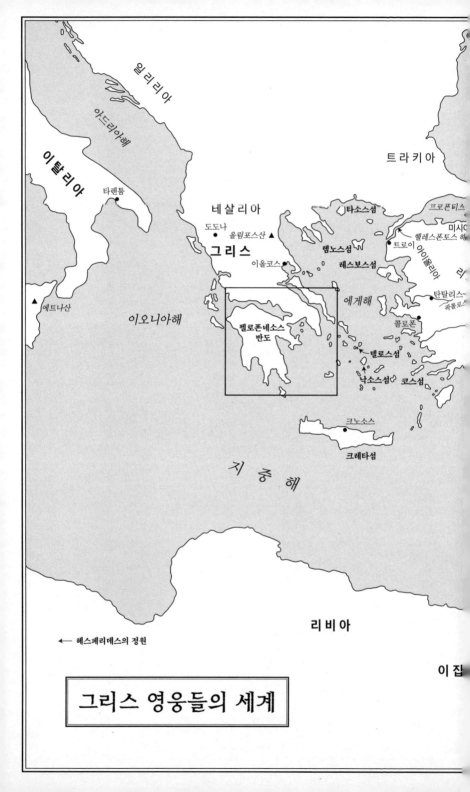

그리스 영웅들의 세계

차례

헤라클레스의 과업

벨레로폰

오르페우스

이아손

아탈란타

오이디푸스

테세우스

테세우스의 과업

올림포스 신들

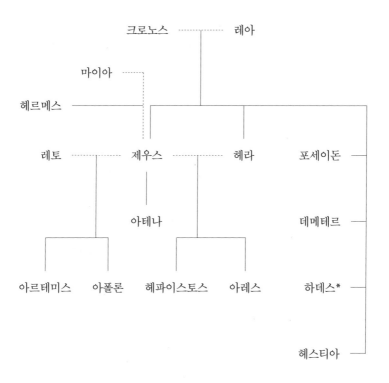

크로노스 ········· 레아

마이아 ·······
헤르메스 ────

레토 ········· 제우스 ········· 헤라   포세이돈 ──

아테나   데메테르 ──

아르테미스   아폴론   헤파이스토스   아레스   하데스* ──

헤스티아 ──

우라노스의 생식기

아프로디테

---

*   하데스는 지하세계에서만 지냈기 때문에 엄밀히 말하면 올림포스 신이 아니다.

일러두기

- 각주 가운데 옮긴이주는 문장 끝에 '옮긴이'라고 표시하였다. 그 외의 각주는 모두 저자주이다.
- 이 책에 나오는 신들의 이름은 그리스어 발음대로 적었으나, '님프'와 같이 널리 쓰이는 경우에는 일반적 관례를 따르기도 하였다.

머리말

이 책은 만물의 시작, 티탄족과 신들의 탄생, 인류의 창조를 이야기한 『스티븐 프라이의 그리스 신화』 1권에 이어지는 속편이라 할 수 있다. 전작을 읽지 않았어도 이 책을 이해하고 즐기는 데는 무리가 없고, 주석들을 통해 전편에 담긴 이야기와 인물, 신화적인 사건을 더 자세히 알 수 있을 것이다. 주석이 독서에 방해가 된다고 하는 사람도 있지만, 저번 책에서 주석을 재미있게 본 독자들이 많았다고 하니 이번에도 즐겁게 읽어주기를 바란다.

신화 속의 그리스 인명이 어색하게 느껴질지도 모르겠다. 가능하면 쉽게 발음할 수 있는 방향으로 표기했다. 현대 그리스인들은 우리가 그들의 멋진 이름을 어떻게 부르고 있는지 알면 깜짝 놀랄 테고, 각자의 방식으로 고대 그리스어를 읽는 독일, 프랑스, 미국 등지의 독자들은 이 표기가 의아할 수도 있을 것이다. 하지만 이 책의 표기는 어디까지나 참고 사항일 뿐……. 에디푸스라고 부르건 이디푸스라고 부르건, 에피다우로스이건 이비타프로스이건, 필록테테스이건 필록티티스이건, 인물과 이야기의 본질에는 변함이 없다.

이야기를 시작하며

제우스가 옥좌에 앉아 있다. 그는 하늘과 세상을 다스린다. 그의 누이이자 아내인 헤라는 그를 다스린다. 그의 가족인 나머지 열 명의 올림포스 신들은 인간계를 나누어 맡아 통치한다. 신과 인간이 공존하던 시절에 신들은 인간들과 함께 땅을 밟고, 인간들의 벗이 되고, 인간을 능욕하고, 인간과 짝을 짓고, 인간을 벌하고, 인간을 괴롭히고, 인간을 꽃, 나무, 새, 벌레로 둔갑시켰다. 그들은 우리 인간과 소통하고 교류하고 얽이고 교배하고 스며들어가며 모든 면에서 인간사에 개입했다. 하지만 시간이 흘러 시대가 변하고 인류가 성장하고 번영하면서, 이런 상호 관계는 서서히 느슨해졌다.

우리가 이제 들어선 시대에도 신들은 여전히 인간 주위를 맴돌며 애증으로 얽히고, 멋대로 인간의 운명을 결정하고, 인간계를 어지럽힌다. 그러나 프로메테우스에게 불을 선물받은 인류는 각자의 일을 스스로 꾸려나가고, 별개의 도시 국가, 왕국, 왕조를 건설할 수 있게 되었다. 이 불은 쇠를 제련하고 벼려 물건을 만드는, 뜨거운 힘을 가진 실재의 물질이지만, 동시에 내면의 불이기도 하다. 프로메테우스 덕분에 우리는 신의 전유물이었던 신성의 불씨, 창조의 불, 의식을 갖게 된 것이다.

스티븐 프라이의 그리스 신화: 영웅 이야기

황금시대는 영웅의 시대가 되었다. 영웅들은 자신의 운명을 이해하고, 용기와 뛰어난 재간, 야망, 남다른 날렵함과 힘 같은 인간적 자질을 이용하여 놀라운 공적을 세우고, 무시무시한 괴물을 무찌르고, 위대한 문화와 계보를 일으켜 세상을 바꾼다. 그들의 대변자 프로메테우스가 하늘에서 훔친 신성한 불이 그들 안에서 타오른다. 그들은 부모인 신을 두려워하고 존경하고 숭배하면서도 마음 한구석으로는 자신들이 신을 상대할 수 있음을 알고 있다. 바야흐로 인류의 십 대 시절이 시작된 것이다.

우리를 만들고 우리의 친구이자 대변자가 된 프로메테우스는 계속 끔찍한 형벌을 받는다. 산의 암벽에 족쇄로 묶인 채, 매일같이 맹금이 하늘에서 날아 내려와 바로 눈앞에서 자신의 간을 쪼아 먹는 꼴을 지켜봐야 한다. 그는 불멸의 존재이기에 밤사이 간은 재생되고 다음 날에도 똑같은 고문이 시작된다. 그다음 날에도.

'사전 숙고'라는 뜻의 이름을 가진 프로메테우스는 이제 인간 세계에 불이 생겼으니 신들의 시대가 얼마 남지 않았다고 예언했다. 벗의 반항에 제우스가 그토록 분노한 이유는 깊은 상처와 배신감 때문만은 아니었다. 인간에게 신이 필요 없어지는 날이 올지도 모른다는 뿌리 깊은 두려움이 끈질기게 그를 괴롭히고 있었다.

프로메테우스는 자신이 언젠가 해방되리라는 것도 알았다. 어느 필멸의 인간 영웅이 산에 와서 족쇄를 깨부수고 그를 자유롭게 풀어주리라. 둘이서 함께 올림포스 신들을 구원하리라.

그런데 왜 신들을 구원해야 하지?

유구한 세월 땅 밑에서는 깊디깊은 분노가 끓어오르고 있었다. 티탄족 크로노스가 아버지인 태곳적 하늘의 신 우라노스를 거세해서 그의 성기를 그리스 너머로 휙 던졌을 때 핏방울과 정액이 떨어진 곳에서 거인들이 태어났다. 땅에서 튀어나온 이 '지하' 존재들은 그들이 언젠가 크로노스의 건방지고 아니꼬운 자식들인 올림포스 신들의 권력을 빼앗으리라 믿는다. 거인들은 거사를 일으켜 올림포스를 정복하고 군림할 날을 기다리고 있다.

프로메테우스 역시 눈을 가늘게 뜨고 태양을 바라보며 때를 기다리고 있다.

한편 인간들은 그럭저럭 자비로운 님프들과 목신들, 사티로스들, 그리고 바다, 강, 산, 초원, 숲과 들판의 정령들이 여전히 살고 있고 뱀들과 용들도 우글거리는 세상에서 분투하고 고생하고 사랑하며 죽는 인간사를 계속 겪는다. 괴물 대부분은 태초의 대지신 가이아와 지하세계의 신 타르타로스의 후예이다. 그들의 자식인 소름 끼치는 에키드나와 티폰은 독살스러운 돌연변이 괴물들을 세상에 뿌렸고, 이 괴물들은 인간들이 길들이려 애쓰는 땅과 바다를 쑥대밭으로 만들었다.

필멸의 존재들은 이런 세상에서 살아남기 위해서는 신들에게 탄원하고 복종하며, 산 제물을 바치고 칭찬과 기도로 아첨해야 한다고 생각했다. 하지만 어떤 인간들은 자신이 가진 불굴의 용기와 기지에 의지하기 시작한다. 신의 도움을 받든 아니든 인간이 안전하게 번영할 수 있는 세상을 만들려 한다. 이들이 바로 영웅이다.

헤라의 꿈

올림포스산에서의 아침 식사. 제우스는 기다란 돌 식탁의 한쪽 끝에 앉아 넥타르를 홀짝이며 하루 일과를 생각한다. 다른 올림포스 신들이 한 명씩 유유히 들어와 자기 자리를 찾아간다. 마지막으로 헤라가 들어와 남편의 맞은편 끝에 앉는다. 그녀의 얼굴은 상기되고, 머리는 헝클어져 있다. 제우스는 약간 놀라서 힐끔 쳐다본다.

"당신이 아침 식사에 늦은 적은 이제껏 한 번도 없었는데요. 단 한 번도."

헤라가 말한다. "그래요, 그렇죠. 사과할게요. 잠을 설쳤더니 기분이 별로예요. 지난밤 꿈자리가 뒤숭숭해서 말이에요. 대단히 뒤숭숭했죠. 들어볼래요?"

"그럼요." 누구나 그렇듯 남의 꿈 이야기를 시시콜콜히 듣는 걸 좋아하지 않는 제우스가 거짓말을 한다.

"우리가 공격받는 꿈을 꿨답니다. 여기 올림포스에서요. 거인들이 들고 일어나 산으로 올라와서는 우리를 습격했지요."

"이런, 이런……."

"심각했다고요, 제우스. 거인들이 줄줄이 들어와서 우리를 공격했어요. 그리고 당신의 벼락은 솔잎처럼 그들을 스치고 지나갈 뿐 무용지물이었지요. 가장 덩치 크고 가장 강한 우두머리가 직접 내게 다가와서는…… 나를…… 나를 덮치려 했다니까요."

"이런, 끔찍하군. 그래도 어쨌든 꿈이잖소."

"그럴까요? 과연? 얼마나 생생했는지 몰라요. 꼭 환영을 보는 것처럼. 예언이랄까. 내가 전에도 그런 적이 있었잖아요. 당신도 알다시피."

사실이었다. 결혼, 가정, 예법, 질서정연함을 주관하는 역할에 가려져 있긴 하지만, 헤라에게는 어마어마한 통찰력도 있었다.

"그래서 결말은 어떻게 났습니까?"

"그게 묘해요. 당신의 벗 프로메테우스가 우리를 구하고……."

"그는 내 벗이 아닙니다." 제우스가 쏘아붙인다. 프로메테우스를 입에 올리는 건 올림포스에서 금지되어 있다. 한때 둘도 없는 벗이었던 그 이름을 들을 때마다 제우스는 상처에 소금을 뿌린 것 같은 기분이 든다.

"당신 뜻이 그렇다면야. 여보, 난 그저 내가 꾸었던 꿈, 내가 보았던 그대로 얘기하고 있는 거랍니다. 이상한 사실은 프로메테우스가 한 인간을 데리고 있었다는 거예요. 그리고 내게서 거인을 떼어내어 올림포스에서 내던져 버리고 우리 모두를 구한 것도 바로 그 인간이었답니다."

"인간이?"

"그래요. 인간이요. 인간 영웅. 그리고 꿈속에서 난 분명히 알았어요. 어떻게, 왜인지는 모르겠지만, 분명히 알았어요. 그 인간이 페르세우스의 자손이라는 사실을."

"페르세우스란 말이지요"

"페르세우스. 확실해요. 여보, 옆에 있는 넥타르 좀……."

제우스는 병을 건넨다.

페르세우스라.

한동안 듣지 못한 이름이다.

페르세우스…….

페르세우스

황금 소나기

아르고스*의 통치자 아크리시오스는 왕위를 물려줄 아들을 얻지 못해 고민하다 후계자를 얻을 수 있는 방법과 시기를 알고자 델포이의 신전으로 가서 신탁을 구했다. 사제의 답은 충격적이었다.

아크리시오스왕은 아들을 얻지 못하지만 손자의 손에 죽으리라.

아크리시오스는 외동딸 다나에를 사랑했지만, 자신의 삶을 더욱 사랑했다. 신탁이 맞는다면, 생식 능력이 있는 남성이 딸 근처에 얼씬도 못 하도록 무슨 수를 써서라도 막아야 했다. 그래서 궁전 밑에 청동 방을 하나 지으라는 명령을 내렸다. 이 번쩍이는 난공불락의 감옥에 갇힌 다나에는 오락거리와 동성 친구들을 원 없이 누렸다. 아크리시오스는 그래도 자기가 냉혹한 아버지는 아니라

---

* 그리스의 도시국가 중 가장 중요한 곳으로 꼽힌다. 그곳 사람들에게 붙여진 이름인 '아르기브(Argive)'를 호메로스는 '그리스인'이라는 뜻으로 사용하기도 했다. 필리포스 2세와 그의 아들 알렉산드로스 대왕은 마케도니아인이지만 아르고스 태생으로 알려져 있었다.

고 스스로를 위로했다.*

왕은 누구도 침입하지 못하도록 청동 방을 꽁꽁 막아놨지만, 만물을 꿰뚫어 보고 교활하기 그지없는 제우스를 간과하는 우를 범하고 말았다. 다나에에게 눈독을 들인 제우스는 어떻게 하면 밀폐된 방을 뚫고 들어가 쾌락을 맛볼까 머리를 굴리고 있었다. 그는 도전을 좋아했다. 기나긴 애정 편력의 역사를 가진 신들의 제왕은 탐나는 여성, 가끔은 남성을 손에 넣기 위해 온갖 특이한 변신술을 부렸다. 다나에를 손에 넣으려면 흔한 황소나 곰, 돼지, 말, 독수리, 사슴, 사자 정도로는 부족했다. 좀 더 파격적인 변신이 필요했다…….

어느 날 밤 천장에 뚫린 가느다란 창으로 황금 소낙비가 흘러들더니 다나에의 무릎에 떨어져 그녀에게 스며들었다.† 정통적인 형태의 성교는 아니었을지 몰라도 다나에는 임신했고 달이 차자 충성스러운 시종들의 도움으로 건강한 남자아이를 낳아 페르세우스라는 이름을 지어주었다.

불사의 몸은 아니지만 건강하게 태어난 페르세우스는 아주 튼튼한 폐를 갖고 있었고, 다나에와 시종들이 아무리 애를 써도 아기의 울음소리가 감옥의 청동 벽을 뚫고 두 층 위에 있는 왕의 귀에까지 들어가는 걸 막을 수 없었다.

---

* 로마 시인 호라티우스는 『서정시집(Odae)』에서 청동 방을 청동 탑으로 바꾸고, 동화 『라푼젤』에 나오는 뾰족탑처럼 묘사했다. 하지만 더 이전의 자료들을 보면, 지붕의 틈새로 빛과 공기가 스며드는 방이 확실하다.
† 다나에가 그 경험을 즐겼는지 어쨌는지는 알 수 없다. 황금 소나기(성적 유희로 상대방의 얼굴이나 몸에 오줌을 갈기는 행위를 뜻하는 속어로 쓰이기도 한다—옮긴이)를 은근히 기대하는 사람들도 있다고는 하는데…….

손자를 본 아크리시오스의 격노는 눈 뜨고 보기 힘들 정도로 무시무시했다.

　　"누가 감히 네 방에 들이닥쳤지? 그자의 이름을 말하거라, 그놈을 거세하고 고문한 다음 그놈 창자로 목 졸라 죽일 테니."

　　"아버지, 저를 찾아온 분은 하늘의 왕이셨던 것 같아요."

　　"네 말은, 누가 저 아기 입 좀 막아라! 제우스 님이었다고?"

　　"아버지, 정말이에요, 정말 그분이었어요."

　　"말이 되는 소리를 해. 네 빌어먹을 하녀의 형제였지?"

　　"아니에요, 아버지, 말씀드렸잖아요. 제우스 님이었다니까요?"

　　"저놈이 계속 저렇게 꽥꽥거리면 이 방석으로 눌러버리겠다."

　　"그냥 배가 고파서 이러는 거예요." 다나에는 페르세우스를 가슴에 안아 올리며 말했다.

　　아크리시오스는 열심히 머리를 굴렸다. 방석으로 위협하긴 했지만, 혈족 살해보다 더 큰 죄가 없다는 사실을 그도 잘 알고 있었다. 혈족을 죽였다가는 지하에서 일어난 복수의 신들 에리니에스에게 땅끝까지 쫓겨 생살이 벗겨질 때까지 철 채찍을 맞을 터. 미쳐 날뛰기 전까지는 그들의 손아귀에서 풀려나지 못하리라. 그래도 신탁의 예언을 생각하면 이 손자를 살려둘 수 없었다. 혹시 이렇게 하면…….

　　다음 날 밤, 입방아를 찧어대는 백성들의 눈을 피해 아크리시오스는 다나에와 아기 페르세우스를 나무 궤에 가두었다. 병사들이 뚜껑에 못을 박은 다음 궤를 절벽 너머 바다로 던졌다.

　　"자." 아크리시오스는 모든 책임을 벗어버리듯 두 손을 탁탁 털며 말했다. "저 둘이 죽어도, 당연히 죽겠지만, 내 책임이라고는

못 하겠지. 바다와 바위, 상어들, 신들의 탓인 게야. 나는 아무 상
관 없어."

이런 간사한 말로 찝찝한 기분을 달래며 아크리시오스왕은 나
무 궤가 물 위에서 깐닥거리다 사라지는 모습을 지켜보았다.

나무 궤

거친 파도에 내던져진 나무 궤는 이 섬에서 저 섬으로, 이 해안에
서 저 해안으로 전전하며 이리저리 흔들리고 튕겨 나가면서도, 바
위에 부딪혀 부서지지도 부드러운 모래밭으로 무사히 밀려 올라
가지도 않았다.

어두컴컴한 궤짝 안에서 다나에는 아이에게 젖을 먹이며 끝이
찾아오기를 기다렸다. 둥실둥실, 비틀비틀 이틀을 떠돌던 나무 궤
가 앞으로 확 기울더니 어딘가에 쾅 부딪혔다. 잠깐 정적이 흐른
후 상자의 뚜껑이 삐걱삐걱 움직였다. 갑자기 햇빛이 쏟아져 들어
오면서 짙은 물고기 비린내와 갈매기 울음소리가 뒤따랐다.

"이런, 이런. 문제가 생겼군!" 어느 다정한 목소리가 말했다.

그들은 어느 어부의 어망에 걸려들었다. 목소리의 주인이 억센
손을 내밀어 다나에를 궤 밖으로 꺼내주었다.

"겁먹지 말아요." 그는 이렇게 말했지만, 사실 두려움을 느낀 건
그였다. 이건 또 무슨 불길한 징조지? "내 이름은 딕티스*이고, 이

---

* '그물'이라는 뜻이다.

자들은 내 선원들이랍니다. 이제 안심해도 돼요."

다른 어부들이 수줍게 미소 지으며 주위로 모여들었지만 딕티스는 그들을 밀어냈다. "저분에게 숨 돌릴 틈 좀 줘. 지쳐 있는 거 안 보여? 빵이랑 포도주나 가져와."

이틀 후 그들은 딕티스의 집이 있는 세리포스섬에 도착했다. 그는 다나에와 페르세우스를 모래언덕 뒤편에 있는 작은 집으로 데려갔다.

"내 아내가 아들을 낳다 죽었는데, 포세이돈 님이 대신 두 사람을 보내주셨나 봅니다. 아니, 내 말은……." 그는 허둥지둥 덧붙였다. "물론 내가 그런 기대를 하는 건 아니고……. 강요하는 것도 아니고……."

다나에는 웃었다. 이런 순수한 친절과 순박함이 흐르는 환경에서 아이를 키우고 싶었다. 지금껏 아무 욕심 없이 그녀에게 잘해주는 사람은 그리 많지 않았다. "당신처럼 좋은 사람은 또 없을 거예요. 당신의 제안을 받아들이겠어요. 그렇지, 페르세우스?"

"네, 어머니, 어머니 뜻대로 하세요."

아니, 갓난아기가 말을 하는 기적이 일어난 것은 아니다. 세월이 흘러 그들 모자가 세리포스섬에서 지낸 지도 어느새 십칠 년이 지났다. 페르세우스는 강인한 청년으로 잘 자랐다. 양부 딕티스 덕에 자신감 넘치고 솜씨 좋은 어부가 되었다. 파도가 굽이치는 바다에서도 굳건히 서서 잽싼 황새치에게 작살을 꽂고, 물살 빠른 개울에서 맨손으로 송어를 낚아 올렸다. 그는 세리포스섬의 어떤 청년보다 더 빨리 달리고, 더 멀리 던지고, 더 높이 뛰어올랐다. 씨름도 하고, 난폭한 당나귀도 몰며, 소젖을 짜고 황소를 길들일 줄도 알았다. 충동적이고 가끔은 허세를 부릴 때도 있지만, 어머니 다나에는 그를 자랑스러워하고 자기 아들이 섬에서 가장 용맹한 최고의 청년이라 믿었다.

겸손한 어부 딕티스가 세리포스섬의 왕 폴리덱테스의 동생이 라는 사실을 알게 되자 다나에에게 그의 소박한 집은 더 대단하게 느껴졌다. 섬의 통치자는 딕티스와는 전혀 딴판이었다. 오만하고, 잔인하고, 겉과 속이 다르고, 탐욕스럽고, 음탕하고, 사치스럽고, 만족이라는 걸 몰랐다. 처음에 그는 딕티스의 집에 머무는 손님에 게 별로 관심이 없었다. 하지만 지난 몇 년 사이 건방진 소년의 아 름다운 어머니에게 점점 더 눈길을 주고 흑심을 품었다.

직감으로 이를 알아차렸는지 페르세우스는 어머니와 왕 사이 에 얄밉게 끼어들었다. 폴리덱테스는 동생이 집을 비우기만 하면 꼭 들렀지만, 그때마다 성가신 페르세우스가 있었다.

"엄마, 엄마, 제 운동용 샌들 못 보셨나요?"

"엄마, 엄마! 웅덩이로 가서 내가 얼마나 오랫동안 물속에서 숨 을 참는지 시간을 재주세요."

폴리덱테스는 약이 오를 대로 올랐다.

마침내 왕은 페르세우스를 멀리 보내버릴 방법을 찾았다. 그 청 년의 허영심과 자존심, 허세를 이용해 먹을 작정이었다.

폴리덱테스는 피사*의 왕인 오이노마오스의 딸 히포다메이아 와 결혼하기로 결정하고 그것을 축하하는 연회에 섬의 청년들을

---

* 사탑이 있는 이탈리아의 피사가 아니라, 펠로폰네소스반도의 북서쪽에 있는 도시 국가다. 히포다메이아에 대한 구혼은 신화시대의 끝까지, 그리고 트로이 전쟁 후까지 영향을 미친다. 하지만 다른 시대와 공간의 이야기이다.

모두 초대했다. 대담하고도 놀라운 전략이었다. 아르고스의 아크리시오스왕이 손자에게 살해당하리라는 신탁을 받았듯이, 오이노마오스는 사위의 손에 죽을 거라는 신탁을 받았다. 오이노마오스는 딸의 결혼을 막기 위해 모든 구혼자와 전차 경주를 벌이고 패배하는 자를 죽였다. 오이노마오스의 전차 모는 솜씨는 따라올 자가 없었다. 열 명이 넘는 앞날 창창하던 청년들의 머리가 나무 말뚝에 꽂힌 채 경기장을 울타리처럼 두르고 있었다. 히포다메이아는 아주 아름다웠고, 피사는 매우 부유했으며, 구혼자는 계속 줄을 이었다.

폴리덱테스가 구혼 전쟁에 뛰어들었다는 소식을 들은 다나에는 기뻤다. 오래전부터 폴리덱테스가 주위에서 맴돌아 불편했는데, 그가 딴 여자에게 마음을 품었다니 마음이 놓였다. 그녀의 아들을 연회에 초대해 악감정이 없다는 걸 보여주기까지 하다니, 인자하기도 하지.

다나에는 페르세우스에게 말했다. "초대받은 건 영광스러운 일이야. 꼭 전하께 정중하게 감사 인사를 드리도록 해. 술은 너무 많이 마시지 말고, 입안에 음식이 들어 있을 땐 말하지 말고."

폴리덱테스는 페르세우스를 자기 오른쪽의 상석에 앉히고는 그의 술잔에 독한 포도주를 채우고 또 채워주었다. 페르세우스가 물고기를 가지고 놀듯 폴리덱테스는 이 청년을 갖고 놀았다.

폴리덱테스가 말했다. "그래, 확실히 전차 경주가 쉽지는 않겠지. 하지만 세리포스의 명문가들이 저마다 내게 말을 대주겠다고 약속했다네. 자네와 자네 어머니한테도 기대해도 될까?"

페르세우스는 얼굴을 붉혔다. 가난은 항상 그에게 치욕을 안겨

주었다. 그와 함께 운동하고 씨름하고 사냥하고 여자를 쫓아다니는 청년들은 모두 하인과 마구간을 갖고 있었다. 그는 여전히 모래 언덕 뒤편에 있는 어부의 돌 오두막에서 살았다. 그의 친구 피로는 무더운 밤이면 침대에 누워 노예의 부채질을 받았다. 페르세우스는 모래밭에 나가 잤고, 갓 짠 우유를 갖고 오는 하녀가 아니라 게에게 몰려 깨어났다.

"저는 사실 변변한 말이 없어요." 페르세우스가 말했다.

"변변한 말? '변변한 말'이라는 게 뭔지 모르겠네만."

"저는 이 옷 말고는 가진 게 거의 없어요. 참, 조개껍데기도 조금 모아놨는데, 언젠가는 꽤 값이 나갈지도 모른다고 하더군요."

"이런, 이런. 무슨 말인지 알겠네. 알고말고."

페르세우스에게 폴리덱테스의 동정 어린 미소는 비웃음보다 더 깊은 상처를 주었다. "자네가 도와주기를 바라는 건 지나친 기대였군."

"하지만 돕고 싶어요!" 페르세우스의 목소리가 커졌다. "제가 할 수 있는 일이라면 뭐든 할게요. 말씀만 하세요."

"그래? 한 가지 있긴 하다만⋯⋯."

"뭔데요?"

"아니, 아니, 너무 무리한 부탁이야."

"말씀하세요⋯⋯."

"예전부터 누군가가 나한테 가져다줬으면 하는 게 있었는데⋯⋯. 하지만 자네한테 부탁할 순 없지, 아직 어린데."

페르세우스는 테이블을 쾅 내리쳤다. "뭘 가져다 드려요? 말씀만 하세요. 저는 강해요. 용감하고요. 지략도 뛰어나고, 또⋯⋯."

"……조금 취했군."

"정신은 말짱하다고요……." 페르세우스는 휘청휘청 일어나더니 연회장에 있는 모든 사람에게 들릴 법한 목소리로 말했다. "무엇을 대령해드릴까요, 왕이시여. 제가 대령하겠습니다. 말씀만 하세요."

"그럼." 폴리덱테스는 마치 궁지에 몰린 사람처럼 어쩔 수 없다는 듯 암담한 표정으로 어깨를 으쓱했다. "우리의 젊은 영웅께서 이렇게 고집을 피우니, 내가 항상 갖고 싶었던 것이 하나 있네. 메두사의 머리를 가져다줄 수 있겠나?"

"문제없어요. 메두사의 머리요? 곧 대령할게요."

"그래? 정말인가?"

"제우스 님의 콧수염에 맹세해요."

잠시 후 비틀비틀 모래밭을 지나 집으로 돌아가던 페르세우스는 마중 나와 있는 어머니를 발견했다.

"늦었구나."

"엄마, '메두사'가 뭐죠?"

"페르세우스, 술 마셨니?"

"그럴걸요. 한두 잔 정도."

"말을 하는 건지, 딸꾹질을 하는 건지."

"아니요, 농담이 아니라, 메두사가 뭐예요?"

"그건 왜 알고 싶은데?"

"그런 이름을 들었는데 궁금해서요, 그게 다예요."

"우리에 갇힌 사자처럼 그렇게 서성거리지 말고 앉으면 말해주마. 메두사는 아름다운 아가씨였는데 바다의 신 포세이돈 님한테

잡혀서 겁탈당했다더구나."*

"겁탈이요?"

"그런데 안타깝게도 그 일이 아테나 님의 신전에서 일어났다지 뭐야. 아테나 님이 불경하다며 진노하셔서 메두사를 벌하셨지."

"포세이돈 님을 벌한 게 아니라요?"

"신들은 서로를 벌하지 않아, 어쩌다 한 번씩이면 몰라도. 신들은 우리를 벌하지."

"아테나 님이 메두사에게 어떤 벌을 내리셨는데요?"

"고르곤으로 만들어버렸어."

"젠장, '고르곤'은 또 뭐예요?"

"고르곤은…… 음, 고르곤은 무시무시한 괴물이야. 멧돼지의 엄니에 아주 날카로운 청동 발톱에 독사 머리카락까지."

"설마요!"

"정말이라니까."

"그런데 '겁탈'이 정확히 무슨 뜻이에요?"

"점잖게 굴지 못하겠니." 다나에는 그의 팔을 찰싹 때리며 말했다. "세상에 메두사 같은 괴물은 둘뿐이야. 스테노와 에우리알레. 하지만 그들은 태어날 때부터 고르곤이었어. 고대 바다 신들인 포르키스와 케토의 불사신 딸들이지."

"메두사도 불사신인가요?"

"아닐걸. 예전엔 인간이었으니까……."

---

* 『스티븐 프라이의 그리스 신화』 1권에는 고르곤 세 자매 중 메두사만 유일하게 불사신이 아니라는 설명이 빠져 있다. 물론 여러 설들이 있다. 다나에가 페르세우스에게 들려주는 내용이 아마 가장 많이 알려져 있을 것이다.

"그렇군요······. 그런데 만일······ 예를 들어서······ 누군가가 그녀를 잡으러 간다면요?"

다나에는 웃었다. "멍청한 짓이지. 세 자매는 어떤 섬에서 함께 살고 있어. 메두사는 독사 머리카락, 엄니, 맹금의 발톱보다 훨씬 더 특별한 무기를 하나 갖고 있단다."

"그게 뭔데요?"

"눈길 한 번으로 사람을 돌로 만들어버리지."

"그게 무슨 소리예요?"

"일 초라도 그녀와 눈이 마주치는 사람은 돌처럼 굳어버린다는 이야기야."

"무서워서요?"

"아니, 정말로 돌이 된다니까. 영원히 굳어버리는 거야. 조각상처럼."

페르세우스는 턱을 긁었다. "아. 메두사가 그런 거예요? 엄청 큰 닭이나 돼지 같은 거였으면 좋았을 텐데."

"왜 알고 싶은 거야?"

"저기, 폴리덱테스왕한테 메두사 머리를 가져다주기로 약속했거든요."

"뭘 가져다줘?"

"말 한 마리를 달라는데, 어쩌다가 메두사 얘기가 나와서 나도 모르게 메두사 머리를 갖다 주겠다고 말해버렸지 뭐예요."

"내일 아침 일어나자마자 궁으로 가서 못 하겠다고 말씀드려."

"하지만······."

"하지만은 무슨. 난 절대 허락 못 해. 그분은 대체 무슨 생각이

신 거야? 그런 해괴한 일을. 어서 가서 잠이나 자, 술 깨게. 앞으로
는 하루 저녁에 두 잔 이상 마시지 마, 알겠니?"

"네, 엄마."

페르세우스는 고분고분 침대로 갔지만, 잠에서 깨었을 땐 반항
심이 치솟았다.

"메두사를 찾으러 떠날래요." 아침을 먹다가 그는 선언했고, 다
나에가 아무리 뜯어말려도 마음을 바꾸지 않았다. "다른 사람들
앞에서 약속했단 말이에요. 명예가 달린 일이에요. 저도 이제 떠
날 나이가 됐어요. 모험을 해야 해요. 어머니도 아시잖아요, 제가
얼마나 날렵하고 강한지. 제가 얼마나 약삭빠르고 꾀가 많은지.
걱정하실 필요 없어요."

"얘하고 얘기 좀 해봐요, 딕티스." 다나에는 절망해서 말했다.

딕티스와 페르세우스는 오전 내내 해안을 함께 걸었다. 그들이
돌아왔을 땐 다나에에게 기쁘지 않은 소식이 기다리고 있었다.

"아이 말이 맞아요, 다나에. 자기 스스로 결정할 나이가 됐어요.
물론 메두사는 찾지도 못하겠지만. 그런 게 있어야 찾지. 뭍으로
가서 한동안 살아보게 해요. 곧 돌아올 겁니다. 자기 몸은 알아서
건사할 거예요."

어머니와 아들의 이별은 눈물 바람이었다. 어머니는 슬퍼했고,
아들은 어머니를 다독이며 안심시켰다.

"괜찮을 거예요, 어머니. 저보다 더 빨리 달리는 사람 보셨어요?
저한테 무슨 일이 있겠어요?"

"절대 폴리덱테스왕을 용서하지 않겠어, 절대."

딕티스는 내심 적어도 그건 다행이라고 생각했다.

그는 페르세우스를 어선으로 본토까지 데려다주었다. "뭐든 공짜로 주는 사람은 믿으면 안 된다." 그가 경고했다. "너와 친구가 되고 싶어 하는 사람이 많을 거다. 믿을 만한 사람도 있고, 아닌 사람도 있을 거야. 혼잡한 항구나 도시를 처음 보는 사람처럼 여기저기 두리번거리면 안 돼. 따분하고 자신만만한 표정을 지어. 그곳을 훤히 알고 있다는 듯이. 그리고 신탁의 인도를 받는 걸 두려워 말고."

이 훌륭한 조언을 페르세우스가 얼마나 따를지는 딕티스도 알 수 없었다. 이 아이를 좋아하고, 아이의 어머니는 훨씬 더 좋아하는 그로서는 이토록 무모한 모험의 공모자가 되어버린 것이 마음 아팠다. 하지만 그가 다나에에게 말했듯이, 페르세우스가 너무나 원하는 일이었고, 격한 말로 다투며 헤어졌다가는 떨어져 있는 동안 더 힘들어지기만 할 뿐이었다.

본토에 도착하자 페르세우스의 눈에 항구에 정박해 있는 큰 선박들에 비하면 딕티스의 어선은 아주 작고 초라해 보였다. 말을 하기 시작했을 때부터 아버지라 불렀던 남자도 아주 작고 초라해 보였다. 페르세우스는 애정이 샘솟아 딕티스를 꼭 껴안고 손바닥으로 미끄러져 들어오는 은화를 받았다. 그는 전할 만한 소식이 생기면 섬으로 전갈을 보내겠노라고 약속하고, 꿋꿋이 부둣가에 서서 딕티스와 그의 작은 어선에 손을 흔들며 작별인사를 했지만, 한시라도 빨리 그리스 본토라는 낯선 신세계를 탐험하고픈 마음이 굴뚝같았다.

참나무 숲에서의 기묘한 만남

페르세우스는 전 세계 사람들이 모인 그리스 본토의 떠들썩한 분위기에 어리둥절하고 혼란스러웠다. 그를 속여 은화 몇 닢을 빼앗으려고 할 때가 아니면 아무도 그에게 관심이 없어 보였다. 오래지 않아 그는 딕티스의 말이 옳다는 걸 알았다. 메두사의 머리를 갖고 폴리덱테스에게 돌아가려면 누군가의 인도가 필요했다. 아폴론의 신탁을 받기 위해서는 델포이까지 한참 걸어가야 했지만, 적어도 누구에게나 공짜였다.*

그는 탄원자들의 기나긴 줄에 합류했고, 고단한 이틀을 보낸 후 마침내 여성 사제 앞에 섰다.†

"페르세우스는 무엇을 알고 싶은가?"

페르세우스는 살짝 숨이 막혔다. 내가 누군지 알고 있다니!

"저는, 어, 저기…… 어떻게 하면 고르곤 메두사를 찾아서 죽일 수 있는지 알고 싶습니다."

"페르세우스는 데메테르의 황금빛 곡식이 아니라 참나무 열매를 먹는 사람들이 사는 땅으로 가야 한다."

그는 더 많은 정보를 기대하며 계속 서 있었지만, 한마디도 더

---

* 이후에는 사제에게 '상담료'를 내야 했고, 필수적으로 바치는 제물의 비용도 치러야 했다.

† '피티아'라고 불리는 여성 사제는 그녀를 땅과 연결해주는 신성한 삼각대를 꼭 붙잡고 있었다. 델포이의 땅 밑에서 피어오르던(지금도 피어오르고 있는) 유황 증기로부터 신탁을 받았다.

나오지 않았다. 남성 사제가 그를 옆으로 떼어냈다.

"자, 자, 피티아 님이 말씀하셨잖소. 당신 때문에 줄이 밀리고 있잖아요."

"무슨 뜻인지 알아들으셨어요?"

"피티아 님의 입에서 나오는 모든 말을 듣고 있을 만큼 난 한가하지 않소. 분명 현명하고 진실한 말씀이었겠지."

"하지만 사람들이 참나무 열매를 먹고 사는 데가 어딘데요?"

"참나무 열매? 그런 건 없어요. 자, 이제 좀 비켜요."

"난 그게 무슨 뜻인지 안다오." 자신의 운명을 듣기 위해 줄을 선 탄원자들을 구경하려고 매일 풀밭에 와서 앉아 있는 사람들 중에서 노파 한 명이 말했다. "도도나의 신탁소로 가라는 소리를 그렇게 하신 거야."

"또 신탁을 들으라고요?" 페르세우스는 가슴이 철렁 내려앉았다.

"그곳 사람들은 제우스 님에게 바쳐진 성스러운 참나무에서 떨어지는 도토리로 가루를 만들지. 듣기로는 그 나무들이 말을 할수가 있다던데. 도도나는 북쪽으로 한참 가면 있다오, 젊은이. 아주 기나긴 여정이지!" 노파는 쌕쌕거리며 말했다.

과연 기나긴 여정이었다. 얼마 없던 은화마저 다 떨어진 페르세우스는 산울타리 밑에서 자고 야생 무화과와 나무 열매로 연명하며 북쪽으로 계속 걸었다. 그가 도착했을 때쯤엔 가련한 고아처럼 보였는지 도도나의 여자들이 아주 친절하게 대해주었다. 그들은 그의 머리를 손으로 빗겨주고, 톡 쏘는 염소젖 치즈를 두껍게 바르고 달콤한 꿀을 더한 맛있는 도토리 빵을 대접했다.

"아침 일찍 가요. 참나무들은 해가 높이 뜨기 전 서늘한 시간에 말이 많아지니까." 그들이 조언했다.

다음 날 동틀 무렵 시골에 엷은 안개가 베일처럼 드리워졌을 때 페르세우스는 숲으로 향했다.

"저기, 누구 없어요?" 그는 나무들에게 이렇게 소리치면서, 정말이지 바보가 된 기분이 들었다. 참나무들은 제법 키가 크고 장엄하고 인상적이었지만, 입도 없고 알아볼 만한 표정을 한 얼굴도 보이지 않았다.

"누구야?"

페르세우스는 흠칫 놀랐다. 분명 어떤 목소리였다. 차분하고 부드러운, 하지만 강하고 엄숙한 여성의 목소리.

"무엇을 도와드릴까?"

또 다른 목소리! 이 목소리에는 약간의 비웃음이 배어 있는 것 같았다.

"내 이름은 페르세우스예요. 내가 여기 온 건……."

"오, 그대가 누군지는 우리도 알고 있어." 그늘에서 한 젊은 남자가 앞으로 나왔다.

그는 젊고, 놀랍도록 잘생겼고, 아주 특이한 옷차림을 하고 있었다. 허리에 두른 천 조각, 이마에 두른 좁은 챙의 모자, 날개 달린 샌들 외에는 거의 알몸이나 마찬가지였다.* 그가 든 지팡이에는 살아 있는 뱀 두 마리가 휘감겨 있었다.

---

* 우리 기준으로 봤을 때 그렇다는 얘기다. 그리스에서는 그 정도면 많이 입은 편이었다.

그의 뒤에서 방패를 든 여자가 나왔다. 큰 키에 근엄한 표정을 짓고 있었고, 아름다웠다. 그녀가 반짝이는 회색 눈을 들어 그를 바라보자 페르세우스는 콕 집어 말할 수 없는 무언가가 속에서 이상하게 들끓어 오르는 느낌이었다. 그는 이것이 바로 위엄이라 판단하고 고개를 숙였다.

그녀가 말했다. "두려워할 것 없다, 페르세우스여. 그대의 아버지가 그대를 도우라며 우리를 보내셨으니."

"제 '아버지'요?"

"우리의 아버지이기도 하지. 구름을 끌어모으고 폭풍우를 불러오는 자." 젊은 남자가 말했다.

"하늘의 아버지이자 천상의 제왕." 빛나는 여자가 말했다.

"제, 제, 제우스?"

"바로 그분이지."

"그 이야기가 진짜였어요? 제우스 님이 제 아버지라고요?"

페르세우스는 제우스가 황금 소나기로 변해서 자신을 찾아왔다는 어머니의 황당무계한 이야기를 한 번도 믿은 적이 없었다. 이름도 모르는 떠돌이 음악가나 땜장이가 친아버지겠거니 생각하고 있었다.

"진짜고말고. 나의 형제 페르세우스여."

"형제요?"

"나는 제우스 님과 메티스 님의 딸 아테나다."

"나는 제우스 님과 마이아 님의 아들 헤르메스." 젊은 남자가 고개를 숙이며 말했다.

세상 물정 모르고 자란 청년이 감당하기에는 버거운 일이었다.

두 올림포스 신은 그가 태어난 후로 쭉 제우스가 그를 지켜보고 있었노라고 말했다. 나무 궤를 딕티스의 그물로 인도한 것도 제우스라고 했다. 제우스는 페르세우스가 청년으로 자라는 과정을 지켜보며, 그가 폴리덱테스의 시험에 선뜻 응하는 것을 보았다. 페르세우스의 배짱에 감탄하여, 배다른 형제의 메두사 머리 사냥을 돕도록 자신이 아끼는 두 자식을 보냈다.

"두 분이 저를 도와주실 건가요?" 페르세우스가 물었다. 그렇다면 더 바랄 것이 없었다.

헤르메스가 말했다. "그대를 대신해 우리가 고르곤을 죽여줄 수는 없어. 하지만 그대에게 조금 유리하게 만들어줄 수는 있지. 이게 도움이 될 거야." 헤르메스는 자기가 신고 있는 샌들을 내려다보며 말했다. "나의 형제 페르세우스에게 가거라." 그가 명령하자, 샌들이 신의 발목에서 스스로 벗겨져 페르세우스에게 날아갔다. "먼저 그대의 신발을 벗도록."

페르세우스가 그렇게 하자마자 샌들이 그의 발로 와서 들러붙었다.

"시간은 많으니까 차차 익숙해지겠지." 아테나는 페르세우스가 춤꾼처럼 껑충 뛰어오르는 모습을 즐겁게 지켜보며 말했다.

"샌들이 당황하고 있잖아. 날겠다고 발을 퍼덕거릴 필요는 없어. 그냥 생각만 해." 헤르메스가 말했다.

페르세우스는 눈을 감고 집중했다.

"똥 누는 것처럼 그러지 말고. 그냥 공중에 뜬 모습을 상상해봐. 그거야! 이제 됐어."

페르세우스가 눈을 떠보니 몸이 공중에 떠 있었다. 하지만 곧 다시 떨어지며 쿵 하고 엉덩방아를 찧었다.

"연습해. 그 수밖에 없으니까. 그리고 이건 하데스 삼촌이 주신 두건. 이걸 쓰면 아무도 그대를 볼 수 없어."

페르세우스는 두 손으로 두건을 받았다.

"나도 줄 것이 있다." 아테나가 말했다.

"오." 페르세우스는 두건을 내려놓고, 아테나가 건네는 물건을 받았다. "가방인가요?"

"쓸모가 있을 것이다."

하늘을 나는 샌들과 투명 두건 후에 받은 평범한 갈색 가죽 가방은 조금 실망스러웠지만, 페르세우스는 티를 내지 않으려 애썼다. "참 친절하시네요, 분명히 쓸모가 있겠죠."

"그럴 거야. 그대에게 줄 것이 또 있는데. 받거라……"

아테나가 짧은 날이 낫처럼 휜 무기를 그에게 건넸다.

"조심해야 한다, 날이 아주 날카로우니."

"그러네요!" 페르세우스는 엄지손가락에 난 피를 빨며 말했다.

"'하르페'라는 것이다. 무엇이든 다 벨 수 있지."

"금강석을 벼린 거야." 헤르메스가 덧붙였다. "가이아 님이 크로노스 님에게 쓰려고 만드신 거대한 낫을 완벽하게 복제했지."

"그리고 이 방패는 세상 어디에도 없는 귀한 물건이다. 아이기스라고 하지. 표면이 항상 이렇게 거울처럼 반짝여야 해." 아테나가 말했다.

페르세우스는 해가 뜨면서 윤이 나게 닦인 청동에 햇빛이 반사되자 눈을 가렸다.

"그 빛으로 메두사의 눈을 부시게 하라고요?"

"그걸 어떻게 활용할지는 그대가 직접 알아내야겠지. 하지만 내 장담하는데, 이 방패가 없으면 반드시 실패할 것이다."

"그리고 죽겠지. 딱하게도." 헤르메스가 말했다.

페르세우스는 흥분을 감출 수 없었다. 뒤꿈치의 날개가 퍼덕거리며 그의 몸이 떠오르고 있었다. 그는 하르페를 살짝 휘둘렀다.

"전부 다 정말 끝내주네요. 이제는 어떻게 해요?"

"우리가 그대를 돕는 데에도 한계가 있어. 영웅이 되려면 그대 스스로 움직여서 그대 스스로……."

"영웅이요?"

"될 수 있어."

헤르메스와 아테나는 굉장히 멋졌다. 빛이 났다. 뭐든 수월하게 척척 해냈다. 그들 앞에서 페르세우스는 자신이 성질 급하고 어설픈 아이처럼 느껴졌다.

그의 마음을 읽기라도 한 듯 아테나가 말했다. "아이기스, 낫, 샌들, 두건, 가방에 익숙해질 것이다. 그것들은 표면적인 물건일 뿐. 그대의 정신과 영혼을 과제에 쏟아붓는다면 나머지는 저절로 따라오게 되어 있으니 긴장 풀어."

"하지만 집중은 해야지. 집중하지 않고 긴장을 풀기만 하면 실패할 거야." 헤르메스가 말했다.

"긴장을 안 풀고 집중만 해도 반드시 실패하게 되어 있지." 아테나가 말했다.

"그러니까 정신을 집중하되……." 페르세우스가 말했다.

"그렇지."

"……침착하라고요?"

"침착하게 집중하라. 바로 그거야."

페르세우스는 잠시 가만히 서서, 긴장하지 않으면서도 집중하고, 마음을 한곳에 모으면서도 침착함을 잃지 않으려 애쓰며 숨을 들이마시고 내뱉었다.

헤르메스는 고개를 끄덕였다. "성공할 가능성이 무척 높은 것 같군."

"하지만 이 멋진 선물들도 고르곤 자매를 찾아주지는 못하겠네요. 여기저기 다 묻고 다녔는데 다들 얘기가 다르더군요. 바다 저 멀리 어느 섬에 살고 있다는 말밖에 못 들었어요. 무슨 섬, 무슨 바다일까요?"

"그건 우리도 말해줄 수 없어. 그런데 포르키데스라고 들어봤나?" 헤르메스가 말했다.

"아니요."

"'백발을 가진 자들', 그라이아이라 불리기도 하지. 포르키스와 케토의 딸들로, 고르곤들인 스테노와 에우리알레와는 자매지간이다." 아테나가 말했다.

"늙은이들이야. 너무 늙어서 눈알 하나와 이빨 하나를 나눠 쓰지." 헤르메스가 말했다

"그들을 찾아라. 그들은 모든 걸 알지만 아무것도 말해주지 않아." 아테나가 말했다.

"아무 말도 안 하면 무슨 소용이에요? 낫으로 위협하라고요?"

"더 교묘한 수법을 써야지." 헤르메스가 말했다.

"그게 뭔데요?"

"저절로 알게 될 거야. 험한 키스테네 해안의 어느 동굴에 가면

페르세우스

45

그들을 찾을 수 있어. 이 정도는 상식이니까."

"행운을 빈다, 나의 형제 페르세우스여." 아테나가 말했다.

"긴장은 풀되 집중할 것, 명심해." 헤르메스가 말했다.

"그럼 여기서 이만……."

"행운이 함께하기를……."

"잠깐, 잠깐만요!" 페르세우스가 소리쳤지만, 이미 신들의 형체는 밝은 아침 햇빛 속으로 희미해지기 시작했고 이내 완전히 사라져버렸다. 페르세우스는 성스러운 참나무 숲에 홀로 서 있었다.

"적어도 이 낫은 진짜네." 페르세우스는 엄지손가락에 남은 상처를 보며 말했다. "이 낫은 진짜고, 이 샌들도 진짜야. 아이기스도 진짜고……."

"내 눈을 멀게 할 참이냐?"

페르세우스는 몸을 휙 돌렸다.

"방패 좀 조심조심 휘둘러." 짜증스러운 목소리가 들렸다.

그와 가장 가까운 참나무의 속에서 나오는 소리 같았다.

"나무 여러분도 말을 할 줄 아는군요." 페르세우스가 말했다.

"물론 할 수 있지."

"안 할 뿐이야."

"그럴 가치가 없으니까."

이제 수풀 곳곳에서 목소리가 들려왔다.

"이해는 해요. 그래도 키스테네로 가는 길을 가르쳐주시겠어요?" 페르세우스가 말했다.

"키스테네? 거긴 아이올리아잖아."

"프리기아에 더 가깝지." 다른 목소리가 끼어들었다.

"내 생각엔 리디아 같은데."

"뭐, 동쪽인 건 확실해."

"이오니아의 북쪽이지만 프로폰티스의 남쪽이지."

"저이들 말은 무시하게, 젊은이." 더 나이 든 참나무가 이파리들을 바스락거리며 우렁차게 말했다. "뭘 알지도 못하면서 지껄이고 있는 거라네. 레스보스섬 위를 날아간 다음 미시아 해안을 따라 올라가게. 그러면 백발의 자매들이 있는 동굴을 찾을 수 있을 걸세. 족제비처럼 생긴 바위 아래 있다네."

"담비처럼 생긴 바위겠죠." 어린 나무가 찍찍거렸다.

"수달이겠지, 설마?"

"나라면 소나무담비라고 말할 텐데."

"그 바위는 긴털족제비를 닮았어."

"나는 족제비라고 말했고, 족제비가 맞아." 늙은 나무가 온몸을 떨며 말하자 이파리들이 흔들렸다.

"고맙습니다. 이제 정말 가봐야겠어요." 페르세우스가 말했다.

가방을 어깨에 휙 둘러메고, 낫을 허리띠에 차고, 방패를 단단히 쥔 채 페르세우스는 얼굴을 찌푸려 샌들을 깨우고 의기양양한 환성을 지르며 푸른 하늘로 치솟았다.

"행운을 빌어." 참나무들이 소리쳤다.

"마모셋원숭이처럼 생긴 바위를 찾아······."

그라이아이

하루가 거의 지나 미시아 해안에 이른 페르세우스는 찌부러진 쥐를 닮은 듯한 동굴이 보이자 발끝을 아래로 내리고 깔끔하게 착지했다. 서쪽을 바라보니, 헬리오스의 태양 전차가 일과를 마치고 헤스페리데스의 땅에 가까워지면서 하늘이 구릿빛에서 붉은빛으로 변하고 있었다.

페르세우스는 동굴 입구로 다가가며 헤르메스에게 받은 하데스의 두건을 썼다. 그러자마자 그와 나란히 모래밭을 성큼성큼 걷고 있던 기다란 그림자가 사라졌다. 두건으로 눈 위가 가려지자 온 세상이 더 어두워지고 조금 희미해졌지만 그런대로 보이기는 했다.

"이것들은 필요 없겠지." 그는 혼잣말을 하며 낫과 가방, 방패를 동굴 밖의 모래밭에 남겨두었다.

그는 속삭이는 목소리들과 가물거리는 빛을 따라, 꾸불꾸불 기다랗게 이어진 통로를 걸었다. 빛이 점점 더 밝아지고 목소리는 점점 더 커졌다.

"내가 이빨을 쓸 차례잖아!"

"나도 방금 끼웠어."

"그럼 펨프레도가 나한테 눈을 줘야겠어."

"참 나, 그만 좀 징징대, 에니오……."

페르세우스가 동굴 안의 널찍한 방으로 들어가자, 천장에 매달린 등불의 깜박이는 빛 아래로 엄청나게 늙은 세 노파가 보였다.

다 해어진 옷, 헝클어진 머리, 축 늘어진 살은 동굴의 돌벽과 마찬가지로 잿빛이었다. 세 자매 중 한 명의 횅한 아랫잇몸에 누런 이빨 하나가 삐죽 튀어나와 있었다. 딱 하나 있는 눈알은 또 다른 자매의 눈구멍에서 아주 다급하게 이리저리 휙휙 움직였다. 헤르메스의 말대로, 그들은 눈 하나와 이빨 하나를 나눠 쓰고 있었다.

바닥에는 뼈가 한 무더기 쌓여 있었다. 이빨을 가진 노파가 뼈에 붙은 썩은 살점을 뜯어 먹고 있었다. 눈을 가진 노파는 또 다른 뼛조각을 눈에 바짝 들이댄 채 사랑스럽게 뜯어보고 있었다. 눈도 이빨도 없는 노파가 고개를 획 쳐들고 코를 킁킁거리며 냄새를 맡았다.

"인간 냄새가 나." 그녀는 페르세우스가 있는 쪽으로 손가락을 찔러대며 새된 소리로 말했다. "저기 봐, 펨프레도. 눈을 써!"

눈을 가진 펨프레도가 사나운 시선을 사방팔방으로 던져댔다. "거긴 아무것도 없어, 에니오."

"있다니까. 인간이. 냄새가 난다고!" 에니오가 소리를 질렀다. "물어버려, 데이노.* 네 이빨을 써. 물어! 물어 죽여!"

페르세우스는 널브러져 있는 뼈다귀들을 밟지 않도록 조심하면서 살금살금 가까이 다가갔다.

"나한테 눈을 줘, 펨프레도! 정말 인간의 살 냄새가 난다니까."

---

* 그리스 신화의 세계에서 흔히 그렇듯, 그라이아이의 이름들에도 의미가 있다. 펨프레도는 '길을 인도하는 자', 에니오는 '전쟁의', 데이노(혹은 디노)는 '무서운'('공룡 dinosaur'은 '무서운 도마뱀')이라는 뜻이다. 데이노는 가끔 페르시스, '파괴자'라고 불리기도 한다. 페르세우스와 비슷해서 이 이름을 사용하지 않았다. 그러나 페르세우스처럼 '페르스'가 앞에 붙는 이름들은 하나같이 '파괴적인' 의미를 담고 있음을 알 수 있다.

"자, 받아." 펨프레도가 눈구멍에서 눈알을 빼내자 에니오라는 노파가 탐욕스레 손을 뻗었다. 페르세우스는 앞으로 나가 그 눈알을 가로챘다.

"뭐였어? 누구야? 뭐야?"

이빨을 가진 데이노가 페르세우스와 스친 것이다. 그녀가 깜짝 놀라 입을 벌린 틈을 타 페르세우스는 그녀의 입에서 이빨을 뽑아내고 물러나며 큰 소리로 웃었다.

"안녕하세요, 여러분."

"이빨! 이빨, 누가 이빨을 가져갔어!"

"눈은 어디 있어? 누가 눈을 갖고 있지?"

"내가 여러분의 이빨을 가지고 있답니다, 여러분의 눈도요."

"돌려줘!"

"무슨 권리로 이러는 거야."

페르세우스가 말했다. "때가 되면 이 침침한 노안과 이 썩어빠진 낡은 이빨을 돌려드릴게요. 나한테는 필요 없으니까요. 물론, 그냥 편하게 바다로 던져버릴 수도 있고……."

"안 돼! 안 돼! 제발 부탁이야!"

"제발……."

"여러분이 어떻게 하느냐에 달려 있죠." 페르세우스는 그들 주위를 빙빙 돌며 말했다. 그가 지나갈 때마다 노파들은 뼈만 앙상한 팔을 쑥 뻗어 그를 붙잡으려 했지만, 그는 너무 빨랐다.

"원하는 게 뭐야?"

"정보요. 여러분은 나이가 많잖아요. 아는 것도 많겠죠."

"뭘 듣고 싶은데?"

"여러분의 자매들, 고르곤들을 찾는 방법요."

"걔들을 어떻게 하려고?"

"메두사를 집에 데려가고 싶어요. 신체의 일부만이라도요."

"하! 멍청하기는. 그 애는 너를 석화해버릴 거야."

"너를 돌로 만들어버린다는 얘기지."

"나도 알아요. '석화'가 무슨 뜻인지. 그 문제는 내가 알아서 할 테니까 고르곤들이 살고 있는 섬이 어딘지나 말해줘요." 페르세우스가 말했다.

"우리의 사랑스러운 자매들을 해칠 생각이군."

"말 안 해주면 눈이랑 이빨을 차례로 바다에 던지겠어요."

"리비아!" 에니오가 외쳤다. "리비아 해안에서 조금 떨어진 섬이야."

"이제 만족해?"

"우리 자매들이 네놈을 죽여서 네 살을 실컷 맛볼 테고, 그러면 우리는 그 소식을 듣고 환호성을 지르겠지."

"자, 이제 우리 눈과 이빨을 돌려줘."

"그래야죠." 이 쭈그렁 할멈들이 늙기는 했지만 날카로운 발톱을 가진 데다 사납고 복수심에 불타고 있잖아, 하고 그는 속으로 중얼거렸다. 시간을 좀 벌어야지. "저기 말이죠, 우리 게임 하나 해요. 눈을 감고 백까지 세어보세요……. 참, 그렇지. 눈은 안 감아도 되겠네요. 내가 이빨과 눈을 숨기는 동안 백까지 세요. 동굴 어딘가에 둘게요, 꼭이요. 반칙하기 없기예요. 하나, 둘, 셋, 넷……."

"이 빌어먹을 놈, 프로메테우스의 자식!"

"뼈에 붙은 살이란 살은 다 썩어버려라!"

페르세우스는 동굴 안을 잽싸게 빙글빙글 돌며 그들과 함께 수를 세었다. "나한테 고마워해야죠……. 열아홉, 스물…… 욕할 게 아니라." 세 자매는 점점 더 상스럽고 추잡한 폭언을 그에게 퍼부었다. "마흔다섯, 마흔여섯…… 몇백 년 만에 가장 신나는 날 아닌가요……. 예순여덟, 예순아홉…… 앞으로 오래오래 오늘 일을 이야기하게 될 거예요. 백까지 세기 전까지는 보지 말아요. 반칙하기 없기예요. 지금이에요!"

페르세우스가 왔던 길 그대로 나가 동굴 어귀와 탁 트인 해변으로 돌아갔을 때, 뒤에서 티격태격하고 악을 쓰고 딱딱거리는 그라이아이의 목소리가 들렸다.

"비켜, 비켜!"

"찾았다, 찾았어!"

"그건 그냥 뼛조각이야, 이 멍청아."

"눈! 눈 찾았다!"

"내 혀 잡아당기지 마!"

고르곤의 섬

페르세우스는 낫과 방패를 몸에 장비하며 혼자 씨익 웃었다. 이빨과 눈알은 잘 숨겨두었다. 백발의 노파들은 며칠 동안 그것들을 찾아 헤맬 것이다. 찾는 걸 포기하고 새나 바다 괴물을 고르곤 자매들에게 보내 그의 접근을 경고하지는 않을 것 같았다. 설령 그런다 해도 그에게는 마법 같은 무기들이 있었다. 그런데 아이기스라는 방패는……. 왜 아테나는 방패 표면을 항상 반짝반짝 윤이 나게 닦아 놓으라고 그렇게 강조했을까?

페르세우스는 수면 위로 날아올라 리비아 해안 쪽으로 방향을 잡았다.

페르세우스가 고르곤들의 집을 찾아 바다 위를 스치듯 날아갈 때 셀레네의 달 전차가 하늘 높이 떠 있었다. 그는 곧 목적지에 도착했다. 섬이라기보다는 연속으로 이어진 바위에 가까운 것들이 안개에 완전히 뒤덮여 있었다. 페르세우스는 안개를 가르며 아래로 내려갔다. 이곳에는 달빛이 조금 스며들어 있었다. 섬 위에서 내려다보니, 그가 바위 지형인 줄 알았던 것은 살아 있는 듯한 조각상들이었다. 바다표범들, 바닷새들, 그리고 인간 남자들. 여자들과 아이들도 조금 있었다. 이렇게 어두침침한 외딴곳에 조각 정원이 있다니 별일이었다.

이제 고르곤들이 보였다. 세 자매는 둥글게 누워 서로 팔짱을 끼고 우애 넘치는 모습으로 깊이 잠들어 있었다. 어머니에게 들었던 얘기와는 사뭇 달랐다. 어머니의 말대로 셋 모두 엄니 같은 이빨과 청동 발톱을 가지고 있었지만, 살아 꿈틀거리는 뱀들을 머리에 달고 있는 이는 한 명뿐이었다. 분명 그자가 메두사였다. 그녀는 나머지 두 명보다 작았다. 달빛에 비친 얼굴이 매끈했다. 다른 둘은 비늘 같은 피부가 마치 주머니처럼 축축 처져 있었다. 잠든 메두사의 눈은 닫혀 있었고, 페르세우스는 그 눈꺼풀이 열리는 순간 끝장이라는 걸 알면서도 자꾸 그쪽으로 시선이 갔다. 저 눈과 한 번만 마주쳐도…….

아, 그는 바보였다! 사방에 서 있는 조각상들은 어느 재능 있는 조각가의 예술 작품이 아니라, 메두사와 눈이 마주쳐서 돌로 변한 자들이었다.

그가 공중에 떠 있는 동안 샌들은 조용히 날갯짓을 했다. 그는 하르페의 구부러진 날을 뽑아 들고 방패를 앞으로 내밀었다. 이제 어떡하지? 아테나가 왜 방패를 윤나게 닦아 놓으라고 했었는지 퍼뜩 이해가 갔다. 메두사의 눈을 똑바로 쳐다볼 수는 없지만, 거울에 비친 상이라면…… 문제가 달라진다.

페르세우스는 방패를 쑥 내밀고 밑으로 기울여, 그 반짝이는 청동 표면에 세 자매의 잠든 모습을 선명히 비추었다.

욕실 거울을 보며 눈썹을 다듬어 본 사람이라면 잘 알겠지만, 거울에 반대로 비친 모습을 보면서 살을 베지 않고 그렇게 섬세한 작업을 하기란 여간 힘든 일이 아니다. 왼쪽은 오른쪽이고 오른쪽은 왼쪽, 가까운 곳은 멀고 먼 곳은 가깝다. 페르세우스는 낫을 앞뒤로 휘두르는 자기 모습이 보이도록 거울의 각도를 조정했다.

하지만 아무것도 보이지 않았다! 왜 거울에 아무것도 안 비치지?

그럴 수밖에! 그는 자신의 둔한 머리를 욕하며 하데스의 두건을 벗어 가방에 집어넣었다. 이것도 쉬운 일이 아니었다. 한 손에는 무거운 낫을, 한 손에는 훨씬 더 무거운 방패를 든 채, 고르곤들을 깨우지 않도록 조심하면서 샌들이 계속 적당한 높이에 떠 있도록 신경을 쓰자니, 두건을 집어넣고 났을 때에는 땀이 삐질삐질 나고 숨이 찼다. 이제 전략을 실행에 옮길 준비가 됐다. 지금은 방패에 그의 모습이 또렷이 비치고 있었고, 거울을 보며 낫을 휘두르는 법도 손에 익혔다.

그는 자신도 모르는 사이에 더 밑으로 내려와 있었다. 낫을 획획 휘두르는 소리에 메두사의 머리에 난 독사들이 깨어나 쉭쉭 곧추서기 시작했다. 방패의 각도를 바꾼 페르세우스는 그를 똑바로 쳐다보며 쉭쉭거리는 뱀들을 보았다. 언제라도 메두사가, 그리고 어쩌면 무적의 자매들까지 깨어날 수 있었다. 페르세우스는 무기를 단단히 잡고서 잠든 메두사에게 다가갔다. 그녀가 꿈틀거리고 눈꺼풀이 파르르 떨리는 모습이 방패에 비쳤다.

메두사의 눈이 떠졌다.

그가 뭘 기대했는지는 그 자신도 알 수 없었다. 추하고 소름 끼치는 얼굴이라면 몰라도 분명 아름다운 여인의 모습을 예상하지는 않았다. 하지만 메두사의 눈이 분노로 번득이고 있는데도, 왠지 거울을 통해서가 아니라 직접 그 눈을 깊숙이 들여다보고 싶은 충동이 일었다. 그는 그 느낌을 꾹 누르고 낫을 높이 쳐들었다.

메두사는 방패를 빤히 쳐다보고 있었다. 그러다 페르세우스를 똑바로 보려고 고개를 들자 그녀의 목이 적나라하게 드러났다. 하르페가 허공을 가르고 그 날이 메두사의 목을 베어 들어갔다. 페르세우스는 밑으로 몸을 날려 머리를 자른 다음, 죽어가며 몸부림치는 뱀들의 독니에 물리기 전에 그 머리를 가방에 넣었다.

그는 날아올라 달아나려 했지만 무언가에 발목이 잡혔다. 다른 고르곤인 스테노와 에우리알레가 깨어나 소리를 지르며 그를 끌어내리고 있었다. 페르세우스는 있는 힘을 다해 발을 차고 또 차며 샌들을 위로 밀어댔다. 자욱한 안개를 뚫고 달빛 어린 맑은 하늘로 치솟아 올라갈 때 격노한 자매들의 새된 비명이 그의 귓속에서 울려댔지만 그는 절대 뒤돌아보지 않았다.

어쩌면 뒤돌아봤어야 하는지도 모른다. 정말이지 놀라운 광경을 볼 수 있었을 테니 말이다. 아테나의 신전에서 포세이돈에게 겁탈당한 날부터 쭉 메두사의 자궁에는 그 교합으로 인해 생긴 쌍둥이가 담겨 있었다. 그녀의 머리가 잘리고 나자 마침내 쌍둥이가 세상 밖으로 나올 수 있는 구멍이 생겼다. 쩍 벌어진 상처에서 먼저 밖으로 나온 것은 빛나는 황금으로 만들어진 무기를 가진 젊은 남자였다. 그는 '황금 칼'이라는 뜻의 크리사오르라는 이름으로 불리게 된다.

죽은 메두사의 열린 목구멍에서 또 다른 형체가 나타났다. 우라노스의 잘린 고환에서 흘러나온 거품 이는 정액과 피에서 사랑스러운 아프로디테가 탄생한 후로, 소름 끼치도록 추악한 존재에게서 이토록 초월적으로 아름다운 존재가 태어난 건 처음이었다. 크리사오르의 쌍둥이 동생은 은은하게 반짝이는 백색의 천마였다. 말은 앞발로 허공을 박차며 하늘로 날아올라, 자신의 형제와 꽥꽥악을 써대는 두 자매를 남겨둔 채 떠나버렸다.

이 말의 이름은 페가수스였다.

안드로메다와 카시오페이아

"해냈어! 내가 해냈다고!" 페르세우스는 달을 바라보며 외쳤다.

정말 그랬다. 그는 처음에는 시시해 보였던 가방에 메두사의 머리를 안전하게 모셔놓고서 황홀경에 빠져 한껏 들뜬 상태로 하늘을 날았다. 승리감에 심하게 도취한 나머지 길을 잘못 들고 말았다. 왼쪽으로 틀어야 하는데 오른쪽으로 꺾었고, 곧 정신을 차려 보니 낯선 해안을 따라 날고 있었다.

지치지도 않고 기나긴 거리를 날고 또 날았지만, 생소한 해안에 점점 더 당황스러워졌다. 날이 밝아오자 갑자기 희한한 광경이 눈에 들어왔다. 한 아름다운 여인이 벌거벗은 채 바위에 쇠사슬로 매여 있는 것이 아닌가.

페르세우스는 그녀에게 날아갔다.

"여기서 뭐 해요?"

"뭐 하고 있는 것처럼 보여요? 그리고 웬만하면 딴 데 말고 내 얼굴만 봐요."

"미안해요……. 궁금해서……. 내가 도울 수 있는 방법이 없을까요? …… 나는 페르세우스라고 합니다."

"나는 안드로메다예요, 만나서 반가워요. 그런데 어떻게 계속 공중에 떠 있는 거죠?"

"그건 얘기하자면 길고요. 더 중요한 건, 왜 이 바위에 묶여 있어요?"

"그거야……." 안드로메다는 한숨을 내쉬었다. "실은 어머니 때문이에요. 역시 얘기하자면 길지만, 할 일도 없으니 말해줄게요. 내 부모님인 케페우스 님과 카시오페이아 님은 왕과 왕비예요."

"여기가 정확히 어디죠?"

"에티오피아죠. 어딘 줄 알았어요?"

"아니에요. 계속 얘기해요……."

"전부 다 어머니 탓이에요. 어느 날 어머니가 세상의 모든 네레이스들과 오케아니스들보다 제가 더 아름답다고 큰 소리로 떠벌리셨지 뭐예요."*

"뭐, 틀린 말은 아닌데요." 페르세우스가 말했다.

"쉿. 포세이돈 님이 이 자랑을 듣고는 진노하셔서 케토†라는 무시무시한 바다 용을 보내 해안가를 쑥대밭으로 만들어놓으셨어요. 선박이 한 척도 들어오지 못하니 백성들은 굶주리기 시작했지요. 보시다시피 우리는 교역에 의지하고 있답니다. 우리 부모님이 사제들에게 의견을 구했더니 신을 달래고 케토를 퇴치하려면 나를 알몸으로 바위에 묶어두는 수밖에 없다고 하더레요. 케토가 나를 잡아먹으면 왕국을 구할 수 있다고 말이에요. 오, 이런, 그놈이 왔네요. 저기요, 봐요!"

페르세우스가 고개를 돌려보니 거대한 바다짐승이 등을 구부린 채 파도를 가르며 다가오고 있었다. 페르세우스는 괴물을 상대하러 지체 없이 바닷속으로 뛰어들었다.

감탄하고 안도하며 지켜보던 안드로메다는 시간이 지나도 페르세우스가 물 밖으로 나오지 않자 서서히 절망에 빠졌다. 그가 세리포스섬 최고의 잠수 기록을 보유하고 있다는 사실을 그녀로서는 알 길이 없었다. 그가 케토의 딱딱한 각질 비늘을 벨 수 있을 만큼 날카로운 낫을 가지고 있다는 사실도. 페르세우스의 팔팔하고 의기양양한 얼굴이 마침내 파도 사이로 불쑥 튀어 올라오며 부

---

* 바다의 양대 님프인 오케아니스와 네레이스는 각각 티탄족 해신들인 오케아노스와 테티스의 딸들과 손녀들이다. 따라서 그들은 포세이돈의 사촌들이었다. 『스티븐 프라이의 그리스 신화』1권을 참고하라.

† 두 명의 고르곤을 낳은 케토와 혼동하지 말 것. 수많은 바다짐승들이 이 해신에게서 이름을 따왔고, '시테이션(cetaceans, 고래목)'도 마찬가지이다.

글부글 들끓는 기름과 피에 둘러싸이자, 그녀는 안도감에 소리를 질렀다. 페르세우스는 수줍게 손을 흔든 뒤 다시 안드로메다에게 날아갔다.

"말도 안 돼요. 세상에! 어떻게 한 거예요?"

"아, 그거야." 페르세우스는 하르페를 획획 두 번 휘둘러 쇠사슬을 끊으며 말했다. "나는 원래 물속이 편해요. 그냥 괴물 밑으로 헤엄쳐 들어가서 낫으로 놈의 배를 위로 쭉 갈랐죠. 집까지 데려다줄까요?"

왕궁에 도착했을 때쯤 페르세우스와 안드로메다는 서로에게 푹 빠져 있었다.

카시오페이아는 살아 돌아온 딸을 보고 매우 기뻐하며, 잘생기고 젊은 영웅을 사위로 삼을 생각에 쾌재를 불렀다.

케페우스왕은 차분히 말했다. "잊지 마시오, 부인. 안드로메다는 이미 내 동생 피네우스와 혼인하기로 약속이 되어 있지 않소."

"말도 안 돼요. 그냥 지나가는 소리로 한 얘기를 꼭 지켜야 하는 건 아니잖아요. 그분도 이해해주실 거예요."

피네우스는 이해해주지 않았다. 아이깁토스의 형제이자 닐루스‡의 후손인 그는 안드로메다와 결혼하면 나일강의 강력한 왕국들을 통일할 수 있으리라 믿었다. 낫을 들고 나타난 애송이 때문에 이를 포기할 수는 없었다. 이 애송이가 날 수 있다는 소문은 한 귀로 듣고 한 귀로 흘려버렸다.

---

‡ 닐루스는 강의 신들인 포타모이 중에서도 영향력이 컸다. 그의 후손들은 아이깁토스, 리비에, 에티오피아와 교합했다. 아시아와 에우로페처럼, 이들 신과 반신반인, 인간의 이름은 우리가 지금 사용하는 지도에서도 발견할 수 있다.

에티오피아 궁전의 대연회장에서 열리고 있던 약혼식의 흥겨운 분위기는 피네우스 일당이 완전무장을 한 채 들이닥치면서 깨지고 말았다.

"그놈은 어디 있지?" 피네우스가 고함을 질렀다. "감히 나와 안드로메다 사이에 끼어든 꼬마는 어디 있느냐?"

왕족들이 진수성찬을 즐기고 있던 상석에서 카시오페이아와 케페우스는 머뭇머뭇 일어나는 페르세우스를 곤혹스럽게 지켜보았다. "오해가 조금 있었던 것 같은데요." 페르세우스가 말했다.

"말 한번 잘했군. 바로 네 녀석이 오해를 했지. 그 여인은 몇 달 전에 나와 약혼했으니까." 피네우스가 말했다.

페르세우스는 안드로메다를 바라보며 물었다. "사실이에요?"

"그래요. 하지만 내 의견은 묻지도 않았어요. 저분은 내 숙부님이라고요. 기가 막혀서."*

"그게 무슨 상관이지? 너는 내 여인이고 그걸로 끝이야. 그리고 너." 피네우스는 칼로 페르세우스를 겨누며 호통을 쳤다. "2분을 줄 테니 궁과 왕국을 떠나라. 그러지 않으면 네 머리로 문설주를 장식해주마."

페르세우스는 연회장 저쪽에 있는 피네우스를 내려다보았다. 그의 뒤로 무장한 남자들이 예순 명은 되는 것 같았다. 하지만 머리로 문설주를 장식하겠다는 말을 들으니 기발한 생각이 하나 떠올랐다. "아니요, 내가 당신에게 2분을 줄 테니 궁을 떠나십시오.

---

* 현대의 많은 인간들과 마찬가지로 안드로메다도 근친상간에 반감을 품고 있는 것 같다. 신들은 그렇게 까다롭지 않다.

부하들과 함께 이 연회장을 장식하고 싶지 않으면."

피네우스는 가소롭다는 듯 입술을 쭉 내밀었다. "배짱 하나는 두둑하군. 그건 인정해주지. 이 버릇없는 녀석의 목을 제일 먼저 화살로 꿰뚫는 자에게 황금을 한 주머니 주겠다."

무장한 남자들이 환호성을 지르며 활시위를 당기기 시작했다.

"내 편인 사람들은 내 뒤로 와요!" 페르세우스는 이렇게 소리 지르며 가방을 열어 메두사의 머리를 꺼냈다.

피네우스와 예순 명의 부하들이 바로 얼어붙어 버리자 상석에 있던 안드로메다와 카시오페이아, 케페우스, 그리고 하객들은 소스라치며 비명을 질렀다.

"왜 저들이 안 움직이지?"

"오, 맙소사, 돌이 됐잖아!"

페르세우스는 머리를 가방에 도로 집어넣고는 미래의 장인을 돌아보았다. "동생분을 많이 아끼셨던 게 아니었으면 좋겠군요."

"나의 영웅이여……." 안드로메다가 속삭였다.

"어떻게 한 거죠? 다들 조각상이 됐잖아. 돌 조각상이! 어떻게 이런 일이 가능한 거야?" 카시오페이아가 새된 소리로 말했다.

"아, 그게. 어젯밤에 우연히 고르곤 메두사를 만나서 머리를 잘 랐거든요. 쓸 데가 있을까 싶어서요." 페르세우스는 겸손하게 어깨를 으쓱하며 말했다.

페르세우스는 안도의 한숨을 애써 삼켰다. 생명을 잃은 메두사의 눈이 사람들을 돌로 만들 위력을 갖고 있을지 아무런 확신이 없었지만, 내면의 소리가 그에게 시도해볼 만한 가치가 있다고 말해주었다. 그 내면의 소리가 자기 자신의 영감이었는지, 아니면 아테나가 속삭여준 충고였는지는 그 뒤로도 알 길이 없었다.

케페우스는 페르세우스의 어깨에 손을 얹었다. "나는 예전부터 피네우스를 증오해왔소. 큰일을 해줬구려. 이 은혜를 어떻게 갚아야 할지."

"전하의 따님과 결혼하는 것 말고는 아무것도 필요 없습니다. 공주님을 모시고 제 고향인 세리포스섬으로 가서 제 어머니를 봬도 될까요? 안 돼요!" 카시오페이아 왕비가 가방 덮개를 들어 올리려고 손을 앞으로 살짝 움직이자 페르세우스는 그 손을 찰싹 때렸다. "참으시는 게 좋아요."

"오, 어머니." 안드로메다는 한숨을 쉬었다. "대체 언제 철드실래요?"

세리포스섬으로 돌아가다

"궁전을 기대하면 안 돼요." 페르세우스는 안드로메다와 함께 세리포스섬을 향해 바다 위를 쏜살같이 날아가면서 경고했다. "그냥 소박한 오두막집이거든요."

"당신이 자란 곳이라면 내 마음에도 들 거예요."

"사랑해요."

"당연히 그러시겠죠."

하지만 그들이 해변으로 내려갔을 때 딕티스의 오두막집은 잿더미가 되어 있었다.

"대체 무슨 일이 있었던 거지? 다들 어디 갔어? 뭐가 어떻게 된

거야?"

페르세우스는 멀지 않은 곳에서 어망을 고치고 있는 어부들을 발견했다. 그들은 슬픈 표정으로 고개를 저으며 폴리덱테스가 다나에와 딕티스를 잡아갔다고 말했다.

"왕이 궁전에서 큰 잔치를 벌이고 있다더구나."

"그래. 지금도."

"무슨 발표를 한다던데."

페르세우스는 안드로메다와 손을 잡고 함께 궁전으로 날아갔다. 그들이 알현실의 뒤쪽에 도착했을 때 마침 다나에와 딕티스가 밧줄에 묶인 채 폴리덱테스 앞으로 끌려가고 있었다.

"어떻게 감히? 어떻게 감히 내 허락도 없이 둘이 결혼할 수가 있지?"

"다 내가 벌인 짓입니다." 딕티스가 말했다.

"우리가 벌인 거죠." 다나에가 말했다.

폴리덱테스는 악을 썼다. "내가 그대에게 손을 내밀었건만. 그대가 내 왕비가 될 수도 있었어! 내게 이런 모욕을 줬으니 둘 다 죽여줘야겠어."

페르세우스가 앞으로 나서 왕좌를 향해 걸어갔다. 폴리덱테스는 다나에와 딕티스의 어깨 너머로 그를 보았다. 폴리덱테스는 활짝 웃었다.

"이런, 이런, 이런. 용감한 청년 페르세우스 아니신가. 메두사의 머리 없이는 돌아오지 않겠다더니."

"히포다메이아와 결혼하기 위해서 오이노마오스왕과 전차 경주를 하실 거라면서요."

"마음이 바뀌었다."

"왜 어머니를 잡아 가두셨죠?"

"네 어머니와 딕티스는 곧 죽을 것이다. 원한다면 네 목도 같이 매달아 주지."

다나에와 딕티스는 페르세우스를 바라보며 소리쳤다.

"도망치거라, 페르세우스, 도망쳐!"

"어머니, 딕티스, 나를 사랑한다면 고개를 돌려 폴리덱테스를 보세요. 부탁이에요! 나를 사랑하는 모든 분들, 어서 왕을 바라보세요!"

폴리덱테스의 미소가 조금 흔들렸다. "이건 또 무슨 허튼수작이지?"

"저에게 메두사의 머리를 부탁하셨죠. 여기 있습니다!"

"설마 내가⋯⋯." 폴리덱테스는 그 이상 말을 잇지 못했다.

"이제는 나를 봐도 돼요." 페르세우스는 메두사의 머리를 다시 가방에 집어넣고 말했다. "이제 안전해요."

돌 병사들을 양옆에 끼고 옥좌에 앉은 폴리덱테스의 조각상은 세리포스섬의 명물이 되었다. 관광객들은 돈을 낸 뒤 조각상을 보고 만졌으며, 이렇게 벌어들인 돈은 아테나 신전을 건축하고 섬의 곳곳에 수많은 헤르마*를 세우는 데 쓰였다.

안드로메다와 페르세우스는 딕티스왕과 다나에 왕비를 세리포

---

* '헤르마'는 경계표지와 이정표로 사용된 네모기둥이다. 기둥의 위쪽에는 두상, 일반적으로 헤르메스(그답지 않게 수염이 달려 있었지만)의 두상이 조각되고, 좀 더 아래에는 남성의 성기가 새겨졌다. 사람들은 그것을 어떤 특정한 방식으로 쓰다듬으면 행운이 온다고 믿었다.

스 섬에 남겨두고 길을 떠났다. 그곳에 계속 머물다 왕위를 물려받을 수도 있었다. 안드로메다의 고향으로 돌아가 에티오피아와 이집트의 통합 왕국을 다스릴 수도 있었다. 하지만 젊은 그들은 바깥세상을 구경하고 싶었고, 페르세우스는 태어나서 일주일도 채 있지 못한 고향에 가보고픈 마음이 굴뚝같았다. 그의 할아버지 아크리시오스왕은 무슨 수를 써서라도 그의 탄생을 막고 목숨을 끊어놓으려 했지만, 페르세우스는 자신의 고향인 그 유명한 아르고스 왕국을 직접 보고 싶었다.

아르고스에 도착한 페르세우스와 안드로메다는 아크리시오스가 수년 전 딸과 손자를 궤짝에 넣어 바닷물로 집어 던진 후 사악하고 잔인한 독재자가 되었다는 사실을 알았다. 통치자로서 한 번도 백성들에게 사랑받지 못한 그는 곧 왕위에서 쫓겨났다. 그가 지금 어디에 있는지 아는 이는 아무도 없었다. 페르세우스의 눈부신 위업을 소문으로 들어서 알고 있던 아르고스의 백성들은 그에게 비어 있는 왕좌에 앉아 달라 청했다. 앞으로 무엇을 할지, 어디에 정착할지 아직 확신이 없던 젊은 부부는 아르고스 백성들에게 감사하며 생각할 시간을 달라고 했다.

그들은 그리스 본토를 여기저기 떠돌아다니면서, 페르세우스가 운동 경기에 참가해서 따내는 우승 상금으로 여행 경비를 마련했다. 라리사의 왕이 그해 가장 큰 상금이 걸린 대회를 열 것이라는 소식을 듣고 그들은 테살리아가 있는 북쪽으로 향했다. 그리스 최고의 선수들이 참가할 예정이었고, 가장 많은 경기에서 우승을 거둔 참가자가 큰 상을 받을 터였다. 페르세우스는 모든 경주와 경기를 하나씩 이겨나갔다. 마지막 종목은 원반던지기였다. 페르세우스가 던진 원반은 가장 멀리 있는 측정선을 넘고 경기장을 벗어나 관중석까지 날아갔다. 이 놀라운 재주에 환호가 터져 나왔지만 그 소리는 순식간에 공포의 신음으로 바뀌었다. 관중석의 누군가가 원반에 맞은 것이다.

페르세우스는 그곳으로 달려갔다. 한 노인이 머리에 피를 흘리며 땅에 쓰러져 있었다. 페르세우스는 그를 껴안았다.

"정말 죄송해요. 정말 죄송합니다. 제 힘이 어느 정돈지 저도 몰라요. 신들께서 용서해주시길."

놀랍게도 노인은 미소 짓고는 콜록거리며 웃음을 터뜨리기까지 했다.

"걱정할 것 없소. 실은 재미있지 뭐야. 내가 신탁을 이겼어. 이런 말을 할 수 있는 자가 얼마나 될까? 내가 손자 손에 죽는다더니, 지금 이렇게 빙충맞은 운동선수 때문에 쓰러져 있잖은가."

노인의 시종이 페르세우스를 밀어냈다. "전하께 예를 갖추게."

"전하요?"

"이분이 아르고스의 아크리시오스왕이시라는 걸 모르는가?"

사고든 아니든, 운명이든 아니든, 엄연한 혈족 범죄였다. 페르세우스와 안드로메다는 헤르메스가 태어난 아르카디아의 킬레네산 동굴 근처에 있는 헤르메스 신전으로 슬픈 순례를 떠났다. 그들은 돌 제단에 투명 두건과 날개 달린 샌들 탈라리아를 올려놓았다. 그러고 나서 헤르메스에게 짧은 기도를 올린 후 신전을 빠져나가다가 제단을 돌아보았다. 두건과 샌들은 사라지고 없었다.

"우리는 옳은 일을 한 거예요." 안드로메다가 말했다.

이제 그들은 아테네로 가서, 아테나 신전의 가장 후미진 곳에

낫과 방패, 그리고 메두사의 머리가 든 가방을 숨겼다.

아테나가 직접 그들 앞에 나타나 그들을 축복해주었다.

"잘했다, 페르세우스여. 아버지가 흡족해하시는구나."

아테나가 방패를 들어 올리니, 깜짝 놀라고 경악하고 슬픈 표정의, 그리고 어쩐지 아름다운 메두사의 얼굴이 반짝이는 청동 표면에 영원히 갇힌 모습이 보였다. 그때부터 이 방패는 아테나의 아이기스가 되었다. 아테나의 상징이자 세상을 향한 그녀의 경고.

대부분의 위대한 영웅들과 달리 페르세우스와 안드로메다는 오래오래 행복하게 살았다. 방랑을 끝낸 그들은 코린토스지협을 통해 그리스 본토와 연결된 남서부의 거대한 펠로폰네소스반도*로 돌아가 위대한 왕국 미케네를 세웠다. 미케네는 머지않아 아르골리스라는 이름으로, 이웃 왕국인 아르카디아와 코린토스, 페르세우스가 태어난 남쪽의 아르고스 왕국까지 흡수했다.

그들의 혈통은 아들인 페르세스를 통해 이어져 페르시아 국가와 민족의 시조가 되었다.

페르세우스와 안드로메다는 장수한 후 제우스가 인간에게 내리는 최고의 상을 받았다. 카시오페이아, 케페우스와 함께 하늘로 올라가 별자리가 된 것이다. 그들은 말 안 듣는 자식들처럼 제멋대로 쏟아져 내리는 유성우, 지금도 일 년에 한 번씩 으스대며 밤하늘을 수놓는 페르세우스자리 유성군을 바라보고 있다.

---

* 엄밀히 말하자면 펠로폰네소스라는 이름은 이때 없었다. 우리가 나중에 만날 펠롭스왕에게서 따온 이름이다.

헤라클레스

페르세우스의 혈통

제우스는 식탁에 홀로 앉아 아침 늦게까지 헤라의 꿈 이야기를 곱씹었다. 누군가가 일어나 불멸의 존재들을 구원하리라. 페르세우스의 혈통인 누군가가. 꿈의 신 모르페우스가 착각과 혼란을 불러일으키려 보낸 발칙한 환상이겠지, 하고 제우스는 속으로 중얼거렸다. 하지만 어쩌면, 만에 하나, 그 꿈이 하나의 경고, 예언일 가능성도 아예 없지는 않았다. 미리 대비한다고 해서 손해 볼 건 없었다. 게다가 그 과정에서 꽤 재미도 볼 수 있지 않을까.

자, 그럼. 페르세우스의 혈통이라. 어디까지 얘기했더라……?

제우스는 미케네의 수도 티린스를 내려다보았다. 페르세우스왕과 안드로메다 왕비는 하늘로 올라가 별자리가 되었다. 그런데 헤라의 꿈대로 영웅을 낳을 페르세우스의 직계 후손이 있을까?

확실한 후보가 셋 있었다. 페르세우스와 안드로메다의 아들로 지금 미케네를 다스리는 스테넬로스. 그는 니키페*라는 젊은 여인

---

* 펠롭스와 히포다메이아의 딸. 펠롭스는 폴리텍테스가 참가하려는 척했던 전차 경주에서 승리하여 히포다메이아를 아내로 얻었다. 이 이야기도 해야겠지만, 아직은 때가 아니다.

과 결혼했다. 이 부부는 아직 아이가 없었다.

페르세우스와 안드로메다의 손자 암피트리온은 자신의 사촌이자, 역시 페르세우스와 안드로메다의 손녀인 아름다운 알크메네와 사랑에 빠져 결혼했다. 그들에게도 자녀가 없었다.

그렇다면 이들 중 한 부부가 위대한 영웅을 낳을 가능성이 있었다. 그런데 제우스의 눈을 피해 갈 수 없는 사실이 있었으니, 알크메네가 아름다워도 너무 아름답다는 것이었다. 알크메네가 암피트리온이 아니라 '나의' 아들을 낳는다면? 알크메네도 페르세우스의 손녀이니 그녀가 낳을 아이는 확실히 페르세우스의 혈통인 셈이고, 따라서 헤라가 본 예언 같은 환영의 조건에도 완벽히 부합한다. 거기다 제우스의 아들답게 강인한 영웅의 자질을 타고나리라.

제우스는 생각하면 할수록 이 발상이 마음에 들었다. 헤라의 꿈에도 꼭 들어맞고 그에게 즐거움까지 덤으로 선사해줄 영웅이 생기는 것이다. 하지만 알크메네를 어떻게 임신시킨담? 그녀와 암피트리온은 티린스가 아니라 저 멀리 테베에 살고 있었다. 그 이유는 복잡하면서도 흥미롭다.

암피트리온이 사냥을 하다가 실수로 알크메네의 아버지 엘렉트리온(그의 장인이자 삼촌)을 죽이고 말았다. 굳이 짚지 않아도 되겠지만, 사고든 아니든 혈족 살인은 그리스인들에게 가장 사악하고 용서받지 못할 범죄였다. 암피트리온과 알크메네는 테베로 달아났고, 그곳의 크레온왕이 암피트리온의 죄를 씻겨주었다. 죄를 씻고 정화된 암피트리온은 아내의 요구대로 일련의 복잡한 왕가 문제를 해결하기 위해 그녀를 테베에 남겨두고 미케네로 돌아갔다.

그래서 지금 알크메네는 크레온이 마련해준 테베의 대저택에서 홀로 지내고 있었다. 그녀는 남편을 사랑하는 충실한 아내였기 때문에, 제우스는 지금까지 욕정을 풀 때 그랬듯 독수리나 염소, 황금 소나기, 곰, 황소 같은 동물이나 현상으로 변신하기보다는 그녀가 사랑하는 남편 암피트리온의 모습으로 그녀 앞에 나타나기로 했다.*

적당히 무장하고 길의 먼지를 뒤집어쓴 제우스-암피트리온은 어느 날 저녁 저택에 도착해, 기뻐하는 알크메네에게 미케네에서의 승전을 전했다. 그는 알크메네가 해결하라고 했던 문제들을 얼마나 현명하게 처리했는지 시시콜콜하게 들려주었다. 이 이야기와 무사 귀환에 감격한 그녀는 자신의 침대에서 그를 기꺼이 맞았다. 제우스는 하룻밤의 길이를 세 배로 늘려 실컷 즐겼다. 마침내 날이 밝아오자 그는 저택을 떠났다.

그날 아침 암피트리온, 진짜 암피트리온이 미케네에서 돌아왔고, 알크메네가 이미 그의 승전에 대해 자세히 알고 있자 그는 깜짝 놀랐다.

"어젯밤에 다 얘기해줬으면서, 내 사랑하는 바보 남편. 그런 다음 사랑을 나눴잖아요. 오, 얼마나 대단한 밤이었는지! 우리는 사랑을 나누고 또 나눴죠, 뜨겁고 강렬하게. 한 번 더 해요." 그녀가 말했다.

---

* 아서왕의 전설에도 비슷한 이야기가 나온다. 멀린의 꾀대로 우서 펜드래건은 이그레인의 남편 골로이스의 모습으로 변장하고 이그레인과 동침하여 아서의 아버지가 된다.

암피트리온은 티린스와 테베 사이의 먼지투성이 길에서 며칠을 보내며 욕정을 풀 날만 고대하고 있던 터라, 아내의 묘한 말은 제쳐두고 흔쾌히 침대로 뛰어들었다.

일을 다 치르고 나서 알크메네는 그날 아침과 전날 밤의 잠자리가 다르다고 말했다.

암피트리온이 말했다. "농담하지 말아요. 어젯밤에 난 아직 길 위에 있었소. 내 병사들한테 물어봐요."

"하지만……."

한참이나 대화를 나눈 끝에 그들은 이 수수께끼를 풀 수 있을 만큼 현명하고 통찰력 있는 자는 테이레시아스밖에 없다는 결론을 내렸다. 테이레시아스는 육안으로는 아무것도 못 보지만, 예언자의 심안으로 모든 것을 보았다.

테베의 맹인 예언자는 두 사람이 각자 들려주는 어젯밤의 사건을 귀 기울여 들은 후 알크메네에게 말했다. "그대의 침대로 처음 찾아온 사람은 하늘의 아버지 제우스였습니다. 그리고 지금 그대의 몸 안에서 놀라운 일이 벌어지고 있군요."

그의 말대로였다. 제우스와 암피트리온과 잇따라 동침한 그녀는 둘의 아이를 각각 임신했다. 그녀의 자궁에서 제우스의 아들과 암피트리온의 아들이 쌍둥이로 자라고 있었다. 이렇게 하나의 난자에 두 개 이상의 정자가 들어가는 현상은 고양이나 개, 돼지 같은 다산 포유류에게는 흔하지만 인간에게는 드문 일이다. 그래도 아예 없지는 않다. 이부 동시 복임신heteropaternal superfecundation이라는 우스꽝스러운 이름까지 붙어 있다.

올림포스산에서 헤라는 이 모든 사태를 지켜보고 있었다. 천상의 왕비가 남편의 불장난에 이렇게까지 노발대발한 적은 이제껏 없었다. 이전에 있었던 세멜레, 가니메데스, 이오, 칼리스토, 다나에, 레다, 에우로페와의 불륜은 이번의 추악하고 치욕적인 배신에 비하면 아무것도 아니었다. 더 이상의 외도를 눈감아 주기에는 한계가 왔거나, 제우스가 진정으로 알크메네를 사랑한다고 생각했거나, 어쩌면 자신이 들려준 꿈 이야기에서 이 모든 일이 비롯되었기에 유독 모멸감이 컸을지도 모른다. 이유가 어찌 됐건 복수심에 불타오른 헤라는 점점 더 출산일이 가까워지는 알크메네를 지켜보며, 무슨 수를 써서라도 그 모욕적인 교합의 결실을 없애기로 마음먹었다.

남편의 허영심을 이용하면 복수의 첫 기회를 잡을 수 있을지도 몰랐다. 알크메네가 아기를 낳기 전날 밤, 신들의 왕은 올림포스산에서 거나하게 취해 있었다. 제 버릇을 못 버린 제우스는 사고를 치고 말았다.

"페르세우스 가문에서 다음에 태어날 아이가 아르골리스를 다스릴 것이다." 그가 무심결에 말을 뱉었다.

"진심이에요, 여보?" 헤라가 얼른 받아쳤다.

"진심이고말고요."

"그럼 모든 이들 앞에서 맹세하세요."

"그래야겠습니까?"

"진심이라면 맹세해요."

"좋소." 제우스는 헤라가 이토록 진지하게 나오는 것이 당황스러웠지만, 잘못될 일은 없다고 확신했다. "그대들 앞에서 선포하노니." 그는 맑고 우렁찬 목소리로 말했다. "페르세우스 혈통에서 태어나는 다음 아이가 아르골리스를 통치하리라."

미케네에 페르세우스의 아들 스테넬로스가 있다는 사실을 기억하는가? 헤라는 그의 아내 니키페 역시 임신했다는 사실을 알고 있었다. 그러나 그녀의 임신은 이제 겨우 일곱 달째였다. 그런 상황이라면 대부분의 사람들은 좌절했겠지만, 헤라는 대부분의 사람들과 달랐다. 그녀는 정절의 신이자 천상의 왕비, 그리고 무엇보다 남편에게 부당한 취급을 받고 있는 아내였다. 의지가 있는 한, 그것도 세상 누구보다 강한 의지가 있는 한 그녀가 못 해낼 일은 없었다.

그녀는 출산의 신인 딸 에일레이티이아*를 불러, 당장에 테베로 가서 알크메네의 침실 밖에 있는 의자에 다리를 단단히 꼬고 앉아, 다른 지시가 내려질 때까지 절대 다리를 풀지 말라는 명령을 내렸다. 출산의 신이 지척에서 이런 자세를 취하고 있으면 알크메네는 다리를 벌리지 못할 테고, 그러면 아이들은 자궁에 갇힌 채 질식해 죽으리라. 그사이 헤라는 니키페의 조산을 유도할 약을 들고 티린스로 향했다.

복잡하고 잔인하며 불쾌하지만, 기발하고 효과적인 책략이었다. 에일레이티이아의 영향 때문에 알크메네는 고통으로 몸부림만 칠 뿐 다리를 벌리지 못했다. 티린스에서는 니키페가 건강한

---

* '일리티이아'라고도 부른다. 에일레이티이아는 살이 불타는 듯 괴로운 출산의 고통을 상징하는 횃불을 휘두르거나, 아이를 빛으로 데려다주기 위해 허공으로 두 팔을 들어 올리고 있는 여성으로 묘사되었다. 로마인들은 그녀를 루시나 혹은 나시오라고 불렀다.

사내아이를 무사히 낳고, 에우리스테우스†라는 이름을 지어주었다.

헤라는 의기양양하게 올림포스산으로 돌아가 짜릿한 기분으로 말했다. "사랑하는 남편이여, 기뻐하세요. 페르세우스의 직계 자손인 사내아이가 태어났답니다, 역시나."

제우스는 활짝 웃었다. "아, 그래요. 내 그럴 줄 알았다오."

"정말 기쁜 소식이에요." 헤라는 흥분해서 말했다. "그 부부한테는 참 잘된 일이지 뭐예요. 스테넬로스야 페르세우스의 아들이니까 두말할 필요도 없고, 니키페의 혈통도 훌륭하잖아요. 대단한 가문이죠. 펠롭스의 후손일 뿐만 아니라……."

"잠깐, 잠깐, 잠깐……. 니키페? 스테넬로스? 그이들 얘기가 여기서 왜 나옵니까?"

"아, 내가 말 안 했던가요?" 헤라가 놀란 표정으로 물었다. "아들을 낳은 건 니키페와 스테넬로스예요."

"하, 하지만……."

"이렇게 멋진 소식이 또 어디 있어요? 그리고, 당신이 맹세하셨듯이, 스테넬로스의 아들이자 페르세우스의 손자인 이 에우리스테우스가 자라서 아르골리스를 다스릴 겁니다."

"하지만……."

"당신이 맹세하셨죠." 헤라는 달콤하기 그지없는 목소리로 말했다. "모두의 앞에서. 그리고 분명 당신은 이 아이에게 어떤 해도

---

† 에우리스테우스는 '어깨가 넓은'이라는 뜻이다. 그가 나올 때 니키페가 찌릿한 통증을 느꼈음을 암시하는 이름일지도 모른다.

가지 않게 할 거예요. 당신의 말이 곧 법이고, 당신이 어리석게도 스스로의 약속을 어기는 순간 거대한 코스모스가 울부짖고 올림포스가 쪼개지고 신들은 추락할 테니까요."

"나…… 나는……."

"입 좀 닫아요, 여보, 수염에서 부릎으로 침이 줄줄 흐르고 있잖아요. 보기 흉하게. 가니메데스에게 냅킨을 가져오라 시킬까요?"

제우스는 능수능란한 책략에 당하고 말았다. 생각지도 않았던 페르세우스의 손자, 에우리스테우스가 미케네, 코린토스, 아르카디아, 아르고스의 통합 왕국인 아르고스를 다스리도록 허락할 수밖에 없다는 걸, 헤라도 제우스도 알고 있었다. 제우스가 알크메네와의 사이에 태어날 아들을 생각하며 세워놓은 모든 계획이 허사로 돌아갈 판이었다. 그 가엾은 아이는 사산되고, 헤라가 승리하겠지. 전쟁 중인 남편과 아내는 웬만하면 절대 물러나는 법이 없지만, 제우스는 어떻게 해야 할지 아무런 생각도 떠오르지 않았다. 그는 옥좌에 앉아 우울하게 고민에 빠졌다.

제우스의 입장에서도, 역사를 생각했을 때에도 다행인 사실은 알크메네가 외모뿐만 아니라 행동거지 또한 사랑스러웠다는 점이다. 좋은 사람은 의리 있고 애정 깊은 친구를 끌어당기는 법이다. 그리고 알크메네의 시녀들인 갈란티스와 히스토리스만큼 의리 있고 애정 깊은 친구도 없었다. 그들은 이레 밤낮 동안 가여운 친구이자 주인이 몸 안에서 점점 커지는 짐에 괴로워하며 몸부림치는 모습을 지켜보았다. 마침내 테이레시아스의 딸로 아주 총명한 히스토리스가 꾀를 하나 냈다.

문밖에서 에일레이티이아는 다리를 단단히 꼰 채 조각상처럼 뻣뻣이 앉아 있었다. 대체 얼마나 더 있어야 알크메네의 아기가 죽었다고 확신하고 일어나서 허벅지에 피를 돌게 할 수 있을까 궁금해하면서.

갑자기 방에서 새된 소리가 새어 나왔다. 기다리고 기다리던 소식일까? 방문이 휙 열리더니 갈란티스가 뛰쳐나와, 절망이 아니라 환희에 젖은 표정으로 손뼉을 치며 외쳤다.

"어서 소식을 전해요, 어서! 우리 주인님이 아기를 낳으셨어요! 경사예요, 경사!"

어안이 벙벙해진 에일레이티아이아는 벌떡 일어나 소리쳤다. "그럴 리가 없어! 나한테 보여줘!"

그녀는 자기가 속임수에 넘어가 다리를 풀었다는 사실을 너무 늦게 깨달았다. 열린 문으로 알크메네가 히스토리스의 시중을 받으며 다리를 벌린 채 힘을 주고 있는 모습이 보였다. 첫 남자아기에 이어 또 한 명이 나왔고, 울음소리가 으앙으앙 우렁차게 울렸다. 에일레이티아이아는 옷을 단단히 여미고 달아났다. 헤라가 얼마나 크게 노할지 너무나 잘 알고 있었다.

진상을 알게 된 헤라는 아니나 다를까 노발대발했다. 손을 사납게 한 번 탁 튕겨, 건방지고 교활한 갈란티스를 족제비로 만들어버렸다.*

이토록 찜찜하고 치욕적인 기분은 처음이었다. 그 순간 헤라는 알크메네가 낳은 제우스의 아들을 영원히 증오하리라 맹세했다.

하지만 쌍둥이 중 누가 제우스의 아들이고 누가 암피트리온의

---

* 어쩐 일인지 히스토리스는 헤라의 노여움을 피했다. 약삭빠르게 숨었나 보다.

아들일까? 두 아기 모두 잘생기고, 건강하고, 힘이 좋았고, 여드레를 끌다가 태어난 만큼 덩치가 컸다. 팔불출 부모는 먼저 나온 아기에게 페르세우스의 아들이자 아기의 할아버지인 알카이오스를 기리는 뜻에서 알키데스라는 이름을 붙여주고, 다른 아기는 이피클레스*라고 불렀다. 생김새반으로는 누가 인간의 아들이고 누가 신의 아들인지 구분할 수 없었다.

하지만 누가 제우스의 아들인지는 머지않아 밝혀졌다.

뱀들을 죽이다

테베에서 지내는 동안 사용하라며 크레온왕이 암피트리온과 알크메네에게 빌려준 대저택이 달빛 속에 고요히 서 있었다. 두 마리의 청록빛 뱀들이 저택을 둘러싼 높다란 풀밭을 가르고 나와 잔디밭을 스르륵 미끄러져 테라스 쪽으로 기어갔다. 웬만큼 집중력이 뛰어나거나 감각이 예민하지 않고서는 알아채기 어려웠다.

헤라는 감히 주제도 모르고 태어난 건방진 인간 아기에게 얼른 앙갚음을 하고 싶었다. 쌍둥이 중 누가 남편의 천한 자식인지 고민할 필요도 없이 둘 다 죽이기 위해 두 마리의 독사를 보냈다.

---

* '이피(Iphi)-'는 '튼튼한' 혹은 '강력한'(예를 들어 이피게네이아는 '강하게 태어난 자'라는 뜻이다)을, '클레스(cles)'는 '자부심' 혹은 '영광'을 의미한다. '이피'는 그리스인들에게는 익숙했던 이집트의 작은 건량(곡물이나 채소 같은 마른 것의 부피를 재는 단위—옮긴이)이기도 하며, 대략 1~1.5갤런(3.79~5.68리터)에 해당한다. 이피클레스의 별명은 '영광의 반 파인트'가 아니었을까.

뱀들이 테라스를 지나 아기들이 잠든 방으로 주르르 미끄러져 들어가는 동안 족제비 한 마리가 근심에 싸인 표정으로 이를 하릴없이 지켜보고만 있었다. 갈란티스는 기도하고 비는 것밖에 할 수 있는 일이 없었다.

다음 날 아침 일찍 암피트리온과 알크메네는 히스토리스의 히스테리컬한 비명 소리에 잠에서 깨어났다.

"빨리 와서 보세요, 빨리요!" 히스토리스는 그들의 이불을 젖히며 재촉했다.

깜짝 놀란 부부는 꽥꽥 소리를 질러대는 소녀를 따라 쌍둥이의 방에 갔다가 믿기지 않는 광경을 보았다. 두 아기가 침대에 누워 있었다. 한 아기는 두려움에 질려 얼굴이 새빨개지도록 악을 쓰며 울고 있었다.

다른 아기는 드러누운 채 두 다리로 허공을 차고 있었다. 살짝 쥔 두 주먹에는 질식사한 독사를 한 마리씩 움켜쥐고 있었다. 그는 자신을 내려다보는 부모를 올려다보며, 죽은 뱀들을 장난감처럼 흔들면서 까르륵 웃었다.†

"음." 암피트리온이 두 아기를 차례로 보며 말했다. "이제 누가 제우스 님의 아들인지 알겠군."

"알키데스."

"맞소."

"이건 헤라 님의 소행이에요." 알크메네는 겁에 질려 우는 이피

---

† 그 뱀들이 방울뱀이었고, 이 놀라운 사건이 갓난아기에게 방울을 쥐여주는 풍습의 시초였다고 생각하면 재미있다. 하지만 안타깝게도 방울뱀이 아메리카 대륙 밖에서도 존재했다는 증거는 없다.

클레스를 안아서 달래며 말했다. "헤라 님이 뱀을 보낸 거예요. 무슨 수를 써서라도 내 아들들을 죽이려고 할 거예요."

"그럼 이피클레스가 억울하잖소." 암피트리온은 자기 아들의 턱 밑을 어루만지며 격분했다. "다시 테이레시아스를 찾아가봐야겠군."

그날 밤 그들은 예언자의 조언을 얻으러 떠났다. 그들이 자리를 비운 사이 헤르메스가 슬그머니 아기방으로 들어가서 알키데스를 침대에서 꺼내 안고는 올림포스산으로 날아가, 기다리고 있던 아테나에게 건넸다.

두 신은 헤라가 잠들어 있는 곳으로 살금살금 다가갔다. 아테나가 알키데스를 헤라의 가슴에 살며시 내려놓았다. 그러자마자 아기는 게걸스럽게 젖을 빨기 시작했다. 하지만 젖꼭지를 너무 세게 빠는 바람에 헤라가 아파서 소리를 지르며 깨어났다. 밑을 내려다본 그녀는 알키데스를 유두에서 떼어내 질색을 하며 던져버렸다. 그녀의 유두에서 뿜어져 나온 젖이 거대한 포물선을 그리며 밤하늘을 별들로 수놓았다. 이 순간부터 그 별들은 '젖의 길Milky Way, 은하수'이라 불렸다.*

헤르메스는 헤라가 내던진 아기를 능란하게 받아 채서는 잽싸게 테베로 돌아가, 아기가 사라졌다는 사실을 누가 눈치채기 전에 침대에 도로 눕혀놓았다.

실패로 돌아간 이 어설픈 작전은 제우스의 머리에서 나왔다. 자

* 어이없게 들리지만 사실이다. 젖의 길은 은하수이며, '갤럭시(galaxy, 은하수)'라는 단어는 '젖'을 의미하는 고대 그리스어 '갈라(gala)'에서 나왔다. '갤럭틱(galactic, 은하의, 젖의)'이라는 단어와 어쩌면 갤럭시 밀크 초콜릿도 여기에서 유래했을지 모른다.

신의 아들 알키데스가 헤라의 젖을 먹고 불멸의 존재가 되기를 바란 것이다. 그가 총애하는 아들과 딸, 헤르메스와 아테나는 최선을 다했지만 알키데스는 한 입도 제대로 먹지 못했고, 두 신은 이 작전을 다시 시도할 생각이 전혀 없었다.†

한편 테이레시아스의 신전에서는 알크메네와 암피트리온이 예언자의 조언에 귀를 기울이고 있었다.

"알키데스는 놀라운 공적을 남기겠군요. 무시무시한 괴물들을 죽이고, 폭군들을 쓰러뜨려 위대한 왕조를 세우겠습니다. 지금까지 그 어떤 인간도 얻지 못한 명성을 얻을 겁니다. 다른 신들은 그를 돕겠지만, 헤라 님은 인정사정없이 그를 쫓아다니며 괴롭히실 겁니다." 테이레시아스가 말했다.

"헤라 님을 달랠 만할 방법은 없겠소?" 알크메네가 물었다.

테이레시아스는 잠깐 생각에 잠겼다가 답했다. "흠, 한 가지 방법은 있지요. 아이의 이름을 바꿔보십시오."

"이름을 바꿔?" 암피트리온이 말했다. "그게 무슨 도움이 되겠는가?"

"이를테면 '헤라의 영광'이라고 부르면 어떻습니까? '헤라의 긍지'라든가."

그래서 결정이 났다. 이제부터 알키데스의 이름은 헤라클레스이다.

---

† 헤라는 아이를 낳았으니 젖이 나왔겠지만, 처녀신 아테나는 아기에게 젖을 먹일 수 없었을 것이다.

영웅의 어린 시절과 교육

헤라클레스는 쌍둥이 동생인 이피클레스와 함께 자랐다. 암피트리온과 알크메네는 두 아들을 동등하게 키웠는데, 헤라클레스의 키와 몸무게, 근육이 무서운 속도로 늘어 형제를 본 모든 이들은 일찌감치 둘을 구분했다.

쌍둥이 형제는 그 시절 왕가의 자녀들에게 적합한 교육을 받았다. 전차 몰기, 투창, 원반던지기, 높이뛰기, 달리기는 암피트리온에게 배웠다. 궁술의 신 아폴론의 손자이자 그리스에서 가장 유명한 궁수인 오이칼리아의 에우리토스왕은 어린 헤라클레스에게 활시위에 화살을 빠르게 메겨 정확하게 쏘는 방법을 가르쳤다. 열 살 무렵 헤라클레스는 이미 달리기, 높이뛰기, 승마, 전차 몰기, 던지기, 궁술 분야에서 무시무시한 고수로 이름을 날리고 있었다. 사람들은 쾌활하고 상냥한 성격의 소년에게 불같이 사나운 기질도 있음을 알아챘다. 한번 화가 났다 하면 아버지 말고는 아무도 그를 말리지 못했다.

신체적 기량을 키우는 것 외에 수사학, 수학, 음악 역시 그리스 귀족 자녀들의 교육에서 중요한 부분을 차지했고, 상류층 가족들은 자존심을 지키기 위해 너도나도 훌륭한 스승 모시기에 혈안이 되어 있었다. 오르페우스의 형제이자 훌륭한 음악가인 리노스가 헤라클레스와 이피클레스에게 리라를 조율하고 연주하는 방법, 노래를 만들고 부르는 방법, 리듬을 정확하게 맞추는 방법, 춤추는 방법을 가르쳤다. 어린 헤라클레스는 이런 우아한 재주를 쉽게 익히지 못했다. 음정에 맞춰서 노래를 부르거나 박자에 맞추어 움직이려고 할 때마다 부끄럽고 어색하고 서툴게 느껴지는 것이 싫었다. 어느 날 가르침을 따르지 않으려는 헤라클레스에게 화가 난 리노스가 소년의 등을 매로 때렸다. 헤라클레스의 마음에 폭풍우가 일었다. 그는 포효하듯 사납게 고함을 지르며 회초리를 잡아채 리노스의 얼굴을 자기 쪽으로 확 당겼다. 그러고는 고개를 아래로 까딱해 스승의 이마를 깬 다음 그를 들어 올려 방 저쪽으로 내던져버렸다. 리노스는 바닥에 떨어져 죽었고, 그의 팔과 다리, 등의 뼈들은 산산조각으로 부서졌다.

쉬쉬하기에는 너무 큰 사건이었지만, 결국 헤라클레스는 용서받았다. 그때 같이 교실에 있었던 이피클레스는 틈만 나면 사람들에게 리노스가 헤라클레스를 지나치게 도발했다고 말하고 다녔다. 아우톨리코스*의 아들 에우몰포스가 새 음악 선생이 되었다. 그리고 폴리데우케스의 쌍둥이 형제이자 헤라클레스처럼 신성한 이부 동시 복임신으로 태어난† 카스토르가 무기술처럼 남성이 배우는 기술들을 가르쳤다.

리노스 살해는 헤라클레스의 불같은 성질이 앞으로 그의 다혈질에 당할 피해자들에게나 그 자신에게나 큰 고통이 되리라는 예고와도 같았다. 나머지 교육은…… 좋게 돌려 말할 방법이 없을까? 자연과 운명‡이 헤라클레스에게 좋은 자질들을 많이 주었을

---

* 헤르메스의 교활한 아들 아우톨리코스에 대해 더 자세히 알고 싶다면 『스티븐 프라이의 그리스 신화』 1권을 참고하라.

† '디오스쿠로이(Dioscuroi)'라고 불리는 이런 쌍둥이들이 나중에 더 등장할 것이다.

‡ 그리스인이라면 '피시스(physis)'와 '모이라(moira)'라는 용어를 사용했을 것이다.

지 몰라도, 재치와 지혜, 재간과 잔꾀는 거기 포함되지 않았다. 머리가 빠릿빠릿하게 잘 돌아가는 사람은 결코 아니었다. 멍청이도 미련퉁이도 아니었지만, 그의 진정한 강점은…… 육체의 힘에 있었다.

확신과 감탄을 담아 말할 수 있는 사실은, 십 대 후반 무렵의 헤라클레스는 세상에서 가장 덩치 크고 가장 힘세고 가장 빠른 청년이었다는 것이다. 그를 총애하고 응원하는 신들이 나서서 전쟁과 시련과 고난에 대비할 수 있는 장비를 챙겨주었다. 아테나는 가운을, 포세이돈은 명마를, 헤르메스는 검을, 아폴론은 활과 화살을, 헤파이스토스는 순금으로 만든 경이로운 흉갑을 그에게 선물했다.

겨우 열여덟 살에 키타이론산*의 포악한 사자를 죽이자 헤라클레스의 명성은 더욱더 굳건해졌다. 그는 49일 동안 그 무시무시한 짐승을 추적했다. 테스피아이의 왕 테스피오스†는 왕국이 지독한 골칫거리로 몸살을 앓고 있던 차에 헤라클레스가 영웅적인 노력을 보여주자 그에 보상하는 뜻으로 쉰 명의 딸들을 매일 밤 한 명씩 그에게 보냈다.

마침내 쉰 번째 날이 밝았을 때 헤라클레스는 사자를 구석으로 몰아 죽였다. 그날 밤 왕의 오십 번째 딸과 오십 번째 뜨거운 밤을

---

* 하나의 산을 가리키기도 하고 산맥을 뜻하기도 한다. 디오니소스를 모시는 이 산에서 펜테우스는 어머니와 이모들의 손에, 악타이온은 자신의 사냥개들에게 갈가리 찢겨 죽었다(『스티븐 프라이의 그리스 신화』 1권을 참고하라). 키타이론산은 오이디푸스의 삶과 비극적인 운명에도 중요한 역할을 한다.
† 역사 속 실제 인물인 그리스 최초의 배우 테스피스와 혼동하지 말 것.

즐긴 후, 헤라클레스는 집으로 돌아갔다. 딸들이 저마다 아들을 낳았고, 장녀와 막내딸은 쌍둥이를 낳았다. 그해에는 주마다 아들 한 명이 태어났다. 헤라클레스는 누군가를 죽일 때만큼이나 잠자리에서도 정력이 넘치고 강했다.

헤라클레스는 집으로 돌아가자마자, 테베를 공격한 오르코메노스의 왕 에르기노스를 혼자 힘으로 막아냈다. 이미 테베의 백성들은 헤라클레스를 자랑스럽게 여기고 있었지만, 이제 그 자랑스러움은 숭배로 바뀌었다. 그들은 테베를 세운 영웅 카드모스 이후 최고의 테베인으로 그를 떠받들었다. 방법만 있다면 헤라클레스를 왕으로 섬겼을 것이다. 테베에는 이미 크레온이라는 왕이 있었고, 그는 영리하고 현명하게도 헤라클레스를 자신의 딸 메가라의 남편으로 삼았다.‡

젊은 헤라클레스에게 삶은 온통 장밋빛으로 보였다. 그의 명성은 점점 더 높아지고 멀리 퍼져나갔으며, 행복한 세월을 보내는 동안 메가라와의 사이에 아들과 딸이 태어났다. 어엿한 성인으로 성장한 그는 가정적인 남편이자 아버지, 유력한 왕위 계승 후보가 되었다.

죄와 벌

테베에서 헤라클레스는 현대 사람들과 거의 똑같은 리듬으로 생

---

‡ 크레온은 오이디푸스 편에 다시 등장한다.

활하고 있었다. 매일같이 아내 메가라와 아이들에게 작별의 입맞춤을 한 뒤 일하러 나가서는 괴물들을 죽이고 폭군들을 쓰러뜨렸다. 오늘날 경쟁자들과 짐승 같은 동료들을 물리치는 직장인들의 방식은 이보다는 덜 과격하지만(우리는 진짜 용이 아니라 은유로서의 용을 죽인다) 그 태도와 과정은 크게 다르지 않다.

운명의 밤, 헤라클레스가 집으로 돌아왔더니 작지만 포악하고 눈이 이글거리는 악마 둘이 문간을 막고 서 있었다. 헤라클레스는 지체 없이 달려들어 놈들을 땅바닥으로 쓰러뜨린 뒤 그들의 등을 부러뜨리고, 새된 비명을 질러대는 머리를 마구 짓밟아 뭉갰다. 마침내 악마들은 그의 발밑에서 짓뭉개져 죽었다. 갑자기 거대한 용 한 마리가 날카로운 소리를 내며 집에서 나오더니, 입과 콧구멍에서 불을 내뿜으며 그에게 날아왔다. 헤라클레스는 용에게 돌진해 비늘로 뒤덮인 목을 두 손으로 잡고 온 힘을 다해 쥐어짰다. 숨이 끊어진 괴물이 바닥으로 스르르 쓰러지자 그제야 헤라는 헤라클레스에게 씌웠던 망상을 걷어냈다. 헤라클레스가 밑을 내려다보니 소름 끼치게도 그가 죽인 용은 아내 메가라, 두 악마는 사랑하는 아이들이었다.

잔인하기 그지없는 이 계책은 헤라의 증오가 얼마나 끝 간 데 없이 깊었는지 보여주는 증거다. 헤라는 철천지원수가 행복하고 만족스러운 인생을 누리는 꼴이 점점 더 눈꼴시어 견딜 수가 없었다. 헤라클레스를 완전히 빈털터리로 만들고, 그에게 중요한 모든 것을 눈 깜짝할 사이에 철저히 빼앗기로 했다. 그가 가장 사랑하는 이들뿐만 아니라 그의 명성까지도. 헤라클레스가 저지른 짓이 알려지자 그 누구도 그에게 말을 걸거나 가까이 오려 하지 않았다. 그는 더럽혀졌다. 영웅의 추락이라는 말은 요즘에야 지겹도록 많이 들리지만, 세상 모든 사람에게 사랑받고 존경받다가 그렇게 순식간에 혐오와 경멸의 대상으로 전락한 이는 헤라클레스가 처음이었다.

헤라클레스는 가눌 길 없는 슬픔에 잠겼다. 죽고만 싶었다. 하지만 끝없는 고행으로 스스로를 벌해야 한다는 걸 알고 있었다. 그래야 지하세계에서 메가라와 아이들의 영혼을 떳떳하게 만날 수 있으리라. 왕과 신탁, 사제의 정화가 없다면, 혈족 범죄를 저지른 자들은 평생 유배 생활을 하고 죗값을 치름으로써 스스로 속죄해야 했다. 만약 속죄하지 못하면, 사나운 복수의 신들인 에리니에스가 에레보스에서 일어나 그들이 미쳐버릴 때까지 뒤쫓아다니며 철 채찍으로 때릴 것이다.

헤라클레스는 테베를 떠나, 길을 인도받기 위해 델포이까지 무릎으로 걸어갔다.*

"가증스러운 죄를 씻으려면 헤라클레스는 티린스로 가서 왕좌 앞에 탄원해야 한다." 피티아가 읊조렸다.

헤라클레스로서는 알 수 없는 일이었지만, 사제는 헤라에게 홀렸고 그녀의 말은 곧 헤라의 말이었다.

"10년 동안 무조건 왕의 시중을 들어라." 사제가 말을 이었다. "왕이 무슨 일을 시키든 헤라클레스는 따라야 한다. 왕이 무슨 과

---

* 지금까지 계속 이어지고 있는 고행 방식이다. 멕시코 과달루페의 성모 앞에 참회자들이 무릎을 꿇고 걸어 도착하는 모습을 내 눈으로 목격한 적이 있다. 수백 킬로미터를 무릎으로 걸어서 오는 이들도 있었다. 헤라클레스와는 한참 거리가 먼, 작은 몸집의 노부인이 대부분이다.

업을 내리든 헤라클레스는 기꺼이 수행해야 한다. 그제야 비로소 그는 자유로워지리라."

헤라의 혼이 사제의 몸을 떠났고, 이제 아폴론과 아테나의 목소리가 사제에게 빙의되었다.

"몸을 사리지 말고 불평 없이 모든 과업을 수행하라, 그러면 불사의 삶을 얻으리라. 너의 아버지께서 약속하셨다."

헤라클레스는 불사의 삶을 원치 않았지만, 어쨌든 신탁에 순종해야 했다. 그는 미케네의 수도 티린스를 향해 발길을 돌렸다. 그곳을 다스리는 왕은 이제 성인이 된 에우리스테우스, 수년 전 헤라클레스를 왕위에 앉히려는 제우스의 계획을 망쳐놓기 위해 헤라가 조산시킨 헤라클레스의 친척이었다.

에우리스테우스에게는 헤라클레스의 영웅다운 기질이나 힘, 기상, 너그러움, 카리스마 같은 것이 전혀 없었다. 자기보다 더 강하고, 더 뛰어나고, 더 인기 많은 친척의 명성을 익히 알고 있던 그는 오래전부터 증오와 시기, 원한을 품어왔다.

헤라클레스가 에우리스테우스의 옥좌 앞에서 무릎을 꿇고 죄를 사해 달라 간청할 때 얼마나 화를 참아야 했을까, 짐작만 할 수 있을 뿐이다.

"그대가 저지른 패륜적인 범죄의 불결함은 감정이 있는 모든 이들에게 혐오감을 주었다." 왕은 이 순간을 만끽하며 말했다. "죗값을 완전히 치르기 전까지는 인간 세상에서 살 가치가 없다. 앞으로 10년 동안 남의 도움이나 대가 없이 나를 위해 열 가지 과업을 수행하라. 마지막 과업의 수행이 끝나는 날 나는 기꺼이 그대를 용서하고, 내 친척으로 받아들여, 그대의 자유를 허락하겠다. 그

때까지 그대는 노예로 나에게 묶여 있으리라. 천상의 왕비께서 직접 결정하신 일이다. 알겠느냐?"

헤라는 자신의 노리개를 철저히 교육해놓았다.

헤라클레스는 고개를 숙였다.

헤라클레스의 과업*

1. 네메아의 사자

에우리스테우스는 턱을 문지르며 열심히 머리를 굴렸다. 제멋대로인 친척을 잘 다루어 쓸모 있는 일을 시키려면 그의 왕국에서부터 시작하는 편이 나았다. 에우리스테우스는 제우스의 경솔한 약속 덕분에 미케네뿐만 아니라 아르골리스 전역을 다스리고 있었는데, 그 지역의 대부분이 무시무시한 맹수들 때문에 골머리를 앓고 있었다.†

그중 가장 무서운 놈은 코린토스지협에서 그리 멀지 않은 동남부 지역 네메아에서 백성들을 잡아먹는 사자였다. 이 지독한 짐승이 두려워서 본토의 여행자들과 상인들은 아르골리스를 비롯한

---

* 그리스어로는 헤라클레스의 '에르가(erga)' 또는 좀 더 일반적으로 '아틀로이(athloi)'라고 불렀다. '에르곤(ergon)'이라는 단어는 단순히 '노동'을 의미하는 반면, '아틀로스(athlos)'에는 노동뿐만 아니라 '시험'의 의미도 담겨 있다. 여기서 영어 단어 '애슬리트(athlete, 운동선수)'와 '애슬레틱(athletic, 운동의)'이 나왔다.

† 또 지긋지긋한 가계도를 들먹여 미안하지만, 에우리스테우스는 스테넬로스의 아들이기 때문에 페르세우스의 손자였다. 헤라클레스의 부모인 알크메네와 암피트리온은 사촌지간으로 각자 페르세우스의 손주였다. 물론 제우스는 헤라클레스의 친부였고, 페르세우스의 친부이기도 했다. 따라서 페르세우스는 헤라클레스의 증조부이자 이복형이었다. 그리스인들이잖은가?

펠로폰네소스반도 지역과 거래를 할 수가 없었다. 가공할 키마이라‡의 자식인 이 짐승은 그냥 평범한 사자가 아니었다. 그 황금 가죽은 너무 두꺼워서 창과 활을 쏴도 지푸라기처럼 튕겨 나왔다. 놈의 발톱은 면도날같이 날카로워서 갑옷도 종이처럼 가를 수 있었다. 그 튼튼한 입은 바위도 풀처럼 아작아작 씹어 먹었다. 수많은 전사들이 놈을 제압하려다가 목숨을 잃었다.

"네메아로 가라. 가서 그곳을 쑥대밭으로 만들고 있는 사자를 죽여." 에우리스테우스가 헤라클레스에게 말했다.

정말 안타깝군, 하고 에우리스테우스는 속으로 킥킥거렸다. 놈을 10년 동안 못 부려먹다니. 이 첫 과제에서 녀석은 죽어버릴 테니까. 이런.

"그냥 죽이기만 하면 됩니까? 놈을 데려오지 않아도 돼요?" 헤라클레스가 말했다.

"아니, 데려올 필요는 없다. 사자를 가지고 뭘 하겠나?"

신하들이 그의 말에 동의하듯 순종적으로 웃음을 터뜨리자 에우리스테우스는 머리 옆을 톡톡 쳤고, 헤라클레스는 몸을 똑바로 펴고 고개를 숙이고는 알현실을 떠났다.

"팔뚝은 참나무만 한 놈이 뇌는 도토리만 하군." 왕은 콧방귀를 뀌며 말했다.

헤라클레스는 수년 전 테스피아이의 사자를 잡을 때 그랬던 것처럼 네메아의 사자를 몇 달 동안 몰래 추적했다. 신들이 선물한 성스러운 무기들이 가공할 만한 위력을 갖고 있긴 하지만, 무엇으

---

‡ 이 짐승에 대해 더 알고 싶으면 벨레로폰 편을 읽어보면 된다.

로도 뚫을 수 없는 그 짐승의 가죽에는 아무 소용도 없으리라는 걸 그도 알고 있었다. 맨손으로 상대해야 할 테고, 그래서 몇 달 동안 몸을 단련했다. 원래도 어마어마했던 그의 힘이 훨씬 더 강력해질 때까지 나무들을 뿌리째 뽑고 바위들을 머리 위로 들어 올렸다.

준비가 끝나자 헤라클레스는 사자를 굴까지 쫓아갔다. 그러고는 거대한 괴물에게 달려들어 놈을 땅바닥으로 내던졌다. 감히 이런 식으로 그 야수를 공격한 자는 이제껏 아무도 없었다. 헤라클레스는 사자를 단단히 붙잡은 채 몸을 뒤로 빼서 놈이 발톱이나 이빨로 공격할 기회를 주지 않았다. 헤라클레스의 무쇠 같은 두 손이 목을 꽉 틀어쥐고 있는데 뚫을 수 없는 가죽이 무슨 소용이겠는가? 둘이 몇 시간을 흙바닥에서 뒹군 끝에 거대한 네메아의 사자는 마침내 숨통이 끊어졌다.

헤라클레스는 사체 옆에 서서 고개를 숙였다. "명승부였다. 네가 고통스럽지 않았기를 바란다. 지금 네 가죽을 벗긴다 해도 용서해주기를."

헤라클레스는 이렇듯 말 못하는 짐승이라도 싸움 상대를 존중했다. 적이 살아 있을 때는 인정사정 봐주지 않았지만, 적이 죽는 순간에는 최대한 격식을 차려 그들을 내세로 보내주었다. 에키드나와 티폰 같은 태곳적 존재들의 후손인 이런 짐승들에게도 영혼이 있는지, 내세에 대한 기대가 있는지 확실히 알 수는 없었지만, 그래도 헤라클레스는 그런 것처럼 행동했다. 명승부를 벌인 적수에게는 더욱 경건한 추도문을 전했다.

에우리스테우스의 멸시와 무시에 상처받았던 헤라클레스는 사자 가죽을 벗겨 의기양양하게 미케네로 가져가고 싶었다. 그래서 사체에 허락을 구한 것이다. 하지만 날카로운 칼과 검으로 아무리 찔러대도 난공불락의 가죽에는 할퀸 자국밖에 남지 않았다. 그러다 사자의 면도날 같은 발톱을 뽑아야겠다는 생각이 떠올랐다. 그 발톱들로 헤라클레스는 입이 쩍 벌어진 사자 머리를 떼어내고 가죽 한 조각을 큼직하게 벗겨냈다. 치명적인 발톱들을 줄로 꿰어 목에 걸고는 걷잡을 수 없는 희열에 휩싸여, 눈에 띄는 가장 큰 참나무를 뽑고 가지들을 다 떼어내어 강력한 몽둥이를 만들었다.

발톱 목걸이를 목에 걸고, 무적의 가죽을 어깨에 둘러메고, 거대한 몽둥이를 흔드는 헤라클레스. 이렇게 그의 스타일이 완성되었다.

2. 레르나의 히드라

에우리스테우스는 헤라클레스가 살아서 돌아오리라고는, 그것도 거칠고 야만적인 산적 같은 차림으로 나타나리라고는 상상도 못했다. 그러나 약삭빠른 왕은 당황한 기색을 잘도 숨겼다.

"그래…… 예상했던 대로군." 그는 하품을 참는 척하며 말했다. "늙은 사자 한 마리쯤이야 일도 아니지. 자, 이제 다음 과제를 내리겠다. 여기서 멀지 않은 곳에 있는 레르나 호수를 아는가? 지하세계로 들어가는 문을 지키는 히드라 때문에 그곳 사람들이 공포에 떨고 있다더군. 그 괴물이 아무 죄 없는 사람들을 남녀노소 할 것 없이 공격하고 죽이지만 않았어도 내가 간섭할 생각은 안 했을 텐데 말이야. 나는 너무 바빠서 손을 쓸 수가 없어 그대를 보내니, 헤라클레스여, 이 골칫거리를 없애라."

"그렇게 하지요." 헤라클레스가 동의의 표시로 고개를 끄덕이자 네메아의 사자의 머리가 입을 거칠게 찰칵 닫았다. 에우리스테우스는 깜짝 놀라 자기도 모르게 펄쩍 뛰어올랐다. 경멸 어린 냉소를 채 감추지 못하고 헤라클레스는 몸을 돌려 나갔다.

헤라는 사악한 웃음을 띠고 준비에 들어갔다. 아홉 개의 머리(그중 하나는 불사였다)를 가지고 세상에서 가장 치명적인 독을 뿜어내는 거대한 물뱀 히드라가 사는 레르나 호수 깊숙한 곳에 사납고 거대한 게 한 마리도 숨겨두었다.

헤라클레스가 다가가자 히드라는 획 일어나 그 사나운 머리들로 독을 뿜어댔다.* 헤라클레스는 자신만만하게 돌진해 머리 하나를 싹둑 잘라냈다. 그러자마자 거기서 두 개의 새로운 머리가 자라났다.

쉽지 않은 싸움이었다. 헤라클레스가 머리 하나를 베거나 몽둥이로 때릴 때마다 그 자리에서 두 개가 더 솟아 나왔다. 설상가상으로 물속에서 게까지 튀어나와 미친 듯이 달려들기 시작했다. 거대한 집게발들이 헤라클레스의 몸을 갈라 내장을 빼내려 위협했다. 헤라클레스는 한쪽으로 펄쩍 뛰며 있는 힘껏 몽둥이를 내리쳐 게의 껍데기를 수천 개의 파편으로 산산조각 냈다. 껍데기 안에서 찌부러진 괴물은 그 끈적끈적한 몸뚱어리를 허공으로 곧추세우

---

* 그리스 도자기들을 보면 히드라는 낙지가 거꾸로 뒤집힌 듯한 모습을 하고 있는 경우가 많다. 동그란, 가끔은 도넛 모양의 몸에 아홉 마리의 뱀들이 솟아 있다.

고 바르르 떨다가 쓰러져 죽었다. 헤라는 자신이 아끼던 그 게를 하늘로 올려 별로 만들었고, 지금까지도 그 갑각류는 게자리로 반짝이고 있다. 하지만 헤라는 만족했다. 사랑하는 히드라가 원수를 갚아주고 있었다. 스물네 개의 머리들로 치명적인 독을 뿌리면서.

헤라클레스는 작전상 후퇴를 했다. 그가 멀찍이 떨어져 앉아 이제 어떻게 할까 고민하고 있을 때 쌍둥이 동생 이피클레스의 아들인 조카 이올라오스가 나무들 뒤에서 나왔다.

"삼촌, 처음부터 다 지켜봤는데요. 에우리스테우스가 그렇게 자기 멋대로 방해 공작을 폈으니 내가 삼촌을 도와드린다 해도 할 말 없겠죠. 내가 삼촌의 종자가 될게요."

사실 헤라클레스는 예상치 못하게 끼어든 게 때문에 상당히 짜증이 나 있었다. 한 번에 한 가지 과제, 이렇게 약속하지 않았던가. 예고 없이 찾아온 또 다른 위험은 불공평하게 느껴졌다. 그는 조카의 제안을 받아들여 그와 함께 새로운 공격 전략을 세웠다. 그 계책은 헤라클레스보다는 이올라오스의 머리에서 나오지 않았을까 싶다. 헤라클레스는 행동하는 사람, 열정적이고 용맹한 사람이었지만, 지모가 뛰어나지는 않았으니까.

그들의 계획은 체계적으로 히드라에게 접근하는 것이었다. 헤라클레스가 먼저 공격해 머리 하나를 쳐내면, 이올라오스가 횃불을 들고 잽싸게 가서 그 자리를 불로 지져 새로운 머리가 뚫고 나오지 못하게 막는 것이다. 자르고, 지지고, 자르고…… 그들의 계략은 잘 먹혀들었다.

몇 시간 동안 진절머리 나도록 고생한 끝에 결국에는 머리 하나만 남았다. 죽일 수 없는 불사의 머리였다. 헤라클레스는 기어이

이 머리도 잘라내어 땅속 깊숙이 묻었다. 지금까지도 레르나 호수에서는 히드라의 유독한 증기 때문에 유황 가스가 뿜어져 나오고 있다.

"고맙다." 헤라클레스가 이올라오스에게 말했다. "이제 집으로 돌아가. 그리고 네 아버지에게는 비밀로 하도록 해." 그의 쌍둥이 동생은 자기 아들이 이런 위험천만한 일에 휘말렸다는 사실을 알면 화를 낼 것이다.

헤라클레스는 히드라에게 경의를 표하고 싶은 마음이 전혀 없었다. 어쨌거나 불사의 머리는 여전히 살아 땅속에서 증오를 뿜어내고 있었다. 헤라클레스는 경련을 일으키는 히드라 옆에 무릎을 꿇고 앉았다. 존경을 표하기 위해서가 아니라, 굳어가고 있는 히드라의 피를 화살촉에 묻히기 위해서였다. 훗날 이 독 묻은 화살은 굉장히 유용하게 쓰인다. 그리고 굉장히 비극적인 결과를 낳는다.

이 화살이 세상을 바꿔놓는다.

3. 케리네이아의 암사슴

에우리스테우스는 이제 간사한 꾀를 냈다. 물뱀도 무시무시하긴 했지만, 올림포스 신이라면 천하의 헤라클레스도 꼼짝 못 하겠지.

"케리네이아*의 황금 암사슴을 가져와라." 그가 말했다.

그는 이 세 번째 과업이 분명 헤라클레스의 마지막 과업이 되리라 확신했다. 성공하면 확실히 죽거나 적어도 영원한 고통을 맛보게 될 테니까.

황금 뿔에 놋쇠 발을 가진 케리네이아의 암사슴은 누구에게도 해를 끼치지 않았다. 그 어떤 사냥개나 화살보다 빨라서 사냥꾼들에게 큰 도전이긴 해도 위협적인 존재는 아니었다. 하지만 아르테미스에게 바쳐진 성스러운 짐승이었고, 그래서 위험했다. 아르테미스가 자신이나 추종자들을 모독하는 행위를 벌하고 자신의 소유물을 보호하는 데 얼마나 가차 없는지는 잘 알려져 있었다. 그런 아르테미스가 자신이 사랑하는 암사슴이 사냥당하도록 내버려 둘 리 없었다. 헤라클레스는 과제 수행에 실패하거나 아니면 괘씸죄로 아르테미스 손에 죽을 것이다. 어느 쪽이든 눈엣가시인 녀석은 돌아오지 않으리라.

거의 일 년 동안 헤라클레스는 산 넘고 물 건너 사냥감을 쫓아다녔다. 그리고 드디어 사슴을 그물로 잡아 제압하는 데 성공했다.

하지만 그토록 수줍음 많고 아름다운 짐승을 해치고 싶지 않았다. 헤라클레스는 암사슴을 어깨에 살며시 짊어지고 미케네로 걸어가는 동안 사슴에게 소곤소곤 이런저런 이야기를 했다.

어느 수풀을 지나갈 때 어둑한 곳에서 아르테미스가 나왔다.

"네놈이 감히?" 아르테미스는 은 활을 들어 올리며 분노한 목소리로 말했다.

"아르테미스 님, 아르테미스 님, 부디 자비를 베풀어 주십시오."

---

* 케리네이아는 펠로폰네소스반도의 북서쪽인 아카이아라는 지역에 있다. 호메로스는 트로이 전쟁의 그리스군을 '아카이아군'이라 자주 불렀다.

헤라클레스는 무릎을 꿇었다.

"자비? 내 사전에 그런 말은 없다. 죽을 준비나 하여라."

아르테미스가 활을 겨눌 때 쌍둥이 동생인 아폴론이 숲에서 나와 그녀를 제지하며 말했다. "누님, 이자가 헤라클레스라는 걸 모르세요?"

"설령 우리 아버지, 폭풍을 부르는 자 그분이라 해도 감히 내 암사슴을 잡는다면 나는 활을 쏠 거야."

"그러시겠지요. 제가 끔찍이도 불경한 짓을 저질렀지만, 에우리스테우스왕에게 묶인 몸이고 바로 그 왕이 제게 사슴을 잡아 오라 명했습니다. 헤라 님의 뜻에 따라 저는 왕에게 순종해야 합니다." 헤라클레스는 순하디순한 목소리로 말했다.

"헤라 님의 뜻?"

아폴론과 아르테미스는 의논하기 시작했다. 천상의 왕비는 제우스의 사생아들과 기껏해야 뻣뻣하고 형식적인 관계를 유지하면서,* 이 쌍둥이 남매를 꽤나 고생시켰다. 그런 그녀의 원수를 도울 수 있다니, 얼마나 재미난 일인가.

아르테미스는 헤라클레스를 돌아보며 말했다. "넌 네 갈 길을 계속 가거라. 그러나 내 암사슴을 미케네 궁전에 보이고 나서는 숲으로 돌려보내 줘야 한다."

"아름다운 만큼 지혜로우시군요." 헤라클레스가 말했다.

"이를 어쩌나. 그런 아첨은 누님한테 안 통해. 어서 떠나거라."

---

* 쌍둥이 남매의 파란만장한 출생기를 보려면 『스티븐 프라이의 그리스 신화』 1권을 참고하라.

아폴론이 말했다.

에우리스테우스는 영예로운 짐승을 데리고 돌아온 헤라클레스를 보고 깜짝 놀라서, 사슴을 자신의 개인 동물원에 전시하겠다고 발표했다. 하지만 아르테미스와의 약속을 잊지 않고 있던 헤라클레스는 이렇게 답했다.

"그럼요, 전하. 전하의 것이니 가져가십시오."

에우리스테우스가 사슴에게 다가가는 순간 헤라클레스는 몸에 걸치고 있던 사자 가죽 밑으로 사슴의 궁둥이를 세게 꼬집었다. 사슴이 앞다리를 들어 올리며 획 일어서자 에우리스테우스는 사슴을 붙잡기 위해 날듯이 달려왔지만, 사슴은 한 번 울고는 놋쇠 발굽으로 궁전의 판석들에 불꽃을 튀기며 번개같이 밖으로 뛰쳐나갔다.

"이번 과제는 실패야!" 에우리스테우스가 버럭 소리를 질렀다.

"전하, 저는 약속대로 암사슴을 데려왔습니다." 헤라클레스가 말했다. "전하께서 빨리 사슴을 붙잡지 못하신 건 유감이지만 제 책임은 아니지요." 그는 신하들을 바라보며 물었다. "나는 전하께서 요구하신 대로 다 하지 않았소?"

조신들이 동감하며 숙덕거리자 에우리스테우스는 솔직한 감정을 분출하는 대신 꾹 참았다.

가끔은 헤라클레스도 간계 비슷한 것을 부릴 줄 알았다.

4. 에리만토스의 멧돼지

헤라클레스의 다음 과업은 아르카디아의 에리만토스산 부근을 유린하는 거대한 멧돼지를 산 채로 잡아 오는 것이었다.

이 과업 자체는 헤라클레스에게 그리 험난한 도전도 아니었고 굳이 언급하지 않고 넘어가도 될 만하지만, 한 가지 사건이 있었다. 그 사건은 우리 영웅의 가장 어설프고 가장 매력 없는 모습을 보여줄 뿐만 아니라, 그가 맞을 끔찍한 죽음의 발단으로 볼 수도 있다.

헤라클레스는 근처에 사는 친구인 폴로스라는 켄타우로스에게 멧돼지의 습성에 관한 조언을 구하러 갔다. 익시온과 구름의 신 네펠레* 사이에서 태어난 켄타우로스들은 혼혈종으로 머리부터 허리까지는 인간, 나머지는 말이었다. 노련한 궁수인 그들은 맹렬하고 용감한 전사들이었지만, 술에 취하면 심술궂어지고 폭력을 휘두르고 방탕해지기 일쑤였다. 하지만 예외가 있었으니, 치료술의 대가이자 아스클레피오스의 현명한 스승이며,† 나중에는 이아손과 아킬레우스도 가르친 케이론, 그리고 헤라클레스의 친구 폴로스였다. 크로노스와 오케아니스 필리라 사이에 태어난 케이론은 불사의 몸이었던 반면, 폴로스는 디오니소스의 배불뚝이 벗인

---

* 익시온의 이야기는 『스티븐 프라이의 그리스 신화』 1권을 참고하라. 이아손의 이야기에도 네펠레와 케이론이 등장하며, 테세우스 편에서는 켄타우로스들을 또 만나게 될 것이다.

† 『스티븐 프라이의 그리스 신화』 1권을 참고하라.

실레노스와 물푸레나무의 님프 멜리아스의 자식으로 필멸의 존재였다. 폴로스는 헤라클레스에게 겨울이 오면 에리만토스의 멧돼지를 잡으라고 조언했다.

"눈더미 속에 놈을 가두게, 그게 제일 좋은 방법이야. 안 그러면 자네만 지쳐 떨어질 거야. 그동안 여기 내 동굴에서 지내는 게 어떤가?"

헤라클레스는 초대를 기꺼이 받아들였다. 어느 날 밤 저녁을 먹은 후 그는 돌항아리에 담긴 포도주를 마음대로 마셔버렸다. 그것이 켄타우로스 종족의 공동 재산이라는 사실을 그로서는 알 길이 없었다. 다른 켄타우로스들이 포도주 냄새를 맡고 한걸음에 달려와서는 자기들의 몫을 요구했다. 안 그래도 성미가 급한 헤라클레스는 술김에 발끈했고, 무례한 말다툼이 시작되었다. 언쟁은 몸싸움으로 커졌고, 헤라클레스가 히드라의 치명적인 독혈이 묻은 화살을 빠르게 쏘아대자 곧 동굴 안은 살육의 현장이 되고 말았다.‡ 가여운 폴로스마저 발에 화살을 떨어뜨려 발굽 위의 살을 찔리는 바람에 히드라의 독에 목숨을 잃었다. 아르카디아의 켄타우로스 몇 명은 살아남았다. 그들 중 네소스라는 자는 나중에 지극히 섬뜩한 복수를 한다.

한편, 당혹감과 죄책감에 사로잡힌 헤라클레스는 시신들을 묻

---

‡ 이 에피소드의 다른 버전에서는 케이론이 우연히 헤라클레스의 화살에 긁혀 지독한 고통에 몸부림친다. 크로노스의 아들인 그는 켄타우로스 종족 중 유일하게 불사의 존재였다. 영원히 극심한 고통 속에 살 거라고 생각하니 그는 견딜 수가 없었다. 그래서 신들에게 죽음으로 해방해달라 빌었고, 제우스는 이 소원대로 그를 하늘로 불러 궁수자리의 별로 만들었다. 이렇게 되면 시간 관계가 완전히 어긋나버린다. 케이론은 나중에 태어날 아킬레우스의 스승이 되기 때문이다.

어준 다음 눈앞의 과제인 멧돼지 사냥에 집중했다. 이제 산비탈이 온통 눈으로 뒤덮여 있어 멧돼지를 추적해 두툼한 눈더미에 가둬 놓기가 수월했다. 그는 멧돼지를 어깨에 짊어지고 미케네로 터벅 터벅 돌아갔다.

헤라클레스가 아직 팔팔하게 살아 있는 멧돼지를 짊어지고 돌아오자 에우리스테우스는 어마어마한 짐승에게 겁을 집어먹고 거대한 돌항아리 속으로 뛰어 들어가 몸을 웅크렸다.

"이놈을 어떻게 할까요?"

"치워버려."

"한번 안 보실래요? 털이 정말 멋진데요."

"당장 치우라니까!"

에우리스테우스의 목소리가 항아리 속에서 쩌렁쩌렁 울렸다.

그리스의 항아리 화가들은 이 장면을 좋아해서, 겁먹은 에우리스테우스가 피토스* 안에서 움츠리고 있고 헤라클레스가 꿈틀거리는 거대한 돼지를 그에게 떨어뜨리려 위협하는 모습을 즐겨 그렸다.

5. 아우게이아스왕의 외양간

과업을 반 정도 마쳤고(아니, 헤라클레스의 생각은 그랬다. 나중 일은 나중에 걱정하자), 에우리스테우스는 이번엔, 이번만큼은 헤

---

* 흙으로 만든 입 큰 항아리.—옮긴이

라클레스가 절대 풀 수 없는 과제를 냈다고 진심으로 믿었다. 죽지는 않더라도 영원한 삶은 빼앗기겠지, 하고 왕은 속으로 고소해했다. 어쨌거나 신탁에 따르면 헤라클레스는 과제들을 '완수'해야 불사의 삶을 얻는다고 했으니 과제를 시도하는 것만으로는 부족했다. 오래전 저 멀리 떨어진 은하계에서 요다도 말하지 않았던가. "하거나 안 하거나 둘 중 하나야. 한번 해보겠다는 건 없어."

태양신 헬리오스의 아들이자 엘리스의 왕인 아우게이아스는 3천 마리의 소를 기르고 있었다. 그 소들은 불사의 동물이었고, 그래서 오랜 세월 평범한 소들보다 훨씬 더 많은 똥을 배설했다.† 게다가 소들이 지내는 외양간은 30년 동안 한 번도 청소된 적이 없었다.

"엘리스로 가라. 가서 아우게이아스왕의 외양간을 하루 만에 깔끔하게 청소하도록." 에우리스테우스가 헤라클레스에게 말했다.

엘리스에 도착한 헤라클레스는 왕을 알현하여 거래를 했다. 다음 날 해가 떠서 지기 전까지 외양간을 다 청소하면 아우게이아스가 헤라클레스에게 소 300마리를 주기로 했다.

헤라클레스가 우둔한 얼간이, 멍청한 미련퉁이, 몸만 좋고 지능은 떨어지는 남자라는 인상을 받았다면, 오해다. 그는 직진형 인간이다. 내가 떠올리는 헤라클레스의 이미지는 그렇다. 우회적이고 교묘하고 인위적인 책략이 단순한 공격보다 더 지적이고 효과

---

† 신들에 대한 그리스식 풍자였을까? 불멸의 존재들은 인간들보다 더 속이 똥(헛소리)으로 가득 찼다고 돌려 말하는 것일까?

적이라 여기기 쉽지만, 가끔은 그렇지 않을 때도 있다. 영악한 테세우스나 교활한 오디세우스라도 그 지역에 흐르던 페네이오스강과 알페이오스강의 줄기를 돌리는 단순하고도 근사한 계획은 생각해내지 못했을 것이다. 물론 외양간 벽을 망치로 쳐서 구멍을 뚫고 강줄기를 새로 만들려면 어마어마한 힘이 필요했지만, 그 단순함이 빛나는 발상이었다. 헤라클레스의 계획대로 강물이 외양간으로 쏟아져 들어와 30년 묵은 오물을 씻어 내렸다. 이렇게 거름을 잔뜩 밴 물살이 엘리스의 평야와 들판을 휩쓸고 지나가면서 주변 몇 킬로미터의 땅을 기름지게 했다.

의기양양해진 헤라클레스는 아우게이아스에게 300마리의 소를 요구했지만, 세상에서 자신의 가축을 가장 사랑하는 왕은 거부했다.

"에우리스테우스왕이 그대를 노예로 보내어 내 외양간을 청소하게 했으니 보수는 필요 없고 안 될 말이지. 게다가 애초에 나는 그런 거래를 한 적이 없소."

"오, 하셨잖아요!" 평소에 헤라클레스를 존경하던 아우게이아스의 아들 필레우스는 아버지가 영웅에게 인색하게 구는 모습을 보고는 충격을 받아 소리쳤다. "제가 똑똑히 들었어요."

왕은 화가 나서 두 사람을 왕국에서 쫓아냈다. 필레우스는 이오니아해*의 둘리키움섬으로 추방당했고, 헤라클레스는 분노에 떨며 미케네로 돌아갔다. 언젠가는 돌아와 아우게이아스에게 복수

---

* 아드리아해 남부. '이오니아'라는 이름이 그리스의 반대편으로 저 멀리 떨어진 소아시아 지역(오늘날의 터키)을 가리키기 때문에 헷갈리기 쉽다.

하리라 맹세하면서.

하지만 엘리스의 백성들은 왕국을 빠져나가 티린스로 돌아가는 헤라클레스에게 환호를 보냈다. 그 많은 거름 덕분에 들판이 비옥해져 지역 전체를 번영케 할 테니까 말이다. 헤라클레스는 네메아와 레르나 호수에 이어 에리만토스산도 안전하게 만들었다. 이제 그는 왕들과 전사들만의 영웅이 아니었다. 보통 사람들을 위해 싸우는 투사였다.

6. 스팀팔리아의 새들

헤라클레스는 에우리스테우스왕이 준비해 놓은 다음 과제를 듣기 위해 티린스 궁전에 출두했다. 왕은 말없이 왕좌에 앉아 턱수염을 어루만졌다.

"좋아." 마침내 왕은 입을 열었다. "그대의 다음 과제는 스팀팔리아 호수에 우글거리는 새들을 없애는 것이다."

스팀팔리아의 새들에 관해서는 헤라클레스와 그의 과업을 다루는 원전들 사이에서도 이견이 있다. 지금은 이 새들이 두루미만한 몸집에 쇠 부리와 놋쇠 발톱을 달고 악취가 심하며 유독한 똥을 싸는 무시무시한 식인 괴물이라는 것이 일반적인 중론이다. 전쟁의 신 아레스에게 바쳐진 이 새들은 스팀팔리아 호수의 기슭에 늘어서 있는 나무들에 떼 지어 살면서 아르카디아 북동부의 농부들과 촌락들에 큰 피해와 고통을 안겨주고 있었고, 그 주변 수 킬로미터에서는 사람이 살 수가 없었다.

그 새들이 둥지를 친 나무들은 악취가 진동하는 습지에 있었다. 헤라클레스는 나무에 접근하려다가 독기 가득한 오물 속에 어깨까지 가라앉고 말았다. 그의 곤경을 지켜보던 아테나는 헤파이스토스의 대장간에서 만들어진 거대한 청동 방울을 그에게 주었다. 딸랑딸랑 귀청이 떨어질 듯 잇따라 울리는 소리에 새들은 겁을 집어먹고 정신없이 둥지를 빠져나갔다. 헤라클레스가 몇 마리를 활로 쏘아 떨어뜨리자 나머지 새들은 멀리 달아나 버렸다. 우리는 다른 기회에 치명적으로 위협적인 이 새들과 재회할 것이다.

7. 크레타섬의 황소

"크레타섬의 황소요?" 헤라클레스가 되물었다.

"그래." 에우리스테우스는 퉁명스레 답했다. "꼭 두 번 말해야 되겠나? 크레타섬의 황소. 수소. 수컷 소. 크레타. 섬. 가져와."

수년 전 거대한 흰색 황소 한 마리가 바다에서 크레타섬의 해변으로 뛰쳐나왔다. 자신의 통치가 신의 승인을 받았다는 신호를 통해 백성들에게 경외감을 불러일으키고 싶다는 미노스왕의 기도에 답하여 포세이돈이 보내준 소였다. 왕의 형제들이 이 증거를 받아들이면 황소를 포세이돈에게 바칠 생각이었지만, 미노스왕과 그의 아내 파시파에는 이 짐승의 아름다움에 홀려 죽이지 않기로 했다. 심지어 파시파에는 소와 정을 통하기까지 해서, 미노타우로스로 알려진 반인반우半人半牛의 아들 아스테리온을 낳았다. 아스테리온은 미노스왕의 건축가이자 발명가, 설계가인 위대한 다이달로스가 만든 교묘한 미궁에 갇혀 살았다.

그 사이 황소는 야만적이고 제멋대로 크레타섬을 마구 휘젓고 돌아다니며 사람들을 공포에 몰아넣고 있었다. 에우리스테우스는 미노스에게 호의를 베푼답시고 헤라클레스에게 그 황소를 제압해서 산 채로 티린스로 데려오라 명했다.

사촌 테세우스와는 문제를 해결하는 방식이 사뭇 달랐던 헤라클레스는 자신의 힘과 무궁무진한 체력을 믿는 것 말고는 별다른 기술이 없었다. 그는 황소를 찾아서 고함을 질러 화를 돋우며 길을 가로막고 섰다. 황소가 돌진해 오자 헤라클레스는 그저 소뿔을 잡아* 세게 비틀었다. 황소는 있는 힘껏 저항했다. 헤라클레스는 천천히 황소를 땅으로 넘어뜨려 같이 뒹굴었다. 네메아의 사자나 에리만토스산의 멧돼지를 잡을 때 그랬던 것처럼. 뿔을 꼭 붙들고서 황소의 귀에다 고함을 지르고 찰싹 때리고 주먹질을 하고 꼬집고 깨물었다. 마침내 지칠 대로 지친 짐승은 헤라클레스에게 깔린 채 드러누워 항복했다. 헤라클레스는 황소가 태어난 바로 그 바다를 황소를 타고 건너 펠로폰네소스반도로 돌아갔다. 헤라클레스가 황소를 끌고 궁으로 들어오자 에우리스테우스는 이번에도 돌항아리 속에 숨었다.

"됐으니까, 젠장, 얼른 치워버려."

"귀도 한번 안 간질여보고요?"

"그 빌어먹을 것을 당장 치우라니까!"

---

* 이런 연유로 '황소의 뿔을 잡아당기다(to take the bull by the horn)'라는 표현이 '정면 돌파하다'라는 의미로 쓰이게 되었는지도 모른다.

에우리스테우스가 항아리 속에서 "그놈을 신들에게 바쳐"라고 외쳤다면 세계의 역사가 달라졌을지도 모른다. 하지만 그러지 않았기에 헤라클레스는 왕의 명을 고분고분히 따라 황소를 풀어주었다. 주인에게 풀려나자마자 황소는 한 번 껑충 뛰어오른 뒤 오래오래 달려간 끝에 그리스 본도의 동부에 있는 마라톤 평야에 정착해서 그곳 사람들을 공격하고 괴롭히다가, 또 다른 위대한 영웅에게 제압당해 기이한 인생을 마친다.

8. 디오메데스의 암말
(알케스티스와 아드메토스의 이야기도 함께)

"황소를 처리했군." 에우리스테우스는 턱수염을 잡아당기며 말했다. "아주 솜씨가 좋아, 그래. 하지만 황소 한 마리를 시험이라고 하기엔 좀 그렇지 않은가?"

헤라클레스는 아무 말도 하지 않았다. 그저 서서 왕의 명령을 기다렸다.

"좋다. 디오메데스의 암말 네 마리를 데려와라."

"디오메데스요?"

"이렇게 아는 게 없어서야. 그는 트라키아의 왕이다. 암말은 암컷 말이지. 말은 갈기와 발굽을 가진 네발짐승이고. 그런 말이 네 마리 있다. 넷은 셋과 다섯 사이의 숫자다. 이제 떠나라. 빈손으로는 돌아올 생각도 하지 마, 알겠나?"

트라키아를 향해 북쪽으로 가던 헤라클레스는 페라이에 들러 친구들인 아드메토스왕과 알케스티스 왕비의 궁에 머물렀다. 이 부부도 흥미로운 사연을 갖고 있다.

수년 전 제우스는 의학과 치유술의 대가이자 아폴론의 아들인 아스클레피오스를 죽일 수밖에 없었다.* 죽은 인간들을 되살려 놓는 아스클레피오스의 버릇 때문에 전쟁과 죽음이 엉망이 되고 있다고 아레스와 하데스가 불평한 것이다. 제우스는 그들의 주장을 받아들여서 벼락을 날려 아스클레피오스를 죽였다. 격분한 아폴론은 헤파이스토스의 대장간에 들이닥쳐, 제우스의 벼락을 만든 키클로페스 삼형제를 공격했다. 아스클레피오스를 죽인 신들의 제왕을 벌할 수는 없어도, 키클로페스 삼형제, 아르게스, 스테로페스, 브론테스는 벌할 수 있었다. 아폴론은 삼형제에게 화살을 날렸다. 이런 반역을 용납할 수 없었던 제우스는 아폴론을 올림포스에서 추방하고 한 인간의 노예로 일하라는 형벌을 내렸다. 손님을 따뜻하게 환대하기로(제우스의 마음을 얻는 확실한 방법이다) 유명한 테살리아의 왕 아드메토스가 선택되었고, 아폴론은 일 년 하고도 하루 동안 그의 목자로 일해야 했다.

이 처벌은 아폴론에게 전혀 힘들지 않았다. 처음부터 그와 아드메토스는 아주 죽이 잘 맞았다. 막 왕위를 물려받은 미혼의 아드메토스는 매력적이고, 친절하고, 인정 많고, 외모가 뛰어났다. 이 젊은 왕은 아폴론의 주인은커녕 연인이 되었다. 아폴론은 목자로 즐겁게 일하면서 아드메토스의 소들이 모두 쌍둥이를 낳도록 만들어 왕궁 가축의 가치를 크게 높여놓았다. 요즘도 마찬가지지만

---

* 『스티븐 프라이의 그리스 신화』 1권의 의사와 까마귀 편을 참고하라.

그 시대에 가축 소유는 부와 지위의 상징이었다. 아드메토스는 부를 축적했고 아폴론의 노예살이 기간은 눈 깜짝할 새에 지나갔다. 하지만 둘은 여전히 친구로 지냈고, 아폴론은 자기가 애지중지하는 아드메토스가 이올코스의 왕 펠리아스*의 아홉 딸 중 한 명인 알케스티스를 아내로 얻도록 돕기까지 했다. 알케스티스는 무척 아름다워서 그리스 전역의 왕자들과 귀족들에게 극성스러운 구혼을 받고 있었다. 그녀의 아버지는 멧돼지와 사자를 전차에 매는 데 성공하는 남자를 사위로 삼겠다고 선언했다. 만나기만 하면 싸워대는 사나운 짐승 두 마리에게 멍에를 씌운 자는 그때까지 한 명도 없었지만, 아드메토스는 아폴론의 도움으로 해냈다. 그는 전차를 펠리아스에게 몰고 가 신부를 얻었다.

아드메토스가 알케스티스에 대한 구혼에 성공한 데 흥분해서 아폴론의 쌍둥이 누나인 아르테미스에게 제대로 제물을 바치지 않아 곤경에 처했을 때도 아폴론은 친구를 도와주었다. 진짜든 착각이든 무시당하는 것에 그 어떤 올림포스 신보다 민감했던 아르테미스는 아드메토스의 태만함을 벌하기 위해 신방에 뱀들을 보내 부부의 첫날밤에 찬물을 끼얹었다. 아폴론은 아드메토스에게 기도와 제물로 그의 까칠한 누나를 달래라고 조언해주었다. 뱀들은 사라졌고 달콤한 신혼은 계속 이어졌다. 신방에서 깨가 쏟아지는 황홀한 밤들을 보내던 아드메토스와 알케스티스는 그리스에서 가장 행복한 부부였다.

---

* 펠리아스는 이아손의 이야기에서도 중요한 인물로 등장한다. 알케스티스를 포함한 그의 딸들은 아버지와 솥을 두고 불운한 실수를 저지르고 만다.

아드메토스를 어찌나 아꼈던지 아폴론은 사랑하는 친구가 언젠가는 죽는다는 사실을 견딜 수가 없었다. 그는 총애하는 인간에게 불사의 삶을 달라고 제우스에게 간청한 셀레네와 에오스†와는 다른 식으로 문제에 접근했다. 우선 모이라이(운명의 세 신인 클로토, 라케시스, 아트로포스)를 올림포스로 초대해 거나하게 취하게 만들었다.

"친애하는 모이라이." 그는 자기도 어지간히 취했다는 인상을 주기 위해 약간 휘청거리며 혀 꼬부라진 소리로 말했다. "여러분을 사랑합니다."

"나도 끝내주게 사랑해요." 아트로포스가 말했다.

"아폴론 님이…… 딸꾹…… 최고." 클로토가 딸꾹질을 하며 말했다.

"내가 항상 그랬잖아요." 라케시스는 눈물을 훔치며 목멘 소리로 말했다.

"딴소리하는 것들은 가만두지 않겠어."

"당연한 소리."

"그냥 죽는 거지."

"그럼 제가 여러분에게 한 가지 청을 드려도 될지……." 아폴론이 말했다.

"말만 해요."

"주기만 맡겨요, 아니, 맡겨만 줘요."

"빨리 말이나 해요."

---

† 『스티븐 프라이의 그리스 신화』 1권을 참고하라.

"내 친구 아드메토스요. 사랑스러운 남자랍니다. 귀공자지요."

"왕인 줄 알았는데요?"

"아, 네, 왕이지요." 아폴론은 시인했다. "하지만 귀공자처럼 고귀한 인간이랍니다."

"말은 되네." 아트로포스가 인정했다. "왕 중의 귀공자."

"귀공자 중의 왕이 아니고?"

"제가 드리고 싶은 청은." 곁길로 빠질세라 아폴론이 끼어들었다. "그의 목숨이 끊어지지 않도록 해주십사 하는 겁니다."

"목숨을 끊는 거, 그게 내 일인데요." 아트로포스가 말했다.

"압니다." 아폴론이 말했다.

"그의 명줄을 끊지 말라고요?"

"그렇게 해주신다면 정말 큰 신세를 졌다고 생각하겠습니다."

"그에게 영생을 주라는 말인가요?"

"가능하다면요."

"오오, 별난 부탁이네요. 명줄을 끊는 게 내 일인데. 끊지 말라니……. 완전히 딴 일이잖아. 어떻게 생각해요, 언니들?"

아폴론은 그들의 술잔을 다시 채웠다. "한 잔 더 하면서 생각해봐요."

모이라이는 머리를 맞대고 의논했다.

"우리는 아폴론 님을 사랑하니까." 마침내 클로토가 입을 열었다.

"엄청 많이……" 라케시스가 덧붙였다.

"우리는 아폴론 님을 엄청 많이 사랑하니까 허락할게요. 이번 한 번뿐이에요. 만약 아폴론 님의 친구…… 이름이 뭐였더라?"

"아드메토스. 페라이의 아드메토스왕이랍니다."

"만약 페라이의 아드메토스왕을 대신해 죽어주려는 인간이 있다면……."

"……그러면 우리가 굳이 그의 끈을 명줄할 이유가……."

"그의 명줄을 끊을 이유가……."

"없겠지요."

아폴론은 아드메토스에게 이 합의 내용을 전해주었다.

"누구든 그대를 대신해 죽을 이가 나온다면 그대가 지하세계로 가는 일은 없을 것이다."

아드메토스는 그의 부모를 찾아갔다. 살 만큼 살았으니 둘 중 한 명은 아들의 영생을 위해 죽어주지 않을까.

"제가 이 세상에 나오게 하신 분이니." 그는 아버지 페레스에게 말했다. "저의 삶이 계속 이어지도록 하는 것 또한 아버지의 의무겠지요."

페레스가 협조를 완강히 거부하자 아드메토스는 적잖이 놀라고 당황했다.

"그래, 내가 너를 세상에 태어나게 하고 너를 키워 이 땅을 다스리게 했지. 그렇다고 해서 내가 너를 위해 죽을 의무가 있는지는 모르겠구나. 우리 조상들의 법에도 그리스 법에도 아버지가 자식을 위해 죽어야 한다는 말은 없다. 너는 행복하든 비참하든 네 인생을 살아야지. 나는 너에게 줘야 할 것은 다 주었다. 나는 네가 나 대신 죽어주기를 기대하지 않으니 너도 내가 대신 죽어줄 거라 기대해서는 안 돼. 그래, 너는 낮의 햇빛을 좋아하지. 왜 네 아비는 싫어할 거라 생각하지? 명심해라. 우리가 살날은 그리 길지 않다.

인생은 짧을지 몰라도 달콤한 법."*

"네, 그래도 아버지는 살 만큼 사셨고 저는…….."

"인생이 자연스럽게 끝날 때야말로 살 만큼 산 거지. 네가 그렇다고 말할 때가 아니라."

혈육에게 퇴짜 맞은 아드메토스는 그물을 더 넓게 쳤다. 이전에는 불사의 인생을 생각해본 적도 없었지만, 아폴론에게서 그것이 가능하다는 말을 들은 후로는 집착하게 되었다. 이제는 자신의 권리라는 생각까지 들었다. 그 대신에 죽어주는 이 간단한 일을 해줄 사람을 쉽게 찾을 수 있을 줄 알았다. 그런데 모든 이들이 그의 아버지처럼 자신의 인생을 지나칠 정도로 꼭 붙들고 있으려 하는 것 같았다. 결국 그를 구제해준 이는 충실하고 그를 깊이 사랑하는 아내 알케스티스였다. 그녀는 기꺼이 남편 대신 죽겠다고 나섰다.

"진심이오?"

"네, 여보." 그녀는 남편의 손을 차분히 토닥이며 말했다.

"정말 아무런 망설임도 없이?"

"당신이 행복하다면 그걸로 됐어요."

멋진 대리석 무덤이 만들어졌고, 알케스티스는 아드메토스가 죽기로 되어 있던 시간, 이제는 그녀가 죽어야 할 시간에 대비했다. 하지만 막상 그날이 오자 아드메토스는 마음이 바뀌었다. 자신이 알케스티스를 얼마나 사랑하는지, 그리고 그녀 없는 인생이

---

* 5세기 아테네의 극작가 에우리피데스가 이 이야기를 바탕으로 쓴 희곡 『알케스티스(Alcestis)』를 간략하게 인용한 것이다.

얼마나 무의미한지 깨달은 것이다. 길고도 영원한 혼자만의 삶이 죽음보다 더 괴로우리라는 사실을 그제야 알았다. 그는 아내에게 가지 말라고 빌었다. 하지만 그를 대신하겠다는 그녀의 선언을 이미 모이라이가 듣고 기록해두었다. 그녀는 죽어야 했고, 그래서 죽었다.

비탄에 잠긴 아드메토스가 자신이 저지른 짓을 감당하려 애쓰고 있던 바로 이때 헤라클레스가 궁전을 찾아왔다.

손님을 정성스럽게 접대하는 의무만큼은 잊지 않고 있던 아드메토스는 차마 손님을 돌려보낼 수 없었다. 최선을 다해 슬픔을 감추고, 자자한 명성대로 따뜻하고 너그럽게 손님을 대접했다. 하지만 헤라클레스는 오랜 친구가 검은 옷을 입고 있다는 사실을 눈치챘다.

"음, 실은, 궁에서 누군가 죽었다오."

"그럼 전 떠나겠습니다. 다음에 오죠."

"아니, 아니오. 들어오시오. 괜찮으니까."

헤라클레스는 아직 확신이 서지 않았다. 주인이 손님을 환대해야 할 의무가 있듯이, 손님도 주인에게 똑같은 의무가 있다. "누가 죽었는데요? 가까운 분은 아니지요?"

아드메토스는 자신의 고뇌로 친구에게 부담을 주기는 싫었다, "혈육은 아니고……." 틀린 말은 아니었다. "집안의 한 여인이었을 뿐이오."

"아, 그렇다면야……." 헤라클레스는 연회장으로 들어갔다. 장례 성찬이 차려진 테이블을 본 그의 두 눈이 탐욕스럽게 빛났다. "말해봐야 입만 아프겠지만, 전하께서 대접해주시는 포도주와 케

헤라클레스

117

이크는 정말 최고라니까요." 헤라클레스는 이렇게 말하며 포도주
와 케이크를 마음껏 집어 먹었다.

"과찬이시오. 나는 잠시 자리를 비울 테니 편안히 계시오." 아드
메토스가 말했다.

헤라클레스는 흥에 겨워 열심히 먹어댔다. 테이블에 있는 포도
주가 동나자 더 달라며 소리를 질렀다. 집사장이 어두운 얼굴로
왔다. 그는 고지식한 하인이었다. 세상에서 가장 힘센 자의 악명
높은 성질을 건드릴 위험이 있다 해도 할 말은 해야 했다.

"어찌 이리도 염치가 없소?" 그는 화난 목소리로 낮게 말했다.
"상중이라 다들 비통해하고 있는데 이렇게 먹고 마실 기분이 나
시오?"

"왜 안 돼요? 누가 죽었는데요? 고작 하녀 죽은 것 갖고."

"신들이시여, 이자의 말을 들어보십시오! 우리의 소중한 왕비님
이 돌아가셨는데 감히 '고작 하녀'라고 했소?"

"알케스티스? 하지만 아드메토스가 말하기를……."

"전하께서는 지금 정원에서 가슴 터지도록 울고 계십니다."

"오, 나는 왜 이리도 미련하단 말인가!"

헤라클레스가 주기적으로 병치레처럼 앓는 죄책감과 극심한
자기 비하의 시간이 찾아왔다. 그는 가슴을 마구 때리며, 역사상
가장 무신경하고 누구의 손님도 될 자격이 없는 바보, 멍청이, 어
릿광대, 미련통이, 최악의 인간이라며 스스로를 욕했다. 그러고
나서 정신을 차린 그는 자신이 해야 할 일이 뭔지 깨달았다.

"지하세계로 내려가야겠어. 알케스티스를 다시 데려오는 걸 막
는 자는 누구든 가만두지 않겠어. 맹세코." 그는 혼자 중얼거렸다.

다행히도 그런 힘겨운 과정을 겪을 필요는 없었다. 출발하기 전에 헤라클레스는 알케스티스의 무덤으로 조문을 하러 갔다. 마침 죽음의 신 타나토스가 그녀의 영혼을 데려가고 있었다.

"그거 놓으시오!" 헤라클레스는 소리를 질렀다.

타나토스가 말했다. "네놈이 관여할 일이 아니다. 썩 꺼지……."

헤라클레스는 괴성을 지르며 달려들어 무력한 타나토스를 쓰러뜨린 뒤 주먹으로 마구 때렸다.

잠시 후 아드메토스는 눈물을 거두고 정원을 떠나 궁으로 돌아갔다. "헤라클레스는 어디 있지?" 그가 물었다.

"아, 그자요." 집사는 콧방귀를 뀌었다. "왕비님이 돌아가셨다는 사실을 알자마자 떠나버리더군요. 속이 다 시원합니다."

바로 그때 헤라클레스가 들이닥쳤다. "제가 돌아왔습니다." 그는 아드메토스의 어깨를 찰싹 때리며 말했다. "그리고 친구 한 명도 데려왔지요." 그는 문간으로 고개를 돌리고 소리쳤다. "어서 들어와요."

알케스티스가 들어와 미심쩍은 표정을 하고 있는 남편 앞에 서서 수줍게 미소 지었다.

"알케스티스를 데려오려고 죽음의 신과 한바탕했답니다. 그러니까 이번에는 잘 데리고 있어야 돼요." 헤라클레스가 말했다.

아드메토스는 그의 말이 귀에 들어오지 않는지 오로지 아내만 바라보고 있었다.

"그래요. 뭐. 알아서 잘하시겠지요. 저는 트라키아로 가야겠습니다. 말들 데리러."

에우리스테우스는 헤라클레스에게 디오메데스의 암말 네 마리를 데려오는 임무를 내리면서 자세한 사정은 얘기해주지 않았다. 하지만 그 말들의 이름은 우리도 알 수 있다. 포다르고스(빠른 발), 크산티페(황색 말),* 람폰(빛나는 자), 디노스(무서운 자).† 헤라클레스가 모르는 더 중요한 사실이 있었으니, 말들에게 인육을 먹이는 사악한 왕의 버릇 때문에 네 마리 모두 걷잡을 수 없이 광포해져서 쇠사슬로 청동 구유통에 매어 놓았고 가까이 가면 위험하다는 것이었다.‡

헤라클레스가 트라키아에 있는 디오메데스의 궁에 도착했을 때 그의 곁에는 어린 친구이자 애인인 헤르메스의 아들 압데로스가 있었다.§ 압데로스에게 말들을 지켜보라 시키고 헤라클레스는 왕과 협상하러 갔다.

소년 압데로스는 호기심을 못 이겨 암말들에게 너무 가까이 다가갔다. 그중 한 마리가 그의 손을 물어 마구간 안으로 끌고 들어갔다. 몇 분 만에 말들은 압데로스를 갈가리 찢어 집어삼켰다.

헤라클레스는 토막 난 유해를 묻은 뒤 무덤 주위에 도시를 세

---

* 철학자 소크라테스의 악명 높은 아내의 이름이기도 하다. 사실 '크산토스(xanthos)'는 붉은 기 도는 노란색이기 때문에, 말로 치면 암갈색 말을 의미할지도 모른다. 이상한 사실은 암말들의 이름이 남성형으로 끝난다는 것이다. 포다르고스가 아니라 포다르게가 되어야 하는데 말이다.

† 앞서 그라이아이와 연관해서 언급했다시피 '다이너소어(dinosaur, 공룡)'는 '무서운 도마뱀'이라는 뜻이다.

‡ 말들이 불을 뿜었다는 설도 있다.

§ 대부분의 고대 그리스인들처럼 헤라클레스는 여성뿐만 아니라 남성과의 사랑도 즐겼다. 그의 조카인 이올라오스와 황금 양피를 찾아 떠난 원정에서 시종 노릇을 했던 힐라스도 남성 연인, 즉 에로메노스(eromenos)였다.

우고, 죽은 연인을 기리는 뜻으로 압데라라는 이름을 붙였다.¶ 분노로 정신이 흐려진 영웅은 디오메데스에게 화풀이를 해 근위병들을 죽이고, 왕을 휙 낚아채 말들에게 던져버렸다. 옛 주인이 얼마나 맛있었던지 말들은 인육에 대한 식욕을 잃어버렸고, 그 덕에 헤라클레스는 무사히 말들을 전차에 매고 미케네까지 몰고 갈 수 있었다. 지금쯤은 멀쩡히 살아서 돌아오는 헤라클레스를 보고 실망하는 일에도 익숙해졌을 에우리스테우스는 말들을 헤라에게 바치고 자신만의 명마를 갖기 위해 그들을 번식시켰다. 훗날 그리스인들은 알렉산드로스 대왕의 명마 부케팔로스가 그 후손이라 믿었다.

9. 히폴리테의 허리띠

"저 멀리 동쪽 테르모돈강 주변에 아마존족이 살고 있대!" 아드메

¶ 압데라는 여전히 건재하다. 압데라는 데모크리토스를 배출한 곳으로 유명한데, 그는 그리스 철학이 번성했던 시대에 과학적 방법을 창시한 자로 여겨지기도 한다(이탈리아 물리학자 카를로 로벨리의 훌륭한 저서 『보이는 세상은 실제가 아니다』에 담긴 데모크리토스에 관한 소견을 읽어보기를 권한다). 플라톤의 대화편 『프로타고라스』에서 소크라테스와 대화하는 소피스트 프로타고라스 역시 그곳 출신이다. 그보다 앞선 기원전 6세기, 서정 시인 아나크레온은 페르시아인들을 피해 그곳으로 도망쳤다. 그의 인생과 작품에 영감을 받아 18세기 잉글랜드에서는 남성 아마추어 음악가들의 모임인 아나크레온회(Anacreontic Society)가 생겨났다. 1814년에 미국인들은 영국 술집에서 불리던 노래 〈천국의 아나크레온에게〉를 도용한 곡조에 「별이 빛나는 깃발(The Star Spangled Banner)」이라는 시를 붙여 국가로 삼았다. 만약 압데로스가 말들에게 먹히지 않았다면 과연 미국에서 큰 스포츠 경기가 열릴 때마다 그 곡조가 울리고 있을까? 이렇게 하나하나 추측하다 보면 미쳐버릴지도 모른다.

테가 잔뜩 들떠서 숨찬 목소리로 말했다.

헤라클레스는 고개를 숙였다. 에우리스테우스의 딸 아드메테는 성년이 된 기념으로 아버지에게서 헤라클레스의 과업 하나를 선물받기로 했다.

"헤라클레스에게 무슨 일이든 시키렴, 내 딸." 에우리스테우스가 그녀에게 이렇게 말했었다. "어렵고 위험할수록 좋아. 헤라클레스는 너무 편하게 지냈으니까."

아드메테는 영웅에게 무슨 요구를 할지 바로 결정했다. 그리스의 많은 소녀들처럼 그녀도 강하고 독립적이며 무섭도록 당당한 그 여성 전사들을 숭배했고, 오래전부터 아마존이 되기를 꿈꾸고 있었다.

"아레스 님과 님프 하르모니아의 딸들이지. 아마존족은 전투와 자기 종족에 헌신해." 그녀는 헤라클레스에게 말했다.

"그렇다더군." 헤라클레스가 말했다.

"그들의 여왕은……." 아드메테의 얼굴은 이제 흥분으로 상기되었다. "히폴리테야. 용감한 히폴리테, 아름다운 히폴리테, 용맹한 히폴리테. 어떤 남자도 히폴리테를 이기지 못해."

"그 얘기도 들었다."

"히폴리테는 아버지인 아레스 님에게 받은 보석 박힌 멋진 허리띠를 차고 있어. 그걸 갖고 싶어."

"뭐라고?"

"히폴리테의 허리띠를 가져다 달라니까."

"히폴리테가 안 주려고 하면?"

"내 딸을 농락하지 마, 헤라클레스. 복종해."

그리하여 헤라클레스는 아마존족의 땅을 향해 동쪽으로 항해를 떠났다. 이 당당한 여성 전사들의 명성은 고대 세계에 널리 퍼져 있었다.* 세계 최초의 기마 전사인 아마존족은 전투에서 상대한 모든 부족들을 이겼다. 한 종족을 정복하고 제압하고 나면, 좋은 씨를 갖고 있을 것 같은 남자들을 데려와서 그들과 자식을 만들었다. 임무를 마친 남성은 거미, 사마귀, 물고기 같은 종들의 수컷처럼 살해당했다. 아마존족은 남자 아기가 태어나면 무조건 죽이고 딸만 키워 그들 집단에 합류시켰다. 잔인하다는 비난을 받으면, 그들은 '문명화된' 세계의 수많은 여자아이들이 산허리에 버려져 죽고,† 수많은 여성들이 자식을 낳는 가축으로 이용당하면서 남자를 섬기는 순종적인 노리개로 살아가고 있음을 지적했다.

헤라클레스는 이 과업을 결코 가볍게 여기지 않았다. 하지만 그의 배가 흑해 남부 해안의 폰토스에 도착했을 때 놀랍게도 히폴리테 여왕이 무리를 끌고 나와 그를 따뜻하게 맞아주었다. 고대 세계에서 명성을 얻은 영웅은 아마존족과 그들의 여왕뿐만이 아니었다. 헤라클레스는 8년 넘게 불평 하나 없이 불가능한 일들을 해냈고, 그가 불리하고 부당한 상황에서도 강인함과 용기, 불굴의 인내를 발휘한 이야기는 널리 퍼져 있었다. 그는 세상에 위협이 되는 수많은 골칫거리를 처리했다. 마법과 극악무도함에 용맹함

---

* '아마존'이라는 이름은 '가슴이 없는'이라는 뜻이다. 아니, 그럴 가능성도 있다. 후대의 화가들과 조각가들은 가슴이 없거나 가슴이 하나만 있는 모습으로 그 여성들을 묘사했지만, 지금은 비길 데 없는 그들의 궁술에서 유래한 이름으로 추정하고 있다. 활시위를 끝까지 당기려면 가슴은 방해가 되지 않게 집어넣어 둬야 한다.
† 아탈란타 편을 참고하라.

과 위엄으로 맞섰다. 인색하거나 질투 많은 자들만이 그를 칭찬하지 않았다. 아마존족은 용맹함과 위엄, 강인함을 예찬하기에 남성에 대한 본능적인 불신과 혐오도 제쳐둔 채 헤라클레스 일행을 따뜻하고 정중하게 맞았다.

헤라클레스 패거리는 화환을 머리에 걸고 테르모돈강* 기슭에서 진수성찬을 대접받았다.

헤라클레스는 히폴리테에게 끌렸다. 그녀는 침착하고, 재치 있고, 세상에 드문 자연스러운 카리스마를 풍기고 있었다. 주목과 동경을 받기 위해 목소리를 높이는 일도 전혀 없었지만, 헤라클레스는 자꾸만 그녀에게 시선이 갔고, 이렇게 숭배에 가까운 감정을 불러일으키는 사람은 그녀가 처음이었다.

그녀도 똑같이 그에게 호감을 품고 있는 것 같았다. 그녀의 두 손으로도 헤라클레스의 팔뚝이 다 잡히지 않자 그녀의 얼굴에 미소가 살짝 스쳤다. 그것은 조롱의 미소가 아니라, 세상에 이런 기인도 있구나 하고 신기해하고 즐거워하는 웃음이었다.

"이게 맞겠군." 히폴리테는 허리띠를 풀며 말했다. 그녀의 말이 옳았다. 그녀의 허리와 헤라클레스의 이두박근은 치수가 같았다. 허리띠를 잠가주며 히폴리테는 그가 훨씬 더 멋있어 보인다고 말했다.

"그 끔찍한 사자 머리와 가죽, 그 흉한 몽둥이…… 물론 멍청이와 겁쟁이를 겁주는 데는 쓸모 있겠지만, 남자가 돼서 꾸밀 줄도 알아야지."

---

* 현재의 터키 북부에 있는 테르메강.

헤라클레스가 팔에 둘린 보석 허리띠를 눈여겨보자 히폴리테는 또 미소 지었다. 그런데 그의 얼굴이 어둡게 찡그려지는 것이 아닌가.

"설마 팔찌가 그대의 위대한 남성성에 안 어울린다고 생각하는 건 아니겠지? 그렇게 그릇이 작은 인간은 아닌 줄 알았는데."

"아, 아닙니다. 그게 아니라⋯⋯." 헤라클레스가 말했다.

"그럼 뭐지?"

"내 친척인 에우리스테우스가 내게 과제를 내리고 있다는 얘기를 들어봤습니까?"

"이 세상에 헤라클레스의 과업을 모르는 이는 없지."

"그렇게 부릅니까?"

"이야기가 입에서 입으로 전해지면서 위업이 부풀려지긴 했겠지만, 그래도 그대가 놀라운 일들을 해낸 건 맞는 것 같은데."

"대부분은 헛소리일걸요."

"음, 그대가 에리만토스산의 멧돼지를 짊어지고 에우리스테우스의 알현실로 갔을 때 왕이 겁을 집어먹고 돌항아리로 뛰어들었다는 건 사실인가?"

"그거, 네, 그건 사실입니다." 헤라클레스가 인정했다.

"그리고 그대가 디오메데스를 그자의 말들한테 먹였다는 건?"

이번에도 헤라클레스는 고개를 끄덕였다.

"그렇다면, 위대한 영웅이여, 지금 무엇 때문에 고민인 거지?"

"음, 저기, 나는 아홉 번째 과제, 그러니까 과업을 수행 중입니다. 그것 때문에 여기 왔지요."

히폴리테의 얼굴이 굳었다. "설마 그 과업이라는 게 히폴리테를 쇠사슬에 묶어 그 비열한 폭군 앞으로 끌고 가는 건 아니겠지?"

"아니, 아니요……. 그건 아니고. 이 허리띠 말입니다……." 그는 팔에 둘린 허리띠를 내려다보았다. "에우리스테우스의 딸, 아드메테가 이걸 가져오라고 나를 보낸 겁니다. 그런데 여왕님을 만나고 나니 그럴 마음이 들지 않아서……."

"그게 다인가? 그건 이제 그대의 것이다, 헤라클레스여. 내 선물이니 기쁘게 받도록. 전사가 전사에게 주는 선물이지."

"하지만 이건 여왕님이 아버지인 아레스 님에게 받은 선물이잖습니까."

"그리고 이제는 그대의 연인 히폴리테가 주는 선물이다."

"이걸 입으면 전투에서 무적이라는데, 정말입니까?"

"열네 살부터 쭉 차고 있었는데 한 번도 패배한 적이 없어."

"그런데 내가 무슨 권리로……."

"그냥 가져. 괜찮다니까. 자, 그럼 그대 몸의 모든 치수가 내 몸과 비례하는지 한번 알아볼까……."

헤라클레스와 히폴리테는 테르모돈강 기슭에 있는 여왕의 천막 안에서 격정적으로 한데 뒤엉켰다.

이쯤 되면 아홉 번째 과업이 너무 수월하게 끝나는 건 아닌가 하는 생각이 들지도 모르겠다. 헤라의 생각은 확실히 그랬다. 그녀가 헤라클레스에게 품은 증오는 수년이 지나서도 줄어들지 않았다. 오히려 그가 역경을 하나씩 헤쳐나갈 때마다 미움은 점점 더 커지기만 했다. 그의 인기가 그녀를 분노케 했다. 그를 망신시키고 죽이려고 벌인 일이었건만, 아이들과 심지어는 도시들까지 그의 이름을 따고, 자기 연민 없이 힘과 용기를 발휘하는 그를 칭송하는 노래들이 만들어지고 있었다. 떠받들 인간을 잘못 골랐다는 걸 세상에 보여주리라.

헤라는 아마존족 전사로 둔갑해서 강변을 걸어 다니며 혼란과 의심과 불신의 씨를 뿌렸다.

"헤라클레스를 믿으면 안 돼……. 우리 여왕님을 납치하러 온 거니까……. 지금도 그자의 패거리가 우리를 포로로 잡고 겁탈하고 아르골리스 시장에 노예로 팔아먹을 준비를 하고 있다잖아……. 기회만 잡으면 그자가 우리를 몰살할 테니 그전에 우리가 그자를 죽여야 해……."

천막 안에서 헤라클레스는 흠칫 놀라며 일어나 앉았다.

"저게 무슨 소리지?"

"내 아이들이 그대의 패거리와 축배를 들고 있는 거겠지." 히폴리테가 졸린 목소리로 답했다.

"말들 소리도 들리는데."

헤라클레스는 엎드려 있는 히폴리테 너머로 몸을 기울여 천막을 들어 올리고 밖을 내다보았다. 말에 탄 아마존족들이 자기 부하들에게 화살을 쏘고 있는 것이 아닌가! 한 무리는 천막을 향해 질주해 오고 있었다. 곧장 그의 관자놀이로 피가 몰리고 억누를 길 없는 분노가 그를 옥죄었다. 그 미소와 환대가 전부 덫이었다니. 히폴리테는 그를 바보로 만들려 했다.

"배신자!" 그는 소리 질렀다. "이…… 교활한…… 마녀 같으니라고!"

그는 두 손으로 그녀의 머리를 붙잡고는, 마지막 분노의 말을 뱉으며 마른 나뭇가지 꺾듯 그녀의 목을 획 비틀어버렸다.

헤라클레스는 몽둥이를 움켜쥐고 천막 밖으로 뛰쳐나갔다. 말을 타고 그를 향해 달려오는 아마존족 전사들에게 몽둥이를 휘둘러 세 명을 한꺼번에 말에서 떨어뜨렸다. 나머지 아마존족들은 히폴리테의 권위와 불패의 상징인 허리띠가 그의 팔에 둘린 것을 보고는 전의를 잃고 말았다. 헤라클레스의 부하들은 대장이 살기등등해 사자처럼 포효하는 모습에 사기가 올랐다. 얼마 안 가 강둑에는 아마존족들의 시체들이 널렸다.

헤라클레스와 부하들은 기나긴 귀환 여행을 하던 중 트로이에 묵게 되었다. 이때 트로이를 다스리고 있던 통치자는 라오메돈으로, 그는 호메로스의 대서사시 『일리아스*Ilias*』에 등장하는 트로이와 트로이인들의 시조인 트로스왕의 손자이자, 트로이의 다른 이름인 일리움의 유래가 되는 일로스왕의 아들이었다.

트로이는 아폴론과 포세이돈이 얼마 전에 성벽을 완성한 멋진 도시였다. 하지만 탐욕스럽고 겉과 속이 다르며 어리석은 라오메돈은 그들에게 대가를 지불하지 않았다. 이에 대한 앙갚음으로 아폴론은 도시에 역병의 화살들을 퍼부었고, 포세이돈은 일리움의 평야를 범람시킨 뒤 바다 괴물을 보내 질병이 창궐하는 도시에서 달아나려는 시민들을 공격하고 먹어 치우게 했다.

트로이의 사제들과 신탁은 라오메돈에게 트로이를 질병과 기근과 재난으로부터 구하는 유일한 길은 라오메돈의 딸 헤시오네를 범람한 평원의 바위에 알몸으로 묶어 바다 괴물의 먹이로 주는 것뿐이라고 말했다.*

바로 이런 상황에서 헤라클레스가 도착했다. 그는 제우스가 트로스에게 선물한 말†의 후손들을 주면 헤시오네를 구해주겠다고 약속했다. 라오메돈이 그러마 하자 헤라클레스는 당장 괴물을 죽이고 헤시오네를 구했다. 이번에도 라오메돈은 약속을 어기고, 주기로 했던 말들을 내놓지 않았다.

헤라클레스는 일을 바로잡을 여유가 없었다. 에우리스테우스에게 돌아가 열 번째 과업을 수행해야 했다. 훗날 돌아와 라오메돈에게 복수하리라 맹세하며 헤라클레스는 미케네로 향했다.

10. 게리온의 소 떼

"받아라!" 헤라클레스가 아드메테의 발밑에 허리띠를 획 던졌다. "이것이 너에게 행운을 가져다주기를 바란다.‡ 자, 위대한 왕이시여, 이제 내 열 번째이자 마지막 과제를 주시지요."

에우리스테우스는 옥좌에 앉은 채 불편하게 몸을 꼼지락거렸다. 조신들 몇 명이 '위대한 왕이시여'라는 호칭에 킥킥 웃는 것을 분명 들었다.

---

* 안드로메다가 겪었던 수모와 똑같다. 무력한 소녀가 바위에 묶인 채 용에게 운명을 맡기는 이미지는 그리스 신화와 예술뿐만 아니라 여러 분야에 만연해 있다. 어떤 심리학파, 어떤 젠더 정치학을 고수하느냐에 따라 저마다 다른 해석이 가능하다.
† 두 세대 전에 제우스는 트로이의 아름다운 왕자 가니메데스를 연인이자 술 따르는 시종으로 삼으면서, 이에 대한 보상으로 트로스에게 마법의 말들을 주었다.
‡ 히폴리테의 허리띠는 미케네의 헤라 신전에서 헨리 월튼 '인디애나' 존스 주니어 박사의 손에 성공적으로 발굴되었지만, 지금은 성약의 궤와 보드게임 주만지의 복사본과 함께 미국 정부의 광대한 창고에 있는 나무 상자 속에서 시들어 가고 있다.

"좋다, 헤라클레스. 에리테이아에 가서 게리온의 소 떼를 데려와라. 한 마리도 빠짐없이."*

페르세우스가 고르곤 메두사의 목을 베었을 때, 포세이돈과의 사이에 밴 두 명의 자식이 그 벌어진 상처에서 빠져나왔던 일을 기억하는가. 한 명은 천마 페가수스, 다른 한 명은 황금 검을 가진 청년 크리사오르였다. 크리사오르는 티탄족 해신들인 오케아노스와 테티스의 '아름답게 흐르는' 딸 칼리로에와 결합하여 머리 셋 달린 게리온의 아버지가 되었다. 게리온은 서쪽 섬 에리테이아†에서 거대한 무리의 붉은 소들을 맹렬하게 지키고 있었다.

에리테이아는 사람의 발길이 별로 닿은 적 없는 서쪽 깊숙한 곳에 있었기 때문에 헤라클레스는 이전보다 훨씬 더 멀리까지 여행해야 했다. 리비아 사막을 힘들게 건너다 너무 더워 짜증이 난 그는 이글거리는 태양에게 분노의 고함을 지르며, 화살을 날려 헬리

---

* 영웅들의 모험에 소, 돼지, 양, 사슴, 말이 자주 등장하는 것은 고대 그리스의 경제, 사회, 농경에 이 동물들이 그만큼 중요했기 때문이다. 농업과 상업, 문명에서 그 동물들은 용이나 켄타우로스 같은 위협적인 괴물들과 대조적인 위치를 차지하고 있었다. 돌연변이 혹은 흉포한 멧돼지들과 황소들은 길들여진 자와 괴물 사이의 중간 상태를 대변하는 부류이다. 아테나와 헤라에게 봉헌된 동물인 뱀은 독자적인 부류를 형성한다고 말할 수 있다. 치명적이고 예언적인 성격을 띠지만, 길들여지지 않는다.

† 에리테이아라는 이름은 '붉은' 혹은 '불그스레한'이라는 뜻이다. 해가 그렇게 멀리 서쪽으로 기울었을 때쯤엔 붉은 노을 색깔에 가까워지기 때문이다. 일부 그리스 작가들과 이후의 로마 작가들은 에리테이아의 위치를 발레아레스 제도로 잡았다. 아마 이비사섬이었을 것이다. 더 서쪽으로 추정한 이들도 있었다. 화산섬 마데이라도 후보 중 하나다. 전설적인 개 오르트로스의 존재를 생각하면 카나리아 제도의 한 섬이었을지도 모른다. '카나리아'는 물론 색깔이 아니라 개를 뜻하는 라틴어 '카누스(canus)'에서 유래한 것이다. 란사로테섬이 최고의 후보지일 것이다. '로테'가 '붉은'이라는 뜻이니까. 사실에 집착하는 역사가들은 우연의 일치라고 말하겠지만 말이다.

오스를 전차에서 떨어뜨리겠다고 협박했다. 헬리오스는 불멸의 티탄족이었지만 헤라클레스의 화살에 맞으면 입을 끔찍한 피해가 두려웠다.

"그건 안 된다, 제우스의 아들 헤라클레스여." 그가 약간 당황하며 소리 질렀다.

"그럼 저를 도와주십시오!" 헤라클레스가 외쳤다.

헬리오스는 헤라클레스가 화살을 쏘지 않겠다는 약속만 해주면 땅에 너무 가까이 날지 않겠다고 했다. 그뿐 아니라, 서쪽으로의 여행이 더 수월해지도록 거대한 컵을 빌려주겠노라고 제안했다. 그는 날마다 머나먼 동쪽 땅‡에서부터 태양 전차를 몰고 하늘을 가로질러 오케아노스의 왕국§까지 갔다. 그곳에 도착하면 서궁에서 쉬며 밤을 보낸 다음, 오케아노스의 물살 빠른 해류에 실려 온 거대한 컵이나 그릇을 타고 다시 동쪽으로 출발했다. 지구의 둘레를 빙빙 도는 이 '대양의 강'이 헬리오스를 동쪽 궁으로 돌려보내 주었다. 그곳에서 그는 말을 준비시켜 또 하루를 시작한다.

헤라클레스는 컵을 고맙게 받아, 항해에 적합한 그 그릇¶에 무릎을 세우고 앉은 채 에리테이아를 향해 편안하기 그지없는 쾌속 여행을 떠났다. 어느 시점에 물살이 일렁이자 헤라클레스는 오케아노스에게 화살을 쏘겠다고 협박했다. 헤라클레스가 신을 이길

---

‡ 대부분의 자료에 따르면 인도이다.

§ 아일랜드? 영국? 포르투갈? 설이 분분하다.

¶ 아마도 헬리오스의 서쪽 궁전은 웨일스에 있었을 테고, 웨일스의 어부들이 타고 다니는 그릇 모양의 코러클(고리로 엮은 뼈대에 짐승 가죽을 입힌 작은 배—옮긴이)은 헬리오스의 컵의 후예일 것이다.

수 있다고 생각할 만큼 오만했다기보다는, 신이든 인간이든 살아 있는 모든 것을 자신과 동등한 존재로 여겼다고 보는 편이 맞을 것 이다. 어쨌든, 조카 헬리오스처럼 무시무시한 화살에 겁을 집어먹 은 오케아노스는 협박에 깜짝 놀라 물을 가라앉혔다. 헤라클레스 는 바닷물에 하나도 젖지 않고 에리테이아섬에 무사히 도착했다.

해안에서 머리 둘 달린 개 오르트로스가 사납게 짖으며 그를 맞았다.

"오르트로스!" 헤라클레스가 소리쳤다. "세상의 추악한 괴물들이 대부분 그렇듯 너 역시 티폰과 에키드나의 자식이지. 너희의 시대가 끝났다는 걸 모르겠는가? 내가 이미 너의 누이 레르나의 히드라와 너의 아들 네메아의 사자를 죽였다. 이제 네가 이 세상에서 치워질 차례다."

괴물이 두 개의 목으로 괴성을 지르며 달려들자 헤라클레스는 몽둥이를 들어 올려 머리 하나를 박살 냈다. 다른 머리는 흠칫 놀라 캥캥 짖으며 고개를 돌렸다가, 짝의 목이 망가진 채 생기 없이 대롱대롱 매달려 있는 것을 보았다. 헤라클레스는 두 번째 머리가 애도할 틈도 주지 않고 몽둥이를 내리쳐 개의 목숨을 끊어놓았다.

목자 에우리티온이 소동을 듣고는 위력적인 몽둥이를 휘두르며 다가왔다.

"가만두지 않겠다." 그가 으르렁거렸다. "내 사랑하는 개를."

"그럼 같이 저승길로 보내주마!" 헤라클레스는 에우리티온의 목으로 화살을 날리며 소리쳤다. 히드라의 독이 효험을 발휘하자 에우리티온은 땅에 쓰러지기도 전에 죽었다.

헤라클레스는 이제 소 떼를 몰려고 애쓰기 시작했다.

오래지 않아 게리온이 어슬렁어슬렁 나타났다.

게리온을 보고 살아남아 얘기를 전한 인간이 워낙 적다 보니 그의 외모에 대한 설명도 가지각색이다. 일치하는 부분은 크리사오르와 칼리로에의 아들에게 머리가 셋 달려 있었다는 것이다. 대부분은 그의 몸통도 셋이라고 묘사하지만, 한 원전에는 목 하나와 몸통 하나에 머리 셋이 솟아 있다고 되어 있다. 가장 의견이 분분한 부분은 그 몸통들이 어떻게 땅에 연결되어 있느냐 하는 것이다. 어떤 이들은 몸통들이 점점 가늘어져 하나의 허리가 되고, 그래서 그 거인이 한 쌍의 다리를 갖고 있다고 했다. 하지만 다리가 세 쌍이라는 설도 있다. 나는 두 개의 다리에 세 개의 몸통과 세 개의 머리를 가진 모습으로 상상하고 싶다. 의심의 여지 없이 확실한 사실은 게리온이 머리가 셋 달렸고, 거대하며, 성질머리가 포악했다는 것이다.

"누가 감히 내 소들을 훔쳐?" 왼쪽 머리가 씩씩거렸다.

"헤라클레스지."

"그럼 헤라클레스는 죽은 목숨이야." 가운데 머리가 말했다.

"천천히 고통스럽게 죽여주마." 오른쪽 머리가 말했다.

"너희가 죽을 땐." 헤라클레스가 받아쳤다. "이전에 죽었던 자들보다 세 배는 더 고통스러울 것이다."

이렇게 말하며 헤라클레스는 게리온의 배꼽으로 화살을 날렸다. 히드라의 독이 각각의 몸통을 타고 올라가 세 개의 목을 지난 다음 세 개의 머리로 흘러 들어가면서 그들의 몸을 태우고 좀먹었다.

"뜨거워!"

"뜨거워!"

"뜨거워!"

소름 끼치는 괴성이 터져 나왔다.

헤라클레스가 어떻게 소 떼를 몰고 바다를 건넜는가는 기록되어 있지 않다. 헬리오스의 컵에 실을 수 있을 만큼 실이 북아프리카 해안까지 왔다 갔다 했을 거라고 짐작할 수밖에 없다. 이 대장정을 기념하는 뜻에서 헤라클레스는 지중해에서 대서양으로 나가는 해협의 북부인 이베리아 쪽에 하나, 그리고 남부의 모로코 쪽에 하나, 이렇게 두 개의 거대한 돌기둥을 세웠다. 지금도 헤라클레스의 기둥들이 해협을 지나가는 여행자들에게 인사를 건네고 있다. 아프리카 쪽 기둥은 세우타, 이베리아 쪽 기둥은 지브롤터의 바위라고 불린다.

헤라클레스가 소 떼를 에우리스테우스에게 데려가는 데 엄청나게 긴 시간이 걸렸다. 스페인과 바스크 지방*을 지나고 남부 프랑스와 북부 이탈리아를 건너 달마티아 해안을 따라 내려가다 드디어 그리스의 반가운 산들과 계곡들이 보이자 헤라클레스는 목적지에 가까워졌음을 알았다. 하지만 앙심을 품은 헤라가 쇠파리 떼를 내려보냈고, 그들에게 쏘인 소들은 아파서 펄쩍 뛰어오른 뒤 우르르 도망쳐 그리스 본토 전역으로 흩어져버렸다.† 헤라클레스는 힘들게 대부분의 소를 되찾긴 했지만, 티린스의 성문들을 지나

---

* 피레네 산맥을 사이에 두고 프랑스와 걸쳐 있는 스페인 북부 지방.—옮긴이
† 신들이 애용한 고문 방식이다. 헤라는 제우스의 연인이었던 이오도 똑같은 방식으로 괴롭혔다. 달의 신 셀레네 역시 쇠파리 한 마리를 보내, 디오니소스가 사랑한 암펠로스를 쏘게 했다. 두 이야기 모두 『스티븐 프라이의 그리스 신화』 1권에 담겨 있다.

에우리스테우스왕의 궁전 뜰로 소 떼를 몰고 들어갔을 땐 고된 여행에 지쳐 구질구질한 행색을 하고 있었다.

"오, 이런." 에우리스테우스가 턱수염을 쓰다듬으며 말했다. "이게 전부인가? 게리온의 소가 천 마리는 넘는 것으로 알고 있는데, 문외한인 내가 보기에도 오륙백 마리밖에 안 되어 보이는군."

"남은 건 이게 전부입니다. 이제 내 노예 생활은 끝났습니다. 전하가 요구하신 일들을 다, 아니 그 이상으로 수행했습니다. 이제 나를 노예 신분에서 풀어주시고 죄를 씻은 자유인으로 귀향할 수 있게 허락해주시지요." 헤라클레스가 말했다.

에우리스테우스는 심술궂게 낄낄 웃었다. "오, 아니지. 그건 아닌 것 같은데. 아니, 아니야. 두 가지가 더 남았잖아."

"열 가지 과제라고 하셨고, 열 가지 과제를 수행했잖습니까."

"아, 그런데 두 번째 과업 말이지, 히드라를 무찌를 때 그대의 조카 이올라오스의 도움을 받았잖나. 머리가 잘려나간 상처를 그 아이가 지지지 않았으면 그대는 성공하지 못했을 거야. 모든 과제를 남의 도움 없이 혼자 완수한다는 조건이 있었지. 그러니까 히드라는 제외야."

"그게 무슨 말도 안 되는 소립니까!"

"쯧, 쯧, 그 고약한 성질머리 좀 죽여, 헤라클레스. 메가라와 아이들이 어떻게 됐는지 생각해봐."

에우리스테우스는 이 상황을 즐기고 있었다. 헤라클레스가 부끄러워 입을 다물자 에우리스테우스는 입술을 핥았다. "그리고 엘리스의 외양간도 문제지. 아우게이아스왕이 제시한 보수를 받아들였다지?"

"음, 네, 하지만……."

"그러니까 속죄의 뜻으로 의무를 행한 게 아니라 일꾼으로 일했다는 뜻이지. 그것도 쳐줄 수 없어."

"결국엔 아무것도 못 받았다고요!"

"그건 중요한 게 아니야. 보수를 요구하는 것 자체가 계약 조건을 어긴 거니까. 그대의 열 가지 과업은 이제 열두 가지 과업이 되었다."

사제를 통해 이 잔인한 수법을 에우리스테우스의 귀에다 시시콜콜히 속닥거린 이는 물론 헤라였다.

헤라클레스는 고개를 떨구었다. 울화통을 터뜨리고 폭언을 퍼붓거나 뚱하니 나가버리면 지난 10년의 고생과 고통이 다 물거품이 돼버리고 만다. 델포이의 신탁이 그에게 약속한 불사의 삶을 얻으려면 죄를 씻어야만 했고, 그걸 해줄 수 있는 사람은 이 겁쟁이 친척 에우리스테우스, 씩 웃고 있는 이 폭군, 헤라의 이 잔인한 앞잡이뿐이었다. 불사의 삶 자체는 관심이 없었지만, 불사의 몸이 되면 지하세계로 내려가 메가라와 아이들을 데려올 수 있으리라.

에우리스테우스가 말했다. "오늘 데려온 소들의 미미한 숫자를 감안하면, 세 과업이 추가되지 않은 게 어딘가. 사실 그래야겠지만, 나한테 13 공포증이 있는 걸 다행으로 알아. 그러니, 그대가 징징대는 걸 끝내면 열한 번째 과제를 주겠다. 헤스페리데스의 황금 사과를 가져와라."

11. 헤스페리데스의 황금 사과

저녁의 님프들인 헤스페리데스는 형체 없는 카오스에서 제일 처음 튀어나온 밤의 신 닉스와 어둠의 신 에레보스 사이에서 태어난 아름다운 세 딸이었다. 헤스페리데스는 어느 정원을 돌본다고 알려져 있었는데, 그 정원에서 자라는 한 사과나무에 열리는 황금 사과를 먹으면 불사의 생을 얻을 수 있다고 했다. 대지의 신이자 만물의 어머니인 가이아가 그 사과 몇 알을 제우스와 헤라에게 결혼 선물로 주었고, 헤라는 티폰과 에키드나의 무시무시한 자식인 머리 백 개 달린 용 라돈을 시켜 나무를 지키게 했다.

헤라클레스에게 가장 큰 골칫거리는 나무를 똘똘 감고 있는 용이 아니었다. 그 정도쯤은 일도 아니었다. 문제는 헤스페리데스의 정원이 어디에 있는지 아무도 모른다는 것이었다. 지중해 북쪽 끝의 히페르보레오이족이 사는 얼음땅이라고 말하는 이들도 있고, 리비아 서부라고 주장하는 이들도 있었다.

헤라클레스는 북유럽에서 에리다누스강*의 님프들과 우연히 마주쳤다. 그들은 헤라클레스에게 '바다의 노인들'† 중 한 명인 네

---

* 라인강일 수도 있고, 도나우강일 수도 있다. 아마 영국 제도를 지칭하는 듯한 전설 속의 카시테리데스(주석 섬)에 흐르는 강이었다고 주장하는 사람까지 있다. 만약 헤라클레스가 영국을 방문했다면 콘월에서 줄다리기 경기를 발명하지 않았을까.
† 하위 바다신인 프로테우스도 바다의 노인으로, 네레우스와 마찬가지로 예언과 변신 능력을 갖고 있었다. 여기서 '프로티언(protean, 변화무쌍한)'이라는 단어가 나왔다. 네레우스는 아내인 오케아니스 도리스와 함께, 친절한 바다 님프들인 네레이스(아버지를 기리는 뜻에서 이런 이름이 붙었다)들의 부모로 가장 잘 알려져 있다.

레우스에게 조언을 구하라고 일렀다.

"그분을 붙들 수만 있다면, 아는 걸 전부 다 말씀해주실 것이다." 그들이 이구동성으로 말했다.

대부분의 물의 신들과 마찬가지로 네레우스도 모습을 자유자재로 바꿀 수 있었다. 방대한 지식을 지니고 있으며, 예언 능력을 가진 축복받은 자들이 그렇듯 항상 진실을 말하긴 했으나……. 있는 그대로의 진실을 좀처럼 말해주지 않았고, 명확하고 단순하며 꾸밈없는 진실을 말하는 경우는 더욱 드물었다.

헤라클레스가 네레우스를 찾아내는 데 얼마나 걸렸는지는 알 수 없지만, 마침내 어느 외진 해안의 모래밭에서 몸을 동그랗게 말고 잠들어 있는 그를 발견했다. 헤라클레스가 어깨에 손을 대자마자 네레우스는 뚱뚱한 바다코끼리로 변신했다. 헤라클레스는 그를 꼭 껴안았다. 이제 네레우스는 수달이었다. 헤라클레스는 모래밭으로 쓰러졌지만 용케도 수달을 놓치지 않았다. 그러고는 연이어서 투구게, 바다소, 해삼, 다랑어와 씨름했다. 네레우스가 무슨 모습으로 변신하든 헤라클레스는 그를 꼭 붙들고 절대 놓아주지 않았다. 마침내 네레우스는 포기하고, 본모습과 가장 비슷할 법한 수염 난 늙은 어부로 변신했다.

네레우스가 말했다. "어머니 바다를 빙 돌게. 그러다가 어느 높은 곳에서 누군가가 자네 이름을 부르면 그곳에 멈춰. 그들을 도와주면 답례로 그들도 자네를 도와줄걸세."

네레우스가 더 이상은 아무 말도 하지 않자 헤라클레스는 그를 붙들고 있던 손을 풀고 그가 갈매기로 둔갑해 하늘 높이 날아오르는 모습을 지켜보았다.

헤라클레스는 아프리카 해안에서 출발해 세상의 외곽을 빙 돌며 단서를 찾았다. 가는 도중에 많은 골칫거리를 처리했다. 오늘날의 모로코와 리비아 사이에 있는 땅*에서는 가이아와 포세이돈의 아들인 반거인半巨人 안타이오스와 마주쳤다. 그는 지나가는 길손들을 막아서서 씨름 시합을 청하는 낙으로 살고 있었다. 시합에서 지는 자는 죽어야 했고, 안타이오스는 수북이 쌓인 희생자들의 두개골과 뼈를 이용해 아버지에게 바치는 신전을 해안에다 지었다. 헤라클레스는 사촌 동생 테세우스가 아테네로 가는 길에, 전통적인 드잡이, 내리찍기, 차기, 던지기에 속이기, 피하기, 상대의 몸무게와 힘 역이용하기를 결합한 '판크라티온pankration'이라는 새로운 기술을 이용하여 케르키온왕을 이겼다는 소식을 들었다. 헤라클레스는 무기 없이 순수하게 근육만 사용해 싸우는 데 익숙해져 있었지만, 그래도 테세우스가 개발한 기술을 훈련했고, 아무리 실력 좋은 싸움꾼이라도 안타이오스처럼 육중한 몸으로 느릿느릿 움직이는 깡패는 전혀 두렵지 않았다. 헤라클레스는 신전으로 가서 도전장을 던졌다.

"허!" 안타이오스는 환호했다. "이제 내가 만인의 영웅 헤라클레스를 꺾은 챔피언으로 역사에 영원히 이름을 남기는 건가? 까짓것, 그러지 뭐!"

그들은 관례를 따라 옷을 벗고는 마주 보고 서서, 돌격을 준비하는 황소들처럼 발로 모래를 긁었다. 헤라클레스가 먼저 움직여 안타이오스에게 몸을 부딪으며 팔로 그의 목을 감아서 조른 다음

* 튀니지와 알제리로 추정된다.

옆어치기 해서 땅이 흔들릴 만큼 세게 내리꽂았다. 헤라클레스가 지금까지 상대했던 적들이라면 대부분이 죽거나 확실히 불구가 됐을 만한 강력한 던지기였다. 하지만 놀랍게도 안타이오스는 아무 일도 없었다는 듯이 벌떡 일어나 헤라클레스에게 돌진했다. 이상한 일이었다.

그리스인들에게 레슬링의 목표는 상대를 쓰러뜨린 다음 항복을 받아낼 때까지 땅에 붙들어 두는 것이었다. 헤라클레스는 안타이오스를 수월하게 땅으로 내리꽂고 또 꽂았지만, 안타이오스는 힘이 빠져서 항복하기는커녕 오히려 매번 점점 더 강해지는 것 같았다. 지치는 쪽은 헤라클레스 자신이었다. 이해할 수 없는 일이었다. 그는 상대를 완전히 파악하고 있었다. 밑으로 두 다리를 쓸어 안타이오스를 몇 번이고 땅으로 쓰러뜨렸다. 하지만 그럴 때마다 안타이오스는 아무 일도 없었다는 듯 팔팔하게 벌떡 일어날 뿐이었다. 이건 마치…… 그렇구나!

헤라클레스는 진실을 깨달았다. 안타이오스는 가이아의 아들이었다. 그러니 땅과 접촉할 때마다 어머니 대지로부터 힘을 끌어당길 수 있었던 것이다.

헤라클레스는 해결책을 알았다. 끙 하고 마지막으로 힘을 쏟아부어 안타이오스를 두 팔로 와락 껴안은 다음 웅크렸다가 두 다리를 밀어 올리며 그를 땅에서 번쩍 들어 올렸다. 거인의 몸에서 힘이 빠져나가는 것이 느껴질 때까지 머리 위로 그를 높이 쳐들고 있었다. 마지막으로 척추를 툭 부러트려 시신을 땅으로 내동댕이쳤다. 가이아의 손길도 아들을 되살리지 못했다. 헤라클레스는 안타이오스의 넓적한 두개골이 포세이돈 신전의 박공 장식물로 잘 어울린다고 생각했다.

다시 동쪽으로 길을 떠난 헤라클레스는 아이깁토스*의 아들 쉰 명 중 한 명인 부시리스와 마주쳤다. 그리스인들은 오시리스†를 섬기는 사제들이 행하는 인신 공양에 반감을 품고 있었는데, 부시리스라는 이름은 바로 오시리스에서 나온 것이었다. 헤라클레스는 이 섬뜩한 관습을 멈추기 위해 자진해서 제물로 붙잡혀 쇠사슬에 매였다. 칼이 가슴으로 내려오는 순간 그는 사슬을 부수고 부시리스와 그의 사제들을 모조리 죽였다. 헤라클레스는 부시리스의 도시에 그가 태어난 도시, 테베의 이름을 새로 붙였다. 이런 연유로 그 순간부터 지리학자들과 역사가들은 그리스 테베와 이집트 테베를 구분해야 했다.‡

이런 부수적인 모험들로 정신이 산만한 와중에도 헤라클레스는 헤스페리데스의 정원을 찾는 일을 잊지 않았다.

바다의 노인이 조언해준 대로 "어머니 바다를 빙 돌아간"(헤라클레스는 이 말을 지중해§를 일주하라는 뜻으로 제대로 알아들었다) 헤라클레스는 마침내 흑해와 카스피해 사이의 땅에 도착했다. 그리고 캅카스산맥에 이르렀을 때 네레우스가 예언했듯 높은 곳에서 어떤 목소리가 들려왔다.

"어서 오너라, 헤라클레스여. 자네를 기다리고 있었네."

---

* 아이깁토스는 포세이돈과 리비에의 손자이자 안드로메다의 삼촌이었다. 헤라클레스는 페르세우스와 안드로메다의 후손이므로 부시리스와 먼 친척뻘이다.
† 이집트 신화에서 사자(死者)의 신으로 숭배된 신.─옮긴이
‡ 룩소르와 카르나크에 이집트 테베의 유적이 남아 있다.
§ 그리스인들은 지중해를 간단히 '바다', 가끔은 '대해(大海)'나 '우리 바다'로 불렀다.

헤라클레스는 위를 올려다봤다가 햇빛에 눈이 부셔 손으로 눈을 가렸다. 한 형체가 바위에 사슬로 묶여 있었다.

"프로메테우스 님?"

그가 아니면 누구겠는가? 제우스가 그 티탄족을 이 거대한 산맥에 묶어두고 매일 독수리를 보내 그의 간을 쪼아 먹게 했다. 프로메테우스는 불사의 몸이라 밤마다 간이 다시 생겨났고, 다음 날 또다시 고문이 시작되었다. 인간의 창조자이자 옹호자인 그가 이런 고통을 감내하게 된 후로 셀 수 없는 세대의 인간들이 흥망성쇠를 겪었다.

헤라클레스는 물론 바위에 묶여 있는 이자의 정체를 알았다. 세상 사람 모두가 그랬다. 하지만 제우스의 복수를 위해 태양에서 튀어나와 그들을 향해 날아오는 독수리에게 감히 화살을 쏠 수 있는 이는 헤라클레스뿐이었다.

"저놈이 죽어서 안타깝다는 말은 차마 못 하겠군." 프로메테우스는 죽어서 땅을 향해 추락하고 있는 독수리를 보며 말했다. "놈은 그저 하늘의 아버지가 시키는 대로 했을 뿐이지만 그래도 밉더란 말이지."

헤라클레스는 몽둥이를 한 번 휘둘러 프로메테우스의 쇠사슬을 산산이 부숴버렸다.

"고맙다, 헤라클레스여." 프로메테우스는 정강이를 문지르며 말했다. "내가 이 순간을 얼마나 기다리고 있었는지 자네는 꿈에도 모르겠지."

"제 아버지가 좋아하실지는 잘 모르겠네요."

"제우스 님? 또 모르지. 자네는 인간 세상에서 그분의 뜻을 행하는 그릇이니까. 자네의 위업에 대해서는 많이 들었다네. 새들의 목소리가 세상사를 알려주고, 환영들이 내 꿈에 찾아오거든. 자네가 자네 사촌 테세우스처럼 세상의 가장 악독한 짐승들과 용들과 뱀들, 머리 여럿 달린 괴물들을 없애고 있다는 사실을 알고 있어. 자네 같은 영웅들의 노고를 통해서 신들은 옛 질서에 속한 존재들을 세상에서 치우고 있는 걸세."

"제우스 님이 왜 그러시겠어요?"

"제우스 님도 우리와 마찬가지로 아난케*의 법에 묶여 있거든. 인류가 번성하려면 세상이 안전해져야 한다는 걸 제우스 님은 알고 있는 거야. 언젠가는 님프들, 목신들, 숲과 물과 산과 바다의 정령들처럼 무해한 피조물들까지 인간들의 눈에 보이지 않고 한갓 소문이 돼버리는 날이 오겠지. 그래, 우리 티탄족도 마찬가지. 저 높이 올림포스에 있는 신들도 인간의 기억에서 희미해질 거야. 나한테는 훤히 다 보이지만, 먼 미래의 일이라네. 그사이에 처리해야 할 일이 조금 더 있거든. 조만간 자네는 올림포스 정복을 호시탐탐 노리고 있는 거인들이 거대하고 긴급한 위협이 될 때 제우스 님과 신들을 구해달라는 요청을 받을 걸세. 자네가 태어난 이유도 그 때문이니까."

헤라클레스는 얼굴을 찡그렸다. "제가 신들의 뜻을 이루는 도구에 지나지 않는다는 말씀인가요? 저는 거절도 못 합니까?"

---

* 아난케는 그리스 신화에서 피할 수 없는 운명을 의인화한 신이다. 모로스(운명)와 디케(정의)와 마찬가지로, 이 신들의 법은 신들의 의지보다 더 강력하다. 이들을 의인화한 신으로 보는 것은 조금은 왜곡된 해석일지도 모른다. 사람들은 그들을 신적인 존재로 얘기하기보다는 운명의 불가피한 요소들로 취급한다.

"운명, 숙명, 필연성, 비운. 이런 것들은 진짜야. 하지만 자네의 마음, 의지, 정신도 그렇다네, 헤라클레스. 그 모두에게서 벗어날 수 있어. 가축을 돌보고 아이들을 키우고 고요한 명상과 사랑과 안락을 누리면서 평화로운 여생을 함께 보낼 아름다운 반려자를 찾게. 제우스 님이 자네의 인생에 세워둔 계획 같은 건 잊어버려. 헤라 님과 에우리스테우스는 잊어버리게. 자네의 죄책감을 무자비하게 이용하려는 수작 따위는 무시해버려. 자네는 할 만큼 했네. 어서. 떠나게. 자네는 자유야."

"저도…… 저도 그렇게 살고 싶어요. 오, 어떻게 제가…… 하지만 그런 삶이 제 운명이 아니라는 걸 저도 알아요. 프로메테우스 님이나 신탁이 그렇게 말해줘서가 아니라, 느낌이 그래요. 저는 제 능력을 알아요. 그걸 거부하는 건 배신이겠지요. 제 자신을 증오하면서 생을 마칠 겁니다."

"이거 보라지? 과업을 짊어진 영웅 헤라클레스는 자네의 운명이지만, 자네의 선택이기도 하다네. 자네가 그 운명을 감수하기로 선택한 거야. 이게 바로 삶의 역설이지. 우리에게 의지가 없다는 걸 우리의 의지로 받아들이니까."

헤라클레스에게는 너무 심오한 얘기였다. 프로메테우스의 말을 들으면서도 제대로 알아듣지는 못했다. 그도 우리와 마찬가지로 자유의지와 운명의 문제에 곤혹스러워하고 있었다. "네, 뭐, 어쨌든, 저는 할 일이 있어요."

"아 그렇지. 자네 친척이 정한 열한 번째 시험. 황금 사과. 자네는 나무에서 그 사과를 딸 수 없어. 어떤 인간도 할 수 없지. 내 형님 아틀라스가 거기서 하늘을 받쳐 들고 있다네. 티탄족과 올림포스 신들의 전쟁에서 티탄족 편에 선 벌이지.* 아틀라스를 설득해서 도와달라고 하게. 헤스페리데스의 정원은 서쪽 끝에 있어. 앞으로 갈 길이 멀겠군. 시간은 넘쳐나니까 그동안 계획이나 짜게. 자……." 티탄족은 일어나서 다리를 쭉 폈다. "나는 제우스 님을 찾아가야겠네. 고개를 숙이고 용서를 구해야지. 지금쯤은 노여움이 가라앉았을 거야. 어쩌면 자기에게 내가 필요하다는 걸 알지도 모르지."

"하지만 프로메테우스 님은 미래를 볼 줄 알고, 앞으로 무슨 일이 벌어질지 아시잖아요."

"생각을 미리 하는 거지, 고찰하고 상상하고. 미래를 아는 것과 완전히 같은 건 아니라네. 잘 가게, 헤라클레스여, 행운을 비네."

헤라클레스가 헤스페리데스를 찾아가는 동안 프로메테우스는 올림포스로 발길을 돌려 제우스의 옥좌 앞에 섰다.

"누구시더라. 프로테무스? 프로메데스? 프로로 시작하는 건 확실한데." 제우스가 말했다.

"웃기네요. 아주, 아주 웃겨요."

"그대의 배신이 매일 내 심장을 갉아먹었다. 간은 심장보다 더 쉽게 다시 자라지. 나는 그 어떤 친구보다 그대를 아꼈다."

"저도 압니다. 그리고 정말 죄송해요. 필연이라는 것이 참으로 혹독한……."

"아, 필연 뒤에 숨으시겠다?"

---

* 『스티븐 프라이의 그리스 신화』 1권을 참고하라.

"숨으려는 게 아닙니다. 제우스 님의 옥좌 앞에 서서 시중을 들어드리려고 하는 거잖아요."

"시중이라니? 술 따라주는 아이는 이미 있는데."

둘의 대화를 듣고 있던 아테나가 바위 뒤에서 나왔다. "제발요, 아버지. 이제 좀 넘어가세요. 저 이를 안아줘요."

침묵이 흘렀다. 제우스가 한숨을 쉬며 일어섰다.

둘은 서로를 향해 조금씩 다가갔다. 프로메테우스가 두 팔을 벌렸다.

"살이 빠졌군." 제우스가 말했다.

"그러게요, 참 신기하죠. 턱수염에 그거 흰 털 아니에요?"

"정무가 보통 바빠야 말이지."

"작작 좀 해요. 빨리 끝내버려요." 아테나가 말했다.

"변함없이 현명하시다니까." 견디기 힘들 정도로 어색하고, 못 봐줄 정도로 이상한 포옹을 풀며 프로메테우스가 말했다. "하늘을 지키기 위해서라도 작작 해야죠. 거인들이 몰려오고 있어요. 알고 있어요?"

제우스는 고개를 끄덕였다.

헤라클레스가 흑해와 지중해를 건널 때 다시 헬리오스의 컵을 탔다는 설도 있다. 어떤 수단을 써서 여행했건 간에 그는 드디어 헤스페리데스의 정원을 찾았다.

담벼락을 넘다보니 번쩍이는 황금 사과들이 열린 나무가 보였다. 뱀처럼 생긴 거대한 용 라돈이 그 나무의 줄기에 몸을 뚤뚤 말고 있었다. 인간이 담벼락 너머로 보고 있는 걸 알아챈 라돈은 고개를 치켜들고 쉭쉭 하는 소리를 냈다.

헤라클레스가 활을 쏘자 용은 고통스러워 비명을 지르며 나무 몸통에서 천천히 미끄러져 내려왔다. 에키드나와 티폰의 또 다른 자식이 이렇게 죽었다.

헤라클레스는 담을 넘어 나무로 갔다. 프로메테우스가 일러준 대로 인간인 그는 사과를 딸 수 없었다. 힘이 모자랐던 것이 아니라, 그가 손을 뻗기만 하면 사과가 사라져버렸다. 시도와 실패를 한 시간 동안 거듭한 끝에 그는 정원을 떠나 아틀라스를 찾으러 해안으로 향했다.

"괜히 헛수고만 했네." 헤라클레스는 중얼거렸다.

그는 한낮의 뜨거운 햇볕 속에서 등을 구부린 채 온몸에 힘을 잔뜩 주고 있는 아틀라스를 발견했다.

"이봐, 썩 꺼져. 꺼지라니까. 누가 쳐다보는 거 싫으니까."

거대한 체구가 그렇게 큰 짐을 어깨에 짊어지고 있는 광경은 그냥 지나치기 힘들었다. 그의 이름을 따 '아틀라스'라 부르는 초기의 세계지도에서 그 모습을 봤을 것이다. 그의 서쪽에 있는 바다는 그에게 경의를 표하는 뜻에서 지금도 '애틀랜틱Atlantic, 대서양'이라고 불린다.

헤라클레스가 말했다. "사과드릴게요. 동생이신 프로메테우스 님이 안부를 전해달라고 하셔서요."

"하!" 아틀라스는 툴툴거렸다. "그 미련퉁이. 녀석은 제우스의 친구가 되는 게 적이 되는 것보다 훨씬 더 위험하다는 쓴 교훈을 잊었지."

"프로메테우스 님이 말씀하시기를, 아틀라스 님이 헤스페리데스의 정원에서 자라는 황금 사과를 구해주실 수 있다던데요."

"자네가 알아서 한번 따봐, 보나 마나 실패하겠지만."

"용이 있었는데 제가 죽였어요."

"이런, 똑똑한 녀석이잖아? 그런데 왜 사과를 못 얻었지?"

"따려고 하기만 하면 사라져버리더라고요."

"하! 헤스페리데스 짓이군. 그이들은 저녁에만 보이거든. 내 친구들이야. 나한테 와서 말을 걸지. 더운 오후에는 내 이마를 닦아주고. 자네가 그 친구들의 물건을 훔치려는데 내가 왜 도와야 하지? 답례로 자네는 나한테 뭘 해줄 텐가?"

헤라클레스는 사과를 손에 넣어야 하는 이유를 설명했다. "저기, 그 사과들을 티린스로 가져가 에우리스테우스왕에게 주지 않으면 제가 저지른 끔찍한 죄를 씻을 수가 없어요. 그러니 아틀라스 님이 도와주신다면 저한테는 더할 수 없이 고마운 일일 겁니다. 하지만 저도 아틀라스 님에게 해드릴 수 있는 일이 있어요. 오랜 세월 아틀라스 님은 무거운 하늘 아래서 신음하고 계셨지요. 아틀라스 님이 사과를 가져오시는 동안 제가 그 짐을 대신 져드리겠습니다. 그러면 저는 필요한 걸 손에 얻고 아틀라스 님은 어깨를 짓누르는 하늘에서 잠깐 해방되어 행복한 휴식을 누릴 수 있겠지요."

"자네가? 하늘을 짊어지겠다고? 하지만 자네는 한낱 인간이야. 근육이 잘 다져진 인간, 그건 인정해주지." 그는 헤라클레스의 몸을 아래위로 훑으며 덧붙였다.

"아, 저는 힘이 꽤 좋아요. 그건 자신할 수 있어요."

아틀라스는 생각에 잠겼다. "좋아. 짓뭉개지지 않고 하늘을 떠받칠 자신이 있거든 내 옆으로 와보게. 한번 시도나 해보자고."

헤라클레스는 지금껏 초인간적인 힘을 발휘해 수많은 위업을 이루었지만, 그 무엇도 여기에 비길 바가 아니었다. 아틀라스가 하늘을 그의 어깨로 옮기자 그는 휘청거리며 균형을 잡으려 애썼다.

"참 나, 불구가 되고 싶어 이러나? 등이 아니라 다리로 무게를 버텨야지. 들어 올리는 기술을 전혀 모르나?"

헤라클레스는 그가 시키는 대로 넓적다리로 무지막지한 무게를 버텼다.

"됐어요. 이제 알았어요!" 그는 헐떡이며 말했다.

"꽤 하는군." 아틀라스는 이렇게 말하며 가슴을 똑바로 폈다가 등을 굽혔다. "똑바로 서는 날이 다시는 안 올 줄 알았는데 말이야. 사과를 모조리 다 따오라고?"

"헤스페리데스의…… 사과를 가져오라고…… 그랬으니까…… 그러니까…… 네, 아마…… 전부 다……."

"용은 죽었다고?"

"확실히 죽었죠."

"좋아. 그럼. 금방 다녀오겠네."

아틀라스는 출발했고 헤라클레스는 호흡에 집중했다. 결과가 어떻게 되든 간에, 하늘을 짊어진 적이 있다고 아이들에게 얘기해 줄 수는 있겠군, 하고 그는 속으로 중얼거렸다. 이때 그가 떠올린 아이들은 수년 동안 전 세계를 돌아다니며 봤던 수많은 아들과 딸이 아니라 헤라의 마법에 걸려 자신이 죽이고 만 두 아이뿐이었다. 하늘의 무게를 짊어지는 건 손에 자식의 피를 묻히는 것만큼 끔찍하지는 않다고 그는 생각했다.

아틀라스는 왜 이리 한참이나 오지 않는 걸까.

헬리오스가 머리 위로 낮게 지나가면서 붉게 물든 그의 서궁으로 내려가고 있었다.

드디어 아틀라스가 황금 사과로 가득 찬 바구니를 짊어지고 왔다.

"고맙습니다, 아틀라스 님! 수고하셨어요. 정말 착하고 친절한 분이시군요."

"그런 말 말게." 아틀라스의 눈에 간사한 빛이 돌기 시작했다. "자네를 도울 수 있어서 기쁘다네. 실은 말이야, 자네 대신에 내가 티린스로 가서 에우리스테우스왕에게 이 사과들을 줄 수도 있다네. 수고랄 것도 없지……."

헤라클레스는 이 티탄족의 꿍꿍이속을 훤히 알고 있었다. 앞서 봤듯이 헤라클레스는 세상에서 가장 영리한 사람이라 할 수는 없어도 바보는 아니었다. 단도직입적이고 단순한 방식을 더 좋아하긴 했지만, 세월의 풍파를 겪으며 가장하고 속이는 것이 정직한 힘과 순수한 용기보다 더 강력한 무기가 될 때도 있다는 따끔한 교훈을 얻었다.

"그래요?" 그는 고마운 척 흥분한 목소리로 말했다. "그래 주시면 저야 너무 좋지요. 꼭 돌아오실 거죠?"

"돌아오고말고." 아틀라스는 그를 안심시켰다. "사과를 에우리스테우스에게 전달하고 곧장 돌아올 거야. 궁에서 하룻밤도 안 묵고. 어떤가?"

"이렇게 고마울 수가! 하지만 가시기 전에, 제 목에 뭘 좀 댔으면 좋겠는데……. 잠깐만 저 대신 짐을 지고 계시면, 제 외투를 접어서 어깨에 댈게요."

"그래, 등 위쪽이 쓸려서 아프지?" 아틀라스는 기분 좋게 헤라클레스의 짐을 덜어주며 말했다. "나는 굳은살에 또 굳은살이 박여서……. 잠깐! 어디 가는 거야? 돌아와! 이 배신자! 사기꾼! 거짓말쟁이! 죽을 줄 알아! 빻아서 가루로 만들어주마! 네놈을…… 네놈을……."

하루 밤낮이 꼬박 지나고 나서야 티탄족이 으르렁거리고 울부짖고 욕설을 퍼붓는 소리가 들리지 않았다. 수년 후 신들의 시대가 끝나갈 무렵, 드디어 마음이 풀린 제우스는 아틀라스를 산맥으로 만들어주었다. 여전히 그의 이름으로 불리는 이 산맥은 지금도 모로코에서 하늘을 짊어지고 있다.

에우리스테우스는 사과를 계속 가지고 있을 수 없다는 걸 알았다. 헤라와 아테나의 사제들이 사과를 꼭 돌려줘야 한다고 주장했기 때문이다. 밤새 아테나의 신전에 두었던 사과는 다음 날 아침에는 사라지고 없었다. 아테나가 직접 사과를 헤스페리데스의 정원에 돌려주었다.

하지만 탐스러운 황금 사과들은 훗날 인간사에 다시 등장한다.

한편, 에우리스테우스는 마지막 열두 번째 과제를 생각하며 입술을 비죽여 심술궂은 미소를 지었다. 헤라클레스의 열두 번째 최후의 과제.

"자…… 어디 보자……. 그래. 그러니까……." 에우리스테우스는 일부러 말을 질질 끌며 궁정에 감도는 긴장된 침묵을 즐겼다.

"내게……." 그는 손톱을 살펴보며 말했다. "케르베로스를 데려와라."

신하들은 그의 예상보다 더 크게 놀라 헉하고 숨을 몰아쉬었다.

아니나 다를까 헤라클레스가 에우리스테우스의 기대에 찬물을 끼얹었다. "아, 케르베로스요?" 그러고 나서 "그게 다예요?"라는 말까지 덧붙였다면 에우리스테우스의 극적인 대공개 시간을 완벽하게 망쳐놨을 것이다.

"알겠어요. 줄로 묶어서 데려올까요, 아니면 그냥이요?"

"어느 쪽이든 상관없어!" 에우리스테우스는 쏘아붙였다. 그러고는 퉁명스레 손을 휙 저으며 말했다. "썩 물러나."

12. 케르베로스

사실 헤라클레스의 태평함은 허세였다. 에우리스테우스의 명령을 들었을 때 그의 심장은 우리에 갇힌 족제비처럼 날뛰며 갈비뼈를 때려댔다. 지옥문을 지키는 개 케르베로스는 티폰과 에키드나의 결합으로 태어난 기괴하고 가증스러운 괴물 중 하나였다. 헤라클레스는 케르베로스의 누이 히드라와 형제들인 오르트로스와 라돈을 죽였다. 아마도 케르베로스는 이 사실을 모르고 있었을 것이다. 이 괴물들에게는 우애 같은 것도 없으리라. 헤라클레스는 머리 셋 달린 포악한 개를 제압할 자신이 있었지만, 하데스의 왕국에서 어떻게 데리고 나오느냐가 문제였다. 죽은 망령들의 왕은 그가 넘기 어려운 장벽이었다.

에우리스테우스의 궁전에서 터벅터벅 길을 떠나며 헤라클레스는 막연한 계획을 세웠다. 케르베로스를 데리고 무사히 지하세계를 빠져나오려면 하데스를 살살 구슬리는 편이 낫다. 하데스의 마음이라 할 만한 것을 건드릴 수 있는 가장 쉬운 길은 그의 아내인 페르세포네를 통하는 것이었다. 그녀는 일 년에 여섯 달은 지하세계의 왕비로서 남편과 함께 군림했다. 그동안 지상 세계에서는 그녀의 어머니인 풍요의 신 데메테르가 사랑하는 딸을 잃은 슬픔에 잠겼고, 세상에 대한 데메테르의 책임이자 선물인 성장과 생명이 가을의 메마른 죽음과 겨울의 황량한 냉기로 변해 서서히 시들어 갔다. 지하에서 여섯 달을 보낸 후 페르세포네가 죽은 자들의 왕국에서 지상으로 올라오면 봄의 새 생명과 싹이 움트고, 이어서 충만하고 기름지고 비옥하며 과실 열리는 여름이 온다. 그런 다음 페르세포네는 다시 지하세계로 돌아가고, 생의 주기가 새로이 시작된다.

세월이 흐르자 그리스인들은 이렇듯 해마다 반복되는 죽음과 재생의 리듬을 기념하는 엘레우시스 미스테리아라는 의식을 행하여, 페르세포네가 하데스에게 납치당해 지하 왕국으로 내려가고, 데메테르가 필사적으로 딸을 찾아 헤매고, 마침내 페르세포네가 지상세계로 돌아오는 내용을 극적으로 풀어냈다. 헤라클레스는 이 의식에 입문하면 지하세계의 왕비에게 호감을 사고 그녀를 통해 하데스의 허락을 얻어 그가 아끼는 동물을 바깥세상으로 데리고 나올 수 있을 거라 믿었다.

엘레우시스 미스테리아를 창설한 에우몰포스 휘하의 사제들과 교리 해설자들은 헤라클레스의 요청에 응해 성장과 죽음, 재생을 찬양하는 비밀 의식에 그를 참여시켰다.*

이제 헤라클레스는 지하세계로 들어가는 동굴을 찾아, 그리스 본토의 최남단인 펠로폰네소스반도의 타이나론곶†으로 향했다. 이곳에서 그는 죽은 영혼들의 최고 안내자이자 대저승사자인 헤르메스를 만나 동행 제의를 빈았다. 하데스의 동굴, 통로, 회랑, 복도를 그보다 더 잘 아는 이는 없었다.

하데스와 페르세포네의 알현실로 가던 길에 헤라클레스는 사촌 테세우스가 친구 페이리토오스와 나란히 망각의 의자에 묶여 있는 것을 보았다. 주변에서 휙휙 날아다니는 유령 같은 형체들과 달리 그들은 망령도 형체 없는 귀신도 아닌 살아 있는 인간이었다. 페르세포네의 마법에 걸려 말도 못 하고 거대한 뱀 두 마리에 똘똘 감겨 옴짝달싹할 수 없었던 그들은 말없이 애원하며 두 손을 내밀었다. 헤라클레스에게 구출된 테세우스는 허둥지둥 밝은 지상으로 올라가 횡설수설 감사의 말을 주절거렸다. 하지만 헤라클레스가 페이리토오스도 구해주려고 하자 땅이 흔들렸다. 페르세포네를 유괴하려 했던 일은 용서받을 수 없는 중죄였다.‡

지옥의 내부로 더 깊이 들어가자 메두사의 망령이 보였다. 그 섬뜩한 생김새와 머리에서 꿈틀거리는 뱀들이 역겨워 헤라클레스는 검을 뽑았다. 헤르메스가 그의 손을 막았다. "그냥 망령, 유령

---

* 헤라클레스가 의식에 참여하기 위해 아티카에 갔으며 의례를 치르기 위해서 아테네 시민이 되어야 했다는 설도 있다. 자신들이 사랑하는 테세우스보다도 더 위대한 최고의 영웅에 대한 소유권을 주장하고픈 아테네인들의 소망이 반영되었을 것이다.
† 지금은 마타판곶이라는 이름이 더 친숙할 것이다.
‡ 페이리토오스와 테세우스의 망신스러운 모험은 앞으로 소개될 것이다.

일 뿐이야. 이젠 누구도 해치지 못하지."

더 들어가자 칼리돈의 멧돼지 사냥을 주최했던 옛 친구 멜레아그로스의 망령이 있었다. 헤라클레스는 그 대모험에 참여하지 않은 몇 안 되는 영웅 중 한 명이었고, 멜레아그로스는 자신이 이렇게 슬프고 괴로운 최후를 맞은 사연을 들려주었다. 그의 행동에 머리끝까지 화가 난 어머니가 그의 명줄과 연결된 장작개비를 불속으로 집어던져 버렸다는 것이었다.§

멜레아그로스가 말했다. "그대의 영웅적인 위업이 이 칙칙한 동굴에까지 전해졌답니다. 산 자들의 세상에 그대 같은 이가 있다니 얼마나 기쁜지. 내가 살아 있다면 우리 가문에 그대의 혈통을 들일 텐데."

"안 될 게 뭐가 있습니까?" 헤라클레스는 크게 감동하여 말했다. "내가 결혼할 수 있는 누이나 딸이 있습니까?"

"내 누이 데이아네이라가 대단한 미인이오만."

"그럼, 내가 이 과업들에서 해방되면 그녀를 아내로 맞겠습니다." 헤라클레스는 약속했다. 멜레아그로스는 고마워하며 유령의 미소를 짓고는 둥실둥실 떠났다.

이윽고 헤르메스가 알현실의 문을 열고 지하세계의 왕과 왕비에게 손님이 도착했음을 알렸다. 엘레우시스 미스테리아 의식을 경건하게 따른 헤라클레스가 마음에 들었던 페르세포네는 이복 형제를 따뜻하게 맞았다. 그녀의 남편 하데스는 이 상황이 못마땅했다.

---

§ 아탈란타 편에서 멜레아그로스의 고통스러운 운명을 알 수 있을 것이다.

"내가 왜 자네에게 내 개를 줘야 하지?"

헤라클레스는 두 손을 펴며 말했다. "에우리스테우스왕이 개를 데려오라고 저를 보냈답니다, 위대한 플루톤*이시여."

"다시 데려올 텐가?"

"노예 신세에서 벗어나기만 하면 그렇게 하겠습니다. 저의 엄숙한 맹세를 믿어주십시오."

"마음에 안 들어. 영 마음에 안 들어."

"네, 이해합니다. 헤라 님도 같은 마음이시지요." 헤라클레스가 말했다.

"그건 또 무슨 소리지?" 하데스가 매섭게 물었다.

"저에게 이런 과제들을 내린 이가 바로 헤라 님입니다. 제가 실패하기를 바라시죠."

"그러니까 내가 자네에게 내 개를 빌려주면 헤라가 언짢아할 거라는 얘긴가?"

"언짢아요? 불같이 화를 내시겠지요."

"내 개를 데려가거라, 어서."

"진심이세요?"

"다시 데려온다는 약속만 해준다면. 물론 자네가 케르베로스를 제압해야겠지. 무기는 사용할 수 없네. 여기 아래 세상에서는. 검도, 몽둥이도, 그 유명한 독화살도 안 돼. 알겠나?"

헤라클레스는 동의의 뜻으로 고개를 숙였다.

---

* 열두 번째 과업에 대한 대부분의 이야기에서 하데스는 이 이름으로 등장한다. 플루톤은 로마의 풍요 신인 플루토와 융합되었다. 땅 밑에서 귀금속과 귀한 곡식이 나오니 자연스러운 일이었다.

"여기 헤르메스가 자네의 무기를 거두고 함께 가서 자네의 부정행위를 감시할 거야. 물러가게."

나오는 길에 헤르메스가 팔꿈치로 헤라클레스를 슬쩍 찔렀다. "아둔한 녀석이라고 들었는데. 헤라 님이 싫어할 짓이라고 말하면 지하의 왕이 그렇게 나오리라는 걸 어떻게 알았지?"

"내가 아둔하다고 누가 그래요?"

"그건 신경 쓸 것 없고. 무기를 내게 넘기고 따라와. '헤라 님이 불같이 화를 내실 겁니다!'라니. 제우스 님에게 말씀드리면 아주 좋아하시겠는데."

케르베로스와의 싸움은 대단한 구경거리였다. 헤르메스는 헤라클레스가 보여주는 화려한 쇼가 너무 즐거운 나머지 아이처럼 손뼉을 치고 발꿈치를 파닥이며 공중으로 붕 떠올랐다. 헤라클레스는 네메아의 사자 가죽으로 몸을 꽁꽁 휘감은 채 포악한 사냥개의 세 머리를 조르기 위해 손을 더듬었고, 그러는 내내 개의 뱀꼬리는 휙 일어나서 침을 뱉고 공격하며 날카로운 송곳니로 뚫을 만한 살갗을 찾으려 애썼다.

결국 헤라클레스의 무서운 끈기를 당하지 못하고 거대한 사냥개는 기진맥진해 물러났다. 많은 그리스 영웅들처럼 개를 잘 알고 사랑한 헤라클레스는 그 옆에 무릎을 꿇고 앉아 귀에 대고 속삭였다. "나와 함께 가자, 케르베로스. 에키드나와 티폰의 자식들은 너를 빼고는 다 죽었다. 죽음의 위대한 신비에 네가 맡은 역할이 있으니까 넌 살려줄 거야. 하지만 먼저 지상 세계로 올라가 나를 도와줘야겠다."

케르베로스는 혀를 내밀고 한 발을 헤라클레스의 팔에 얹었다.

"그럼, 갈 준비가 됐나? 지쳤구나. 내가 업어줄게."

헤라클레스가 케르베로스를 들어 올려 어깨에 둘러메는 모습에 헤르메스의 즐거움은 놀라운 감탄으로 바뀌었다.

"무슨 털목도리 두르듯이 저리도 쉽게." 헤르메스는 누구에게랄 것도 없이 중얼거렸다.

헤라클레스가 옆에서 조용히 걷는 케르베로스를 데리고 알현실로 성큼성큼 들어가자 에우리스테우스는 이번에도 돌항아리로 뛰어 들어갔다.

"저리 치워, 치우라니까!" 겁에 질린 목소리가 항아리 속에서 울려댔다.

"정말이요? 인사도 안 하시고요? 묘기 부리는 거 안 보실래요?"

"꺼져!"

"이제 나를 풀어주시는 겁니까? 이제 됐어요?"

"그래."

"더 큰 목소리로 말씀해주십시오, 모든 조신들에게 들리도록."

"그래, 빌어먹을. 넌 이제 자유다. 과제를 모두 해냈으니 너를 풀어주마."

항아리를 한 번 발로 찬 뒤 헤라클레스는 케르베로스와 함께 출발했다. 에우리스테우스는 일주일 동안 귓속이 웅웅거렸을 것이다. 헤라클레스와 케르베로스는 지옥 문 앞에서 작별 인사를 나누었다.*

---

* 케르베로스의 침이 떨어진 곳에 투구꽃이라고 불리는 맹독성 식물 바꽃이 자랐다고 한다.

"잘 있어라, 이 무시무시한 짐승아." 헤라클레스는 다정하게 말했다. "내가 이제 뭘 해야 하는지는 신들만이 아시겠지."

"아니, 신들도 몰라." 헤르메스가 헤라클레스의 무기들을 들고 그늘에서 나왔다. "그대가 결정할 일이지. 우리 아버지 제우스 님이 아시는 건 그대가 수많은 위업을 쌓으리라는 것뿐이야. 어쩌면 올림포스를 구할지도 모르지."

과업 이후: 죄와 원한

에우리스테우스의 노예 신세에서 해방되자마자 헤라클레스가 제일 먼저 한 일은 신붓감을 찾는 것이었다.† 오이칼리아의 왕인 에우리토스가 궁술 대회를 열어서 승자를 아름다운 딸과 결혼시킬 거라는 소문이 들려왔다. 헤라클레스에게는 더할 수 없이 기쁜 소식이었다. 그가 어렸을 때 활시위를 당기고 화살을 쏘는 법을 가르쳐준 스승인 에우리토스가 장인이 된다면 그 얼마나 즐거운 일일까.

헤라클레스는 그 대회에 참가해 (이번에는 히드라의 맹독이 묻은 화살을 사용하지 않고) 수월하게 최고 점수를 얻었다. 이를 가만히 지켜보고 있던 에우리토스는 헤라클레스의 참가 자격을 박탈했다.

---

† 아내를 되찾아 오는 계획과 멜레아그로스의 누이 데이아네이라를 아내로 삼겠다는 약속은 새까맣게 잊은 모양이다.

"왜요?" 헤라클레스는 풀이 죽어 물었다. "제자인 저를 자랑스러워하면서 기꺼이 사위로 삼으실 줄 알았는데요."

"자네가 메가라와 아이들에게 한 짓을 아는데도? 내 사랑하는 딸 이올레를 아내 살인범, 유아 살해범과 결혼시키라고? 절대 안 되지."

에우리토스의 아들 이피토스는 헤라클레스를 존경하고 있었기에 그를 대신해 아버지에게 애원해 봤지만, 왕은 받아들이지 않았다. 헤라클레스는 처참한 복수를 약속하며 뛰쳐나갔다. 에우리토스의 소중한 소 몇 마리를 훔쳐간 범인이 그였을지도 모르고 아닐지도 모른다. 그즈음 열두 마리가 사라진 건 확실하다. 이피토스는 소들을 돌려받기 위해 티린스로 가서 헤라클레스와 협상하려 했지만, 헤라클레스는 또 다시 무시무시한 광기에 사로잡혀 그 청년을 도시 성벽 아래로 던져 죽였다.*

신들은 크세니아, 즉 '손님 환대'의 율법을 어긴 헤라클레스를 질병에 감염시켜 벌했다.† 다시 한번 정화와 속죄를 구해야 했던 헤라클레스는 필로스의 왕 넬레우스를 찾아가 머리에 기름 부음을 받은 왕들만이 할 수 있는 의식을 행해 달라고 부탁했다.‡ 하지만 넬레우스는 에우리토스의 오랜 친구였다. 이피토스는 그에게 아들이나 마찬가지였기 때문에 헤라클레스의 부탁을 딱 잘라 거절했다. 우리의 영웅은 넬레우스에게도 복수를 맹세하며 필로스

---

* 후기의 '헤라클레스의 광기'에 이 사건에 대한 내 생각을 담았다.

† 어떤 신들인지는 알 수 없다. 헤라라고 하기에는 조금 노골적이니 아마 크세니아를 신성하게 여긴 제우스였을 것이다.

‡ 넬레우스는 이올코스의 왕이자 알케스티스의 아버지인 펠리아스의 형제이다.

를 떠났다.

헤라클레스의 원한이 두 개 더 쌓였다. 지저분한 외양간을 깨끗이 씻어냈지만 약속한 소들을 주지 않았던 아우게이아스와의 묵은 원한도 있었다. 헤라클레스는 포세이돈이 보낸 바다 괴물에게서 트로이의 공주 헤시오네를 구해준 대가를 치르지 않은 라오메돈왕도 잊지 않고 있었다.

"에우리토스, 넬레우스, 아우게이아스, 라오메돈." 헤라클레스는 델포이로 가면서 혼자 중얼거렸다. "어디 두고 보자."

그는 신탁소 앞에서 무릎을 꿇었다. "저는 죄를 씻어야 합니다. 어떻게 해야 하는지 알려주십시오."

"그대는 부정한 몸이다." 크세노클레아§라는 사제가 말했다. "그대는 손님을 살해했다. 그대가 정화되기 전까지는 해줄 말이 없다."

"제가 찾아온 이유도 바로 그겁니다. 어떻게 하면 정화될 수 있는지 알려주십시오."

크세노클레아는 더 이상 말이 없었다.

그러자 헤라클레스는 그 유명한 성질머리를 못 죽이고 사제의 손에서 신성한 삼각대를 획 낚아챘다.

"빌어먹을." 그는 고함을 질렀다. "차라리 내가 직접 신탁소를 차리는 게 낫겠어."

아폴론은 자신의 성지에서 일어난 소동을 해결하기 위해 올림

---

§ 헤라클레스의 '크세니아' 위반죄를 생각하면 아주 적절한 이름이 아닐 수 없다. 크세노클레아는 타지인이나 손님을 찬미하는 이름이다.

포스산에서 내려왔다. 하지만 곧 헤라클레스는 신에게 대들며 싸움을 걸었다. 헤라클레스만이 저지를 법한 짓이었다.

제우스는 벼락을 내려 두 명을 떨어뜨려 놓았다. 마지못해 이복형제는 악수를 나누었다. 헤라클레스는 삼각대를 돌려주었고 크세노클레아는 아폴론의 명령에 따라 헤라클레스가 구한 조언을 주었다.

"그대가 이피토스를 살해한 죄를 씻을 수 있는 유일한 길은 노예가 되는 것뿐이다. 또 다른 주인을 3년 동안 군말 없이 모셔야 한다. 그대가 받는 보수는 아들을 잃은 보상으로 에우리토스에게 돌아갈 것이다."

영영 끝나지 않을 셈인가? 에우리스테우스에게 12년을 묶여 있었는데 3년을 또 그렇게 살라니? 메가라와 아이들을 죽이고 아무 죄 없는 이피토스를 성벽 밖으로 던져버렸으니 헤라클레스 스스로 자초한 일이라고 말하는 사람도 있을 것이다. 앙심을 품은 헤라의 농간으로 망상에 빠져 그렇게 행동할 수밖에 없었던 것뿐이라고 그를 변호하는 사람도 있을 것이다. 혹자는 헤라클레스가 걸핏하면 욱하고 환각 증세에 잘 빠지는 병을 갖고 태어났다고 주장한다. 그리고 항상 죄책감에 시달리며 명예로운 속죄의 길을 모색했다고 말이다. 하지만 아무리 헤라클레스를 좋게 봐주더라도, 광기나 망상이나 죄책감의 문제를 떠나 그가 못 말릴 정도로 뒤끝이 길고 심한 인간이었다는 사실은 인정할 수밖에 없다. 새로운 형벌을 받으면서 그의 복수심은 더욱 뜨겁게 불타올랐다. 에우리토스, 넬레우스, 아우게이아스, 라오메돈 모두 크게 혼날 날이 있으리라.

하지만 먼저 헤라클레스는 노예 생활을 다시 시작해야 했다. 크세노클레아의 안배에 따라 그는 남편인 산신 트몰로스*가 죽은 후 리디아 왕국을 다스려온 옴팔레† 여왕의 소유물이 되었다. 그녀는 새 노예에게 굴욕을 안겨주는 것으로 변태적인 쾌락을 느끼는 듯했다. 오랫동안 헤라클레스의 상징물과도 같았던 거대한 몽둥이와 네메아의 사자의 가죽과 머리를 자기 몸에 걸치는 것이 그녀의 가장 큰 즐거움이었다. 그뿐 아니라 헤라클레스에게 여장을 한 채 시중들라는 명령도 내렸다. 이런 굴욕에도 상관없이(아니면 그 때문일지도?) 헤라클레스는 옴팔레와 사랑에 빠져 고분고분 여자 옷을 입고, 평화를 위협하는 도둑들과 괴물들로부터 리디아 왕국을 지키며 그녀와의 사이에 아들을 두기까지 했다.‡

3년이 지나자 헤라클레스는 옴팔레의 노예 생활로 받은 임금을 크세노클레아의 지시대로 에우리토스에게 내놓았다. 에우리토스는 그 돈을 야멸차게 거절했다. "나는 아들과 열두 마리 소를 잃었는데 3년 치 품삯으로 넘어가겠다고?"

드디어 자유의 몸이 되어 피의 복수를 할 수 있게 된 헤라클레스는 군대를 모아 가장 가까운 곳에 있는 원수, 트로이의 왕 라오

---

* 미다스왕이 바보짓을 했던 판과 아폴론의 음악 대결에서 심사위원들 중 한 명이었다.

† 옴팔레라는 이름을 '배꼽'이라는 의미의 옴팔로스와 연관 짓기 쉽지만, 복장 도착 서사에 안성맞춤인 '단추'를 의미할 수도 있다. '방패 중심부의 돌기'라는 걸맞은 의미도 있다. 물론 그리스인들에게는 이런 이중적 의미가 없었다.

‡ 기원전 5세기에 살았던 '역사의 아버지' 헤로도토스에 따르면, 이 아들(아겔라오스 혹은 라마스)의 후손들이 22대에 걸쳐 리디아를 통치했다고 한다. 이 왕조의 가장 유명한 군주는 6세기의 크로이소스왕인데, '크로이소스만큼이나 부유하다'라는 표현이 생길 정도로 대단한 갑부였다.

메돈에게 앙갚음하기 위해 항해를 떠났다. 헤라클레스의 오랜 친구인 텔라몬과 펠레우스 형제도 동참했다. 그들은 라오메돈이 헤라클레스에게 빚을 갚지 않겠다고 선언했을 때 그 자리에 함께 있었다. 그들은 도시를 약탈하고, 텔라몬의 신부로 삼을 헤시오네만 제외하고 왕을 비롯한 왕실 가족을 몰살했다.* 헤라클레스는 라오메돈의 막내아들인 프리아모스 왕자도 살려두고 한때 멋졌지만 검게 그을려버린 도시의 폐허를 그에게 떠맡겼다.†

헤라클레스는 이제 그리스로 돌아가 아우게이아스의 왕국인 엘리스를 침공하기 위해 협력자들을 더 끌어모았다. 아우게이아스는 풍문으로 그 소식을 듣고 샴쌍둥이 형제인 에우리토스‡와 크테아토스§의 휘하에 군대를 소집했다. 이들 쌍둥이는 허리 부분이 붙어 있었지만, 둘의 힘이 합쳐진 데다 아버지의 신성한 피를 이어받았기 때문에 가공할 만한 적이었다. 그들은 헤라가 뱀들을 보낸 아기 침대에 헤라클레스와 함께 누워 있던, 그의 사랑하는 쌍둥이 동생 이피클레스를 죽였다. 이에 격분한 헤라클레스의 무

---

* 그들 자신도 훌륭한 영웅이었던 펠레우스와 텔라몬은 황금 양피를 찾는 이아손의 원정에도 헤라클레스와 함께했다. 하지만 지금은 트로이 전쟁에서 가장 큰 활약을 펼친 두 그리스 영웅의 아버지들로 기억되고 있다. 텔라몬의 아들 아이아스와 펠레우스의 아들인 아킬레우스가 그 영웅들이다. 텔라몬과 헤시오네의 아들은 트로이 전쟁에서 이복형제 아이아스와 함께 싸운 전설적인 궁수 테우크로스였다.

† 수년 후 프리아모스가 누나 헤시오네의 납치를 복수하기 위해 아들 파리스를 시켜 스파르타의 헬레네를 채어오게 함으로써 그리스와 트로이 모두 망가뜨린 처참한 전쟁이 촉발되었다는 설도 있다. 하지만 그 무시무시한 이야기는 다음 기회로 미루자.

‡ 헤라클레스가 티린스 성벽에서 집어 던진 이피토스의 아버지 에우리토스와 혼동해서는 안 된다.

§ '크트-'로 시작하는 단어나 이름은 그리 흔치 않다. 이 쌍둥이는 포세이돈과 몰리오네(그래서 이들을 합쳐 '몰리오네스'라고 부른다)의 아들이었다. 몰리오네는 아우

자비한 야만성이 폭발했다. 그는 검으로 쌍둥이의 몸을 갈라 에우리토스와 크테아토스를 떼어낸 다음, 죽어가는 그들의 몸을 짓밟았다. 그리고 나서 아우게이아스와 그의 아이들을 모두 죽였지만, 헤라클레스가 외양간을 청소한 대가를 요구했을 때 그의 편을 들다가 불효했다는 이유로 둘리키움섬으로 추방당했던 아들 필레우스는 살려주었다. 헤라클레스는 그를 유배지에서 불러들여 죽은 아버지의 자리를 잇게 했다.

이곳 엘리스에서 헤라클레스는 아버지 제우스를 기리는 뜻으로 4년마다 개최하는 체육 대회를 만들었다. 그러면서 아버지가 사는 산의 이름을 따서 올림픽 대회라고 이름 붙였다.

헤라클레스의 다음 표적은 이피토스를 살인한 죄를 씻겨달라는 부탁을 거절했던 필로스의 넬레우스였다. 그는 왕국을 공격했고¶ 이번에도 왕족들을 샅샅이 찾아내 무참히 살해했다. 한 명은 예외였다. 아우게이아스의 경우와 마찬가지로, 단 한 명의 아들이 살아남아 왕위를 이어받았다. 젊은 왕자 네스토르는 운 좋게도 헤라클레스의 습격 당시 다른 곳에 있었다. 그는 쑥대밭이 된 필로스를 평화롭고 윤택한 왕국**으로 성장시켜, 그리스 역사에서 가장 현명한 왕이라는 명성을 얻었다. 네스토르는 명민한 판단력뿐만 아니라, 만년에 황금 양피를 찾는 원정에서 큰 공을 세우고 트

게이아스의 형제 악토르와 결혼했기 때문에 쌍둥이 형제는 아우게이아스에게 충성을 다했다.

¶ 그가 비록 일당백의 힘과 성질머리를 가진 인물이긴 했지만 아마도 일종의 무장 단체나 군대와 함께했을 것이다. 신화 기록가들도 확실히 알지 못한다.

** 지금까지도 필로스 네스토라스라고 불린다(아드리아해 건너편의 이탈리아에서는 나바리노라고 부른다).

로이 전쟁에서 아가멤논의 소중한 책사이자 용감한 동맹자로 활약을 펼쳐 이 업적으로도 이름을 날렸다.

네스토르의 아버지 넬레우스는 필로스를 지키기 위한 전쟁에서 동맹자인 스파르타의 히포콘왕에게 도움을 받았다. 헤라클레스는 인정사정 봐주지 않고 이 왕도 습격했다. 치사하고 옹졸한 보복으로밖에 안 보일지 몰라도 이 스파르타 침공은 세계 역사에 큰 영향을 미친다.

헤라클레스는 왕과 아들들을 죽이고, 몇 년 전 동생 히포콘에게 축출당했던 스파르타의 합법적 왕 틴다레오스를 왕위에 앉혔다. 이 부분을 짚고 넘어가는 이유는 틴다레오스와 그의 아내 레다가 트로이 전쟁에서 중요한 역할을 하게 되기 때문이다. 헤라클레스가 틴다레오스를 스파르타의 왕위에 앉히지 않았다면 과연 트로이 전쟁이 일어나기나 했을까?

헤라클레스가 그저 여기저기 돌아다니며 사람을 죽이고 왕들을 쫓아낸 것처럼 보일지도 모르지만, 그는 자연계를 위협하는 고대의 야만적인 존재들을 없애고 그리스 역사에 중대한 역할을 할 새로운 정권들과 왕조들을 세웠던 것이다. 카드모스가 테베를 건설한 영웅, 테세우스가 아테네를 건설한 영웅이라면, 헤라클레스는 그리스를 건설한 영웅이라고 할 수 있다.

거인들: 예언이 실현되다

그리스의 수많은 이야기들이 그렇듯, 이 역시 소 도둑질로 시작되었다.* 태양의 신 헬리오스는 자신의 훌륭한 소들을 무척이나 아꼈다.† 거인 알키오네우스가 그 소들을 훔친 사건은 그리스인들이 기간토마키아(거인들의 전쟁)라고 부르게 될 전쟁의 도화선에 불을 붙이는 최후의 도발이 된다.

거인들은 태고의 하늘신 우라노스의 거세된 생식기에서 쏟아진 피가 땅과 결합하여 태어났다. 이 때문에 그들은 가이아의 세대, '가이아겐Gaia-gen'이 되었고, 시간이 흐르면서 '기간테스Gigantes', 그리고 영어로 '자이언트giant'가 되었다.‡

가이아는 자신의 거인 아이들이 올림포스 신들에 저항해 일어났다가 인간의 손에 패배했다는 헤라의 꿈, 예언적 환영에 대해 들었다. 그 후 인간 영웅들의 활약을 항상 지켜보며, 운명의 인간이 태어났는지, 예언의 순간이 가까워지고 있는지 촉각을 세웠다.

헬리오스의 소 떼 도난 사건이 전쟁을 촉발하리라는 걸 깨달은 가이아는 거인들이 인간 영웅에게 해를 입지 않도록 지켜줄 희귀

---

* 헤르메스와 그의 아들 아우톨리코스에 얽힌 이야기들이나 에우리토스와 헤라클레스 사이의 다툼이 그 예들이다.

† 훗날 오디세우스와 그의 부하들은 뼈아픈 경험을 통해 이 사실을 알게 된다.

‡ '자이언트(giant)'와 '자이갠틱(gigantic, 거대한)'의 진짜 의미는 '땅에서 태어난'으로, 크기와는 전혀 상관이 없지만 지금 우리는 이 단어들을 거대함과 연관하여 사용하고 있다. 그래서 'gigantic'에서 떼어낸 'giga-'도 '거대한'이라는 의미를 띠게 되었다.

한 약초*를 물색하기 시작했다. 하지만 제우스가 한발 더 빨랐다. 셀레네와 헬리오스에게 달과 태양 전차를 몰지 말라는 지시를 내린 후, 세계가 암흑에 빠진 동안 자신이 직접 약초들을 모조리 따버렸다.

첫 공작을 마친 후 제우스는 화해한 프로메테우스와 열두 명의 올림포스 신들을 불러 긴급 전략 회의를 열었다.

제우스가 말했다. "임박한 습격에 대비해야 한다. 헤라가 이 순간에 대한 꿈을 꿨지. 아테나, 내려가서 헤라클레스를 데려오너라. 지금 우리에게 그가 필요하다."

소도둑 알키오네우스가 올림포스산을 기어올라 와 신들을 옆으로 밀쳐내고 헤라를 덮치면서 상황이 악화되었다. 헤라클레스가 때마침 도착해 알키오네우스를 헤라에게서 떼어낸 뒤 그에게 독화살을 날렸다. 알키오네우스는 쓰러졌지만 다시 일어나 아무 일도 없었다는 듯 다시 싸움에 가담했다. 헤라클레스가 뭘 하든 간에 알키오네우스는 원래 상태로 회복되는 듯했다. 아테나가 헤라클레스를 옆으로 끌어당겼다.

"알키오네우스는 자기가 태어난 땅으로부터 힘을 뽑아내고 있다. 놈이 땅과 붙어 있는 한 이길 공산은 없어."

"아, 전에도 그런 자와 싸운 적이 있습니다." 헤라클레스는 안타이오스와의 씨름을 떠올리며 말했다. 헤라클레스는 알키오네우스를 한 번 더 땅으로 거칠게 집어던진 다음 그리스에서 이탈리아로

---

* 그리스어로 '파르마콘(pharmakon)'이며, '파머시(pharmacy, 약국)'와 '파머수티컬 (pharmaceutical, 약학의)' 같은 단어에 그 흔적이 남아 있다.

끌고 갔다. 그곳에서 마침내 알키오네우스는 힘이 다 빠져버렸고 헤라클레스는 그를 베수비오산 밑에 묻었다. 알키오네우스는 지금도 그곳에 누운 채 으르렁거리며 다시 밖으로 뛰쳐나가 들끓는 분노를 인간 세상에 뿜어낼 날만 기다리고 있다.

이제 다른 거인들이 올림포스를 공격하기 시작했다. 그 숫자에 관해서는 의견이 분분하다. 수많은 도자기들, 조각품들, 부조 조각들에 묘사된 것으로 짐작건대 거의 같은 수의 신들과 거인들이 전쟁에 가담한 것 같다. 헤라클레스와 프로메테우스, 그리고 신들이 거인들에게 차례로 겁탈당할 위기에 처한 헤라와 올림포스를 지키기 위해 길고도 험난한 전쟁을 치르는 동안 지중해 주변의 모든 땅이 뒤흔들렸다. 알키오네우스 다음엔 거인들의 왕인 에우리메돈이, 그다음엔 포르피리온('보라색을 띤 자')이 헤라를 덮치려 했다. 거인들은 그녀를 임신시키면 그 아이가 거인들의 위대한 투사가 되리라 믿었던 모양이다. 혹은 헤라를 겁탈하면 신들이 망신스러워하며 항복할 거라는 짐승 같은 희망을 품었을지도 모른다.

여하튼 헤라클레스는 파도처럼 이어지는 공격으로부터 헤라를 구해냈다. 평생 헤라에게 당했던 그 많은 고통과 수모는 단 한순간도 생각하지 않았다.

헤라의 예언대로 제우스의 벼락은 거인들을 몰살하지 못했지만 적어도 기절시킬 수는 있었다. 전투가 치열해지자 제우스는 거인들에게 차례로 벼락을 날렸고 헤라클레스는 그들이 멍해진 틈을 타 독화살을 날려 그들을 끝장냈다.

전쟁이 끝났을 때 가장 강력한 거인 엔켈라도스는 여전히 분노하며 김과 연기를 뿜어내다가 아테나의 손에 에트나산 밑에 갇혔다. 그의 형제들은 시체로 쓰러져 있었다. 그 후 거인들은 다시는 일어나지 못했다.

헤라의 꿈이 맞았다. 페르세우스의 혈통을 이은 인간이 신들을 구했다. 증오는 고마움이 깃든 사랑으로, 적의는 호감으로 바뀌었다. 다시는 부시무시한 광기나 망상으로 그를 벌하지 않았다. 헤라클레스는 그녀의 저주에서 해방되어 여생을 보낼 수 있었다.

네소스의 셔츠

과업을 모두 마쳤을 때와 마찬가지로 이제 헤라클레스의 관심사는 결혼이었다. 하데스의 왕국에서 멜레아그로스의 망령과 만나 옛 친구의 누이 데이아네이라와 결혼하겠다고 했던 약속을 이번에는 잊지 않았다.

그래서 그는 데이아네이라와의 혼인을 승낙받기 위해 그녀의 나라인 칼리돈으로 향했지만, 가서 보니 그녀는 강의 신 아켈로오스에게 원치 않는 구애를 받고 있었다. 아켈로오스는 황소나 뱀, 혹은 반인반우의 괴물로 변신해 그녀 앞에 나타났다.* 그는 이런 식으로 구애하면 여인의 마음을 사로잡을 수 있으리라 생각했을지 몰라도, 데이아네이라는 두렵고 역겨울 뿐이었다.† 둔갑술을

---

* 물의 신들이 대부분 그렇듯 그도 자유자재로 모습을 바꿀 수 있었다. 바다의 노인들, 네레우스, 프로테우스, 그리고 훗날의 테티스를 생각해보라.
† 기원전 5세기 아테네의 비극 작가 소포클레스는 『트라키아의 여인들(Trāchiniai)』에서 데이아네이라의 이야기, 그리고 노년이 된 헤라클레스의 삶과 죽음을 들려준다.

부리는 강의 괴물과 비교하면 헤라클레스는 다정하고 정상적이며 적절한 신랑감으로 보였기에 그녀는 그의 구혼을 안도하는 마음으로 흔쾌히 받아들였다. 하지만 헤라클레스가 그녀를 얻으려면 먼저 경쟁자를 물리쳐야 했다.

물론 헤라클레스는 불사의 신인 아켈로오스를 죽일 수는 없었지만, 그와 맞붙어 싸우다가 그의 뿔 하나를 부러뜨리며 낙승을 거두었다. 패배한 아켈로오스는 뿔을 돌려받기 위해, 로마인들이 '코르누코피아'라 부르는 전설적인 풍요의 뿔을 대신 주겠다고 제안했다. 어린 제우스가 크레타섬에서 지낼 때 그를 젖 먹여 키운 암염소, 사랑하는 아말테이아의 머리에서 실수로 부러뜨렸던 뿔이다. 이를 보상하기 위해 제우스는 마법을 부려 뿔 안에 음식과 음료를 가득 채웠다. 뿔은 비워지기가 무섭게 다시 채워졌다. 그때부터 쭉 그 뿔을 허리띠에 차고 다닌 헤라클레스는 굶주릴 일이 없었다.

데이아네이라와의 결혼 생활은 만족스러웠다. 오래전 테베에서 메가라와 살았던 시절 이후 이렇게 행복하고 평온했던 적이 없었다. 헤라클레스와 데이아네이라는 칼리돈에서 함께 살면서 네 명의 아들 힐로스, 글레노스, 크테시포스, 오니테스, 그리고 딸 마카리아를 두었다. 헤라클레스가 또 욱해서 치명적인 결과를 낳지 않았다면 화목하고 행복한 가정생활은 계속되었을 것이다. 어느 날 밤 열린 연회에서 장인 오이네우스의 술 시중을 드는 자가 실수로 헤라클레스에게 포도주를 쏟자 그는 그 불운한 청년을 후려갈겨 주먹 한 방에 죽이고 말았다.

헤라클레스는 자신의 경솔함에 절망하며 잠시 칼리돈을 떠나 있기로 했다. 데이아네이라와 함께, 친구 케익스와 그의 아내 알키오네가 다스리고 있는 트라키아로 향했다.

그 여행길에 벌어진 한 사건이 훗날 헤라클레스의 참혹한 죽음을 초래한다.

트리키아에 가려면 물살 빠른 에우에노스강을 건너야 했다. 강에 도착했을 때 짙은 보라색 셔츠를 입고 강둑에 서 있던 켄타우로스가 데이아네이라에게 나룻배로 강을 건너게 해주겠다고 친절하게 제안했다. 헤라클레스는 그를 알아보지 못했지만, 그는 헤라클레스를 알아보았다. 그 켄타우로스는 헤라클레스가 에리만토스의 멧돼지를 사냥하러 가던 길에 폴로스의 동굴에서 머물다가 공격했던 무리 중 한 명이었다.

강을 반쯤 건넜을 때 네소스는 데이아네이라를 겁탈하려 했다. 헤라클레스는 아내의 비명 소리를 듣고는 배에서 일어나고 있는 일을 보고 켄타우로스의 등으로 화살을 날렸다. 배는 비틀비틀 물살을 가르며 강둑에 닿았고 데이아네이라는 풀밭에 내렸다.

네소스는 이전에는 독화살을 피했지만, 이번에는 온몸에 독이 퍼지고 있었다. 단말마의 고통 속에서도 그의 머릿속에 사악한 복수 계획이 떠올랐다. 그는 헤라클레스를 안고 데이아네이라에게 말하지 않았다. 마음 약하고 인정 많은 데이아네이라는 남편의 난폭한 대응에 경악하고, 네소스의 옆에 무릎을 꿇고 앉아 그의 옆구리를 쓰다듬으며 용서를 구했다.

"아니, 아니에요……." 그는 숨을 헐떡이며 말했다. "전부 내 잘못입니다……. 그저 그대의 아름다움에 홀렸을 뿐인데. 남편이라면 당연히 나를 벌해야지요……. 잘 들으세요……. 만약 내가 그대와 결혼한다면 절대 한눈팔지 않겠지만, 남자들이 어떤지 그대도 잘 알지요. 내 셔츠를 가져가세요. 마법이 걸려 있답니다. 그걸 항상 간직하세요. 남편이 그대에게 싫증 난 기미가 보이거든 그에게 이 셔츠를 입혀요……. 그러면 남편의 사랑이 물밀듯이 돌아올 테니……."

"어쩜 이리도 다정할까!" 데이아네이라는 그의 선물에 무척 감동하고 연민이 차올라 울부짖었다.

"시간이…… 별로…… 없으니까……. 빨리, 내 셔츠를……."

데이아네이라가 피에 흠뻑 젖은 네소스의 셔츠를 조심조심 벗겨내어 접어서 가방에 집어넣고 있을 때 헤라클레스가 철벅철벅 강을 건너왔다. 그는 죽어가는 켄타우로스를 발로 찼다.

"이 빌어먹을 짐승. 감히 내 아내에게 손을 대?"

데이아네이라와 헤라클레스는 케익스왕의 궁전에서 지냈지만 일 년 정도가 지나자 헤라클레스는 마지막 원한을 풀기 위해 오이칼리아로 떠났다. 데이아네이라와 행복한 결혼 생활을 하는 와중에도, 이올레에 대한 구혼 경쟁에 그를 끼워주지 않은 옛 궁술 스승 에우리토스에게 아직도 분이 풀리지 않았던 것이다. 당한 모욕은 꼭 갚아줘야 했다. 그는 오이칼리아를 쑥대밭으로 만들면서 에우리토스와 그의 가족을 몰살했고, 이올레만은 노예로 삼기 위해 살려두었다. 헤라클레스는 다른 전리품들과 함께 그녀를 끌고 의기양양하게 트라키아로 돌아왔다. 데이아네이라는 이올레를 보고는 두려움과 질투에 사로잡혔다.

"그이가 원래 결혼하고 싶어 했던 여자구나. 나보다 한참 어리고 더 아름답잖아. 내가 상대가 될까?"

헤라클레스 173

그녀는 네소스에게 선물받았던 마법에 걸린 셔츠를 떠올렸다. 이걸 사용하면 헤라클레스의 애정을 되돌릴 수 있으리라.

"어서 와요, 여보." 그녀는 헤라클레스를 다정하게 껴안으며 말했다. "이번에도 큰 전투에서 승리를 거뒀다면서요?"

"아니, 뭐, 별거 아니었소."

"당신에게 줄 선물이 있어요. 대승을 축하하는 기념으로."

"그래요? 그게 뭐지요?" 헤라클레스는 선물을 좋아했다.

"오늘 저녁에 입을 옷이에요. 셔츠."

"셔츠? 오. 셔츠라. 고맙소." 헤라클레스는 실망한 기색을 애써 감추었다.

"리카스 편에 보낼게요. 저녁 식사에 꼭 입고 오셔야 해요?"

"그대가 원한다면야." 헤라클레스는 아내의 턱 밑을 간질이며 말했다. 여자들은 참 묘한 존재였다. 사소한 일로 화를 내고 별것 아닌 일로 기뻐했다.

30분 후 헤라클레스의 부하 리카스가 셔츠를 들고 방으로 찾아와 그에게 입혀주었다. 아마 처음 5, 6초 정도는 아무 느낌도 없었을 것이다. 그러다가 등이 따끔거리기 시작해서 헤라클레스는 아무 생각 없이 긁었다. 그러자 불에 덴 것처럼 온몸이 화끈거렸고 그는 펄쩍펄쩍, 껑충껑충 날뛰고 몸을 비틀며 셔츠를 벗으려고 애썼다. 하지만 마른 피에 묻어 있던 히드라의 독이 그의 체온으로 인해 효력을 되찾아서 그때는 이미 살과 뼈를 파고들어 태우고 좀먹고 있었다.

이전에 헤라클레스의 비명 소리를 들어본 이는 아무도 없었다. 지금 그는 누구라도 들으면 평생 잊지 못할 소리를 질러댔다. 그는 광분하여 리카스를 때려 즉사시켰다. 그의 아들 힐로스가 뛰어들어왔다.

"데이아네이라…… 셔츠가……." 헤라클레스는 이렇게 고함지르며 눈물을 줄줄 흘리고 발을 동동 구르고 방 여기저기로 몸을 던져대다가 휘청휘청 정원으로 나가 야생동물처럼 날뛰었다.

힐로스는 단말마의 고통에 내내 소리를 지르다 이제 나무들을 뽑기 시작한 아버지를 보며 질겁했다. 헤라클레스의 조카 이올라오스와 수십 명의 친구들과 추종자들이 섬뜩한 비명 소리에 밖으로 뛰쳐나왔다. 헤라클레스가 냉정을 잃고 광기를 부리며 게거품을 뿜어내는 모습은 전에도 본 적이 있었지만, 이번엔 뭔가 달랐다. 데이아네이라 역시 집에서 황급히 나왔다가 자신도 비명을 지르기 시작했다. 내가 무슨 짓을 한 거지?

나무를 뽑아대는 행위는 광기의 징후로 보였지만, 죽음의 고통속에서도 헤라클레스는 과업을 수행하고 있었다. 누가 봐도 그는 화장을 위한 장작더미를 쌓고 있었다.

그는 장작더미 위로 기어 올라가 드러누워 비명을 질렀다. "불을 붙여라! 불을 붙이라니까!"

아무도 움직이지 않았다. 헤라클레스에게 불을 지른 자로 역사에 남고 싶은 사람은 아무도 없었다.

"제발 부탁이야!"

결국, 많은 모험을 함께한 동지이자 충실한 친구인 필록테테스가 벽에 걸려 있던 횃불을 들고 앞으로 나섰다.

"어서 해주게, 친구여." 헤라클레스가 숨을 거칠게 쉬며 말했다.

필록테테스는 눈물을 흘렸다.

"나를 사랑한다면 그렇게 해줘."

"하지만……."

"내가 떠날 시간이야. 확실해."

필록테테스는 장작더미에 횃불을 댔다.

"어서. 내 활과 화살을 가져가게." 헤라클레스가 말했다.

필록테테스는 그것들을 챙기고 고개를 숙였다.

"강력한…… 무기니까." 헤라클레스가 헐떡이며 말했다. "목숨 걸고 지키게."*

또 한 번 발작적인 통증이 일어나자 그는 몸을 활처럼 휘었다. 불길이 치솟았다.

"불은……." 모두가 작별 인사를 하기 위해 다가오자 헤라클레스는 속삭였다. "독만큼 고통스럽지 않아……. 오히려…… 고통을 덜어주어 고맙지……."

"친구여, 잘 가게……."

"삼촌, 잘 가세요……."

"아버지, 안녕히 가세요……."

"여보, 잘 가요……."

한 번의 떨림, 한 번의 한숨과 함께 헤라클레스의 영혼이 몸을 떠났다. 이리하여 위대한 영웅은 견디기 힘든 고통과 시련으로 점철된 인생에서 해방되어 마침내 평온을 찾았다.

힐로스는 어머니를 돌아보며 호통쳤다. "어머니가 아버지를 죽

---

* 필록테테스의 손에 들어온 헤라클레스의 화살은 트로이 전쟁이 극에 달했을 때 중대한 역할을 한다. 신들은 참 불가사의한 방식으로 자신들의 목적을 달성한다.

였어요. 어떻게 그럴 수 있어요? 어떻게요?"

데이아네이라는 울부짖으며 집 안으로 뛰어 들어가 칼로 자살했다.

신이 되다

제우스는 자신이 했던 약속을 잊지 않고 헤라클레스의 영혼을 올림포스로 데려왔다.† 감동적인 의식이 열리고, 그의 영혼은 한때 철천지원수였지만 지금은 사랑하는 친구이자 계모인 헤라의 가운으로 만든 육체를 입고 다시 태어났다.

제우스를 아버지로 둔 다른 신들처럼 헤라클레스도 불멸의 삶과 신의 지위를 얻었다. 깊은 애정의 표시로 헤라는 자신의 술 시중을 드는 헤베를 그의 마지막이자 영원한 아내로 주었다.‡

---

† 『오디세이아』에서 호메로스는 헤라클레스를 하데스에게 보내버렸고, 이렇게 생긴 괴리 때문에 후대의 신화 기록가들은 아리송하고 설득력 떨어지는 해석을 내놓을 수밖에 없었다. 헤라클레스의 인간 망령은 지하세계로 갔지만, 불사의 망령은 올림포스로 올라갔다는 것이다. 내가 알기로, 신을 부모로 뒀건 아니건 한 사람이 두 개의 영혼을 가질 수 있다는 의견은 그전에 없었다. 사실 현명한 그리스인들은 사후 세계를 완전히 알 수 있다고 가정하는 종말론을 믿지 않았다. 죽었다가 살아 돌아온 사람은 아무도 없다는 사실에 주목하고, 죽은 후에 어떤 일이 벌어지는지 안다고 주장하는 사람들을 바보나 거짓말쟁이로 취급하는 온당하고 합리적인 시각을 갖고 있었다. 따라서 엘리시온, 타르타로스, 에레보스, 아스포델 들판과 지하세계에는 어떤 '체계'도 없었다. 구약이든 신약이든 성경에도 사후 세계에 대한 일관된 법칙이 없다. 지옥과 형벌의 위협과 천국과 보상의 약속은 훨씬 후에 나타난다.
‡ 물론 헤베는 헤라클레스의 배다른 남매이지만, 크게 문제 삼을 일은 아니다. 페르세우스는 그의 증조부인 동시에 이복형제이다.

그리고 최후에 제우스는 총애하는 인간 아들을 하늘로 올려보내, 우리의 밤하늘에서 다섯 번째로 큰 별자리인 헤라클레스자리로 만들었다.

한편 땅에서는 헤라클레스의 아들들(헤라클레이다이)이 군사를 일으켜 여전히 티린스를 통치하고 있던 폭군 에우리스테우스를 몰아냈고, 힐로스는 도망가는 왕을 끝까지 추격해 그의 목을 뱄다. 그들은 아르골리스 지역을 장악한 다음 펠롭스의 아들 아트레우스를 미케네의 왕으로 세웠다. 펠로폰네소스반도에 평화와 번영의 시대가 얼마 동안 계속되었다.

그리스인들을 비롯한 지중해 지역의 사람들은 대부분 헤라클레스를 영웅 중의 영웅, 영웅의 완벽한 모범, 본보기, 귀감으로 여겼다. 아테네인들은 헤라클레스의 친척인 테세우스를 더 좋아했다. 무릇 위대한 영웅이라면 지녀야 할 강인함과 용기뿐만 아니라, 아테네인들이 자기네만의 기질과 문화라고 믿은(그래서 이웃국가들에게 손가락질을 받긴 했지만) 지성과 재치, 통찰력과 지혜까지 갖추었기 때문이다.*

어쨌거나 헤라클레스는 세상에서 가장 힘이 센 사람이었다. 어떤 인간도, 대부분의 불멸의 존재들도 육체적으로는 그를 제압하지 못했다. 그는 파란만장한 인생에 산더미처럼 밀려든 시련과 재앙을 묵묵히 인내했다. 그의 강한 힘과 경솔함, 여기에 파멸적인 분노 발작이 더해지면 그의 앞길을 막는 자는 누구든 죽거나 다

---

* 고전 시대의 최고 전성기에 아테네 예외주의는 인도 통치 시절의 영국 예외주의나 오늘날 미국과 러시아의 예외주의만큼이나 타국인들의 빈축을 샀다.

쳤다. 그는 남들이 영악하게 간계를 부릴 때 단순하게 직진하는 사람이었다. 그는 남들이 먼저 계획을 세울 때 몽둥이를 휘두르고 황소처럼 포효하며 일단 부딪치고 봤다. 대개 이런 결점은 사람들에게 반감보다는 호감을 샀다. 아틀라스를 속이거나 하데스를 교묘하게 조종하는 모습을 보면 알 수 있듯이, 그리스인들이 '누스nouse'라고 부른 판단력과 상황 대처 능력, 유용한 상상력이 그에게 아예 없었던 건 아니다. 짜증스러운 단점을 만회하고도 남을 만한 장점이 있었다. 그는 곤경에 처한 이들을 돕고자 하는 마음과 타인에 대한 연민이 넘쳐났으며, 자신의 실수로 다른 사람들이 다쳤을 때는 끝없는 슬픔과 수치심에 사로잡혔다. 자신이 (대개는 뜻하지 않게) 끼친 피해를 보상하기 위해서라면 수년 동안 자신의 행복을 희생하는 것도 마다하지 않았다. 그래서 그의 치기 어린 실수는 아이 같은 순진함과 솔직함, 그리고 우리가 자주 간과하는 미덕인 의연함(불평 없이 인내하는 능력)으로 만회되었다. 그는 자신의 잘못도 아니고 그저 태어난 죄로 잔인하고 사악하고 무자비한 신에게 피의 복수를 당하며 평생 고통스럽게 살았다. 헤라클레스로 사는 것 자체가 최고의 노역이었다. 고통스러운 삶을 묵묵히 인내하며 연민의 정으로 옳은 일을 하고자 했던 그는 미국의 고전학자이자 신화 기록가인 이디스 해밀턴의 말대로 '영혼의 위대함'을 보여주었다.

페르세우스와 벨레로폰의 번득이는 명민함과 매력, 오이디푸스의 지성, 이아손의 리더십, 테세우스의 기지와 상상력은 없었을지 몰라도 헤라클레스는 그들보다 더 강하고 따뜻한 마음을 갖고 있었다.

벨레로폰

날개 달린 말

영웅 벨레로폰*은 코린토스의 글라우코스왕 혹은 바다의 신 포세이돈의 아들이었다.† 어머니는 확실히 에우리노메였다. 아테나의 총애를 받은 그녀는 지혜와 기지, 그리고 그 신이 관장하는 모든 영역의 기술을 배웠다.‡

벨레로폰의 인생사를 쭉 따라가다 보면, 그가 건강하고 강인하고 용맹하고 노련하며 매력적인 남자인 건 맞지만, 맹목적으로 사랑을 퍼주는 어머니와, 친부가 누구건 간에 그를 친자식처럼 코린토스의 왕자로 키워준 글라우코스 밑에서 조금은 버릇없이 자랐다는 사실을 알 수 있다.

어린 시절 벨레로폰은 포세이돈이 자기 어머니의 침대로 슬그머니 들어가 그를 배게 했다는 공공연한 소문을 들었지만 별로 개

---

* 초기 그리스인들은 흔히 '벨레로폰테스'라고 불렀다.
† 앞으로 보겠지만, 테세우스의 아버지가 누구인가에 대해서도 의견이 분분하다.
‡ 시인 헤시오도스는 기원전 8세기에 에우리노메에 관해 다음과 같은 짧은 글을 남겼다. "그녀가 움직이면 은빛 옷에서 신묘한 향이 떠올랐고, 그녀의 눈에서는 아름다움이 퍼져 나왔다." 나는 한 번도 들어본 적 없는 근사한 찬사다.

의치 않았다. 한 번도 바다에 끌린 적이 없는 데다 몸속에 신의 피가 흐른다기에는 자신에게 신통한 능력이 심히 부족한 것 같았다. 하지만 형제인 델리아데스와 성격이나 외모가 달라도 너무 다른 걸 보면 아버지가 다르다는 것이 사실일지도 몰랐다. 거기다 벨레로폰은 어릴 적부터 말을 잘 다루었다. 말은 바다의 신 포세이돈을 상징하는 동물이나 마찬가지였다. 벨레로폰은 신들의 시대 초창기에 포세이돈이 누이 데메테르에게 줄 선물로 최초의 말을 만들었다고 학교에서 배웠다. 포세이돈은 온갖 종류의 동물을 만들었다가 전부 폐기해버리고 마침내 완벽한 생물을 구상했다. 버려진 실패작으로는 하마, 기린, 낙타, 당나귀, 얼룩말이 있었는데, 가면 갈수록 말의 완벽한 크기와 아름다움, 균형에 점점 더 가까워졌다. 하지만 십 대가 된 벨레로폰에게 이런 이야기는 아이들을 위한 동화쯤으로 느껴졌다. 그가 걷고 말할 수 있게 된 후로 쭉 그의 머릿속을 채워온 신들, 반신반인들, 님프들, 목신들, 신비한 동물들에 관한 이야기들처럼 말이다. 그가 아는 건 코린토스가 유한한 생명을 지닌 진짜 인간들로 북적거리는 큰 도시이자 왕국이라는 사실뿐이었다. 그리고 수많은 사제들이 주위에 있어도 영원불멸하거나 신성한 무언가를 목격한 적은 한 번도 없었다. 그의 앞에 모습을 드러낸 신도, 꽃으로 변하거나 벼락을 맞아 죽은 친구도 전혀 없었다.

그의 열네 번째 생일 즈음, 머리가 잘려나간 메두사의 목구멍에서 태어나 그리스 본토로 날아갔다는 날개 달린 백마, 페가수스에 관한 이야기가 떠돌기 시작했다. 여기저기서 이 기묘한 피조물을 봤다는 목격담이 속출하고 있었지만, 벨레로폰은 아이들이나 좋아할 만한 미신적인 공상으로 치부해버렸다. 그런데 몇몇 코린토스 시민들이 페가수스가 실제로 그들 사이에 있다고 강력하게 주장하기 시작했다. 도시 안이 아니라 바로 밖에 있다고. 말짱한 정신으로 페이레네 샘의 물을 마시고 있던 사람들이 페가수스를 목격했다. 그중 몇 명은 몰래 다가가 말의 등에 올라타려는 시도까지 해봤지만, 페가수스가 지나치게 그들을 경계했다.*

"페이레네로 가서 확인한다고 손해 볼 건 없겠지." 벨레로폰은 혼잣말로 중얼거렸다. "분명 언덕의 야생 조랑말 정도겠지만, 그걸 길들이는 것도 나름대로 재미있을 거야. 날개를 만들어서 달아주고 녀석을 타고 오면 시끌벅적해지겠지."

그가 페이레네 샘에 도착했을 땐 두어 사람이 그곳을 어슬렁거리고 있을 뿐, 천마든 아니든 말이라고는 한 마리도 없었다.

한 남자가 말했다. "우리 때문에 겁먹고 달아나 버렸어요. 한동안은 안 돌아올걸요. 수줍음을 얼마나 타던지. 그 작은 소리에 내빼다니."

그들은 벨레로폰을 혼자 남겨두고 떠났다. 그는 월계수 덤불 뒤

---

* 포세이돈은 드넓은 대양뿐만 아니라 샘과 분수도 관장하는 신이었다. 그의 자식인 페가수스는 메두사의 잘려나간 목에서 훨훨 날아간 후 헬리콘산에 처음 내려앉았다. 그가 발굽으로 땅을 치자 물이 부글부글 거품을 일으키며 솟아올라 그 유명한 히포크레네 샘('말의 샘')이 되었다. 파르나소스산과 마찬가지로 헬리콘산 역시 아홉 명의 무사이(단수는 무사, 영어의 '뮤즈'에 해당한다―옮긴이)가 즐겨 지내던 곳이었다(『스티븐 프라이의 그리스 신화』 1권을 참고하라). 히포크레네 샘의 물을 마신다는 표현은 시적 영감을 얻는다는 뜻의 은유가 되었다(키츠는 「나이팅게일에게 부치는 송시(Ode to a Nightingale)」에서 '진실하고 수줍음 많은 히포크레네'에 대한 갈망을 노래한다). 하지만 페가수스는 그곳에서 오래 머물지 않고, 무사이의 또 다른 성소인 코린토스의 페이레네 샘으로 날아갔다.

에 쪼그리고 앉아 기다렸다. "날아다니는 말 같은 게 진짜 있다고 믿어서 이러는 게 아니야. 이런 소문이 어떻게 시작되는지 궁금할 뿐이라고. 분명 어떤 원인이 있을 거야."

햇볕이 쨍쨍 내리쬐고 얼마 지나지 않아 벨레로폰은 잠이 들었다. 그러다 약하게 코 고는 소리가 들려 그는 잠에서 깨어났다. 큰 기대 없이 고개를 들고 덤불 너머를 슬쩍 엿보았다.

다리를 살짝 벌린 채 샘물로 고개를 숙이고 있는 것은 분명 백마였다. 날개 달린 백마. 의심의 여지가 없었다. 날개는 짐승의 옆구리에서 매끄럽게 솟아 있었다. 사기꾼이 풀로 붙이거나 끈으로 묶었을 법한 흔적은 전혀 없었다. 가까이 가서 말에게 코를 비비고 신뢰를 얻을 수만 있다면. 벨레로폰은 큰 원을 그리며 발끝으로 살금살금 다가갔다. 말들은 얼굴 측면에 눈이 있어 몰래 다가가기가 아주 힘들다. 귀가 앞뒤로 씰룩씰룩 움직여 아주 작은 소리도 잡아낸다. 그리고 말들이 몸을 구부려 물을 마실 때는 시각과 청각이 가장 예민해진다. 벨레로폰이 세 발짝도 채 안 움직였을 때 페가수스는 고개를 쳐들더니 흠칫 놀라 히힝 울며 달아나 버렸다. 페가수스가 앞발굽으로 허공을 할퀴다가 날개를 펴고 순식간에 허공으로 날아올라 시야에서 사라지는 동안 벨레로폰은 입을 떡 벌린 채 그저 지켜보고만 있었다.

그 순간부터 벨레로폰은 자나 깨나 꿈속에서나 늘 날개 달린 말 생각뿐이었다. 짬이 날 때마다 그리고 기나긴 밤에도 툭하면 나가서 전망 좋고 숨기 좋은 곳들을 일일이 찾아다니며 페가수스를 지켜보았다. 말의 등으로 뛰어내릴 수 있을까 하고 나무를 오르기도 해봤지만, 페가수스는 그의 냄새를 맡았다. 샘 주변에서 은신처까지 사과와 당근과 건초를 쭉 이어놔 꾀어봤지만, 약삭빠른 페가수스는 속아 넘어가지 않았다. 한번은 벨레로폰이 손을 뻗으면 만질 수 있을 만큼 가까이 다가갔지만, 페가수스는 앞다리를 박차며 허공으로 날아올라, 벨레로폰이 등에 올라타기도 전에 구름 속으로 쏜살같이 사라졌다. 수줍음 많고 예민한 그 짐승이 벨레로폰의 냄새와 목소리와 존재에 익숙해져 그를 믿게 될 때까지 기다리는 수밖에 없었다. 그전까지는 밤낮으로 페가수스를 감시하기로 마음먹었다. 포기할 생각은 전혀 없었다.

아들의 거뭇한 눈가, 잦은 하품과 짜증을 눈치챈 어머니 에우리노메는 사랑하는 아들이 짝사랑 때문에 힘들어하고 있구나, 하고 생각했다. 예민한 사춘기 아이에게 이런 민감한 문제로 놀리거나 질문하는 건 좋지 않다는 걸 알기에 그녀는 사제이자 예언자인 폴리이도스를 불러, 남자 대 남자로 아들과 얘기를 나눠보라고 부탁했다.

"어머니가 상관할 일이 아니에요." 폴리이도스가 자신의 임무를 설명하자 벨레로폰은 이렇게 쏘아붙였다. "어머니는 이해 못하실 거예요."

"그렇겠지요. 하지만 나는 이해합니다."

"어련하시겠어요. 그대는 예언자이니 앞으로 무슨 일이 벌어질지, 내가 무슨 생각을 하고 있는지 훤히 알고 있겠지요."

"무례하게 굴 필요는 없어요. 그래요, 저는 많은 걸 보지요. 가끔은 이런저런 형태, 윤곽만 보일 때도 있답니다. 왕자님의 눈을 들여다보니, 어디 보자…… 네, 사랑 같은 것이 보이는군요. 하지만 소녀가 아니네요. 소년도 아니고요. 네, 말이 보입니다."

벨레로폰은 얼굴을 붉혔다. "이상한 소리 하지 말아요. 내가 말을 사랑한다니."

"'사랑 같은 것'이라고 제가 말했잖습니까. 모두가 얘기하고 있는 그 말입니까? 페가수스라는?"

말의 이름이 나오자 벨레로폰은 더 이상 참을 수가 없었다. "오, 폴리이도스, 그 말을 길들일 수만 있다면 정말 좋겠어요! 우리가 천생연분이라는 느낌이 들거든요. 하지만 가까이 다가가게 해주질 않으니 해칠 의도가 없다는 걸 알릴 길이 없어요."

"음, 이 말을 타고 싶은 마음이 그렇게 간절하다면……."

"네, 간절하고말고요!"

"그럼 아테나 님의 신전으로 가세요. 바닥에 몸을 쭉 뻗고 누워서 눈을 감고 신에게 도움을 청하는 겁니다. 하! 실망한 눈빛이군요. 내가 돌팔이 같겠지요……. 아니, 부인해도 소용없어요, 다 아니까……. 하지만 이렇게 생각해보세요. 만약 내가 틀렸다 해도 왕자님이 손해 볼 게 뭐가 있겠습니까? 왕자님이 의심한 대로 폴리이도스가 뼛속까지 사기꾼인 늙은이더라고 친구들한테 말할 수 있겠지요. 그리고 내가 옳다면…… 뭐……."

나는 왜 이리 바보처럼 잘 속을까. 벨레로폰은 혼자 구시렁거리며 어깨를 축 늘어뜨린 채 신전으로 갔다. 늦저녁에 마지막 참배자들이 다 떠날 때까지 기다렸다가 신상 안치소로 갔다. 그곳에는 구리 그릇에서 깜박이는 불 하나가 켜져 있고, 늙어서 이가 다 빠져버린 지나치게 친절한 사제 빼고는 아무도 없었다. 벨레로폰은 그녀의 손에 은화를 쥐여주고 무릎을 꿇은 뒤 폴리이도스가 시킨 대로 딱딱한 돌바닥에 드러누웠다.

사제가 피운 향 때문에 좁은 방에 연기가 자욱해서 목구멍과 콧구멍이 따끔거렸다. 기도에 집중하려 해봤지만, 숨이 막히고 기침이 나왔다. 사제가 낄낄 웃고 노래를 부르자, 벨레로폰의 마음은 향의 연기처럼 소용돌이치기 시작했고 기묘한 이미지와 소리가 그의 머릿속을 가득 메웠다.

　"벨레로폰, 벨레로폰. 감히 포세이돈의 아들을 올라타려는 마음이 진정인가?" 근엄한 여자 목소리가 들렸다.

　"저도 포세이돈 님의 아들 아닌가요?" 벨레로폰은 자기가 소리 내어 말하고 있는지 아닌지 구분할 수가 없었다. 그의 앞에서 가물거리고 있는 형체는 아테나일까?

　"너는 나의 아들이다." 더 굵직한 목소리가 들렸다. 이제 수염을 기른 포세이돈의 위대한 얼굴이 바닷물을 뚝뚝 흘리며 떠오르는 것처럼 보였다. "천마 페가수스도 마찬가지."

　벨레로폰은 포세이돈이 메두사와 정을 통한 후 아테나가 메두사를 고르곤으로 만들어버렸다는 얘기를 들었던 기억이 희미하게 났다. 그게 사실이라면, 페가수스는 정말 포세이돈의 자식일 터였다.

　"페가수스는 그대가 다뤄봤던 그 어떤 말보다 수줍음을 많이 타지. 그에게 황금 굴레를 씌우면 그대에게 복종할 것이다." 아테나가 말했다.

　벨레로폰은 "황금 굴레가 뭡니까?"라고 묻고 싶었지만, 말이 나오지 않았다.

　"페가수스를 살살 몰도록 해라. 어쨌거나 네 이복형제니까." 포세이돈은 이렇게 말하더니 껄껄 웃으며 사라졌다.

아테나가 말했다. "그리고 기지를 발휘하거라. 혼자 힘으로는 페가수스를 상대할 수 없으니." 아테나도 웃었지만, 신들의 웃음소리는 사실 노파가 낄낄거리는 소리였고 벨레로폰은 누가 그를 거칠게 흔들며 깨우는 느낌이 들었다.

"침을 질질 흘리시던데요. 침 흘리고 헛소리도 지껄이고."

벨레로폰은 일어났다. 달리 할 일이 생각나지 않아 또 사제에게 은화 한 닢을 주었다.

"친절하기도 하셔라. 잊지 말고 가방 꼭 챙기세요."

그녀가 가리키는 곳을 내려다보니 바닥에 삼베 자루가 하나 놓여 있었다. "내 것이 아닌데……."

"오, 맞을걸요."

그가 자루를 집으려 몸을 굽히자 안에서 황금빛이 반짝였다. 자루를 더 활짝 열어보았다. 굴레. 황금 굴레.

벨레로폰은 미소 짓는 사제를 휘청휘청 지나 신전 밖의 거리로 나갔다. 밤하늘 높이 달이 떠 있었고, 그는 페이레네로 향했다.

진짜였구나, 진짜였어! 신들은 존재하는구나. 코린토스의 벨레로폰, 그는 포세이돈의 아들이었다! 언덕 중턱을 달리는 동안 짤랑거리고 땡그랑거리는 소리가 옆구리의 가방에서 들리지 않았다면, 신전에서 경험한 일을 기이한 환각쯤으로 여겼을 것이다.

사제가 그에게 약을 먹인 걸까? 폴리이도스의 명령으로? 이 모든 것이 속임수일 수도 있을까? 그럴 가능성도 있었다……. 하지만 벨레로폰은 그 일이 진짜였다는 걸 내심 알고 있었다. 가짜 연극이 아니라, 진짜 신들의 현현이었다. 신들이 직접 모습을 드러내신 것이다.

그리고 그곳에 그가 있었다. 달빛 속에 흰 몸을 은빛으로 물들인 채 풀을 뜯어 먹는 그. 페가수스!

고삐를 손에 넣어서 생긴 자신감이 벨레로폰을 곧장 말에게로 데려다준 것 같았다. 벨레로폰은 샘을 빙 돌아 살금살금 다가가며 작은 소리로 휘파람을 불었다. 페가수스는 고개를 들더니 옆구리를 바르르 떨고 씰룩거리면서 발굽으로 땅을 긁었지만 잽싸게 도망가지는 않았다.

"내가 왔어, 형제여. 나 혼자야. 나 혼자……." 벨레로폰은 점점 더 가까이 다가가며 속삭였고, 마침내 페가수스의 등에 손을 얹었다. 말은 그의 손길을 참으며 가만히 서 있다가, 주둥이와 머리를 살며시 굴레로 밀어 넣었다. 걸리는 부분 없이 딱 들어맞았다. 벨레로폰은 꼼짝 않고 그곳에 오래 머물며 페가수스를 쓰다듬고 톡톡 치고 혀를 쯧쯧 차면서 말이 굴레에 익숙해질 때까지 기다렸다.

지금쯤이면 됐겠다 싶을 때 그는 말의 등에 살살 올라타 고삐를 잡았다.

"한번 가볼까?"

페가수스는 머리를 살짝 숙이고 총총 걷기 시작했다. 총총걸음은 전속력의 질주로 빨라졌다. 벨레로폰이 갈기 위에 엎드리다시피 몸을 굽히자 거대한 흰색 날개가 활짝 펼쳐지면서 퍼덕거리기 시작했다.

반 시간 후 벨레로폰과 페가수스는 또각또각 말발굽 소리와 함께 왕궁의 안뜰에 내려앉았다. 호위병들이 고함을 지르고 이어서 벨레로폰의 아버지와 어머니, 형제 델리아데스까지 무슨 소동인가 싶어 뛰쳐나와 소리를 지르자 페가수스는 겁에 질렸고, 벨레로폰은 그런 그를 살살 달래주었다.

벨레로폰이 백마를 타고 하늘을 나는 모습을 구경하러 매일같이 대단한 인파가 몰려들었다. 벨레로폰은 말을 타지 않을 때도 굴레를 지니고 다녔다. 다른 이는 페가수스에게 접근하지 못했다. 페가수스는 벨레로폰이 아닌 다른 사람이 다가가기만 하면 움찔하면서 달아나버렸다.

무슨 일이든 익숙해지면 시들해지는 법, 구경꾼들은 점점 줄어들었다. 다른 지방에서 찾아온 사람들을 제외한 모두는 어린 소년이, 그다음엔 청소년이, 이제는 청년이 천마에 걸터앉은 모습에 익숙해졌다.

어느 날, 펠로폰네소스반도 북동쪽 구석에 처박혀 있는 작은 도시국가 트로이젠의 왕 피테우스가 보낸 사자가 도착했다. 벨레로폰은 그의 궁으로 와서 약혼을 전제로 아이트라 공주를 만나달라는 정중한 초대를 받았다. 벨레로폰은 얼른 페가수스를 타고 날아갔고, 곧 공주와 사랑에 빠졌다. 코린토스와 연합하여 트로이젠을 강국으로 만드는 것이 오랜 염원이었던 피테우스왕은 그들의 약혼을 기뻐했다.

이쯤이면 벨레로폰에게 부러운 마음이 들 만도 하다. 그는 아름다운 공주와 약혼한 잘생긴 왕자였다. 그의 부모는 그를 애지중지했다. 여자들은 그의 뛰어난 운동신경과 오만한 매력에 깜빡 죽었다. 그리고 오로지 그만이 탈 수 있는 천마까지 있었다. 인생에서 이보다 더 많은 걸 바랄 수 있을까?

하지만 운명의 신들 모이라이는 세상의 꼭대기에서 훨훨 날아다니는 이들에게 항상 고약한 깜짝 선물을 준비해둔다. 우리와 마찬가지로 벨레로폰 역시 그 신들의 악의와 변덕에서 자유롭지 못했다.

거짓 증언

여느 날과 다를 것 없는 하루였다. 트로이젠에서의 결혼식을 두 주 앞두고, 글라우코스와 델리아데스, 벨레로폰은 코린토스 외곽의 숲으로 야생 멧돼지 사냥을 나갔다. 걸어서 하는 사냥이라 페가수스는 데려갈 필요가 없었다. 그 참사가 어떻게 일어났는지 정확히 기억하는 이는 아무도 없었다. 델리아데스는 형제나 아버지에게 한마디 말도 없이 변을 보기 위해 덤불 뒤로 몰래 들어갔다. 벨레로폰은 멧돼지가 돌진해 오는 소리를 분명히 들은 것 같아 (그의 형제가 변을 보느라 용을 쓰는 소리였을 것이다) 끙끙대고 씩씩거리는 소리가 들리는 쪽으로 창을 날렸다. 소름 끼치는 비명이 울리더니 창에 꿰뚫려 치명상을 입은 델리아데스가 덤불에서 비틀비틀 나왔다. 집으로 데려갈 틈도 없이 그는 죽고 말았다.

그리스인들에게 혈족 범죄, 친족 살해가 가장 무거운 죄였음을 잊어서는 안 된다. 신탁과 사제 혹은 기름 부음을 받은 왕만이 그 죄를 씻겨줄 수 있었다. 죄를 씻지 않고 버티는 건 복수의 세 자매신 에리니에스에게 '날 잡아 잡수세요' 하고 비는 짓이나 마찬가지였다.

델리아데스 살해의 첫 여파로 벨레로폰은 곧장 아이트라에게 파혼당했다. 그다음엔 미케네의 이웃 왕국인 티린스로 가서 참회와 속죄의 시간을 보내야 했다. 티린스의 통치자 프로이토스는 가족의 친구인 데다 신비한 능력을 가진 왕이어서 벨레로폰의 죄를 씻겨줄 수 있었다.

매력적인 청년을 이토록 가까이 두고 잔뜩 흥분한 프로이토스의 아내 스테네보이아*는 어느 날 밤 그의 방문을 두드렸다. 벨레로폰이 문을 열었더니 그녀가 골풀 양초를 손에 든 채 유혹하는 미소를 띠고 서 있었다. 속이 다 비쳐서 입으나 마나 한 얇은 잠옷 차림으로.

"이렇게 계속 세워둘 건가요?" 그녀는 달콤하게 속삭였다.

"저…… 저기…… 안 됩니다! 절대. 이런 부도덕한 짓을 할 수는 없어요."

"하지만 부도덕한 짓이야말로 정말 재미있는걸요, 벨레로폰." 그녀는 이렇게 말하며 벨레로폰을 옆으로 밀치고는 침대로 향했다. "좁아빠진 침대지만, 한 명이 다른 한 명을 타고 올라가면 공간은 충분하겠네요, 안 그래요?" 그녀는 드러누워 요염하게 손가락으로 침대보에다 작은 원들을 그리기 시작했다.

벨레로폰은 죽을상이 되었다. "이러시면 안 돼요! 절대, 절대, 안 돼요! 왕비님, 저는 이 궁의 손님입니다. 프로이토스왕은 제게 친절만을 베푸셨어요. 그런 분을 배신하는 건 야비한 짓이죠."

---

* 이 이름은 '힘센 암소', 혹은 조금 더 긍정적으로 말한다면 '암소들을 가져 강해진 자'라는 뜻이다. 호메로스 같은 초기 작가들은 그녀를 '안테이아'라고 불렀다.

"그대의 말을 타듯이 나를 타줘요. 그대도 그러고 싶잖아요, 안 그래요? 다 느껴진다고요."

여기서 벨레로폰은 끔찍한 실수를 저질렀다. 물론 스테네보이아와 음탕한 짓을 하고 싶었을지도 모른다. 그녀는 대단히 매력적이었고, 그는 정력 넘치는 팔팔한 청년이었으니 말이다. 하지만 혈족 살해의 죄를 씻는 와중에 손님으로서의 예를 어기는 것은 생각도 할 수 없었다. 이렇게 말했으면 좋았을 것을. 그는 이렇게 말하는 것이 곤경에서 벗어날 해법이라 믿고 말았다. "아니요. 전혀 마음이 동하지 않아요. 왕비님과 그럴 생각은 없으니 나가주시면 고맙겠습니다."

이 말에 스테네보이아의 두 뺨이 불붙은 듯 붉어지더니 그녀가 흥 하고 일어나 거만한 걸음으로 방에서 나갔다. 이런 수모는 처음이었다. 고결한 척하는 애송이에게 본때를 보여줘야지. 반드시. 그녀는 굴욕감과 상처 입은 자존심에 괴로워 밤새도록 뒤척였다.

프로이토스의 심한 코골이 때문에 왕과 왕비가 각방을 쓴 지는 오래됐지만, 아침에 스테네보이아가 남편 방에 찾아가 하루 일정에 관해 이야기를 나누는 건 드문 일이 아니었다. 이날 아침 왕비는 꿀을 탄 따뜻한 염소젖을 한 그릇 들고 남편을 찾아갔다.

"아, 고맙소, 왕비." 프로이토스는 일어나 앉아 염소젖을 고맙게 한 모금 마셨다. "보아하니 날씨가 좋은 것 같구려. 나중에 벨레로폰 왕자와 함께 사냥을 나갈까 하는데. 왕자는…… 맙소사! 그대의 눈이 왜 이리 벌건 것이오?"

15분을 꼬박 생양파로 심하게 문질렀으니 그럴 수밖에.

"아무것도 아니에요, 아무것도……." 스테네보이아는 코를 훌쩍거렸다.

"왕비, 무슨 일인지 말씀해보시오."

"아니, 그냥…… 아니, 말 못 해요. 당신이 그를 얼마나 좋아하는지 아니까요."

"그를 좋아한다고? 누구 말이오?"

"벨레로폰이요."

"그가 왕비에게 무슨 언짢은 짓이라도 했소?"

그러자 그녀는 말을 우르르 쏟아냈다. 지난밤 그가 내 방문을 쿵쿵 두드리더니 불쑥 들어와서는 강제로 나를 범하려 했답니다. 그 야수 같은 인간을 막고 방에서 쫓아내는 것밖에는 내가 할 수 있는 일이 없었어요. 정말 무서웠답니다. 얼마나 수치스럽고, 어찌나 끔찍하게 불결하던지요.*

프로이토스는 침대에서 벌떡 일어나 방 안을 서성거렸다. 이러지도 저러지도 못할 상황에 처하고 말았다. 그리스에서 혈족 살해 다음으로 중한 죄를 말하라면 아마 크세니아 위반이었을 것이다. 손님 환대 혹은 손님과의 우정을 의미하는 크세니아는 신들의 왕이자 손님들의 수호자인 제우스 크세니오스가 특히 성스럽게 여기는 계율이었다. 스테네보이아를 겁탈하려 든 청년의 혐오스러운 행동은 당연히 크세니아를 위반한 범죄였지만, 그렇다고 해서

---

* 심심치 않게 등장하는 신화적 수사, 즉 '신화소(mytheme, 신화를 이루는 구성 단위—옮긴이)'이다. 성경(이나 뮤지컬)에서 보디발의 아내는 요셉을 유혹하려 실패한 후 요셉에게 똑같은 누명을 뒤집어씌운다. 아킬레우스의 아버지 펠레우스도 아카스토스왕의 아내인 아스티다메이아에게 비슷한 일을 당한다. 프로이토스가 벨레로폰을 정화해주고 있었듯이, 아카스토스왕은 펠레우스가 우발적으로 형제를 죽인 죄를 씻겨주고 있었다. 이런 내용이 반복되는 이유에 대해서는 각자의 해석에 맡기겠다.

프로이토스에게 보복할 권리가 생기는 건 아니었다. 가족의 명예를 더럽힌 그에게 복수할 다른 방법을 찾아야 했다.

방을 몇 바퀴 더 돌고 나서 그는 답을 얻고 외쳤다. "그렇지! 왕비, 벨레로폰을 편지와 함께 그대의 아버지에게 보내야겠소. 그 방법이 딱이겠어."

"편지에 뭐라고 쓰시게요?" 스테네보이아의 두 눈이 독기를 품고 번득였다.

"장인께 사실대로 말씀드려야지. 자, 이제 나는 앉아서 편지를 써야겠소."

벨레로폰은 그날 아침 늦게 선잠에서 깨어났다. 스테네보이아의 끔찍한 행동을 그녀의 남편에게 알려야 할지, 아니면 괜히 그들의 결혼 생활에 풍파를 일으키지 말고 눈치 있게 가만히 있어야 할지 확신이 서지 않았다. 후자로 마음을 정했을 때 시동이 와서 왕이 그를 찾는다고 전했다.

"아, 벨레로폰, 어서 와요, 어서 와……." 나중에 프로이토스는 이때 벨레로폰을 따뜻하고 다정하게 맞아준 자신에게 찬사를 보냈다. 천진난만한 눈을 동그랗게 뜨고서 그를 쳐다보고 있는 이 난봉꾼의 악독한 뻔뻔스러움에 속이 부글부글 끓어올랐다. "그대를 대접할 수 있어서 기뻤소. 그대의 형제가 죽은 그 불행한 사고는……. 그대의 그 죄는 이미 거의 다 씻겼소. 물론 그대가 죄책감을 느낄지도 모를 다른 범죄는 내 소관이 아니지요." 그는 이렇게 말하며 벨레로폰을 지그시 쳐다봤고, 아니나 다를까 청년의 뺨이 붉어졌다.

벨레로폰의 입장에서는 속이 뜨끔했다. 아내의 부정을 프로이토스에게 알리지 않는 건 아마도 죄가 되겠지. 어쩌면 지금이 말할 때일지도……. 그는 목청을 가다듬었다. "말씀드릴 일이 있는데요……."

"쉿쉿. 말할 필요 없소. 내가 그대를 부른 건 리키아에 계신 장인께 보낼 선살이 있어서라오. 좀 급한 일이라. 가족 문제지. 꼭 해결해야 하는."

"리키아요?"

"그렇소, 내 장인인 이오바테스*가 리키아의 왕이라오. 꽤 먼 거리지만, 그대의 천마를 타면 금방 갈 수 있을 거요. 게다가 속죄기간도 끝나지 않았소? 명문가 자제라면 이오니아와 소아시아는 한번 가봐야겠지? 여기 편지 받아요. 그대를 소개하고, 그대가 받아 마땅한 대접을 정성껏 해주라는 말도 적어놨다오." 프로이토스는 마지막 말이 마음에 들었다. 이오바테스에게 편지를 보내는 목적도 바로 그 때문이었다.

"전하, 정말 친절하시군요……." 벨레로폰은 안도감이 밀려들었다. 이것이 최선이었다. 스테네보이아와 하루라도 더 마주치면 어색하기만 할 뿐이었다. 당장 전차를 타고 페이레네로 가서 페가수스에게 굴레를 씌우면 바로 다음 날 리키아에 도착할 터였다.

프로이토스와 스테네보이아는 문 앞까지 나가, 전차를 타고 떠나는 벨레로폰에게 손을 흔들었다. "더러운 변태 자식." 프로이토스는 중얼거렸다. "눈앞에서 사라지니 속이 다 시원하군."

참 애석하구나, 스테네보이아는 속으로 생각했다. 늘씬한 황금

---

* 암피아낙스라는 좀 더 멋진 이름으로 불리기도 한다.

빛 몸과 귀엽고 사랑스러운 얼굴을 못 보게 되다니. 그 사랑스럽
고 단단하고 동그란 엉덩이는 또 어떻고. 꼭 복숭아 같았지. 그래,
어쩔 수 없지 뭐…….

리키아에서

벨레로폰은 리키아의 왕궁이 있는 도시 크산토스에서 조금 떨어
진 조용한 목초지에 페가수스를 내렸다.

"내가 돌아올 때까지 여기서 기다리렴." 그는 페가수스를 나무
에 매면서 속삭였다. "묶어놔서 미안하지만 줄이 기니까. 목마르
면 개울물을 마시면 되고, 뜯어먹을 풀도 많아."

페가수스가 나타나기만 하면 일어나는 소동과 난리 법석과 과
잉 반응을 벨레로폰도 페가수스도 좋아하지 않았다. 이오바테스를
알고 신뢰하게 되면 페가수스를 소개할 수도 있겠지만, 페가수스
의 엉덩이에 새총이나 심지어는 활과 화살까지 재미로 날리는 아
이들, 그물과 올가미로 페가수스를 포획하려는 도둑들에게 오랫
동안 시달리면서 얻은 교훈이 있다면 신중함이 최선이라는 것이
었다.

벨레로폰은 혼자 크산토스까지 걸어가 왕궁 앞에서 도착을 알
리고 왕의 방으로 안내받았다.

"벨레로폰인가?" 이오바테스가 편지를 받으며 말했다. "일전에
사위 프로이토스가 편지에 그대에 관해 썼더군. 좋은 친구라고 말
이야. 그대의 형제가 당한 딱한 일은 분명히 사고였지. 누구에게

나 일어날 수 있는. 어서 오시오, 젊은이. 잘 왔소."

이오바테스는 편지를 뜯지 않고 책상 위에 두었다. 그러고는 신하를 불러 포도주를 가져오게 하고 코린토스의 왕자를 환영하는 연회를 준비시켰다. "이렇게 찾아와 주다니 영광이오." 이오바테스는 손님에게 술잔을 들어 올리며 말했다.

"전하, 정말 친절하시군요."

"그 유명한 천마는 데려오지 않았소?"

벨레로폰은 웃었다.

"그렇지. 나는 그 이야기를 눈곱만큼도 안 믿었다오. 그런 터무니없는 생각을 사람들은 잘도 믿는다니까? 자, 말해봐요." 그는 팔꿈치로 쿡 찌르며 말했다. "단단한 땅에서 필멸의 말을 타는 건 좋아하오?"

아흐레 낮과 밤 동안 이오바테스와 벨레로폰은 말을 타고, 사냥을 하고, 술을 마시고, 연회를 즐겼다. 아들이 없는 왕은 청년을 아들처럼 대했다. 그에게는 딸이 둘 있었다. 미케네의 프로이토스 왕과 무사히 결혼한 무시무시한 스테네보이아, 그리고 결혼을 안 해 아직 궁에 살고 있는 더 어린 딸 필로노에. 필로노에는 잘생긴 손님에게 금방 반했다. 그녀의 언니를 겪어본 벨레로폰은 되도록 필로노에와 단둘이 한 방에 있지 않으려 했고, 이오바테스는 이를 예의 바르고 고귀한 천성에서 나오는 행동으로 보았다.

열흘째 되는 날 이오바테스는 숙취를 달래며 책상에 잔뜩 밀려 있는 일을 말끔히 처리하기로 마음먹었다. 프로이토스가 보낸 편지를 발견하고는 뜯어보았다. 종이 한가운데에 적혀 있는 한 줄의 글을 읽고 이오바테스는 믿을 수가 없어 입을 떡 벌렸다.

"이 편지를 가져간 자가 내 아내, 장인의 딸을 겁탈하려 했습니다. 그놈을 죽이십시오."*

이오바테스는 편지지에 적힌 글을 잠시 노려보고만 있었다. 그는 프로이토스와 똑같이 난처한 입장에 놓였다. 벨레로폰은 손님이었다. 왕의 집에서 아흐레 밤을 묵었다. 손님을 죽이는 건 생각조차 할 수 없었다. 이 일을 어쩐담? 이 노릇을 어이할꼬? 오, 왜 이 빌어먹을 편지를 바로 뜯어보지 않았던가?

한 시간쯤 후 벨레로폰이 얼굴을 문지르며 왕의 방으로 들어왔다. "세상에. 저는 이렇게 후한 대접을 받아본 적이 없어요. 지난밤에 얼마나 마셨는지 짐작도 안 가네요. 이런 말씀을 드리기 죄송하지만, 왠지 심란해 보이시는데요."

"그래요, 그래." 이오바테스는 편지를 책상에 톡톡 치며 정신없이 머리를 굴렸다. "나랏일 때문이라오. 우리 왕국에 걱정거리가 있소. 큰 걱정거리가⋯⋯."

"제가 도와드릴 수 있는 일은 없을까요? 말씀만 하세요."

"음, 그대 뜻이 정 그렇다면⋯⋯." 좋았어! 그럴 줄 알았지. 딱 맞는 일이 있지. 이오바테스는 헛기침을 하고 무심한 척 말했다.

---

* 호메로스의 『일리아스』에서 벨레로폰의 손자인 글라우코스는 이 이야기를 언급하면서 사실 그 편지는 글이 아니라 '상징들'이나 '살인을 의미하는 기호들'이었으며, 편지지가 아닌 접는 서판에 담겨 있었다고 말한다. 호메로스는 종이와 현대 그리스 문자가 발명되기 전에(기껏해야 페니키아 알파벳이 생기기 시작한 때) 살았지만, 선형문자 B(크레타섬과 그리스 본토 미케네 문화권에서 후기 청동기 시대에 사용된 문자―옮긴이)를 비롯한 초기 문자들을 알고 있었을 것이다. 서판들은 점토로 만들어졌을 것이다.

"혹시 '키마이라'*라고 들어봤소?"

"아니요, 전하. 그게 뭐지요?"

"암컷 짐승이오. 머리 둘 달린 괴물. 티폰과 에키드나의 자식이라더군. 그 괴물이 카리아와 팜필리아의 접경 지역에서 메티안 부근을 쑥대밭으로 만들고 있소. 놈을 본 후 살아남아서 이야기를 전해준 사람은 거의 없지만, 사자의 몸뚱이와 머리를 하고 있다는 말이 있던데. 또 다른 머리는 염소 머리인데 등에 솟아 있고. 꼬리는 어떤 사람들 말로는 사납게 움직이는 독사라고⋯⋯."

"설마요!"

"뭐, 시골 사람들이 다 그렇잖소. 과장된 얘기겠지. 하지만 무참히 공격당하고 죽은 가축들이 그 땅 여기저기 널려 있는 건 사실이오. 그러니 혹시 또 모르잖소?"

"그래서 전하는 제가 이 괴물을 찾아서 죽이기를 바라십니까?"

"감히 그런 부탁을 어떻게 하겠소. 그대는 나의 손님인걸. 게다가 그대는 아직 어리고⋯⋯. 아니지, 안 될 말이고말고."

"전하, 전하를 위해 꼭 이 일을 하고 싶어요."

이오바테스가 아무리 말려도 벨레로폰은 고집을 꺾지 않았다.

"제아무리 용감한 영웅이라도 그 근처에도 못 간다오. 그대는 어려도 너무 어려."

"죄송하지만, 전하, 그건 말이 안 됩니다."

"거기다, 용서해주시게, 가장 끔찍한 부분을 아직 얘기 안 했는데. 사람들 말이⋯⋯." 이오바테스는 쉰 목소리로 작게 속삭였다.

---

* 그리스인들은 휘파람 소리 같은 '흐'로 시작해 '히메라'에 가깝게 발음한다.

"사람들 말이 키마이라가 불을 뿜는다더군! 그렇다니까! 틀림없는 사실이라고 들었소. 키마이라한테 덤비는 건 자살 행위라고. 그대가 물러난다 해도 뭐라 할 사람은 아무도 없을 거요."

기묘하게도, 필사적으로 말리면 말릴수록 청년의 결심은 점점 더 강해지는 듯했다. 이오바테스는 겉으로야 괴로워하며 고개를 젓고 혀를 끌끌 찼지만, 속으로는 쾌재를 불렀다. 다혈질 젊은이의 허영심과 자존심을 교묘하게 이용한 것이다. 불사의 혈통 때문에 흙에서 태어난 괴물들 중에서도 가장 무시무시한 키마이라를 벨레로폰이 제압하거나 죽일 가능성은 없었다. 보나 마나 괴물이 뿜어내는 불길에 그을리고 구워지고 먹혀 죽으리라. 감히 스테네보이아에게 손대려 한 죄를 벌하는 동시에 손님에게 해를 끼쳤다는 불명예를 피할 수 있었다. 그야말로 완벽한 해결책이었다.

리키아의 왕은 무화과를 하나 집어 먹으며 빙긋 웃었다.

키마이라를 무찌르다

이오바테스는 벨레로폰에게 손을 흔들어 작별 인사를 하며, 눈물을 흘리는 필로노에를 왼팔로 안아주었다.

"저 녀석은 잊어라, 딸아. 더 좋은 남자가 나타날 게다, 기다려 보거라."

"하지만 벨레로폰 님처럼 멋진 남자는 없을 거예요." 필로노에는 훌쩍였다.

아무것도 모르는 벨레로폰은 기분 좋게 출발했다. 키마이라를 죽여서 그 머리와 가죽을 이오바테스에게 바치고 리키아에서 몇 주 더 지내다가 코린토스로 돌아가 왕자이자 왕위 계승자로 인생을 다시 시작하리라. 우발적인 형제 살해의 죄도 씻었으니 이제 아이트라와 결혼할 수 있겠지. 인생은 참 살 만하단 말이야. 하지만 우선 실력 좋은 대장장이를 찾아야 했다. 키마이라에게 맞설 최고의 전술을 하나 생각해놓았다.

얼마 후 벨레로폰은 특별 주문 제작한 멋진 창을 어깨에 짊어지고, 페가수스를 남겨두었던 초원으로 유유히 걸어갔다. 말이 총총 걸어와 그를 맞았다.

"밧줄은 어디 갔어?" 벨레로폰이 깜짝 놀라 물었다.

페가수스는 갈기를 흔들고 발굽 하나로 땅을 쿵쿵 짓밟았다. 밧줄은 잘근잘근 씹힌 채 발굽들 밑에 짓이겨져 있었다.

"참 약았다니까." 벨레로폰은 보드라운 주둥이를 두 손으로 감싸 쥐며 말했다. "출발하기 전에 먼저 확인해야겠다. 불을 뿜어내고 독사 꼬리를 가진 머리 둘 달린 괴물이야. 상대할 수 있겠어?"

페가수스는 고개를 홱 쳐들었다.

"그렇다는 뜻으로 받아들일게." 벨레로폰은 창을 가죽 덮개로 감쌌다. "자 이제 출발하자. 높이, 높이, 멀리 날아올라."

메티안의 풍경을 내려다보니 대부분의 땅이 심하게 그을려 있었다. 버려진 촌락들, 가축이라곤 한 마리도 없는 들판, 다 타버리고 뼈대만 남은 헛간들과 농가들이 재앙을 증명해주고 있었다. 하지만 그가 상대해야 할 괴물은 흔적조차 보이지 않았다.

"더 높이, 더 높이 올라가!"

페가수스를 이렇게 높이 몰고 간 적은 한 번도 없었다. 구름 한

점 없이 맑은 날이었지만, 차가운 바람이 거세게 몰려들어 몸서리가 쳐졌다. 아래 땅은 이제 복잡한 무늬를 띄고 있어 동방의 이국적인 카펫처럼 보였다. 들쭉날쭉한 해안선이 눈에 들어오더니 카리아와 프리기아, 리디아의 초원이 펼쳐지고 산에서 시작된 반짝이는 물줄기들이 구불구불 바다를 향해 흐르고 있었다.* 벨레로폰은 아래 풍경을 샅샅이 살피며 키마이라의 흔적을 찾았다. 그런데 어느 산에서 가느다란 연기가 피어오르고 있었다. 타우루스산인가? 그는 몸을 앞으로 숙여 페가수스를 아래로 몰았다. 무슨 불인지 확신할 수 없었지만, 밑으로 내려가서 보니 가느다란 줄기처럼 보였던 것은 짙은 연기였다. 산기슭의 작은 언덕에 있는 수풀이 활활 타오르고 있었다. 그곳으로 내려가자 열기가 확 올라왔다.

인간들과 염소들, 사슴들이 불길을 피해 호수로 달려가고 있었다. 산불은 드문 일이 아니었다. 벨레로폰은 딱히 자기가 할 수 있는 일이 없다 싶어 페가수스를 몰고 다시 올라가려 했다. 그때 아래 나무들 속에서 거대한 수사슴 한 마리가 뛰쳐나왔다. 사슴은 사자에게 쫓기고 있었다. 사자 한 마리와…….

이오바테스가 말한 그대로였다. 사자의 몸뚱이와 그 등의 한가운데에서 툭 튀어나온 염소 머리.

"내려가, 페가수스, 내려가!"

페가수스가 아래로 휙 뛰어들자 자세히 보였다. 키마이라가 수

---

* 벨레로폰 아래의 카리아에서 흐르던 메안데르강은 모든 굽이쳐 흐르는(meandering) 물줄기의 시조로서 지금도 여유롭게 구불구불 흘러가고 있다.

사슴에게 달려들었고, 사슴뿔과 염소 뿔, 사자와 뱀이 한데 뒤엉켜 공처럼 데굴데굴 언덕을 굴러 내려갔다. 염소의 사나운 뿔이 사슴의 옆구리를 찢었다. 뱀 꼬리가 쏜살같이 움직여 사슴의 배를 찔렀다. 사자의 입이 벌어지더니 포효하며 사슴의 얼굴에다 불을 뿜었고, 사슴은 바로 눈이 멀어 울부짖으며 뒤로 쓰러졌다. 사자의 발톱이 사슴의 배를 가르고 거기서 내장들이 우르르 쏟아지자 사자의 머리가 달려들어 게걸스레 먹어치웠다.

페가수스가 더 밑으로 내려가 공중을 빙빙 돌자, 말과 거기에 탄 사람의 그림자가 살육의 현장에 드리워졌다. 키마이라가 고개를 쳐들어 그들을 보았다. 사슴은 부르르 떨고 경련을 일으키며 일어나려 애썼고, 피로 얼룩덜룩한 사자의 머리가 여전히 태양과 하늘을 빤히 올려다보고 있는 사이 뱀 꼬리가 이빨을 드러내 궁둥이를 물어 사슴을 끝장내 버렸다.

불길이 확 뿜어져 오자 벨레로폰은 맹렬한 열기에 소리를 지르며 페가수스를 발로 차 위로 올렸다. 또 키마이라가 우렁차게 울부짖으며 불을 뿜었지만 이번에는 그들에게 미치지 못했다.

"괜찮아?" 털이 불에 타는 냄새가 났다. 벨레로폰 자신의 머리카락인지 페가수스의 털인지 알 수 없었다.

더 높은 상공에서 맴돌며 벨레로폰은 활시위에 화살을 메겼다.

"이제 가만있어, 가만히⋯⋯." 벨레로폰은 아래를 내려다보고 목표를 겨냥한 다음 화살을 날렸다. 화살은 염소의 목이 사자의 등에서 솟아 나온 바로 그곳에 박혔다. 누런 염소 눈이 휘둥그레지더니 키마이라가 고통에 겨워 새된 소리로 악을 질러댔다. 염소 머리를 흔들어대자 화살이 떨어져 나갔다. 벨레로폰은 또 화살을 쏘고, 계속 화살을 날렸다. 몇몇 화살은 빗나가고 일부는 키마이라의 사자 옆구리를 뚫었다. 이제 키마이라는 머리끝까지 격분해 있었다.

"미안하지만 더 가까이 가야겠어." 벨레로폰은 창을 뽑아 들며 소리쳤다.

페가수스는 한 바퀴 빙 돌고는 몸을 아래로 향했고 태양이 그의 뒤에 오자 밑으로 돌진했다.

대장장이는 벨레로폰의 주문을 받았을 때 별로 놀란 기색은 보이지 않았다.

"'창'이라고요, 나리?"

"그래요. 내 키의 절반 정도 되는 창이요."

"그런데 끝을 납으로 만들어달라고요?"

"납으로 해줘요."

"납은 아주 무릅답니다. 납으로 만든 창끝으로는 갑옷도 짐승 가죽도 못 뚫어요."

"어쨌든 납으로 해주세요."

"돈만 주신다면야 주석이든 휴지든 내 알 바 아니지요."

키마이라는 페가수스가 태양에서 뛰어들듯 날아내려 와 앞다리를 치켜들고 허공을 할퀴어대는 모습을 보았다. 벨레로폰은 최대한 몸을 뒤로 뺐다. 괴물의 입이 쩍 벌어지더니 모든 걸 끝낼 거대한 불덩어리를 날렸고, 벨레로폰은 열린 입속으로 깊숙이 창을 던져 넣었다. 열기가 파도처럼 확 밀려드는 찰나 페가수스가 방향을 홱 틀었다. 페가수스는 위로 치솟아 오르다 나무 우듬지에 거의 충돌하려는 순간 멈추었다.

벨레로폰이 아래를 내려다보니 괴물이 비명을 지르며 날뛰고 있었다. 창끝의 납이 맹렬한 불길에 곧장 녹았고, 녹은 납이 키마이라의 몸속으로 쏟아져 들어갔다. 치명상을 입은 키마이라는 버둥거리다 쓰러졌다. 염소 머리가 증기와 불길과 피를 뿜어대며 폭빌하고, 사자 털이 불타오르고, 귀청이 터질 듯한 비명이 마지막으로 한 번 들리더니 키마이라는 경련을 일으키며 죽었다.

벨레로폰은 땅으로 내려가 말에서 내렸다. 연기를 뿜어내는 사체에서 역겨운 악취가 풍겼다. 벨레로폰은 심하게 으스러지고 검게 그을린 뱀 꼬리와 사자 머리를 잘라냈다. 소름 끼치는 전리품이었지만, 어쨌든 승리의 증거였다.

그가 페가수스를 타러 갔더니 말의 목 아래쪽이 타고 갈기가 그슬려 있었다.

"딱하기도 하지. 치료해줄 사람을 찾자. 펠리온산*까지 날아갈 수 있겠지?"

너무 높이 날다

벨레로폰이 경쾌한 걸음으로 성큼성큼 들어와서는 냄새 고약하고 새까맣게 탄 사자 머리와 고름 진 뱀 사체를 책상 위에 툭 떨어뜨리자 이오바테스는 치솟는 분노를 애써 눌렀다. 필로노에는 헉

---

* 치료술의 대가인 현명한 켄타우로스 케이론이 사는 곳이다. 이아손 편을 참고하라.

하고 숨을 몰아쉬었다.

"정말 해내셨군요! 어쩜, 용감하기도 하시지!"

벨레로폰이 한쪽 눈을 찡긋하자 그녀의 볼이 붉게 달아올랐다.

이오바테스는 열심히 머리를 굴렸다. "이건…… 이런…… 이런, 이런…… 내 눈으로 직접 보지 않았다면 못 믿었을 거요. 자, 나와 함께 포도주를 마십시다. 정말 해냈구려!"

"키마이라가 죽었으니 전하의 왕국에 평화와 번영이 찾아올 겁니다." 벨레로폰은 오만한 성격답게 건성으로 겸손을 떨며 포도주를 쭉 들이켰다.

"그렇겠지……." 이오바테스는 혼잣말처럼 중얼거렸다. "그렇긴 한데……. 그게…… 뭐, 아무것도 아니오."

"설마 설치고 다니는 괴물이 또 있는 건 아니겠지요?"

"아니, 아니, 괴물이 아니오. 피시디아 사람들 때문에 골치라오. 솔리모스의 후손들인데. 그 사람이 누군지 아시오? 모른다고? 음, 솔리모스는 누이인 밀리예와 결혼했소. 근친상간으로 태어난 자식들이 어떤지는 그대도 잘 알겠지. 그의 후예들, 자칭 솔리모이 족은 세금도 안 내지, 이웃 도시와 촌락을 습격하질 않나, 들리는 말로는 내 통치에 맞서 반란을 일으킬 준비까지 하고 있다더군. 군대를 작게도 크게도 보내봤지만, 그때마다 놈들은 기습 공격으로 우리 병사들을 납치해서 몸값을 요구하거나 학살했다오."

"그래서 그들을 무릎 꿇리고 싶으신가요?" 벨레로폰은 짜증 날 정도로 건방진 표정으로 씩 웃으며, 눈을 휘둥그레 뜬 필로노에게 또 눈을 찡긋했다.

"너무 무리한 부탁인데……. 무리한……."

며칠 후 솔리모이족 전사들이 줄지어 왕궁으로 들어와서는 머리를 깊이 숙이고 이오바테스에게 영원한 충성을 맹세했다. 그들은 벨레로폰과 페가수스에게 불시에 습격당해 최고의 전사 일흔 명을 잃었고, 그것으로 충분했다.

이제 이오바테스는 툭하면 북동쪽의 요새에서 리키아를 공격해오는 아마존족과 싸우지 '말라고' 벨레로폰을 극구 말렸다. 벨레로폰은 페가수스에 올라탄 채 큼직한 바위들을 이 맹렬한 여성 전사들에게 떨어뜨렸고, 결국 그들도 이오바테스와 그의 왕국을 가만히 내버려 두겠노라고 약속했다.

다음으로 벨레로폰은 무시무시한 적이니 건드리지 않는 게 상책이라는 이오바테스의 간청을 무시하고 해적 케이마로스를 물리쳤다.* 이오바테스는 벨레로폰이 도착하기도 전에 승전 소식을 들었다. 이 오만한 청년을 어떻게든 끝장내 버려야겠다는 생각이 간절해진 왕은 시민들에게 눈엣가시인 벨레로폰이 크산토스로 돌아오거든 바로 무기를 들고 죽여버리라고 명령했다.

왕궁에 도착해서 병사들이 입구를 막아서고 있는 모습을 본 벨레로폰은 이제야 상황을 알아챘다. 지금까지 이오바테스는 그를 일부러 사지로 내몬 것이다. 페가수스를 초원에 두고 왔으니 혼자 힘으로 그 많은 병사를 상대하기는 불가능했다. 아버지 포세이돈

---

* 케이마로스가 타고 다니던 배의 뱃머리에는 사자상이, 선미재에는 뱀 조각상이 달려 있었다고 한다. 거기다 이름도 키마이라와 비슷하니(두 이름 모두 '염소'를 의미하는 그리스어에서 유래한다) 그저 평범한 괴물 이야기가 아닐지도 모른다는 생각이 들 수도 있다. 이런 유의 유헤메로스설(신화의 신들은 뛰어난 업적을 이룩한 태고의 왕이나 영웅을 신격화한 데서 나왔다고 하는 유헤메로스의 학설—옮긴이), 즉 신화의 역사적 해석에 관해서는 후기를 참고하라.

에게 기도를 올리는 수밖에 다른 도리가 없었다.

벨레로폰의 뒤에서 크산토스강이 둑을 넘쳐 평원을 물바다로 만들고는 도시로 들이쳤다. 왕궁의 탑에서 두려움에 떨며 사태를 지켜보고 있던 이오바테스는 사람들을 보내 영웅에게 간청했지만, 마음이 식을 대로 식어버린 벨레로폰은 험악한 표정으로 계속 밀고 나갔고, 그의 뒤로 강물이 계속 불어 올랐다.

급기야 크산토스의 여성들은 집과 가족을 구하겠다는 일념으로 치마를 추어올린 채 그를 향해 달려갔다. 그토록 대담하고 자신만만한 벨레로폰도 성적인 문제 앞에서는 얌전하고 소심하고 서툴렀다. 엉덩이, 가슴, 음모를 훤히 드러낸 여성들을 보고서 수치심과 민망함에 충격을 받고 얼굴이 화끈해진 그는 몸을 돌려 달아났다. 그러자 강물도 그와 함께 물러났고 도시는 구조되었다.

이제 이오바테스가 명백한 진실을 깨달을 차례였다. 이 영웅은 신들의 보호를 받고 있었다. 사위인 프로이토스의 편지는 말이 되지 않았다. 벨레로폰이 정말로 스테네보이아를 겁탈하려 했다면 신들이 그를 버리지 않았을까? 이제야 이오바테스는 스테네보이아가 항상 골칫거리였음을 떠올렸다. 이 청년을 잘못 판단한 건 아닐까? 갑자기 소란이 일며 시끄러워지자 그는 안뜰을 내려다보았다. 언제 도착했는지 벨레로폰이 페가수스에서 내려 손에 검을 들고서 왕의 방으로 성큼성큼 들어오고 있었다.

그가 방으로 뛰쳐 들어오자 이오바테스는 그에게 편지를 흔들어댔다.

"이걸 읽어봐요, 이걸 읽어봐!" 왕은 울부짖었다.

벨레로폰은 편지를 낚아채 읽었다. "아니, 이 반대예요. 왕비님이 나를 유혹하려고 했다고요!"

이오바테스는 고개를 끄덕였다. "이제는 나도 알겠소. 알고말고. 나를 용서해주시오, 젊은이. 그대에게 신세를 많이 졌소." 벨레로폰은 코린토스로 돌아가 트로이젠의 아이트라 공주와 결혼할 마음이 없었다. 몇 주 몇 달을 크산토스에서 머무는 동안 무척 아름답고 상냥한 필로노에가 눈에 들어오기 시작한 것이다.

동생이 벨레로폰과 결혼한다는 소식을 들은 스테네보이아는 실패로 돌아간 유혹과 악의적이고 기만적인 복수의 결말이 어떻게 될지 잘 알고 있었다. 프로이토스가 진실을 알게 되겠지. 펠로폰네소스 전체가 이 일을 수군대리라. 수치심을 견딜 수 없었던 스테네보이아는 목을 매달아 자살했다.*

벨레로폰의 이야기는 마치 키마이라의 운명과도 같이 영광스럽고 위풍당당한 포효로 시작해 뱀의 날카로운 독니로 끝이 난다. 젊은 혈기의 도도함이 세월이 지나면서 추한 오만과 허영으로 변질한 이야기를 하려니 입맛이 씁쓸하다. 벨레로폰은 신을 아버지로 두고 페가수스와 친구 사이이며 마법의 말과 함께 영웅적인 공적을 쌓은 자신이 한낱 인간보다 한 단계 높은 존재라고 믿었다.

어느 날 그는 페가수스를 타고 올림포스산으로 향했다.

그는 중얼거렸다. "신들이 나를 반겨주실 거야. 같은 핏줄이니까. 내가 어렸을 때부터 워낙 뛰어나기도 했고."

이런 오만은 처벌을 피할 수 없는 신성모독이었다. 산 정상으로

---

* 벨레로폰이 티린스로 돌아가 스테네보이아를 용서하는 척하고 페가수스를 함께 타자고 권했다는 설도 있다. 이 설에서 벨레로폰은 바다로 나가 그녀를 밀어서 떨어뜨린다.

날아오는 벨레로폰을 본 제우스는 쇠파리를 보내어 페가수스를 괴롭혔다. 벌레에게 물린 페가수스는 고통스러워 이리저리 날뛰다가 벨레로폰을 내팽개쳤다. 영웅은 희박한 공기를 가르며 추락하다가 저 아래 바위에 엉덩방아를 쾅 찧었다. 제우스는 올림포스 산 꼭대기에 내린 페가수스를 곁에 두고 벼락을 나르는 일을 시켰다. 벨레로폰은 신성모독 죄로 사람들에게 버림받은 채 여생을 보내다가 몸도 마음도 성치 못한 외로운 노인으로 죽었다.

행복하게 오래오래 살다가 침대에서 평화롭게 생을 마감한 영웅은 그리 많지 않다. 하지만 한때 찬란한 영광을 누렸던 벨레로폰보다 더 서글픈 최후를 맞은 이도 거의 없을 것이다.

오르페우스

맹수를 달래는 힘

오르페우스는 고대 세계의 모차르트였다. 아니, 그 이상이었다. 오르페우스는 고대 세계의 콜 포터,* 셰익스피어, 존 레넌과 폴 매카트니, 아델, 프린스, 루치아노 파바로티, 레이디 가가, 켄드릭 러마†로 달콤한 가사와 음악의 대가였다. 그는 살아생전에 지중해 너머까지 이름을 날렸다. 그의 순수한 목소리와 독보적인 연주는 들판의 짐승들, 바다의 물고기들, 하늘의 새들, 심지어는 감각 없는 바위와 물까지 홀렸다고 한다. 강들은 그의 노래와 연주를 듣기 위해 물길을 틀었다. 헤르메스가 리라를 발명하고, 아폴론이 리라를 개량했다면, 오르페우스는 리라를 완성했다.

그의 어머니가 누군지는 합의가 이루어졌지만, 아버지의 정체는 덜 확실하다. 여기서 우리는 영웅의 시대에 자주 반복되는 주제에 이른다. 두 명의 부모. 서사시의 무사로 아름다운 목소리를 가진 칼리오페가 트라키아의 왕 오이아그로스‡와 결합하여 오르

페우스를 낳았다. 하지만 아폴론 역시 오르페우스의 아버지로 여겨졌고, 오르페우스는 아폴론에게 각별한 사랑을 받았다. 어쨌든, 어린 시절 오르페우스는 파르나소스산에서 어머니와 여덟 명의 무사이 이모들과 함께 마음껏 뛰놀았고, 바로 그곳에서 아폴론은 애지중지하는 아들에게 황금 리라를 선물하고 연주하는 법을 직접 가르쳤다.

머지않아 이 신동의 연주 실력은 음악의 신인 아버지까지 뛰어넘었다. 의붓형제였을지도 모르는 마르시아스와 달리, 오르페우스는 자신의 재주를 뽐내지도 않았고 신인 아버지에게 도전장을 던지는 실수를 저지르지도 않았다.* 그 대신에 기교를 익히고, 하늘의 새들과 들판의 짐승들을 홀리고, 나뭇가지들이 그의 리라 연주를 들으려 몸을 구부리고 물고기들이 그의 보드랍고 유혹적인 가락에 기뻐하며 뛰어오르게 만들었다.

그의 성정은 연주와 노래의 감미로움과 잘 어울렸다. 그는 음악에 대한 사랑으로 연주하고, 세상의 아름다움과 사랑의 찬란함을 노래했다.

오르페우스와 에우리디케

오르페우스의 명성이 얼마나 자자했던지, 이아손은 황금 양피를 찾으러 함께 떠날 아르고호 선원을 모을 때 오르페우스도 태워

---

* 『스티븐 프라이의 그리스 신화』 1권을 참고하라.

가려 했다. 이아손에 대해서는 나중에 더 이야기할 것이다. 지금 당장은, 원정에서 용감하고 충직하게 행동한 오르페우스에게 신들이 아름다운 에우리디케를 연인으로 선물했다는 사실만 알면 된다.

쉽게 상상이 가겠지만, 두 사람의 결혼은 대사건이었다. 모든 무사이가 참석했다. 탈리아는 우스꽝스러운 촌극으로 분위기를 띄우고, 테르프시코레는 하객들의 춤을 유도했다. 나머지 자매들도 각자 전담하는 예술 분야로 하객들을 즐겁게 해주었다. 하지만 기묘하고 불쾌한 한 가지 사건이 경사를 즐기던 많은 이들의 마음에 먹구름을 드리웠다.

하객 중에는 아폴론과 우라니아†의 아들이자 오르페우스의 이복형제인 히메나이오스도 있었다. 노래의 소신小神으로 '힘hymn, 찬가'의 어원이기도 한 그는 아프로디테를 수행하는 에로테스 중 한 명으로 결혼식과 초야를 전담했다. '하이먼hymen, 처녀막'과 '하이메널hymenal, 처녀막의'이라는 단어 역시 그에게서 유래한다. 이복형제의 결혼식에 참석한 것은 자연스럽고 대단히 영광된 일이었지만, 질투 때문인지 히메나이오스는 그들의 결합에 제대로 된 축복을 내리지 못했다. 그가 들고 있던 횃불이 불꽃을 탁탁 튀기다 연기를 뿜어내자 모든 이들이 콜록거렸다. 공기가 너무 매캐해서 천하의 오르페우스도 평소의 달콤한 목소리로 노래를 부를 수 없었다. 히메나이오스는 곧 자리를 떴지만, 그의 쌀쌀맞고 매정한 태도는 그의 횃불이 내뿜은 까만 연기만큼이나 불쾌한 뒷맛을 남겼다.

---

† 천문을 관장하는 무사.—옮긴이

오르페우스와 에우리디케는 이 음울한 일은 잊고, 올림포스산 기슭에 아늑하게 자리 잡은 작은 도시 핌플레이아에서 무사이에게 봉헌된 성스러운 페이레네 샘 근처에 행복한 신혼살림을 차렸다.

하지만 불행히도 에우리디케는 양봉과 농업 등 시골과 관련된 기술을 관장하는 소신 아리스타이오스의 눈에 띄고 말았다. 어느 날 오후 에우리디케는 강가 목초지를 질러 시장에서 집으로 돌아갔다. 저 멀리서 사랑하는 오르페우스가 리라를 뜯으며 새로 지은 아름다운 곡을 시연하는 소리가 들렸다. 그때 갑자기 아리스타이오스가 포플러 뒤에서 툭 튀어나와 그녀를 덮쳤다. 겁에 질린 그녀는 들고 있던 빵과 과일을 떨어뜨리고는 갈지자형으로 들판을 달려 죽을힘을 다해 도망쳤다. 아리스타이오스는 껄껄 웃으며 그녀를 뒤쫓았다.

"오르페우스! 오르페우스!" 에우리디케는 울부짖었다.

오르페우스는 리라를 내려놓았다. 아내의 목소리였나?

"구해줘요, 빨리!" 그 목소리가 비명을 질렀다.

오르페우스는 소리가 나는 쪽으로 달려갔다.

에우리디케는 무자비한 아리스타이오스에게서 달아나려 이리저리 길을 틀며 달렸다. 그의 뜨거운 입김이 그녀의 뒷덜미에 닿자 눈앞이 캄캄해질 정도로 공포에 질린 에우리디케는 발을 헛디뎌 도랑 속으로 떨어지고 말았다. 아리스타이오스가 그녀에게 다가갔지만, 어느 틈엔가 오르페우스가 나타나 소리를 지르며 달려오고 있었다. 성난 남편이 어떤지 잘 알고 있는 아리스타이오스는 실망감에 몸을 돌렸다.

오르페우스가 현장에 도착했을 때 또 에우리디케의 비명 소리가 들렸다. 그녀가 굴러떨어진 도랑은 살무사의 집이었다. 노한 독사가 엄니로 그녀의 뒤꿈치를 덥석 물었다. 오르페우스가 에우리디케의 곁에 도착했을 때 그녀는 단말마의 고통 속에 드러누워 있었다.

그는 아내를 품에 안았다. 그녀에게 숨을 불어넣고 그녀의 귓가에 대고 보드랍게 노래 부르며 다시 돌아와 달라 애원했지만, 독사의 독이 효력을 나타냈다. 그녀의 영혼이 육체를 떠났다.

오르페우스의 울부짖음에 온 골짜기가 공포와 두려움에 떨었다. 무사이도, 올림포스 신들도 그 소리를 들었다. 이를 마지막으로 한동안 오르페우스의 목소리는 들리지 않았다.

오르페우스의 애도는 철저하고도 확고했다. 그는 리라를 쳐다보지도 않았다. 다시는 노래를 부르려 하지 않았다. 다시는 웃지 않고, 다시는 곡을 만들지 않고, 다시는 콧노래도 흥얼거리지 않았다. 고통과 괴로운 침묵 속에 여생을 보낼 작정이었다.

핌플레이아 전체가 비탄에 잠겼다. 모두의 사랑을 한몸에 받던 에우리디케의 죽음이 안타깝긴 했지만, 오르페우스의 음악을 잃은 슬픔이 더욱 컸다. 수풀과 물과 산의 님프들도 슬픔에 빠졌다. 올림포스의 신들마저 메말라 버린 음악에 슬퍼하고 조바심을 냈다.

아폴론은 아들을 찾아갔다. 오르페우스는 집 앞에 앉아, 에우리디케가 최후를 맞은 들판을 망연히 바라보고 있었다.

"이제 그만하거라. 일 년이 넘었어. 평생 이렇게 우울하게 지낼 수는 없잖아." 아폴론이 말했다.

"한번 두고 보세요."

"어떡해야 리라를 다시 듣겠느냐?"

"사랑하는 아내가 살아 돌아와야지요."

"음……." 황금빛 신의 매끈한 이마가 고민으로 찌푸려졌다. "에 우리디케는 지하세계에 있다. 머리 셋 달린 개 케르베로스가 지옥 문을 지키고 있어. 지하세계에 들어갔다가 돌아온 자는 헤라클레스 말고 아무도 없다. 그마저도 죽은 영혼을 데리고 나오진 못했지. 하지만 너라면 할 수 있어."

"무슨 말씀이세요?"

"가서 아내를 데려오지 그러느냐?"

"방금 말씀하셨잖아요. '지하세계에 들어갔다가 돌아온 자는 헤라클레스 말고 아무도 없다'고."

"하지만 너는 누구에게도 없는 힘을 가지고 있지, 오르페우스."

"무슨 힘이요?"

"음악의 힘. 케르베로스를 길들이고 뱃사공 카론을 홀릴 수 있는 자는 너밖에 없다. 하데스와 페르세포네의 마음을 녹일 수 있는 자는 너밖에 없어."

"정말 그럴까요……?"

"음악의 힘을 믿거라."

오르페우스는 집으로 들어가, 먼지투성이 벽장에 처박아 두었던 리라를 꺼냈다.

"이것을 리라 줄로 쓰거라." 아폴론이 자기 머리에서 스물네 올의 황금빛 머리카락을 뽑으며 말했다.

오르페우스는 리라의 줄을 고쳐 달고 조율했다. 전에 듣지 못한 아름다운 소리가 났다.

"자, 가서 에우리디케와 함께 돌아오너라."

지하세계로 내려간 오르페우스

오르페우스는 핌플레이아에서 그리스 최남단인 펠로폰네소스반도의 타이나론곶*까지 먼 길을 여행했다. 지하세계로 들어갈 수 있는 동굴이 그곳에 있었다.

곶에서 내리막길을 따라가면서 미로 같은 굽잇길을 여러 번 돌고 나자 케르베로스가 지키고 있는 정문이 나왔다. 태곳적 괴물들 에키드나와 티폰의 자식인 머리 셋 달린 개 케르베로스가 침을 질질 흘리며 몸을 떨고 있었다.

살아 있는 인간이 감히 지옥으로 들어가려고 하자 케르베로스는 뱀 꼬리를 흔들며 기대감에 군침을 흘렸다. 오직 죽은 자들만 그를 지날 수 있으며, 아스포델 초원†에서 잘 지내려면 그를 달랠 먹이를 한 조각은 가져오는 것이 좋다. 오르페우스가 케르베로스

---

* 지금의 마타판곶.

† 아스포델 초원은 살아생전 영웅의 공적을 세운 적이 없는 평범한 인간들이 지하세계에서 머무는 곳으로 묘사되기도 한다. 헤라클레스의 죽음에 관한 각주에서도 언급했듯이, 죽은 자들에게 어떤 일이 일어났는가에 대해서는 문헌과 시인들 사이에 일관성이 거의 없다. 그건 그렇고, 아스포델은 황무지에서 자라며 흰 꽃을 피우는 화초이다. 호메로스의 『오디세이아』에 하데스의 엘리시온 들판을 뒤덮은 아스포델이 처음 언급된 것 같은데, 나중에는 유럽 전역에서 시적 언어로 쓰였다. 윌리엄 칼로스 윌리엄스의 시 「아스포델, 저 초록 꽃(Asphodel, That Greeny Flower)」이 주목할 만한 예이다.

에게 바칠 뇌물은 예술밖에 없었다. 그는 속으로는 덜덜 떨면서도 겉으로는 태연하게 황금 리라를 퉁기며 노래를 부르기 시작했다.

당장이라도 튀어 올라 이 건방진 인간을 찢어발기려 몸에 힘을 잔뜩 주고 있던 케르베로스는 노랫소리에 낑낑거리며 침을 꿀꺽 삼키고 그 자리에 얼어붙었다. 큼직한 눈을 휘둥그레 뜨고서 처음 느껴보는 쾌락과 희열에 숨을 헐떡였다. 엉덩이를 깔고 앉아 지옥 문 입구의 차가운 돌 위에 몸을 웅크렸다. 마치 하루 종일 들판에서 힘들게 뛰어다닌 후 모닥불 옆에서 꿈을 꾸는 사냥꾼의 애견처럼. 오르페우스의 노래는 부드러운 자장가로 느려졌다. 케르베로스의 귀 여섯 개가 축 처지고, 눈 여섯 개가 감기고, 혀 세 개가 입가를 크게 한 번 핥더니, 거대한 머리 세 개가 수그러지며 깊고 달콤한 잠에 빠졌다. 뱀 꼬리마저도 늘어지며 평화롭게 잠들었다.

오르페우스는 코를 고는 짐승을 타고 넘어가, 계속 자장가를 흥얼거리면서 차갑고 어두운 통로를 따라가다가 스틱스강의 검은 물에 걸음이 막혔다. 뱃사공 카론이 새로 온 망령을 이제 막 저쪽 강둑에 내려놓고서 장대로 배를 밀며 오르페우스 쪽으로 다가왔다. 그는 뱃삯을 달라며 손을 내밀었다가 자기 앞에 서 있는 젊은 남자가 살아 있다는 걸 알고는 얼른 손을 뺐다.

"저리 꺼지거라! 썩 물렀거라!" 카론은 쉰 목소리로 속삭이듯이 호통쳤다.*

이에 답하여 오르페우스는 리라를 퉁기며 새로 지은 노래를 부

---

* 카론은 '썩 물렀거라', '아니올시다', '정녕' 같은 예스러운 단어들을 즐겨 사용했다. 그래야 품위 있어 보인다고 믿었기 때문이다.

1. 올림포스산에서
승리를 기뻐하고 있는
올림포스 신들.

2. 프로메테우스는
독수리가 간을 쪼아 먹는
끔찍한 형벌을 계속 견딘다.

3. 제우스가 변신한 황금 소나기가 다나에에게 스며들고 있다.

4. 나무 궤에서 어부에게 구조되는 다나에와 페르세우스.

5. 땅에 누워 있는 메두사의 시신과
메두사의 머리를 들고 있는 페르세우스.

6. 메두사의 머리.

7. 페르세우스가 바다의 용 케토로부터 안드로메다를 구하고 있다.

8. 헤라가 보낸 뱀을 질식시키는 아기 헤라클레스.

9. 헤라클레스가 헤라의 젖을 먹으려 했을 때 뿜어져 나온 젖이 은하수가 되었다.

10. 헤라클레스의 첫 번째 과업, 네메아의 사자.

11. 헤라클레스가 돌항아리에 숨은 에우리스테우스 위로 에리만토스의 멧돼지를 들고 있다.

12. 헤라클레스의 부하들과 싸우는 아마존족.

13. 사자 가죽과 몽둥이, 활을 들고
헬리오스의 황금 술잔 안에 서 있는
헤라클레스.

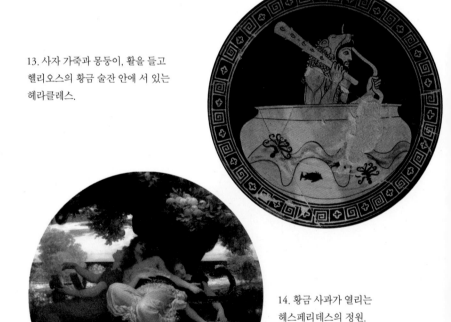

14. 황금 사과가 열리는
헤스페리데스의 정원.

15. 올림포스 신들과 거인들의 전쟁, 기간토마키아. 거인들의 몰락.

16. 페가수스를 탄 벨레로폰.

17. 하데스와 페르세포네 앞에서 사랑을 노래하는 오르페우스.

18. 에우리디케가 지상에
올라오기 전에 참지 못하고
뒤돌아본 오르페우스.

르기 시작했다. 과소평가되고 있는 뱃사공이라는 직업을 찬양하고, 그중에서도 특히 한 뱃사공, 카론의 남모르는 근면함과 성실함을 찬미하는 노래였다. 생과 사라는 광대한 신비에서 중심적인 역할을 하는 위대한 카론은 세계 모든 곳에서 찬양받아 마땅했다.

카론의 배가 이토록 힘차게 스틱스의 차가운 수면을 스치듯 달려간 적은 일찍이 없었다. 배가 강변에 닿은 후 카론이 승객을 한 팔로 안아 살며시 내려준 적도 없었다. 그리고 뱃사공의 늘 음산하고 험악한 얼굴에 이런 바보 같은 얼빠진 미소가 감돈 적은 단연코 없었다. 그는 장대에 기대서서 홀딱 반한 눈빛으로 오르페우스를 뚫어져라 쳐다보았고, 오르페우스는 마지막으로 한 번 손을 흔들고 리라를 퉁기며 하데스와 페르세포네의 궁으로 이어지는 어두운 통로 속으로 이내 사라졌다.

궁전의 중앙 홀에 들어가자마자 지하세계의 세 심판관 미노스, 라다만티스, 아이아코스†가 반원형으로 옥좌에 앉아 있는 모습이 보였다. 오르페우스의 생령이 내뿜는 빛에 그들은 눈이 부셨다.

"신성모독이다! 신성모독!"

"산 자가 감히 망자의 영역을 침범해?"

"죽음의 신 타나토스를 불러 이 육체에서 건방진 영혼을 빨아먹게 하라!"

오르페우스가 리라를 집어 들었고, 마지막 명령이 수행되기도 전에 세 심판관은 얼굴에 미소를 띤 채 고개를 끄덕이고 황홀한

---

† 세 명의 심판관은 제우스의 아들들로, 살아생전에는 공정한 통치로 유명한 인간 왕들이었다. 그들은 하데스를 대신해서 지하세계로 들어온 망자들의 운명을 결정했다. 헤라클레스는 현명하게도 그들을 피했다.

곡조에 맞추어 샌들을 신은 발가락을 톡톡 쳤다.

그들의 측근들인 악귀들과 보초들, 수행원들은 오랜 세월 음악을 못 들은 탓에 반응하는 방법을 잊어버렸다. 몇몇은 음악 소리가 손으로 잡을 수 있는 나비인 양 공기를 할퀴어댔다. 몇몇은 처음에는 서툴게, 하지만 곧 리라에서 흘러나오는 가락의 박자에 맞추어 손뼉을 쳤다. 어색하게 지척이던 발들이 리듬을 타고 바닥을 구르더니, 광란의 춤을 추기 시작했다. 몇 분 만에 방 전체가 노래와 춤과 환성과 웃음으로 활기를 띠며 시끌벅적해졌다.

"이게 무슨 짓들인가?"

지하세계의 왕 하데스와 창백한 얼굴을 한 그의 아내 페르세포네가 나타나자마자 모두가 뜨끔해하며 입을 다물었다. 의자 빼앗기 놀이를 하는 것처럼 우당탕 부딪치고 쭉 미끄러지다 꽁꽁 얼어붙었다. 오르페우스만이 침착해 보였다.

하데스는 손가락을 까딱해 그를 부르며 말했다. "익시온, 시시포스, 탄탈로스의 형벌을 합친 것보다 더 고통스러운 영벌을 받고 싶지 않거든 잘 해명해야 할 것이다, 인간이여. 이 꼴사나운 놀음에 무슨 변명이 있을 수 있을까?"

"전하, 변명이 아니라 이유가 있습니다. 최고의 이유이자 유일한 이유이지요."

"당돌한 답변이로군. 그래, 그 이유라는 게 뭐지?"

"사랑입니다."

하데스는 그가 내는 웃음소리에 가장 가까울 법한 음산한 고함 소리를 연발했다.

"제 아내 에우리디케가 이곳에 있습니다. 아내를 데려가야겠습니다."

"데려가야겠다고?" 페르세포네가 설마 하는 눈으로 그를 빤히 쳐다보았다. "감히 그런 말을 해?"

"제 아버지 아폴론 님께서……."

"우리는 올림포스 신들에게 호의를 베풀지 않는다. 너는 필멸의 인간 주제에 망자의 영역에 침입했어. 우리가 알아야 할 건 그것뿐이다." 하데스가 말했다.

"제 음악이 하데스 님의 마음을 바꿀지도 모르지요."

"음악이라니! 여기 있는 우리에게는 음악의 마력이 통하지 않는다."

"제가 케르베로스를 길들였습니다. 카론을 매료시켰어요. 지하세계의 심판관들과 측근을 홀렸고요. 혹시 하데스 님도 제 음악에 홀릴까 봐 두려우신 겁니까?"

페르세포네 왕비가 남편에게 살짝 귀엣말을 속삭였다.

하데스는 고개를 끄덕이며 명령을 내렸다. "에우리디케를 데려오라!" 그러고 나서 오르페우스에게 말했다. "한 곡이다. 한 곡만 불러보거라. 그 노래가 즐거움을 주지 못한다면 너는 시간이 끝날 때까지 온 우주가 이야기하고 공포에 떨 무시무시한 고통을 받으리라. 네 음악이 우리를 감동시킨다면, 음, 너와 네 아내를 땅 위로 돌려보내 주겠다."

둥실둥실 흘러들어온 에우리디케의 영혼은 망자들의 왕과 왕비 앞에 배짱 좋게 서 있는 오르페우스를 보고 기쁨과 의아함 속에 큰 소리를 질렀다. 오르페우스는 가물거리는 아내의 망령을 보고는 그녀를 외쳐 불렀다.

"그래, 그래!" 하데스가 퉁명스레 말했다. "참 애틋하기도 하지. 자. 이제 네가 노래를 부를 차례다."

오르페우스는 리라를 올리고 숨을 크게 쉬었다. 이토록 절실하게 예술의 힘이 필요했던 적이 있었던가.

그의 손이 리라의 현에 닿는 순간 그곳에 있던 모든 이들은 전혀 새로운 무언가를 듣게 되리라는 걸 알았다. 오르페우스의 손가락 끝이 현 위에서 날렵하게 위아래로 날아다니자, 물이 졸졸 흐르듯 아주 빠르고 순수하게 흘러나오는 음에 모두가 숨을 죽였다. 그리고 이제, 황금빛 물결에서 목소리가 떠올랐다. 모두에게 사랑에 대해 생각해보라고 청하는 목소리. 여기 죽음의 시커먼 동굴 속 그들의 영혼에도 여전히 사랑이 있겠지? 처음으로 사랑이 확 밀려들었을 때를 기억할 수 있을까? 사랑은 농부들과 왕들, 심지어는 신들에게도 찾아왔다. 사랑은 만인을 평등하게 만들었다. 사랑은 신성하지만 평등하여라.

페르세포네는 꽃을 꺾고 있던 초원에서 하데스의 전차가 불쑥 나타났던 날을 떠올리며 하데스의 손목을 꼭 쥐었다. 하데스는 페르세포네의 어머니 데메테르와 계약을 맺어 사랑하는 이를 해마다 여섯 달 내내 볼 수 있게 됐던 일이 떠올랐다.

페르세포네는 고개를 돌려, 강제로 그녀를 취했지만 변치 않는 사랑으로 그녀 곁을 지키고 있는 남편을 바라보았다. 오로지 그녀만이 그의 음울한 기분과 속에서 들끓고 있는 순수한 열정을 이해했다. 그도 그녀를 바라보았다. 그의 눈에 차오르고 있는 저것은 눈물이 맞을까?

오르페우스는 에로스에게 바치는 노래의 절정에 이르렀다. 곡조가 통로를 누비며 흘러들어가 지옥의 방들, 회랑들, 복도들에 울려 퍼지자, 그 음악을 들은 하데스의 하인들, 죽음의 사자들, 망자의 혼들은 하나같이 마법에 걸려 음악이 그들의 귓속에서 연주되는 동안 끝없는 감금의 무자비한 고통에서 벗어나 빛과 사랑의 왕국으로 들어갔다.

"그대의 소원을 들어주겠다." 마지막 음이 서서히 사라지자 하데스의 쉰 목소리가 우렁차게 울렸다. "그대의 아내를 보내주마."

그의 말에 에우리디케의 망령이 숨을 쉬는 생명체의 알맹이와 형태를 되찾았다. 그녀는 남편의 품으로 뛰어들었고 둘은 얼싸안았다. 하지만 하데스의 이마에는 주름이 지고 있었다. 망자의 혼을 하나라도 잃는 건 뼈아픈 일이었다. 그의 왕국에서 영원을 보낼 운명인 혼들에 관한 한 그는 둘째가라면 서러울 구두쇠, 수집광이었다.

"잠깐!"

에우리디케가 인간의 몸으로 돌아오는 순간 오르페우스는 연주와 노래를 멈추었고, 음악의 강력한 마력은 줄어들기 시작했다. 강렬하고도 아름다운 기억이었지만, 아무리 강렬한 쾌락이라도 그렇듯 음악이 자아내던 초월적인 분위기는 마지막 음이 잦아드는 순간 연기처럼 사라져버렸다. 이제 하데스는 넋을 빼놓는 오르페우스의 노래에 마음이 약해져 에우리디케를 풀어주기로 한 결정을 뼈저리게 후회했다. 수많은 목격자들 앞에서 약속을 하다니 얼마나 어리석었던가. 그는 몸을 숙여 페르세포네와 귓속말로 의견을 주고받았다. 의기양양하게 은근한 미소를 띠고 고개를 끄덕이며 아내의 뺨에 입을 맞추고는 한 손가락으로 오르페우스를 가리켰다.

"그 여자의 손을 놓아라. 몸을 돌려 여기서 떠나라."

"하지만 방금 말씀하시기를……."

"그녀가 뒤따라 갈 것이다. 그대가 지상 세계로 올라가는 동안 그녀는 열 발짝 뒤에서 따라갈 것이다. 하지만 그대가 그녀를 돌아본다면, 그녀에게 살짝 눈만 돌려도 그녀를 잃게 되리라. 믿어라, 음악가 오르페우스여. 우리를 존중하고 우리의 말을 믿는다는 걸 보여줘야 한다. 이제 가거라."

오르페우스는 두 손으로 에우리디케의 얼굴을 감싸고 그녀의 뺨에 입을 맞춘 뒤 몸을 돌렸다.

"잊지 말거라!" 페르세포네가 그에게 소리쳤다. "뒤돌아보는 순간 그녀는 우리의 것이 된다. 그대가 아무리 많이 찾아와도, 아무리 많은 노래를 불러도, 아내를 영원히 잃을 것이다."

"조금 뒤에 내가 있어요. 믿음을 가져요!" 에우리디케가 말했다.

오르페우스는 삶과 자유로 이어지는 문에 다다랐다.

"믿어요!" 오르페우스는 결연히 시선을 앞으로 고정한 채 답했다.

이렇게 그는 돌 복도들과 통로들을 따라 완만한 오르막길을 오르기 시작했다. 수백 영혼들이 휙휙 스쳐 지나가다가 그를 보고 알은척하면서 행운의 말을 속삭였다. 그중 몇몇이 자기도 지상 세계로 데려가 달라고 간청하는 바람에 깜짝 놀랐지만 오르페우스는 손을 흔들어 그들을 물리치고는 단호하게 위를 향해, 위만 바라보며 올라갔다.

에우리디케를 격려하기 위해, 그보다는 자신의 걱정을 떨치기 위해 그는 끊임없이 소리쳤다.

"거기 있어요, 내 사랑?"

"여기 있어요."

"힘들지 않아요?"

"항상 열 발짝 뒤에 있답니다. 나를 믿어요."

"이제 거의 다 왔어요."

과연, 이백 걸음 정도 걷고 나니 서늘한 산들바람이 얼굴에 솔솔 불고 상쾌한 공기가 콧구멍에 가득 차는 것이 느껴졌다. 이제 저 앞으로 빛이 보였다. 골풀 양초, 역청으로 피운 등불, 불타는 기름이 내뿜는 지하세계의 빛이 아니라 살아 있는 낮의 순수한 빛이었다. 오르페우스는 걸음을 재촉해 계속 나아갔다. 거의 다 왔다, 이제 조금만 더 가면! 열다섯, 열넷, 열셋, 열두 걸음만 더 가면 그들은 자유의 몸이 되어 다시 남편과 아내로 살아갈 수 있다. 아이도 갖고, 함께 세상을 여행해야지. 오, 갈 곳은 얼마나 많고, 얼마나 많은 풍경을 보게 될까. 그가 지을 노래들과 시들과 음악.

동굴 어귀가 넓게 열리자 오르페우스는 환희와 승리감에 취해 성큼성큼 걸어 나갔다. 한 발짝만 더 디디면 어둠에서 벗어나 빛 속으로 들어간다.

드디어 해냈다! 그는 세상 밖으로 나와 있었고, 햇빛에 얼굴이 따스하고 눈이 부셨다. 에우리디케가 열 걸음만 더……. 이제 뒤돌아 사랑하는 아내를 품에 안을 수 있다.

아니다! 아니, 아니, 아니, 아니다!

오르페우스 자신은 몰랐지만 마지막 스무 걸음 정도는 거의 달리다시피 했다. 에우리디케도 그에 맞추어 더 빨리 걸었지만, 그

가 돌아봤을 때 그녀는 아직 한참 뒤에, 아직 어둠 속에, 망자들의
세계에 있었다.

공포와 두려움에 휩싸인 그녀의 눈이 그의 눈과 마주친 순간 그
녀 안의 빛이 사그라지기 시작하더니 그녀는 암흑 속으로 도로 끌
려가 버렸다.

오르페우스는 비통하게 울부짖으며 동굴 속으로 뛰어 들어갔
지만, 그녀는 이제 인간이 아닌 형체 없는 망령이 되어 엄청난 속
도로 저 멀리 훨훨 날아가고 있었다. 오르페우스가 어둠 속으로
정신없이 뛰어들 때 에우리디케의 구슬픈 울음소리가 메아리쳤
다. 그들을 내보내 주었던 문들이 그의 면전에서 쾅 닫혔다. 오르
페우스는 피가 날 때까지 주먹으로 문을 쾅쾅 두드렸지만 아무
소용없었다. 아내의 절망 어린 비명도 이제는 들리지 않았다. 오
로지 그의 울음소리만 울려대고 있었다.

그가 눈을 두 번만 더 깜박이고 뒤돌아봤다면, 심장이 두 번만
더 뛰기를 기다렸다가 뒤돌아봤다면 그들은 다시 하나가 되어 자
유롭게 살았을 것이다.

오르페우스의 죽음

그 후 오르페우스는 쓸쓸한 여생을 보냈다. 기나긴 두 번째 애도
기간을 보내고 나서 그는 다시 리라를 집어 들고, 삶이 끝날 때까
지 계속 곡을 만들고 연주하고 노래했지만, 에우리디케만 한 여인
을 찾지 못했다. 그가 여자에게서 완전히 등을 돌리고, 트라키아

의 젊은 남자들에게 남은 애정을 아낌없이 퍼주었다고 전하는 문헌도 여럿 있다.

트라키아의 여인들, 키코네스인들, 디오니소스 숭배자들은 그들에게 눈길 한 번 주지 않는 오르페우스가 괘씸해 나뭇가지와 돌을 던졌다. 하지만 그 나뭇가지들과 돌들은 그의 음악에 홀려 차마 그를 해치지 못하고 허공에 매달려 있었다.

무시당하는 수모와 모욕을 더 이상 견디지 못한 키코네스족 여인들은 디오니소스적인 광분 상태에서 오르페우스의 사지를 잡아 뜯고 머리를 확 비틀어 떼어내어 그의 몸을 가리가리 찢어발겼다.* 아폴론의 황금빛 조화는 디오니소스의 어두운 춤과 디티람보스†에 대한 모욕이었다.

오르페우스의 머리는 여전히 노래를 부르며 에게해로 흘러드는 헤브루스강으로 던져졌다. 그 머리는 레스보스섬 해변까지 떠내려갔고, 섬 주민들이 그 머리를 발견해 어느 동굴에 가져다 놓았다. 그 후 수년 동안 사람들이 그 동굴에 찾아가 오르페우스의 머리에 질문을 던지면, 머리는 참으로 감미로운 곡조로 앞날의 일을 들려주었다.

오르페우스의 아버지 아폴론은 그 성지의 위세가 델포이 신전을 위협하는 것에 질투가 났는지 그를 침묵시켰다. 그의 어머니 칼리오페는 그의 황금 리라를 발견하고는 하늘로 가져와 거문고자리의 별들 사이에 두었다. 그 별자리에는 하늘에서 다섯 번째로

---

* 이런 디오니소스적인 찢어발김, 광기 어린 사지 절단을 의미하는 '스파라그모스(sparagmos)'라는 그리스어까지 있었다.
† 디오니소스를 찬양하는 노래.—옮긴이

밝은 별인 직녀성이 있다. 오르페우스의 이모들인 여덟 무사이는 토막 난 시신을 수습해 올림포스산 아래의 리베트라에 묻었고, 지금도 나이팅게일이 그의 무덤 위에서 노래 부르고 있다.

마침내 평온을 찾은 오르페우스의 영혼은 다시 지하세계로 내려가 사랑하는 에우리디케와 재회했다. 오펜바흐 덕분에 그들은 지금도 매일같이 망자의 땅에서 즐겁게 캉캉을 추고 있다.*

---

* 자크 오펜바흐가 작곡한 오페레타 〈천국과 지옥(지옥의 오르페우스)〉 2막은 캉캉 춤을 위한 곡이다.—옮긴이

이아손

숫양

이아손이 아르고호를 이끌고 황금 양피를 찾아 떠난 이유를 알려면 한참을 거슬러 올라가야 한다. 하지만 그 사연이 아기자기하고 흥미진진하니 재미있게 따라올 수 있을 것이다. 호저*가 쏘아대는 가시들처럼 수많은 이름이 언급되겠지만, 중요한 이름은 기억에 남을 테니 걱정하지 않아도 된다.

트라키아 비살티아족의 시조이며 영웅인 비살테스로 시작해보자. 그의 어머니는 태초의 대지 신 가이아, 아버지는 티탄족 태양신 헬리오스였다.† 비살테스의 아름다운 딸 테오파네에게 눈독을 들인 바다의 신 포세이돈은 그녀를 낚아채 크리니사섬으로 데려갔고, 그곳에서 자신은 숫양으로 변신하고 테오파네는 암양으로 둔갑시켰다. 시간이 흘러 테오파네는 아름다운 황금 숫양을 낳았다.

---

* 산미치광이. 고슴도치와 비슷하게 몸에 가시가 난 동물이다.—옮긴이

† 헬리오스 역시 가이아의 아들이었기 때문에, 가이아는 비살테스에게 어머니이자 할머니가 된다. 이중, 삼중으로 얽힌 훨씬 더 기괴한 가족 관계에 비하면 이 정도는 약과다.

포인트 1. 신의 피를 이어받은 아름다운 황금 숫양 한 마리가 세상에 태어났다.

라피테스족의 왕 익시온은 감히 올림포스산의 연회에서 천상의 왕비 헤라를 유혹하려고 했다.* 제우스는 그의 악행을 만천하에 폭로하기 위해 헤라와 빼닮은 모습의 살아 움직이는 구름을 미끼로 보냈다. 야만적인 익시온은 헤라인 줄 알고 그 구름을 확 덮쳤다. 불경한 마음을 품은 벌로 익시온은 불타는 수레바퀴에 묶여서 하늘로 던져져 데굴데굴 구르다가 나중에는 지하세계에 갇혀 그곳에서 영원히 머물게 되었다. 구름은 네펠레라는 이름을 얻고 보이오티아의 왕 아타마스와 결혼하여 쌍둥이 남매 프릭소스와 헬레를 낳았다.

포인트 2. 쌍둥이 남매 프릭소스와 헬레가 보이오티아의 왕 아타마스의 자식으로 태어났다.

나중에 네펠레는 다시 하늘의 구름으로 돌아가, 아주 중요한 계율인 크세니아(환대)를 관장하는 하급 신이 되었다. 아타마스는 새 아내를 찾다가, 테베를 세운 왕 카드모스의 딸 이노를 택했다.† 이노는 아타마스의 궁에 자리를 잡고, 후처들이 대개 그렇듯 전처의 흔적을 철저히 지우기 위해 새로운 체제를 구축했다. 이노는 세심한 양육자로 명성을 날리고 있었다. 동생 세멜레와 제우스의 사이에서 태어난 아기 디오니소스에게 젖을 먹인 이도 그녀였다. 자매들인 아가우에와 아우토노에는 세멜레를 저버렸다가 끔찍한

---

* 『스티븐 프라이의 그리스 신화』 1권을 참고하라.
† 카드모스가 '최초의 영웅'이라 불리기는 하지만, 그의 이야기는 이 책이 아닌 『스티븐 프라이의 그리스 신화』 1권에 담기는 편이 더 적절했다.

대가를 치렀다. 장성하여 테베를 찾은 디오니소스가 그들을 광란의 상태로 내몰아 비극적인 짓을 저지르게 만든 것이다.‡ 하지만 이노는 목숨과 명성을 멀쩡히 지키며 살아남았고, 세상 사람들은 그런 그녀를 사랑했다.

하지만 이노는 본디 야심만만하고 무자비하며 잔인한 여인이었다. 그녀는 처음부터 눈엣가시였던 의붓자식들 프릭소스와 헬레를 처리해버리기로 마음먹었다. 아타마스와의 사이에서 두 아들 레아르코스와 멜리케르테스를 낳았으므로, 아타마스가 세상을 떠나면 프릭소스와 헬레가 아니라 자기 자식을 왕위에 올릴 생각이었다. 이노는 이후 유구한 세월 동안 신화와 전설, 동화를 장악할 사악한 계모 캐릭터의 원형으로서, 쌍둥이를 없애기 위해 어마어마하게 악의적이고 정교한 계획을 세웠다.

먼저 그녀는 보이오티아의 여인들을 부추겨서 헛간과 곡식 저장고에 있는 종자를 태워 망쳐놓았다. 그러자 그들의 남편들이 밭에 씨를 뿌려도 싹이 나지 않았다. 이노의 바람대로 다음 해에 흉작이 들었고 기근으로 왕국이 위태로워졌다.

"델포이로 사자들을 보내요, 여보. 이 재난이 왜 우리에게 찾아왔는지, 어떻게 하면 바로잡을 수 있는지 알아봐야죠." 이노가 아타마스에게 말했다.

"참으로 현명하시오, 사랑하는 아내여." 아타마스는 아내에게 푹 빠져 정신을 못 차리고 있었다.

---

‡ 그 비극적인 결과는 에우리피데스의 희곡 『디오니소스의 여신자들』로 각색되었으며, 디오니소스적인 스파라그모스의 가장 유명한 사례이기도 하다.

하지만 델포이로 보낸 사자들은 이노에게 돈으로 매수당한 사람들이었고, 그들이 신탁이라며 전한 말은 순전히 그녀가 꾸며낸 말이었다.

"전하." 사자들의 우두머리가 양피지 두루마리를 펴며 말했다. "델포이에서 들은 아폴론 님의 말씀을 전해드리겠습니다. '도시가 지은 죄와 그 주민들의 허영을 씻고 신들을 달래려거든 그대의 아들 프릭소스를 제물로 바쳐라.'"

이를 듣자마자 아타마스는 고통스럽게 울부짖었다. 너무도 괴로운 나머지, 알쏭달쏭한 내용과 이중적인 의미로 악명 높은 델포이의 신탁답지 않게 내용이 직접적이고 노골적이라는 점은 미처 알아채지 못했다.

젊은 왕자 프릭소스가 앞으로 나와 맑고 차분한 목소리로 말했다. "아버지, 제 목숨으로 다른 이들의 목숨을 구할 수 있다면 기꺼이 제단에 오르겠습니다."

저 높이 구름의 궁전에 있던 그의 어머니 네펠레는 이 말을 듣고는 끼어들 준비를 했다.

고개를 높이 쳐든 프릭소스는 몇 대에 걸쳐 도시 광장을 지키고 서 있는 거대한 돌 제단으로 끌려갔다. 이 당시에는 인간 제물, 특히 젊은 사람을 제물로 바치는 행위는 신과 인간이 더 잔인했던 시대의 야만적이고 불쾌한 유산으로 여겨졌다. 하지만 신과 인간은 결코 잔인성을 잃지 않았고, 돌 제단은 만일을 대비해 여전히 남아 있었다.

왕실 호위병이 저 높이 지붕에 서서 북을 두드리기 시작했다. 이왕 젊은이가 죽을 거라면 좋은 구경거리를 만들어야 했다. 보이오티아의 여인들은 아마천 조각으로 눈을 가린 채 호들갑을 떨며 울어댔다. 사람을 죽이는 제사를 한 번도 구경해보지 못한 아이들은 더 잘 보려고 사람들을 마구 밀치며 앞으로 나갔다.

아타마스는 슬픔에 울부짖으며 가슴을 쳤지만, 백성들은 기근에 지칠 대로 지쳐 있었다. 신탁의 말씀이 명백하니 제물을 꼭 바쳐야 했다.

온몸을 흰옷으로 휘감은 대사제가 은빛 날이 번득이는 제사용 칼을 들고 앞으로 나왔다.

"누가 이 아이를 제우스 님에게 바치겠습니까?"

"아무도 없다, 아무도!" 아타마스는 통곡했다.

"제가 저 자신을 바치겠습니다!" 프릭소스가 단호하게 말했다.

프릭소스가 제물이 되겠다고 스스로 나선 순간부터 형제의 손을 놓지 않고 있던 헬레도 목소리를 보탰다. "나도 형제와 함께 죽겠습니다!"

이노는 속으로 쾌재를 불렀다. '그래 주면 나야 고맙지!'

"안 돼!" 아타마스가 소리쳤다.

드센 손들이 두 아이를 붙잡아 평평한 제단에 눕혔다.

칼을 들어 올렸던 사제가 내리치려는데 하늘에서 어떤 목소리가 들려왔다.

"올라타거라, 프릭소스! 얼른, 헬레! 꼭 잡아!"

구름에서 황금빛 숫양 한 마리가 날아 내려왔다. 양은 제단에 누워 있는 프릭소스와 헬레 앞에 내려앉았고, 두 아이는 어머니의 명령에 따라 빽빽한 양털을 붙잡고 등으로 엎어지듯 올라탔다. 사제도 호위병들도 이노도, 그 누구도 미처 손쓸 틈도 없이 그들은 하늘로 떠올랐다.*

프릭소스와 헬레가 황금빛 양털을 꼭 붙잡고 있는 동안 숫양은 동쪽으로 날아 유럽과 아시아를 가르는 좁은 해협을 지나갔다. 이 때 돌풍이 불어 양이 갑자기 방향을 틀어버린 탓에 헬레가 등에서 떨어지고 말았다. 프릭소스는 양에게 멈추라고 소리쳤지만 허사였다. 공포에 휩싸여 아래를 내려다보니 누이가 바다로 추락하고 있었다. 훗날 그리스인들은 그녀를 기리는 뜻에서 이 해협을 '헬레스폰트', 즉 헬레의 바다라고 부른다.† 망연해진 프릭소스는 양털에 쓰라린 눈물을 흘렸고, 황금빛 양은 프로폰티스(지금의 마르마라해)를 향해 더 동쪽으로 날아가 보스포루스 해협을 지났다. 마침내 오늘날 우리가 흑해라고 부르는 거대한 내해의 반짝이는 바닷물이 보였다. 그리스인들에게 그 바다는 문명과 그리스적인 것이 끝나는 경계선이었다. 그 해안 너머에는 이방인들, 야만인들, 정신 나간 동방인들이 살았기 때문에 그리스인들은 흑해를 '불친절한 바다', '적대적인 바다', '증오의 바다'라고 불렀다.‡ 캅

---

* 「창세기」에서 족장 아브라함은 야훼의 시험을 받아 아들 이삭을 제물로 바치라는 명을 듣는다. 아브라함이 칼을 내리치려는 순간, 야훼가 근처 수풀에서 잡힌 숫양을 보여주며 아들 대신 그 짐승을 죽이라 한다. 트로이 전쟁과 그 비극적인 여파를 촉발한 이피게네이아와 아가멤논의 이야기 역시 이 신화소의 한 사례이다. 이 이야기는 나중을 기약하자.

† 지금은 다르다넬스 해협이라 불린다. 이 이름 역시 그리스 신화의 인물, 제우스와 엘렉트라(하늘의 별자리가 된 일곱 자매 플레이아데스 중 한 명)의 아들인 다르다노스에서 유래한다. 다르다노스는 트로이를 세운 트로스의 아버지이다. 호메로스가 가끔 트로이인들을 '다르다니아인'이라 부르는 것도 다르다노스 때문이다.

‡ 그리스어로 '아크세이노스(Axeinos)'이다. 나중에 그리스인들은 희망을 담아 '에욱시노스(Euxinos)', '에욱시네의 바다'로 바꿨다. '사근사근하다'라는 뜻이다. 마찬가지로 15세기 후반 포르투갈 항해자들은 '고통봉'의 이름을 '희망봉'으로 바꾸었다.

카스산맥을 지날 때 프릭소스는 햇볕에 그을린 프로메테우스가 알몸으로 쇠사슬에 매여 바위에 대자로 뻗어 있는 모습을 보았다. 그 위로 독수리의 그림자가 지나갔다. 프로메테우스의 간을 쪼아 먹으러 가는 모양이었다. 그 티탄족이 매일 견디는 고문이었다.§

흑해의 동쪽 끝 해안에는 꽤 부유하고 큰 왕국이 있었다. 오늘날 우리가 조지아 공화국이라 부르는 이 왕국은 그 시절엔 콜키스로 알려져 있었다. 그곳의 왕 아이에테스는 티탄족 태양신인 헬리오스와 오케아니스인 페르세 사이에 태어난 아들이었다. 그는 왕국의 수도인 아이아에서 나라를 다스렸다.

신중하고 현명한 아이에테스는 궁전 앞에 황금 양이 내려앉고 그 등에서 한 청년이 내리는 모습을 보고도 크게 동요하지 않았다. 환대의 계율을 마음에 새기며 프릭소스에게 만찬을 대접했다. 프릭소스는 이 환영에 고마워하며 숫양을 제우스에게 바치고 아이에테스에게 그 황금 양피를 선물했다. 상냥하게 도와준 짐승에게 가혹한 처사가 아닌가 싶지만, 숫양은 죽음과 함께 최고의 명예를 얻었다. 제물 공양에 만족한 제우스는 그 숭고한 짐승을 양자리의 별들로 격상했다.

황금 양피는 대단히 귀한 선물이었다. 아이에테스는 아레스에게 봉헌된 작은 숲의 참나무 가지에 그것을 걸어 놓았다. 아이에테스의 궁전 뜰에는 거대한 뱀¶ 한 마리가 있었다. 흉측하게 생겼지만, 절대 눈을 감지 않는 특별한 재주를 타고났다. 왕은 이 뱀을

---

§ 물론 이때는 헤라클레스가 프로메테우스를 구해주기 전이다.
¶ 티폰과 에키드나, 혹은(그리스 시인 아폴로니오스 로디오스에 따르면) 가이아와 티폰의 자식이다.

보내 그 참나무와 거기에 걸린 귀중한 물건을 지키게 했다. 어느 시점에 프릭소스는 아이에테스의 딸인 칼키오페와 결혼했고 콜키스에서는 모든 일이 잘 풀리고 있었다.

이제 보이오티아로 돌아가 보자. 아타마스와 이노는 황금 숫양이 프릭소스와 헬레를 태우고 구름 속으로 사라지는 모습을 멍하니 올려다보고 있었다.

머지않아 아타마스는 흉작, 기근, 신탁, 인간 제물, 이 모든 것이 아내의 사악한 계략이라는 사실을 알아챘다. 광분한 그는 그녀와의 사이에 태어난 아들 레아르코스를 채찍질해서 죽여버렸다.* 이노는 또 다른 아들 멜리케르테스를 데리고 달아났다. 하지만 아타마스는 그들을 끝까지 추적했고, 궁지에 몰린 이노는 절망하여 멜리케르테스와 함께 절벽에서 바다로 뛰어내렸다. 유모가 베풀어준 친절을 잊지 않고 있던 디오니소스는 그녀를 익사시키지 않고 바다의 '백색 신', 불사의 레우코테아로 만들어주었다.† 멜리케르테스는 돌고래를 타고 다니며 선박들을 지켜주는 신 팔라이몬이 되었다.

아타마스의 인생이 행복하지는 않았다.‡ 그러나 그의 인생은 네펠레가 쌍둥이를 구하면서 황금 양피가 저 멀리 떨어진 흑해(불

---

* 제우스의 뻔뻔하고 괘씸한 외도로 태어난 디오니소스를 키우고 돕고 지원해준 모든 이들을 벌하는 일에 언제나 두 팔 걷어붙였던 헤라가 아타마스를 광기로 내몰았다는 설도 있다. 아타마스가 이노와 결혼했고 이노가 어린 디오니소스에게 젖을 먹였었다는 사실만으로도 헤라의 분노를 사기에 충분했다.

† 수세대 후 이노/레우코테아는 오디세우스의 모험에서 중요한 역할을 한다.

‡ 아타마스는 또 결혼하여 세 번째 아내인 테미스토와의 사이에 네 아이를 낳았다. 그중 스코이네우스는 곧 등장할 영웅 아탈란타가 태어나자 딸이라는 이유로 버린다.

친절한 바다, 에욱시네해) 연안의 콜키스로 전해져 아레스 숲의 참나무에 걸리는 결과를 불러왔다.

지금까지의 모든 내용은 큰 줄기가 되는 배경 이야기라고 할 수 있다. 여기서부터 서사의 가닥들을 나눠보려고 한다.

아타마스의 파란만장한 결혼사를 제쳐두고 보더라도 그의 가족들은 악명이 높았다. 아타마스에게는 싸우기 좋아하고 악랄한 형제 세 명이 있었다. 그중 한 명인 시시포스는 수많은 죄와 신성모독을 저질러 바위를 언덕 위로 영원히 굴려야 하는 벌을 받았다.§ 또 다른 형제인 살모네우스는 건방지게도 천둥과 폭풍우의 신으로 행세하다가 제우스의 손에 박살이 났다. 상황은 여기서 한층 더 복잡해지는데, 살모네우스의 딸인 티로가 삼촌인 크레테우스와 결혼해 아이를 낳은 것이다. 크레테우스와의 사이에서 티로가 낳은 장남이 아이손이었지만, 티로는 포세이돈과도 정을 통하여 두 아들 펠리아스와 넬레우스¶를 낳았다. 여기서 잠깐 짚고 넘어가자면, 이렇게 곁길로 새서 가계도를 이야기하니 참 복잡하게 느껴지고 기억하기도 힘들겠지만 이 모두가 우리 이야기의 주된 줄거리와 관련되어 있어 빼놓을 수 없다. 이 이름들과 관계를 억지로 외울 필요는 없다. 이 모든 것이 무엇을 예고하는지 감을 잡기만 하면 된다.

크레테우스는 라리사와 페라이를 포함하는 그리스 본토의 북동부 지역인 아이올리아의 도시 이올코스를 다스렸다. 그래서 그

---

§ 『스티븐 프라이의 그리스 신화』 1권을 참고하라.
¶ 이 형제는 헤라클레스 편에서 나이 든 모습으로 등장한 바 있다.

와 그의 조카딸 티로 사이에 태어난 아들 아이손이 적법한 후계자로, 크레테우스가 죽으면 왕위를 물려받을 예정이었다. 하지만 아이손의 이부형제들인 펠리아스와 넬레우스는 위대한 올림포스 신 포세이돈의 아들인 자신들이야말로 이올코스를 넘어 아이올리아 전체를 통치해야 마땅하다고 믿었다. 그래서 크레테우스가 세상을 떠나자마자 그들은 이올코스를 포위했다. 도시를 잃을까 두려웠던 아이손과 그의 아내 알키메데*는 첫 아이인 이아손을 몰래 밖으로 내보냈다.

알키메데와 친하게 지내던 켄타우로스 케이론이 아이를 받아 들여 키웠다.

얼마 지나지 않아 펠리아스가 도시로 쳐들어 와 왕족들을 몰살했고, 아이손과 알키메데만은 살려서 감옥에 가두었다. 갇혀 있는 동안 부부는 또 다른 아들 프로마코스를 낳았다.

펠리아스와 넬레우스의 어머니인 티로가 크레테우스의 두 번째 아내인 시데로에게 구박당한 사실을 짚고 넘어갈 만하다. 펠리아스와 넬레우스는 추격 끝에 한 신전에서 시데로를 찾아낸 후 경내에서 그녀를 죽였다. 이는 재앙과도 같은 실수였다. 그 신전은 헤라를 모시는 성소였기 때문이다. 천상의 왕비는 이 신성모독에 분노하여 당장 포세이돈의 이 두 아들에게 적개심을 품었다. 신들 중에서도 헤라의 원한을 사는 건 가장 위험하고도 돌이킬 수 없는 일이었다.

이쯤에서 정리를 해보자. 황금 양피는 멀리 동쪽에 가 있다. 이

---

* 폴리메데로 불리기도 한다.

올코스와 아이올리아는 살기등등한 폭군 펠리아스의 손안에 있으며, 서슬 퍼런 폭정에 누구도 감히 반란을 일으키지 못하고 있다. 오늘날 우리 눈으로 직접 목격하고 있듯이, 사실 외부에서 일어나는 반란은 거의 항상 실패로 돌아간다. 집안싸움, 왕가 내의 갈등, 당의 분열, 친위 쿠데타, 뒤통수치기……. 이런 것들이 정권을 몰아내고 독재자를 쓰러뜨린다.

이 사실을 잘 알고 있는 펠리아스는 의혹과 독재자의 피해망상에 시달리다 왕위를 지키는 문제에 관해 신탁을 구한다.

"그대의 혈족이 펠리아스의 목숨을 끊어놓을 것이다. 외짝 신만 신고 변방에서 오는 자를 경계하라."

그래서 두 사람인가, 한 사람인가? 혈족이 그를 죽일 거라면 외짝 신발만 신은 시골뜨기는 또 누구지? 둘이 서로 아는 사이인가? 둘 다 혈족인가? 동일한 한 사람인가? 왜 신탁은 항상 이렇듯 알쏭달쏭하단 말인가? 성가시게.

한편, 이올코스 위로 우뚝 솟은 펠리온산 비탈에서는 도시의 적법한 왕위 계승자 이아손이 현명하고 영리한 케이론에게 교육받고 있었다.

이올코스로 돌아오다

몇 년 전 아폴론의 아들 아스클레피오스를 제자로 두고 있었을 때 케이론은 과학과 의술에 대한 그의 초월적인 재능을 감지했다. 아스클레피오스는 케이론의 지도하에 한낱 인간에서 그리스 최고의 의사이자 의학 이론가로 성장하고 훗날 신의 지위까지 오른다.* 케이론은 이아손에게서는 그런 잠재력을 거의 느끼지 못했지만, 의술과 약초에 관한 기초적인 이론과 지식, 응용법을 철저히 교육했다. 아이에서 청년으로 성장하는 이아손에게서 주로 보이는 건 끝없는 용기, 뛰어난 운동신경, 지능과 야망이었다. 지나치게 자기중심적인 면모는 조금 걱정이었다. 자기를 믿고, 자기를 제어하고, 자기만 옳고, 자기를 믿고, 자기를 사랑하고. 어쩌면 이런 기질은 영웅에게 용기만큼이나 꼭 필요한 것일지도 모른다.

이렇게 이아손은 성장했다. 아버지가 펠리아스에게 왕위를 빼앗기고 감금되어 있다는 사실을 알았지만, 불의에 복수하고 이올코스의 왕위를 찾으러 떠날 적기를 기다릴 각오가 되어 있었다. 고결한 케이론의 제자로서 배운 수많은 덕목 중 하나가 인내였다.

어느 날 갑자기 케이론의 동굴에 천마를 타고 나타난 영웅 벨레로폰이 이아손의 마음에 위대한 영웅이 되어야겠다는 야심을 불러일으켰을지도 모른다.

"케이론, 그대가 치유술의 대가인 것은 세상에 모르는 사람이 없지요. 그대 몸의 절반이 말이니, 내 가여운 친구를 도와주기에 그대만 한 적임자가 또 있겠소?"

불사의 몸이지만 부상은 피할 수 없는 페가수스는 벨레로폰이 키마이라와 싸울 때 목과 갈기에 심한 화상을 입었다. 케이론이 상처에 연고를 바르는 사이 벨레로폰은 넋을 잃고 이를 지켜보는 어린 이아손에게 자신의 모험담을 들려주었다.

---

* 『스티븐 프라이의 그리스 신화』 1권을 참고하라.

케이론은 눈을 둥그렇게 뜨고 감탄하며 듣는 이아손을 보며 속으로 웃었다. 하지만 벨레로폰이 상처를 치료한 페가수스와 함께 떠나기 전에 켄타우로스는 참지 못하고 훈계를 했다. "그대는 자신이 한 일에 만족하는군요. 용감하고 수단이 좋았던 건 확실합니다. 하지만 모이라이와 신들의 뜻을 헤아리십시오. 오로지 자신의 힘으로 모든 걸 이루었다고 믿는 자에게는 어둠과 절망만이 기다리고 있지요. 그대와 불사의 말을 도와주신 신들께 정식으로 경의를 표하십시오. 신들이 없었다면 그대는 평범한 왕자에 불과했을 테니."

벨레로폰은 웃으며 이아손과 함께 눈을 굴리며 어깨를 으쓱했고, 이아손은 킥킥거렸다.

모험을 재개하여 이오바테스왕에게 돌아가는 벨레로폰과 페가수스를 향해 손을 흔들며 케이론은 고개를 저었다.

"배움을 얻지 못하는 게 젊은이들의 운명이지." 켄타우로스는 한숨을 쉬었다. "자만심과 확고한 자신감이 그들을 승리로 이끌지만, 그들을 추락시켜 끝장내는 것도 자만심과 확고한 자신감이거늘."

이아손에게는 그 말이 들리지 않았다. 그는 저 멀리 하늘에서 작은 점으로 사라지는 벨레로폰과 페가수스를 지켜보고 있었다. 케이론이 소년의 눈앞에서 손뼉을 쳤다.

"완전히 넋이 나갔군. 정신 차리고 말해보아라. 내가 페가수스에게 어떤 약초를 발라주더냐? 연고에 무슨 즙을 더해서 데우고 바르고 거품을 일으키더냐?"

그렇게 몇 년 동안 이아손은 최선을 다해 배우면서 늘 영웅이 되는 꿈을 꾸었다. 천마를 기대하는 건 무리겠지만, 그에게 불후의 명성을 가져다줄 무언가, 어떤 상징물, 짐승, 물건은 찾을 수 있지 않을까.

어느덧 건장하고 훤칠하니 잘생긴 미청년으로 성장한 이아손은 케이론의 펠리온산 동굴에서 이올코스로 내려갈 준비를 마쳤다.

"명심해라." 켄타우로스는 제자에게 주의를 주었다. "겸손해야 한다. 신들의 뜻을 어겨서는 안 돼. 싸울 때는 네가 하고 싶은 대로 하지 말고, 적이 제일 싫어할 것 같은 수를 쓰거라. 스스로를 다스리지 못하면 남들도 네 뜻대로 다스릴 수 없다. 자신의 한계를 아는 자만이 가장 귀한 것을 얻는 법. 남들을 이끌려면 모름지기……." 훈계에 훈계, 경고에 경고가 계속 이어졌다.

이아손은 고개를 끄덕이며 한 마디 한 마디 새겨듣는 척했다. 수년간의 훈련으로 키운 체격을 뽐내고 강조하기 위해, 그리고 기죽지 않기 위해 표범 가죽을 몸에 두르고서. 그의 기다란 황금빛 머리와 햇볕에 탄 근육, 이글거리는 두 눈은 맹렬하면서도 매력적인 인상을 풍겼다.

"걱정하지 마세요, 오랜 벗이여." 그는 케이론을 얼싸안으며 말했다. "자랑스러운 제자가 될게요."

"당연히 그럴 거야." 케이론은 눈물을 줄줄 흘리며 뒤에서 소리쳤다. "네가 네 자신을 자랑스러워하지만 않는다면."

길을 떠난 지 오래지 않아 이아손은 물살 빠른 아나우로스강에 도착했다. 강둑에서 어느 노쇠한 꼬부랑 할머니가 강을 어떻게 건너야 할지 몰라 갈팡질팡하고 있었다.

"안녕하세요. 제가 업어서 건네드릴 테니까 걱정 붙들어 매세요, 할머니." 생색을 내려고 한 말은 아니지만 그렇게 들렸다.

"아이고, 친절하기도 해라." 노파는 쌕쌕거리며 말하고는 놀랍도록 날래게 이아손의 등으로 휙 뛰어올라 손톱으로 그의 살을 세게 파고들었다.

이아손은 급류 속으로 걸어 들어갔고 노파는 그에게 매달려서 그의 귓가에 재잘거리고 그의 살을 꼬집었다. 그 손이 얼마나 매서운지 이아손은 얼얼하니 아파서 비틀거렸다. 두 바위 사이에 발이 끼어 거의 쓰러질 뻔했다. 강을 건너 수다스러운 짐짝을 내려놓을 수 있게 됐을 때 그는 샌들 한 짝을 잃어버렸다는 사실을 깨달았다. 뒤돌아보니 발이 끼었었던 바위틈에 샌들이 박혀 있었다. 신발을 가지러 가려는데 노파가 손으로 그를 긁어댔다.

"고마워요, 젊은이, 고마워. 어쩜 이렇게 마음이 고와. 복 받을 거야, 복."

이아손은 바위틈에서 빠져나온 샌들이 센 물살에 멀리 떠내려가는 모습을 지켜보았다.

하지만 노파의 감사 인사에 답하려고 밑을 내려다 봤더니 놀랍게도 그녀는 사라지고 없었다. 늙고 작은 몸치고는 정말 발이 빠르구나, 하고 그는 속으로 생각했다.

바로 눈치챈 사람도 있겠지만, 이 자그마한 몸의 노파는 사실 헤라였다. 평소에 즐겨 사용하는 둔갑술이었다. 천상의 왕비는 이아손이 헤라의 신전을 더럽힌 버르장머리 없고 괘씸한 바로 그 펠리아스로부터 왕국을 되찾기 위해 이올코스로 가는 중이라는 사실을 알고 있었다. 그래서 자기 원수의 원수가 그녀의 도움과 보호를 받을 자격이 있는지 확인하고 싶었다. 그리고 강에서 군말 없이 예의를 다한 이아손에게 합격점을 주었다. 이제부터 헤라는 있는 힘껏 그를 도와줄 생각이었다. 헤라클레스를 매 순간 방해하고 괴롭히지 못해 안달이었던 헤라가 이제는 매 순간 이아손을 인도하고 도와주려 하고 있었다. 헤라답게도 그 이유는 이아손이 좋아서가 아니라 펠리아스가 미워서였다.

표범 가죽, 곱슬곱슬한 머리칼, 울룩불룩한 근육. 이 황홀한 모습의 이아손이 시장으로 성큼성큼 걸어 들어오는 걸 보자마자 이올코스의 백성들은 그가 보통 인물이 아님을 알았다. 궁전의 사자들은 중요한 소식을 제일 처음 듣지 못하면 심기가 불편해지는 그들의 주군이자 왕인 펠리아스에게 달려갔다.

펠리아스는 중앙 홀에서 지도 테이블 앞에 앉아, 그의 아버지 포세이돈을 기리는 제전을 계획하고 있었다.

"이방인? 어떤 이방인? 어떻게 생겼더냐?" 펠리아스가 말했다.

"변방에서 왔습니다." 한 사자가 말했다.

"머리칼이 황금빛입니다, 전하." 또 다른 사자가 말했다.

"그리고 길어요. 등까지 내려옵니다." 세 번째 사자가 한숨지으며 말했다.

"사자 가죽을 입고 있어요."

"어, 실은 사자가 아니라 표범입니다."

"아니, 사자가 맞아."

"반점들이 있었잖아……."

"그래, 무늬는 있었지만 '반점'은 아니지. 사자는……."

"됐어!" 펠리아스가 그들의 말을 끊었다. "이 이방인은 덩치 큰 고양이의 가죽을 입고 있군. 좋아. 또 다른 건?"

"스라소니일 수도 있습니다."

"보브캣일지도 몰라요."

"보브캣이 스라소니잖아."

"그래? 서로 다른 줄 알았는데?"

"그만!" 펠리아스는 주먹으로 테이블을 쾅 내리쳤다. "키가 크더냐 작더냐, 피부가 까맣더냐 희더냐?"

"피부가 흽니다."

"키는 큽니다, 엄청."

"그리고 발을 접니다."

"아니, 정확히 말하면 절름발이는 아니지." 두 번째 사자가 말했다.

"절뚝거리면서 걷잖아, 이 친구야!" 첫 번째 사자가 되받아쳤다.

"그래, 하지만 자네가 눈치챘을지 모르겠는데, 샌들이 한 짝밖에 없으니까 한쪽으로 기우는 게 당연하지⋯⋯."

"뭐라?"

"네, 전하. 진짜로 절름발이는 아니고요, 몸이 한쪽으로 기울어서⋯⋯."

"네, 전하, 살짝 절뚝거린다고 할 수 있겠네요."

펠리아스는 두 번째 사자의 멱살을 잡았다. "그자가 샌들을 한 짝만 신고 있다고?"

"네, 전하." 사자는 시뻘게진 얼굴로 헐떡이며 답했다.

펠리아스는 그를 놓아주고 나머지 사자들에게 물었다. "너희도 보았느냐?"

그들은 고개를 끄덕였다.

펠리아스는 두려움에 심장이 조여왔다. 외짝 신만 신고 변방에서 온 이방인! 그놈이 무슨 짓을 할까? 하지만 손님을 공격하거나 가두면 제우스와 네펠레가 신성하게 여기는 환대의 계율을 어기게 될 터…….

네펠레! 그녀의 이름에 한 가지 묘수가 떠올랐다.

펠리아스가 시장으로 성큼성큼 가보니 이아손이 감탄 어린 눈으로 지켜보는 아이들에게 둘러싸여 분수 물을 마시고 있었다. 그래, 틀림없었다. 남자의 왼발은 아무것도 신지 않은 맨발이었다. 누구도 부인할 수 없는 적나라한 진실.

"어서 오시오, 나그네여!" 펠리아스는 정감 있으면서도 어느 정도 위엄 있게 들리기를 바라며 말했다. "우리 왕국에는 무슨 일로 오셨소?"

"틀림없는 '우리 왕국'이지요, 숙부님." 이아손의 대담한 답이었다. 그는 처음부터 단도직입적으로 나가기로 마음먹었다.

"숙부님?" 어머니 티로가 결혼을 여러 명과 한 덕에 펠리아스에게는 형제들, 누이들, 남자 조카들, 여자 조카들, 사촌들이 많았다. 하지만 외짝 샌들을 신은 이 이방인이 그 호칭을 쓰니 모골이 송연해졌다. 신탁은 샌들 한 짝을 신은 남자뿐만 아니라 혈족도 조심하라고 경고하지 않았던가.

"네, 티로의 아들 펠리아스 님." 이아손이 말했다. "나는 이아손입니다. 내 아버지는 이올코스의 선왕이신 크레테우스와 티로의 아들 아이손이지요. 이 왕국의 적법한 통치자, 아이손. 나는 내 유산을 찾으러 왔습니다. 숙부님이 왕위를 빼앗은 세월 동안 손에 넣은 것들. 모든 가축, 보물, 건물과 땅이 숙부님의 것이지요. 하지만 지금부터 왕국은 내 것이며, 숙부님은 갇혀 계신 내 부모님을 풀어줘야 할 겁니다."

"아." 펠리아스는 이아손의 어깨를 붙잡으며 말했다. "어서 오시게, 조카여. 마침 잘 왔군."

"그래요?"

"이 나라는 당연히 너의 것이지, 그렇고말고. 내가 대신 통치하고 있었지만 이제 네가 왔으니 기꺼이 물러나마. 다만……." 그는 약간 당혹스러운 표정으로 말을 끊었다.

"다만 뭡니까?" 이아손이 다그쳤다.

"다만 이 땅은…… 저주받았어!"

"저주받았다고요?"

"그래, 완전히 저주받았지. 그렇지 않은가, 백성들이여?"

희한한 옷차림을 한 인상적인 이방인을 구경하려고 주변에 모여들어 있던 이올코스 백성들은 펠리아스가 원하는 바를 곧장 눈치챘다. 그가 동조를 원하면 그렇게 해주는 편이 좋았다. 그것도 전심전력으로. 백성들은 말로든 몸짓으로든, 저주 얘기는 금시초문이라는 티를 전혀 내지 않았다. 그들은 단호하게 고개를 끄덕이며 열심히 동조했다.

"그럼요, 저주받았지요……."

"끔찍한 저주를."

"이 땅에 저주가."

"재앙, 저주가……."

"이 땅에."

"땅에? 그 정도가 아니라 완전히 나라를 뒤덮었지."

"대체 무슨 저주인데요?" 이아손이 물었다.

"아, 무슨 저주냐 하면." 펠리아스는 이렇게 영감이 넘쳤던 적이 없었다. 그의 머릿속에서 완벽한 계획이 세워지고 있었다. "너도 내 조카이자 네 사촌인 프릭소스, 너의 숙부인 아타마스와 구름의 신 네펠레 사이에서 태어난 그 아들을 알고 있겠지?"

"프릭소스를 모르는 사람이 어디 있어요?"

"프릭소스는 얼마 전 저 멀리 콜키스에서 세상을 떠났다. 그 순간부터 우리에게 저주가 내렸지."

"우리 땅에!" 한 시민이 말했다.

"재앙에 저주에 또 재앙이 우리 땅에 내렸지요." 또 다른 시민이 말했다.

"왜요?" 이아손이 물었다.

"나도 그게 궁금했어. 그래서 신탁을 구했지. 안 그런가, 백성들이여?" 펠리아스가 말했다.

"분명히 그러셨지요, 전하."

"아니라는 사람도 있나요? 거짓말쟁이네요!"

"똑똑히 기억합니다. 신탁을 구하셨지요, 분명히."

"완전히 구하셨지요."

"자, 자. 중요한 건." 펠리아스가 말을 이었다. "명명백백한 신탁이 내려왔다는 사실이지. 이 왕국이 평화와 번영을 찾으려면 왕이 콜키스로 가서 황금 양피를 여기 이올코스로 가져와 영원히 간직해야 한다. 신탁이 이렇게 천명했지. 안 그런가, 백성들이여?"

"백번 옳은 말씀입니다!"

"정확히 그랬지요. 토씨 하나 안 빼고 똑같아요."

"그리고 너는 네 말대로 이올코스의 적법한 왕이니, 이아손 바로 네가…… 황금 양피를 가져와서 저주를 풀어줘야지. 그렇지 않은가?"

"백번 지당하십니다, 전하!" 백성들은 외쳤다. 자신들이 무엇을 찬양하고 무엇에 동의하고 있는지는 몰라도 펠리아스의 눈에 의기양양하고 흡족한 빛이 보이니 그것만으로도 환호성을 지를 만했다.

펠리아스는 자신이 묘수를 떠올렸다며 자화자찬하고 있었지만, 사실 이 모든 것은 헤라의 작품이었다. 헤라는 신의 능력을 조금만 빌려주면 이아손이 영웅의 기질을 발휘해 그녀의 두 가지 소망을 동시에 이뤄줄 거라고 믿었다. 파렴치하게 그녀의 신전을 더럽힌 야만적인 펠리아스를 권좌에서 몰아내고, 황금 양피를 그리스 본토로 가져와 헤라 자신만을 모시는 근사한 새 성소를 지을 수 있으리라. 황금 숫양의 주인인 네펠레가 헤라를 쏙 빼닮은 그녀의 대역이었고, 음탕한 익시온의 마수로부터 헤라를 구해줬다는 사실을 잊지 말라. 그래서 천상의 왕비는 자신이 성스럽게 여기는 그 숫양의 양피가 문명 세계의 저 동쪽 끝 아레스의 숲에 묶여 있는 것이 영 마음에 들지 않았다.

헤라는 그녀를 위해 싸워줄 전사들을 신중히 선택했다. 이렇게 위험하고 획기적인 원정을 떠나려고 할 인간이 얼마나 될까. 잠을 자지도 눈을 감지도 않는 사나운 뱀이 황금 양피를 지키고 있다고 했다. 수년이 지난 지금 아이에테스왕과 병사들이 더 철통같은 방비를 하고 있을 터였다. 거기다 뱃길로 떠나야 하는데, 그토록 위험한 바다를 그토록 오래 여행한 이는 아직 없었다.

하지만 이아손은 태평스럽고 겁이 없는 데다, 케이론이 제자의 매력적인 장점이자 덜 매력적인 결점으로 인지했던 극도의 자신감이 있었다. 그리고 어렸을 적 케이론의 동굴을 찾아온 벨레로폰과 페가수스를 본 후로 쭉 이아손은 자신의 패기와 영웅적인 기질을 증명할 모험과 원정을 꿈꿔왔다.

"황금 양피요?" 이아손은 활짝 웃었다. "정말 멋진 생각이네요, 숙부님. 그렇게 하지요."

아르고호

지도를 보면 아이올리아의 이올코스에서 흑해 연안의 콜키스까지가 얼마나 먼 거리인지 알 수 있다. 하지만 항해를 유례없이 위험하게 만드는 천연적이거나 인위적인 장애물까지 자세히 표시되어 있지는 않다.

이아손에게 제일 먼저 필요한 것은 여정에 적합한, 튼튼하고 장비가 잘 갖춰진 선박이었다. 그는 배를 만들 목공으로 아르고스*를 택했고, 그가 지은 독특한 배는 그를 기리는 뜻에서 아르고호라고 불렸다. 헤라와 마찬가지로 이아손의 원정을 지지한 아테나가 아르고스의 선박 건조를 도왔다고 한다. 아르고호는 평범한 갤

---

* 헤라가 공작으로 만들어준 아르고스 파노프테스가 아니라 아르고스 사람인 아르고스다. 그의 아버지 다나오스는 아르고스의 왕으로, 아폴로도로스에 따르면 최초로 항해를 떠난 배의 주인이었다.

리선처럼 노 젓는 자리가 있었지만, 이전의 항해선과 달리 돛대가 한 개 이상이고 돛과 밧줄의 배치가 아주 복잡하면서 독창적이었다. 아테나는 도도나의 신성한 숲에서 참나무(페르세우스에게 말을 걸어서 그가 그라이아이를 찾을 수 있게 도와준 그 참나무들)를 베어 왔다. 이 나무로 뱃머리를 만들었는데, 예언하고 말할 줄 아는 여성(헤라라는 설도 있다)의 머리 모양으로 조각되었다. 인간 예언자 한 명도 배를 탔다. 아폴론의 아들 이드몬은 자신이 황금 양피 원정으로 명성을 얻지만 모험 초반에 죽으리라는 사실을 알면서도 함께 가기로 했다.†

아르고스가 키잡이로 임명한 티피스는 자신의 친척인 아우게이아스(훗날 지저분한 축사로 유명해진다)와 사모스섬의 왕이자 숙련된 키잡이인 안카이오스도 데려왔다. 아테나는 티피스와 안카이오스에게 돛을 사용해 아르고호의 속도를 높이는 방법을 가르쳤다. 아테나가 내적인 속삭임으로 그들에게 영감을 주었는지, 아니면 직접 그들 앞에 모습을 드러냈는지는 정확히 알 수 없다. 티피스는 노 젓는 자리에 가죽 쿠션을 더하는 아이디어도 냈다. 안락함을 위해서가 아니라, 앉아서 노를 저을 때 앞뒤로 미끄러지게 하기 위해서였다. 이렇게 하면 등뿐만 아니라 다리의 힘까지 더해져 더 강하게 노를 저을 수 있다. 이때는 아무도 몰랐지만, 이 획기적인 방식이 원정에 큰 도움을 준다.

그 사이 이아손은 소식을 퍼뜨렸다. 새로운 종류의 항해, 전례

---

† 앞으로 보겠지만, 이드몬은 정말 원정 중에 죽었다. 하지만 예언자로서의 명성도 얻었다. 수천 년이 지난 지금 내가 그의 이야기를 이렇게 쓰고 있으니 말이다.

없이 큰 규모의 원정이 준비 중이라는 소문이 그리스 본토와 섬들에 퍼져 나갔다. 이아손은 영웅들에게 배의 선원이 되어 영원한 영광이 될 모험에 동참해달라고 요청했다. 아르고호의 선원 아르고나우타이Argonautai의 임무는 이아손의 지휘 아래 콜키스까지 항해해서 황금 양피를 그리스 본토로 가져오는 것이었다.

처음에는 지원자들이 찔끔찔끔 찾아오더니 곧 파도처럼 밀려들었다. 소수의, 그다음엔 수십 명의, 그다음엔 수많은 후보들이 자신의 이름을 빛내고 가문을 번창시킬 모험에 참여하고자 하는 간절한 마음을 품고 이올코스로 왔다. 백성들은 이아손의 용기와 자신감에 노골적으로 감탄을 표하고, 펠리아스의 그 어린 조카를 벌써부터 이올코스의 왕으로 여기는 듯했다. 그에 펠리아스가 소외감을 느끼거나 부아가 치밀었을 법도 하지만 그는 현명하게 감정을 감추었다. 오히려 원정을 야단스럽게 지원하고, 아르고호에서 한 자리를 차지하기 위해 이올코스로 몰려든 모든 이들을 후하게 대접했다. 그러는 내내 그는 자살 행위나 마찬가지인 원정에서 이아손이 살아 돌아와 왕위를 요구할 일은 없을 거라는 행복한 믿음에 젖어 있었다.

후세에 전해져 내려오는 원정대 명단에는 이름만 올랐을 뿐 별다른 공적이 없는 사람들도 많지만* 그리스에서 가장 유명한 인

---

* 아테네, 스파르타, 코린토스, 테베를 비롯한 고대 그리스 전역의 수많은 명문가들이 아르고호 원정대원의 후손임을 주장했다고 한다. 수대에 걸쳐 시인들과 역사가들은 재력과 권세가 있는 가문들에게 돈을 받고 원정의 '확정적인' 기술에 그들의 조상을 끼워주었다. 보편적으로 인정되는 단 하나의 권위 있는 아르고호 원정대 명단이 없는 것도 이런 연유 때문이다.

물들, 이미 유명했거나 원정 후에 더 유명해진 영웅들도 있다. 예를 들어 필로스의 네스토르 같은 영웅들. 그는 살아남아 트로이 전쟁에서 그리스군 지도부의 귀중한 고문이 되었고, 이 덕분에 길이길이 현명한 조언자의 대명사가 된다.

아이기나의 펠레우스(이아손의 사악한 숙부인 이올코스의 펠리아스와 헷갈리면 안 된다)는 형제인 텔라몬과 함께 원정에 자원했다. 형제는 각각 영웅의 아버지가 된다. 텔라몬의 아들들은 트로이 전쟁에서 중요한 역할을 하는 전설적인 궁수 테우크로스와 대大 아이아스이다. 펠레우스가 바다의 님프 테티스와 결혼하여 낳은 자식들 중에 유일하게 살아남은 아킬레우스는 아마도 가장 위대하고 완벽한 영웅일 것이다.†

자식들의 운명 같은 건 아직 모르고 한창 혈기 넘치는 나이인 펠레우스와 텔라몬은 모험을 찾아 이올코스로 오면서, 당대 최고의 천하장사 헤라클레스를 데려왔다. 과업을 수행 중이던 헤라클레스는 사랑하는 시동 힐라스와 함께였다. 이 멋진 2인조에 헤라클레스의 처남 폴리페모스‡가 합류했다.

오이네우스의 아들 멜레아그로스도 있었다. 그는 나중에 아르고호 원정대원의 다수가 참여할 칼리돈의 멧돼지 사냥에서 주역으로 활약한다.§ 멜레아그로스의 사촌들인 카스토르와 폴리데우

---

† 하긴 완벽한 영웅은 없다.

‡ 오디세우스가 트로이 전쟁 후 고향으로 돌아갈 때 마주치는 동명의 키클롭스와 혼동해서는 안 된다. 이 폴리페모스는 헤라클레스의 이부동생 라오노메와 결혼했다. 그는 라피테스족으로, 테세우스와 페이리토오스를 도와 켄타우로스들을 무찔렀다. 테세우스 편을 참고하라.

§ 아탈란타 편을 참고하라.

케스(디오스쿠로이)도 승선 명단에 일반적으로 포함되고, 또 다른 형제 칼라이스와 제테스도 마찬가지다. 북풍의 신 보레아스의 두 아들인 그들은 흔히 보레아다이로 불리며, 아버지의 피를 이어받아 하늘을 나는 능력을 갖고 있었다.

사냥꾼으로 이름을 날리던 아탈란타(훗날 그녀는 멜레아그로스와 아주 밀접하게 엮인다)도 원정대에 지원했지만, 배에 여자가 타면 불운이 깃들 거라 여긴 이아손에게 거부당했다고 한다.* 이런 노골적인 차별은 거슬리지만, 이아손이 음악가에게 한 자리를 내어준 건 진정 그리스 영웅다운 선택이었다. 가장 위대한 가수이자 시인, 작곡가인 오르페우스가 환영받으며 배에 올랐다. 모든 것을 홀려놓는 리라의 마력은 원정에서 큰 역할을 한다.

라피테스족의 왕 페이리토오스도 있었다.† 그에게는 원정에 합류할 특별한 이유가 있었다. 그는 흑심을 품고 헤라에게 함부로 손을 대려다가 네펠레라는 존재를 세상에 만들어내고 애초에 황금 숫양이 프릭소스와 헬레를 태우고 콜키스로 날아가게 만든 장본인인 익시온의 아들이었다. 여기서 다른 두 명도 언급할 만하다. 헤라클레스의 모험과 트로이 전쟁에서 결정적인 역할을 하는 필록테테스, 그리고 포세이돈의 아들로 물 위를 걸어 다니는 에우페모스. 아르고호에 오른 총인원은 대략 쉰 명으로, 펜테콘테로스‡

---

* 아탈란타가 항해와 그 부수적인 모험들에 의욕적으로 임했다고 전하는 자료들도 있지만, 나와 대부분의 신화 기록가들이 주로 참고하는 아폴로니오스 로디오스의 『아르고호 이야기(*Argonautica*)』에는 아탈란타가 거절당했다고 나와 있다.

† 그가 테세우스와 함께였다는 설도 있지만, 그러면 이아손 편의 결말이 보여주듯 시간 관계가 엉망이 되어버린다.

‡ 50개의 노가 달린 갤리형의 그리스 선박.—옮긴이

에 들어맞는 수였다.

어이쿠! 참 많기도 하다. 수많은 왕과 왕비, 수많은 남신과 여신과 소신의 후예들인 영웅들과 인물들. 여러 면에서 아르고호 원정은 서사시처럼 장엄한 트로이 전쟁, 그리고 그에 뒤이은 오디세우스의 모험과 아트레우스 가문의 몰락§의 최종 리허설쯤으로 볼 수도 있다. 올림포스 신들의 간섭과 보호와 원한, 영웅들의 배신과 이타적인 희생, 비바람과 악의와 위험과 배신에 맞선 전사들의 재치와 간계, 소름 끼치는 잔인성, 인내와 끈기, 믿음과 투지. 이 모두는 전설적인 트로이 전쟁뿐만 아니라 아르고호 원정의 특징이기도 하다.

렘노스섬

펠리아스와 이올코스 시민들은 항구에 모여 아르고호의 출항을 찬양하고 축복했다. 염소들이 사제들의 칼 아래에서 괴성을 질러 대고, 불에 탄 그들의 살이 신들에게까지 연기를 피워 올렸다. 꽃이 흩뿌려지고 곡식이 물에 뿌려졌다. 풀려난 비둘기 떼가 하늘로 날아오르고, 어린이 합창단이 노래를 부르고, 개들이 짖고 싸우고 짝을 지었다. 아르고호에 몰래 올라타 웃던 청년들은 숨어 있던 곳에서 끌려 나와, 부둣가에서 술에 취해 함성을 지르는 친구들의

---

§ 그 시작과 끝에서 디오스쿠로이의 누이들인 스파르타의 헬레네와 아가멤논의 아내 클리타임네스트라가 결정적인 역할을 한다.

품속으로 내던져졌다. 펠리아스가 죄를 뉘우친 척하고 풀어준 이아손의 부모 아이손과 알키메데는 뿌듯하면서도 난처한 기분으로 부둣가에 서서 손을 흔들었다. 그들의 어린 아들 프로마코스가 너무 어려 배에 타지 못하고 발을 동동 구르며 흐느껴 울었다.

"조금만 더 있으면 나도 열세 살인데! 충분히 배를 탈 수 있단 말이에요."

이아손은 동생의 머리카락을 헝클어뜨리며 이렇게 말했다. "내가 돌아오면 다음 항해에 데려가 줄게. 그때까지는 어머니와 아버지를 잘 돌봐드리는 게 네가 할 일이야. 우리 가족 모두 이올코스에서 무사히 지냈으면 좋겠거든."

이 말은 훗날 이아손의 뇌리를 계속 맴돌게 된다.

오르페우스가 뱃머리에 서서 리라로 찬가를 연주하기 시작하자 엄숙한 정적이 흘렀다. 칼라이스와 제테스 형제가 그들의 아버지 북풍 보레아스와 모든 바람의 책임자 아이올로스에게 청을 올렸다.

이아손은 빛나는 아침 햇살을 받아 활활 불타오르는 듯한 머리칼을 휘날리며 손을 허리에 짚고 앞 갑판에 서서, 밧줄을 풀어 던지고 돛을 펼치라는 명령을 내렸다. 군중 속에 있던 세 여자가 황홀경에 빠져 까무러쳤다. 갑판 선원들이 밧줄을 끌어당겨 아르고호의 쌍돛대에서 돛이 주르르 펴지며 바람을 받자 사람들은 헉하고 숨을 몰아쉬었다. 이아손이 휙 뛰어내리며 티피스에게 닻을 끌어 올리고 밧줄을 풀라고 소리치자 사람들은 환호했다.

아르고호는 마치 물을 마시려 고개를 숙이는 것처럼 살짝 뒷질을 하다가 똑바로 서서 고요히 앞으로 돌진했고, 뱃머리의 색칠된

조각상에서 흰 파도가 일었다. 지금까지 이런 배는 없었다. 좌우로 흔들리지도, 한쪽으로 기우뚱거리지도, 바닥이 삐걱거리지도 않았다. 이리도 안정적이고 이리도 튼튼하며, 이리도 날렵하고 꼿꼿하고 직진밖에 모르는 배라니.

이올코스 시민들은 아르고호가 수평선에 찍힌 점으로밖에 보이지 않을 때까지 눈을 떼지 못했다. 펠리아스는 가마에 올라탄 뒤, 이제 부둣가에 둘만 남아 팔짱을 끼고 서 있는 아이손과 알키메데를 힐끔 돌아보았다.

"늙어서 썩어 문드러질 때까지 기다려보라지." 그는 중얼거렸다. "너희의 귀한 아들놈은 돌아오지 않을 테니."

펠리아스는 아르고호가 부닥칠 위험을 잘 알고 있었다. 그는 턱수염을 어루만졌다. "놈들이 제일 먼저 어디에 정박할까? 렘노스가 적당할 텐데. 그래, 렘노스섬이면 좋겠군."

그의 악의적인 희망은 이루어졌다. 렘노스섬의 미리나가 이아손이 계획한 첫 기항지였기 때문이다. 아르고호는 별 사고 없이 이올코스에서 동쪽으로 항해했다. 아르고호는 기대 이상이었다. 이토록 튼튼하고 식량을 넉넉히 채운 배가 바다로 떠난 적은 없었다. 사기가 드높았다. 배의 앞머리에 이는 파도에서 돌고래들이 껑충 뛰어오르고, 저 높이 하늘에서는 길조인 흰꼬리수리들이 울어댔다. 오르페우스의 음악과 역사상 최고의 원정대라는 자각이 그들의 기운을 북돋아주었다.

"한 시간이면 렘노스섬에 도착하겠습니다, 선장님." 티피스가 가늘게 뜬 눈으로 해를 올려다보고 계산하며 이아손에게 말했다.

"모여보세요, 여러분." 이아손이 명령했다. "렘노스섬에 대해 모르는 분들은 잘 들으세요." 그의 스승 케이론이 세상의 모든 부족과 민족, 지방, 섬, 왕국의 역사와 관습을 끈기 있게 가르칠 때 그 기나긴 수업을 대부분 집중해 들었던 보람이 있었다. "여러분 대부분은 어린 시절 들어서 알고 있겠지만, 렘노스섬은 헤파이스토스 님이 아기일 때 어머니인 천상의 왕비 손에 올림포스산에서 내동댕이쳐진 후 자란 곳입니다." 이아손은 오른손을 입술에 댔다가 하늘로 들어 올려 그의 수호신 헤라에게 인사했다. "하지만 그 후로 렘노스섬은 거친 풍파를 겪었습니다. 그 섬에는 남자가 한 명도 없어요, 여자들뿐이죠."

원정대원들은 환호하고 웃으며 노골적인 기쁨을 표출했다.

"네, 네. 하지만 잘 들으세요. 수세대 전, 그 섬의 여자들이 아프로디테 님을 무시하기 시작했어요. 아프로디테 님이 자신을 모욕하는 자들을 어떻게 처리하는지는 다들 잘 아실 겁니다. 아무리 그래도 렘노스섬의 여자들에게 좀 심하셨지요. 그 사람들이 고약하고 역겨운 악취를 풍기게 만들어버린 겁니다. 그 근처에 얼씬도 못 하게 된 섬의 남자들은 본토로 가서 트라키아의 여자들을 데려왔습니다. 렘노스섬의 아내들은 이를 용납하지 못하고 침대에 있는 남자들을 한 명씩 죽였고, 그래서 결국 섬에는 여자들만 남은 겁니다. 그들의 여왕은 힙시필레인데, 배가 들어가면 내가 그녀에게 입항을 부탁할 때까지 기다려주십시오. 그래야 우리가 환영받을 수 있어요."

"그 여자들은 지금도 악취가 납니까?"

"어떨까요?" 이아손은 뱃머리의 조각상에게 물었다.

선수상은 헤라와 닮았지만, 말본새는 그 재료로 쓰인 도도나의 말하는 참나무와 더 비슷했다.

"나한테 묻는 것인가?"

"렘노스의 여인들이오. 그들은 지금도 더러운 악취를 풍기고 있습니까?"

"그건 가봐야 알지, 안 그래?"

그들이 작은 항구에 들어가자 딱히 어떤 향도 풍기지 않는 굳은 표정의 여자들이 이아손과 대원들을 맞았다. 이아손을 따뜻하고 정중하게 맞은 힙시필레 여왕도 그저 우호적으로 반길 뿐이었다. 원정대는 남자들 앞에서도 즐거운 기색뿐인 여인들을 보며 아프로디테의 저주가 풀렸거니 했다.

"여기서 머무릅시다." 티피스는 얼굴을 붉히며 방긋 웃는 렘노스섬 주민 두 명에게 벌써 팔을 두른 채 말했다.

힙시필레의 미모에 홀딱 반한 이아손은 기꺼이 찬성했다. 아르고호 원정대는 여왕이 이아손의 두 아들 에우네오스와 토아스(렘노스섬 남자들을 몰살할 때 힙시필레가 남몰래 살려둔 아버지의 이름을 땄다)를 낳을 만큼 오래 머물렀다.

"내 아버지를 나무 궤에 숨겨서 바다로 떠나보냈답니다." 힙시필레가 이아손에게 털어놓았다. "그 후 듣기로는, 아버지가 잘 살고 계신다고 하더군요.* 다른 여자들한테는 말하지 말아요. 나를 용서하지 않을 테니까."

"그런 자비를 베풀다니 그대답군요." 이아손은 다정하게 말했

---

* 힙시필레의 아버지 토아스는 크림반도의 타우리스로 가서 트로이 전쟁의 여파와 아가멤논 가문의 험난한 운명에 얽힌다.

다. 자비라는 말은 어울리지 않을지도 모른다. 힙시필레는 섬의 다른 남자들이 잠든 사이 몰살되도록 내버려두었지만, 사랑의 포로가 되어버린 이아손은 자기 마음속에 자리 잡은 힙시필레의 완벽한 이미지를 망치고 싶지 않았다. 그는 영원한 정절을 맹세했고 그때는 진심이었다. 첫사랑이 다 그렇지 않은가.

또 한 해가 흘렀다. 그러던 어느 날, 다들 장난과 간음에 빠져 있을 때 여기에 전혀 끼지 않고 지내던 헤라클레스가 이아손을 찾아갔다.*

"황금 양피를 찾아야 할 때 아닙니까." 헤라클레스는 툴툴댔다. "발정 난 사슴들처럼 날뛸 게 아니라."

"네." 이아손이 말했다. "네. 맞는 말씀입니다."

작별 인사는 괴로웠다.

"나도 데려가요." 힙시필레가 간청했다.

"내 사랑, 우리 배에 '여자 승선 금지' 규칙이 있다는 걸 그대도 알잖아요."

"그럼 쌍둥이를 데려가요. 여기는 자랄 곳이 못 돼요. 보고 배울 남자들이 있어야지요."

"'아이 승선 금지' 규칙도 엄격해서……."

이아손과 원정대는 어렵사리 섬을 빠져나갔고, 렘노스섬에서 멀어지기도 전에 이아손은 오로지 앞날만 생각하고 있었다. 시야에서 사라지는 순간 힙시필레와 쌍둥이 아들들은 그의 머릿속에

---

* 그의 후손들인 헤라클레이다이의 엄청난 숫자가 증명해주듯 자기 씨를 마구 뿌리고 다니던 헤라클레스답지 않은 처사였다. 이 시기에는 오로지 힐라스만 그의 눈에 들어온 모양이다.

서 지워져 버렸다.

한편 섬에서는 반란과 복수의 기운이 감돌아 그 소문이 힙시필레의 귀에까지 들어갔다. 그녀가 아버지를 살려준 사실을 이아손이 몇몇 동료들에게 누설했을지도 모른다. 그 동료들 중 한두 명이 섬에서 어울리고 있던 여자들에게 발설했을지도 모른다. 이제 힙시필레를 지켜줄 사람도 없겠다, 렘노스의 여자들은 그들을 배반한 여왕을 언제라도 갈기갈기 찢어발길 준비가 되어 있었다. 힙시필레는 쌍둥이 아들 에우네오스와 토아스를 데리고 섬에서 도망쳤다. 그들은 곧 해적에게 붙잡혀 네메아†의 왕 리쿠르고스에게 노예로 팔려갔다. 에우네오스는 훗날 렘노스섬으로 돌아가 그곳을 다스린다. 그의 치세 동안 섬은 트로이 전쟁에 작지만 중요한 역할을 한다. 그 뒤 제1차 세계대전 시기에 섬은 갈리폴리 상륙작전의 발판이 된다.

돌리오네스족

아르고호는 계속 물살을 가르며 다르다넬스 해협을 지나 오늘날 우리가 마르마라해라고 부르는 프로폰티스까지 갔다. 아시아 지역에서는 돌리오네스족의 해안 왕국으로 가서 젊은 왕 키지코스와 왕비 클레이테의 후한 환대를 받았다.

---

† 헤라클레스가 첫 번째 과업으로 무시무시한 사자를 해치웠던 왕국.

그들이 밤 연회의 피로를 풀고 있을 때 이웃의 거인 부족*이 아르고호를 공격했다. 땅에서 태어난 팔 여섯 달린 거대한 괴물들이었다. 여기서 헤라클레스는 자신의 역량을 마음껏 발휘하여, 아르고호 원정대원들 중에서도 특히 강한 자들을 이끌고 나가 그들과 맞섰다. 싸움이 끝났을 때 거인들은 몰살되어 있었다.

키지코스와 클레이테는 수세대에 걸쳐 왕국을 침략해온 약탈자들에게서 해방된 것을 크게 기뻐하며 이아손에게 더 즐기다 가라고 설득했다. 이아손은 렘노스섬에서 허비한 시간을 떠올리며, 유감이지만 떠나야 한다며 사양했다.

출발한 날 밤에 아르고호는 거대한 폭풍우를 만나 해안으로 다시 떠밀려갔다. 하지만 천지가 깜깜해 원정대원들도 돌리오네스족도 서로를 알아보지 못해 맹렬한 전투가 벌어졌다. 헤라클레스를 아군으로 둔 원정대가 패배할 가능성은 거의 없었고, 오래지 않아 친절한 키지코스왕을 포함한 대부분의 돌리오네스족이 시체로 땅에 나뒹굴었다. 날이 새자 클레이테 왕비가 제일 먼저 궁을 나왔다. 이아손이 본의 아니게 죽여버린 남편의 시체를 본 그녀는 침실로 달려가 스스로 목을 매어 죽었다.

---

* 아르고호를 공격한 부족을 흔히 게게네이스(Gegeneis)라고 부르지만, 거인을 뜻하는 또 다른 단어일 뿐이다. '자이갠틱(gigantic, 거대한)'과 같은 어원을 갖고 있다. '진(genes, 유전자)', '제너시스(genesis, 기원)', '제너레이션(generation, 세대)'에서처럼 '-geneis'는 '출생' 혹은 '태어난'이라는 뜻을 지니고 있다. 'Ge-'는 '지아그러피(geography, 지리)'와 '지알러지(geology, 지리학)'의 'geo-'와 같으며, 대지 '가이아(Gaia)'에서 유래한다. 지금이야 '자이언트(giant, 거인)', '자이갠틱', '게게네이스' 같은 단어들을 크기와 관련해서 사용하고 '자이갠틱'에서 따온 '기가(giga)'도 '거대한'이라는 뜻이지만, 원래 '땅에서 태어난' 혹은 '땅속에 사는'이라는 의미이다.

아침이 밝아 자신들이 저지른 짓을 깨달은 원정대원들은 등골이 오싹해졌다. 그들은 시체를 묻고 신들에게 속죄의 제물을 바친 뒤 무거운 마음으로 돌리오네스족의 왕국을 떠났다.

"내 생각에." 이아손은 선수상과 예언자 이드몬에게 말했다. "우리는 아무 경고도 못 받은 것 같은데요."

"안 물어봤잖소." 이드몬이 말했다.

"폭풍우가 휘몰아치고 배보다도 높은 파도가 바람에 날리는 이파리들처럼 우리를 흔들어대는데 무슨 정신으로 물어보겠어요?"

"목소리를 높였으면 됐잖아?" 선수상이 말했다.

"지금 우리가 어디로 가고 있는 겁니까? 이 정도는 말해줄 수 있겠지요."

"트라키아로 가고 있습니다." 이드몬과 선수상이 우물쭈물하고 있는 사이 티피스가 말했다.

지금의 불가리아에 해당하는 트라키아의 남부 해안은 프로폰티스의 북쪽 해안선을 이루고 있었다. 그 지역은 아레스의 아들 트락스의 사납고 호전적인 후손들이 사는 곳으로 유명했다.

"우리가 각별히 조심해야 할 것이 있을까요?" 이아손이 물었다.

"모든 에이치(H)를 조심해." 선수상이 말했다.

"에이치라니요?"

"하르피이아이Harpyiai, 힐라스Hylas, 헤라클레스Heracles." 이드몬이 설명했다.†

---

† 물론 엄밀히 말하면 그리스어에는 에이치 발음이 없다. 'h'는 독립적인 음가 없이 거센소리, 즉 기음(氣音)을 나타낼 뿐이다.

"그자들이 왜요?"

이드몬과 선수상은 더 이상 입을 열지 않았다.

힐라스가 사라지다

대부분은 돛에 바람을 받아 항해했지만, 가끔 바람이 그치면 노를 저었다. 그러니까, 헤라클레스가 노를 저었다는 뜻이다. 그 혼자서 다른 원정대원 전원의 몫을 거뜬히 해냈다. 그가 요구한 것은 물과 과일, 이마를 닦아주고 응원의 말을 해줄 사랑하는 힐라스뿐이었다.

폭풍우 때문에 돌리오네스족의 땅으로 떠밀려가 참극이 벌어진 후 쥐 죽은 듯 흐르고 있던 정적 속에 그의 힘이 필요했다. 미시아 해안을 끼고 돌면서 헤라클레스는 길게, 힘차게 노를 저었다. 짜증이 나서 혹은 슬퍼서 평소보다 더 사납게 노질을 했는지 갑자기 노가 부러지고 말았다. 배에는 대신할 만한 노가 없었다. 다른 노들은 그에게 연필이나 마찬가지였다. 그는 소나무의 가지를 떼어내고 날 대신에 거대한 쇠삽을 달아 사용하고 있었다. 삽은 멀쩡했지만 자루는 손을 쓸 수 없을 정도로 쪼개져버렸다. 결국 배를 세우고 헤라클레스와 힐라스가 새 나무를 찾기로 했다. 두 사람은 배에서 뛰어내려 물살을 헤치며 해변으로 갔고, 헤라클레스의 친구이자 처남인 폴리페모스도 그들의 뒤를 따랐다.

"너는 저쪽으로 가보거라, 나는 이쪽으로 갈 테니." 헤라클레스는 모래언덕 너머를 가리키며 힐라스에게 말했다. 힐라스는 고개를 끄덕이고 저 너머에 있는 숲으로 사라졌다.

헤라클레스는 곧 완벽한 나무를 발견했다. 그 나무를 끌어안아 위로 힘껏 들어 올렸다. 나무는 뿌리째 뽑혀 나왔다. 헤라클레스는 보초병의 창처럼 나무를 어깨에 기대어놓고는 휘파람을 불어 힐라스에게 신호를 보냈다.

해변으로 성큼성큼 돌아가며 다시 소리쳤다. "됐어, 힐라스. 내가 완벽한 나무를 찾았어."

그는 힐라스를 기다렸지만, 폴리페모스만 얼떨떨한 표정으로 나타났다.

"이상하네. 비명 같은 소리가 들리던데." 그가 말했다.

"어디서?"

폴리페모스가 숲 쪽을 가리켰다.

헤라클레스는 나무를 떨어뜨리고, 폴리페모스와 함께 소리를 지르며 숲속으로 뛰어 들어갔다.

헤라클레스는 덤불과 나무를 뿌리째 뽑고, 바위를 뒤집고, 풀을 치워봤지만, 힐라스의 흔적은 어디에도 없었다. 폴리페모스도 그의 이름을 외치며 뒤따라갔다.

그들은 수색 범위를 넓혔다. 숲 너머에 들판과 도랑이 있었고, 몸을 숨길 만한 곳은 거의 없었다. 힐라스가 없었다. 힐라스가 사라졌다.

헤라클레스는 해안으로 돌아가 바위 사이의 웅덩이와 동굴을 필사적으로 샅샅이 뒤졌다.

"이상하군, 수 킬로미터 내에 들짐승도 없는데. 이해가 안 돼. 그 아이가 날 떠날 리 없어, 절대." 헤라클레스가 말했다.

"딱하게 됐군. 비극이야. 자, 콜키스에 도착하면 힐라스를 위해서 큰 황소를 제물로 바치자고." 폴리페모스가 말했다.

"난 여기 남겠어. 그 아이를 찾기 전까지는 안 떠나."

"하지만 배에 타야 할 것 아닌가. 티피스 말로는 바람이 불기 시작할 거라는데. 그 바람을 타고 갈 거야."

"기다려주겠지." 헤라클레스는 근육만큼이나 고집도 여간 센 것이 아니었다.

그날 저녁 티피스는 돛을 올렸고 아르고호는 떠났다. 이아손도 아르고호에 탄 그 누구도, 헤라클레스와 힐라스, 폴리페모스가 아직 돌아오지 않았다는 사실을 떠올리지 못했다.

바다로 한참 나가고 나서야 그들의 부재를 깨달았다. 이아손과 많은 이들은 당장 돌아가자고 했다.

"아니, 안 됩니다." 칼라이스가 말했다.

"그자들이 알아서 할 일이지요." 제테스가 말했다.

"꼭 돌아가야지요!" 원정대원들 가운데 헤라클레스와 가장 가까운 텔라몬이 말했다. "헤라클레스 없이 어떻게 황금 양피를 얻습니까? 저런 자들이 열 명 있는 것보다 헤라클레스 한 명이 더……." 그는 칼라이스와 제테스를 깔보듯 손가락으로 가리켰다.

"아, 그래요? 우리 아버지한테 또 바람을 보내달라고 청해볼까요?" 제테스가 말했다.

"이 배를 산산조각 내버릴 바람을?"

"그럼 누가 얼마만 한 값어치를 하는지 알 수 있겠지요."

"배를 위험에 빠뜨리시겠다?" 텔라몬이 칼라이스의 멱살을 잡았다. "이건 하극상이야. 자네를 배 밖으로 던져버려야겠군."

"나야 멀리 날아가 버리면 그만이죠. 그럼 당신만 바보가 되겠지요?" 제테스가 말했다.

"그만들 좀 하세요!" 이아손이 끼어들었다.

바로 그때 바닷물이 휙 치솟아 그들 모두 발이 떨어지다시피 붕 떠올랐다. 파도에서 바다의 신 글라우코스가 떠올랐다. 그는 본래 보이오티아의 어부였는데, 죽은 물고기를 되살리는 약초를 발견해 먹었다가 신의 위치로 올랐다. 약초로 불사의 삶을 얻는 대신 지느러미와 물고기 꼬리가 생겼다. 이제 그는 위험에 처한 뱃사람들에게 길잡이이자 구조자, 친구가 되어주고 있었다.

"아르고호는 돌아가지 말지어다!" 그가 명했다. "에우리스테우스왕에게 돌아가 과제를 완수하는 것이 헤라클레스의 숙명이니. 그 무엇도 이를 방해해서는 안 된다.* 폴리페모스 역시 앞으로 이루어야 할 일이 있나니. 그는 키오스라는 도시를 세울 것이다. 이 모두 하늘의 뜻이니라."

글라우코스는 지느러미 달린 팔을 흔들고 따개비들이 붙은 머리를 한 번 까딱인 후 파도 아래로 사라졌다.

"안타깝지만." 이아손은 진심으로 애석해하며 텔라몬에게 말했다. "피할 수 없는 운명이라면 순종할 수밖에요. 우리는 돌아갈 수 없어요."

텔라몬은 고개를 끄덕였다. 칼라이스와 제테스의 얼굴에서 저

---

* 고대로부터 전해져 오는 아르고호 원정 이야기 중에 가장 완전한 형태를 갖춘 『아르고호 이야기』에서 3세기의 그리스 시인 아폴로니오스 로디오스가 설명하는 바에 따르면 그렇다. 다른 문헌들에서는 헤라클레스가 과업을 완수한 후 이아손의 원정대에 합류한다.

의기양양하고 고소해하는 웃음을 지워버리고 싶은 충동이 일었지만 화목한 분위기를 깨지 않기 위해 꾹 참았다.*

헤라클레스는 사랑하는 힐라스를 끝내 찾지 못했다. 몇 달 동안 샅샅이 뒤지고도 아무런 성과를 얻지 못한 그는 에우리스테우스에게서 다음 과업을 받기 위해 그리스 본토로 향하는 슬픈 귀향길에 올랐다. 하지만 그전에 미시아 주민들에게 힐라스를 계속 찾으라는 지시를 내렸다. 그렇게 하지 않으면 꼭 돌아와서 복수하겠다는 약속과 함께. 그들이 수색을 멈추지 않도록 헤라클레스는 미시아 귀족 가문들의 아들 여럿을 인질로 데려갔다.

글라우코스의 예언대로 폴리페모스는 힐라스가 실종된 곳에서 그리 멀지 않은 비티니아 해안에 키오스를 세웠다.† 그 후 아르고호 원정대에 다시 합류하려다 죽어서 흑해의 남부 해안에 묻혔고, 그의 무덤에는 흰색 기둥이 세워졌다.

그나저나 힐라스는 어떻게 됐을까? 그는 헤라클레스와 헤어져 숲속으로 들어가고 나서 얼마 후 물웅덩이를 발견하고 무릎을 꿇고 물을 마셨다. 나르키소스와 달리 그는 물에 비친 자신의 모습과 사랑에 빠지지 않았다.‡ 대신, 웅덩이에 있던 물의 님프들이 미

---

* 이 원한은 결국 풀리기는 했다. 텔라몬은 원정에서 돌아가는 길에 친구 헤라클레스에게 쌍둥이 형제가 그와 폴리페모스를 데리러 돌아가지 말고 항해를 계속하자고 고집을 피웠던 사실을 알려주었다. 이 모욕을 절대 잊지 않고 있던 헤라클레스는 티노스섬에서 우연히 만난 쌍둥이를 망설임 없이 죽였다. 그러고 나서 그들의 무덤 자리에 두 개의 기둥을 세웠는데, 그들의 아버지인 북풍이 불 때마다 기둥이 흔들렸다고 한다.

† 키오스는 고대 실크로드를 연결하는 중요한 도시였지만, 지금은 폐허로 남아 있다.

‡ 『스티븐 프라이의 그리스 신화』 1권을 참고하라.

소년에게 홀딱 반하고 말았다. 그들은 수면으로 떠올라 노래를 불러 그를 유혹했고 결국 물속으로 꾀어 들였다.§

아르고호가 바닷물을 가르며 쭉쭉 나아가는 동안 선수상은 거드름을 피우며 이아손에게 한마디 건넸다.

"그러게 내가 에이치를 조심하라고 했잖아. 다음은 하르피이아이 차례야."

하르피이아이

아르고호 원정대는 트라키아 해안에 배를 세워두고¶ 식량을 찾으러 뭍으로 올라갔다. 오래지 않아 비쩍 마르고 눈먼 노인이 그들 앞을 가로막고 섰다.

"거기 누구냐?" 노인은 지팡이를 휘휘 저으며 소리쳤다. 행색은 초라해도 거동은 매섭고 고압적이었다.

"이올코스의 이아손과 그 동료들입니다. 죄송하지만, 길을 좀 비켜주시지요."

"아!" 노인은 간절하게 소리쳤다. "자네가 올 줄 알았네! 자네 일행 중에 북풍의 아들들도 있나?"

---

§ 많은 화가들이 이 이야기를 소재로 삼아 그렸는데, 그중에서도 후기 라파엘전파 화가(말이 되는 소리인가 모르겠다만) J. W. 워터하우스의 작품이 가장 유명하다.
¶ 아폴로니오스 로디오스의 이야기에서는 원정대가 베브리케스족 왕국의 아시아 방면 해안에 처음 정박하며, 그곳에서 폴리데우케스가 왕국의 왕자이자 권투 챔피언인 아미코스와 시합을 벌여 그를 꺾는다.

칼라이스와 제테스가 앞으로 나섰다. "당신은 누구신데 그걸 묻습니까?"

"피네우스, 왕이라네."*

"트라키아의 왕입니까?"

"그대들이 있는 곳은 살미데소스, 내가 다스리고 있지."

"전하에 대해 들은 적이 있습니다. 아들들의 눈을 뽑았다가 그 벌로 맹인이 되었다지요." 이아손이 말했다.

"아니, 그게 아니야! 그건 나의 첫 아내가 퍼뜨린 거짓말일세. 우리 모두의 아버지이신 제우스 님이 내게 예언 능력을 주시고 내 시력을 가져가셨지."

"왜요?"

"내가 아무한테나 앞일을 마구 알려준다고 생각하셨던 거지. 하지만 제우스 님이 나를 위해 준비해두신 게 또 있다네. 자, 저거 보이나?"

피네우스는 손을 덜덜 떨며 지팡이로 어느 돌 탁자를 가리켰다. 그 위에 빵과 과일, 연기에 그을린 고기가 차려져 있었지만, 전부 진흙 같은 것이 튀어 있었다.

"으윽! 냄새 한번 고약하네." 탁자에 가까이 갔던 칼라이스와 제테스가 소리쳤다.

"놈들이 싼 똥이라네. 그것도 모자라 내가 먹으려고 하는 건 죄 다 낚아채 가버리고 남은 음식에는 똥을 싸지." 피네우스가 말

---

* 당연한 얘기지만, 페르세우스에게 당해 돌이 되어버린 이집트의 피네우스와는 다른 사람이다.

했다.

"놈들이라니요? '놈들'이 누군데요?" 이아손이 물었다.

"하르피아이. 날개 달린 두 여자 괴물.† 여자? 듣기로, 얼굴은 여자인데 새의 날개와 발톱을 가졌다지. 인간 독수리인 셈이야. 음식이 내 앞에 차려져 있어도 먹으려고 하기만 하면 놈들이 꽥꽥 비명을 지르면서 날아와 똥을 싸버린다니까. 내가 입에 물고 있던 음식을 낚아채고 낄낄 괴성을 지르면서 날아가 버리지. 이런 상황에서 안 미치고 버티기가 얼마나 힘들겠는가. 하지만 나는 정신을 잘 붙들고 있었지. 구원받으리라는 걸 알았으니까. 하늘을 나는 보레아다이가 와서 이 저주를 풀어주리라는 걸 알았거든."

칼라이스와 제테스는 불편한 듯 자세를 바꾸어 섰다. "아니, 영감님. 우리더러 그 괴물들을 처치해달라는 소리예요?" 칼라이스가 말했다.

"만약 제우스 님이 그들을 보냈다면 우리가 끼어드는 걸 별로 안 좋아하실 텐데요. 전하의 일은 안타깝게 생각합니다, 진심으로요, 하지만 구름을 불러 모으는 자, 폭풍우의 왕의 심기를 건드리고 싶지는 않아요. 무슨 일이 있어도." 제테스가 말했다.

"아니, 아니라니까!" 피네우스는 만지기만 하면 제테스가 마음을 바꾸기라도 할 것처럼, 달달 떨리는 손을 그에게로 쑥 뻗으며 말했다. "나를 도와준다고 벌 받을 일은 없네. 내 장담하지. 내가 다 봤거든. 그대들이 나를 하르피아이에게서 해방시켜주는 것

---

† 그들의 이름은 아엘로(폭풍우)와 오키페테(날랜 비상)이다. 호메로스는 또 다른 자매 포다르게(쏜살같은 발, 디오메데스의 암말들 중 한 마리와 똑같은 이름이다)도 언급한다. 하르피아(하르피아이의 단수형) 자체는 '약탈자'라는 뜻이다.

이 하늘의 뜻이고, 그대들은 그렇게 할 거야. 그리고 그렇게 해주면." 그는 조금 교활한 미소를 지으며 덧붙였다. "여정을 무사히 이어나갈 수 있는 유일한 방법을 내가 일러주지. 그대들 앞에는 끔찍한 난관들이 놓여 있어. 그걸 이겨내지 못하면 콜키스까지 가지 못할 걸세. 아니, 그대들 모두 죽겠지."

"무슨 난관이요?" 이아손이 다그쳐 물었다.

"내 도움이 없으면 배가 박살 나고 배에 탄 모든 이들이 죽을 거라고만 얘기해두지."

이아손이 칼라이스와 제테스를 보며 말했다. "어때요? 두 사람이 결정해요."

쌍둥이 형제는 서로 눈짓을 주고받고는 고개를 끄덕였다. "하죠, 뭐."

티피스와 두 선원이 돌 탁자를 닦는 사이에 또 다른 형제들인 텔라몬과 펠레우스, 그리고 쌍둥이 카스토르와 폴리데우케스는 음식을 구하러 떠났다. 그들은 무화과와 올리브, 사과를 여러 바구니 들고 돌아와, 아르고호에 있던 빵과 훈제 생선과 함께 담았다. 돌 탁자에 식욕을 돋우는 음식이 푸짐하게 쌓였다. 이아손이 피네우스를 진수성찬 앞에 앉히자, 원정대원들은 구경하기 좋은 자리로 물러나고, 칼라이와 제테스는 탁자 근처의 나무 뒤에 숨었다. 사방이 잠잠해지고 덫이 완성되자 칼라이스는 낮게 휘파람을 불었다. 피네우스는 손을 뻗어 무화과를 한 알 집었다. 무화과가 입까지 절반도 못 가서 미치광이가 내지르는 것 같은 비명 소리와 함께 하르피아이가 구름에서 휙 날아 내려왔다. 한 명은 피네우스의 손가락에서 무화과를 낚아채어 게걸스레 먹어치웠다. 다른 한 명은 거대한 발톱으로 과일 한 무더기를 집으면서, 나머지 음식에다 똥을 쌌다. 무화과를 먹어치운 하르피이아이도 음식을 약탈하고 더럽히는 데 동참했다.*

칼라이스와 제테스도 무시무시한 소리를 내지르며 숨어 있던 곳에서 튀어 나갔다. 빙빙 회전하며 허공으로 뛰어들어 아버지가 보내준 거센 바람을 탔다. 하르피이아이는 용서할 수 없을 정도로 추한 인간 얼굴로 두 눈을 휘둥그레 뜨고 충격에 빠져 비명을 지르면서 음식과 똥을 온 사방에 뿌려댔다.

나머지 원정대원들도 밖으로 뛰쳐나와, 하르피이아이가 쫓기면서 하늘을 가로질러 사라지는 모습을 지켜보았다.

나중에 두 형제는 이아손에게 막상막하의 추격전이었다고 전했다. 겁에 질린 하르피이아이는 있는 힘껏 날개를 퍼덕거려 서쪽으로 훨훨 날아갔다. 쌍둥이 형제는 빠른 기류를 타고 뒤쫓아 가다 떠 있는 섬들† 근처에서 드디어 그들을 따라잡았다. 그 약탈자들을 막 잡으려는 순간 갑자기 하늘에 밝은 빛깔의 포물선이 나타나더니 무지개의 신 이리스의 목소리가 들렸다.‡

---

* 바닷가 마을에서 갈매기들의 행동을 관찰해본 사람이라면 하르피이아이의 이야기가 갈매기에게서 영감을 얻은 건 아닐까 하는 의문이 들 것이다. 갈매기는 아이들이 먹고 있는 아이스크림을 낚아채고 산책로와 해안에 똥칠을 해놓는다.

† 그리스 본토의 서쪽에 있는 이오니아 제도, 즉 헵타네소스의 일곱 섬 중 두 곳인 스탐파니와 아르피아. 스트로파데스(두 섬의 통칭)는 지금까지도 새들의 중요한 서식지이다.

‡ 헤르메스와 마찬가지로 이리스도 신들의 전령이었다. 그녀의 다채로운 성질 때문에 눈의 홍채(iris)에 그녀의 이름이 붙었고, 물 위에 뜬 휘발유처럼 영롱한 빛을 무지갯빛(iridescence)이라 부르게 되었다. 하르피이아이처럼 그녀도 티탄 신족 엘렉트라의 딸이다.

"그들을 놓아주어라, 보레아다이여, 내 자매들을 내버려 둬. 제우스 님이 그들을 보내셨으니 그분만이 그들의 운명을 결정할 수 있다. 앞으로는 내 자매들이 피네우스를 괴롭히지 않을 테니 그만 놓아주어라."

이리하여 쌍둥이 형제는 그냥 돌아왔다. 이를 기리는 뜻에서 떠 있는 섬들은 지금까지도 '돌아가는 섬들', 즉 스트로파데스라 불린다.

쌍둥이의 아버지 보레아스가 그들을 살미데소스로 다시 데려와 탁자 옆에 살며시 내려놓았을 땐 더럽혀졌던 음식들은 말끔히 치워지고 피네우스가 신선한 음식을 열심히 집어삼키고 있었다.

"그럼." 하르피이아이가 더 이상 피네우스를 괴롭히지 않으리라는 이리스의 약속을 들은 이아손이 말했다. "우리가 콜키스에 도착하려면 극복해야 한다는 '난관'이라는 게……."

"그래, 그렇지." 피네우스는 턱으로 무화과 즙을 뚝뚝 흘리며 고개를 끄덕였다. "프로폰티스에서 에욱시네해(흑해)로 들어가는 길은 하나밖에 없네. 심플레가데스, 그러니까 '충돌하는 바위들' 사이의 좁은 해협을 지나가야 하지."

"그건 우리도 알아요." 이아손은 짜증스럽게 말했다. "네스토르, 당신이 세운 계획을 말해줘요."

네스토르가 말했다. "바위 사이로 난 그 해협을 지나가려다가는 배가 박살 나버릴 겁니다. 배가 지나가기만 하면 바위들이 알아채고 서로 부딪쳐서 모조리 뭉개버리니까요. 그래서, 내 계획은 아르고스와 티피스가 조수들과 함께 아르고호를 분해하면 우리가 포르폰티스의 동쪽 해안에서 에욱시네해의 서쪽 해안까지 육로로 배를 옮기는 겁니다. 이렇게 하면 심플레가데스를 완전히 둘러갈 수 있지요."

피네우스는 과일과 빵을 마구 튀기며 비웃었다. "둘러간다고? 거참, 속 편한 소리 하시네. 둘러간다니. 그 땅, 자네들이 해협을 둘러서 간다는 그 땅에는 도적들이 득시글거린다네. 놈들 중에는 반인반수들도 있어. 놈들은 덤불에 숨어서 화살을 쏘고 자네들이 부상으로 죽을 때까지 기다리지. 자네들은 놈들을 절대 보지 못할 걸세. 근육질의 영웅들이 있다 해도 그런 아둔한 짓을 하느니 집으로 돌아가는 게 나아. 놈들이 자네들 중 열 명만 잡아도 어떻게 되겠나. 배에 꼭 필요한 열 조각이 없어지는 거야. 이건 어떻게 해결하려고?"

네스토르는 턱을 문질렀다. "일리가 있는데요, 이아손. 내 전략은 어설퍼요, 아주."

"좋아요. 어떻게 하면 되는지 그대는 아시겠지요. 말씀해주세요, 만물을 꿰뚫어 보시는 피네우스 님." 이아손이 말했다.

원정대원들은 노인이 한입 가득 문 빵을 다 먹을 때까지 기다렸다. 마침내 그는 빵을 삼키고 소매로 입을 닦은 후 말하기 시작했다.

충돌하는 바위

원정대가 아르고호에 식량을 다 실었을 때쯤 피네우스는 살이 쪘고 훨씬 더 건방지고 견딜 수 없는 인간이 되어 있었다.

"자네의 앞날이 보이는군." 그는 원정대원들 한 명 한 명에게 말했다. "아. 맙소사, 끔찍하잖아. 이런, 이런, 내가 틀렸기를 바라는 수밖에."

"왜 제우스 님이 저 인산의 눈을 빼앗으셨을까요." 카스토르가 이아손에게 말했다. "혀를 뽑아버리셨어야지."

"우리의 미래를 말해주든가 아니면 그냥 입 다물어요." 이아손이 말했다.

"오, 나는 말 못 해주지. 그 역겨운 하르피아이가 또 오면 어쩌라고. 그런데 암울하단 말이야." 그는 키득거리며 덧붙였다. "참 암울해."

드디어 대원들이 배에 오르고 출발할 시간이 왔다.

아르고호는 동쪽으로 항해했고 곧 프로폰티스와 에욱시네해를 연결하는 좁은 해협에 도착했다. 제우스 때문에 암소로 변하고 헤라가 보낸 쇠파리에게 괴롭힘을 당했던 이오도 바로 이 물길을 지나갔다.* 그래서 이 좁은 통로에 '암소가 건너간 바다', 즉 보스포루스라는 이름이 붙었다.

원정대 앞에 거대한 바위 두 개가 어렴풋이 보이기 시작했다. 암벽처럼 거대한 두 바위가 서로 마주 보며 미동 없이 서 있었다. 바위는 경탄할 만큼 아름다운 푸른색을 띠고 있었다.† 이 바위들

---

* 『스티븐 프라이의 그리스 신화』 1권을 참고하라.
† 이 때문에 하늘빛 바위(Cyanean Rocks)라 부르기도 한다. 물론 논란의 여지가 있는 골치 아픈 문제가 있다. 과연 그리스인들은 정말 푸른색을 봤을까? 푸른색을 뜻하는 단어가 있었을까? 아니, 푸른색이 뭔지 알기나 했을까? 호메로스는 종종 바다

이 움직인다니, 불가능해 보였다.

이아손이 앞 간판에 서서 말했다.

"오르페우스, 비둘기 데리고 있어요?"

"내가 데리고 있어요." 오르페우스는 두 손을 살며시 오므린 채 이아손을 지나 뱃머리의 맨 끝까지 가서 섰다.

"나머지 분들은 노를 드세요. 티피스, 바위들을 깨우지 말고 최대한 가까이 가요."

모든 대원들이 자기 자리로 가서 대기했다.

티피스가 아르고호를 바위에 최대한 가까이 대자 이아손이 팔을 내렸다. 오르페우스가 두 손을 펼치자 그 안에서 비둘기가 획 튀어나가 하늘로 날아올라 해협으로 갔다.

삐걱거리는 소리가 천지에 진동하더니 바위들이 흔들리며 밑동 위에서 움직였다. 바위 턱과 둥지에 있던 갈매기들이 깜짝 놀라 울부짖으며 날아올랐다. 비둘기가 바위 사이의 틈을 4분의 1 정도 건너갔을 때 바위들이 놀라운 속도로 함께 움직이기 시작했다. 절반 정도 갔을 때 통로는 빠르게 좁아지고 있었다. 비둘기는 투지 있게 계속 날아갔다. 이아손은 손으로 눈 위를 가린 채, 햇살

를 오이노프스 폰토스, '포도주처럼 보이는 바다'로 칭했다. '오이노프스'는 보통 '짙은 포도주색'으로 번역된다. 윌리엄 글래드스턴은 영국 총리로 일하는 와중에도 시간을 내어 호메로스에 대한 책을 썼는데, 여기에는 그리스인들과 색깔에 대한 최초의 진지한 연구가 담겨 있다. 이는 학문적 언어학에서 재개된 사피어 워프 가설(언어가 인간의 사고를 규정한다고 주장하는 가설—옮긴이) 논쟁에서 최근 흥미로운 요소로 다시 부상했다. 관심이 있다면 기 도이처의 『그곳은 소, 와인, 바다가 모두 빨갛다 (Through the Language Glass: Why the World Looks Different in Other Languages)』를 읽어 보기 바란다.

과 저 너머 펼쳐진 바다를 향해 힘겹게 나아가는 비둘기를 지켜보았다.

피네우스는 비둘기가 해협 위를 날아가는 속도가 힘차게 노를 저을 때 갤리선이 나가는 속도와 비슷하다고 말했다. 그러니 비둘기가 바위들에 끼어 찌부러신다면 아르고호도 무사히 지나갈 가능성이 없었다.

두 바위 사이의 틈으로 실눈 같은 빛만 남았을 때 비둘기가 보이지 않았다. 쾅 하는 굉음과 함께 바위들이 충돌하고 아르고호가 요동쳤다. 이아손이 할 수 있는 일이라곤 앞 간판에 똑바로 서 있는 것뿐이었다.

다시 사방이 고요하게 안정되자 오르페우스가 리라를 들어 현을 퉁겼다. 그는 여느 때와 다름없이 큰 소리로 노래 부르며, 피네우스에게서 해협을 무사히 통과하는 비결을 들은 후 그가 계속 훈련해온 비둘기를 부르고 또 불렀다.

원정대원들은 노에 기대어 하늘을 살폈다. 비둘기는 흔적도 보이지 않았다.

이제 바위들이 떨어지기 시작하면서 그 사이로 물이 다시 빨려 들어갔다.

"준비!" 티피스가 소리 질렀다. "뒤로 저어."

그들은 배가 바위 사이로 끌려 들어가지 않도록 물살과 반대 방향으로 힘차게 노를 밀었다. 바위들은 어느새 원래 자리로 돌아가 위풍당당하고 고요히 우뚝 서 있었다. 언제 움직이기나 했냐는 듯이.

여전히 오르페우스의 노래가 울려 퍼지고 있었다.

"저기 봐요!" 페이리토오스가 손가락으로 허공을 찌르며 외쳤다.

비둘기가 날아오더니 오르페우스가 쭉 뻗은 손바닥에 내려앉아 의기양양하게 꾸르르 울며 낟알을 쪼아 먹었다. 오르페우스는 비둘기를 쓰다듬으며 칭찬했고, 원정대원들은 모두 환호를 질렀다.

"봐요!" 오르페우스가 새를 높이 들어 올리며 말했다. "꼬리가 없어졌어요."

정말 그랬다. 깔끔한 부채 모양의 꼬리가 있어야 할 곳에 너덜너덜하게 찢어진 깃털들이 한 줄로 남아 있었다. 이아손은 고개를 돌려 원정대원들에게 소리쳤다.

"이는 곧 아슬아슬할 거라는 뜻입니다. 아주 아슬아슬하겠지요. 여러분의 목숨이 달린 것처럼 노를 저으세요. 정말 목숨이 걸린 일이니까요. 이렇게 생각해보세요. 여러분이 가장 원하는 것이 저 반대편에 있다고요. 사랑, 명예, 부, 평화, 영광. 여러분이 꿈꿔온 것이 저곳에 있습니다. 여러분이 느리면 그것은 영원히 사라질 것이고, 있는 힘을 다하면 그곳에 닿을 수 있어요." 이아손은 뛰어내려 하나 남아 있는 노를 집어 들었다.

"노 올려!" 그는 노 자루를 꽉 붙잡고 비틀어 날을 바닷물로 향했다.

동료 대원들도 그를 따라 했다.

"준비됐습니까?"

"네!"

"준비됐어요?"

"네!"

"준비됐어요?"

"네! 네! 네!"

"그럼 저어요, 친구들, 저어요!"

우렁찬 함성을 내지르며 그들은 노를 저었고 아르고호는 앞으로 쭉쭉 나아갔다. 갤리선이 이렇게 빠른 속도로 물살을 가른 적은 한 번도 없었다. 모든 대원들이 가죽 방석에 앉은 채 몸을 앞뒤로 미끄러뜨리며 힘껏 노를 저었다. 오르페우스는 예외였다. 예술가인 그의 강점은 다른 곳에 있었다. 그는 키잡이를 제외하면 아르고호가 나아가는 방향을 바라보고 있는 유일한 대원이었고 그래서 동료들을 격려할 수 있었다. 그는 양옆에 있는 나무 궤들을 북처럼 둥둥 두드리며 노 젓는 박자를 주도했다.

"영차!" 오르페우스가 외쳤다. "영차, 영차, 영차!"

바위들이 마구 흔들리며 삐걱거리는 굉음이 울렸다.

이제 시작이군, 이아손은 생각했다. 바위들이 움직이고 있어. 이젠 돌이킬 수 없어. 통과하려면 힘차게 노를 젓는 수밖에.

4분의 1 정도 지났을 때 오르페우스는 성공을 예감했다. 저 앞에 펼쳐진 대해가 보였고, 바위들은 닫히고 있기는 했지만 이 대결에서 질 것처럼 보였다.

"영차, 영차, 영차!"

하지만 바위들이 더 빨리 움직이는 것 같았다. 이아손과 대원들은 암벽들이 솟아오르면서 점점 더 높아지고 가까워지는 것을 느꼈다. 선명하게 보이던 프로폰티스가 시야에서 사라지기 시작했다.

배가 나아가는 방향을 보고 있던 오르페우스는 더 이상 성공을 확신할 수 없었다. 절반 정도 지났을 때 그는 주먹에 불붙은 것 같은 느낌이 들 때까지 나무 궤들을 세차게 더 많이 두드렸다.

"영차, 영차, 영차, 영차!"

이제 암벽이 그들 위로 우뚝 솟아올라 있었다. 아이가 손으로 철썩 때리는 파리처럼 그들도 짓뭉개질까? 그렇게 애를 썼는데. 그렇게 계획을 세우고 기도를 올렸건만. 다 헛된 짓이었을까? 이아손은 폐가 터질 것 같고 등과 허벅지가 타는 듯 화끈거렸다.

"좋아!" 오르페우스가 소리를 질렀다. "좋아, 좋아, 좋아! 성공할 수 있어! 더 빨리, 더 빨리, 더 빨리. 젖 먹던 힘까지 쏟아부어. 젓고, 젓고, 저어! 저으라고, 이 자식들아, 저어!"

이제 바위들이 바로 옆까지 왔다. 바위틈에서 자라는 녹색 수초들까지 보였다. 으스스한 어둠이 점점 몰려들고…… 어느 순간 햇살이 이아손과 배 전체에 확 비쳐 들었다. 성공이다! 바위들이 요란하게 부딪치며 닫혔지만 그래도 대원들은 계속 노를 저었고 파도가 출렁이며 배를 쑥 올렸다가 멀리 내던졌다.

이아손은 일어나서 한바탕 야만스러운 환호를 터뜨렸다. 주위의 다른 대원들도 그랬다. 에우페모스는 손가락으로 바위를 가리켰다.

"저기 봐요!"

왼편의 바위에 금이 가기 시작했다. 오른쪽 바위는 늘 그렇듯 원래 자리로 미끄러져 돌아가고 있었지만, 그 이웃(동반자? 애인?)은 바스러지고 산산이 부서져 돌덩이들이 물속으로 우르르 쏟아져 내렸다.

그 후 심플레가데스는 다시는 충돌하지 않았다. 아시아와 유럽을 가르는 보스포루스 해협은 지금도 여전히 좁지만, 그 사건 후에는 모든 배들에게 길을 열어주었다.

원정대원들은 승리의 기쁨에 심신의 피로도 싹 잊었다.

"우리가 해냈어!"

"헤라클레스도 없이!"

멜레아그로스가 뱃고물을 가리켰다. "저기 좀 봐요! 우리도 꼬리를 잃었어요!"

정말 그랬다. 두 바위가 마지막으로 쾅 부딪치면서 그 사이를 지나가는 아르고호의 선미재를 잘라내 버렸다. 그야말로 아슬아슬한 성공이었다.

원정대원들이 배를 멈추고 고물을 수리하는 사이 선수상이 소리쳤다.

"선미재를 제대로 고치도록 하라, 이아손이여. 그러지 않으면 언젠가 후회할 테니. 아득히 먼 미래의 어느 날 후회하리라."

멜레아그로스와 페이리토오스가 오르페우스에게 다가갔다.

"'저으라고, 이 자식들아, 저어'?"

오르페우스는 경계하는 눈빛으로 두 사람을 보며 말했다. "나는 그저 사기를 북돋아주려고……. 바위들이 빠르게 닫히고 있었답니다."

"'자식들'? 우리가 본때를 보여줍시다, 페이리토오스."

멜레아그로스가 오르페우스의 두 팔을, 페이리토오스는 그의 두 다리를 잡았다.

"이거 놓으시오, 놓으라고!"

"영차, 영차, 영차!" 페이리토오스는 오르페우스의 몸을 좌우로 흔들면서 그의 서정적인 테너 목소리를 제법 잘 흉내 내며 외쳤다.

마지막 '영차'와 함께, 반항하던 음악가는 바다로 휙 던져졌다. 원정대원들은 배 너머로 몸을 구부려, 물속에서 첨벙거리는 그를 보며 환호성을 질렀다.

"개자식들 같으니!" 오르페우스는 헐떡거리며 외쳤다.

"돌고래를 위해서 노래 한 곡 뽑아봐요, 아리온처럼!"*

조정 경기에서 우승한 팀의 선수들이 키잡이를 물에 빠뜨리는 전통은 이렇게 시작되어 오늘날까지도 이어지고 있다.

죽음, 날카로운 깃털들, 프릭시데스

아르고호는 동쪽으로 항해했다. 처음의 도취감이 가라앉자 원정대원들은 지치기 시작했다. 선미재가 망가지는 바람에 아르고스는 새 노를 만드느라 고생해야 했다.

이번에도 이아손은 케이론에게 치료술을 배운 덕을 보았다.† 대원들의 손에 생긴 물집과 쓸려서 따끔거리는 엉덩이에 바를 연고를 준비하고, 꿀과 물로 희석한 포도주도 마시도록 허락했다. 오르페우스는 담요를 어깨에 두르고서 요란하게 재채기를 해댔다.

---

* '아리온과 돌고래' 이야기는 『스티븐 프라이의 그리스 신화』 1권에 담겨 있다.
† 이아손이라는 이름은 실제로 '치유자'라는 뜻이다.

에욱시네해는 그 낙관적인 이름에 걸맞은 곳이었다. 콜키스로 향하는 아르고호를 가로막는 해적도, 바다 괴물도, 고약한 돌풍도 없었다. 하지만 도중에 몇 번 정박한 곳들에서 불행한 사건들이 일어났다. 먼저, 마리안디니아 왕국에서는 예언자 이드몬이 처음부터 스스로 예견하고 있던 최후를 맞았다. 숲속을 지나고 있을 때 멧돼지 한 마리가 덤불에서 튀어나와 엄니로 그를 들이받았다. 펠레우스가 야수에게 창을 꽂았지만, 이드몬은 상처를 극복하지 못하고 세상을 떠났다. 그곳에서 죽은 이는 이드몬만이 아니었다. 티피스도 열병에 걸려 죽었다. 그를 대신해 사모스섬의 안카이오스가 아르고호의 키잡이가 되었다. 원정대원들은 두 사람의 장례식을 치른 후 슬픔에 잠긴 채 마리안디니아를 떠났다.

새로운 키잡이 안카이오스는 여름이라 그나마 다행이라고 말했다. 동쪽의 맨 끝에 있는 이런 지역은 겨울이 아주 혹독할 수 있다고 말이다.* 항해를 계속하다가 아마존족이 다스리는 땅을 지날 때 갑자기 위로부터 공격을 받았다. 야생 새들이 깃털들을 떨어뜨린 것이다. 하지만 원정대원들은 그게 그냥 평범한 깃털이 아니라는 사실을 금세 알아챘다. 깃촉은 청동이요, 깃가지는 면도날처럼 날카로워서 마치 화살들이 쏟아지는 것 같았다. 원정대는 방패 밑으로 몸을 숨겨야 했다. 이번에는 오르페우스의 노래도 아무런 도움이 되지 않았다. 오히려 새들의 화를 북돋아 더 공격을 퍼붓게 만드는 듯했다.

"저놈들한테 소리를 질러봅시다." 필록테테스가 제안했다. 그

---

* 2014년 동계 올림픽이 열린 소치에서 그리 멀지 않은 곳이다.

스티븐 프라이의 그리스 신화: 영웅 이야기

들이 우우 고함을 치고 비명을 지르며 검으로 방패를 마구 후려치자, 마침내 새들은 멀리 날아갔다.

"대체 그놈들은 뭐였을까요?"

"글쎄요." 이아손이 말했다.† "어쨌든 이 섬에 잠시 머물면서 깃털에 상한 돛이나 밧줄이 없나 살펴봐야겠습니다."

지금 그들이 닻을 내린 섬은 아레오네소스, 즉 '아레스의 섬'이었다. 아마존족이 가끔 그들의 아버지인 전쟁의 신에게 참배를 드리러 오는 작은 신전이 있었기 때문에 그렇게 불렸다. 새들이 화살처럼 쏘아낸 깃털에도 아르고호는 큰 피해를 입지 않은 듯했고, 이아손과 네스토르가 그곳에서 밤을 보낼지 항해를 강행할지 의논하고 있을 때 네 명의 청년이 다가와 자신들을 소개했다. 그들은 프릭시데스, 즉 프릭소스의 네 아들인 아르고스,‡ 키티소로스, 프론티스, 멜라스였다. 기억할지 모르겠지만, 프릭소스는 네펠레와 아타마스의 아들로 누이 헬레와 함께 황금 숫양에게 구조되었다. 이아손과 아르고호 원정대는 바로 그 숫양의 양피를 그리스로 가져가려 이 먼 곳까지 온 것이다.

"그런데 왜 그대들이 여기 있는 거죠?" 이아손이 물었다.

"우리 배가 난파를 당했답니다. 외할아버지가 우리를 반역 도모자로 몰았거든요." 멜라스가 말했다.

"사실이 아니에요!"

"순 거짓말이지……."

---

† 헤라클레스가 스팀팔리아 호수에서 여섯 번째 과업을 수행하던 중 아테나의 방울을 흔들어 쫓아냈던 바로 그 새들이라는 설도 있다.

‡ 아르고호를 만든 아르고스와 혼동해서는 안 된다.

"우린 억울하다고요."

"잠깐만! 그대들의 외할아버지가요?" 이아손이 말했다.

형제들은 설명했다. 프릭소스는 콜키스에 도착해 황금 숫양을 제물로 바치고 양피를 아이에테스왕에게 준 다음 아이에테스의 딸 칼키오페와 결혼했다. 그녀가 형제들의 어머니이니, 그들에게 아이에테스는 외할아버지였다.

"외할아버지가 그대들을 쫓아냈다고요?"

"쫓아내요? 우리를 죽이려고 했어요!"

"우리는 붙잡히기 전에 배로 탈출했지요."

"그리스에 계신 할아버지 아타마스를 찾아가 우리의 운을 시험 해보려고 했답니다."

"그런데 배가 난파되는 바람에……."

"여기까지 흘러왔는데……."

"여기서 죽을 줄 알았더니……."

"여러분이 오셨지요……."

"그나저나 여러분은 누구신지요?"

네 형제의 아버지가 콜키스로 가져갔던 바로 그 양피를 찾으 러 가고 있는 원정대라는 이아손의 설명에 그들의 눈이 휘둥그레 졌다.

"모이라이의 뜻이군요." 프론티스가 말했다.

"분명해."

이아손이 말했다. "저도 그분들의 손길이 느껴지는군요. 우리와 함께 콜키스로 돌아갑시다. 우리가 아이에테스로부터 여러분을 지켜드리겠습니다. 우리를 그대들의 아버지 프릭소스 님에게 소개해주십시오. 양피는 그분의 것이니까요. 양피를 그리스로 도로 가져갈 수 있게 허락해주시겠지요?"

"그게 좀 곤란하게 됐군요." 키티소로스가 말했다.

"아버지는 지난해에 돌아가셨습니다."

이렇게 네 명의 신입 대원을 태우고 아르고호는 아레스의 섬을 떠나 마침내 파시스강의 어귀에 있는 파시스 항에 도착했다.* 이아손은 강 상류의 내륙 어딘가에 콜키스의 수도 아이아†가 있다는 걸 알고 있었다. 그리고 콜키스의 어딘가에서 황금 양피가 나무에 매달린 채 그들을 기다리고 있었다.

"여기서 내려야 할까요?" 이아손은 아이에테스의 네 손자에게 물었다. "아니면 계속 올라가도 안전할까요?"

"아무 문제 없습니다." 그들이 답했다. "아이아로 들어가는 선박들이 많아요."

아르고호의 흘수선이 얕고 파시스강이 멀리 떨어진 수원지 캅카스산맥을 향해 완만하게 경사진 덕에 먼 상류까지 올라갈 수 있었다.

강을 따라 올라가는 동안 아이에테스의 네 손자가 이아손에게 콜키스의 상황을 알려주었다.

"외할아버지는 모진 사람입니다. 외할아버지가 우리 아버지를 죽였다는 말도 있답니다. 우리는 모르는 일이지만요."

"외할아버지는 자기가 태양의 아들이라는 소리를 밥 먹듯이 하

---

* 지금의 조지아 공화국에 있는 리오니강과 포티 항이다.
† 현재 조지아 공화국의 입법 수도인 쿠타이시.

지요."

이아손은 아이에테스가 티탄족 태양신인 헬리오스와 열두 명의 원조 티탄족* 중 한 명의 딸인 오케아니스 페르세이스 사이에 태어난 아들이라는 소문을 들은 적이 있었다.

"외할아버지의 누이들은 크레타의 왕비이신 파시파에와 마법사 키르케지요. 그대도 들어봤을 겁니다."†

과연 그랬다. 이아손이 말했다. "그대들의 가문에는 마력이 있군요."

"우리는 물려받지 못했지만, 맞는 말입니다."

"그럼 아이에테스왕은 아직 혼인한 상태입니까?"

"아, 네, 우리 외할머니 이디이아와 결혼했지요.‡ 둘 사이에 두 딸이 태어났습니다. 메데이아 이모와 우리 어머니 칼키오페……."

"……그리고 늦둥이 아들인 압시르토스 외삼촌."

"……실은 우리보다도 더 어리답니다."

"그럴 수도 있지요. 삼촌이 조카보다 어린 경우는 흔해요. 그래서 그대들의 어머니 칼키오페 님이 프릭소스 님과 결혼하셨군요?"§ 이아손이 말했다.

---

* 원한다면 『스티븐 프라이의 그리스 신화』 1권에서 원조 티탄 신족 열두 명을 소개받을 수 있다.
† 파시파에는 테세우스 편에 등장한다. 키르케는 트로이 전쟁 후 고향으로 돌아가는 오디세우스의 모험에서 중요한 역할을 한다.
‡ 이디이아는 아이에테스의 이모인 오케아니스였으며 따라서 그의 어머니 페르세이스와 자매지간이었다.
§ 이런 관계들이 아주 혼란스럽게 느껴지겠지만, 우리의 가족 관계도 못지않게 복잡한 편이다. 단지 우리는 티탄족, 바다의 님프들, 마법사들과 근친상간으로 엮일 가능성이 더 작을 뿐이다.

"그렇습니다."

"아이에테스왕이 프릭소스 님을 죽였을지도 모른다고요?"

"그랬을 가능성이 꽤 크지요."

"그런데도 그대들의 어머니는 여전히 아이아의 궁에서 지내시고요?"

"당신 아버지를 사랑하시니까요. 이제 강굽이를 두 번만 더 돌고 나면 궁이 보일 겁니다."

"그럼 여기서 멈춥시다." 이아손이 명했다.

아이에테스의 강한 권력과 폭력적인 성향을 알게 된 이아손은 경계의 날을 세워, 모든 원정대원들에게 아르고호를 강 밖으로 옮기라는 명령을 내렸다. 그들은 이아손이 은신처로 고른 어느 삼림 지대로 아르고호를 날랐다. 그런 다음 항해 중에 물고기를 잡을 때 썼던 그물로 배를 덮어놓았다. 이아손은 어린나무들과 이파리들을 그물 사이로 엮어 넣어, 멀리서 수풀 속의 배가 눈에 띄지 않도록 만들라고 지시했다.

"짐승들도 위험한 상황에서는 주변 색깔로 변신하잖아요. 우리도 그렇게 해보죠, 뭐."

왕궁에 바칠 선물을 들고서 원정대는 아이아까지 짧은 거리를 걸어갔다.

하지만 아르고호 원정대가 도시에 닿기 전에 프릭소스의 네 아들은 나중에 다시 만나기로 약속하며 작별을 고했다. 이아손 일행 속에 있는 그들을 아이에테스가 반갑게 맞아줄 리 없었다.

독수리 왕

아이에테스*왕은 궁전으로 우르르 몰려 들어오는 유명한 영웅들을 보고 깜짝 놀란 기색도 두려운 기색도 비치지 않았다. 그저 이아손이 바치는 선물을 위엄 있고 정중하게 받은 뒤 가족을 소개했다.

"내 아내, 이디이아 왕비……."

이아손이 허리를 굽히자, 노부인은 뻣뻣하고 쌀쌀맞은 표정으로 깔보듯 고개를 까딱했다.

"내 딸, 메데이아……."

한 쌍의 초록빛 눈동자가 이아손에게로 휙 향했다가 다른 곳으로 돌아갔다.

"내 딸, 칼키오페……."

그녀의 얼굴에 미소 비슷한 것이 떠올랐다.

"그리고 내 아들, 압시르토스라오……."

열한두 살 정도 되는 소년이 손을 살짝 흔들고는 얼굴을 붉히며 바닥을 내려다보았다.

"영광입니다, 전하." 이아손은 또 한 번 허리를 굽혔다.

"이곳까지 항해해 오는 동안 배를 단 한 번도 바꾸지 않았다고 했나?"

"그렇습니다."

---

* '아이에테스(Aeëtes)'는 '독수리'를 의미하는 그리스어 중 하나로 짐작된다.

"대단하군. 어떻게 그런 위업을 이루었는지 꼭 들어야겠어. 불가능한 일인 줄로만 알았거늘. 여러분 모두 이곳에서 편히 지내시게. 다음 행선지는 어디지? 더 동쪽으로 가시려나?"

"이곳이 고향으로 돌아가기 전에 들를 저희의 최종 목적지랍니다, 전하."

"콜키스가? 영광이군. 이곳에서 뭘 찾으시려고?"

"저희는 아타마스왕의 아들 프릭소스가 이곳에 남기신 황금 숫양의 양피를 찾으러 왔습니다."

"아, 그래?"

"제 할아버지 크레테우스가 아타마스와 형제지간이셨지요. 그러니 이올코스의 정통 왕위 계승자인 제가 황금 양피를 집으로 가져가려 이렇게 왔습니다."

아이에테스왕은 턱수염을 어루만졌다. 이 청년이 보통 사내가 아니라는 건 한눈에 알 수 있었다. 세계에서 가장 유명한 전사들과 기적을 행하는 자들을 데리고 있었으니. 그가 정말 아타마스의 종손이라면 황금 양피를 돌려달라는 요구는 정당했다. 딱 잘라 거절하고 이아손 일행을 그리스로 돌려보낼 수는 없었다. 무슨 수를 썼는지 짐작도 안 가지만 이자들은 여기로 곧장 항해해 왔다. 비범한 배를 가지고 있는 것이 분명했다. 그런 배가 떼로 몰려올지도 몰랐다. 이자들이 고향으로 돌아가기 전에 무슨 수를 써서든…… 예를 들면 연회에서 집단으로 독살한다든가……. 하지만 그들을 몰살한다면 문명 세계 전체로 추문이 퍼져 나갈 터였다. 오르페우스 한 명만 해도 페르세우스 이후 누구 못지않게 유명한 인사였다. 그를 죽였다간 다른 이들이 복수하러 오겠지. 아니, 더 기발한 방법을 찾아야 한다.

"아." 아이에테스가 말했다. "황금 양피를 가지러 왔다고? 이런 날이 올까 싶었건만. 수년 전 바로 이 문제로 기도를 올려 신들의 인도를 구했는데 말이야. 신들이 말씀하시기를 세 가지 시험을 통과할 준비가 된 자만이 황금 양피를 손에 넣을 수 있다 하셨지."

"시험이요?" 이아손이 말했다.

"시험을 치르겠다고 약속하면 황금 양피를 얻을 수 있다."

"무슨 시험인지요?"

"약속부터 먼저. 그리고 동료들은 절대 그대를 돕지 않겠다고 맹세해야 하네."

이아손에게 다른 뾰족한 수는 없었다. "좋습니다. 말씀만 하십시오."

"황금 양피를 얻을 유일한 방법으로 이 시험을 받아들이겠다고 신들 앞에 맹세하겠나?"

"신들 앞에 맹세합니다."

"그대의 동료들은?"

이아손은 고개를 돌려 원정대에게 그의 뜻에 따르라는 몸짓을 보냈다. 그들은 한쪽 무릎을 꿇고 앉아 가슴을 두드리며 맹세했다.

아이에테스는 속으로 쾌재를 불렀다. "자. 위대한 헤파이스토스 님이 내게 선물을 하나 만들어주셨다. 청동 입과 발굽을 가진 한 쌍의 황소, 불을 뿜는 콜키스의 황소들, 칼코타우로이."

"들어본 적이 있습니다."

"물론 그랬겠지. 아주 유명하니까. 그대의 첫 과제는 이 거대한 짐승 두 마리에게 멍에를 씌워 밭을 갈게 만드는 것이다."

"맡겨만 주십시오."

"좋아. 그리고 나는 역사적 의미가 있는 진기한 유물을 수집하고 있다. 카드모스 님이 테베를 세울 때 사용하셨던 용의 이빨도 조금 가지고 있지. 헤파이스토스 님의 황소들을 데리고 밭을 갈 때 고랑에 이 이빨들을 뿌려라. 다 끝내면 무장한 남자들이 땅에서 솟아 나올 것이다. 그들을 무찔러라. 이것이 두 번째 과제다."

"좋습니다." 이아손은 튜닉 소매에서 실을 한 가닥 뽑는 시늉을 하며 말했다. "이 기회에 몸이나 풀죠, 뭐."

"셋째, 신성한 참나무에 황금 양피가 걸려 있는 아레스의 숲으로 가라. 절대 잠들지 않는 용 한 마리가 나무줄기를 똘똘 감고 있다. 그 용을 제압하면 황금 양피는 그대의 것이다."

"쳇. 어려운 과제라도 내실까 봐 잠깐 걱정했잖아요." 이아손이 말했다.

아이에테스는 희미한 미소를 지었다. 허세라는 걸 한눈에 알아본 것이다. 이제 안심이었다.

이아손은 큰소리를 떵떵 쳤지만 자신이 없었다.

그는 우울한 기분으로 신하들을 따라 손님방으로 갔다. 혼자 남겨지자 그는 침대에 벌렁 누웠다.

"신들이시여." 그는 신음하듯 말했다. "왜 이 먼 곳까지 저를 보내시어 넘을 수 없는 난관에 부딪히게 하십니까? 펠리아스가 무리한 원정에 나를 보내더니 고지를 눈앞에 둔 지금 또 다른 왕이 더 힘든 과제를 내리는군요. 신들이시여, 저는 그대들의 잔인한 고양이 발톱에 이리저리 치이는 생쥐입니까?"

세 여신

이아손의 번민에 찬 불평이 하늘로 올라가 올림포스산에 있는 아테나와 헤라의 귀에까지 닿았다.

"일리가 있군요." 아테나가 말했다.

"지금까지 기백 있는 자라 가상히 여겼는데. 이렇게 자기 연민에 빠져 징징대다니 실망이군. 생쥐를 가지고 노는 고양이에 우리를 빗대다니. 말도 안 되는 소리." 헤라가 말했다.

"이유 없이 그러는 게 아니잖아요. 기껏 거기까지 갔는데 불가능한 일을 기약하는 처지가 되어버렸으니." 아테나가 반박했다.

헤라가 눈썹을 찡그렸다. "세상에 불가능한 건 없지."

"끼어들자는 말씀이세요? 내려가서 도와주자고요?"

"그건 곤란해. 제우스가 이제 그런 일은 자제하라고 못 박았으니까. 그리고 그이가 또 인간들과 얽히는지 눈에 불을 켜고 지켜봤는데. 아니, 요즘은 그런 일이 거의 없어. 역병을 내려서 아이에테스를 죽이는 건 어떨까?"

"하지만 이미 이아손이 세 가지 시험을 치르겠다고 맹세했잖아요. 아이에테스가 살든 죽든 달라지는 건 없어요."

"정말 성가시게 됐군. 내 신전을 더럽힌 펠리아스를 벌하겠다고 이 젊은이를 이용하려 했던 내 계획이 너무 복잡하고 우회적이었던 건가. 어쩌면 이아손이 그럴 그릇이 못 되는지도 모르지. 너무 어리고. 너무 건방지고 고집이 세."

아테나는 어깨에 앉은 올빼미의 가슴을 쓰다듬었다. "아, 좋은 수가 있어요. 아이에테스의 딸이……."

"칼키오페?"

"아니요, 다른 딸, 메데이아요."

"메데이아가 왜?"

"마침 메데이아가 헤카테를 섬겨서 마법을 잘 부린답니다."*

"그래?"

"그렇다는군요. 메데이아가 이아손을 도울 수 있을 거예요."

"하지만 그녀가 그럴 이유가 있을까?"

"인간들을 움직이는 가장 큰 힘이 뭘까요? 권력이나 금보다 더 강한 것은?"

"아!" 헤라는 고개를 끄덕였다. "정말 현명하구나, 아테나. 아프로디테를 찾아가거라."

아테나는 키프로스섬에 있는 사랑의 신을 찾았다.

"무엇을 도와드릴까요?" 아프로디테가 물었다.

"헤라 님과 내가 메데이아라는 콜키스의 공주를 이아손이라는 이올코스의 왕자에게 반하게 만들려고 합니다. 헤라 님이 이 이아손이라는 인간을 이용해서……."

"이유는 필요 없어요." 아프로디테가 말했다. "메데이아라는 이 인간은 나도 알고 있답니다. 안 그래도 나를 무시하고 헤카테를 지극정성으로 모시는 꼴이 괘씸해서 오래전부터 벼르고 있던 참이에요. 당장에 내 아들을 보내도록 하지요."

---

* 마법과 묘약의 신인 헤카테는 2세대 티탄족인 페르세스와 아스테리아의 딸이다. 헤카테는 셰익스피어의 『맥베스』에도 등장한다.

메데이아

이른 아침 메데이아가 궁전 회랑에서 창턱에 앉아 점토판을 읽고 있을 때 에로스가 찾아왔다. 정욕의 신은 눈에 보이지 않으므로 그녀는 그를 보지 못했다. 에로스는 어깨에 화살통을 멘 채 활의 시위를 당겨 화살을 쏠 준비를 했다.

'참 아름다운 여인이구나.' 그는 속으로 생각했다. '이런 여자가 평생 독신으로 살았으니 어머니가 언짢을 수밖에. 이아손은 운도 좋지.'

에로스는 손님들이 머무는 방향으로 고개를 돌리고 화살을 쏘았다.

이아손은 갑자기 침대에서 깨어났다. 일어나 앉아 양 눈을 문질렀다. 이상한 꿈이었다. 에로스가 그의 귀에다 속삭여 명하기를······.

당찮은 소리였다. 지금은 사랑 타령이나 하고 있을 때가 아니었다. 황소들을 쓰러뜨릴 방법을 찾아야 했다. 궁전을 한번 둘러볼까. 도움이 될 뭔가를 찾을 수 있을지도 모르니.

에로스는 메데이아의 가슴에 화살을 쏘고는 뒤로 물러섰다. 메데이아는 점토판에서 고개를 들었다. 젊은 왕자 이아손이 복도를 따라 그녀 쪽으로 걸어오고 있었다. 그가 이렇게 잘난 미남이라는 걸 왜 진작 몰라봤을까? 맙소사, 그냥 잘난 정도가 아니라 아름다웠다! 저 머리하며, 저 걸음걸이하며, 저 눈하며, 호리호리하면서도 근육질인 저 몸매는 또 어떻고. 그녀는 일어섰다.

스티븐 프라이의 그리스 신화: 영웅 이야기

"이아손 님!"

그가 그녀를 보았다.

"아, 메데이아 공주님이시지요? 저를 도와주시겠습니까? 찾을 것이 있는⋯⋯."

"도와드릴게요. 자, 나와 함께 가요."

메데이아는 궁전의 한구석에 있는 헤카테를 모시는 사당으로 이아손의 손을 잡아끌었다.

"이아손 님이 세 가지 시험을 통과할 수 있도록 도와드릴게요."

"좋아요. 그런데 이유가 뭔가요?"

"이유요? 그대를 사랑하니까요, 이아손 님. 전 사랑하는 그대가 그리스로 돌아갈 때도 함께할 겁니다. 영원히 그대 곁에 있을 거예요."

에로스가 손을 썼나 보다. 그가 그런 꿈을 꾼 것도 이 때문이리라. 이아손은 기도가 신들에게 가 닿았음을 알았다. 그리고 이 얼마나 멋진 응답인가. 메데이아라는 이 여인은 참으로 아름다웠다.

"내가 고약을 준비하겠어요. 아침이 되거든 온몸에 바르세요. 정수리부터 발바닥까지 몸 구석구석 다 발라야 해요." 메데이아가 말했다.

"그건 왜지요?"

"그렇게 하면 황소들이 내뿜는 불을 맞아도 괜찮아요. 하루는 끄떡없이 버틸 수 있답니다. 고약을 바를 때는 헤카테 님에게 기도를 올리세요. 꼭이요. 기도문은 내가 가르쳐드릴게요. 꼭 외우셔야 해요."

"그럴게요."

"사랑해요, 이아손 님. 그대를 위해서라면 무엇이든 하겠어요. 무엇이든."

무엇이든.

이 말은 농담이 아니었다.

칼코타우로이

산울타리가 처진 드넓은 들판의 한편에 아이에테스왕과 신하들이 단상 위의 거대한 천막 밑에서 한낮의 이글거리는 햇볕을 피해 모여 있었다. 들판의 나머지 세 면에는 흥분한 구경꾼들이 몰려 있었다.

"좀 살벌할 텐데요." 아이에테스가 아내에게 경고했다.

"좋은 구경거리를 놓칠 순 없지요." 이디이아는 하품을 참으며 말했다.

"너는 어떠냐?" 아이테에스는 고개를 돌려 딸 칼키오페에게 물었다. "피가 좀 튀어도 괜찮겠느냐?"

그녀는 시큰둥하게 고개를 끄덕였다.

아직도 아들놈들 때문에 속앓이를 하고 있군, 하고 아이에테스는 생각했다. 놈들이 안 보이니 속이 다 후련하단 말이야. 프릭소스도 죽었고, 그 아들 녀석들도 사라졌고, 곧 이 이아손도 세상을 뜨겠지. 이제 내 자리를 위협할 자는 아무도 없어.

이제 딸 메데이아도 합류했다.

"아, 너는 피 튀기는 아수라장도 괜찮지?"

메데이아는 방긋 웃었다. "얼마나 기대되는지 몰라요, 아버지."

압시르토스가 단상으로 기어 올라왔다.

"안 된다, 아들아……." 아이에테스는 단호하게 말했지만, 그 목소리에는 '늘그막의 낙'인 막내둥이에게만 국한된 너그러운 애정이 듬뿍 묻어 있었다.

"아빠!"

"넌 너무 어려. 뭐라고 말 좀 해보구려, 이디이아."

"아버지 말씀 들으렴, 아가." 이디이아는 고개도 돌리지 않고 말했다.

"네 나이에 볼 만한 게 못 된다. 나중에 같이 놀아주마. 내일 함께 용을 보러 가자꾸나. 어떠냐?" 아이에테스가 말했다.

압시르토스는 샐쭉하니 몸을 휙 돌려 단상에서 내려갔다.

아이에테스왕이 손뼉을 치고 고개를 까딱하자 집사가 연주자들에게 신호를 보냈다.

나팔이 울리자 콜키스 백성들은 환호성을 질렀고 이아손은 멍에와 마구를 들고서 앞으로 나왔다.

이아손은 대단한 장관을 연출하고 있었다. 번쩍거리는 알몸으로 방패와 검만 들고 있었다.

"하! 저 바보가 온몸에 기름칠을 했구나. 일을 더 크게 만들었어. 황소들의 입김 한 번에 온몸이 불타오르겠군. 오, 재미있게 됐는걸."

또 한 번 팡파르가 울려 퍼지고 들판 저쪽 끝에 있는 문들이 열렸다.

거대한 황소 두 마리가 총총 걸어 나왔다. 그러다가 잠깐 멈춰 서서는 청동 발굽으로 땅을 찼다.

메데이아는 이아손을 가만히 바라보며, 사랑의 눈빛을 감추려 애썼다.

아이에테스는 딸을 힐끔 건너다보았다. '정말 피에 굶주린 녀석이라니까.' 그는 속으로 생각했다. '이러니 내가 아낄 수밖에.'

들판 한가운데에서 이아손은 멍에와 마구를 떨어뜨리고 검으로 방패를 두드리기 시작했다. 관중은 호응하여 크게 소리 질렀다. 황소들은 고개를 들고 우렁차게 울부짖었다. 입으로는 불길을 내뿜고 콧구멍으로는 연기를 토하며 황소 두 마리가 돌진했다.

이아손은 꿈쩍도 하지 않았다. "과연 고약 바르기를 잘했어." 그는 전속력으로 달려오는 황소들을 보며 중얼거렸다.

황소들이 가까워지자 불길이 그를 에워쌌지만, 아무런 느낌도 들지 않았다. 한쪽으로 펄쩍 뛰며 방패로 황소 한 마리를 세게 때리자 놈이 휘청거렸다. 다른 한 마리가 달려들며 그의 얼굴에다 불덩어리를 뿜었다. 이아손이 검으로 놈의 옆구리를 찌르자 황소의 우렁찬 울음소리는 새된 비명으로 바뀌었다.

황소들은 이전에는 굳이 싸울 필요도 없었다. 입에서 뿜는 불길이 늘 흉기 노릇을 톡톡히 했으니까. 그런데 이아손에게는 영 통하지 않으니 사기가 확 꺾였다. 황소들은 이아손 주변을 빙빙 맴돌며 연기를 내뿜고 훨씬 더 약한 불줄기를 쏘아댔다.

이아손이 멍에를 집어 갖다 대자 황소들은 고개를 숙이고 그의 손길에 순순히 복종했다. 관중은 벌떡 일어섰다.

왕실 집사는 나무 쟁기날을 들고 이아손에게 접근했다. 두려움에 쩔쩔매며 멍에 쓴 황소들을 멀찍이 둘러 가는 집사에게 관중은 야유를 보냈다.

쟁기질은 수월했다. 황소들은 차분하고 고분고분히 곧고 깊은 밭고랑을 팠다.

이아손은 아이에테스를 돌아보았다.

"하나!" 그가 외쳤다.

"하나!" 관중이 따라서 외쳤다.

아이에테스는 한 손을 획 털었다. 느긋한 동의와 약간의 감탄, 국왕다운 품위를 한꺼번에 담으려 했으나 심통 부리는 꼴로밖에 안 보였다.

나팔이 울리고, 집사는 은 상자를 머리 위로 높이 쳐든 채 이아손에게 다가갔다. 이아손은 상자를 받아 흔들어보았다. 안에서 용의 이빨들이 덜거덕거렸다.

아이에테스는 얼굴을 찌푸리고 지켜보았다. 황소들이 내뿜는 불길을 허세 넘치는 이 청년이 어떻게 견뎌냈는지, 아무리 생각해도 모를 일이었다. 백성들이 야단법석을 떨면서 누가 봐도 확연하게 이아손의 편을 드는 것도 영 마음에 들지 않았다. 그래도, 황소를 길들이는 것과 땅에서 튀어나온 병사들을 무찌르는 건 완전히 다른 일이었다.

이아손은 고랑을 따라 걸으며 기다랗고 날카롭고 누런 용의 이빨을 뿌렸다. 다 마치자 그는 물러서서 적당한 돌을 찾았다. 메데이아가 알려주기를, 완전무장한 채 흙에서 솟아오를 '씨 뿌려 나온 남자들' 스파르토이를 무찌르려면 커다란 돌을 그들에게 던져야 한다고 했다.

크지만 너무 무거워 보이지 않는 삐죽삐죽한 바위를 발견한 이아손은 그쪽으로 살금살금 움직였다. 들판 저쪽을 보니 왕과 관중은 쟁기로 갈아놓은 흙에서 싹처럼 돋아나기 시작한 창끝을 보느라 여념이 없었다. 메데이아의 녹색 눈동자는 그를 향해 있었다. 그는 고개를 끄덕이고는 허리를 굽혀 바위를 들었다. 창끝에 이어 투구, 어깨와 몸통과 다리가 뒤따라 나왔다. 이세 들판 가득 거칠고 박력 넘치는 병사들이 줄줄이 열을 지어 있었다. 그들은 일제히 함성을 내지르며 무기를 휘둘렀다. 그 광경과 소리는 무시무시했다.

이아손은 바위를 머리 위로 들어 올렸다가 있는 힘껏 던졌다. 바위는 들판 한가운데에 서 있는 두 명의 스파르토이를 맞히고는 다른 병사의 어깨에 맞고 튀어 나갔다. 곧장 그들은 서로 으르렁거리며 싸우기 시작했다. 다른 병사들도 끼어들더니, 금세 모두가 서로 칼로 찌르고 고함을 지르고 밀치고 목을 졸랐다.

병사들이 한 명씩 쓰러졌고, 결국 한 명만 남았다. 혼자가 된 병사는 전우들의 시체 사이로 휘청거리며 돌아다녔다. 이아손은 날쌔게 다가가 검을 한 번 획 휘둘러 그의 목을 베어버렸다.

이아손은 병사의 머리를 높이 쳐들고 아이에테스를 돌아보며 외쳤다.

"둘!"

"둘!" 관중도 소리 질렀다.

아이에테스는 자리에서 일어나 몸을 획 돌리고는 떠나버렸다. 신하들도 그와 함께 자리를 떴지만, 관중은 남아서 이아손을 찬양했다.

이아손은 무릎을 꿇고 앉아 헤카테와 헤라, 아테나, 아프로디테, 그리고 생각나는 모든 신들에게 그를 구해줘서 고맙다는 인사를 올렸다.

"그리고 고맙습니다, 에로스 님." 그는 이렇게 덧붙였다. "저에게 메데이아 공주를 보내주셔서."

아레스의 숲

그날 오후 늦게 아이에테스는 주요 전사들과 족장들, 귀족들을 불러 대책 회의를 열었다.

"이아손이 황금 양피를 손에 넣고 콜키스를 떠난다면 세상 사람들이 우리 왕국을 우습게 볼 것이오. 그런 일은 절대 용납할 수 없소."

사람들은 동의의 말을 웅얼거렸다.

"그나저나 어떻게 이아손이 칼코타우로이를 이겼을까요?" 한 귀족이 물었다.

"그래, 나도 그걸 알고 싶소."

"어쩌면 내가 도와드릴 수 있을지도 모르겠군요." 여자의 목소리였다.

모두 고개를 돌려보니 아이에테스의 아내 이디이아가 문간에 서 있었다.

"이런, 왕비." 아이에테스가 말했다. "지금 왕실 회의 중이오. 여자는 들어올 수……."

"오, 누가 이아손을 도왔는지 알고 싶지 않으시다면, 마음대로 하시지요." 그녀는 어깨를 으쓱하며 몸을 돌렸다.

"왕비는 아시오? 그럼 우리에게 말해주시오."

"우리 딸 메데이아랍니다. 누가 또 그런 마법을 부릴 줄 알겠어요? 게다가 어제 오후에 둘이 함께 있는 걸 봤어요. 메데이아가 이아손에게 키스하고 있더군요."

아이에테스는 호통치며 명령을 내렸다. "메데이아를 찾아라! 그 아이를 붙잡아! 감옥에 가둬!"

"이아손이 황금 양피를 훔쳐 달아나면 어떡합니까?" 한 장군이 말했다.

"그의 배를 찾도록 명령을 내려놨소. 배가 없이는 멀리 가지 못할 거요."

"그렇지요, 전하, 하지만 외곽까지 샅샅이 뒤져도 배를 찾지 못했습니다. 한 부대는 파시스강까지 수색했어요. 배는 바다에 나가 있는 것이 분명합니다."

"뭐, 그렇다면 강을 따라가야 그 배에 탈 수 있겠군. 그때 놈들을 괴멸시켜버리면 돼."

아이에테스를 대책 회의에 남겨두고 우리는 이아손에게 돌아가보자. 그는 아이에테스의 네 손자와 다시 만나 그들을 따라서 저녁의 땅거미를 뚫고 아레스의 숲으로 가고 있는 중이었다. 곧 합류한 메데이아는 조카들을 보고는 딱 멈춰 섰다.

"너희들!"

"네, 우리예요, 메데이아 이모님! 이아손 님 말씀으로는 이모님이 같은 편에 서셨다고 하더군요. 우리도 그래요."

"반가운 소리구나."

"이아손 님이 정말 멋지게 칼코타우로이를 처리하지 않으시던 가요!"

"압시르토스 삼촌과 울타리 틈으로 처음부터 끝까지 다 봤어요. 그렇죠, 삼촌?"

조카들 뒤에 숨어 있던 메데이아의 남동생이 앞으로 나와 누나를 올려다보며 빙긋 웃었다. "안녕, 누나."

"너도?"

"솔직히 말해보자고요. 다들 그 노인네를 싫어했잖아요? 늙으면서 너무 포악해졌어요. 그리고 할머니는…… 죽은 물고기지요." 멜라스가 말했다.

"그래요, 그래. 신나는 마음은 이해하지만, 이제 떠나십시오. 원정대원들을 찾아서 같이 아르고호로 가세요. 만일 내가 오늘 밤 황금 양피를 갖고 배에 오르지 못하면 나 없이 모두 떠나는 겁니다, 알겠어요?" 이아손이 말했다.

"하지만……."

"다툴 문제가 아닙니다. 얼른 가세요!"

네 형제와 어린 압시르토스는 떠났다.

메데이아는 이아손의 품에 안겼다. "사람들이 나를 찾고 있어요. 그대의 승리에 내가 관여한 걸 알아차렸나 봐요. 오, 이아손님, 정말 멋졌어요!"

그들은 키스를 나누었다.

"서둘러야 해요, 내 사랑. 바로 저기가 숲이랍니다……." 메데이아가 말했다.

메데이아는 이아손의 손을 잡아끌었고 두 사람은 나무가 늘어

이아손

선 기나긴 길을 황급히 지나갔다. 길의 끝에 거대한 참나무 한 그루가 서 있었다. 나무로 흘러내리는 달빛이 줄기를 둘둘 휘감고 있는 두툼한 똬리의 황금빛 비늘을 밝게 비추었다. 두 사람이 다가가자 거대한 용이 나무 뒤편에서 머리를 휙 내밀더니 쉿 하는 소리를 내며 입을 벌렸다.

"내가 무엇을 하든." 메데이아는 나지막이 말했다. "끼어들지 말아요. 알았죠?"

이아손은 고개를 끄덕였다. 떨어져 있으라는 말이 반가웠다. 그는 용을 본 적이 한 번도 없었다. 원래 용들이 이렇게 엄청 거대한가? 용이 대가리를 높이 쳐들고는 그들을 가만히 내려다보았다.

메데이아는 앞으로 나섰다. 용이 쉬익 하며 움직였다. 메데이아가 한 손을 휙 들어 올리더니 이아손이 알아들을 수 없는 어떤 말을 큰 소리로 외쳤다. 그러자 용은 고개를 낮추어 메데이아와 눈높이를 맞추었다. 그녀는 절대 감기지 않는 용의 노란 눈 속, 가늘게 세로로 찢어진 동공을 깊숙이 들여다보며 주문을 외웠다. 용은 얼어붙어 입을 떡 벌리고 굵다란 침을 땅으로 줄줄 흘렸다. 독성 있는 침을 맞은 풀과 이끼가 아래에서 쉬익 하며 김을 내뿜었다. 메데이아는 말린 약초와 풀뿌리, 꽃을 가방에서 꺼내어 손바닥에 문질러서 동그랗게 뭉쳤다. 용은 얼어붙어 꼼짝도 하지 않았지만, 느리게 새근거리는 용의 숨소리가 이아손에게도 들렸다.

메데이아는 동그란 뭉치를 용의 벌어진 입으로 밀어 넣었다. 그것이 혀에 닿자 쉬익 하고 거품이 일어났고, 짐승은 한숨을 토하며 갑자기 땅으로 쓰러질 듯 비틀거렸다.

"잠들었어요. 이제 황금 양피를 챙겨서 떠나요." 메데이아가 말했다.

"어디 있는데요?" 이아손은 어리둥절한 표정으로 참나무를 올려다보았다.

"반대편에 있잖아요, 이 바보."

이아손은 나무줄기를 빙 돌아갔다. 황금 양피는 그나마 낮은 가지에 걸려 있었지만, 그의 손이 닿기에는 한참 높았다.

메데이아는 그의 어깨에 올라타고 손을 뻗어 양피를 밑으로 던졌다.

그것은 어느 들판의 산울타리에나 걸쳐져 있을 법한 거칠고 우둘투둘한 양모였다. 하지만 황금이었다, 진짜 황금. 이아손이 어루만지자 영롱하게 빛이 났다. 반짝이는 섬유를 손가락으로 훑어내리자 수많은 빛 조각들이 번득였다.

"배에 무사히 올라탄 뒤에 실컷 갖고 놀아요." 메데이아가 말했다. "어서 가요!"

그들은 잠든 용을 피해 빙 돌아가 손에 손을 잡고 웃으며 숲에서 뛰쳐나갔다. 황금 양피는 메데이아의 어깨에 소작농의 숄처럼 아무렇게나 걸쳐져 있었다.

콜키스에서 탈출하다

아르고호는 파시스강 물결을 따라 떠내려갔다. 거센 물살 덕분에 어떤 추적도 따돌릴 수 있을 만큼 빠른 속도를 낼 수 있었다.

원정대가 다시 찾았을 때 그들의 배는 위장용 그물 밑에 안전하게 숨겨져 있었다. 그들은 이아손과 메데이아가 어둠을 뚫고 나오면서 황금 양피가 반짝이며 나부끼는 모습을 보고는 크게 환호성을 질렀다. 강물 위를 미끄러지듯 질주하는 동안 원정대원들은 한명씩 돌아가며 양털을 만져보았다.

오르페우스는 양털을 어루만지고 나서 눈물을 글썽였다. "후대에도 사람들은 변함없이 이 양털을 노래할 것입니다. 하지만 제일처음은 저에게 양보해주시기를."

그는 리라를 조율한 뒤 부드럽게 노래했고, 그 사이 다른 원정대원들이 차례로 다가와 황금 양피를 찬양했다.

아이에테스의 손자들과 어린 압시르토스는 놀라서 입을 떡 벌리고 있었다.

"멀리서만 봤는데." 그들이 말했다.

"이런 날이 올 줄이야."

네스토르 역시 오르페우스만큼 깊이 감동했다. "하지만 여기서이올코스까지는 한참을 가야 하는 아주 먼 거리입니다." 그가 경고했다. "보나 마나 아이에테스왕이 우리를 추적해 오겠지요. 듣자 하니 아이에테스왕은 크레타섬의 미노스왕에 버금가는 해군을 거느리고 있다더군요."

이아손은 네스토르의 지혜에 의존해서 결정을 내리는 데 익숙해진 지 오래였다. 모든 대원들이 황금 양피에 경의를 표하고 나자 이아손은 네스토르와 키잡이 안카이오스를 한쪽으로 데려갔다.

"저도 아이에테스왕이 전력을 다해 추적해 올 거라고 생각합니다. 어떻게 해야 할까요?" 이아손이 말했다.

네스토르는 잠깐 고민하다가 입을 열었다. 이런 버릇에 많은 이들이 짜증을 냈지만 그 덕분에 그는 어리석은 소리를 입 밖에 내는 일이 없었다. "아이에테스왕은 심플레가데스가 더 이상 보스포루스 해협을 막지 않는다는 사실을 알게 될 겁니다. 프로폰티스와 에욱시네해 사이의 통로가 열려 있다는 소식이 그 지역의 모든 항구들과 마을들에 쫙 퍼지겠지요. 왕은 바로 그곳으로 우리를 뒤쫓아 올 겁니다. 그러니 우리는 다른 길로 가야 합니다."

이아손은 그를 빤히 쳐다보았다. "'다른 길'이라니요? 다른 길은 없습니다. 에욱시네는 내해라고요. 프로폰티스는 물론이고 그 뒤에 헬레스폰트, 지중해, 그리고 우리의 목적지까지 가려면 보스포루스 해협을 지나가는 수밖에 없어요."

"이스트로스강은 어떻습니까?" 네스토르가 말했다.

"이스트로스강!" 이아손은 몸을 앞으로 구부려 네스토르의 이마에 입을 맞추었다. "진정 그대는 천재십니다, 나의 친구여."

"그래." 안카이오스가 탄성을 질렀다. "이스트로스강! 왜 그 생각을 못 했을까?"

이스트로스강은 생소한 여러 왕국들을 지나 그리스 북부까지 흐르는 기다란 강이었다. 이방인들의 서쪽 땅 어딘가에서 물줄기가 시작되었지만, 그 거대한 삼각주에서 에욱시네해 북서쪽 연안으로 물이 빠져나갔다. 오늘날 우리는 그 강을 도나우강이라 부른다.

네스토르는 두 명의 키잡이 안카이오스와 에페모스에게 이스트로스강을 거슬러 올라가면서 트라키아 북부를 지나, 서쪽으로 향하는 강줄기를 쭉 따라가면 거의 갈라티아까지 갈 수 있다고 설명했다. 그곳에서부터 이탈리아의 서부 해안을 따라 남쪽으로 내려가다가 시칠리아와 이오니아 제도를 빙 돌아 펠로폰네소스 반도로 간 다음 그리스의 동쪽 해안을 따라 북쪽으로 쭉 올라가 테살리아의 이올코스로 향하면 된다. 이렇게 하면 아르고호가 콜키스를 향할 때 택했던 직행 경로를 따라갈 아이에테스를 감쪽같이 속일 수 있으리라.*

별 사고 없이 파시스 항구에 도착한 아르고호 원정대는 물물교환이나 구매를 통해 음식과 물 같은 식량을 비축했다. 이아손과 메데이아가 아이에테스의 세 가지 시험을 통과해 황금 양피를 손에 넣은 지 겨우 나흘이 지났을 때 원정대는 에욱시네해를 건너면서 이스토르스강 삼각주가 있는 북서쪽으로 향하고 있었다.

파시스 항을 떠난 첫날 오후 즈음, 배 한 척이 아르고호를 바짝 뒤쫓고 있었다. 원정대는 의도를 숨기고 보스포루스 해협으로 가는 척 경로를 바꾸어보았다. 메데이아는 뒤를 돌아보고는 그 배가 콜키스 함대의 일급 갤리선이라는 걸 알았다.

"제 아버지예요. 아버지의 갤리선은 세상에서 가장 빠르답니다. 노가 세 줄이나 돼요." 메데이아가 말했다.

"거의 따라붙었잖아. 젠장. 배를 옆으로 돌려놓고 싸워야겠어요." 이아손이 말했다.

"아버지 배에는 투석기가 있어요. 불타는 송진 덩어리를 우리 갑판에 주저 없이 날릴 거예요. 아버지는 원하는 걸 손에 넣기 위

---

* 네스토르만큼 지혜롭지 못한 사람은 뒤쪽에 실린 지도를 참고하면 그의 계획을 더 쉽게 이해할 수 있을 것이다. 기다려줄 테니 서두를 것 없다.

해서라면 물불 안 가리는 분이니까."

"하지만 그랬다가는 황금 양피도 타버리잖습니까."

"아버지는 신경 쓰지 않을 거예요. 황금 양피가 아니라 자존심 때문에 싸우는 거니까. 하지만 걱정 말아요, 사랑하는 이아손 님. 나도 물불 안 가리고 무엇이든 할 테니까요."

메데이아는 두 손으로 이아손의 얼굴을 감싸고 그에게 진하게 키스했다.

"금방 돌아올게요."

이아손은 몸을 돌려, 가차 없이 돌진해오는 콜키스 선박을 지켜보았다. 파도를 타고 오르락내리락하는 선명한 빛깔의 뱃머리를 알아볼 수 있을 정도로 가까워졌다. 뱃머리에는 황금 양피의 수호자인 용의 얼굴이 그려져 있었다.

메데이아는 어린 동생 압시르토스를 꼭 안고 선미재로 돌아왔다.

"저기 봐, 우리 아빠 배가 있어." 그녀는 손가락으로 가리키며 말했다.

압시르토스의 두 눈이 휘둥그레졌다. "나를 보면 엄청 화내실 텐데."

"화는 안 내고 속상해하실 거야." 메데이아는 이렇게 말하며 굽은 칼을 휙 휘둘러 소년의 목을 그어버렸다.

아이의 목에서 피가 뿜어져 나오자 이아손은 경악해서 빤히 보고만 있었다.

"메데이아!"

"이 수밖에 없어요. 도끼를 가져와요, 빨리. 이러다 따라잡히겠

페르보레오이족의 땅

콜키스

아이아

파시스

이스트로스강(도나우강)

에욱시네해(흑해)

아레오네소스

트라키아

심플레가데스
(보스포루스)

아마존족의 땅

살미데소스

마리안디니아

헬레스폰트

프로폰티스

소아시아

렘노스섬

돌리오네스족의 땅

미리나

리아

이오스니아

에게해

네소스반도

소우다만

이라클리온

키프로스섬

크레타섬

이집트

········· 외항 항로

──────── 귀환 항로

어요."

제일 먼저 소년의 머리가 배 밖으로 던져졌다. 머리는 아르고호
가 지나가며 일으키는 파랑을 타고 아래위로 깐닥거렸다. 이아손
과 메데이아는 아이에테스왕의 갤리선이 속도를 늦추다가 노를
들어 올리며 멈추는 모습을 지켜보았다.

"아버지는 저 아이를 사랑하셨지요." 메데이아는 흡족한 표정
으로 말했다. "시신을 정화하고 장례식을 제대로 치러준 후에야
저 아이의 혼을 저승으로 떠나보낼 거예요."

이아손은 아무 말도 하지 않았다. 메데이아는 아름다웠다. 그리
고 그에게 지극정성이었다. 하지만 모든 일에는 정도라는 것이 있
다. 사랑도 정도껏 해야 한다.

귀향길

압시르토스의 시신 토막들이 일정한 간격을 두고 전부 물속으로
떨어졌을 때쯤 아이에테스왕의 선박은 저 멀리 뒤처져 수평선 너
머로 사라졌다. 해가 저물자 이아손과 안카이오스는 아르고호의
원래 목적지로 항로를 다시 바꾸었다.

일주일 후 아르고호는 이스트로스강의 어귀를 둘러싼 습지를
무사히 통과해 트라키아로 들어갔다.

네스토르가 아르고호 원정대원들에게 설명했듯이, 그들의 항로
는 서쪽과 북쪽으로 큰 포물선을 그리면서 히페르보레오이족이
사는 생소한 왕국(오늘날의 불가리아, 루마니아, 헝가리, 슬로베

니아*)을 지난 다음 남쪽으로 가서 이탈리아와 펠로폰네소스반도를 빙 돌아갔다.

그런데 말하는 선수상이 이아손에게 이올코스에 도착할 가능성이 전혀 없다고 말하기 시작했다.

"그게 무슨 말입니까? 몇 주 전에 콜키스 사람들도 따돌렸겠다, 날씨도 맑겠다, 항로도 확실하겠다. 무엇이 우리 앞을 막겠어요?" 이아손이 말했다.

"신들이 막을 수도 있지. 날씨는 맑을지 몰라도 그대의 행실이 궂었으니." 선수상이 말했다.

이아손은 뒤를 돌아보고 메데이아가 못 들을 거라 확신한 다음 물었다. "그게 무슨 뜻이지요?"

"잘 알면서 그래." 선수상이 혀를 쯧쯧 찼다. "극악무도한 혈족 범죄가 일어났잖은가. 그런 일을 저지르고도 벌을 면할 줄 알았나? 그대들이 죄를 씻지 않으면 제우스 님과 포세이돈 님이 폭풍우와 바다뱀을 보내 이 배와 선원들을 전멸시킬 거야. 물론 나는 예외지······."

"어떻게 죄를 씻지요?"

"아이아이아섬에 정박해서 마녀 키르케의 도움을 구하게."

"좋은 생각이에요." 처음부터 다 듣고 있던 메데이아가 말했다. 그녀는 귀가 아주 밝았다. "그분은 내 고모님인데, 묘약, 마법, 정

---

* 항해 중에 이아손은 오늘날의 슬로베니아 수도 류블랴나를 세웠다. 그곳 사람들은 이아손을 건설 영웅으로 찬양하고 있다. 전설에 따르면, 이아손이 호수의 용을 죽이고 주민들을 구했다고 한다. 지금도 용은 류블랴나를 상징하는 동물이다(훗날 이 이야기는 기독교화되어 이아손은 성 게오르기우스로 대체된다).

화 의식에 대해서 나보다 더 많이 알고 있답니다."

키르케는 그녀의 집인 아이아이아섬을 찾아온 이아손 일행을 따뜻하고 기쁘게 맞았다. 늑대들과 사자들도 그녀와 함께 마중 나왔는데, 집에서 키우는 개와 고양이처럼 사람에게 길들어 있어 그들을 핥고 발목에 코를 비벼냈다. 외롭게 살고 있는 키르케의 가장 큰 낙은 운 나쁘게 아이아이아섬에 다다른 뱃사람들을 집짐승으로 바꿔버리는 것이었다.*

키르케는 기꺼운 마음으로 의식을 행하면서, 조카의 죄를 씻고 신들을 달랠 주문과 속죄의 기도문을 읊조렸다. 하지만 밤사이 꿈을 통해 메데이아가 저지른 소행을 알게 된 키르케는 다음 날 아침 역겨움에 새된 소리를 질러대며 그들을 섬에서 쫓아냈다.

"동생에게 어찌 그런 짓을 할 수 있느냐, 조카여! 내가 너를 성히 돌려보내는 건 나도 너처럼 혈족 범죄를 저지를까 봐 두려워서다!" 그녀는 그들 뒤에서 외쳤다. "다시는 오지 마라!"

"일이 잘 풀린 것 같군요." 배가 이탈리아의 서쪽 해안을 끼고 돌 때 메데이아가 다정하게 말했다.

어느덧 시레눔 스코풀리, 세이렌의 바위까지 왔다. 그곳에 가까워지자 감미로운 선율이 선상에 있는 모든 이들의 귓속으로 흘러들었다. 나비를 잡으러 달려드는 강아지들처럼 원정대원들은 소리를 잡으려 허공을 할퀴어대기 시작했다. 아르고호의 뱃전에 서서 노랫소리에 더 가까워지려 몸을 밖으로 쭉 내밀었다.

---

* 수년 후 오디세우스는 트로이 전쟁이 끝나고 이타카로 돌아가기 위해 10년 동안 사투를 벌이던 중 이 사실을 알게 된다.

이아손은 때를 기다렸다가 "지금이에요!"라고 외쳤다. 그러자 오르페우스가 앞 갑판에 높이 서서 리라를 켜며 노래를 부르기 시작했다.

세상에서 가장 매혹적인 두 소리가 한데 뒤섞였다. 원정대원들 가까이서 울리는 오르페우스의 음악이 이겼다. 그는 이 순간을 대비해 가장 완벽하고 특별한 곡을 아껴두고 있었다. 이아손과 나머지 원정대원들은 바위에 앉은 세이렌들에게서 눈을 돌리고, 리라의 선율이 일으키는 잔물결과 오르페우스의 숭고한 목소리에 마음과 정신을 오롯이 맡겼다.

원정대원들 가운데 오르페우스의 리라 소리에도 마음이 동하지 않은 사람이 딱 한 명 있었다. 시칠리아의 왕 부테스는 꿀벌을 다루는 비범한 재주 때문에 원정대원으로 뽑혔다. 아르고호가 해안에 정박할 때마다 그가 뭍으로 가서 구해온 꿀로 맛없는 음식을 달게 만들 수 있었다. 시간이 흐른 뒤에도 그 이유를 설명할 수 있는 사람은 없었는데, 부테스는 세이렌의 노래에 다른 이들보다 더 격렬하고 속수무책으로 휩쓸렸다. 그는 광기를 일으켜 동료들을 뿌리치고 배 밖으로 몸을 던져 세이렌의 섬으로 헤엄치기 시작했다.

세이렌들의 노래는 말랑말랑하니 아름다웠지만, 그들의 속셈은 정반대로 악랄하고 잔혹했다. 그들은 뱃사람은 물론이고 새들과 야생동물까지 노래로 홀려 그들의 집인 암벽으로 끌어들였다. 그런 다음 험준한 바위에서 난파선으로 껑충 뛰어내려, 두려움에 얼어붙은 선원들을 포식했다. 그들은 오르페우스와의 노래 대결에 져서 좌절했지만, 허우적허우적 헤엄쳐 오는 부테스를 보고 적어도 그날 먹을거리는 생겼다는 걸 알았다.

하지만 그 소소한 간식마저 빼앗길 운명이었다. 아프로디테가 갑자기 날아 내려와서는 부테스를 파도에서 휙 채어 그의 고향인 시칠리아의 릴리바에움으로 데려갔다.*

아르고호는 세이렌의 바위를 벗어나자마자 어려운 선택의 기로에 섰다. 왼편에 무시무시한 스킬라와 카리브디스 사이를 지나가는 해협이 있었다. 스킬라는 머리 여섯 달린 끔찍한 괴물로, 배가 가까이 오기만 하면 벼랑에서 몸을 휙 굽혀 뱃사람 여섯 명을 집어 올려 먹어 치웠다. 하지만 스킬라의 벼랑을 피하겠다고 너무 멀리로 배를 돌렸다가는 배 한 척을 통째로 삼켜버리는 거센 소용돌이 카리브디스로 끌려들어 갈 것이었다.

이아손은 안카이오스에게 스킬라와 카리브디스를 모두 피해 방향을 틀라고 지시했지만, 또 다른 위험이 도사리고 있었다. 악명 높은 플랑크타이, 즉 방랑하는 바위†였다. 가까이 있는 광포한 에트나산 때문에 위험한 암초들 사이에서 거친 바닷물이 부글부

---

* 릴리바에움은 꿀처럼 달콤한 포도주로 유명한 지금의 마르살라이다. 부테스와 아프로디테는 연인 사이가 되었다. 당시 아도니스와 연애하고 있던 아프로디테가 아도니스의 질투심을 유발하기 위해 그랬다는 설도 있다. 아프로디테와 부테스 사이에서 태어난 아들 에릭스는 자라서 당대에 가장 뛰어난 권투 실력으로 이름을 날렸다. 하지만 헤라클레스와의 승부에서 살아남을 만큼은 아니었다. 그 위대한 영웅은 노년에도 에릭스가 상대하기에 버거운 상대였다. 에릭스는 헤라클레스의 주먹질 한 방에 죽었다. 아니나 다를까 헤라클레스는 죄책감에 사로잡혀 에릭스의 몸을 다시 제대로 이어 맞추려 애썼다.

† '플래닛(planet, 행성)' 또한 '방랑하는 바위'이다. 둘 모두 '방랑자'를 의미하는 그리스어 '플라네타이(planetai)'에서 유래한다. 초기 천문학자들은 행성들이 다른 천체와는 다르게 하늘을 불규칙하게 방랑하는 모습을 관찰하고, 방랑하는 별들이라는 뜻의 '플라네테스 아스테레스(planetes asteres)'라 불렀다.

글 사납게 거품을 일으키며 화염과 연기를 뿜어댔다.

그 물살에 갇히기만 하면 돌이킬 방법이 없었다. 아르고호가 이리저리 떠다니는 검은 화산암들 쪽으로 내팽개쳐지자 안카이오스는 키를 돌리려 사투를 벌였다. 아르고호는 대형 선박이지만 지금은 하얗게 거품을 일으키는 급류에 휘말린 장난감 배에 불과했다.‡ 노호하는 파도 위로 선수상이 구시렁거리는 소리가 들렸다. 마침내 무슨 말인지 알아들은 이아손은 안카이오스를 끌어당겨 그의 귀에다 고함을 질렀다.

"조종하지 말아요! 그냥 내버려 둬요!"

"뭐라고요?"

"키를 놓으라고요. 그냥 놔버려요!"

"미쳤어요?"

"내가 하라는 대로 해요!"

안카이오스는 명령에 따랐다. 사실 키를 잡고 있기가 호랑이 꼬리 잡기만큼이나 힘들었던 참이라, 손을 놓고 하늘에 맡기라니 이렇게 기쁠 수가 없었다.

이제 그들의 목숨은 신들의 손에 달려 있었고, 이것이 바로 선수상의 의도였다. 아르고호는 이리저리 던져지고 옆으로 확 기울고 빙글빙글 돌고 앞으로 기우뚱 뒤로 기우뚱 하면서도 어찌어찌 바위들 사이로 잘 누비고 지나갔다. 광포하게 들끓는 급류에서 마침내 고요한 바다로 토해지듯 밀려나자 아르고호 원정대는 무릎

---

‡ 혹은 소행성들 사이로 요리조리 피해 다니려 애쓰는 밀레니엄 팰컨(《스타워즈》에 등장하는 우주선—옮긴이)처럼.

을 꿇고 기적의 구원을 베푼 신들에게 감사 기도를 올렸다.

한 명만 빼고.

"정말 재미있네요." 메데이아는 암초들이 뿜어내는 연기와 증기, 물보라를 뒤돌아보며 말했다. "한 번 더 하면 안 돼요?"

"천상의 왕비 헤라 님 덕분에 우리가 살아남은 겁니다. 그분이 우리를 인도해주신 거예요. 다음에 뭍에 오르면 헤라 님에게 암송아지를 큰 놈으로 한 마리 바쳐야겠습니다." 이아손이 말했다.

며칠 후 그들은 파이아케스족이 사는 푸르고 비옥한 스케리아섬*에 도착했다. 그곳의 왕과 왕비인 알키노오스와 아레테는 그들을 따뜻하게 맞아 진수성찬을 대접하고, 플랑크타이로부터 그들을 구해준 헤라에게 감사의 기도를 올리고 제물을 바치는 데 쓸 짐승을 준비해주었다.

원정대가 스케리아섬에 일주일째 머물고 있을 때 낯선 배 다섯 척이 항구에 닻을 내렸다. 콜키스의 선박들이었다. 아이에테스왕은 배에 없었지만 그들의 대장이 알키노오스왕을 찾아와 메데이아를 넘기라고 요구했다.

"공주님은 해적 이아손이 아니라 아이에테스 전하의 소유물입니다. 전하께서 공주님의 귀환을 요구하고 계십니다."

"내가 보기에 메데이아 공주는 콜키스로 돌아갈 마음이 전혀 없는 것 같소만."

"공주님의 아버지이신 왕께서 무엇을 원하느냐가 더 중요하지요. 공주님과 이아손은 부부지간이 아닙니다. 또한 공주님은 우리

---

* 오늘날의 코르푸섬.

왕국에 속한 귀하고 신성한 물건을 갖고 계십니다."

"그 물건이라는 게 무엇인가?"

사절단은 의논 후 말했다. "저희 마음대로 말씀드릴 수는 없습니다."

궁의 다른 곳에서는 메데이아가 아레테 왕비 앞에 무릎을 꿇고 있었다.

"우리 아버지가 얼마나 모진 인간인지 왕비님은 모르세요." 메데이아는 눈물을 흘렸다. "괴물이라니까요."

"하지만 이아손도 괴물 같더군요. 콜키스 사람들 말을 들어보니, 이아손이 공주의 어린 남동생을 납치해서 잘게 토막 내어 바다로 던져버렸다면서요. 정말 그런 남자와 살고 싶은가요?" 아레테가 말했다.

"다 거짓말이에요!" 메데이아는 훌쩍이며 머리칼을 왕비의 발 위로 늘어뜨리고는 앞뒤로 흔들어대며 울부짖었다. "제 동생은 열병으로 죽었고, 시간에 쫓기는 와중에도 제대로 된 장례를 치러주자고 먼저 말을 꺼낸 사람이 이아손 님이었다고요."

아레테의 마음이 움직였다. "지금 당장 남편에게 가야겠어요."

왕비가 알현실에 도착했을 때 마침 알키노오스왕이 판결을 선고하고 있었다. "메데이아 공주가 처녀라면 그녀의 아버지에게 속해 있으니 콜키스 사람들과 함께 돌아가야 한다. 처녀가 아니라면 이아손과 함께 머물러야 한다. 우리 섬의 북쪽에 살고 있는 덕망 높고 현명한 사제를 불렀다. 그녀가 으흠…… 메데이아 공주의 상태를 알려줄 것이다."

아레테는 자리를 떠 메데이아와 이아손에게 달려갔다. "지체할 시간이 없어요. 물어볼 것이 있는데. 두 사람이 동침을 하셨습니까? 그러니까 내 말은…… 교합을 했어요?"

이아손은 얼굴을 붉혔다. "시간이 없어서……. 배에서는 거의 불가능하고……."

아레테는 메데이아를 돌아보았다. "공주, 아직 처녀인 겁니까?"

메데이아는 고개를 떨구었다. 이 질문에는 거짓말할 필요가 없었다. "네."

"그럼 오늘 밤 바로잡아야 해요." 아레테가 말했다. "내일 아침엔 여성 사제가 와서 공주의 몸을 검사할 겁니다. 공주가 아직 처녀라는 사실이 밝혀지면 내 남편이 공주를 콜키스 사절단에게 넘길 거예요."

보기 드물게 강렬하고도 아름다운 장면이 펼쳐졌다. 이아손과 메데이아는 황금 양피를 펼쳐놓고 그 보드라운 황금빛 털 위에서 사랑을 나누었다.

다음 날 아침 콜키스 사람들은 좌절하여 떠났다. 알키노오스왕은 이아손을 알현실로 불렀다.

"그대들의 귀향길이 확실히 안전해질 때까지 내 배가 호위할 것이오." 왕은 스케리아섬을 떠난 아르고호가 콜키스 군에게 매복 공격당하는 일은 용납할 수 없었다.

아르고호 원정대는 파이아케스족의 호위 속에 사흘 밤낮을 항해한 끝에 감사의 작별 인사를 건네고 이오니아해*의 섬들을 빙

---

* 아드리아해 남부. '이오니아'라는 이름이 오늘날의 터키에서 저 멀리 그리스의 반대편까지 아우르는 소아시아 지역을 지칭하기 때문에 헷갈리기 쉽다.

돌아갔다. 며칠 동안 콜키스의 선박과 마주치지 않고 크레타섬에 가까워진 그들은 아직 접해보지 못한 기상천외한 위협에 직면하게 되었다.

소우다만에 다가가자 거대한 파도가 아르고호를 뒤집을 기세로 용솟음쳤다. 크레타섬 해안에 한 거인이…… 사람이 아니라…… 사람처럼 생긴 청동 기계가 있었다. 기계가 그 거대한 발을 쿵쿵 구르자 파도가 일어 아르고호의 선체를 때려댔다.

"어서 배를 돌려요! 그리고 노를 저어요! 심플레가데스를 통과했을 때처럼!" 이아손이 외쳤다.

파도가 닿지 않는 곳까지 멀찍이 떨어지자마자 그들은 뒤돌아보았다. 거대한 기계가 성큼성큼 섬의 모퉁이를 돌아 시야에서 사라졌다.

"저게 대체 뭡니까?" 원정대원들이 따지듯 물었다.

"탈로스. 탈로스라고 하지요." 네스토르가 답했다.

"어릴 적 내 스승이신 케이론 님에게 들은 적이 있습니다. 하지만 나를 재미있게 해주려고 지어낸 시시한 이야기인 줄로만 알았는데." 이아손이 말했다.

"방금 봤듯이 진짜 존재한답니다. 매일같이 크레타섬을 세 번 돌면서 해적과 침략선으로부터 섬을 지키지요." 네스토르가 말했다.

"헤파이스토스 님이 제우스 님의 명령을 받고 올림포스 대장간에서 탈로스를 만들었다는 게 사실입니까?" 이아손이 물었다.

"나는 다이달로스가 미노스왕을 위해 만든 걸로 알고 있는데요." 멜레아그로스가 말했다.

네스토르가 말했다. "아니, 아닙니다. 탈로스가 거대한 청동 종족의 마지막 후예라는 말이 맞을 겁니다. 그들은 멜리아데스, 그러니까 크로노스가 아버지 우라노스를 거세했을 때 땅에서 태어난 물푸레나무의 님프들*의 자식들이지요."

"그게 사실이라면, 탈로스는 기계가 아니라 필멸의 존재잖아요. 그럼 죽일 수도 있겠네요." 메데이아가 말했다.

"하지만 여보. 단단한 청동으로 만들어졌다잖아요." 이아손이 말했다.

네스토르가 말했다. "꼭 그런 건 아닙니다. 인간이든 기계든 간에, 목에서 발목까지 관 하나가 큰 핏줄처럼 쭉 연결되어 있어요. 바로 여기로 그의 이코르가 흐르고 있지요. 살아 움직이는 데 꼭 필요한 영액 말입니다.† 관은 그의 뒤꿈치에 청동 못으로 고정되어 있어요. 그 못이 빠지면 영액이 밖으로 흘러나와 탈로스는 쓰러질 겁니다."

"왜 굳이 놈하고 붙으려고 합니까?" 멜레아그로스가 물었다. "그냥 가던 길이나 갑시다."

"식량이 필요해요. 신선한 물과 빵, 과일…… 전부 다 떨어졌습니다." 에페모스가 말했다.

"게다가." 안카이오스가 말했다. "놈이 또 나왔어요!"

정말 그랬다. 탈로스가 다시 나타나 철벅철벅 파도를 헤치며 그들에게 다가오고 있었다.

---

* 『스티븐 프라이의 그리스 신화』 1권을 참고하라.
† 신들의 혈관에 흐르는 은빛 도는 황금 피 이코르는 인간들에게는 치명적인 독이었다.

"내게 맡겨요." 메데이아가 앞 갑판에 위풍당당하게 서서 큰 소리로 주문을 외웠다. "오라, 탈로스여, 어서 오라! 나에게 오라, 나에게 오라!"

탈로스는 걸음을 멈추고 고개를 갸우뚱했다. 메데이아는 계속 주문을 외우며 탈로스의 멍한 두 눈을 깊숙이 들여다보았다. 아레스의 숲에서 용이 그랬던 것처럼, 탈로스도 얼어붙었다.

"자." 메데이아가 말했다. "얼른 누가 내려가서 못을 뽑아요."

페이리토오스는 물속으로 뛰어들 수 있다는 것만으로도 기뻐 기꺼이 위험을 감수했다. 그는 이 사이에 청동 핀을 물고 파도 밖으로 나왔다. 그의 뒤에서 로봇이 삐걱거리고 휘청거리다 바닷속으로 와르르 무너져 내렸다.

이아손이 메데이아를 끌어안았다. "그대가 또다시 기적을 일으켰군요!"‡

원정대는 섬의 북쪽 해안을 따라 동쪽으로 천천히 나아가다가 이라클리온§에 들렀다. 그곳에는 탈로스의 죽음이 아직 알려지지 않았다.

귀향길의 마지막 구간을 위한 식량을 배에 싣고서 그들은 이올

---

‡ 이아손이 사용한 단어는 '타우마투르구스(thaumaturgus, 마술사, 기적을 행하는 사람)'였을 것이다. 내가 여덟 살에 고대 그리스어를 배울 때 학교에서 사용하던 교재에는 그리스어에서 유래한 영어 단어들이 많이 소개되어 있었다. '그라포(grapho, 쓰기)'에서 나온 '그래프(graph)'와 '그래픽(graphic)', '포노스(phonos, 소리)'에서 나온 '텔레폰(telephone, 전화)' 등등. 그런데 어떤 단어 목록에서 '타우마조(thaumazo)'에 붙어 있는 설명을 보고 느꼈던 당혹감은 절대 잊히지 않는다. "'타우마조, 놀라워하다, 혹은 감탄하다. 영어 단어 소머터지(thaumaturge, 마술사)를 떠올리면 외우기 쉽다." 그리고 이 말이 옳았던 것 같다. 지금까지 내가 그 단어를 기억하고 있는 걸 보면.
§ 칸닥스라고도 한다.

코스를 향해 떠났다.*

펠리아스의 신비한 죽음

이아손은 황금 양피를 자기 앞에 펼쳐놓고 펠리아스 앞에 무릎을
꿇었다.

　이아손과 원정대가 황금 양피까지 싣고서 성공적으로 돌아오
다니, 펠리아스가 예상하지도 바라지도 않은 일이었다. 영웅에게
임무를 주고 원정을 보내는 악한 자는 늘 자신이 영웅을 사지로
내몰았다고 믿는다. 신화나 전설, 이야기에 아무런 관심도 없으니
배우는 바가 없는 것이다. 만약 관심이 있었다면 깨달음을 얻어
승리했을 테니 우리는 그들의 무지와 아둔함을 다행으로 여겨야
할 것이다.

　"너무 오래 걸려 죄송합니다. 하지만 콜키스가 꽤 멀고 도중에
한두 가지 난관이 있었습니다." 이아손이 말했다.

　신하들이 호기심 어린 눈으로 지켜보고 있으니 펠리아스는 애
써 표정 관리를 해야 했다.

　"이 황금 양피는 잘 받으마. 확실히 진품 같군. 이제 물러가도

---

* 아폴로니오스 로디오스의 『아르고호 이야기』는 여기에서 끝을 맺는다(5~6세기
비잔틴 시대의 그리스에서 오르페우스를 화자로 하여 쓰인 『아르고나우티카 오르피
카(*Argonautica Orphica*)』도 마찬가지다). 아폴로니오스가 완성을 못 한 건지 아니면
제목에 충실해서 원정대의 여정만 이야기하고 그 결과와 여파는 빼기로 한 건지 알
수 없다.

좋다."

그들은 물러났다. 펠리아스는 왕위를 포기할 생각이 전혀 없어 보였다. 게다가 이아손은 그의 부모 아이손과 알키메데가 세상을 떠났다는 사실을 알았다. 그들이 동생 프로마코스와 함께 처형당했다는 얘기도 있고, 아르고호가 침몰해 전원 사망했다는 소식을 펠리아스에게 듣고서 아이손이 아내와 아들을 독살한 뒤 검으로 자살했다는 소문도 있었다.

"어느 쪽이건. 펠리아스가 원흉이야." 이아손은 원통해하며 말했다.

"내가 알아서 처리할게요, 여보. 당신은 펠리아스의 친척이니 당신 손으로 그를 끝장내는 꼴을 보여야 좋을 것이 없어요. 신이나 인간이나 그런 일에 얼마나 까다롭게 구는지 당신도 잘 알잖아요." 메데이아가 말했다.

메데이아는 펠리아스의 아홉 딸들인 펠리아데스†(알케스티스,‡ 알키메데,§ 안티노에, 아스테로페이아, 에바드네,¶ 히포토에, 펠리아스, 펠로피아, 피시디체)와 친해졌다.

---

† 아틀라스와 플레이오네 사이에 태어난 일곱 명의 딸인 플레이아데스와 혼동하면 안 된다. 이들에 대해선 『스티븐 프라이의 그리스 신화』 1권을 참고하라. 에우리피데스는 『펠리아데스(*Peliades*)』라는 비극을 썼지만, 분실되고 지금은 없다.

‡ 그녀는 나중에 아드메토스와 결혼하여 그 대신 죽겠다고 제안했다. 기억할지 모르겠지만, 헤라클레스가 그녀의 혼을 다시 데리고 나오기 위해 죽음의 신과 싸웠다.

§ 이아손의 어머니와 이름이 같아 헷갈리기 쉽다.

¶ 이 이름이 나머지 이름들 사이에서 좀 튀지 않는가? 맞춤법 검사기에 잡히지 않는 유일한 이름이다. 에바드네(Evadne)는 '아주 거룩한'이라는 뜻인데, 나는 생뚱맞게도 에반더 홀리필드(Evander Holyfield, 미국의 권투선수이자 영화배우―옮긴이)가 떠오른다.

"여러분의 아버지가 늙어가니 참 안타까워요." 메데이아가 아홉 자매에게 말했다. "내 아버지 아이에테스 님은 펠리아스 님보다 스무 살 더 많은데 외모도 행동도 손자만큼 젊으시답니다."

"어떻게 그럴 수 있지요?" 딸들이 다그쳐 물었다.

"내 능력에 대해서 들어본 적이 있을 거예요." 메데이아가 말했다.

"공주님이 마녀라고 하더군요!" 펠로피아가 말했다.

"항상 생각하는 거지만, 마녀라는 단어는 너무 끔찍한 것 같아요. '마법사'라고 불러주세요. 맞아요, 여러분의 아버지가 회춘할 수 있는 방법이 있긴 한데, 별로 관심 없으시죠?"

"아니, 있어요, 있어!" 아버지를 무척 사랑하는 딸들이 소리쳤다.

메데이아는 섬뜩한 마술을 준비했다. 딸들이 입을 떡 벌리고 멍하니 지켜보는 가운데 메데이아는 늙은 숫양을 한 마리 데려와 목을 벤 다음 작은 고기 조각으로 잘라 큰 솥에 던져 넣었다. 그러고는 마법의 약초들을 뿌리고 그 위로 두 손을 극적으로 놀리며 요술을 부렸다. 갑자기 매애 하고 우는 소리가 들리더니 어린양 한 마리가 솥에서 펄쩍 뛰어나와 깡충거리며 가버렸다.*

딸들은 헉하고 놀라며 손뼉을 쳤다.

"이거 받아요." 메데이아는 그들에게 약초를 한 다발 건넸다. "이제 여러분이 해보세요. 꼭 손을 이렇게 움직여야 해요……" 그녀는 아까 솥 위에서 손을 움직이며 했던 불가사의한 동작을 되풀

---

* 오비디우스는 다소 귀엽게 "젖을 줄 암양의 젖꼭지를 찾아"라고 표현한다.

이했다.

소녀들은 펠리아스가 낮잠을 즐기고 있는 방으로 달려갔다. 흥분과 환희의 비명을 지르며 아버지의 목을 베고 몸을 조각조각 잘랐다. 피가 철철 나는 아버지의 살덩이들을 솥으로 가져가 그 안에 떨어뜨리고 약초를 뿌린 다음 손을 놀려 요술을 부렸다. 젊음을 되찾은 펠리아스가 솥에서 튀어나오기를 숨죽인 채 기다렸지만, 이상하게도 그런 일은 벌어지지 않았다.

그들이 훌쩍이며 오빠 아카스토스에게 가서 자기들이 저지른 짓을 말해주자 그는 누이들이 속았음을 단번에 알아챘다.

"메데이아가 엉뚱한 약초를 준 거야, 이 바보들아!"†

아카스토스는 성대한 장례식뿐만 아니라 아버지를 추모하는 장제 경기까지 준비했다. 이 제전은 한 세대 후 트로이 성벽 앞에서 파트로클로스가 헥토르의 손에 죽자 사랑하는 친구를 기리기 위해 아킬레우스가 개최한 장제 경기 못지않게 유명해진다.

아카스토스는 그의 아버지보다 훨씬 더 호감 가는 인물이었고,‡ 이올코스 백성들은 펠리아스의 죽음이 메데이아와 이아손의 공동 책임이라는 아카스토스의 판결을 믿었다. 이아손은 인기 많은

---

† 진짜 마법이 아니라 마술이었을 가능성이 크다. 내 친구들이자 훌륭한 마술사 듀오인 펜 앤드 텔러(Penn&Teller)도 똑같은 효과를 완벽하게 재현할 수 있을 것이다. 종종 깜짝 놀랄 정도로 야비하고 불건전한 마술을 부리는 그들이라면 능히 해낼 수 있다. 어떤 면에서 그들은 우리 시대의 메데이아인 셈이다.

‡ 아카스토스는 아르고호 원정대 명단에 종종 포함된다. 그렇다면 펠리아스가 아들을 희생시키는 것도 서슴지 않았거나(아르고호가 돌아올 거라고는 눈곱만큼도 믿지 않았으니 말이다), 아니면 만약 황금 양피를 찾을 경우 그의 손에 확실히 들어올 수 있도록 아들을 동행시켰다는 뜻이 된다.

영웅에서 졸지에 혐오스러운 범죄자로 전락하고 말았다. 혈족 살해(어쨌든 펠리아스는 그의 숙부였다)*의 죄를 씻기 전까지는 왕위를 주장하기는커녕 이올코스에 머물 수조차 없었다.

이리하여 메데이아와 이아손은 아카스토스에게 왕국 통치를 맡긴 채 달아났다. 아르고호 선원들은 뿔뿔이 흩어져 각자의 고향으로, 삶으로, 모험으로 되돌아갔다. 그들 중 다수는 칼리돈의 멧돼지 사냥에서 재회한다. 지금은 잠시 이아손과 메데이아를 떠나 안카이오스의 이야기로 넘어가는 것도 괜찮을 듯싶다. 티피스가 죽은 후 아르고호의 키잡이를 맡았던 남자 말이다.

아르고호가 이올코스에 닿자마자 안카이오스는 파트모스섬 바로 북쪽에 있는 고향 사모스섬으로 떠났다. 아르고호 원정대에 합류하기 전에 그는 포도나무를 심고 원정에서 돌아오면 포도가 열려 있기를 기대했다.† 섬의 예언자는 안카이오스가 사모스섬으로 무사히 돌아오기는 하겠지만 포도밭의 포도주는 맛보지 못할 거라고 말했다. 안카이오스가 섬으로 돌아왔을 땐 기쁘게도 포도가 잘 익어 포도주가 되어 있었다. 그는 예언자를 불러 자기 앞에 세워놓고는 포도주 잔을 입술로 들어 올렸다.

"그대의 예언이 틀렸군." 안카이오스는 예언자의 면전에 술잔을 흔들었다. "이토록 무능한 예언자라니 해고해야겠는걸."

---

* 내 계산이 정확하다면 이조부(異祖父) 숙부다. 이런 단어가 있나 싶기는 하지만, 어쨌든 펠리아스는 이아손의 아버지 아이손과 이부형제 사이였다.
† 사모스섬은 양질의 포도주로 유명했다. 바이런은 서사시 「돈 후안」의 '그리스의 섬들' 편에서 그 포도주를 찬양한다. "사모스섬의 포도주로 술잔을 가득 채워라!"

"술잔과 입술 사이에는 많은 실수가 일어난답니다."‡§ 예언자가 말했다.

안카이오스가 포도주를 한 모금 마시려는 순간 밖에서 왁자지껄 시끄러운 소동이 일었다. 멧돼지 한 마리가 포도밭을 마구 짓밟고 있었다. 안카이오스는 술잔을 내려놓고 피해 상황을 살피러 뛰쳐나갔다. 그러자 멧돼지가 돌진해 엄니로 그를 들이받아 숨통을 끊어버렸다.

대대로 전해질 새로운 속담을 자신이 만들어냈다는 사실을 만끽하며 예언자는 술잔을 들어 포도주를 쭉 들이켰다.

아탈란타의 모험을 이야기할 때 알게 되겠지만, 나중에 아르테미스가 그 멧돼지를 칼리돈으로 보냈다.

메데이아의 복수

이아손과 메데이아의 이야기는 이제 코린토스로 넘어간다. 그들은 아카스토스와 이올코스 백성들의 노여움을 피해 그곳으로 달아났다.¶

---

‡ 일이 다 되어가는 판에도 실수가 많이 일어난다는 뜻의 속담.—옮긴이

§ 제니퍼 마치(Jennifer March)의 훌륭한 저서 『고전 신화 사전(*Dictionary of Classical Mythology*)』에 따르면, 예언자가 한 말은 "Πολλὰ μεταξὺ πέλει κύλικος καὶ χείλεος ἄκρου(폴라 메탁쉬 펠레이 쿨리코스 카이 헤일레오스 아크루)."였다.

¶ 이다음에 이어지는 이야기는 에우리피데스의 비극 『메데이아(*Medea*)』를 바탕으로 한 것이다.

크레온왕*이 은신처를 마련해준 덕에 그들은 곧 그의 궁전에 자리 잡고 편안한 생활을 누렸다. 메데이아와 이아손 사이에 아들 셋이 태어났고 모든 일이 잘 풀리고 있었다. 이아손이 크레온의 딸에게 눈독을 들이기 전까지는.

에로스의 화살에 심장을 꿰뚫렸던 자들 중 메네이아만큼 사랑에 모든 걸 바칠 각오가 되어 있는 사람은 없었다. 이아손을 향한 그녀의 사랑은 동물적이고 강박적이며 섬뜩할 정도로 격렬했다. 이아손의 배신을 알았을 때 그녀의 분노는 폭발하는 화산처럼 맹렬히 불타올랐다.

메데이아는 복수를 다짐했지만, 분노와 상처, 극악한 의도를 드러내지 않을 만큼 강인하기도 했다.

"설마. 나를 떠나기로 한 건가요?" 그녀는 이아손에게 물었다.

"이것도 다 정치적 전략이랍니다." 그가 답했다. "내가 크레온 가문의 사람과 결혼하면 언젠가 우리 아이들이 코린토스와 이올코스를 모두 통치할 수 있잖습니까. 놓치기 아까운 기회잖아요?"

"내가 당신을 위해 했던 일은 다 잊으셨나요?" 메데이아는 흔들리려는 목소리를 다잡으며 물었다. "불을 뿜는 황소들과 아레스 숲의 거대한 뱀을 쓰러뜨릴 수 있도록 도와준 이가 누구였죠? 크레타섬의 탈로스를 물리친 건 누구 덕……."

"그래, 알아요, 알아. 하지만 잘 생각해보면 아프로디테 님 덕분이었지. 이드몬이 죽기 전에 다 얘기해줬어요. 아프로디테 님이

---

* 헤라클레스와 오이디푸스의 이야기에 등장하는 동명의 테베 왕족과는 아무런 관계도 없다. 이 크레온은 시시포스의 후손으로 이아손과는 친척뻘이라 할 수 있으니 은신처를 제공해줄 만도 했을 것이다.

스티븐 프라이의 그리스 신화: 영웅 이야기

에로스 님을 보내 당신이 나를 사랑하게 만들었다고요. 나의 수호
신인 헤라 님의 명령으로 말입니다. 이 모든 것이 헤라 님의 뜻이
었고, 나를 도와준 이는 그분이었어요. 당신은 그저 그분에게 이
용당했을 뿐."

그저—그분에게—이용당했다. 이후 며칠 동안 메데이아는 이
말을 속으로 몇 번이나 되뇌었다. 하지만 지금 그녀의 입에서 나
온 말은 이러했다.

"그럼요, 내 사랑. 당신 말이 맞아요. 나도 알아요. 당신에게나,
크레우사와 그녀의 가족에게나 정말 잘된 일이지 뭐예요. 내 기쁜
마음을 알리는 뜻으로 최고의 결혼 선물을 준비해 크레우사에게
보내겠어요."

"천사 같은 사람." 이아손은 그녀의 양 볼에 입을 맞추었다.

메데이아의 엉덩이를 유쾌하게 찰싹 때리고는 그가 방에서 나
갔다.

남자들이란! 남자들이 잔인하고 야비하고 천박하고 무신경하
다는 말이 아니다. 물론 그런 남자들이 많긴 하다. 왜들 그리도 대
책 없는 눈뜬장님들인지. 왜들 그리도 믿을 수 없을 만치 미련한
지. 적어도 신화와 소설 속의 남자들은 그러하다. 물론 현실의 우
리 남자들은 눈치 빠르고 영리하고 결점이라곤 없지만.

크레우사에게 결혼 선물이 도착했다. 황금 화관과 아름답게 자
수를 놓은 향기로운 드레스. 거기에는 모두 메데이아가 뿌린 독약
이 묻어 있었다. 크레우사는 결혼식까지 참지 못하고 윤나는 청동
거울 앞에서 화관을 쓰고 드레스를 입어보았다. 몇 분 만에 독이
그녀의 살갗을 태우며 핏속으로 들어갔다. 그녀의 고통스러운 울

부짖음에 아버지 크레온은 죽어가는 딸을 품에 안고서 통곡하고 흐느꼈다. 하지만 딸의 시신을 내려놓으려 하자 독 묻은 드레스가 그에게 들러붙었고 그도 고통스럽게 죽었다.

이제 메데이아는 자신의 세 아들을 죽일 준비에 들어갔다.*

메데이아가 하려고 하는 일이 그녀가 지금까지 저지른 무시무시한 범행들 중에서도 가장 섬뜩해 보일지 모른다. 에우리피데스의 『메데이아』에서 그녀는 결단을 내리지 못해 갈팡질팡하며 명대사를 남긴다. 이 독백은 작품의 백미이기도 하다. 이 장면에서 메데이아는 관객의 공감을 사며 너무도 인간적인 비극적 주인공으로 부상한다.†

메데이아는 유아 살해를 앞두고 번민에 사로잡힌다. 그런 짓을 할 수도 없고 해서도 안 돼. 처음의 결정은 이랬지만, 만약 그녀가 하지 않으면 아이들이 처할 운명을 머릿속에 그린다. 그녀보다 더 몰인정한 인간들이 아이들의 목숨을 앗아가리라.

메데이아

당장에 난 결심했어요.

내 아이들을 죽이고 이 땅을 떠나기로,

머뭇거리거나 내 자식들을

---

* 세 아들 중 장남인 테살로스는 집을 떠나 케이론의 지도를 받고 있었던 덕에 화를 면했다. 그는 훗날 케이론의 동굴에서 돌아와 이올코스와, 그보다 넓은 아이올리아 지역(지금은 그를 기리는 뜻에서 테살리아라고 불린다)을 다스렸다.

† 요즘 메데이아 역을 맡는 배우들은 거의 대부분 토니상이나 올리비에상을 받는 것 같다.

더 무자비한 살인자들의 손에 넘기지 않으렵니다.

아이들은 반드시 죽어야 하니, 그들을 세상에 존재케 한 내가

그들을 죽이는 수밖에요.

자, 무장하라, 내 심장이여. 왜 이 비극적이지만

꼭 필요한 악행을 주저하는가?

자, 나의 불운한 두 손이여, 검을 잡아라,

검을 잡고 인생의 비참한 전환점으로 가라.

겁쟁이가 되어선 안 돼. 아이들을 생각하지 마.

그들을 얼마나 사랑하는지, 그들을 어떻게 낳았는지.

오늘 하루는 아이들을 잊고,

내일 슬퍼하는 거야. 아이들을 죽인다 해도

나는 그들을 아주 많이 사랑했으니까. 나는 불운한 여인이구나.

놀라운 반전으로 메데이아는 할아버지인 태양신 헬리오스가 보내준, 용들이 끄는 전차를 타고 무대 위에 등장한다. 아이들의 시신도 함께 데려간다. 코린토스에 남겨두면 제대로 된 장례를 치러주지 않을지도 모르니까. 아들들이 당한 참변을 전해 들은 이아손이 그녀를 외쳐 부른다. 그들은 비난과 저주를 현란하게 티격태격 주고받는다. 메데이아를 향한 이아손의 마지막 애원은 무시당한다.

이아손

신들의 이름으로 간청하건대

내 아이들의 보드라운 살을 만지게 해주시오.

메데이아

그런 일은 없을 것입니다. 그대의 말은 텅 빈 허공으로
내던져졌으니.

(그녀는 아테네를 향해 날아가 버린다.)

우리는 아테네에서 메데이아와 재회하게 될 것이다.*

  상심한 이아손은 코린토스에서 계속 살았고, 아르고호 원정을
함께한 오랜 친구이자 텔라몬의 형제인 펠레우스는 그에게 이올
코스로 돌아가 아카스토스를 왕위에서 쫓아내라고 설득했다. 이
거사를 성공시키며 이아손은 마침내 왕이 되었다. 하지만 그의 통
치는 오래가지 못했다. 어느 날 오후, 그는 사랑하는 아르고호의
선미 아래에서 잠들었다가 아슬아슬하게 붙어 있던 썩은 들보가
떨어지는 바람에 거기에 맞아 즉사했다.

  저 앞 뱃머리에서 선수상이 혼잣말을 중얼거렸다. "오래전 '충
돌하는 바위들' 때문에 선미재가 망가졌을 때 내가 경고했잖아.
'선미재를 제대로 고치도록 하라, 이아손이여, 그러지 않으면 언
젠가 후회할 테니'라고. 아무리 인간들을 도와주려고 해도 말을
들어야 말이지."

---

* 테세우스 편을 참고하라. 메데이아가 아테네에서 테세우스를 만났다는 사실은 테
세우스가 아르고호 원정대원이 아니었다는 증거가 된다.

아탈란타

야생아

그리스의 영웅들 중에는 인간, 소신小神, 반신반인, 그리고 무려 올림포스 신과의 사이에 태어난 혼혈들이 많았다. 예언적인 저주를 받고 태어나 버려졌다가 수양부모나 심지어 짐승의 손에 자라는 영웅들도 있었다. 많은 경우 그들의 몸에 흐르는 신의 피는 오히려 저주였다. 아마도, 끝도 없이 계속되는 힘겨운 시련을 견뎌내기 위해 인간성과 신성을 사용하면서 그들의 영웅적인 행보가 펼쳐졌을 것이다. 음, 물론 그랬다. 모든 영웅적인 행보는 거기에서 나온다. 나는 성별에 상관없이 모든 영웅을 '히어로hero'라 칭한다. 헤로Hero는 고대 세계에서 상당히 흔한 여성 이름이었고,* 굳이 '히어로'와 '히로인heroine'으로 구분 짓는 것은 세련되지 못하고 불필요하다는 데 모두가 동의해줬으면 좋겠다.

위대한 영웅 아탈란타는 대단한 왕족의 혈통을 이어받았다. 어

---

* 예를 들어, 레안드로스의 연인 헤로가 있다. 이들의 비극적인 이야기는 『스티븐 프라이의 그리스 신화』 1권에 실려 있다. 셰익스피어의 『헛소동』에서 레오나토의 딸도 헤로이다.

머니는 미니아스왕*의 딸 클리메네, 아버지는 오비디우스를 믿느냐 아폴로도로스를 믿느냐에 따라 이아소스가 될 수도 스코이네우스가 될 수도 있다. 이름이야 어떻든 그는 아르카디아의 왕으로 딸을 전혀 원치 않았다. 클리메네가 첫 아이로 딸을 낳자 그는 아기를 궁 밖으로 데려가 산에 내버리라는 명령을 내렸다. 앞으로 보겠지만, 자신의 아이를 그런 운명에 처하게 만든 왕은 그 밀고도 많았다.

아기는 살아남기 힘들도록 파르테니온산의 어느 높고 깊숙한 구석에 버려졌다. 아니나 다를까, 근위병이 아기를 내려놓은 지 겨우 반 시간 만에, 울음소리 때문인지 낯선 인간 냄새 때문인지 곰 한 마리가 어슬렁어슬렁 다가와 아기를 살폈다. 우연인지 아니면 모로스(만사를 결정하는 심원한 운명)인지, 이 곰은 암컷, 그것도 갓 낳은 새끼를 늑대들에게 잃은 지 하루도 안 지난 암곰이었다. 아직 모성 본능을 잃지 않은 암곰은 아기를 잡아먹기는커녕 젖을 물렸다.

이리하여 인간 여자 아기는 내성적이고 거칠며 몸이 날랜 산짐승으로 자랐다. 아탈란타가 스스로를 곰으로 생각했는지 아니면 처음부터 자기가 다르다는 걸 알아차렸는지는 알 수 없다. 그녀는 카스파르 하우저†나 아베롱의 빅토르‡, 타잔이나 모글리처럼 짐

---

* 미니아스는 테베의 최대 경쟁국인 보이오티아의 오르코메노스를 세운 왕이다. 헤라클레스는 미니아스의 후손인 에르기노스왕과 싸워 이겼고, 이 공로로 테베의 공주 메가라와 결혼했다.
† 1800년대 독일에서 어느 날 갑자기 기괴한 모습으로 나타나 어두운 골방에서 고립된 채 지냈다고 주장한 소년.—옮긴이
‡ 1799년 파리 교외 아베롱의 숲에서 사냥꾼에게 발견된 야생아.—옮긴이

승에게 키워져 사회화되지 못한 전설적인 야생아로 남았을지도 모른다. 어느 날 사냥꾼들이 그녀를 발견하여 데려가지 않았다면 말이다. 다행히도 그들은 성품이 좋고 상냥했다. 그들은 그녀에게 아탈란타§라는 이름을 지어주고, 덫 놓기, 살상, 활쏘기, 창던지기, 투석기 쏘기, 사냥개 부리기, 사냥, 사냥감 추적 등 수렵과 추격에 관련된 모든 기술과 비결을 가르쳤다. 자신을 키워준 곰의 사나움과 신속함에 인간의 섬세함까지 겸비한 아탈란타는 금세 그들의 기량을 따라잡고 능가했다. 최상의 날랜 몸과 타의 추종을 불허하는 사냥 실력을 가진 아탈란타는 자연스레 순결과 사냥의 신 아르테미스의 열렬한 추종자가 되어 온 마음과 영혼을 바쳤다.

어느 날 정확하고 빠른 궁술로 유명한 두 명의 켄타우로스(반인반마)가 아탈란타를 뒤쫓아 궁지에 몰아넣었다. 그녀는 켄타우로스들이 활을 들기도 전에 화살 두 발을 쏘아 그들에게 명중시켰다. 그녀의 명성이 자자해지자 그 어떤 남자보다 더 빨리 뛰고 활을 잘 쏘며 아르테미스를 모시는 아름다운 여인의 이야기를 지중해 지역의 모든 이들이 듣게 되었다.

그리고 아르테미스가 이웃 왕국에 보낸 극악무도한 멧돼지가 그곳의 백성들과 곡물과 가축을 유린할 때 그 저주를 풀어줄 이는 아르테미스의 가장 충직한 종이자 신봉자인 아탈란타밖에 없었다.

---

§ '무게가 동등한'이라는 의미인데 사람 이름으로 쓰기에는 이상한 단어다. 하지만 아마도 그녀를 발견한 사람들이 그녀가 남자와 대등하다는 뜻으로 그런 이름을 붙였을 것이다.

칼리돈의 멧돼지

아이톨리아 왕국의 일부이며 지금은 테살리아라고 불리는 도시 국가 칼리돈의 백성과 통치자는 어쩌다 보니 아르테미스를 모시는 일에 소홀해졌다. 시대가 시대인지라, 질투심 많은 신, 그것도 달의 신이자 순결한 사냥꾼을 등한시하는 건 어리석은 짓이었다. 아르테미스는 자신의 명예와 위엄을 해친 그들을 벌하기 위해 나뭇가지만 한 크기의 날카로운 엄니를 달고 염소, 양, 소, 말, 인간 아기들을 가리지 않고 먹어치우는 무시무시한 멧돼지 한 마리를 칼리돈에 보냈다.* 멧돼지는 농작물을 짓밟고, 포도밭과 헛간을 파괴하고, 로버트 브라우닝의 동화 『하멜른의 피리 부는 사나이』에 나오는 쥐들처럼 요람의 아기들을 물어뜯고 국자에 묻은 수프를 핥아 먹었다. 더 심한 짓도 했다. 시골 사람들은 두려움에 떨며 성벽 안으로 숨어들었고 곧 기근의 조짐이 보였다.

칼리돈의 왕 오이네우스는 다른 올림포스 신들을 제쳐놓고 디오니소스†를 과도하게 숭배하는 바람에 아르테미스의 분노를 산 장본인이었기 때문에 나라를 쑥대밭으로 만들고 있는 멧돼지를 없앨 묘책을 직접 강구하기로 했다. 그는 그리스 전역과 소아시아에 포고령을 내렸다.

"칼리돈의 사냥 대회가 한 달 후에 열릴 것이다. 가장 용맹한 최

---

* 포도주를 맛볼 기회도 주지 않고 사모스섬의 안카이오스왕을 죽여버린 바로 그 멧돼지이다.
† '포도주의 남자'라는 뜻을 가진 이름이다.

고의 사냥꾼들만 나서라. 사냥감을 죽이는 자는 그 짐승의 엄니와 털가죽을 전리품으로 얻으리라. 그러나 더욱 중요한 사실은 칼리돈의 멧돼지를 정복한 자로서, 당대의 가장 위대한 영웅호걸로 역사에 기록되는 영원한 영광과 영예를 얻는다는 것이다."

오이네우스왕의 부름에 응한 자들 중에는 이아손을 비롯해‡ 아르고호 원정에 참여했던 영웅들이 많았다. 황금 양피를 찾아 떠난 원정에서 흥분과 동지애를 만끽한 그들에게 평온한 가정생활은 무료하기만 했다. 사냥꾼들을 진두지휘할 오이네우스의 아들 멜레아그로스 역시 빼놓으면 섭섭할 아르고호 원정대원이었다.

그 자신은 몰랐지만 멜레아그로스는 기묘한 저주에 걸린 채 살고 있었다. 그가 태어난 때로 돌아가 그 이야기를 해보는 것도 재미있겠다. 멜레아그로스가 오이네우스왕의 아들이라고 했지만, 전쟁의 신 아레스와도 부자 관계였을 가능성이 있다. 알다시피, 당대의 영웅들에게는 드문 일이 아니다. 하지만 그의 어머니가 오이네우스의 왕비 알타이아였던 것은 확실하다. 알타이아는 남부러울 것 없는 왕족 출신으로, 그녀의 가문은 수장인 테스티오스의 이름을 따 테스티아데스라 불리기도 한다. 그녀에게는 네 명의 형제와, 별로 알려진 바가 없는 자매 히페름네스트라,§ 그리고 백조로 변신한 제우스의 품에 안겨 후대의 많은 화가들에게 영감을 준

---

‡ 참 바쁘게도 살았던 이아손이 언제 이 모험에까지 끼어들었는지 명확히는 알 수 없다. 아르고호 원정대가 돌아온 후, 펠리아스의 죽음으로 이올코스에서 달아나기 전이라는 것이 중론이다.

§ 이 이름은 그리스 신화에 다른 인물로 다시 등장한다. 로버트 그레이브스에 따르면 히페름네스트라는 '과도한 구애'라는 뜻이다.

자매 레다가 있었다. 레다의 이야기는 다음으로 미루고 지금은 알타이아에게 집중하자. 그녀는 오이네우스(혹은 아레스)와 동침하고 아홉 달 후 남자아이 멜레아그로스를 낳았다.

난산이었던 탓에 알타이아는 깊은 잠에 빠졌다. 아기는 난로 앞의 흔들 침대에 누워 옹알이를 하고 있었나.

이 평화로운 장면에 운명의 세 자매 신 모이라이가 슬그머니 다가왔다. 아레스의 아들일 수도 있는 이 아기의 미래는 남다를 테고, 모이라이는 평소처럼 아기의 운명을 결정하러 왔다.

클로토는 운명의 실을 자은 뒤 아기가 고귀한 인물이 될 거라고 단언했다. 레케시스는 클로토의 물렛가락에서 실을 당겨 길이를 쟀다. 그러고는 멜레아그로스를 아는 모든 이들이 그를 용맹한 자로 여길 거라 예언했다. 아트로포스는 실을 싹둑 자르더니, 자매들의 예언이 어떻든 아이는 화로 중심부에 있는 장작개비가 불에다 타지 않는 한 살아 있을 거라고 예고했다.

"그게 무슨 뜻이야?" 라케시스와 클로토가 물었다.

"장작개비가 다 타서 없어지면. 아레스, 오이네우스, 알타이아의 아들 멜레아그로스도 없어질 거라는 소리지!" 아트로포스가 말했다.

세 자매는 신나게 키득거리고 밤하늘로 사라지며 노래 불렀다.

운명의 장작개비가 재로 변하는 순간
멜레아그로스의 인생도 끝을 맞으리라.

알타이아는 눈을 번쩍 떴다. 그녀가 제대로 들은 걸까, 아니면 터무니없는 꿈을 꾼 걸까? 그녀는 침대에서 나가 화로로 갔다. 정말 화로 한가운데에 큰 장작개비가 하나 있었다. 그 주위에 불이 깜박이고 있었지만, 아직 완전히 옮겨 붙지는 않은 상태였다. 헛것이 보이는 건지 장작개비의 크기와 형태가 갓 태어난 아기와 꼭 닮은 듯했다. 그녀의 아기 멜레아그로스와! 알타이아는 장작개비를 끄집어내 화로 옆에서 데워지고 있던 구리 물통 속으로 허겁지겁 던져 넣었다. 물이 지글거리며 불이 꺼졌다. 아기는 행복하게 까르르 웃었다.

이젠 어찌해야 할까? 알타이아는 장작개비를 아기 담요로 돌돌 싼 다음, 사람들이 드나들지도 사용하지도 않는 궁전 지하방으로 허둥지둥 내려가 흙바닥을 파고 장작개비를 깊숙이 묻었다. 그냥 손 놓고 있었다면 그녀의 아들은 오 분 만에 죽었을지도 몰랐다. 이제 그는 영생을 누리리라!

그리하여 오이네우스왕과 알타이아 왕비의 칼리돈 궁전 밖에서 멧돼지가 나라를 쑥대밭으로 만들고 있는 지금의 상황까지 온다. 그들의 상속자, 훤칠하고 강하고 고결하며 용맹한 멜레아그로스 왕자는 이제 의젓한 어른이 되어 그들과 함께 살고 있다. 그의 여섯 자매(고르게, 멜라니페, 에우리메데, 데이아네이라,* 모토네, 페리메데)와 알타이아의 네 형제인 외숙부들 테스티아데스(톡세우스, 에비포스, 플렉시포스, 에우리필로스)도 마찬가지다. 테스티아데스는 뛰어난 사냥꾼들이지만, 칼리돈의 멧돼지처럼 거대하고 무시무시한 사냥감을 몰아붙여 잡으려면 오이네우스왕의 부

---

* 헤라클레스의 삶과 죽음에 숙명적인 역할을 맡는 바로 그 여인이다.

름에 응한 수많은 사냥꾼들이 모두 힘을 합쳐야 한다는 사실을 잘 알고 있다.

하지만, 이건 또 무슨 일이란 말인가? 짐승 가죽을 몸에 걸치고 사냥용 활을 어깨에 멘 키 큰 여자 한 명이 사냥개들을 데리고 궁으로 들어와 창을 벽으로 힘껏 던지며 자기도 사냥에 참여하겠냐고 하자 외숙부들은 웃음을 터뜨린다.

멜레아그로스는 호리호리하고 탄탄하며 햇볕에 그을린 몸에 거칠고 아름다운 이 여자를 보는 순간 사랑에 빠져버렸다.*

"그녀가 우리와 함께하겠다면 나는 반대하지 않겠습니다."

멜레아그로스의 외숙부들은 비웃으며 야유를 보낸다.

"여자들은 뭐 하나 제대로 던질 줄도 모르잖아." 톡세우스가 조롱한다.

"여자들은 똑바로 달리지도 못한다고. 나무에 부딪히거나 어디에 걸려 넘어지기나 하지." 에비포스가 콧방귀를 뀐다.

"여자가 무슨 활을 쏴. 자기가 쏜 화살에 도로 맞지나 않으면 다행이지." 플렉시포스가 능글맞게 웃는다.

"여자들은 배짱이 없어서 뭘 죽이지도 못해." 에우리필로스가 빈정거린다.

"어디 봅시다." 아탈란타가 말한다. 그녀의 음산하고, 떨리지만 당당한 목소리에 멜레아그로스는 더 깊은 사랑의 늪으로 빠져든다.

---

* 하지만 멜레아그로스는 클레오파트라(이다스 왕자와 마르페사 공주의 딸로, 우리가 아는 그 클레오파트라와는 아무런 관계도 없다)라는 아주 아름다운 여인과 이미 결혼했다.

아탈란타가 창으로 간다. "저기 저 나무 세 그루. 우리 중 누가 제일 먼저 저 나무들의 줄기마다 화살을 꽂을 수 있을까요?"

외숙부들도 창으로 가서 그녀의 시선을 따라가 보니, 저 멀리 사시나무 세 그루가 나란히 서서 미풍에 흔들리고 있다.

"그대가 신호를 주시지요." 아탈란타가 멜레아그로스에게 말한다.

멜레아그로스가 한 팔을 들어 올렸다가 내리며 외친다. "사격!"

테스티아데스는 허둥지둥 화살통에서 화살을 뽑아 활시위를 당기고…….

"횡, 횡, 횡!"

화살 세 발이 아탈란타의 활에서 순식간에 날아갔고, 그녀는 창문을 등에 진 채 팔짱을 끼고 서서 냉소를 짓는다. 멜레아그로스와 외숙부들은 그녀의 어깨 너머로 나무들을 바라본다. 사시나무 줄기마다 화살이 정중앙에 꽂혀 있다.

플렉시포스는 활을 서둘러 더듬다가 바닥으로 요란하게 떨어뜨리고 말았다. 서툰 아이 같은 꼴을 보인 이 상황이 그는 영 못마땅하다.

"아, 그런데 힘은 어쩐다지." 그가 으르렁거리듯 말한다. "시력도 좋고 손놀림도 빠른 것 같소만, 이 멧돼지가 여간 사납고 센 놈이 아니라서 말이지. 한낱 여자가 상대하기에는……."

그가 다음에 무슨 말을 하려고 했는지는 아무도 모른다. 돌연두 발이 공중으로 들리는 바람에 그는 말하는 것도 숨 쉬는 것도 잊고 만다. 아탈란타가 그를 새끼 고양이인 양 머리 위로 가볍게 들어 올린 것이다.

"어디로 던져드릴까요?" 아탈란타가 나머지 사람들에게 묻는다. "창밖으로? 아니면 불 속?"

그들은 황급히 그녀를 사냥에 끼워주기로 약속한다. 그러자 이제 사냥대 내에서 불만이 생긴다. 거만한 그들은 아르테미스가 멧돼지를 칼리돈으로 보냈을 뿐만 아니라 자신의 가장 광신적인 숭배자를 자기 대변자로 사냥에 보냈다는 사실을 알 리 없다. 아르테미스는 아탈란타를 통해 사냥꾼들을 최대한 골탕 먹일 작정을 하고 있다. 아탈란타가 자신이 신의 대리인임을 알고 있었는지, 아니면 그녀도 모르는 새에 신에게 이용당하고 있었는지는 확실히 알 수 없다.

아탈란타에게 홀딱 반한 멜레아그로스는 이디스 해밀턴의 표현대로 하자면 "아가씨라고 하기에는 소년 같고, 사내라고 하기에는 소녀 같은" 이 경이로운 여인과의 사이에 좀처럼 진척을 보지 못했다. 아르테미스의 열렬한 추종자인 아탈란타는 당연히도 남자와 사랑에 등을 돌렸다. 그래도 그녀는 멜레아그로스를 동지로 기꺼이 받아들였고, 사랑에 푹 빠진 청년은 이 아름다운 사냥꾼의 곁에 있을 수 있는 것만으로도 가슴이 설렜다.

고전 문헌들에는 멜레아그로스와 네 명의 테스티아데스를 중심으로 모인 사냥대원들이 쉰 명 넘는다고 기록되어 있다. 아르고호 원정대원 명단과 마찬가지로 문헌마다 차이가 있어 대단히 혼란스럽다. 이 영웅들의 후손임을 주장하고 싶은 그리스 명문가들의 희망 사항으로 훗날 더 추가되기도 했을 것이다.

이아손 이외에도 수많은 아르고호 원정대원들이 사냥터에 몰려든다. 멜레아그로스의 사촌들인 쌍둥이 카스토르와 폴리데우케스, 배짱 두둑한 라피테스족의 왕 페이리토오스, 현명한 필로스의 네스토르, 지칠 줄 모르는 형제 펠레우스와 텔라몬, 헤라클레스의 벗이자 아폴론의 전 애인인 친절한 아드메토스, 타의 추종을 불허하는 명의 아스클레피오스. 불세출의 영웅 테세우스도 다른 이들과 마찬가지로 극도의 위험을 탐닉하기 위해, 그리고 페이리토오스와의 우정 때문에 이곳에 와 있다. 이런 영웅들의 집결을 또 보려면 트로이 전쟁까지 기다려야 한다.

그들은 전부 남자이다. 아탈란타만 빼고.

멧돼지 사냥

오이네우스는 자신의 요청에 응해준 용맹한 영웅들과 사냥꾼들, 전사들을 환영하고 고마움을 전하는 뜻으로 아흐레 밤 동안 진수성찬을 대접하며 연회를 베풀었다. 열흘째 날 아침 그들이 궁 밖에 모였다. 사냥개들이 졸졸 따라오고, 시동들이 갑옷을 입혀주고, 마부들이 뱃대끈을 조르고, 집사들이 뜨거운 포도주를 술잔에 담아 바쳤다. 안전하게 성벽 안에 들어와 있던 시민들의 환호는 감사와 격려와 존경과 자부심이 담긴 함성으로 커지고, 사냥대는 궁의 정문을 빠져나갔다. 여분의 투창, 도끼, 철퇴, 화살을 실은 수레들이 행렬의 맨 끝에서 따라가며, 황량한 쑥대밭이 되어버린 시골로 향했다.

지금껏 인간 세상에서 이렇게 거대한 멧돼지가 추적당해 죽는 건 고사하고, 눈에 띄거나 소문이 난 적도 없었다. 사냥대는 가는 길에 참상을 목격했다. 밭이라는 밭은 전부 짓밟혀 있고, 포도나무들은 모조리 뿌리째 뽑혀 있고, 닭, 고양이, 개, 송아지, 염소, 양할 것 없이 모두 목을 뜯기고 내장을 밖으로 드러낸 채 쓰러져 있었다. 이 가여운 짐승들이 잡아먹혔는지 아니면 장난에 몰살당했는지, 충격에 빠진 사냥꾼들은 알 길이 없었다. 정상적인 몸집의 멧돼지라면 100마리라도 이런 참사를 일으키지 못할 터였다.

멜레아그로스와 외숙부들은 계획을 짰다. 북쪽으로 몇 킬로미터 올라가면 망가진 헛간이 한 채 있었다. 사냥대가 줄을 지어 가면서 고함을 지르고 발을 쿵쿵 구르고 횃불을 흔들어 멧돼지를 서서히 그 방향으로 몰고 간 다음 그물과 불과 아우성을 이용해 헛간에 남아 있는 두 벽의 모서리에 가둘 수 있다면. 그곳이 바로 도륙의 장이 되리라.

"그 연극 무대에서 돼지는 비운의 주인공이 될 겁니다." 멜레아그로스가 말했다.

외숙부들과 잔뼈 굵은 사냥꾼들은 고개를 끄덕였다.

사냥대는 아침부터 늦은 오후까지 애쓴 끝에 멧돼지를 포위해 은신처에서 몰아내는 데 성공했다. 와글와글 법석을 떨고 창으로 방패를 두드리며 최대한 시끄럽게 소리를 내면서 멧돼지를 헛간 쪽으로 몰고 갔지만 놈은 두려운 기색이 조금도 없었다. 가끔 몸을 휙 돌려 행렬의 한 부분으로 돌진해 거기 있는 모든 이들을 식겁하게 만들고는 다시 헛간 쪽으로 느릿느릿 달리며 엄니를 내리고 의기양양하게 비웃는 듯 꽥꽥거렸다.

"놈이 저럴 때마다 줄을 흐트러뜨리지 않도록!" 오이네우스왕이 명했다.

"저 뒤에서 말 타고 계신 양반이야 속 편하게 저런 소리가 나오지." 아탈란타는 혼자 중얼거리며, 뿔 모양의 잔으로 포도주를 마시는 왕을 경멸하는 눈으로 쳐다보았다. 그녀의 곁에 있던 멜레아그로스는 그녀가 무슨 생각을 하고 있는지 눈치챈 모양이었다.

"저분은 전사는 아니지만 훌륭한 행정관이지요. 이 땅에 평화와 번영을 가져다 주셨으니까요."

"위대한 신 아르테미스 님을 잊기 전까지는 그랬지요." 아탈란타가 말했다.

"그거야 그런데……. 아, 저기 봐요! 계획대로 되고 있어요, 드디어!"

과연 멧돼지가 버려진 헛간 쪽으로 슬금슬금 가다 말다 하는 것처럼 보였다. 멧돼지의 발이 헛간 바닥에 깔린 판석을 긁으며 미끄러지는 소리가 들렸다. 앞줄에 있는 사냥개들은 자신만만해져 으르렁으르렁 이빨을 드러내고 침을 질질 흘리며 머리를 들이밀었다. 이런 소리와 광경 앞에서는 누구든 하데스를 대면한 듯한 두려움을 느끼겠지만, 멧돼지에게는 그가 처한 상황을 일깨워줄 뿐이었다. 놈은 고개를 숙이더니 갑작스레 상상도 못 한 속도를 내며 앞으로 돌진했다. 대장 사냥개의 턱 아래를 위로 쳐올리고 왼쪽 엄니로 개의 목을 찌른 다음 두개골을 뚫고 나왔다.

멧돼지의 머리가 다시 내려갔다가 올라오면서 또 다른 사냥개의 옆구리를 확 찢어버렸다.

나머지 사냥개들은 너 나 할 것 없이 기겁하여 크게 짖으며 허둥지둥 달아나 주인들의 다리 사이에 숨어 벌벌 떨었다.

사냥꾼들은 각오를 다지고 멧돼지와 맞서 싸울 준비를 했다. 멧돼지의 엄니 끝에는 살점과 털이 들러붙어 있고, 털은 피에 흠뻑 젖어 있었다. 나중에 모두가 증언한 바에 따르면, 놈의 두 눈은 휘탄처럼 번득였다고 한다. 그 사납게 불타오르는 주황빛과 붉은빛이 놈 주위로 몰려드는 남자들, 그리고 한 명의 여자를 차례로 조준했다.

"지금, 지금입니다!" 멜레아그로스는 이렇게 외치며 멧돼지에게 그물을 획 던졌다.

몸의 절반이 그물에 걸렸지만 멧돼지는 성이 나서 옆으로 구르고 마구 발길질을 하다 머리를 획 젖혀 빠져나갔다. 멧돼지가 처음 보인 약한 모습에 사냥꾼들은 용기가 생겼다. 와아 하고 큰 함성을 내지르며 영웅들이 한 명씩 도끼와 검, 창, 단검을 들고서 성난 짐승에게 달려들었다. 사타구니와 배를 엄니로 들이받는 것이 놈의 본능이었다. 고환과 내장이 쭉 찢어져 밖으로 드러났다. 온 사방에 피가 튀었다. 죽음을 자초한 용맹한 영웅들의 비명 소리는 애처로울 지경이었다.

그중 가장 대담무쌍한 이들은 제일 먼저 나섰다가 보람도 없이 갈기갈기 찢겨 즉사해버린 펠라곤, 힐레우스, 히파소스, 에나이시모스였다. 펠레우스는 덤불에 몸을 숨긴 채 투창을 던졌다가, 충직한 아르고호 원정대원이었던 에우리티온을 맞히고 말았다.

그야말로 아수라장이었다.

훌륭한 사람들이 많이 죽어나가는 모습에 안 그래도 기가 꺾여 있던 사냥꾼들은 에우리티온의 우발적인 죽음을 흉조로 보고 달아날 궁리를 하기 시작했다. 승리를 예감한 멧돼지는 고개를 쳐들고 쿵쿵거리며, 중년의 나이에 벌써 세상 최고의 현자로 명성이

자자하던 필로스의 왕 네스토르에게 돌진했다. 역시 현자답게 울고불고해봐야 아무 소용 없다는 걸 아는 네스토르는 가만히 서서 하늘을 올려다보았다.

그의 뒤에서 아탈란타가 앞으로 나오며 소리쳤다. "숙여요, 네스토르! 숙여…… 지금!"

네스토르가 바닥에 납작 엎드리는 동시에 아탈란타의 활을 떠난 화살이 방금 전까지 네스토르의 심장이 있던 곳을 지나 돌진하는 멧돼지의 목에 꽂혔다.

아미클레스의 왕 히포콘과 전쟁의 신 아레스를 모두 아버지로 둔 성미 급한 알콘이 벌떡 일어나 창을 휘두르며 동료들에게 호통쳤다. "부끄러운 줄 아시오, 형제들이여! 이건 여자가 나설 일이 아니오. 남자의 능력을 세상에 보여줍시다!" 그가 몸을 돌리는 순간, 멧돼지는 아탈란타의 화살을 목에 대롱대롱 매달고서 고개를 숙인 채 돌진할 준비를 하고 있었다. 알콘이 창을 들어 올렸을 때쯤 짐승이 그를 덮쳤다. 엄니 두 개가 그의 배를 파고들었다. 멧돼지는 고개를 쳐들고 알콘의 몸을 빙글빙글 돌리는 섬뜩한 춤을 추면서 엄니로 그의 배를 점점 더 뜯어냈고, 가여운 청년의 창자와 내장이 밖으로 쏟아져 나와 헛간의 돌바닥에 붉고 끈적끈적한 원을 만들었다.

괴물 같은 짐승이 엄니로 물고 있던 알콘의 시체를 휙 내팽개치고 또다시 돌진하기 위해 땅바닥을 긁어댈 때 오로지 멜레아그로스만이 제자리에 꿋꿋이 버티고 서 있었다. 멧돼지가 맹렬히 달려오자 멜레아그로스는 왼쪽으로 미끄러지며 몸을 젖히고 오른팔로 놈을 겨누었다. 멧돼지가 그 움직임을 보고는 격분하여 포효했다. 멜레아그로스는 멧돼지의 열린 입을 조준해 창을 비스듬히 위로 던졌다. 창끝이 놈의 위쪽 두개골을 뚫고 들어가 핏덩이와 뇌를 잔뜩 묻히고서 밖으로 튀어나왔다. 거구의 짐승은 몸서리를 치다가 죽어서 땅으로 쓰러지며 희생자들의 피와 내장에 쭉 미끄러졌다.

오이네우스는 반쯤 취한 채 말에서 내려 아들을 껴안았다.

"멜레아그로스, 내 아들아. 우리 가문의 명예를 지켰구나! 네가 놈을 해치웠으니 전리품도 네 것이다. 자, 저 야수의 가죽을 벗기고 엄니를 뺀 다음 궁으로 놈을 데려가 연회를 열고 포도주로 너의 승리를 축하하자꾸나!"

멜레아그로스는 멧돼지의 상처에서 뿜어져 나오는 피를 두 손으로 받아 마시고 있던 사냥꾼들을 돌아보며 선언했다. "가죽과 엄니는 아탈란타에게 돌아갈 겁니다! 선제공격을 한 건 아탈란타였으니까요. 그녀의 화살이 빗나갔다면 우리는 저 괴수를 붙잡지 못하고 까마귀와 여우들이 우리의 썩은 시체를 파먹었겠지요. 전리품은 아탈란타의 것입니다."

멜레아그로스의 외숙부들이 앞으로 나왔다. 사냥을 할 때에는 최전방에서 활약하지 않아 별로 눈에 띄지 않던 그들이지만, 가문의 명예와 남자의 자존심이 걸린 문제에서는 가만히 있지 못했다.

"저 마녀는 외부인이야." 톡세우스가 말했다.

"정신 나간 처녀가 어쩌다 한 발 맞힌 거지." 에우리필로스가 말했다.

"사냥의 포상은 테스티오스 가문으로 돌아가야 한다." 에비포스가 말했다.

"여자가 있어야 할 곳은 화로나 하렘, 아니면 집이지, 사냥터가 아니라." 플렉시포스가 말했다.

"전리품은 아탈란타의 것이라고 분명히 말씀드렸습니다." 멜레아그로스가 말했다. "숙부님들이 아니라 제가 결정할 문제지요."

플렉시포스가 멧돼지 시체로 다가갔다. 그러더니 칼을 꺼내 엄니의 뿌리까지 푹 찔러넣었다.

"그만두십시오!" 멜레아그로스가 소리쳤다.

톡세우스가 활을 들어 올렸다.* "비켜서라, 조카여. 자네가 전리품을 가문에 바치지 않는다면, 우리가 알아서 갖겠다."

멜레아그로스는 노호하며 허리띠에 찼던 칼을 휙 던졌다. 칼은 톡세우스의 눈으로 곧장 날아갔다.

톡세우스가 땅으로 쓰러져 죽기도 전에 멜레아그로스는 검으로 플렉시포스의 옆구리를 찌르고 에우리필로스의 목을 베었다. 이제 살아 있는 사람은 에비포스뿐이었다.

핏빛 광기를 머금고 활활 불타오르는 멜레아그로스의 눈을 본 에비포스는 힘겹게 뽑았던 검을 떨어뜨리고 애원했다. "살려주시게, 조카여! 자네 어머니를 생각하게. 내 누이. 형제 넷이 모두 죽어버리면……"

아탈란타를 향한 사랑과 살육에 정신이 나간 멜레아그로스는 자비를 베풀 여유가 없었다. 그는 무릎으로 노인의 사타구니를 찼다. 에비포스가 고통스러워하며 몸을 웅크리자, 멜레아그로스는

---

* '톡소필리(toxophily, 궁술 연구)'라는 단어도 있듯이, 톡세우스는 '궁술가'라는 뜻을 지니고 있다.

그의 머리를 붙잡고 한 번, 두 번, 세 번 비틀었다. 목이 부러지는 소리에 숨통이 끊겼다는 확신이 들 때까지.

아탈란타는 탄식하며 고개를 돌렸다.

도시와 궁전의 여성들과 아이들, 사제들, 겁쟁이들, 상인들, 노인들이 줄줄이 나와 멧돼지의 시체를 구경했다. 알타이아 왕비가 도착했을 때 마침 그녀의 아들 멜레아그로스가 아찔한 승리감에 취한 채 시체가 된 그녀의 형제들을 내려다보며 서 있었다.

슬픔에 이성을 잃고 복수심에 불탄 알타이아는 궁으로 달려갔다. 지하실로 내려가, 아들이 태어난 날 장작개비를 묻어두었던 외딴 방으로 갔다. 아트로포스와 두 자매는 장작개비가 불에 타 없어지지 않는 한 멜레아그로스의 목숨이 붙어 있을 거라고 했었다. 하지만 지금 알타이아에게 정 따위는 남아 있지 않았다. 그녀가 사랑하는 형제들을 죽인 멜레아그로스는 한순간도 더 살아 있을 자격이 없었다.

알타이아는 땅을 마구 파헤쳐, 수년 전 묻었던 그대로 양털 담요에 돌돌 싸여 있는 장작개비를 꺼냈다.

운명의 장작개비가 재로 변하는 순간
멜레아그로스의 인생도 끝을 맞으리라.

알타이아는 거대한 아궁이에서 밤낮 할 것 없이 맹렬한 불길이 타오르고 있는 부엌으로 급하게 달려갔다. 위를 올려다보니, 위층의 연회장 바닥에 뚫린 구멍 너머로 커다란 꼬챙이가 불길 바로 위에 걸려 있는 것이 보였다. 가죽과 내장을 제거한 멧돼지 시체가 이

꼬챙이에 꽂혀 잔치를 위해 서서히 구워질 것이다.

여전히 분노가 가시지 않은 알타이아는 담요를 풀고 장작개비를 불길 속으로 획 던졌다.

타다닥 불꽃이 튀면서 오래된 장작개비가 불길에 휩싸이는 걸 본 순간 알타이아는 자신이 저지른 짓을 후회했다. 장작개비를 다시 끄집어내려 했지만 불이 너무 뜨거웠다. 장작개비를 되찾으려다가 그녀의 몸을 깡그리 태울 판이었다.

알타이아는 어쩌면 수년 전 운명의 신들끼리 속삭였던 대화는 그저 꿈이었을지도 모른다고 속으로 중얼거렸다. 이미 오래전 이런 확신이 들었었다. 모이라이의 결정이 인간의 귀에 들릴 리가 없지 않은가. 누군가가 엿들을 가능성이 있다면 그렇게 서로 대화를 나눴을 리가 없다. 모든 게 그녀의 상상이었으리라.

틀림없다!

알타이아는 너덜너덜하게 해진 담요로 뺨을 쓰다듬었다.

틀림없겠지?

알타이아는 깊고도 소름 끼치는 불길한 예감에 사로잡혀 몸을 돌려 밖으로 뛰쳐나가, 칼리돈의 멧돼지와 그녀의 형제들을 비롯한 수많은 영웅들의 시체가 쓰러져 있는 헛간으로부터 들려오는 섬뜩한 고함 소리를 향해 달려갔다.

알타이아가 그곳에 도착했을 때 그녀의 아들 멜레아그로스가 괴로워하면서 이리저리 뛰어다니고 깡충거리며 괴수 멧돼지처럼 흉측하게 꽥꽥거리고 있었다.

"내 몸이 불타고 있어요! 불타고 있다고요!" 그가 괴성을 질렀다. "살려주세요, 어머니! 살려주세요!"

모든 이들은 이 용맹한 청년이 갑자기 광기에 사로잡히는 걸 보고는 어리둥절하고 불안하여 주춤 물러났다. 불이 붙지도 않았는데 그는 마치 뜨거운 불길에 타고 있기라도 한 양 울부짖고 몸부림치다가 땅으로 쓰러져 이리저리 뒹굴었다. 결국 비명 소리가 흐느낌으로, 흐느낌이 떨리는 한숨으로 변하더니 조용해지면서 그의 숨이 완전히 끊겼다. 영혼이 떠난 그의 몸은 시꺼멓게 타서 잿빛 가루가 되어 바람에 휙 날아가 버렸다. 자존심 강한 미남자 멜레아그로스의 시체에 대한 기억 말고는 아무것도 남기지 않은 채.

알타이아는 비탄에 잠겨 울부짖으며 숲속으로 무작정 내달렸다.

몇 시간 후 그녀는 낡은 담요 조각을 손에 그러쥔 채 나뭇가지에 매달려 있는 모습으로 발견되었다. 스스로 목을 매기 전 그녀는 극심한 고통을 이기지 못해 자신의 뺨을 마구 잡아 뜯었다.

이 일련의 안타까운 사건들은 오이네우스왕이 아르테미스를 적절히 모시지 않았기에 벌어졌다. 아르테미스는 그 벌로 먼저 멧돼지를 보내 시골을 쑥대밭으로 만들어 오이네우스의 왕국을 파멸 직전으로 몰고 갔고, 그다음엔 아탈란타를 보내 그를 돕기 위해 모인 전사들과 그의 가족 사이에 불화의 씨를 뿌렸다. 사냥 자체의 결말을 보자면, 훌륭한 영웅들이 수십 명 목숨을 잃었고, 그 후 일어난 대립으로 오이네우스왕의 처남들이 살해당하고 아들 멜레아그로스가 괴기한 발작을 일으켜 죽었으며 아내 알타이아가 참담하게 스스로 목숨을 끊었다. 하지만 아르테미스는 여기서 멈추지 않았다. 슬픔에 젖어 있는 멜레아그로스의 누이들인 멜레아그리데스(멜라니페, 에우리메데, 모토네, 페리메데)를 뿔닭으로 변신시켜 평생 꼬꼬댁거리며 오빠의 죽음을 애도하게 만들었다.*

하지만 아르테미스는 알타이아와 오이네우스의 나머지 두 딸은 살려두었다. 훗날 중요한 기여를 하도록 운명 지어진 고르게와 데이아네이라였다.†

임무를 마친 아탈란타는 쓰라린 몰락을 맞은 칼리돈 왕국을 떠나 다시는 돌아가지 않았다.

달리기 시합

칼리돈의 멧돼지 사냥에서 대활약을 한 후 아탈란타의 이름은 널리 알려졌다. 그녀의 아버지 스코이네우스왕의 귀에까지 그 소식이 들려왔다. 그는 딸을 산비탈에 버린 무정한 아버지였지만, 지금은 어떻게든 딸을 궁으로 다시 불러들일 궁리밖에 없었다. 자식이 유명해지거나 부자가 되고 나서야 부모 노릇을 하려 드는 비정하고 폭력적이며 자격 없는 부모가 그가 처음일지는 몰라도 마지막은 아니었다.

"내 사랑하는 딸아." 그는 왕국의 크기를 보여주려는 듯 두 팔을 크게 벌리며 말했다. "이 땅이 전부 너의 것이 될 거란다."

"그래요?" 아탈란타가 물었다.

---

* 지금도 '멜레아그리디다에(meleagrididae)'라는 학명을 가진 뿔닭과 칠면조 종이 있다.
† 데이아네이라의 운명은 헤라클레스 편을 보면 알 수 있다. 고르게는 아버지 오이네우스와의 사이에 아이를 낳고, 그 아이는 자라서 트로이 전쟁에 참가한다.

"으흠, 네 남편의 것이지, 당연히." 스코이네우스왕이 말했다.

아탈란타는 고개를 저었다. "저는 결혼하지 않을 겁니다."

"무작정 싫다 하지 말아라! 내게 자식이라고는 너 하나뿐이다. 네가 결혼해서 아이를 갖지 않으면 외부인들에게 우리 왕국이 넘어가게 된다고."

아르테미스를 모시며 평생 결혼하지 않으리라는 아탈란타의 결심은 변하지 않았다. "저와 결혼하려는 남자라면……."

그녀는 고민에 빠졌다. 그녀의 활쏘기 실력은 특출했지만 능가하는 남자가 있을지도 모르는 일이었다. 창던지기, 원반던지기, 말타기 역시 마찬가지였다. 어떤 남자도 그녀를 이기지 못할 재주라면 뭐가 있을까? 아! 하나 있었다.

"저와 결혼하려는 남자라면 저보다 더 빨리 달릴 수 있어야 합니다."

"그래. 그렇게 하자꾸나."

아탈란타는 한시름 놓았다. 그녀보다 빨리 달리는 자가 있을 리 없었다.*

"참, 그리고 도전했다가 패배하는 자는 죽어야 해요." 그녀가 덧붙였다.

스코이네우스는 동의의 뜻으로 신음을 낮게 뱉고는 소식을 널리 알렸다.

아탈란타의 명성과 미모, 스코이네우스왕의 왕국이 지니고 있는 가치, 어떤 여성도 자신을 이길 수 없다는 신체 건강하고 빠른

---

* 정말 그랬다. 아킬레우스가 등장하기 전까지는…….

청년들의 자신감은 굉장했다. 많은 청년들이 아르카디아까지 왔다가 모두 패배하고 모두 죽었다. 관중은 시합을 즐겼다.

어느 날 관중석에 히포메네스라는 청년이 앉아 있었다. 그는 테살리아의 왕자가 아탈란타와 달리기 시합을 벌였다가 져서 참수당하는 모습을 지켜보았다. 그의 머리가 흙먼지 속에 뒹굴자 관중은 환호를 터뜨렸지만, 그의 머릿속에는 아탈란타밖에 없었다. 그녀의 믿기 어려운 날렵함. 엄청난 보폭으로 달리던 두 다리. 뒤로 나부끼던 머리칼. 험악하게 찡그려지던 아름다운 얼굴.

그는 사랑에 빠졌고, 그녀를 쟁취하기로 마음먹었다. 하지만 무슨 수로? 그의 달리기 실력은 별로였다. 방금 목이 잘린 왕자가 그보다 훨씬 더 빨랐는데, 아탈란타가 결승선을 통과할 때 어디 있는지 보이지도 않았었다.

히포메네스는 아프로디테 신전으로 가서 신상 앞에 무릎을 꿇고 앉아 진심 어린 기도를 올렸다.

조각상이 움직이는 듯하더니 그의 귓가에 속삭이는 목소리가 들렸다. "제단 뒤를 살펴 거기 있는 물건들을 챙겨라. 그것들을 이용하여 시합에서 이겨라."

히포메네스는 두 눈을 떴다. 향이 짙은 내를 풍기며 타고 있었다. 그 연기가 머릿속으로 들어와 아프로디테의 목소리를 들은 듯한 착각을 불러일으킨 걸까? 신전에는 그 혼자뿐이니 제단 뒤를 본다고 해서 잘못될 일은 없었다.

그늘 속에서 뭔가가 번쩍 빛나고 있었다. 히포메네스는 손을 뻗어 하나, 둘, 셋, 세 개의 황금 사과를 꺼냈다.

"고맙습니다, 아프로디테 님, 정말 고맙습니다!" 그가 속삭였다.

다음 날 아탈란타는 그녀에게 달리기 시합을 신청하러 온 또 다른 어리석은 청년, 뭣도 모르고 불구덩이에 뛰어든 어린양 한 마리를 보았다.

'아쉽구나.' 그녀는 속으로 생각했다. '이 남자는 그런대로 잘생겼는데 말이야. 젊은 아폴론 같잖아. 하지만 미련하게도 자루를 어깨에 멨어. 저러면 속도가 느려질 게 뻔한데 그것도 모르는 건가? 뭐, 별수 없지……' 아탈란타는 몸을 웅크린 채 출발 신호를 기다렸다.

히포메네스는 있는 힘껏 그녀를 뒤쫓아 갔다. 뜀박질하는 모양새도 형편없는 데다 어깨에서 마구 덜렁거리는 사과 자루 때문에 제대로 달리지도 못하자 이 어이없는 상황에 관중은 웃음을 터뜨리며 야유를 보냈다. 그가 자루 안을 더듬자 관중의 아우성은 훨씬 더 커졌다.

"지금 점심이라도 먹으려는 거냐!"

히포메네스는 사과 한 알을 꺼내어 앞쪽으로 굴렸다. 사과는 경주로를 따라 힘차게 질주해 아탈란타를 앞질렀고, 그녀는 뒤쫓아 가 사과를 집었다.

정말 아름답구나, 아탈란타는 손안에 든 사과를 이리저리 돌려보며 생각했다. 황금 사과라니! 가이아가 제우스와 헤라의 결혼 선물로 준 사과처럼. 헤스페리데스의 정원에 있는 사과처럼. 아니면 아프로디테에게 바쳐진 키프로스의 신성한 사과나무에서 딴 사과인가? 그녀가 눈을 힐끔 올려보니 히포메네스가 팔다리를 마구 흔들며 옆을 지나가고 있었다. "금방 따라잡을 수 있어." 그녀는 중얼거리며 다시 내달렸다.

과연 아탈란타는 금방 히포메네스를 추월했다. 그녀가 손에 쥔 사과의 무게를 느끼고 있을 때 사과 한 알이 또 옆으로 굴러갔다. 이번에도 그녀는 멈춰 서서 그것을 집었고, 이번에도 히포메네스는 그녀를 앞질렀다. 이번에도 그녀는 수월하게 선두를 탈환했다.

히포메네스는 세 번째 사과를 일부러 비스듬히 굴려 경주로를 벗어나게 했다. 아탈란타는 휙 스쳐 지나가는 사과를 보고는 바짝 뒤쫓기 시작했다. 그 빌어먹을 것이 아카시아 덤불에 갇혀 있었다. 사과를 끄집어낼 때 가시에 살이 긁히고 머리카락이 걸렸다. 그녀에게는 이제 황금 사과 세 알이 있었다. 이런 신기한 일이 일어나다니. 그런데 저 빌어먹을 남자가 또 그녀를 앞질러 가고 있었다. 그녀는 몸을 돌려 그를 뒤쫓아 질주했다.

아뿔싸, 이미 늦었다! 믿기지 않지만 사실이었다. 녹초가 된 히포메네스가 두 팔을 치켜들고 휘청휘청 결승선을 통과한 뒤 몸을 웅크리고 두 손을 허리에 짚은 채 흐느끼듯 숨을 헐떡이자 관중은 함성을 질렀다.

아탈란타는 훌륭하지만 충격적인 2위를 차지했다.

그녀는 지조 있게 약속을 지켜 곧 히포메네스와 결혼했다. 아프로디테의 솜씨랄지 사랑의 힘이랄지(결국엔 같은 말이다) 아탈란타는 점점 더 히포메네스를 좋아하게 되었고, 결국에는 그만큼이나 열정적으로 사랑에 빠져들었다. 그들 사이에 태어난 아들 파르테노파이오스는 자라서 테베 공략 7장군* 중 한 명이 된다. 하지

---

* 오이디푸스 편을 참고하라. 대부분의 문헌에서 파르테노파이오스는 어머니를 닮아 머리가 길고 빨리 달리며 눈에 띄게 아름다운 모습으로 묘사된다. 스타티우스의 서사시 『테바이스(*Thebais*)』에서는 영웅적인 인물로 화려하게 등장한다.

만 그들의 결혼 생활은 기묘한 최후를 맞는다.

히포메네스가 아탈란타를 얻도록 도와준 아프로디테에게 제대로 감사 인사를 하지 않은 모양이다. 그 벌로 아프토디테는 키벨레*를 모시는 신전을 찾은 그 부부에게 활활 타오르는 욕정의 불을 댕겼다. 충동을 누르지 못한 그들은 신전 바닥에서 격렬한 사랑을 나누었다. 분노한 키벨레는 부부를 사자로 변신시켰다. 밀림의 왕이자 먹이 사슬의 맨 꼭대기에 있는 사자라니, 그리 혹독한 벌처럼 보이지 않을지도 모른다. 하지만 그리스인들이 보기에는 연인에게 닥칠 수 있는 최악의 불운이었다. 왜냐하면 수사자와 암사자는 교미할 수 없다고 믿었기 때문이다. 새끼 사자는 사자와 표범의 교합으로만 태어난다고 생각했다. 그래서 아탈란타와 히포메네스는 평생 키벨레의 전차를 몰면서 마구로 한데 묶인 채 가까이 있으면서도 사랑을 나누지 못할 기구한 운명에 처했다.

---

* 키벨레는 아르테미스와 가이아 모두와 연관된 프리기아의 신이다.

오이디푸스

신탁

그리스인들은 세계 최초의 도시 국가, 즉 폴리스는 보이오티아의 테베라고 믿었다.* 테베를 건설한 영웅 카드모스의 가문에는 인간의 피가 흐르는 유일한 올림포스 신이 있었다. 이 가문의 악명 높은 골육상쟁과 저주, 살인이 몇 세대에 걸쳐 초래한 참혹한 파멸은 탄탈로스와 불운한 아트레우스 가문의 비극에 견줄 만했다. 아이들은 찜 요리가 되거나 제물로 바쳐졌고, 살아남아 성인이 되면 부모와 근친상간을 저지르거나 부모를 살해했다.†

성경처럼 계보를 쭉 훑자면, 카드모스와 하르모니아가 세멜레를 낳았고, 세멜레는 벼락에 타 죽으면서 제우스의 아들 디오니소스를 낳았다. 카드모스와 하르모니아는 아가우에, 아우토노에, 이노도 낳았다. 아가우에는 펜테우스를 낳았다. 펜테우스는 자신의 어머니를 비롯한 세 자매에게 갈가리 찢겨 죽었다. 디오니소스 신

---

* 앞선 시기의 일인 만큼 테베의 건설과 관련된 이야기는 『스티븐 프라이의 그리스 신화』 1권에 실려 있다.
† 탄탈로스 이야기는 『스티븐 프라이의 그리스 신화』 1권에 실려 있고, 아트레우스 가문의 운명은 트로이 전쟁과 엮여 있다.

이 자신의 어머니인 세멜레를 존중하지 않은 세 이모에게 내린 벌이었다.* 이아손 편의 서두에서 봤듯이, 이노는 레아르코스와 멜리케르테스를 낳았고, 프릭소스와 헬레를 제물로 바치려 했으며, 최후에는 백색의 바다 신 레우코테아가 되었다.

카드모스와 하르모니아는 네 딸에 더하여 폴리도로스라는 아들도 낳았다. 폴리도로스는 라브다코스를 낳고, 라브다코스는 라이오스를 낳았으며, 아레스와 디오니소스에게 미운털이 박혀 고생한 것으로도 모자랐는지 라이오스가 카드모스 가문에 새로운 저주를 끌어들였다.†

간단히 얘기하자면, 라이오스가 아직 아기였을 때 그의 아버지 라브다코스는 쌍둥이 암피온과 제토스‡에게 왕위를 빼앗겼다. 왕족 혈통이 언젠가 부활하기를 바란 카드모스의 충신들은 목숨이 위험해진 아기 라이오스를 테베 밖으로 몰래 빼돌렸다.

라이오스는 피사§의 왕 펠롭스에게 의탁했다. 그러다가 펠롭스의 사생아 크리시포스를 사랑하게 되어 전차 모는 법을 가르쳐주고, 청년들이 운동 경기를 벌이는 네메아 제전에 그를 데려갔다.

라이오스는 크리시포스를 펠롭스에게 무사히 돌려보내 주는

---

* 『스티븐 프라이의 그리스 신화』 1권을 참고하라.
† 카드모스가 이스메니오스의 샘에 사는 용을 죽인 후 아레스의 저주가 테베의 왕가에 드리워졌다. 『스티븐 프라이의 그리스 신화』 1권을 참고하라.
‡ 테베의 성벽과 성채(카드메이아)를 완성한 인물들이다. 『스티븐 프라이의 그리스 신화』 1권을 참고하라.
§ 앞서 밝혔듯이, 이탈리아의 피사가 아니라 펠로폰네소스반도(훗날 펠롭스의 이름을 따서 지어진 이름이다)에 있는 도시국가다. 펠로폰네소스는 그리스 남서쪽에 있는 널찍한 반도로 코린토스지협을 통해 본토와 연결된다. 펠롭스는 히포다메이아와 결혼하면서 피사의 왕위를 물려받았다.

대신, 왕위를 되찾으러 테베로 가면서 그를 끌고 갔다. 원치 않는 유괴를 당한 데다 성적으로 착취당하며 빌붙어 사는 처지가 수치스러웠던 크리시포스는 스스로 목숨을 끊었다.[1] 이 소식을 들은 펠롭스왕은 라이오스와 그의 가문에 저주를 퍼부었다.

저주 때문인지 매가리 없는 정자 때문인지 아니면 둘 다 문제였는지 라이오스는 원래 자기 것이었던 왕위를 되찾고 테베의 귀족 이오카스테와 결혼한 후에도 아이를 갖지 못했다. 후계자 없는 왕들이 늘 그러하듯 라이오스도 델포이 신전에 찾아가 신탁을 구했다.

라이오스와 이오카스테의 아들이 아버지를 죽이리라.

말도 안 되는 소리. 아르고스의 왕 아크리시오스가 손자에게 살해되리라는 예언도 끔찍했는데 이건……. 실제로 아크리시오스는 우연한 사고이긴 했지만 손자인 영웅 페르세우스의 손에 죽었다. 하지만 아크리시오스는 어리석은 인간이었지, 하고 라이오스는 속으로 생각했다. 나라면 아기를 나무 상자에 넣어 바다로 던져버리는 대신 신탁을 확실히 피하는 방법을 찾겠어. 나라면 골칫덩이의 목을 잘라 완전히 끝을 내겠어. 아니, 잠자리를 아예 멀리하는 편이 더 안전하겠지.

하지만 라이오스는 남자였고, 술에 이길 장사는 없고, 이오카스

---

[1] 이복형제인 아트레우스와 티에스테스가 아버지의 총애를 받는 크리시포스를 질투해 죽였다는 설도 있다. 에우리피데스가 크리시포스의 삶과 운명에 대한 비극을 썼지만 안타깝게도 분실되었다.

테는 아름다웠다. 성대한 연회가 열린 다음 날 아침, 아내와 보낸 뜨거운 밤에 대한 기억이 거의 없었지만, 아홉 달 후 왕비가 아들을 낳았을 때 그는 아크리시오스가 처했던 딜레마를 이해하기 시작했다. 아들을 제 손으로 죽였다가는 복수의 신들 에리니에스의 분노를 살 것이 뻔했다. 그는 옥좌에 앉아 턱수염을 잡아당겼다. 결국 가장 신임하는 신하 안티메데스를 불렀다.

"이 아기를 데려가서 키타이론산 꼭대기에 놓고 오게."

"네, 전하."

"그리고 안티메데스, 혹시나 해서 하는 말이네만, 비탈에 꽁꽁 묶어둬. 기어서 딴 데로 가버리면 곤란하니까, 알겠나?"

안티메데스는 고개를 숙이고는 지시받은 대로 아기의 발목을 쇠침으로 뚫고 거기에 쇠사슬로 연결한 나무못을 땅속 깊이 박았다.

머지않아 포르바스라는 양치기가 시끄러운 울음소리에 이끌려 이곳까지 왔다.

"오, 맙소사." 그는 이렇게 외치며 돌멩이로 쇠사슬을 때려 부수고는 엉엉 울어대는 아기를 살며시 품에 안았다. "대체 누가 이런 끔찍한 짓을 했을까?"

아기는 악을 쓰며 울고 또 울었다.

"쉬쉬, 자, 아가야. 나는 너를 못 데리고 있겠구나. 평범한 시골 사람이라면 아기한테 이런 짓을 할 리가 없어. 이런 잔인한 짓을 벌일 인간은 강한 통치자밖에 없지. 너랑 같이 있다가 들키면 내가 큰일 나요."

마침 포르바스의 집에는 코린토스에서 온 친구가 머물고 있었다. 역시 양치기인 스트라톤이라는 이 친구는 버려진 아기를 자기 집으로 데려가겠다고 선뜻 나섰다.

코린토스로 돌아간 스트라톤은 폴리보스왕과 메로페 왕비에게 아기를 바쳤다. 오랫동안 자식을 갖지 못한 그들은 아기를 입양해 아들로 키웠다. 쇠사슬로 생긴 상처를 보고는 '부어오른 발'이라는 뜻의 오이디푸스라는 이름을 붙여주었다.

이리하여 오이디푸스는 테베에서 멀리 떨어진 곳에서 자신의 정체를 전혀 모르고 자랐다. 오냐오냐 다 받아주는 부모에게 어리광과 투정을 맘껏 부리며 매력적이고 지적이고 자존심 강한 소공자로 계속 살아갈 수 있었을지도 모른다. 그의 인기와 무심한 듯 풍겨 나오는 거만함을 항상 질투해온 술친구만 아니었다면 말이다. 어느 날 저녁 오이디푸스의 눈길을 받아보겠다고 줄지어 서 있는 미녀들을 본 술친구는 참을 수 없을 만큼 화가 치솟았다.

"네가 왕자인 줄 알고 저렇게들 달려드는 거지." 그는 포도주에 거나하게 취해 불쑥 말했다.

"뭐." 오이디푸스는 미소 지었다. "불공평한 건 알지만, 내가 왕자로 태어난 걸 어쩌겠어. 그건 나도 어쩔 수 없잖아."

"넌 네가 왕자인 줄 아는 모양인데." 친구가 조롱하듯 말했다. "아니거든."

"뭐라고?"

"천한 고아 새끼 주제에."

다른 사람들이 말렸지만 취기가 오를 대로 오른 그는 마구 심술을 부렸다.

"메로페 왕비님은 원래 아이를 못 가졌어, 그건 누구나 아는 사

실이잖아. 리비아 사막만큼이나 척박한 몸이시지. 넌 입양아야,
친구. 너도 나처럼 왕자가 아니라고. 어쩌면 나보다 더 못할지도
모르지. 부모라는 양반들한테 네 발의 그 상처가 어떻게 생겼는지
한번 물어봐.”

다른 친구들은 얼른 상황을 무마하고 나섰다.

“귀담아듣지 마, 오이디푸스. 녀석이 아무 생각 없이 떠들어대
는 소리니까. 취한 것 좀 봐.”

하지만 오이디푸스는 그들의 눈빛에 숨김없이 드러난 두려움
을 읽었다. 뜬눈으로 밤을 지새운 그는 의심을 떨쳐버릴 생각으로
왕과 왕비에게 갔다.

“당연히 넌 우리 아들이지! 왜 그런 엉뚱한 생각을 하느냐?”

“내 발목에 난 상처들은요?”

“넌 태어날 때 거꾸로 나왔어. 그래서 내 자궁에서 너를 쇠집게
로 끄집어내야 했지.”

폴리보스와 메로페가 정색을 하며 분해하는 모습에 오이디푸
스는 그들을 믿었다. 그래도 어딘가가 찜찜했다. 의문을 완전히
해결할 확실한 방법이 한 가지 있었다. 그는 델포이 신전으로 신
탁을 구하러 갔다.

“제 친부모님은 누구입니까?”라는 단순하고도 자명한 질문에
어떤 답이 나올지 알 수 없었지만, 그가 받은 답은 결코 단순하지
도 자명하지도 않았다.

오이디푸스는 아버지를 죽이고 어머니와 살을 섞으리라.

피티아가 준 답은 이뿐이었다. 신탁이 항상 그렇듯, 추가로 던지는 질문들에는 묵묵부답이었다.

오이디푸스는 멍하니 델포이 신전을 나와 코린토스와 정반대 방향으로 이어지는 길로 들어섰다. 폴리보스와 메로페 곁을 영원히 떠나야 한다. 우연한 사고로라도 폴리보스를 해칠 위험이 너무 컸다. 게다가 예언의 두 번째 부분은…… 생각만 해도 속이 메스꺼웠다. 어머니를 아주 좋아하긴 하지만, 그런 식으로?

한 가지는 확실했다. 코린토스에서 멀어질수록 좋다는 것.

세 갈래 길에서

오이디푸스는 방랑 생활이 즐거워지기 시작했다. 코린토스에서는 왕자 신분으로서 어딜 가나 집사들, 시종들, 친위병들을 거느리고 다녀야 했는데, 동행 없이 자유로운 나그네로 떠도는 길에서는 흥미진진한 일이 가득했다. 돈주머니에 든 얼마 안 되는 동전으로 오래 버티는 법을 찾는 재미도 쏠쏠했다. 산울타리에서 잠을 청하고, 새로운 마을이나 도시로 들어갈 때마다 정원사, 교사, 음유시인, 제빵사의 조수 등 필요한 신분으로 위장했다. 그는 손재주가 좋고 발이 빨랐으며 머리가 좋기로도 그를 당할 자가 없었다. 암산, 언어, 회계, 긴 시구절 외우기…… 두뇌가 휙휙 잘도 돌아가는 그에게는 모두 식은 죽 먹기였다.

어느 날 오후 그는 다울리스라는 작은 도시의 외곽에 있는 시골에서 세 갈래 길을 만났다. 어느 길로 갈까 고민하고 있는데 화려

한 전차 한 대가 그를 향해 달려왔다. 전차를 모는 노인이 자리에서 일어나 그를 길에서 몰아내려 했다.

"비키거라, 이 촌놈!" 그는 이렇게 소리치며 채찍을 내리쳤다.

자존심 센 오이디푸스가 그냥 참고 넘길 일이 아니었다. 그는 채찍을 휙 낚아채 노인을 전차 밖으로 잡아당겼다. 무장한 남자 네 명이 뒤에서 뛰어내리더니 고함을 지르며 그에게 달려왔다. 오이디푸스는 한 명에게서 검을 빼앗은 후 뒤이은 격투에서 세 명을 죽였다. 살아남은 한 명은 꽁무니를 뺐다. 오이디푸스가 몸을 굽혀 노인을 살펴봤더니 전차에서 떨어질 때 목이 부러져 죽어 있었다.

오이디푸스는 네 구의 시신을 흙으로 덮고 네 망령을 저승에 맡겼다. 말들을 전차에서 풀어 뒷다리를 찰싹 때리자 다들 잽싸게 달려 떠나버렸다.

갈 길을 선택해야 하는 고민의 시간이 다시 돌아왔다. 오이디푸스는 길들에 '1번 길', '2번 길', '3번 길'이라는 이름을 붙인 다음 올리브나무 가지를 하나 꺾어 이파리를 한 장씩 떼어내며 세어나갔다. "1번, 2번, 3번…… 1번, 2번, 3번…… 1번, 2번, 3번…… 1번, 2번! 그래. 2번 길로 가자."

그 나뭇가지에 이파리가 하나 더 있었다면, 혹은 하나 적었다면 어떻게 됐을지는 알 길이 없다. 이런 사소한 선택이 중대한 문제를 좌우할지 몰라도, 우리가 가지 않은 길이 어디로 이어질지는 그저 짐작만 할 수 있을 뿐이다.

오이디푸스는 두 번째 길을 따라 흥겹게 걸었고, 이것으로 끝이었다. 그의 운명은 결정되었다.

스핑크스의 수수께끼

오이디푸스는 아름다운 들판과 완만한 골짜기, 반짝거리는 강물의 땅 보이오티아를 걷고 있었다. 그가 선택한 길은 어느 고개로 이어지는 오르막길이었다. 그때 한 목소리가 그에게 외쳤다.

"나라면 그쪽으로 안 가겠네."

오이디푸스가 고개를 돌려보니 한 노인이 지팡이를 짚고 서 있었다.

"네? 왜요?"

"저긴 피키움산이잖은가."

"그래서요?"

"스핑크스라고 못 들어봤나?"

"네. '스핑크스'가 뭐죠?"

"나는 가난뱅이라네."

오이디푸스는 한숨을 쉬고는 노인이 내민 손바닥에 동전 한 닢을 떨어뜨렸다.

"고맙구려, 젊은이." 이렇게 씨근거리는 노인의 눈가에 자글자글 주름이 잡혔다. "어떤 사람은 말하기를, 천상의 왕비님이 라이오스왕을 벌하시려고 친히 스핑크스를 보냈다고 하지. 참, 라이오스왕은 들어봤나?"

수업 시간에 절대 한눈팔지 않는 학생이었던 오이디푸스는 여러 지방의 왕들과 왕자들, 족장들의 따분하고 기나긴 명단을 외우고 있었다. "라이오스, 테베의 왕. 라브다코스의 아들, 폴리도로스의 손자, 카드모스의 증손자."

"제대로 알고 있군그래. 용의 이빨을 뿌리신 분의 증손자. 이오카스테 왕비의 남편이자 강력한 왕."

"그런데 왜 헤라 님이 그분을 벌하시려는 겁니까?"

"그게 말일세. 라이오스왕이 피사의 크리시포스를 겁탈했다지 뭔가. 그 젊은이는 결국 스스로 목숨을 끊었다는군."

"그 이야기는 나도 들어본 적이 있습니다. 하지만 이미 오래전 일 아닌가요?"

"20년 정도 됐지. 그렇다고 신들이 신경 쓸 것 같은가?"

"그러니까 헤라 님이 스핑크터를 보내셔서……."

"하! 재미있는 젊은이로세. '스핑크스'라니까. 머리는 인간 여자, 몸뚱이는 사자, 거기에 새 날개까지 달린 흉측한 괴물이라네. 그놈과는 상종 않는 게 좋아. 바로 자네가 가고 있던 저기 저 고개 끝에 서 있지. 지나가는 나그네들을 전부 세워서 수수께끼를 낸다네. 답을 못 맞히면 저 아래 바위로 던져서 죽여버려. 지금까지 수수께끼를 푼 자는 한 명도 없어. 장사꾼이고 뭐고 간에 북쪽에서 테베로 무사히 넘어간 사람이 없다니까. 테베로 가고 싶거든 스핑크스를 피해 산을 둘러 가는 게 상책일세."

"저는 수수께끼를 잘 푼답니다." 오이디푸스가 말했다.

노인은 고개를 절레절레 저었다. "하늘을 빙빙 돌고 있는 말똥가리들 보이는가? 저놈들이 자네의 부서진 뼈에서 살점을 뜯어먹을 거야."

"스핑크터의 뼈가 될지도 모르지요."

"스핑크스라니까, 참 나. 스핑크스야, 잊지 말게나."

오이디푸스는 키득거리다 숨을 씨근거리다 혀를 쯧쯧 차는 노인을 떠나 계속 걸었다.

그가 수수께끼를 잘 푼다는 말은 사실이었다. 한 단어의 철자 순서를 바꾸어 다른 단어를 만들어내는 완전히 새로운 단어 게임을 발명하기도 했다.* 어린 시절, 어머니 대지 가이아가 피토(델포이)에 있는 그리스의 배꼽 돌 옴팔로스를 지키라고 거대한 뱀 피톤을 보냈다는 이야기를 들었을 때 아이디어가 떠올랐다.† 오이디푸스는 어머니에게 가이아의 또 다른 거대 괴물 아들인 티폰Typhon이 피톤Python과 철자가 똑같다며 신이 나서 떠들었다.

"그리고 헤라Hera는 어머니 레아Rhea와 똑같아요!" 그가 소리쳤다.

"아주 잘했다, 얘야. 하지만 아무런 의미도 없잖니."‡

그도 별 의미 없다는 생각은 했다. 하지만 재미있었다. 남들은 따분해하는 난제들과 수수께끼, 암호가 그에게는 즐겁기만 했다. 생사가 걸린 수수께끼라니, 그의 지적 허영심에 불이 붙었다.

고개를 오를수록 길이 점점 좁아졌다. 노인이 말했던 것처럼 말똥가리 십수 마리가 그의 위를 빙빙 돌며 먹잇감을 기대하듯 끼익끼익 울어대고 있었다.

"거기 서!"

---

* 그리스어로 '아나그람마'라고 한다.
† 제우스의 어머니 레아는 남편 크로노스를 속여 아기 제우스 대신 돌을 먹게 했다. 후에 크로노스가 토해낸 그 돌을 제우스가 던지자 피토(델포이)에 떨어졌다. 『스티븐 프라이의 그리스 신화』 1권을 참고하라.
‡ 물론 그리스 문자로 따지면 성립되지 않는 얘기다. 하지만 모른 척 그냥 넘어가자.

올려다보니 날개 달린 형체가 바위 턱에 쭈그리고 앉아 있었다. 그것이 펄쩍 뛰어내리면서 날개를 폈다 접으며 오이디푸스의 앞에 살며시 내려앉았다.

인간의 얼굴에 사자의 몸, 노인이 말한 그대로였다.*

"안녕하세요, 아저씨."

"아저씨? 아저씨? 눈이 멀었나?"

"용서하세요. 분간이 잘 안 돼서. 어느 쪽이 머리이고, 어느 쪽이 엉덩이인지도 잘 모르겠는걸요."

"오, 네놈이 죽는 걸 즐겁게 지켜봐 주마." 스핑크스는 사자 털을 곤두세우며 말했다.

"좀 기다리셔야 할 겁니다. 앞으로 몇 년간은 그럴 계획이 없거든요. 그럼, 실례가 안 된다면 저는 갈 길을 가겠습니다."

"그렇게는 안 되지! 내 수수께끼를 풀지 못하는 자, 절대로 나를 지나가지 못한다."

"아, 그렇군요. 왜 그대의 어머니는 그대를 낳을 때 그대의 목을 졸라 죽이지 않았을까요. 이런 수수께끼는 어때요?"

자신의 외모가 특출하다고 생각하고 있던(실제로 잘생기기도 했다) 스핑크스는 분통을 터뜨렸다. "수수께끼를 풀지 못하면 넌 죽는다!" 스핑크스는 깎아지른 듯한 아래 절벽을 가리켰다. 오이디푸스는 밑을 내려다보았다. 햇빛에 바랜 인간 뼈들 수백 개가 바위 위에 흩뿌려져 있었다.

---

* 스핑크스는 보통 에키드나와 티폰의 자식으로 묘사되지만, 일부 문헌에는 그들의 손녀, 그러니까 오르트로스와 키마이라의 딸로 등장하기도 한다.

"윽. 역겹네요. 그럼 빨리 시작하시죠. 시간이 없어요. 어두워지기 전에 테베에 도착해야 하거든요."

스핑크스는 편안히 앉아 애써 마음을 가라앉혔다. 오이디푸스 같은 사람은 처음이었다.

"말해보라, 나그네여. 아침에는 네 발로, 점심에는 두 발로, 저녁에는 세 발로 걷는 것이 무엇이냐?"

"흠…… 아침에는 네 발, 점심에는 두 발, 저녁에는 세 발이라고요?"

"답만 말하거라." 스핑크스는 기분 좋은 목소리로 낮게 말했다. "그럼 바로 보내주마."

오이디푸스는 이 사이로 숨을 훅 들이마셨다. "아, 사람이 참." 그는 고개를 저으며 말했다. "어려운 문제이긴 하군요."

"하! 그래서 못 풀겠다고?"

"아니요, 풀었잖아요." 오이디푸스는 놀라며 눈을 치켜떴다. "못 들었어요?"

스핑크스는 눈을 동그랗게 떴다. "무슨 소리야?"

"방금 말했잖아요. '아, 사람이 참.'이라고. 수수께끼의 답은 '사람'이에요. 사람은 어렸을 때 네 발로 기어 다니다가 자라서는 똑바로 서서 두 발로 걷지요. 만년에는 지팡이를 짚어야 하니 세 발이고요."

"아, 아니…… 어떻게……?"

"나한테 '지성'이라는 게 있거든요. 이제 내가 수수께끼를 하나 내보죠. 어디 보자……. 쭈그렁 할망구의 얼굴에 암퇘지의 몸뚱이, 비둘기의 날개, 완두콩만 한 두뇌를 가진 것은 무엇일까요? 모르겠어요?"

스핑크스는 새된 비명을 지르며 자리를 박차고 일어나다가 날개를 채 펼치지도 못하고 벼랑 끝에서 뒤로 쓰러져 발톱으로 허공을 할퀴어대며 아래 바위로 떨어졌다. 말똥가리들은 환희의 괴성을 지르며 단숨에 날아 내려왔다.

오이디푸스는 고개를 넘어 좀 더 완만한 내리막길을 따라 산에서 내려가기 시작했다.

저 아래 골짜기에 테베가 펼쳐져 있고, 코파이스 호수의 물줄기가 실처럼 꼬불꼬불 이어져 있었다. 가는 길에 마주친 목동들과 병사들은 고개에서 내려오는 사람을 보고는 하나같이 놀라워했다. 오이디푸스가 테베의 성문에 다다랐을 때쯤엔 그가 스핑크스를 물리쳤다는 소문이 도시 전체에 쫙 퍼져 있었다. 백성들은 열광하며 그를 번쩍 들어 어깨에 짊어지고 궁으로 데려가서 섭정인 크레온 앞에 내려놓았다.

크레온이 말했다. "골치 아픈 문제를 해결해주었구려, 젊은이. 그 괴물 때문에 중요한 교역로가 막혔을 뿐만 아니라 많은 이들이 테베를 저주받은 도시로 여겨왔다오. 다른 도시들과 왕국들이 우리와의 교역을 거절하고 있었소. 내 누이인 왕비가 친히 감사 인사를 하고 싶다는군."

이오카스테 왕비는 다정한 미소로 영웅을 맞았다. 오이디푸스도 미소로 답했다. 그녀는 그보다 몇 살 더 많았지만 눈에 띄게 아름다웠다.

"상중이시군요, 왕비님." 그는 고개를 숙이고, 조금 지나치다 싶을 정도로 오래 그녀의 손을 잡고 있었다.

"내 남편인 왕께서." 이오카스테가 답했다. "도적 떼에게 습격당해 돌아가셨소. 그 후로 내 형제 크레온이 섭정으로서 통치하고 있지."

"진심으로 애도를 표합니다, 왕비님."

참 매력적인 여인이야, 오이디푸스는 속으로 생각했다.

참 매력적인 청년이군, 이오카스테는 속으로 생각했다.

왕으로 등극하다

오이디푸스는 테베의 왕궁에 귀빈으로 계속 머물렀다. 금세 자신의 가치를 크레온에게 증명해 보인 덕이었다. 무역, 조세, 통치와 관련된 복잡한 내용을 완전히 이해하는 그를 보며 크레온은 혀를 내둘렀다. 그동안 이오카스테는 그와 함께하는 시간을 즐기게 되었다. 그들은 함께 놀이를 즐기고 노래를 부르고 시를 지었다.

어느 날 오후 오이디푸스가 크레온에게 다가가 밀담을 청했다.

"나리의 누이 이오카스테 왕비님 말입니다. 우리가 사랑에 빠졌어요. 왕비님이 나보다 나이가 많기는 하지만……."

"이보게 친구!" 크레온은 오이디푸스의 손을 따뜻이 잡았다. "내가 눈이 없는 줄 아는가? 처음부터 둘 사이에 뭔가가 있다는 걸 알았다오. 두 사람이 만난 순간 에로스 님이 화살을 쏘신 거야. 이런 경사가 또 있나. 그리고 오이디푸스……. 왕비와 결혼하면 자네가 보위에 올라야 하는데."

"나리, 저는 왕위 찬탈은 한순간도……."

"'찬탈'이라니. 당치 않은 소리. 그리고 '나리'라고 부르지 마시게, 형제여. 젊은 왕이야말로 우리 도시에 꼭 필요하다오. 백성들은 그대를 사랑하잖소. 신들께서 그대를 보내주신 것이 분명해, 누가 그걸 의심하겠나?"

이리하여 카드메이아에서 성대한 의식이 열리고 오이디푸스는 모두의 축하를 받으며 이오카스테와 결혼해 테베의 왕이 되었다. 테베의 백성들은 오이디푸스를 사랑했다. 스핑크스를 처리해준 것도 그렇고 그가 도시에 행운을 가져온 듯했다.

크레온과 원로들의 눈에 오이디푸스는 굉장히 시대를 앞서가는 왕이었다. 그는 사제들의 의견을 구하는 일이 좀처럼 없었다. 아주 중요한 축일이 아니면 신전을 찾지 않았다. 기도와 제물 공양에는 불경스럽다 할 만큼 건성이었다. 하지만 놀라울 정도로 힘이 넘치고 유능하며, 효율적으로 일했다. 과세부터 인구까지 모든 것을 수학 도표로 정리하고, 왕실과 궁전 관리, 재판과 무역 거래에 관한 법을 제정했다.

그 어느 때보다 세금이 잘 걷혔고, 그중 일부는 학교와 체육관, 아스클레피온,* 도로 건설에 쓰였다. 오이디푸스의 이런 완전히 새로운 통치 방식은 '로가르키logarchy', 즉 '이성에 의한 통치'라 불렸다. 테베의 모든 백성은 위대한 건설자 카드모스 이후 가장 현명한 왕의 통치를 받고 있다고 믿었다.

오이디푸스왕과 이오카스테 왕비 사이에 네 아이가 태어났다. 두 아들 에테오클레스와 폴리네이케스, 두 딸 안티고네와 이스메

---

* 아스클레피온은 건강 관리 시설, 병원, 아스클레피오스 신전이 혼합된 장소였다.

네. 행복한 가족이었다. 도시는 계속 번영하고 번창해 나가 온 그리스의 부러움을 샀고, 외부에서 지켜보는 자들은 오이디푸스가 오래도록 성공적으로 통치하리라 예언했다.

끔찍한 전염병만 돌지 않았다면 그렇게 됐을지도 모른다.

한 가족이 어떤 병에 걸려서 구토와 고열로 고생하다 하루 만에 죽었다는 소문이 돌았다. 이내 질병이 빈민가를 돌더니 산불처럼 순식간에 테베 전역으로 번졌다. 무사한 가구가 없을 정도였다.

오이디푸스가 모든 문제에 답으로 들고 나왔던 냉정한 논리와 이성이라는 카드도 이번에는 먹히지 않는 것 같았다. 겁에 질린 시민들은 신전으로 몰려갔고, 제물을 태운 연기가 공기를 가득 메웠다. 백성들의 탄원을 들은 왕은 크레온을 찾아갔다.

오이디푸스가 말했다. "어찌해야 좋을지 난감합니다. 역병은 자연의 순리이고 시간이 흐르면 자연스럽게 지나갈 거라고 아무리 설득해도 백성들은 천벌이라도 곧 내릴 것처럼 난리를 치니 말입니다."

크레온이 말했다. "내가 델포이 신전으로 가서 신탁을 구해보지요. 손해 볼 건 없잖습니까?"

오이디푸스는 무슨 소용일까 싶었지만 허락했다. 크레온이 떠나 있는 동안 오이디푸스와 이오카스테의 딸 이스메네도 병에 걸려 죽을 뻔했다. 그녀가 아직 회복 중일 때 크레온이 침통한 얼굴로 돌아왔다.

크레온이 말했다. "델포이 신전에 사람이 너무 많더군요. 나도 일반 시민처럼 줄을 서서 기다렸습니다. 겨우 차례가 와서 피티아에게 질문을 던졌지요. '왜 테베에 역병이 돌고 있는 겁니까?'"

"'어떻게 하면 역병을 없앨 수 있습니까?'가 아니고요?" 오이디푸스가 물었다.

"그게 그거 아닙니까? 어쨌든, 피니아가 이렇게 답하더군요. '라이오스왕을 시해한 자를 찾아내 벌한다면 테베는 구원받을 것이다.'"

이오카스테가 헉하고 숨을 몰아쉬었다. "말이 안 돼요. 라이오스는 도적 떼에게 죽었잖아요!"

오이디푸스는 골똘히 생각했다. "도적 떼였다면 그중 선왕에게 치명상을 입힌 한 놈이 있겠지요. 진실을 밝히려면 계획적으로 접근해야 합니다. 하지만 우선 확실히 해둘 것이 있어요. 선왕을 시해한 자를 집에 숨겨주거나 보호하는 자는 벌을 면치 못할 거라고 백성들에게 알리십시오. 살인자는 내 저주를 받을 겁니다. 태어난 것을 후회하게 될 겁니다. 놈의 정체를 밝혀서 끝까지 추적해 무자비한 심판을 내리겠어요. 내가 친히 처리할 겁니다. 그렇게 선포하십시오."

크레온이 말했다. "좋습니다. 그리고 테이레시아스가 있잖습니까. 돌아오는 길에 퍼뜩 생각나더군요. '왜 테이레시아스를 안 찾아갔을까?'"

"설마 그자가 아직도 살아 있습니까?" 오이디푸스는 테베의 위대한 예언자를 소문으로 들어 알고 있었다. 그를 모르는 자는 없었다. "아주 고령이겠군요."

"젊지는 않지요, 확실히, 그래도 기지는 여전하답니다. 그자를 부릅시다."

사자들이 황급히 테이레시아스에게 달려갔다. 오이디푸스는 신들 때문에 파란만장한 삶을 살아온 예언자를 만나보고 싶었다. 테이레시아스는 젊었을 때 헤라의 분노를 사는 바람에 여자가 되었다. 7년 동안 헤라의 신전에서 사제로 지내다가 남자의 모습을 되찾았다. 그러나 불행히도 또 헤라에게 미운털이 박혔고 결국 맹인이 되어버렸다. 제우스는 이를 가엾게 여겨 그에게 내면의 눈, 예언 능력을 주었다.* 그는 오랜 기간 지혜와 예언력으로 테베의 왕실에 도움을 주었지만 지금은 한적한 곳에서 은거 생활을 하고 있었다.

테이레시아스는 한밤중에 궁으로 끌려가 한참 어린 남자 앞에 불려가는 것이 영 마뜩잖았다. 대화는 잘 풀리지 않았다. 오이디푸스는 스핑크스를 물리쳐 테베와 그 백성의 운명을 바꾸어놓은 위대한 통치자이자 왕에 걸맞게 예우받기를 기대했다. 하지만 노인은 뚱하니 오만불손한 태도를 보였다.

"나는 맹인입니다." 테이레시아스가 기다란 지팡이에 몸을 기대며 말했다. "하지만 앞을 못 보는 건 왕이시군요. 아니면 일부러 보지 않으시는 건가. 저주를 내리는 자가 가장 큰 저주를 받는 법. 밖을 내다보는 자야말로 안을 들여다봐야 하지요."

오이디푸스가 말했다. "글을 못 읽고 어수룩한 자들이야 그대의 아리송한 헛소리와 불길한 수수께끼에 속아 넘어가겠지. 하지만 나는 아니오. 마침 수수께끼 풀기가 내 특기거든."

"나는 수수께끼 같은 얘기를 하고 있는 것이 아닙니다." 테이레시아스는 캄캄한 눈을 들어 오이디푸스의 머리 바로 위쪽을 똑바

---

* 『스티븐 프라이의 그리스 신화』1권에 이 사건의 전모가 실려 있다.

로 바라보며 말했다. "있는 그대로 똑똑히 말하고 있거늘. 테베를 망치고 있는 자를 찾고 싶거든 거울을 보십시오."

그리고 나서 테이레시아스가 입을 다물어버리자 오이디푸스는 그를 시골집으로 돌려보냈다. "최대한 불편한 수레에 태워 가거라. 정신 나간 노구가 정신 좀 차리게."

"하여간 저런 인간들은." 오이디푸스는 나중에 이오카스테에게 테이레시아스와의 일을 전해주었다. "델포이의 신탁이야 믿을 만하지요. 아폴론 님과 태곳적부터 이어져 온 가이아 님의 능력이 직접 내려주는 것이니까. 하지만 이 테이레시아스는 그저 사기꾼입니다. '당신은 진실을 못 찾아, 진실이 당신을 찾을 뿐', '구하지 않으면 얻게 되리라', '당신이 실수를 만드는 것이 아니라 실수가 당신을 만든다', 뭐 이런 헛소리나 지껄여대니. 이런 말이야 누구나 할 수 있지요. 문장을 거꾸로 뒤집어버리면 그만이니. 하나같이 아무 의미 없는 허튼소리죠. 나를 만만하게 본 게 틀림없어."

"쉬…… 포도주 마시고 진정해요." 이오카스테가 말했다.

"아." 오이디푸스가 손가락을 흔들고 눈을 감으며 테이레시아스를 흉내 냈다. "포도주를 마셔요, 포도주에게 먹히지 말고."

이오카스테는 웃었다. "어쨌든 저는 델포이의 신탁도 마음에 담아두지 않으렵니다. 라이오스가 도적 떼가 아니라 아들 손에 죽을 거라고 예언했으니까요."

"참, 라이오스의 죽음에 대해 다시 물어보려고 했습니다. 선왕 일행이 모두 살해당했다면 도적 떼를 어떻게 알아낼 수 있겠어요?" 오이디푸스가 말했다.

"아, 모두 죽은 건 아니랍니다. 안티메데스라는 신하는 화를 면

했어요. 테베로 도망 와서 우리에게 사실을 알려줬지요."

"정확히 뭐라고 하던가요?"

"기습 공격을 당했다고요. 십수 명 되는 남자들이 몽둥이와 검으로 무장하고 있었다더군요. 세 갈래 길이 만나는 곳에서 갑자기 튀어나왔대요. 놈들이 라이오스를 전차 밖으로 끌어내서⋯⋯."

오이디푸스는 그녀를 가만히 노려보았다. "다시 한번 말씀해보세요."

"놈들이 라이오스를 전차 밖으로 끌어내서⋯⋯."

"아니. 그 전에. '세 갈래 길이 만나는 곳'이라고 하셨습니까?"

"안티메데스가 그렇게 말했지요."

"안티메데스는 지금 어디에 있습니까?"

"이스메노스강 근처에 살고 있을 거예요."

"믿을 만한 자인가요?"

"남편은 신하 중에 그자를 가장 신뢰했지요."

"그자를 데려와야겠어요."

오이디푸스의 머릿속에서는 온갖 생각이 길길이 날뛰었다. 세 갈래 길이 만나는 곳에서 전차 밖으로 끌려 나온 노인이라. 우연의 일치가 분명하다. 어쨌거나 안티메데스라는 신하가 말하기를, 잔뜩 무장한 악당들이라고 했으니. 무기 하나 없는 청년 한 명이 아니라. 그래도 심란하기는 매한가지였다.

그는 궁전의 뜰을 서성이며 안티메데스가 도착하기를 기다렸다. 지금도 역병이 하루에 수십 명의 목숨을 앗아가고 있었다.

"정보가 더 없으면 이 문제를 해결할 수 없어. 새로운 사실이 없으니 진창에 박힌 수레바퀴처럼 머리가 계속 헛돌기만 하잖아."

그는 혼자 중얼거렸다.

다음 날 아침 오이디푸스가 이오카스테와 함께 앉아 있을 때 시종이 앞으로 나왔다.

"사자가 찾아왔습니다, 전하."

"안티메데스가 소식을 보냈더냐?"

"아니요, 전하, 이자는 코린토스에서 왔습니다."

"좀 기다리라고 하지?"

"급한 일이랍니다, 전하."

"그래, 그럼 들이거라."

"코린토스라." 시종이 물러가자 이오카스테가 말했다. "그대가 자란 곳 아닌가요?"

"그래요. 수년 동안 생각도 안 하고 있었지만. 자, 무슨 일로 오셨는지?"

풍파에 시달리고 볕에 그을린 모습의 노인이 들어와 허리를 숙였다. "전하."

"그래요, 그래." 오이디푸스는 놀란 눈으로 노인을 찬찬히 살폈다. "무척 지쳐 보이오만."

"여기까지 걸어왔답니다, 전하."

"누가 그대를 사자로 택했는지 몰라도, 노인을 이렇게 긴 여정에 내보내다니 몰인정한 처사로군. 여기서 편히 쉬다가 돌아가길 바라오."

"참으로 사려 깊고 친절하시군요, 전하. 하지만 전하를 찾아뵙겠다고 제가 자청한 것이랍니다."

"그렇소?"

"명성 높은 오이디푸스왕의 얼굴을 내 눈으로 직접 보고 싶어서 말입니다."

아첨에 약한 오이디푸스는 씩 웃었다. "왕비도 말씀하시겠지만, 나는 일개 평범한 인간일 뿐이라오."

"그럴 리가요, 여보." 이오카스테가 이렇게 말하며 사자에게 미소 지었다. "급한 소식이라고 들었는데 편히 앉아서 말해보시게."

"서 있겠습니다, 왕비님." 사자가 의자를 정중히 거절하며 말했다. "제가 품고 온 소식은 무겁기 그지없답니다. 전하의 아버님이신 폴리보스왕께서……."

"아버님이 왜요?"

"인생의 행로를 마치셨습니다."

"돌아가셨단 말이오?"

"우리 모두에게 닥칠 일이지요, 전하. 그분은 축복으로 가득한 생을 오래 누리다 가셨습니다."

"어떻게 돌아가셨소?"

"침상에서요. 왕께서 숨을 거두실 때 메로페 왕비님이 그분의 손을 잡아주셨지요. 여든 살을 훌쩍 넘기셨습니다. 그냥 때가 된 것이지요."

"하!" 오이디푸스가 손뼉을 탁 쳤다. "신탁도 별수 없군. 그렇게 충격받은 얼굴은 하지 마시오." 그는 얼른 덧붙였다. "아버지가 돌아가셨다니 나도 슬프기 그지없소. 훌륭한 남자이자 현명한 왕이셨는데."

이오카스테는 그의 손을 꼭 잡고 위로의 말을 중얼거렸다.

사자가 말했다. "바라옵건대, 전하. 저와 함께 코린토스로 가셔서 장례식에 참석하지 않으시겠습니까? 그리고 왕위도 물려받으시고요. 메로페 왕비님이 몹시 바라고 계십니다."

"어머니는 어떠신가?"

"남편도 잃고, 아들도 잃었으니 슬픔에 가득 차 계시지요. 어느 날 나간 젊은 아들이 영영 돌아오지 않았으니까요."

"편지는 여러 번 썼소. 하지만 내가 다시는 코린토스 땅을 밟을 수 없는 비밀스러운 이유가 있다오." 오이디푸스가 말했다.

"백성들이 전하를 그리워하고 있습니다."

"테베와 코린토스를 모두 다스리지 못할 이유가 없잖아요?" 이오카스테가 말했다. "두 도시로 이루어진 나라가 없는 것도 아니잖아요. 아르골리스를 봐요. 거대한 두 도시를 통치한다면 경이롭고 영광스러운 일이 될 거예요."

"어머니께서 살아 계신 동안에는 안 될 말입니다." 오이디푸스가 말했다.

이오카스테의 당혹스러운 표정에 오이디푸스는 해명하기 시작했다. "저번에도 신탁에 대한 얘기가 나왔으니 당신에게 말해주겠습니다. 젊은 시절 델포이에 찾아갔더니 아버지를 죽이고…… 어머니와 살을 섞는 것이 내 운명이라 하더군요. 아버지를 죽인다는 부분은 분명 사실이 아닌 듯하나, 코린토스로 돌아갔다가 두 번째 예언이 실현되기라도 하면 어쩐단 말입니까. 그런 역겨운 일을 상상이나 할 수 있겠습니까?"

"하지만 그대가 늘 하는 말이 있잖아요. 예언이 아닌 이성에 따라 행동해야 한다고요."

"나도 알아요, 알아. 이성으로는 그게 다 헛소리라는 걸 안다니까요. 하지만 일어날 가능성이 눈곱만큼만 있더라도 그 소름 끼치는 범죄를 피하고 보는 게 낫지 않겠어요?"

"전하, 전하!" 사자가 펄쩍펄쩍 뛰고 손뼉을 치며 환하게 웃자 부부는 깜짝 놀랐다. "용서하십시오, 하지만 이 놀라운 소식을 들으면 마음이 놓이실 겁니다. 전하가 그런 죄를 저지를 가능성은 전혀 없습니다. 메로페 왕비님은 전하의 어머니가 아니니까요!"

"내 어머니가 아니라고?" 오이디푸스는 멍하니 사자를 바라보았다. 오래전 그를 델포이 신전으로 내몰았던 얼간이 술친구의 조롱이 떠올랐다. "넌 입양아야, 친구. 너도 나처럼 왕자가 아니라고……."

사자가 말했다. "그렇습니다, 전하. 설명 드리지요. 제가 아니면 누가 할 수 있겠습니까? 폴리보스왕의 승하 소식을 제가 꼭 전해 드리고 싶었던 이유가 있었습니다. 전하의 용모를 제 눈으로 보고 싶었거든요. 전하를 발견한 사람이 바로 저니까요."

"나를 발견하다니? 제대로 설명해보시오."

"제 이름은 스트라톤입니다, 전하. 예전에 가축을 치며 살았지요. 수년 전 아티카와 접한 키타이론산에서 양을 치던 포르바스라는 친구를 찾아갔습니다. 그런데 어느 날 오후 포르바스가 우연히 끔찍한 광경을 목격했지 뭡니까. 누가 아기를 산에 버리고 간 겁니다."

이오카스테가 신음 소리를 냈다.

"그렇지요, 왕비님. 기함할 만한 일이지요. 그 불쌍한 아기가 산비탈에 꽁꽁 묶여 있었습니다. 쇠사슬을 차고서요. 발목은 꿰뚫려서……."

이오카스테가 남편의 팔을 꽉 붙들었다. "듣지 말아요, 오이디푸스. 더 듣지 말아요! 이제 물러나시오. 떠나란 말이오. 어디서 말도 안 되는 이야기를. 어찌 감히 그린 역겨운 거짓말을 늘어놓으시오?"

오이디푸스는 이오카스테를 밀어냈다. "제정신입니까? 평생 알고 싶었던 일이란 말입니다. 계속하시오……."

이오카스테는 미친 듯 울부짖으며 뛰쳐나갔다. 오이디푸스는 신경도 쓰지 않고 스트라톤의 옷자락을 그러쥐었다. "그래, 그 아기는 어찌 되었소?"

"포르바스가 내게 아기를 주며 보살피라 했지요. 나는 코린토스로 돌아갈 때 아기도 데려갔습니다. 폴리보스 전하와 메로페 왕비님이 그 소식을 들으시고는 아기를 가져도 되겠느냐고 물어보시더군요. 저는 기꺼이 그분들께 아기를 드렸답니다……. 그러니까 전하를요."

"나? 그 아기가 나였단 말이오?"

"그렇습니다, 전하. 신들께서 전하를 제 손에 맡기시어 코린토스로 인도하신 것이지요. 전하의 발목에 났던 상처는 나았고, 전하는 훌륭한 청년이자 고귀한 왕자로 자라셨습니다. 저는 그런 전하가 참 자랑스러웠습니다, 아주 자랑스러웠어요."

"그렇다면 나의 친부모는 누구란 말인가?" 오이디푸스는 스트라톤이 거의 질식하기 전까지 노인의 옷을 마구 비틀었다.

"저도 모릅니다, 전하! 아무도 몰라요. 좋은 사람들이었을 리는 없지요. 전하를 산에 묶어놓고 버렸으니까요."

"자네 친구는 어떤가? 그자가 내 아버지일 수도 있지 않은가?"

"포르바스요? 아닙니다, 전하. 절대 아니에요. 그 친구는 선한 사람입니다. 전하를 쇠사슬에 채워 버린 자는 부모라 불릴 자격이 없어요. 전하는 더 나은 부모를 가질 자격이 있었고 그래서 신들께서 그리 해주신 겁니다. 포르바스를 전하께, 그리고 내게 인도해주셨어요. 이제 저와 함께 코린토스로 가시지요, 전하. 우리의 왕이 되어주십시오."

오이디푸스는 그를 풀어주었다. 이제는 걱정 없이 코린토스로 돌아갈 수 있었다. 애초에 떠날 필요가 없었던 것이다. 하지만 자신이 누군지 알아야 했다. 누가 그를 그리도 잔인하게 죽이려 했단 말인가? 왜 그를 원치 않았단 말인가?

오이디푸스는 손뼉을 쳐 시동을 불렀다.

"이 훌륭한 어르신을 부엌으로 데려가 잘 대접해드려라. 쉴 수 있는 방도 내드리고." 그러고 나서 그는 스트라톤을 돌아보며 말했다. "생각을 정리한 다음 그대를 다시 부르겠소."

시동이 절했다. "그리고 전하, 말씀드릴 것이 있사온데, 이스메노스의 안티메데스가 도착해 알현을 기다리고 있습니다."

젠장. 오이디푸스는 안티메데스를 만날 기분이 아니었다. 자신이 누구의 아들이고 왜 키타이론산에 버려졌는지 알아내는 일이 훨씬 더 급했다. 하지만 안티메데스는 라이오스를 죽인 범인을 밝혀내는 데 결정적인 정보를 가지고 있을지도 몰랐다. 여전히 테베에 역병이 창궐하고 있는 이때 그 기회를 무시해버릴 수는 없었다. 게다가 천하의 오이디푸스 아니던가. 마음만 먹으면 열 가지의 복잡한 사건도 한꺼번에 따라갈 수 있는 사람이다.

"들이거라."

이오카스테는 왜 그렇게 한탄하며 뛰쳐나갔을까? 발목을 쇠침에 꿰뚫린 아기의 모습을 떠올리니 속상하기도 했겠지. 여인들은 원래 그런 일에 약하니까. 그래.

아, 이자가 안티메데스군, 하고 오이디푸스는 속으로 생각했다. 왠지 교활해 보이는 인상이야. 내 눈을 똑바로 쳐다보지 못하잖아. 뭔가가 두려운 게지.

"내 앞에 서서, 선왕 라이오스가 살해된 날의 진상을 말해보라."

"전에도 수백 번은 얘기했습니다." 안티메데스는 바닥을 빤히 내려다보며 툴툴댔다. "기록이 남아 있지 않습니까?"

"그렇게 뚱한 태도는 집어치워, 그렇지 않으면 그대가 백발노인이든 말든 태형을 내릴 테니." 오이디푸스가 쏘아붙였다. "그대의 이야기를 내 직접 들어야겠다. 내 눈을 똑바로 보고 그날의 진상을 말하라. 만약 거짓을 고한다면 내가 바로 알아볼 것이다. 테베의 백성들 수백 명의 목숨이 그대의 양심에 걸려 있다."

안티메데스는 눈을 둥그렇게 떴다. "그건 또 무슨 말씀인지요?"

"선왕 라이오스를 죽인 자가 우리 사이에 살면서 왕국을 더럽히고 있기에 신들이 역병으로 우리 백성을 벌하고 있다는 신탁이 내려왔다."

"뭐, 정확히 맞는 말이긴 합니다." 안티메데스는 오이디푸스를 물끄러미 바라보며 말했다. "살인자가 여기 테베에 있으니까요."

"그래?" 오이디푸스의 눈이 흥분으로 반짝였다.

"선왕 라이오스 님을 죽인 자는 바로 이 방에 있습니다."

"아!" 오이디푸스는 심각해졌다. "정직하게 나오니 좋군. 한 치의 거짓도 없이 고한다면 그대의 형벌은 유배로 끝날 것이다. 어쩌다가 그대의 왕을 죽였는가?"

안티메데스는 슬쩍 미소 지었다. "무슨 일이 있었는지 정확히 말씀드리지요, 지엄하신 전하."

오이디푸스는 마지막 두 단어가 왠지 공격적으로 느껴졌다.

"선왕 라이오스 님과 세 명의 호위병, 그리고 저는 여행 중이었습니다. 다울리스 근처에서 세 갈래 길이 만나는 곳에 이르렀는데요……. 어떤 떠돌이 촌뜨기가 우리가 가는 길을 딱 막고 서 있지 뭡니까."

"도적 떼에게 기습당했다고 하지 않았던가?" 오이디푸스는 얼음장 같은 손에 심장을 꽉 붙잡힌 듯 온몸이 오들오들 떨리기 시작했다.

"진실을 알고 싶다 하셔서 제가 지금 말씀드리고 있잖습니까. 외톨이 나그네였습니다. 몇 달은 떠돌아다닌 것 같은 행색의 청년이었지요. 라이오스 님이 비키라고 명하였더니 청년은 그분의 채찍을 낚아채서 그분을 전차 밖으로 끌어냈습니다. 마치 물고기를 낚는 어부처럼 말입니다. 호위병들이 밖으로 뛰어나갔지요……. 그런데 제가 왜 이 이야기를 하고 있을까요? 전하께서는 이미 다 알고 계신데."

영혼이 고통받는 중에도 오이디푸스는 끝까지 다 듣고 싶었다. "계속하라."

"전하는 한 호위병의 검을 빼앗아 셋 모두 죽이셨지요."

"그리고 그대는 달아났고……."

안티메데스는 고개를 숙였다. "그리고 저는 달아났습니다. 하지만 전하는 굳이 라이오스 님을 죽여야 했습니까?"

"나는 죽이지 않았어! 그저…… 그가 땅에 떨어지면서 죽은 거지. 목이 부러져서. 죽일 의도는 아니었다. 그가 먼저 채찍으로 나를 공격했어."

안티메데스가 말했다. "그렇다고 치지요. 음, 저는 테베로 와서, 네, 도적 떼에게 공격당했다고 말했습니다. 도망친 게 창피했나 보지요. 무기 하나 없는 사람에게 당한 것이 창피했나 봅니다."

라이오스를 죽인 자는 오이디푸스였다. 오이디푸스는 라이오스를 죽인 자에게 저주를 내렸었다. 자기 자신에게 저주를 내린 것이다.

"그런 다음엔?"

"더는 드릴 말씀이 없습니다. 저는 테베를 떠났어요. 크레온을 모시기는 싫었으니까요. 제 주군은 라이오스 님과 이오카스테 님뿐입니다. 라이오스 님 대신 한 청년이, 전하 말입니다, 왕위에 올랐다고 들었을 때는 아드님을 마침내 찾은 줄 알았지요. 하지만 전하가 왕비님과 결혼했다는 소식을 듣고는 아니구나 싶더군요."

"아드님?" 오이디푸스가 말했다. "선왕과 이오카스테 사이에는 아이가 없었다."

"아, 왕비님이 그리 말씀하시던가요? 아드님이 한 분 있었지만 데리고 있을 수가 없었답니다."

"그게 무슨 소리냐?" 오이디푸스는 안티메데스의 어깨를 붙잡고 흔들었다. "대체 무슨 소리를 하고 있는 게야?"

"전부 다 말씀드리지요. 저도 이 세상에서 살날이 얼마 남지 않았고, 불결한 영혼으로 저승의 심판관들 앞에 서고 싶지는 않으니까요. 라이오스 님은 아들 손에 죽으리라는 경고의 신탁을 받으셨습니다. 그래서 왕비님이 사내아이를 낳으셨을 때 선왕께서는 아이를 제게 주시며 키타이론산 비탈에 나무못으로 박아두라고, 그리고……. 오, 맙소사!" 이번에는 안티메데스의 눈이 휘둥그레졌다. "절대 발설하지 말라고 하셨지요. 이런, 안 돼……."

궁의 다른 곳에서 시끄러운 비명이 들려왔다. 스트라톤이 아기 오이디푸스를 키타이론산에서 코린토스로 데려갔다는 이야기를 들은 순간 소름 끼치는 진실을 알아챈 이오카스테는 스스로 목숨을 끊었다. 오이디푸스가 비명 소리를 따라 그녀의 방으로 갔더니 그녀의 몸이 천장에 매달려 있고 그 밑에서 딸들이 울고 있었다. 오이디푸스는 딸들을 방에서 내보냈다.

이제 모든 것이 분명해졌다. 테베에 역병을 불러온 라이오스의 살인범은 바로 그였다. 이것만으로도 끔찍하건만 진실은 그보다 더 깊고 더 어두우며 더 감내하기 어려웠다. 라이오스는 그의 아버지였다. 그는 어머니 이오카스테를 아내로 삼고 정을 통하여 네 아이를 낳았다. 진실을 찾겠다 큰소리 떵떵 치며 허세를 부렸지만, 맹인 테이레시아스가 경고했듯 그는 아무것도 보지 못했다. 테베를 오염시킨 건 그였다. 병균. 그가 바로 질병이었다.

그는 스스로 목숨을 끊고 싶었다. 하지만 어떻게 그럴 수 있겠는가? 저승에서 어머니이자 아내인 이오카스테를 만나기라도 한다면? 자신이 죽인 아버지는 무슨 낯으로 뵌단 말인가? 그건 감당할 수 없었다. 적어도 아직은. 입에 담을 수도 없는 큰 죄의 벌을 받기 전까지는.

오이디푸스는 이오카스테의 드레스에서 기다란 황금 브로치 핀을 떼어내 자신의 눈을 찔렀다.

그 후의 이야기

앞선 장면이 연극처럼 느껴진다면, 고전 그리스 비극 중 가장 유명하다 할 만한 소포클레스의 비극 『오이디푸스왕』*을 아낌없이 (지나치다고 느끼는 사람도 있을 것이다) 참고했기 때문이다. 대부분의 신화가 그렇듯 다양한 판본이 존재하지만 소포클레스를 통해 전해 내려온 버전이 가장 많이 알려져 있다.

크레온이 왕위를 물려받고, 맹인이 된 오이디푸스는 지팡이를 탁탁 짚으며† 스스로 유배를 떠난다. 충실한 딸 안티코네가 그의 곁에 함께한다. 『오이디푸스왕』과 더불어 소포클레스의 '테베극 연작Theban Cycle'으로 일컬어지는 『콜로노이의 오이디푸스』와 『안티고네』는 오이디푸스와 그 가족의 이후 삶을 이야기한다. 『콜로노이의 오이디푸스』에서 눈먼 왕은 아테네로 떠나 테세우스의 보살핌을 받다가 숨을 거둘 때 앞으로 테베와 전쟁을 치를 때마다

---

* 그리스어 원제는 『오이디푸스 티라노스(*Oedipus Tyrannos*)』지만 라틴어 제목인 『오이디푸스 렉스(*Oedipus Rex*)』와 혼동되어 표기되는 경우가 많다. 1979년 에든버러 페스티벌 프린지 공연(W. B. 예이츠의 번역)에서 나의 오이디푸스 연기는 참으로 형편없었다. 불운한 에든버러 시민들은 지금도 그 일을 이야기할 때 믿을 수 없다는 듯 숨죽여 속삭인다. 로런스 올리비에(1907~1989년, 영국의 배우이자 연출가로 셰익스피어 극에 뛰어난 명배우였다—옮긴이)는 리처드 셰리든(Richard Sheridan)의 『비평가(*The Critic*)』 속 퍼프 씨와 오이디푸스를 동시에 연기해 그의 연기 인생에서 가장 빛나는 업적을 남겼다. 사람들은 오이디푸스가 눈사태처럼 쏟아지는 진실을 갑자기 마주하고 비명을 지르는 장면에서 올리비에가 보여준 연기가 연극 역사상 최고의 순간이라고 말한다. 내 연기에 대해서는 그렇게 말하지 않는다.
† 스핑크스의 수수께끼에서 말한 인간의 세 번째 상태.

아테네가 승리하리라는 축복을 내린다.

소포클레스의 가장 큰 경쟁자들인 아이스킬로스와 에우리피데스‡ 역시 이 매력적이고 파란만장한 이야기를 그냥 넘기지 못했다. 아이스킬로스는 독립적인 세 작품으로 구성된 3부작으로 자신만의 테베극 연작을 썼다. 『라이오스』와 『오이디푸스』는 분실되고 없지만, 『테베 공략 7장군』(오이디푸스가 죽은 후 그의 두 아들 에테오클레스와 폴리네이케스 사이에 벌어진 왕위 다툼을 그린다)은 지금까지 남아 있다. 하지만 극적인 힘이 부족하고 딱딱한 대사가 지나치게 많다는 평가가 일반적이어서 그 공연을 보기는 힘들다.§

엄청난 다작 작가인 에우리피데스의 『오이디푸스』는 분실되었지만,¶ 그의 『페니키아의 여인들』에는 아이스킬로스가 『테베 공략 7장군』에서 다룬 몇 가지 사건이 등장한다. 에우리피데스의 『오이디푸스』에서는 이오카스테가 자살하지 않고, 오이디푸스가 자신의 눈을 찌르는 것이 아니라 라이오스왕을 지지했던 테베 백

---

‡ 말 그대로 경쟁자였다. 그들이 제출한 희곡은 경합을 벌여 우승한 작품만이 무대에서 공연되었다.

§ 아이스킬로스의 테베 비극 3부작 다음에 이어진 짧은 희극, 즉 '사티로스극'인 『스핑크스』도 있다. 이 네 작품을 통칭 아이스킬로스의 '오이디포디아(Oedipodea)'라 부르기도 한다.

¶ 가끔 나는 분실된 고대의 위대한 작품들 수천 편을 되찾는 꿈을 꾼다. 이집트의 알렉산드리아 도서관에 대화재(혹은 대화재들)가 일어나 많은 작품이 사라지고 말았지만, 또 누가 알겠는가? 어느 날 거대한 원고 저장소가 발견될지. 예를 들어, 현재 에우리피데스의 희곡이 18~19편 남아 있는데, 그가 실제로 쓴 작품은 거의 100편에 달하는 것으로 알려져 있다. 아이스킬로스의 작품은 80편 가운데 7편만 남아 있고, 소포클레스의 작품은 알려진 120편 중 7편만 우리에게 전해져 내려오고 있다.

성들에게 보복당해 맹인이 되는 것으로 추정된다.

아 신화의 다른 버전에서는 오이디푸스가 이오카스테아 결혼하지만 아이를 갖지는 않는다. 진실이 밝혀진 후 이혼하고 (이오카스테의 지매였을지도 모를) 에우리가네이아와 결혼하여 네 아이의 아버지가 된다. 따라서 에테오클레스, 폴리네이케스, 안티고네, 이스메네는 근친상간으로 태어난 자식이라는 오점을 갖지 않는다.

어떻게 태어난 자식들이건 간에, 이야기의 주된 줄거리에 따르면 오이디푸스가 유배를 떠난 후 그의 두 아들 에테오클레스와 폴리네이케스는 테베의 왕위를 이어받아 일 년씩 번갈아 가며 통치했다. 아니나 다를까 형제 사이에 문제가 생겼다. 에테오클레스는 동생이 통치할 차례가 오자 왕좌를 내어주기를 거부했다. 폴리네이케스는 홧김에 아르고스로 가서 일명 테베 공략 7장군이라는 일곱 명의 전사를 필두로 군대를 일으키지만, 그들은 성벽 공격에 실패하여 죽었다. 폴리네이케스와 에테오클레스는 전투에서 서로를 죽이고, 정당하게 왕위를 이어받은 크레온은 두 형제 중 죄가 더 크다고 여겨지는 폴리네이케스의 장례를 제대로 치러주지 않았다. 오빠의 영혼이 제대 쉬지 못하리라는 생각에 괴로워진 안티고네는 시신을 흙으로 덮어주다가 들키고 말았다. 크레온은 왕의 명을 거역한 그녀에게 사형 선고를 내리고 그녀를 동굴에 가두었다. 막판에 마음을 바꾸어 그녀를 풀어주기로 하지만 때는 이미 늦었다. 안티고네는 목을 매어 자살했다.

소포클레스의 『오이디푸스왕』에서는 끝부분에 안티고네와 그녀의 약혼자 하이몬(크레온의 아들) 모두 자살한다. 이 소식을 들은 크레온의 아내 에우리디케 역시 스스로 목숨을 끊는다. 테베의 왕가에 내려진 저주는 혹독했고, 그리스인들은 거기에 끝없이 매료되었다.

지크문트 프로이트는 유아기의 아들이 (무의식적인) 성적 관계를 포함해 어머니와의 친밀하고 독점적인 관계를 갈망하고 완벽한 모자의 결합을 방해하는 아버지를 증오한다는 자신의 이론에 따라 오이디푸스 신화가 전개된다는 사실을 알아챘다. 자주 지적되는 모순이지만, 역사를 통틀어 오이디푸스는 오이디푸스 콤플렉스와 가장 거리가 먼 남성이었다. 그는 어머니로 알고 있던 메로페와 살을 섞는다는 생각이 역겨워 코린토스를 떠났다. 그가 이오카스테에게 끌린 것은 성인으로서 느낀 감정이었고(근친상간은 전혀 의도하지 않았다), 그것도 유아기의 성적 질투와는 아무런 관계도 없는 우발적인 사건으로 아버지 라이오스를 죽인 후였다. 그래도 프로이트는 그 이름을 가져다 쓰는 데 전혀 망설이지 않았다.

스핑크스를 만났다는 사실 외에 오이디푸스는 일반적인 그리스 영웅들과 공통점이 별로 없다. 우리에게 그는 현대의 비극적 영웅이자 타고난 정치가 같은 인상을 준다. 그가 헤라클레스와 악수를 나누거나 아르고호 원정대로서 활약하는 모습은 상상하기 어렵다. 많은 학자들과 사상가들, 특히 프리드리히 니체는 자신의 저서 『비극의 탄생』에서 오이디푸스를 아테네인들(과 우리 모두)의 내면에서 다투는 대조적인 측면들, 즉 이성적이고 수학에 능한 시민과 혈족 범죄자, 생각하는 존재와 본능적인 존재, 초자아와 이드, 아폴론적인 충동과 디오니소스적인 충동 사이의 긴장 상태를 무대에서 해결하는 인물로 보았다. 오이디푸스는 아테네인들이 무척이나 자랑스레 여긴 모든 연구 분야(논리, 숫자, 수사, 질서, 발견)를 총동원하여 무질서하고 치욕적이고 도덕률에 어긋나며 야만스러운 진실을 밝혀내는 탐정이다.

테세우스

선택받은 자

아동, 청소년, 그리고 (솔직해지자) 우리 같은 가짜 어른을 위한 소설의 전형적인 요소들이 여기에도 등장한다. 어디 있는지 모를 신비에 싸인 아버지. 맹목적으로 사랑을 퍼주며 자식에게 넌 특별한 존재, 선택받은 자라고 격려해주는 어머니. 선택받은 자. "넌 마법사야, 해리!" 이런 식으로 말이다.

이야기는 이렇게 진행된다.

한 아이가 펠로폰네소스반도 북동쪽의 벽지에 있는 도시 국가 트로이젠에서 자란다. 어머니는 국왕 피테우스의 딸 아이트라*이다. 아이는 왕가의 일원이지만 아버지가 없기에 다른 대우를 받는다.

아버지는 대체 누굴까?

어머니는 어떻게든 장난스럽게 넘기려 애쓴다. "아마 위대한 왕일걸."

"피테우스 할아버지보다 더요?"

---

* 벨레로폰과 약혼한 적이 있는 바로 그 아이트라 공주다.

"응. 아니, 어쩌면 신일지도 몰라."

"아버지가 신이라고요?"

"누가 알아."

"뭐, 제가 다른 애들보다 더 빠르고 더 힘이 좋긴 하죠. 더 똑똑하고. 더 잘생겼고."

"그렇다고 네가 만능은 아니야, 테세우스."

"만능 맞아요. 왜 아니라는 거예요?"

"사람이 겸손해야지."

"피, 사람이 정직해야죠."

"거만한 사람은 매력이 떨어지거든. 네 아버지도 별로 안 좋아하실걸."

"어떤 아버지요? 왕이요? 아니면 신이요?"

까불까불한 아기가 자존심 강한 아이로 자라는 동안 이런 애태우기와 가벼운 다툼은 계속된다.

어느 경사스러운 날, 아이의 사촌 헤라클레스가 와서 궁에 머문다. 그는 펠롭스라는 중요한 조상을 통해 어머니와 혈연관계로 맺어진 친척이다.* 아이는 기상천외한 그의 모험담을 들은 순간부터 그를 숭배해왔다. 그가 무찌른 괴물들, 그가 수행한 과제들. 그의 강인함. 그의 용기. 헤라클레스는 도착하자마자 사자 가죽을 불 앞에 휙 내던진다. 그가 제일 처음 거둔 대승리의 증거인 테스피

---

* 에우리피데스의 『헤라클레스의 자녀들(*Herakleidai*)』에서는 알크메네가 펠롭스의 아들 피테우스의 딸이기 때문에 헤라클레스와 테세우스는 할아버지가 같다. 그래서 내가 이 두 영웅을 이야기할 때 가끔 '사촌'이라는 단어를 사용하는 것이다.

아이의 사자.† 궁전의 다른 아이들은 전부 비명을 지르며 달아난다. 하지만 겨우 여섯 살인 우리의 주인공은 달려가 사자의 갈기를 꽉 움켜쥔다. 아이는 고함을 질러대며 가죽을 바닥에 빙빙 돌린다. 사자의 목을 졸라본다. 헤라클레스는 웃으며 아이를 휙 들어 올린다.

"마음에 드는 꼬마구나. 이름이 뭐지, 붉은 머리?"

"테세우스입니다."

"그래, 테세우스입니다야. 커서 영웅이 되려느냐?"

"네, 맞아요, 형님, 그럼요."

헤라클레스가 웃으며 아이를 사자 가죽 위에 내려놓는 순간 아이는 영웅의 길이 자신의 운명임을 안다. 영웅이라는 단어가 무슨 뜻인지는 확실히 모르지만.

열두 번째 생일날, 아이는 어머니의 손에 이끌려 트로이젠 밖으로 나가 도시 전체와 주변의 전원지대가 내려다보이는 곳으로 올라간다. 어머니는 어느 거대한 바위를 가리킨다.

"테세우스, 네가 만약 저 바위를 굴릴 수 있다면 네 아버지에 대해 얘기해주마."

아이는 얼른 바위로 달려든다. 두 팔을 쭉 뻗어 바위를 밀다가 몸을 돌려 등으로 있는 힘껏 민다. 숨을 훅훅 쉬고, 고함을 지르고, 바위 여기저기에 붙어보지만 결국엔 녹초가 되어 쓰러진다. 거대한 바위는 손톱만큼도 움직이지 않았다.

"됐어, 꼬마 시시포스, 내년에 다시 도전해보자꾸나." 어머니가

---

† 헤라클레스 편을 참고하라.

말한다.

그때부터 매년 생일에 두 사람은 함께 바위로 간다.

"보아하니." 몇 년 후 어머니가 말한다. "턱수염 비슷한 것이 자라기 시작했구나, 테세우스."

"그게 제게 힘을 줄 거예요. 이제 때가 됐어요." 그가 말한다.

하지만 아직 때는 오지 않았다. 그다음 해에도. 그는 조바심이 나기 시작한다. 달리기 실력으로는 그를 따라올 자가 없어서 심지어 훨씬 뒤에서 출발해도 절대 지지 않는다. 창이나 원반을 그보다 더 멀리 던지는 자도 없다. 그의 야망을 펼치기에 트로이젠은 너무 좁아 보인다. 자신의 야망이 뭔지는 확실히 몰라도 그는 어쨌든 자신이 천하를 뒤흔들리라는 사실을 알고 있다.

또 생일이 오고 그는 지긋지긋한 기분으로 어머니와 함께 언덕을 터벅터벅 오른다. 바위 굴리기 시험은 가짜다. 그 바위가 절대 움직일 리 없다.

하지만 그가 틀렸다.

바위 아래에

테세우스는 지난해 생일보다 더 강해진 기분이 들지 않았다. 왕실 근위병들은 그가 마음만 먹으면 근위병이 될 수 있을 만큼 키가 컸다고 농담 삼아 말했다. 이제는 턱수염을 가끔 손질해줘야 했다. 수염은 특이한 적갈색을 띤 머리카락보다 더 어두운 색깔이었다. 어릴 적에는 그런 수염이 싫었지만 지금은 익숙해졌다. 그가

1. 신탁을 내리는
델포이의 사제 피티아.

2. 힐라스와 그를 유혹하는 님프들.

3. 심플레가데스,
충돌하는 바위들.
아르고호가
움직이는 바위
사이를 빠져 나가고
있다.

4. 칼코타우로이를 길들이는 이아손.

5. 메데이아.

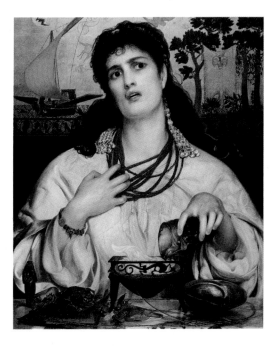

6. 콜키스의 용을
길들이는 메데이아와
황금 양피를 찾은
이아손.

7. 영웅들이 모여든 칼리돈의 멧돼지 사냥.

8. 아탈란타와 히포메네스의 달리기 시합.

9. 오이디푸스가 스핑크스의
수수께끼에 답하다.

10. 테세우스의 과업.

11. 테세우스와 마라톤의 황소.

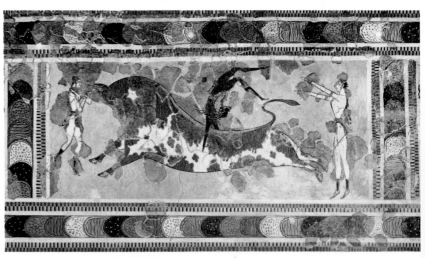

12. 테세우스가 만든 황소 뛰어넘기 기술.

13. 미노타우로스에게 바치는 공물.

14. 크레타섬의 라비린토스.

15. 미노타우로스.

16. 이카로스의 추락.

17. 아테네 신타그마 광장의 테세우스.

18. 낙소스섬에 버려진 아리아드네.

좋아하는 여인에게서 수염이 매력적이라는 말까지 들었다.

그 외에는 예전과 똑같았다.

하지만 이번에는 바위가 꿈쩍였다! 정말로 움직였다. 테세우스는 바위가 바뀌었나 싶었지만, 그럴 리가 없었다. 그는 다리에 힘을 주고 두 발로 버티고 서서 더 멀리 밀어보았다. 바위는 우스울 정도로 쉽게 한 바퀴 굴러 길 끝으로 향하더니 또 한 바퀴 굴렀다.

"언덕 아래로 굴릴까요?"

"아니다, 그냥 거기 두렴." 어머니는 미소 지었다. "18년 전 네 아버지가 바로 저곳에 있던 바위를 여기로 굴렸지."

"대체 무엇 때문에요?"

"땅을 파서 뭐가 나오는지 보거라."

지난 세월 바위가 머물렀던 곳에 난 풀들은 하얗게 바래 있었다. 테세우스는 흙을 파헤치다가 손가락에 걸리는 샌들 한 켤레를 꺼냈다. 한 짝은 약간 썩거나 딱정벌레들에게 씹어 먹힌 것 같았다.

"대단하네요. 제 생일에 딱 원하던 선물이에요. 낡은 가죽 샌들이라니." 테세우스가 말했다.

"계속 파보거라." 어머니가 방긋 웃으며 말했다.

더 깊이 파고 들어가자 차가운 금속이 손에 잡혔다. 그가 땅속에서 빼낸 것은 은처럼 반짝이는 검이었다.

"이건 누구의 검인가요?"

"네 아버지의 검이었단다. 이제는 네 것이지."

"아버지가 누구셨는데요?"

"강둑에 앉아보거라, 내가 얘기해주마." 아이트라는 풀밭을 톡톡 쳤다. "네 아버지는 아테네의 왕 아이게우스란다."

"아테네!"

"그분은 결혼을 두 번 했지만 자식을 한 명도 얻지 못하셨어. 그래서 아들을 원하는 마음에 델포이의 신탁소를 찾아가셨지. 너도 알다시피 정말 기이한 신탁이 내려올 때가 있잖니. 그분이 받은 신탁은 특히나 그랬단다."

아이게우스는 아테네의 꼭대기에 이를 때까지 포도주를 담은 가죽 부대의 불룩한 주둥이를 풀어서는 안 된다. 이를 지키지 않으면 비탄 속에 죽으리라.

"대체 무슨 소리예요?"

"그러게 말이다. 마침 아이게우스 님은 내 아버지, 선량한 피테우스왕의 절친한 친구셨지."

"할아버지요?"

"그래, 네 할아버지. 그래서 아이게우스 님은 델포이에서 돌아가던 길에 혹시 피테우스왕께서 신탁을 해석할 수 있을까 싶어 여기 트로이젠에 들르셨단다."

"그래서 할아버지가 해석하셨나요?"

"자, 테세우스, 네 할아버지가 얼마나 꾀 많은 분이신지 들으면 놀랄 거야. 그분은 예언을 이해하셨어. 완벽하게 이해하셨지. '포도주를 담은 가죽 부대의 불룩한 주둥이'는 그분의 해석으로는 아이게우스 님의…… 남성성이라고 해두자. 그러니까 예언의 내용은 이랬던 거야. '아테네로 돌아가기 전까지 어떤 여인과도……

음…… 교합하지 말라.'"

"교합이요? 처음 들어보는 말인데."

"쉿. 피테우스왕께서는 당신의 딸인 내가 아테네 같은 위대한 도시를 다스리는 왕의 아이를 가지면 좋을 거라 생각하셨지. 그러면 아기가, 그러니까 네가 아테네와 트로이젠이 연합한 왕국의 왕이 될 테니까. 그래서 네 할아버지는 아이게우스 님에게 예언을 거짓으로 해석해줬단다. 아테네로 돌아가기 전까지는 포도주를 마시지 말라는 뜻이라고 말이야. 그런 다음 나를 불러 아이게우스 님에게 궁전과 정원을 구경시켜 드리라고 했어. 어쩌다 보니 우리 둘이 내 방에 있게 됐고 그래서……."

"……내가 생겼군요." 테세우스는 어리벙벙해졌다.

"그래, 하지만 그게 끝이 아니야." 아이트라는 민망함에 얼굴이 달아올랐다. 이런 날이 올 줄 처음부터 알고 있었고, 아들에게 탄생 비화를 들려주는 연습을 여러 번 했지만 막상 그날이 오니 목구멍에 걸린 듯 말이 잘 나오지 않았다.

"끝이 아니라고요?"

"그날 밤, 아이게우스 님이, 네 아버지가, 음…… 어……."

"……불룩한 포도주 부대를 풀었다고요?"

"그래, 그거야. 그러고 나서 그분은 곯아떨어지셨지. 하지만 나는 잠을 이룰 수가 없었어. 포세이돈 님에게 바쳐진 저 아래 샘으로 갔단다. 몸을 씻고 생각을 좀 하려고. 아버지가 정치적인 목적으로 나를 낯선 이와 동침하게 하시다니. 화가 났지만 놀랍게도 나는 아이게우스 님이 좋았어. 친절하고 남자답고…… 가슴 설레게 하고."

"어머니, 부탁인데……."

"그런데 내가 샘물에 몸을 씻고 있을 때 누가 물 위로 떠올랐는 줄 아니?"

"누군데요?"

"포세이돈 님이었어."

"네?"

"그리고 그분…… 그분도 나를 취하셨지."

"허…… 허…… 허……."

"웃을 일이 아니야, 테세우스……."

"웃는 게 아니에요, 어머니. 정말이라니까요, 웃는 게 아니에요. 그저 이해가 잘 안 돼서요. 설마 포세이돈 님도 불룩한 포도주 부대를 풀어놓으셨다는 얘긴가요?"

"맹세코 전부 다 사실이란다. 내가 아이게우스 님과 동침한 바로 그날 밤 포세이돈 님도 나를 취하셨어."

"그럼 제 아버지는 누구인가요?"

"두 분 다야, 확실해. 나는 방으로 돌아갔고 아침에 아이게우스 님이 깨어나셔서는 나를 안고 사과하셨어. 결혼한 몸이라 나를 아테네로 데려갈 수는 없다고 말이야. 우리는 다른 사람들이 깨어나기 전에 방에서 나왔고 그분이 나를 여기로 데려오셨지. 그리고 바로 저기 검과 샌들을 묻은 후에 그 위로 바위를 굴리시고는 이렇게 말씀하셨어. '만약 어젯밤 우리의 교합이 결실을 거두어 아들이 태어난다면 바위를 움직일 수 있을 만큼 아이가 자랐을 때 아버지가 누구인지 알려주시오. 그리고 아테네로 와서 자기 권리를 찾으라 하시오.'"

쉽게 짐작이 가겠지만 테세우스에게 이 소식은 날벼락 같았다. 수년 동안 어머니의 장난 같은 대답만 들으면서, 신비에 싸인 아버지가 왕이나 신이라는 생각은 그저 유치한 환상에 지나지 않는다는 결론을 내렸었다.

"그러니까 할아버지는 내 아버지 아이게우스 님이 다음번에…… 성교를 하면 아들을 가지리라는 예언의 의미를 아셨단 말인가요? 그래서 어머니가 그 아이를 갖게 했고요?"

"그렇단다."

"하지만 예언은 아이게우스 님이 아테네에 도착하기 전에 불룩한 포도주 부대를 풀면(대체 신탁은 이런 비유를 어디서 얻는 거죠?) 비탄 속에 죽을 거라고 했다면서요."

"그래, 그랬지……."

"그런데 그분은 아테네에 도착하기 전에 부대를 풀었잖아요. 그래서 비탄 속에 돌아가셨나요?"

"음, 아니, 돌아가시지 않았어." 아이트라는 시인했다.

"신탁이 다 그렇죠, 뭐!"

샛별이 뜰 때까지 그들의 이야기는 계속되었다.

테세우스는 어머니와 함께 집으로 돌아가면서 기다란 풀에 검을 획획 휘둘렀다. 궁에 도착하자마자 아이트라는 피테우스왕에게 알현을 청했다.

"그래, 내 손자여. 이제 네가 누구인지 알았구나. 트로이젠의 아들이자 아테네의 아들이지. 펠로폰네소스반도에 어떤 변화가 생길지 생각해보아라! 두 나라의 함대를 연합해서 아티카를 통치할 수 있다. 코린토스는 화가 치밀겠지. 그리고 스파르타! 하, 부러움에 몸서리를 칠 게다! 자, 이제 어쩐다? 피레우스로 타고 갈 배를 최대한 빨리 준비해주마. 내일! 안 될 게 뭐 있어? 그리고 아테네 궁전으로 찾아가 아이게우스 영감에게 네 소개를 하거라. 아주 좋아할 게다! 그이가 이아손을 잃고 홀몸이 된 콜키스의 메데이아와 혼인했다지? 들리는 소문으로는 아주 끔찍한 여인이라 하더군.* 자기 혈육을 죽인 마법사라나. 내가 선물을 하나 구해주마, 두 사람에게 인사차 줄 작은 보물 말이다. 오, 유익한 밤일이었지. 아주 유익했어.”

피테우스는 딸을 꼭 껴안고 손자의 팔을 장난스레 툭 쳤다.

테세우스에게는 다른 생각이 있었다. 그는 자기 방으로 가서 소지품 몇 개를 손수건에 쌌다. 트로이젠의 왕자가 배를 타고 가서 자질구레한 보석 장신구를 들고 은검을 휘두르며 “안녕하세요, 아빠, 저예요!”라고 인사한다. 이게 영웅적인 건가? 전혀 영웅적이지 않다. 헤라클레스라면 그렇게 응석받이 소공자처럼 등장할까? 절대 아니지. 테세우스는 영웅으로서 아테네에 입성할 생각이었고, 그 방법을 알 것도 같았다.

트로이젠에서 아테네로 가는 길은 두 가지밖에 없었다. 뱃길로 사로니코스만을 건너가든가 아니면 해안선을 따라 걸어야 했다. 도보 여행은 길고 힘든 데다 위험하기로도 악명 높았다. 그리스에서 제일 악랄하고 무자비한 무법자들, 강도들, 살인자들이 그곳에 숨어 약탈 기회만 엿보고 있었다. 자존심 있는 영웅이라면 당연히

---

* 메데이아가 어쩌다 그런 오명을 얻었는지, 어쩌다 아테네까지 가게 됐는지는 이아손 편에 담겨 있다.

그 경로를 택할 터. 테세우스가 전설적인 악당들을 없앤 후 아테네에 입성한다면 엄청난 사건이 될 것이다.

테세우스는 아버지의 낡은 샌들을 신고, 검을 허리띠에 차고, 소지품을 몇 개 더 챙긴 후 몰래 빠져나갔다.

잠시 후 그는 돌아와, 어머니와 할아버지에게 남기는 쪽지를 갈겨써서 침대 위에 올려놓았다.

'바다 여행은 별로 마음에 안 들어서요. 걸어서 가렵니다. 사랑을 담아, 테세우스 드림.'

테세우스의 과업

1. 페리페테스

테세우스는 여행길을 떠난 지 한 시간도 못 되어, 육중한 몸을 느릿느릿 움직이며 어마어마한 몽둥이를 휘두르고 있는 외눈박이 거인과 마주쳤다. 테세우스는 이자의 정체를 정확히 알았다. 페리페테스, 별칭 코리네테스(몽둥이 사내).

"오, 이런, 이런." 거인은 숨을 쌕쌕거리며 말했다. "내 몽둥이로 으깨줄 곱고 연한 머리가 왔구나. 내 몽둥이는 청동으로 만들어졌다. 내 아버지가 대장장이시거든. 세상 모든 대장장이들 가운데 으뜸이시지."

"네, 당신이 헤파이스토스 님의 아들이라고 주장하고 다니는 걸 모르는 사람이 없지요." 테세우스는 따분한 척하며 말했다. "사람들이 당신 이야기에 속아 넘어간 건 당신이 추한 절름발이라서 그래요. 올림포스 신에게 이렇게 어리석은 자식이 있다니, 나는 못 믿겠는데요."

"오, 내가 어리석다고?"

"대책 없는 미련퉁이 같은데요. 몽둥이가 청동이라고요? 누구한테 샀어요? 누가 봐도 참나무로 만들었는데."

"내 손으로 직접 만들었다!" 페리페테스는 울컥해서 소리를 질렀다. "참나무라니! 참나무 몽둥이가 이렇게 무거울 리가 있나?"

"무겁다면서 무슨 깃털 가지고 놀듯이 이 손에서 저 손으로 획획 잘만 옮기잖아요."

"내가 힘이 세니까 그렇지, 멍청아! 네가 한번 해보지 그래. 너는 들지도 못할 거다."

"오, 네, 정말 무겁네요." 테세우스가 몽둥이를 받으며 말했다. 무게를 견디지 못한 듯 그의 손이 땅에 닿을 듯 쑥 내려갔다. "차갑고 딱딱한 청동도 느껴지고요."

"거봐!"

"균형감도…… 끝내주게…… 좋고!" 테세우스는 이렇게 말하며 갑자기 몽둥이를 높이 쳐들어 빙 돌렸다. '끝내주게'라는 단어에 몽둥이가 페리페테스의 넓다리뼈를 우지끈 시원하게 때렸다. 거인은 아파서 울부짖으며 쓰러졌다.

"저는…… 이…… 몽둥이가…… 마음에…… 드네요!" 테세우스는 페리페테스의 두개골을 쪼갤 듯이 몽둥이로 여섯 번 내리쳤다.

테세우스는 길가의 바위들 틈에서 거인 악당의 은신처를 발견했다. 높다랗게 쌓인 으깨진 두개골들 주위로 지금까지 거인이 강탈한 금은보화가 완벽한 반원을 그리며 깔끔하고 단정하게 놓여 있었다. 테세우스는 가죽 자루를 하나 발견해 거기에다 보물을 가득 채웠다. 몽둥이도 챙겨 가야 할 것 같았다. 헤라클레스가 항상 몽둥이를 들고 다니니 그도 그래야 했다.

2. 시니스

북쪽으로 더 올라가자 길은 코린토스지협을 따라 동쪽으로 휘었다. 얼굴에 비치는 햇빛과 오른편에서 반짝거리는 바닷물을 즐기며 걸 어가는 동안 테세우스는 친절한 나그네들을 많이 만났다. 형편이 어려운 이들에게는 가방에 든 귀중품과 동전을 나누어 주었다.

이 길에 무시무시한 악당들이 매복해 있다는 소문은 과장되었 나 보구나, 하고 그는 속으로 생각했다. 정말 그렇게 믿기 시작했 을 때 언덕에서 나무 두 그루 사이에 서 있는 남자가 보였다.

"그 자루에 뭐가 들었지, 꼬마야?"

"당신이 참견할 바가 아니죠."

"오! 내가 참견할 바가 아니란 말이지? 좋아, 좋아. 너 같이 건방 진 코흘리개를 상대하는 방법이 있지. 이 나무들이 보이느냐?"

테세우스는 이자가 피티오캄프테스(소나무를 구부리는 자)라 는 별명을 가진 시니스라는 걸 단번에 알아챘다. 이 기괴하고 섬 뜩한 사내에 관한 이야기는 펠로폰네소스반도 전역에 떠돌고 있 었다. 그는 엄청난 힘으로 소나무 두 그루를 구부려 그 사이에 길 손을 묶어두었다. 그런 다음 잠시 희생자를 고문하다가 나무를 잡 고 있던 손을 놓아버렸다. 그러면 나무가 똑바로 펴지면서 가여운 길손은 사지가 찢겨 죽었다. 잔혹하고 소름 끼치는 죽음. 잔혹하 고 소름 끼치는 악당이었다.

"제 몽둥이를 내려놓을게요. 검과 자루도 내려놓겠습니다. 당신 의 위대함 앞에 무릎 꿇고 싶으니까요." 테세우스가 말했다.

"어째서?"

"이 길을 나흘째 여행 중인데 경이로운 시니스 피티오캄프테스 님에 관한 이야기밖에 안 들리지 뭡니까."

"아, 뭐, 그거 괜찮군. 그렇다고 나한테 이상하게 굴지는 말고."

"세상에, 저 같은 보잘것없는 인간이 이토록 훌륭한 사내, 이토록 순수한 영웅을 뵙다니요." 테세우스는 풀밭에 납작 엎드렸다.

"이봐, 그냥 이리 오기나 해!"

"제가 어찌 감히 꼼짝이나 할 수 있겠습니까. 위대한 시니스 님. 경이로운 시니스 님. 고결하신 시니스 님. 소나무를 구부리는 자여. 인간을 고치는 자여."

"이 모자란 녀석." 시니스는 테세우스에게 다가가며 말했다. "자, 일어나라니까."

그런데 어찌된 일인지 엎치락뒤치락하던 테세우스와 시니스의 입장이 뒤바뀌고 말았다. 이제는 시니스가 팔다리를 쫙 벌린 채 땅에 엎드려 있고, 테세우스가 위에서 그를 짓누르고 있었다.

"자, 위대한 시니스 님, 수많은 사람들에게 그토록 큰 즐거움을 선사하면서 정작 본인은 못 즐기다니 억울하잖아요."

"저리 비켜!"

"그건 안 되겠는데요, 나리." 테세우스는 시니스의 팔목을 붙잡고 풀밭에서 그를 질질 끌었다. 마치 아이가 장난감 수레를 끌고 가는 것처럼. "자기 생각은 눈곱만큼도 하지 않고 그 많은 길손들에게 친절을 베푸셨잖습니까. 자, 이제 내가 시니스 님의 팔을 이 나무에 묶고 이렇게 끌어내리면……."

테세우스가 작업에 착수하는 동안 시니스는 흑흑 흐느껴 울면서 싹싹 빌었다.

"겸손은 그만 떨어요, 시니스 님." 테세우스가 두 번째 소나무로 손을 뻗으며 말했다. "그런데 확실히 세상에 시니스 님이 한 명뿐인 건 아쉽네요. 둘은 있어야죠."

"제발, 제발 살려줘. 저 덤불 밑에 보물을 묻어놨어. 그거 가져, 전부 다 가져가."

테세우스는 이제 소나무 두 그루를 단단히 쥐고 있었다. "꽥꽥거리고 횡설수설하는 꼴이 꼭 돼지 같고, 겁먹은 아이처럼 오줌까지 쌌군." 테세우스는 갑자기 차갑게 말했다. "그런 너는 겁에 질린 희생자들에게 자비를 베풀었더냐?"

"잘못했어, 정말 잘못했다고."

테세우스는 잠깐 생각을 해보았다. "흠. 진심으로 뉘우치고 있는 것 같으니 내가 가서 보물 얘기가 진짜인지 보고 만약 그렇다면 살려주도록 하지."

"그래, 그래! 하지만 나무는 놓지 마, 나무는……."

"어디 보자, 보물이 저기 있다고 했나?"

테세우스는 뒤로 물러서며 두 손을 놓았다. 소나무들이 휙 똑바로 펴지면서 바르르 떨리는 나뭇가지로 솔잎들을 우수수 떨어뜨리며 시니스의 몸을 둘로 찢어놓았다.

"앗, 나의 실수." 테세우스가 말했다.

테세우스는 떠나기 전 보물을 파내고 검으로 나무 두 그루를 베어 넘겼다. 그러고는 신들의 은혜에 보답하는 뜻으로 소나무에 불을 붙여 향기로운 연기를 하늘로 올려보냈다.

3. 크롬미온의 암퇘지

테세우스는 여정을 재개해 해안을 따라 난 길을 걸었다. 머지않아 코린토스와 메가라 사이의 중간쯤에 있는 크롬미온이라는 마을에 가까워졌다. 이미 트로이젠보다는 아테네에 더 가까웠다. 그런데 서둘러 남쪽으로 향하는 길손들이나 밭에서 초조한 기색으로 일하던 농부들이 테세우스를 잠시 불러 세워 마을을 쑥대밭으로 만들고 있는 크롬미온의 암퇘지라는 무시무시한 짐승을 조심하라고 경고했다.

사람들이 들려주는 이야기만 들어서는, 크롬미온의 암퇘지가 콧바람을 거세게 불면서 꿱꿱거리고 쿵쿵거리는 진짜 돼지인지, 아니면 파이아라는 사악한 살인귀 노파인지 알 수 없었다. 어떤 이들은 백발의 추한 노파가 돼지로 변신하는 걸 봤다고 했다. 파이아는 그저 돼지를 키우는 노파일 뿐이라고 주장하는 사람도 있었다.

테세우스는 백발의 쭈그렁 할머니는 한 명도 못 봤지만, 거대하고 공격적인 멧돼지 한 마리와 마주쳤다. 하지만 거대한 청동 몽둥이로 손쉽게 제압했고, 잠시 후 신들은 소나무를 태운 향기보다 훨씬 더 달콤한 갓 구운 베이컨 향을 대접받았다.*

---

* 크롬미온의 암퇘지가 칼리돈의 멧돼지의 어미라는 설도 있다. 아탈란타 편을 참고하라.

4. 스키론

해안 길을 따라 더 가면 메가라와 엘레우시스 사이에 스키론 혹은 스케이론이라 불리는 악명 높은 범죄자가 숨어 지내는 곳이 있었다. 그곳에서 어찌나 오래 살았는지 그 지점의 만에 솟은 절벽을 스키론의 바위라 부를 정도였다. 절벽 저 아래 사로니코스만의 푸른 바닷물에서는 거대한 바다거북 한 마리가 성마르게 빙빙 돌며 헤엄치고 있었다. 스키론과 바다거북의 관계는 흥미로우면서도 불온했다. 스키론은 길손들을 억지로 붙잡아 절벽 끝에서 자기의 발을 씻게 했다. 아무것도 모르는 희생자들이 바다를 등진 채 무릎을 꿇고 앉아 발을 씻겨주기 시작하면 스키론은 그들을 발로 차서 바닷물에 빠트렸고, 탐욕스러운 바다거북이 입을 쩍 벌린 채 아래에서 그들을 기다리고 있었다.

"싫습니다. 싫어요, 싫어, 싫어, 싫어요!" 스키론이 나무 뒤에서 훌쩍 뛰어내려 칼을 들이대며 자기 발을 씻으라고 하자 테세우스가 말했다. "더럽잖아요, 만지기 싫어요."

"칼에 찔려 죽고 싶으냐?" 스키론이 말했다.

"뭐, 아니요." 테세우스는 인정했다. "하지만 뜨거운 물은 어디 있습니까? 향유는요? 염소 가죽 수건은요? 할 거면 제대로 씻겨드리고 싶은데요."

스키론은 짜증스럽게 한숨을 푹 쉬며 계속 칼을 겨눈 채, 완벽한 발 씻기에 필요한 도구들과 세제를 어디에 두었는지 가르쳐주었다. 테세우스는 구리 대야에 물을 끓이겠다고 고집을 부렸다.

"어쨌든. 이왕 하는 거 제대로 해야죠." 테세우스는 유쾌하게 말했다.

"이제 저쪽으로 가." 이윽고 테세우스가 준비를 마쳤다고 하자 스키론은 으르렁거리듯 말했다. "나는 이 의자에 앉을 테니 너는 저기 쪼그리고 앉아라."

"벼랑 끝에 너무 가까운데요." 테세우스는 미심쩍어하며 말했다.

"발을 씻는 동안 바다를 바라보고 있으면 좋거든. 이제 그만 떠들고 빨리 시작하시지?"

테세우스는 김이 모락모락 나는 물이 담긴 대야를 조심조심 들고 갔다. 스키론의 칼끝이 그의 허리를 찌르며 재촉하는 것이 느껴졌다.

"알았어요. 그럼…… 여기요?"

"절벽 끄트머리로 더 가."

"여기요?"

"더."

"세상에, 정말 가파르네요…… 아!"

테세우스는 발을 헛디디며 앞으로 휘청거렸다. 칼끝에서 벗어나자마자 순식간에 몸을 돌려 대야에 담긴 델 것처럼 뜨거운 물을 스키론의 얼굴로 확 끼얹었다. 고통과 충격에 짧은 비명을 내지른 악당은 갑자기 테세우스에게 떠밀리자 조금 더 길게 비명을 지르며 벼랑 끝에서 미친 듯이 비틀거리다 푸르디푸른 바닷물로 떨어졌다.

테세우스가 아래를 내려다보니, 물속에서 허우적대는 형체로 다가가는 거대한 바다거북 한 마리가 일으키는 크림색 물결이 보였다.

5. 케르키온과 레슬링의 탄생

엘레우시스에 있는 데메테르와 코레*의 신전에 이르자 테세우스는 제물을 바치고 지금까지의 무사한 여행에 감사하는 기도를 올렸다. 다시 출발했을 때 해안선이 남쪽으로 급하게 꺾이기 시작했다. 처지가 궁핍해졌어도 가방에는 아직 보물들이 들어 있었지만, 그는 위험한 도적과 악당보다는 곧 만날 아버지의 반응이 더 신경쓰였다.

테세우스가 그날 밤 야영할 곳을 찾아야겠다고 생각하고 있을 때 키 크고 마른 두 남자가 난데없이 양쪽에서 나타나더니 그의 목에 칼을 들이댔다. 그리고 또 다른 사람이 나와 그의 앞을 가로막았다. 이런 거구는 처음이었다. 여정에서 처음 만났던 적인 페리페테스마저 이자에 비하면 왜소해 보일 지경이었다. 이자의 몸통 너비가 보통 사람들의 키보다 더 길었다.

"누구의 허락을 받고 내 왕국에 들어왔느냐?" 거인이 호통쳤다.

"뭐라고요?"

"나는 이 나라의 왕 케르키온이다. 네 녀석은 허락도 없이 들어

---

* '소녀'라는 뜻의 '코레'는 어머니 데메테르와 하데스의 계약에 따라 봄과 여름에 지하세계에서 지상으로 올라오는 페르세포네의 다른 이름이다.

왔구나."

"아, 제가 정말 잘못했네요. 죄송합니다."

"나는 나그네들에게 무기 없는 결투를 신청한다. 네가 이긴다면 이 왕국을 너에게 주겠다."

"제가 지면요?"

"그럼 죽어야지."

테세우스는 주위를 둘러보았다. "그리 대단한 왕국은 아니네요? 그러니까, 코린토스에 비하면요."

"결투에 응하겠느냐?"

"네, 그러지요."

"그렇다면 검을 버리고 옷을 벗어라."

"뭐라고요?"

"무기 없는 결투라고 하지 않았느냐. 오로지 팔과 주먹, 다리와 발만 써야 한다. 순수한 싸움이지."

테세우스는 거인을 바라보았다. 그는 이미 망토와 다른 옷가지들을 벗어 던지고 알몸으로 서 있었다. 이 무슨 정성스러운 구애 의식이란 말인가. 사랑 행위든 몸싸움이든 이런 거구의 근육질 남자에게 안긴다고 생각하면 끔찍했다. 큰 키에 마른 근위병들은 여전히 테세우스의 목에 칼을 댄 채 비킬 생각을 하지 않았고, 뾰족한 수가 없는 테세우스는 한숨을 내쉬며 검과 몽둥이를 내려놓고 튜닉을 벗었다.

"한 번 끌어안기만 하면 네놈의 뼈를 으스러뜨릴 수 있다." 케르키온이 말했다.

"그래요?" 테세우스가 말했다. "어머니께서 무척 자랑스러워하시겠네요. 저⋯⋯." 케르키온이 확 덤벼들자 테세우스는 날렵하게 옆으로 몸을 날리며 말을 덧붙였다. "제가 이기면 전하의 신하들이 정말 제게 복종할까요?"

"네가 이기면." 케르키온은 테세우스에게 가까이 오라고 손짓하며 낄낄 웃었다. "내 신하들은 죽는 날까지 너를 섬길 것이고 너는 그들의 왕이 될 것이다. 자, 덤벼."

테세우스는 케르키온의 두 다리 사이로 홱 몸을 숙였고, 거인의 고환이 그의 정수리에 닿는 것이 느껴졌다. "역겹지만." 그는 중얼거렸다. "효과 만점이지."

"가만있지 못해!" 테세우스가 돌발적으로 움직이며 옆으로 펄쩍펄쩍 뛰어대자 케르키온은 약이 올라 소리를 질렀다. "여자애처럼 춤을 추지 말고 사내처럼 싸우란 말이다."

케르키온은 서서히 지쳐갔다. 테세우스가 제대로 맞붙어 싸우기에 그는 너무 강한 상대였다. 한 번 세게 안기기만 해도 갈비뼈가 부러질 테니 말이다. 하지만 달려들고 팔을 휘두르는 거인의 몸놀림이 느려지고 있었다. 그가 움직일 때마다 테세우스는 그 힘을 역이용해 그를 더 지치게 만들었다. 테세우스는 한 번 더 케르키온의 다리 사이로 홱 들어가 거인의 음낭으로 뛰어오른 다음 거기 매달려 그것을 빙빙 비틀었다.

케르키온은 괴로워하며 울부짖었다. "그만! 이런 속임수를 쓰는 게 어디 있어!"

마지막으로 음낭을 난폭하게 잡아당기며 테세우스는 땅으로 내려왔다.

"혼꾸멍을 내주마, 혼꾸멍을!" 케르키온이 꽥 소리를 질렀다.

욱하셨군, 테세우스는 속으로 생각했다, 혼꾸멍난 건 그쪽 같은데.

케르키온은 복수심에 눈이 멀어 발을 구르며 무작정 덤벼들었다. 테세우스는 그의 발목을 깨물고, 그의 고환을 덥석 물고, 그의 발가락 위에 펄쩍 올라타고, 웃고 조롱하며 그의 주위를 쌩쌩 돌았다. 이제 케르키온은 기술 좋은 전사가 아니라 성난 황소 같았다.

마침내 테세우스는 한 줄로 늘어서 있는 삐죽삐죽한 바위들로 그를 유인한 다음 발을 걸어 그를 넘어뜨렸다. 케르키온이 날카로운 바위로 엎어지자, 테세우스는 침대 위에서 깡충거리는 아이처럼 그를 밟고 서서 팔짝팔짝 뛰었다. 피가 분수처럼 뿜어져 나와 진홍색 방울들로 떨어지더니 케르키온은 몸을 바르르 떨고는 마지막 숨을 내쉬었다.*

테세우스가 돌아보니 그의 앞에 두 명의 마른 근위병이 무릎을 꿇고 있었다.

"전하!"

"전하!"

"오, 이러지 말아요." 테세우스는 힘겹게 숨을 헐떡이며 말했다. "그냥 가요. 그대들은 자유의 몸입니다. 어서요, 가라니까요! 그대

---

* 아테네인들은 테세우스가 레슬링의 창시자라고 믿었다. 케르키온의 짐승 같은 힘을 역이용한 테세우스의 기지와 기술은 고대 아테네가 가장 중시하는 가치를 그대로 보여주는 사례였다. 우리라면 '이종격투기'라 부를 만한 그의 창작 기술을 그리스인들은 '판크라티온(모든 힘)'이라 불렀다. 헤라클레스도 열한 번째 과업을 수행할 때 안타이오스에게 이 기술을 일부 써먹은 바 있다.

들의 왕과 똑같은 꼴 당하기 싫으면."

　허둥지둥 산허리를 뛰어 내려가는 그들을 지켜보며 테세우스
는 튜닉을 입고 짐을 챙겼다.*

6. 잡아 늘이는 자, 프로크루스테스

코리달로스산 계곡에서 테세우스의 마지막 적수가 나타났다. 다
른 상대들과 달리 그는 바위나 나무 뒤에서 뛰쳐나오지 않았다.
테세우스가 가는 길을 막지도, 검이나 몽둥이나 칼로 그를 위협하
지도 않았다. 잘 꾸며놓은 돌집의 문간에 서서 미소를 띤 채 정성
껏 모시겠노라며 그를 맞았다.

　"어서 오시오, 길손이여! 행색을 보아하니 꽤 먼 길을 온 것 같
소만."

　"그렇답니다." 테세우스가 말했다.

　"먹을 것과 잠자리가 필요하겠군."

　"오늘 저녁에 바로 아테네로 출발할 생각이었는데요."

　"족히 20킬로미터는 된다오. 날이 저물기 전까지 절대 도착하
지 못할 거요. 게다가 도적들과 살인자들이 매복해 있다니까. 내
말 들어요, 여기서 묵다가 기력을 회복하면 단번에 아테네까지 쭉

---

* 이 대결의 다른 해석에 따르면, 테세우스가 젊은 시절 이룬 과업의 신화에 맞추어
역설계된 이야기로, 실은 나중에 좀 더 일반적인 형태의 정권 탈취가 일어났다고 한
다. 케르키온이 실제 왕이었고, 후일 테세우스가 그의 왕국인 엘레우시스를 빼앗아
스스로 왕위에 올랐다는 것이다.

가는 거요. 저렴한 가격에 깨끗한 잠자리를 준비해주겠소."

"좋습니다." 테세우스는 손을 쑥 내밀었다. "트로이젠의 테세우스라고 합니다."

"에리네오스의 프로크루스테스라오. 여기서 편히 지내시오."

그가 방실거리며 고개 숙여 인사하는 모습에 뭔가 찜찜한 구석이 있었지만 테세우스는 아무 말 없이 작은 집으로 들어갔다. 한 중년 여자가 박하잎으로 열심히 나무 식탁을 훔치고 있었다. 그녀는 무릎을 약간 굽혀 절하고 환하게 웃으며 테세우스를 맞았다.

"손님이 오셨어, 여보." 프로크루스테스는 키가 커서 들어갈 때 문틀에 부딪히지 않으려 머리를 홱 숙였다.

프로크루스테스의 아내는 또 한 번 무릎을 살짝 굽혔다. 그녀는 남편만큼이나 크게 미소 지었고 테세우스는 그런 그녀의 미소도 불편하게 느껴졌다.

"씻을 물이 있을까요?" 그가 물었다.

"씻는다고요? 왜?" 프로크루스테스는 놀란 표정으로 물었다.

"따지긴 왜 따져, 여보. 젊은 양반이 씻고 싶다는데 그냥 씻게 해줘. 타지 사람들 사정을 우리가 어떻게 이해하겠어. 집 뒤편에 오리들이 헤엄치는 연못이 있답니다." 그녀가 테세우스에게 덧붙여 말했다. "그 정도면 되겠어요?"

"그럼요." 테세우스는 이렇게 말하고는 밖으로 나갔다.

연못이 보였지만 그쪽으로 향하지 않았다. 대신 몸을 구부리고 뒤쪽 창문으로 가서 그 밑에 웅크리고 앉아 귀를 기울였다.

"오, 완벽한 놈을 물었잖아, 여보. 불룩한 가방 봤어? 금은보화가 잔뜩 들었을 거야." 아내가 말하고 있었다.

"키가 크지도 작지도 않은데." 프로크루스테스는 생각에 잠겨 말을 보탰다. "녀석을 침대에 맞출 때 잡아 늘여야 할까?"

"오, 난 당신이 놈들을 묶어놓고 쫙 늘일 때가 좋더라. 꽥꽥거리는 비명 소리가 끝내주잖아!"

"아, 너무 커서 침대 밖으로 삐져나오는 놈도 재미있지. 발을 자르면…… 그때 지르는 비명도 만만찮거든."

"놈을 늘여, 프로크루스테스, 쫙쫙! 그래야 금방 안 끝나잖아."

"당신 말이 맞는 것 같네, 여보. 지금 방에 가서 침대를 늘여봐야겠어. 그나저나 놈이 뭘 하고 있지? 몸 씻겠다는 인간은 또 처음 보네. 아무 소리도 안 나고."

테세우스는 얼른 돌멩이를 하나 주워 연못으로 던졌다. 첨벙 하고 물이 튀고 화난 오리들이 일제히 꽥꽥거렸다.

"오리들 겁주고 있는 모양이군."

"아마 스파르타 사람일 거야. 스파르타인들이 해괴한 짓을 많이 한다며." 그의 아내가 의견을 말했다.

"트로이젠에서 왔다고 했잖아."

"거기 인간들도 해괴해."

"좀 있으면 저놈한테 더 해괴한 일이 생길 거야." 프로크루스테스는 방을 나가며 말했다.

테세우스는 연못에 들렀다가 물을 뚝뚝 흘리며 집 안으로 들어왔다.

"화롯가에서 포도주나 한 잔 마셔요. 몸이 으스스할 테니까." 여자가 말했다.

"참 친절하시네요."

"완벽하게 대접해드려야지." 프로크루스테스는 들어오며 한쪽 눈을 찡긋했다. "편하게 묵을 수 있도록 방을 정리하고 왔다오."

"정말 사려 깊으시군요. 신들은 환대하는 자에게 상을 내리신 다고 하더군요." 테세우스가 말했다.

"이 정도 가지고 뭘. 엘레우시스에서 아테네까지 험한 길인데. 못된 녀석들을 만날 수도 있고."

"오는 길에 재미있고 특이한 사람들을 많이 만나긴 했죠."

"손님을 해치려는 자가 있었어요?" 여자가 마치 어머니처럼 걱 정스러운 말투로 물었다.

"대부분은 두 분처럼 예의 바르고 상냥하더군요." 테세우스는 활짝 웃으며 말했다.

"잡담은 이만하면 됐어, 여보. 손님한테 방을 보여드려야지. 침 대가 맞는지도 봐야 하고." 프로크루스테스가 말했다.

"침대요? 아, 노숙에 이골이 났는데 침대라니, 이 무슨 호사랍니 까." 테세우스가 말했다.

"그럼 같이 가서 봅시다."

프로크루스테스는 어느 쾌적한 방으로 손님을 안내했다. 굳이 테이블에 꽃병을 올려두기까지 했다. 침대 뼈대는 청동으로 만들 어진 듯했다. 침대의 각 면에 마치 장식처럼 고리들이 달려 있었 지만, 언제든 족쇄나 수갑으로 써먹을 만했다.

"멋지네요." 테세우스가 방을 둘러보며 말했다. "아이리스. 제가 좋아하는 꽃이랍니다."

"자, 이제 침대에 누워 봐요, 맞나 보게."

"아니, 싫어요." 테세우스는 이렇게 말하며 번개같이 레슬링 기술을 부려 프로크루스테스를 침대 위로 엎어뜨렸다. 그가 아직 어리벙벙해 있는 사이 테세우스는 그의 두 손을 붙잡아 얼른 침대틀에 묶고 발목도 똑같이 묶었다. 프로크루스테스가 큰 소리로 욕설을 뱉자 테세우스는 쉿 하며 그를 조용히 시켰다.

"대단한 침대군요." 테세우스는 천천히 침대 주위를 돌며 말했다. "여기 손잡이 같은 게 하나 있는데, 뭐 하는 물건이죠?"

그는 손잡이를 집어 들어 침대 끝에 있는 장치에 끼워 넣었다. 그것을 돌리자 침대의 길이가 줄어들었다.

"말 좀 곱게 해요, 프로크루스테스! 여기 도끼도 있네요. 손님들을 침대에 맞출 때 쓰나 보죠? 잘되는지 한번 볼까요?"

테세우스는 침대 밖으로 불쑥 나온 프로크루스테스의 발을 잘랐다. 비명 소리가 너무 지독해서 머리도 팍팍 찍어버렸다. 몸뚱이가 몇 초 동안 바르르 떨고 경련을 일으키며 양쪽 끝으로 피를 뿜어냈다.

테세우스가 프로크루스테스의 시신을 침대 밖으로 굴리고 있을 때 그의 아내가 방으로 오는 소리가 들렸다.

"설마 나 없이 시작한 건 아니지, 여보? 비명 소리가 들리던데, 화덕에 빵을 구워놨으니까⋯⋯." 그녀는 눈앞의 광경에 딱 멈춰서서 눈을 동그랗게 떴다. 테세우스는 도끼를 들고서 신난 표정으로 서 있고, 그녀의 남편은 바닥에 죽어 있고, 온 사방에 피가 튀어 있었다.

테세우스가 말했다. "아니, 아직 안 늦었어요. 여기 누워 봐요, 내가 침대에 맞춰줄게요. 아니, 아니, 얌전히 좀 있어요. 쉽게 쉽게 가자고요. 가만히 누워 있으면 내가 이 멋진 족쇄로 묶어줄게요……. 됐다. 와, 부인은 이 침대보다 한참 짧네요. 짧아도 너무 짧아요. 내가 잘 맞춰드리죠."

여자는 침을 튀기고 악을 쓰며 욕을 퍼부었지만, 테세우스는 아무 소리도 안 들리는 척 손잡이를 돌렸다.

"자, 보세요, 내가 부인 몸을 쫙쫙 늘여드리고 있잖아요. 근육에 아주 좋다더군요."

그는 여자의 어깨에서 삐걱거리는 소리가 나면서 두 팔이 천천히 떨어져 나갈 때까지 계속 손잡이를 돌렸다.

"아직 완전히 안 맞춰졌는데……."

이제 그녀의 허리가 딸깍, 툭 부러지기 시작했다.

"비명 소리가 끝내준다는 부인 말이 맞네요. 주변에 아무도 안 살아서 다행이지." 테세우스가 말했다.

그녀는 끔찍한 고통 속에 죽었지만, 테세우스는 이 부부의 초대를 받아들였던 수많은 불행한 길손들의 고통을 생각했다. 집 안에는 두 사람이 훔친 보석들이 많이 숨겨져 있었고, 오리 연못 뒤에는 뼈들이 섬뜩하게 한 무더기 쌓여 있었다. 200명 넘는 이들이 이 흉악한 곳에서 비명을 지르며 죽어갔다.

테세우스는 골풀에 불을 붙여 창 안쪽으로 던져 넣은 다음 길 건너편의 들판에 누워 불타오르는 집을 지켜보았다. 프로크루스테스, 아내, 침대, 모두 깡그리 타고 있었다. 불길이 다 사그라지자 테세우스는 몸을 동그랗게 말고서 최고의 침대는 자연에, 산울타리에, 모든 것을 보는 지혜로운 별들 아래에 있다고 속으로 생각했다. 아침이 되면 케피소스강에 들러 몸을 깨끗이 씻어야 한다. 그에게는 중요한 일이었다.

사악한 계모

아테네 광장의 아침 시장을 성큼성큼 걸어 다니는 인물은 곧장 사람들의 눈길을 끌었다.* 그는 큰 키에 잘생겼고, 어린 나이답지 않게 거동이 거칠고 태도에 자신감이 묻어났다. 나긋나긋한 걸음걸이와 떡 벌어진 어깨를 보면 전사나 운동선수 같았다. 이런 인물이 아테네에 드문 것은 아니지만, 그렇다고 일상적으로 볼 수 있는 광경도 아니었다.

그가 들고 다니는 몽둥이 때문에 이런저런 소문이 나돌기 시작했다. 테세우스는 멜론을 사러 어느 노점에 들렀다. 한 작은 소년이 몽둥이를 보고는 신기해하며 만졌다.

"이거…… 이거…… 청동이에요?" 꼬마가 물었다.

테세우스는 근엄하게 고개를 끄덕였다. "원래 주인이 그렇게 주장했으니 못 믿을 것도 없지."

노점 주인이 몸을 앞으로 기울였다. "악당 페리페테스가 죽었다던데. 그치가 이런 몽둥이를 들고 다녔다지?"

"페리페테스 코리네테스!" 환성이 터졌다.

"이 청년이 말로만 듣던 그 사람인가?"

"시니스를 그 인간이 써먹던 바로 그 소나무를 이용해 찢어 죽인 사람?"

---

* 우리는 테세우스가 아테네에 도착한 날까지 알 수 있다. 플루타르코스에 따르면, 헤카톰바이온(우리의 역법으로는 7월과 8월 사이)의 여덟 번째 날이었다고 한다. 아티카력으로 해마다 그 달에는 소 100마리를 신들에게 제물로 바쳤다.

"케르키온과 싸워 이기고……."

"크롬미온의 암퇘지를 처치하고……."

"잡아 늘이는 자 프로크루스테스의 다리를 잘라내고……."

"절벽의 살인자 스키론을 바다거북에게 먹이로 던져 준 외톨이 나그네……."

어느새 테세우스는 환호하는 사람들에게 번쩍 들어 올려져 궁으로 옮겨지고 있었다. 코린토스지협의 이름 없는 영웅, 사로니코스만 해안의 구세주가 나가신다! 그의 이름은 테세우스, 트로이젠의 왕자라네. 트로이젠 만세! 테세우스 만세!

이름을 날리겠다는 테세우스의 계획은 성공을 거두었다. 훨씬 더 안전한 바닷길을 두고 위험천만한 도보 여행을 택한 것도 이 때문이었다. 하지만 그는 우쭐댈 생각이 없었고, 명성과 영웅 숭배가 양날의 검과도 같다는 사실을 잘 알고 있었다. 민중은 고양되어 열광하겠지만, 권력자들은 부아가 나고 불안해질 것이다. 테세우스는 만나기도 전에 아버지와 서먹서먹한 사이가 되고 싶지는 않았다. 미소를 띠고 다정하게 등을 툭 치며 그는 환호하는 사람들에게서 겨우 빠져 나왔다.

"고맙습니다, 여러분." 거리로 안전하게 내려오자 그가 말했다. "마음은 고맙지만 저는 그저 평범한 남자일 뿐입니다. 그리고 일개 비천한 시민으로서 여러분의 왕을 알현하고 싶습니다."

이렇게 자신을 낮추는 태도는 물론 아테네 시민들의 마음에 불을 지필 뿐이었다. 그들은 이런 겸손함을 이해하고 존중했으며, 테세우스가 숭배자 없이 홀로 궁으로 들어가도록 내버려 두었다.

아이게우스왕은 알현실에서 테세우스를 맞았다. 왕의 옆에는 세 번째 아내인 메데이아가 앉아 있었다. 메데이아가 황금 양피를 찾아나선 이아손의 원정에서 펼쳤던 활약에 대해서는 모르는 이가 없었다. 그녀의 마법 능력과 냉혹한 성정에 대한 이야기들이 그리스 전역에 넘쳐났다. 연인, 아내, 어머니로서의 열정이 지나쳐 입에 담지도 못할 일들을 저질렀다고 했다. 아이를 죽이고, 혈족을 죽이고, 무슨 짓이든 할 사람이었지만, 그녀는 아름답고 상냥한 여인으로밖에 보이지 않았다.

테세우스는 두 사람 앞에 고개를 숙였다.

"소문이 자자하던 바로 그 젊은이인가? 내 오랜 벗 피테우스의 손자, 트로이젠의 왕자. 우리 땅에 우글거리던 악당들을 해치웠다지?" 당연히 아이게우스는 자신의 아들을 알아보지 못했다. 테세우스의 적갈색 머리가 그의 허옇게 세고 있는 듬성듬성한 머리칼과 닮았다 해도 입에 올릴 일은 아니었다. 그리스 본토, 특히 마케도니아에는 모래색, 생강색, 구리색, 붉은색 머리를 가진 사람들이 넘쳐났다.

테세우스는 또 고개를 숙였다.

"참 많이도 죽였군, 젊은이여." 메데이아는 미소를 지으며 녹색 눈을 번득였다. "그렇게나 많은 피를 봤는데, 영혼은 깨끗이 씻었겠지?"

"네, 왕비님. 케피소스강 옆에 피탈리다이*의 신전이 있길래 죄

---

* 플루타르코스와 파우사니아스에 따르면, 그들은 피탈로스(아마 '나비'라는 의미일 것이다)의 아들들이었다고 한다. 피탈로스는 데메테르에게 큰 호의를 베푼 적이 있었고, 이에 대한 보답으로 데메테르는 그의 후손들에게 환대의 계율을 깨는 자들의 죄를 씻겨주는 능력을 주었다.

를 씻어 달라 청하였지요. 그들이 저를 정화해 주었습니다." 테세우스가 말했다.

"아주 영악한, 아주 적절한 처사였구나." 메데이아는 고쳐 말했지만, 테세우스는 그녀의 말 속에 번득이는 적대감을 놓치지 않았다. 아이게우스 역시 솔직히 말하자면 테세우스를 만난 기분이 전혀 유쾌하지 않았다.

왕이 말했다. "그래, 참 고마운 젊은이군. 여기 궁에서 편히 지내게. 어…… 군대든 어디든…… 그대가 일할 만한 곳을 찾아주겠네……. 훌륭한 사내는 여러모로 우리에게 도움이 될 테니."

사실 아이게우스의 왕위는 전혀 안전하지 않았다. (그와 세상 사람들이 생각하기를) 그에게는 후사가 없었으므로 그의 형제 팔라스의 쉰 명이나 되는 아들들†은 현왕이 세상을 떠나기만 하면 옥좌를 차지하려 벼르고 있었다. 아이게우스가 오래도록 퇴위하지도 죽지도 않자 쉰 명의 조카들은 조바심을 내며 공격적인 태도를 보였고, 이 때문에 아이게우스왕은 밤에 편히 잠을 이루지 못할 정도였다.

메데이아는 자신의 아들 메도스가 아이게우스왕의 뒤를 이어 아테네의 통치자가 되기를 원했다.

메데이아는 자기 앞에 서서 겸손한 척 가식을 떨고 있는 청년을 바라보았다. 그녀는 단 한 순간도 속지 않았다. 다시 자세히 보던 그녀는 가슴이 철렁 내려앉았다. 머리카락이, 아니 그보다 얼굴 생김새가 아이게우스와 너무 닮아 있었다.

---

† '팔란티다이'라고 부르기도 한다.

풍문으로 들은 적이 있었다. 언제였더라? 그래, 17년인가 18년 전 아이게우스가 델포이 신탁을 받으러 갔다가 오는 길에 트로이젠에 있는 피테우스의 궁전에 들렀고, 피테우스에게는 아이트라라는 딸이 있다고. 그렇구나, 이 대담한 청년은 그 결합으로 태어난 사생아가 틀림없어. 아이게우스를 유심히 살피는 녀석의 시선을 보아하니 확실했다. 이 위협적인 존재를 없애야 했다. 메도스의 왕위 계승이라는 거사가 틀어지는 꼴을 가만히 보고 있을 수는 없었다.

"사실 제게 좋은 생각이 있답니다. 만약 이 젊은이가, 실례, 이름이 테세우스였던가? 참 특이하기도 하지, 만약 테세우스가 거절하지 않는다면요……." 메데이아는 몸을 기울여 아이게우스의 귀에다 속삭였다. 왕은 밝은 얼굴로 고개를 끄덕였다.

"그래, 그래. 늘 그렇듯 왕비는 참 현명하시구려. 모험을 원하나, 젊은이? 아테네를 돕고 싶나?"

테세우스는 열성적으로 고개를 끄덕였다.

"마라톤 부근의 주민들이 평야를 휘젓고 다니는 무시무시한 황소 때문에 불만이 많다네. 원래는 크레타섬에서 온 놈이라더군. 그놈 때문에 그 지역의 교역도 민회도 잘 안 돌아가는 모양이야. 그대가 크롬미온의 암퇘지를 처리했다는 이야기가 사실이라면…… 한번 생각해보지 않겠나……?"

"명 받들겠습니다, 전하." 테세우스는 공손히 고개를 숙이고는 임무를 완수하러 떠났다.

"묘안이었소, 메데이아. 그 젊은이의 인상이 별로 마음에 안 들더군. 게다가 그렇게 인기가 많으면 위험하지. 백성들이 환호하는 소리 들으셨소?" 아이게우스가 말했다.

"위험한 청년이에요, 확실히."

"뭐, 앞으로 또 볼 일은 없을 거요. 그 황소는 콧구멍으로 불을 뿜는다오. 난폭하기 이를 데 없는 놈이지. 내가 잘 안다니까."

메데이아가 말했다. "글쎄요. 불을 피우고 들여다봐야겠어요. 그 녀석한테 뭔가가 있어요……."

마라톤의 황소

아이게우스가 마라톤의 황소를 죽이기 위해 테세우스를 보냈다는 소식에 아티카 전역이 충격에 빠졌다. 전에도 왕이 한 청년에게 똑같은 임무를 맡겼다가 참혹한 결과를 맞았기 때문이다. 크레타섬의 왕 미노스의 아들인 안드로게오스를 손님으로 접대하던 중, 아테네의 변방을 쑥대밭으로 만들고 있는 무시무시한 황소를 없애달라며 그에게 어리석은 부탁을 했던 것이다. 황소는 순식간에 안드로게오스를 죽였고, 미노스는 환대의 계율을 어긴 엄청난 죄를 지은 아티카를 벌하기 위해 완전히 멸망시켜버리겠다고 협박했고……. 이 사연은 곧 만날 것이다. 지금으로 돌아오자면, 모든 이들은 아이게우스왕이 왜 예전에 저질렀던 끔찍한 실수를 다시 저지르려는 걸까 의아스러워했다. 그때와 똑같은 재앙 같은 황소를 상대로 말이다.

우리는 이 대단히 중요한 짐승을 크레타섬의 황소라는 이름으로 처음 만났다. 헤라클레스가 일곱 번째 과업으로 잡아야 했던 바로 그 황소다.* 헤라클레스에게 풀려난 황소는 미케네에서 달아나 이곳 마라톤까지 와서 주민들을 괴롭히고 있었다.

테세우스는 마라톤으로 가서, 헤라클레스와는 다른 유형의 영웅적 자질을 증명해 보였다. 헤라클레스는 땅에 단단히 발을 딛고 서 있다가 황소가 달려들자 뿔을 붙잡고 순전히 육체적인 힘을 사용해 그 짐승을 제압했었다. 테세우스는 자신만의 방식으로 문제에 접근했다. 그는 얼마 동안 황소를 지켜보았다. 콧구멍에서 뿜어져 나오는 불은 보이지 않았지만, 사납게 콧바람을 불고 우렁차게 울고 앞발로 땅을 할퀴어대는 모습을 보니 어마어마하게 강하고 소름 끼치게 야만적인 놈이 분명했다. 황폐해진 변방, 황소 뿔에 들이받힌 가축들, 납작하게 허물어진 건물들, 이 모두가 짐승의 가공할 힘과 살육 본능을 그대로 보여주는 증거였다.

"그래도 전에 내가 땅에 넘어뜨리고 바위 위로 내동댕이쳤던 케르키온보다는 덜 무서운걸." 테세우스는 혼자 중얼거렸다.

이번에도 적의 힘을 역이용하는 절묘한 기술을 써서 테세우스는 황소의 진을 빼놓았다. 황소에게 테세우스는 너무 유연하고 날렵하고 약삭빠른 상대였다. 황소가 달려들 때마다 테세우스는 공중으로 펄쩍 뛰어올랐고 그러면 당황한 짐승은 그 아래의 텅 빈 공간으로 돌진해 들어갔다.†

---

* 헤라클레스 편을 참고하라. 하지만 시간 순서나 테세우스와 헤라클레스의 나이 차에 대해서는 너무 깊이 생각하지 말자. 그랬다가는 미쳐버릴지도 모른다.
† 여기서 또 테세우스는 황소 뛰어넘기라는 기술을 발명했다. 우습게 들릴지 몰라도, 스포츠와 오락이 결합된 이 전통을 보여주는 고고학적 증거가 많이 발견되었다. 현대 투우의 선조로 볼 수도 있다. 둘 모두 책략과 타이밍이 중요하며, 황소와 정정당당하게 맞붙기보다는 황소의 진을 빼놓는 것을 목표로 한다. 그래서 우리의 정직한

"불을 뿜지는 않는구나." 테세우스는 열 번째로 황소를 뛰어넘으며 말했다. "그래도 네놈의 숨이 뜨겁긴 뜨거워."

마침내 거대한 짐승은 힘이 바닥나 버렸다. 테세우스는 소의 목에 쟁기를 걸고 마라톤 평야를 갈았다.‡ 이는 그가 짐승의 주인이 되었다는 증거였고, 주민들은 이제 마음 놓고 곡식을 재배하고 땅을 경작할 수 있다는 사실에 기뻐했다.

테세우스는 의기양양하게 아테네로 돌아가 광장에서 황소를 아폴론에게 바쳤다.

독의 여왕

아이게우스의 계획은 심한 역효과를 낳고 말았다. 그의 평화와 안전을 위협하는 이 청년을 제거하기는커녕 예전보다 훨씬 더 큰 인기와 찬사를 그에게 안겨주는 꼴이 되어버렸다. 예전엔 그렇게 포악했으면서 지금은 거세된 것처럼 차분하고 유순해진 황소를 끌고 거리를 행진한 후 기품 있으면서도 겸손한 태도로 아폴론에게 제물을 바치는 테세우스의 모습에 아테네인들은 감격했다. 그들은 이런 영웅을 본 적이 없었다. 아이게우스는 테세우스의 공적을

헤라클레스와는 어울리지 않는다.
‡ 기원전 490년에 바로 이 마라톤 평야에서 아테네군은 메디아와 페르시아를 상대로 놀라운 승리를 거두었다. 페이디피데스는 승전 소식을 전하기 위해 마라톤에서 아테네까지 40킬로미터 남짓한 거리를 달려가 "네니케카멘(우리가 이겼다)!"이라고 외친 뒤 최초의 '마라톤'을 완주한 피로감을 이기지 못하고 숨을 거두었다.

축하하는 연회를 열 수밖에 없었고, 그가 침울하게 옷을 차려입고 있을 때 메데이아가 그의 방으로 들어왔다.

"그 젊은이는 우리한테 좋을 게 하나도 없어요, 여보."

"내 생각도 그렇소."

"이것 좀 보세요……." 메데이아는 그에게 작은 크리스털 병을 보여주었다. "이 안에 들어 있는 것이 투구꽃인데……."

"독의 여왕이라 불리는 풀 아니오?"

"이름이야 많지요." 메데이아가 차갑게 말했다. "푸른 폭죽, 악마의 투구, 표범의 불, 바꽃.* 독풀이라는 것만 알고 있으면 돼요. 그 말 많고 잘난 척 심한 왕자의 술잔에 이걸 떨어뜨리기만 하면, 하! 골칫거리가 사라지는 거예요. 다른 사람들 눈에는 정신 나가서 발작하는 것처럼 보일 테니까 우리도 그런 식으로 이야기를 꾸며야 해요. 하데스 님이 저승에 위대한 자의 혼을 데려가고 싶어서 죽음의 신 타나토스를 보내 테세우스를 영원히 잠들게 했다고 말이에요."

"정말 영리하다니까." 아이게우스는 다정하게 그녀의 턱 밑을 만졌다.

"다시는 이러지 말아요."

"알았소, 메데이아, 내 사랑."

아이게우스는 메데이아가 테세우스의 술잔에 독을 집어넣는 모습을 보지 못했지만, 그녀가 보내는 신호를 보고는 그녀가 해

---

* 헤라클레스가 케르베로스를 지상 세계로 데리고 나왔을 때 케르베로스의 침이 떨어진 땅에서 투구꽃이 피어났다.

냈다는 걸 알았다. 그녀가 코 옆을 톡톡 치며 한쪽 눈을 찡긋한 건 아니다. 그래도 의미심장한 표정으로 천천히 고개를 끄덕이는 그녀를 보며 아이게우스는 만반의 준비가 끝났음을 확신했다.

"자, 나의 백성들이여." 아이게우스는 술잔을 들어 올리며 말했다. "우리의 손님, 트로이젠의 왕자, 악당들을 처치하고 황소를 길들인 우리의 새로운 친구이자 수호자를 위해 축배를 듭시다. 이제부터 테세우스 님이라 부르겠소, 테세우스 님의 건강을 위해 건배합시다."

연회장의 손님들이 열렬히 호응하며 축배를 들자 테세우스는 감사의 뜻으로 겸손하게 고개를 끄덕였다.

"이제 우리의 손님께서 답하실 차례인 것 같은데." 메데이아가 말했다.

"아, 네, 음……." 테세우스는 자리에서 일어나며 긴장한 손으로 술잔을 꽉 잡았다. "제가 말주변이 별로 없답니다. 여기 아테네에서는 웅변술이 중요하다고 하던데 언젠가는 배울 날이 있겠지요. 평소에 저 대신 검이 말을 하는 편이라……." 그는 망토를 살짝 젖히고 검의 자루에 손을 얹었다. 연민과 감탄이 뒤섞인 조용한 웃음소리가 연회장에 울렸다. "하지만 술은 제가……."

"안 돼!"

놀랍게도 아이게우스왕이 갑자기 몸을 앞으로 구부리더니 테세우스의 손에서 술잔을 거칠게 쳐냈다.

"그 검." 왕은 테세우스의 옆구리를 가리키며 말했다. "내 아들이 찾도록 땅에 묻어놓은 바로 그 검이건만."

"썩어빠진 낡은 샌들도요." 테세우스는 웃으며 신발 한 짝을 벗

테세우스

었다. "걸으면서 얼마나 욕했는지 모르실 겁니다."

아버지와 아들은 부둥켜안았다. 잠시 후 아이게우스는 메데이아가 생각났다.

"그리고 당신, 이 마법사, 마녀……."

하지만 그녀는 사라지고 없었다. 아테네를 떠난 그녀는 다시는 돌아오지 않았다. 그녀가 용들이 끄는 전차를 타고 아들 메도스와 함께 하늘을 날아가는 모습을 봤다는 사람들도 있었다.*

공물로 바쳐진 테세우스

아이게우스왕은 곧 테세우스에게 왕위를 넘기겠노라 선언했고, 이 소식에 아테네 백성들은 크게 기뻐했다. 아이게우스는 인기가 없지는 않았지만, 무력한 통치자라는 것이 전반적인 평이었다. 하지만 쉰 명의 강한 남자들(아이게우스의 죽은 남동생 팔라스의 아들들인 팔란티다이)이 분노하며 테세우스의 왕위 계승권에 이의를 제기했다. 그들은 반갑지 않은 사촌에게 전면전을 선포했다. 그리스 신화의 세계에서는 무슨 원칙이라도 되는 듯 영웅들이

---

* 페르세우스의 아들 페르세스가 페르시아와 페르시아인들의 선조가 되었듯이, 메도스는 메디아인들의 시조가 되었다. 오랜 세월 후 메디아와 페르시아는 테세우스의 도시 아테네에 차례로 보복을 시도해서, 다리우스 대왕과 그의 뒤를 이은 크세르크세스의 지휘 아래 아테네를 침공했다. 도로시 파커(미국의 시인이자 시나리오 작가—옮긴이)도 말했듯이, 메디아인이나 페르시아인이나 결국엔 같은 민족이다. 메데이아에 관해서는 더 알려진 이야기가 거의 없어 아쉽다. 내세에 아스포델의 초원에서 아킬레우스와 결혼했다는 설도 있다.

편히 쉴 날이 없고, 테세우스는 군말 없이 정력적으로 쉰 명과 싸웠다.

팔란티다이는 스물다섯 명씩 두 무리로 나뉘어 병사들을 이끌고 아테네를 기습 협공하기로 했다. 하지만 그들의 진영에 테세우스가 심어놓은 첩자들이 있었다. 레오스라는 사자로부터 그들의 계획을 전해 들은 테세우스는 각각의 군대를 차례로 매복 공격해 팔란티다이를 몰살했다.

테세우스는 아테네에 드디어 찾아온 평화와 번영을 즐길 때가 왔다고 느꼈다. 그런데 시민들은 행복해 보이기는커녕 침울하고 풀 죽은 표정으로 돌아다니고 있었다. 분명 그의 인기는 여전했다. 하지만 백성들의 눈빛이 마음에 걸렸다. 그는 아이게우스를 찾아갔다.

"이해를 못 하겠어요, 아버지. 위협적이던 팔란티다이가 없어졌잖아요. 마녀 메데이아도 이제 전하와 도시에 해를 끼치지 못해요…… 교역은 호황을 누리고 있고요. 그런데 사람들의 눈빛은 좋지가 않아요. 불안해 보이고…… 생각나는 단어가 이것밖에 없네요……. 두려움에 떨고 있는 것 같아요."

아이게우스는 고개를 끄덕였다. "그래. 두려움에 떨고 있다는 말이 정확할 거다."

"이유가 뭐죠?"

"공물 때문이지. 공물을 바칠 때가 또 왔거든."

"공물이요?"

"아직 못 들었더냐? 하긴 여기 온 후로 네가 조금 바쁘긴 했지. 내 조카들 때문에…… 물론 마라톤의 황소 때문에도 그랬고. 그렇지, 사실 그 망할 황소가 문제야……. 이거 참."

"황소가 왜요, 아버지? 일 년도 더 전에 죽었잖아요."

"그 이야기는 몇 년 전으로 거슬러 올라간단다. 크레타의 미노스왕이 자기 아들을 내게 보냈지. 이런저런 경기에도 참가하고 아테네의 세련된 문화도 배우라고. 관습이나 생활 양식 같은 것들 말이야. 크레타섬 사람들은…… 흠, 크레타섬 사람들이 어떤지는 너도 잘 알겠지."

테세우스는 크레타섬 사람들이 어떤지 몰랐지만, 나머지 그리스인들이 그들을 경외하고 두려워하면서도 경멸한다는 사실을 알고 있었다.

"그렇게 우리한테 온 아이는 이름이 안드로게오스였어. 어리석은 소년 같더구나, 그리 흥미롭지도 않고. 자기가 잘 싸우고 운동 실력이 좋다고 얼마나 떠벌리던지. 그 아이를 부추기지 말았어야 했는데. 내 잘못이야……."

"무슨 일이 있었는데요?"

"죽었어, 손님으로 있는 동안. 그의 아버지인 미노스는…… 뭐…… 가만히 참고 있지 않았지. 함대를 끌고 와서 우리 해군을 제압해버렸단다. 그 망할 배들에서 병사들이 쏟아져 나오더니 금방 도시를 장악해버렸지."

"하지만 아테네를 점령하지는 않았잖아요?"

"그럴 가치가 없다더군. '이런 곳에 살고 싶어 할 크레타 사람은 아무도 없다'라면서. 참 무례하기도 하지. 그러고는 만약에 우리가 약속을 이행하지 않으면 도시 전체를 불태워 버리겠다고 협박한 거야."

"무슨 약속이요?"

"음, 여기에 바로 네가 알고 싶어 하던 답이 있단다. 해마다 우리는 일곱 명의 처녀와 일곱 명의 젊은 남자를 배에 태워 크레타섬으로 보내야 해. 누군가의…… 누군가의 먹잇감으로……" 아이게우스는 여기서 갑자기 말을 멈추고는 힘없이 손짓만 했다.

"누구 먹잇감이요? 크레타섬의 군대요? 성 노리개로 삼는 건가요? 아니면 호기심 때문인가요? 뭔데요?"

"속사정을 얘기해줘야겠구나. 다이달로스라고 아느냐?"

"그건 들어본 적 없는데요……"

"다이달로스는 사람이야."

"그럼, 그 사람은 들어본 적 없는데요."

"그래? 아스테리온과 파시파에, 바다에서 온 황소는?"

"아버지, 무슨 말씀을 하시는 건지 전혀 못 알아듣겠어요."

아이게우스는 한숨을 쉬었다. "포도주를 가져오라 해야겠다. 네가 알아두어야 할 이야기들이 있단다."

바다에서 온 황소

포도주가 들어오자 아이게우스는 테세우스를 자기 옆에 앉혀놓고 이야기를 들려주었다.

크레타섬은 여러모로 축복받은 곳이다. 다른 어느 나라보다 더 크고 과즙이 많고 더 맛있는 과일과 채소들이 자란다. 그 해안에서는 지중해 최고의 물고기들이 잡힌다. 그곳 사람들은 자존심이

강하고 성질이 불같다. 수년 동안 미노스왕은 크노소스 궁전에서 엄격하면서도 공정하게 나라를 다스렸다. 크레타섬은 그의 통치 아래 번영했다. 하지만 크노소스 궁전의 중심부에는 어두운 비밀이 하나 있다.

미노스왕은 올림포스의 헤파이스토스를 제외하면 가장 재능 있는 발명가이자 가장 숙련된 장인을 운 좋게도 수년 동안 자기 곁에 두고 있었다. 그의 이름은 다이달로스로, 금속, 청동, 목재, 상아, 귀석 등을 이용해 움직이는 물체를 만드는 재주가 있다. 그는 강철판들을 촘촘하게 휘감아서 바퀴와 사슬을 제어하는 강력한 용수철을 만드는 기술을 터득하여, 아주 정밀하고 정확하게 시간의 경과를 표시하거나 수로의 높이를 조절하는 정교하고 경이로운 기계들을 만들었다. 이 솜씨 좋은 남자가 그의 작업장에서 발명하지 못할 물건은 아무것도 없었다. 그의 기술로 살아 움직이는 조각상들, 음악을 연주하는 상자들, 아침에 그의 잠을 깨워주는 장치도 있었다. 다이달로스의 능력에 대한 이야기 중 절반만이 진실이라 해도, 그보다 더 손재간 뛰어나고 영리한 발명가, 건축가, 장인은 이 세상에 없었다.

그는 아티카의 초대 왕이자 아테네인들의 선조인 케크롭스의 후손으로 알려져 있었다. 케크롭스는 자신이 짓고 있던 새로운 도시를 두고 아테나와 포세이돈이 서로 자기 구역으로 삼으려 경쟁할 때 아테나의 손을 들어주었다. 그래서 우리는 그 도시를 아테네라 부르고 그 위대한 신의 지혜롭고 따뜻한 가호를 누리고 있는 것이다. (내가 이런 이야기를 하는 이유는 다이달로스가 비록 우리의 적 미노스 밑에서 일하고 있긴 하지만 나는 그를 아테네인, 우리 편으로 여기고 있기 때문이다. 어쨌든, 크레타섬 사람이 그렇게 영리하다고는 생각하고 싶지 않으니까.) 사실 다이달로스는 아테네에서 추방당했다. 그의 조카 페르딕스는 그의 밑에서 도제로 일하고 있었는데, 자신의 훌륭한 삼촌보다 더 독창적이고 재능이 뛰어났다고 한다. 스무 살이 되기도 전에 물고기 등뼈의 톱니 모양에 영감을 받은 톱, 건축 설계와 기하학에 사용하는 컴퍼스, 도공용 녹로를 발명했다. 질투한 삼촌의 손에 아크로폴리스의 벼랑 아래로 떨어지지 않았다면 그가 또 어떤 발명품을 선보였을지 누가 알겠는가. 아테나는 그를 자고새로 변신시켰다. 자고새*가 왜 항상 낮게 날기만 하고 하늘 높이 날아오르지 않는지, 왜 땅에다 둥지를 트는지 궁금했다면, 아테네의 높은 언덕에서 추락한 끔찍한 기억 때문이라는 게 답이 되겠다.

(그래, 그래, 나도 안다, 테세우스, 조금 곁길로 새긴 했지만, 내 방식대로 이야기하게 해다오.)

미노스에게는 파시파에라는 아내가 있고, 그녀는 다이달로스와 아주 가깝다. 그들의 사이를 의심하는 사람도 있는데……. 뭐, 미노스가 워낙 까다로운 남편이라 파시파에가 한눈판다고 비난할 사람은 없을 테지만. 태양신 헬리오스의 딸인 그녀는 오만하며 막강한 능력들을 갖고 있다. 그녀는 키르케와 아이에테스의 여형제이며, 따라서 메데이아의 고모가 된다. 미노스의 바람기에 약이 오른 파시파에가 그의 포도주에 몰래 묘약을 타서 그가 사랑을 나눌 때마다 뱀과 전갈만 내뿜게 해 그와 상대 모두에게 무시

---

* 자고새속의 학명은 지금도 '페르딕스'이다.

무시한 고통을 안겨줬다는 이야기가 있다. 하지만 그녀가 다음에 한 일은 모두를 경악시켰다.

어느 날 포세이돈이 바다에서 흰 황소를 보냈다.

(오, 아니지, 순서가 틀렸잖아. 에우로페* 이야기는 아니냐? 하긴 누가 모르겠느냐만.)

황소†로 둔갑한 제우스는 티레에서 에우로페를 납치했다. 눈앞에서 누이를 잃어버린 카드모스와 형제들은 에우로페를 되찾기 위해 그리스로 갔고, 그 과정에서 카드모스는 테베를 건설했고, 그의 형제들도 페니키아와 실리시아 등의 왕조를 세웠다. 하지만 그들은 제우스와 함께 크레타섬까지 날아간 누이를 찾지 못했다. 에우로페는 제우스의 아들 미노스를 낳았고, 미노스는 그 섬을 다스리다가 죽어서는 지하세계의 심판관이 되었다. 미노스의 아들 아스테리온이 크레타섬을 다스렸고, 그의 아들 미노스 2세, 지금의 미노스가 왕위를 이어받았다. 하지만 미노스의 형제들은 그의 왕위 계승에 반대했다. 미노스는 신들의 뜻이 처음부터 그러했다며, 이를 증명하기 위해 포세이돈에게 기도를 올렸다.

"바다에서 황소 한 마리를 보내주시옵소서, 나의 포세이돈 님이시여." 그는 이렇게 소리쳤다. "나의 형제들에게 크레타섬이 나의 것임을 보여주십시오. 그리 해주신다면 황소를 포세이돈 님에게 바치고 언제까지나 포세이돈 님을 받들어 모시겠나이다."

아니나 다를까, 굉장히 아름다운 흰 황소가 파도를 헤치고 나

---

* 『스티븐 프라이의 그리스 신화』 1권을 참고하라.
† 그 황소는 하늘로 올라가 황소자리라는 별자리가 되었다.

왔다. 너무 아름다운 나머지 두 가지 불운한 결과를 낳았다. 첫째, 미노스는 그 멋진 황소를 죽이기에는 아깝다는 생각이 들어 더 못한 자신의 소를 제물로 바쳐 포세이돈의 분노를 샀다. 둘째, 황소의 놀라운 아름다움이 파시파에를 홀렸다. 그녀는 황소에게서 눈을 떼지 못했다. 황소를 원했다. 황소가 그녀의 위에 올라오고, 그녀를 감싸 안고, 그녀의 안에 들어오기를 원했다. (미안하구나, 테세우스, 하지만 사실이니까. 나는 알려진 그대로 이야기하고 있는 거란다.) 미노스가 황소를 제물로 바치지 않아 분노한 포세이돈이 그 벌로 파시파에에게 이런 욕정을 불어넣었다는 설도 있다. 이유가 어쨌건 파시파에는 그 짐승에게 광적인 욕망을 품었다. 물론 그 황소는 일개 황소인지라 여성의 유혹에 대응하는 방법을 전혀 몰랐다. 사랑의 열병에 빠져 허황하고 광기 어린 애욕의 포로가 된 파시파에는 친구이자 아마도 전 애인인 다이달로스를 찾아가, 황소와 동침할 수 있도록 도와달라고 부탁했다. 다이달로스는 자신의 능력을 시험해볼 수 있는 기회에 흥분했는지 두 번 생각 않고 인조 암소를 제작하는 작업에 착수했다. 나무와 놋쇠로 뼈대를 만든 다음 그 위에 진짜 암소의 가죽을 덮었다. 파시파에는 뼈대 안으로 들어가 거기 뚫린 구멍에 음부를 맞추었다. 이 기묘한 장치는 황소가 풀을 뜯고 있던 풀밭으로 굴러갔다. (그래, 아들아, 난잡하긴 하지, 하지만 나는 그저 세상에 알려진 대로 이야기하고 있는 거야.)

놀랍게도 이 패륜적인 계획이 먹혀들었다. 황소가 자기 몸속으로 들어오자 파시파에는 열락에 빠져 교성을 질러댔다. 이런 육체적 황홀경은 처음 맛보는 것이었다. (그래, 마음껏 웃고 조롱하고 비웃으렴, 하지만 정말 벌어진 일이란다, 테세우스.)

그러나 화가 덜 풀린 포세이돈은 미노스의 불경함을 제대로 벌하기 위해 다음에는 황소를 미치게 만들었다. 황소는 걷잡을 수 없는 횡포로 섬 전체를 공포로 몰아넣었고, 이로 인해 에우리스테우스는 헤라클레스에게 일곱 번째 과업으로 그 황소를 처리하라 했으며, 헤라클레스는 크레타섬으로 가서 황소를 제압해 미케네로 데려갔다. 이 황소는 미케네에서 달아나 그리스 본토로 들어와서는 마라톤 평야를 쑥대밭으로 만들다가 아이게우스의 훌륭한 아들 테세우스의 손에 유순하게 길들여진 후 아테네까지 끌려와 제물로 바쳐졌다.

참으로 대단한 황소가 아닌가?

하지만 그 황소에 얽힌 이야기와 재앙은 여기서 끝나지 않는다. 크레타섬에서 훨씬 더 무시무시한 일이 벌어진다. 황소의 씨를 밴 파시파에는 달이 차자 아이를 낳았다. 이변 없이 당연하게도 반인반우半人半牛의 괴물이 태어났다. 미노스는 역겨웠지만, 그도 파시파에도 그 징그러운 괴물을 죽일 마음도 배짱도 없었다. 그리하여 미노스는 이 괴물(미노스의 아버지와 똑같은 아스테리온이라는 이름이 있었지만 세상 사람들은 미노타우로스라 불렀다)이 절대 탈출하지 못하도록 안전하게 가둬놓을 수 있는 건물을 다이달로스에게 주문했다.

다이달로스가 라비린토스라 이름 붙인 그 건물은 거대한 크노소스 궁전에 별관처럼 딸려 있었지만, 통로와 온벽, 가짜 문, 막다른 골목, 똑같아 보이는 복도와 회랑과 벽감 등이 마치 미궁처럼 아주 정교하고 복잡하게 설계되어서 거기 한번 들어갔다가는 평생 동안 헤맬 수도 있었다. 누구나 들어갈 수는 있지만, 나오는 길을 찾는 사람은 아무도 없었다. 라비린토스의 교묘한 점은 어느 길로 가든 결국에는 그 중심부에 있는 방으로 이어진다는 것이었다. 바로 그 돌방에서 미노타우로스 아스테리온이 괴물의 비참한 삶을 이어가고 있었다. 저 높이 달린 쇠창살로 약간의 햇빛이 들어오면 그가 먹을 음식이 떨어진다. 갓난아기―송아지에서 사내―황소로 자라면서(그의 하반신은 인간, 상반신은 뿔까지 완벽하게 달린 황소다) 그는 살코기를 즐겨 먹었다. 특히 인육을 좋아한다. 일정 수의 도둑들과 도적들, 살인범들이 크레타섬에서 사형선고를 받고, 그 시체들이 어느 정도 미노타우로스의 식욕을 채워주지만, 해마다 한 번씩 특별식도 내려온다. 그리고 여기서 테세우스의 아버지가 등장한다. 그 망신과 치욕은 영원히 사라지지 않으리라.

미노스와 파시파에의 맏아들 안드로게오스가 아테네의 궁에 손님으로 와서 머무르게 되었다. 공교롭게도 그즈음 미노타우로스의 아비가 미케네에서 달아나 마라톤을 공포의 땅으로 만들고 있었다. 안드로게오스는 지긋지긋할 정도로 허영심 강하고 허세가 심한 청년으로, 달리기든 레슬링이든 크레타인들이 아테네인들보다 훨씬 뛰어나다며 끊임없이 떠들어댔다. 어느 날 저녁 아이게우스는 안드로게오스의 말을 끊어버렸다. "음, 자네가 그렇게 용맹하고 운동신경이 좋다면 마라톤의 그 망할 황소를 한번 처치해보지 그러나?"

용감한 건지 미련한 건지 안드로게오스는 마라톤으로 갔고 물론 황소에게 죽었다. 황소가 뿔로 그의 배를 들이받아 내장을 떼어낸 다음 저 멀리 무려 1스타디온*이나 던져버렸다. 미노스는 안드로게오스가 운동경기에서 아테네 선수들을 너무 쉽게 이겨 약이 오른 아이게우스가 고의로 그를 사지로 내몰았다는 엉뚱한 이야기를 들었다. 아이게우스왕을 도발한 것은 청년의 허풍이었는데 말이다.

어쨌거나, 슬픔과 분노에 휩싸인 미노스는 함대를 끌고 와 아테네를 포위했다. 아테네는 전혀 예상치 못한 침공이었다. 미노스가 내거는 평화 협정 조건을 받아들여 항복하지 않으면 아테네에 기근과 역병이 닥치리라는 신탁이 내려졌다.

그래서 결국 여기까지 왔다. 미노스의 협정 조건.

매년 아테네의 젊은 남녀를 각각 일곱 명씩 배에 태워 크레타섬으로 보내면 자비를 베풀어 아테네를 완전히 불태워버리지 않겠다는 것이었다. 그 젊은이들은…… 좋게 돌려 말할 방법이 없다……. 미노타우로스의 먹잇감이 될 운명이었다. 이 공물을 바치는 대가로 아테네는 침입받지 않고 독립을 유지할 수 있다.

(그래, 나도 안다, 치욕스럽고 이런 망신이 또 없지. 하지만 다른 수가 없지 않느냐?)

크레타섬으로

"제가 좋은 수를 알려드리지요." 테세우스가 발끈하며 일어났다.

---

* 고대 그리스의 길이 단위로 직선 경주로의 길이인 192미터 정도 된다.—옮긴이

"겁먹은 염소가 아니라 진정한 아테네인으로 행동해야죠!"†

"말이야 쉽지. 미노스의 함대가 피레우스 항구를 점령했을 때 넌 거기 없었으니……."

하지만 테세우스는 과거사에는 관심이 없었다. 오로지 미래만이 중요했다. 영웅들의 이런 특징은 그들의 매력인 동시에 단점이기도 하다.

"열네 명의 희생양은 어떻게 선택되죠?"

"이건 자랑스럽게 말할 수 있겠구나." 아이게우스는 군왕의 권위와 위엄을 어렵사리 그러모아 말했다. "진정한 아테네인들답게 스스로 지원한단다. 해마다 수백 명이 기꺼이 자신의 몸을 바치고 있지. 최종 열네 명은 제비뽑기로 정해진다."

"일곱 명의 청년 중 한 명은 제가 될 겁니다." 테세우스가 말했다. "그리고 나머지 열세 명은 제비뽑기가 아니라 시합을 통해 선정하세요. 건강하고 날렵하고 눈치 빠르고 영리한 자들만 엄선해 크레타섬으로 함께 가서 이 말도 안 되는 일을 끝내버리겠……."

"하지만 테세우스, 내 아들아, 생각해보거라!" 아이게우스가 울부짖었다. "열네 명이 무기 없이 맨손으로 크레타섬에 가야 한다는 것이 조건이다. 섬에 내리는 순간부터 감시를 받을 텐데 무엇을 할 수 있겠느냐? 네가 아무리 빠르고 강하고 똑똑하다 한들 무슨 소용이 있겠느냐? 왜 목숨을 함부로 버리려 하느냐? 지난 다섯 해 동안 바쳐온 공물이다. 물론…… 최선도 아니고 자랑할 만한

---

† 아이게우스의 이름이 '염소 같은'이라는 뜻을 지니고 있음을 이용한 촌철살인이다.

일도 아니지만, 어쨌거나 패배한 건 사실이니……."

테세우스는 더 듣기 싫어 방을 나가버렸다. 그러고는 크레타섬으로 떠날 아테네 최고의 젊은이들을 선정하기 위한 시합과 시험을 구상하기 시작했다.

아이게우스는 한숨을 내쉬었다. 아들을 끔찍이 사랑하긴 했지만, 오래전 피테우스의 설득에 넘어가 불룩한 포도주 부대를 풀어버린 것이 과오였을까 하는 생각이 들기 시작했다. 비탄 속에 죽을 거라던 신탁은 이 일을 두고 한 말이었을까.

모우니키온 달* 초엿새의 화창한 봄날 아침, 아이게우스는 가마를 타고 피레우스의 방파제로 가서 옥좌에 초조하게 앉아 있었다. 다섯 명의 선원과 열네 명의 젊은이를 충분히 태울 만한 작은배 한 척에 식량을 싣는 중이었다. 펄럭이는 천막 지붕 아래서 왕은 별도로 실을 짐을 지시하느라 바빴다.

왕이 테세우스에게 말했다. "미노스에게 선물한다고 나쁠 건 없지. 어쩌면 마음이 누그러질지도 몰라. 내 아들…… 내 아들이라는 걸 알면……."

테세우스는 아버지의 어깨에 손을 올렸다. "기운 내세요. 신들께서는 배짱 있는 자에게 은혜를 베풀어주시잖아요. 눈 깜짝할 사이에 우리 모두 돌아올 겁니다." 그는 몸을 돌려 뱃전에 펄쩍 뛰어오른 뒤, 그들을 배웅하러 부두에 모인 사람들에게 인사했다. 자원한 젊은이들 중 테세우스가 손수 선발한 열세 명의 가족들이 맨앞에서 검은 상복을 입은 채 창백하고 침통한 얼굴로 서 있었다.

---

* 아티카력으로 봄의 달.

테세우스가 소리쳤다. "아테네의 백성들이여! 기운을 내십시오. 우리 젊은이들은 기쁜 마음으로 떠났다가 돌아와서 여러분을 기쁘게 해드릴 겁니다."

그의 뒤에서 테세우스와 똑같이 흰색 제의를 입고 화관을 쓴 열세 명의 젊은이들이 팔을 들어 경례하며 환성을 질렀다. 가족들은 염려와 고통 속에서도 최선을 다해 환호로 답했다.

"돛을 올리고 크레타를 향하라!"

검은색 돛이 활대에서 펼쳐지자 아이게우스는 허둥지둥 아들에게 다가갔다. "잘 듣거라. 선장에게 지시를 내려놓았다. 나는 매일 아크로폴리스 꼭대기에서 너의 귀환을 기다릴 것이다. 만약 배가 빈 채로 돌아온다면, 만약 일이 잘못되어 실패한다면……."

"그런 일은 없을 겁니다."

"선장은 검은색 돛을 달 것이다. 하지만 신들께서 자비를 베풀어 네가 무사 귀환한다면……."

"당연히 그렇겠지요."

"그렇다면 선장은 흰색 돛을 올릴 것이다. 내가 결과를 알 수 있도록 말이다. 알겠느냐?"

테세우스는 왕의 간절함이 우습게 느껴졌다.

"걱정 마세요, 아버지. 돌아오는 내내 흰 돛만 올라가 있을 테니까요. 이제 올리브 가지를 흔들면서 행복한 표정을 지으세요. 이제 곧 떠날 겁니다."

"신들의 은총과 가호가 늘 함께하기를 바란다, 테세우스, 나의 아들아."

포세이돈에게 기도를 올리고, 꽃잎들과 곡물들을 물에 뿌리고,

배는 항구를 떠났다.

크노소스의 지하 감옥

아이게우스의 말대로, 아테네에서 출발한 젊은이들은 크레타섬에
내리자마자 포로로 붙잡혔다. 여기로 오는 동안 테세우스는 경비
병들을 제압할 방법을 생각해봤지만, 마땅한 전략이 떠오르지 않
았다. 섬이 보이기도 전에 미노스의 공격적인 함대가 망망대해로
그들의 배를 마중 나와 항구로 이끌었다.

　이라클리온의 부두에 도착하자 작은 무리의 크레타인들이 나
와서는 아테네의 젊은이들을 조롱하며 그들의 잠자리가 될 궁전
의 지하 감옥으로 끌고 갔다. 크노소스의 성문으로 가는 동안 아
이들이 나란히 달리며 돌멩이와 욕설을 던져댔다.*

　"황소 인간이 기다리고 있다!"

---

* 그리스 시인 바킬리데스가 서정시의 형식으로 쓴 노래인 〈디티람보스〉에 따르면,
배가 도착했을 때 미노스는 아테네 소녀인 에리보이아를 겁탈하려 했고 테세우스가
그녀를 지켰다고 한다. 미노스는 제우스의 아들(이 버전에서 그는 에우로페와 제우스
의 아들인 미노스 1세이다)로서 자신에게 그럴 권리가 있다고 주장했다. 테세우스는
자신이 포세이돈의 아들임을 내세워 반격했다. 미노스는 그를 시험하기 위해 황금 반
지를 바다로 던진 후 테세우스에게 가져오라고 했다. 테세우스가 바다로 뛰어들자 돌
고래가 그를 포세이돈의 궁으로 데려갔고, 바다의 님프인 네레이스들이 그에게 반지
뿐만 아니라 온갖 선물들을 덤으로 챙겨주었다. 테세우스는 바다에서 나가 아연실색
한 미노스에게 반지와 보물들을 선물했다. 참으로 매력적인 이야기이지만, 이다음에
미노스가 아무 일도 없었던 것처럼 테세우스를 다른 포로들과 함께 가둔 것은 이상해
보인다. 분명, 테세우스가 미노타우로스와 라비린토스에 대적하는 최초의 아테네인
이 될까 봐 경계했을 것이다.

"네놈들의 뼈를 가루로 만들어버릴걸!"

"오줌이나 지리지 마셔! 맨날 그러는 거 알지만!"

"황소 인간은 아테네인들의 맛을 좋아해……."

"먼저 네놈들을 가지고 논 다음 먹어치울 거다!"

한 청년이 훌쩍이기 시작했다.

"쉿!" 테세우스가 말했다. 저 녀석들은 "우리가 두려워 떠는 걸 보고 싶어서 저러는 거야. 놈들한테 놀아나면 안 돼. 노래나 부르자……."

테세우스는 아름답다기보다는 힘찬 목소리로 노래를 부르기 시작했다. 아티카의 옛 송가로, 케크롭스와 아테네의 창건 왕들에 관한 이야기를 들려주는 노래였다. 팔라스 아테나가 백성들에게 올리브나무를 선물하고, 도시의 수호신 자리를 두고 포세이돈과 경쟁한 이야기.

서서히 자신감이 생겨난 나머지 열세 명도 합류했다. 놀려대던 아이들은 어떻게 받아쳐야 할지 몰라 풀죽은 표정으로 흩어졌다. 한 경비병이 조용히 하라고 호통쳤지만, 아테네의 젊은이들은 더 크게 더 우렁차게 노래했다. 성문이 열리자 그들의 목소리가 성벽에 반사되어 쩌렁쩌렁 울려댔다.

그들은 노래에 박자를 맞추어 발을 쿵쿵거리며 궁 안으로 우르르 들어갔다. 지하 감옥으로 내려가는 계단 위에서 경비병들이 그들을 멈춰 세웠지만, 그들의 노래는 계속되었다. 계단 꼭대기는 자물쇠를 채운 철문으로 가로막혀 있었다. 경비대 대장이 큼직한 열쇠를 꺼내 자물쇠에 끼울 때, 위층 복도에 달린 문이 열렸고 테세우스는 힐끔 올려다보았다. 문간에 한 젊은 여자가 있었다. 뜻

밖의 노랫소리를 듣고 온 모양이었다. 그녀는 아래를 내려다보다가 그와 똑바로 눈이 마주쳤다. 순간 테세우스의 온몸에 열기가 퍼져 나갔다. 여자는 얼른 문을 닫았다.

테세우스는 더 이상 노래를 부를 수가 없었다. 얼이 빠진 채, 선원들을 포함한 다른 젊은이들과 함께 널찍하고 둥근 지하방으로 끌려갔다. 벽에 걸린 횃불들이 기다란 테이블에 차려져 있는 형형색색의 먹음직한 음식들을 비추고 있었다. 몇몇 아테네 젊은이들은 놀라서 환성을 지르며 진수성찬에 달려들었지만, 테세우스는 전혀 기쁘지 않았다. 당연히 미노타우로스는 살찐 인육을 좋아하겠지.

경비대 대장이 창으로 땅을 쾅 때렸다. "그만. 여자는 왼쪽, 남자는 오른쪽으로. 전하께서 너희들을 검사하실 것이다."

문이 열리고 왕의 일가가 들어왔다. 미노스왕은 시선을 아래로 깐 젊은 여자의 손을 꽉 잡고 들어왔다. 그녀가 고개를 들자, 테세우스는 아까 문간에 서 있던 여자라는 걸 알았다. 그들의 눈이 또 한 번 마주쳤다.

"내가 남자들을 검사하마, 아리아드네. 너는 네 어머니와 함께 여자들을 검사해보지 않겠느냐?" 미노스가 그녀에게 말했다.

파시파에 왕비가 그늘에서 걸어 나와 딸의 팔을 잡았다. 황소와 정을 통해 미노타우로스를 낳은 바로 그 여자였다. 테세우스에게는 평범하고도 몹시 가정적인 사람으로 보였다. 오로지 그녀의 아름다운 딸만이 그의 눈에 들어왔다. 아리아드네! 어쩜 이름마저 이토록 사랑스럽단 말인가!

테세우스는 다른 여섯 명의 남자들과 함께 한 줄로 섰다. 여자들은 맞은편에 서 있었기 때문에, 어머니와 함께 걸으며 아테네의 여자들을 평가하는 아리아드네의 등밖에 보이지 않았다.

"뭐, 다들 처녀처럼 보이긴 하는데." 파시파에가 의심스러운 목소리로 말했다. "어떻게 확인하지?" 아리아드네는 아무 말도 하지 않았다. 테세우스는 그녀의 목소리가 어떤지 듣고 싶었다.

한편 미노스는 한 줄로 선 젊은 남자들을 차례차례 매섭게 아래위로 훑어보았다. 테세우스 차례가 되자 그는 상아로 만든 왕홀로 그를 쿡쿡 찔렀다. 테세우스는 능글맞게 웃고 있는 그의 거만한 얼굴에 주먹을 날리고 싶은 격한 충동을 억눌렀다.

미노스가 말했다. "붉은 머리군? 근육도 괜찮고. 아스테리온이 좋아하겠어. 아주 좋아. 자, 이제 내 설명을 들어라." 그가 목소리를 높이며 몸을 돌려 젊은 남녀들에게 말했다. "앞으로 두 주 동안 너희는 원하는 음식과 음료를 마음껏 먹을 것이다. 내일부터 남자 한 명이 선택되어 라비린토스로 간다. 그다음 날은 여자 한 명, 또 그다음 날은 남자가 될 것이다. 두 주 후에는 너희 모두 끌려가겠지. 선원들은 풀려나 무사히 아테네로 돌아가서, 공물이 바쳐졌으니 너희 왕국이 일 년 동안 안전하리라는 소식을 전할 것이다. 알겠느냐?"

침묵. 테세우스는 바닥의 판석만 유심히 내려다보고 있는 아리아드네를 바라보았다.

미노스가 말했다. "훌쩍이지도 흐느끼지도 않으면 고맙겠군. 고개를 들고 운명을 당당하게 받아들여라. 그렇다면 틀림없이 내세에 보상받을 수 있을 테니. 내가 할 말은 이것으로 끝이다. 우리는 이만 가지, 파시파에, 아리아드네."

마지막 순간 아리아드네는 테세우스를 힐끔 올려다보았고, 또 두 사람의 시선이 아주 잠깐 뒤얽혔다. 그 찰나의 순간에 일생일 대의 환희와 사랑, 격정적인 행복이 담겨 있었다.

문이 철커덩 닫히자 젊은이들은 기대에 찬 표정으로 테세우스를 쳐다보았다. 그의 미소를 본 그들은 전율했다.

"계획이 있어요?" 그들이 물었다.

테세우스는 퍼뜩 정신을 차렸다. "계획? 그게 그러니까…… 계획이……."

그는 주위를 둘러보았다. 무슨 수가 떠오르겠지? 아리아드네와 눈이 마주쳤을 때 그토록 격렬한 감정에 휩싸였는데, 그와 동료들의 인생이 여기서 끝나리라고는 생각하기 어려웠다. 에로스가 활을 당겼겠지? 그가 느끼는 설렘을 그녀도 느끼고 있겠지? 아무 까닭 없이 이런 일이 벌어질 리 없다. 분명 무슨 의미가 있을 것이다.

"잠을 청하도록 해. 아침이 되면 계획을 말해줄 테니까."

"계획이 뭔데요?"

"자라니까. 일단 자. 모든 게 확실해 테니."

그들은 푸짐한 진미와 독한 포도주에 곯아떨어졌고, 오래지 않아 테세우스 혼자 서서 깨어 있었다.

정적이 내려앉자 테세우스는 바닥으로 스르륵 미끄러져 꾸벅 꾸벅 졸았지만, 힙노스에게 정신을 완전히 빼앗기지 않은 덕분에 어떤 소리에 움찔하며 깨어났다. 누군가가 통로를 따라 다가오고 있었다. 그는 똑바로 서서 문 쪽으로 걸어갔다.

소곤거리는 두 목소리가 더 크게 들렸다. 왠지 난처하거나 괴로운 듯한 노인과 더 조용히 중얼거리는 여자, 이렇게 두 명이었다.

옥문의 손잡이가 돌아가더니 쇠창살 사이로 아리아드네의 얼굴이 보였다. 테세우스는 뭐라 형언할 수 없는 환희에 가슴이 벅차올랐다. 그녀가 문을 열고 들어오자, 노인이 따라 들어오며 초조하게 문을 닫았다. 테세우스는 그녀에게 다가갔다.

"여기 왜 왔죠?"

그녀는 그의 눈을 지그시 들여다보았다. "몰라서 물어요?"

그는 자연스레 그녀의 얼굴을 감싸 쥐고는 키스를 퍼부었다.

그녀도 키스에 답했다.

"아리아드네!" 그가 속삭였다.

"그대의 이름은 무엇인가요?" 그녀가 물었다.

"테세우스."

"테세우스?" 그녀는 놀라며 눈을 휘둥그레 떴다. "아이게우스왕의 아들?"

"맞아요."

"그럼 그렇지……." 그녀는 그의 품으로 안겨 들었다.

노인이 안절부절못하며 그녀의 어깨를 톡톡 치며 소곤거렸다. "공주님! 경비병들이 언제 들이닥칠지 몰라요."

그녀는 테세우스에게서 떨어졌다. "맞아요. 서둘러야 해요. 나와 함께 가요, 테세우스. 함께 섬을 떠나는 거예요."

테세우스가 그녀의 말을 막았다. "동료들을 놔두고 떠날 수는 없어요."

"하지만……."

"나는 몰래 달아나려고 온 게 아니라 미노타우로스를 죽여 우리 백성들의 짐을 덜어주기 위해 온 겁니다."

테세우스

471

그녀는 또 그의 두 눈을 깊숙이 들여다보다 마침내 말했다. "알 겠어요. 그렇게 말할 거라 짐작하긴 했어요." 그녀는 옆에 있는 노인을 가리켰다. "이 사람은 다이달로스예요. 그 짐승이 살고 있는 라비린토스를 지었죠."

노인은 테세우스에게 고개를 끄덕이고 말했다. "그 끝없는 미로에 들어가면 나오는 길을 못 찾을 겁니다."

테세우스가 말했다. "무슨 비결 같은 게 있지 않나요? 내가 듣기로는 첫 모퉁이에서 오른쪽으로 돌고 그다음엔 왼쪽으로 돌거나, 뭐 그런 식으로 하면 미로에서 빠져나올 수 있다고 하던데요."

"그렇게 쉬운 게 아니랍니다." 다이달로스가 퉁명스레 말했다. "방법은 한 가지예요. 공주님, 말해줘요."

아리아드네가 말했다. "여기서부터 라비린토스 내부까지 통로가 캄캄해요. 어떤 길로 가든 중앙으로 이어지죠. 하지만 이 실뭉치가 있으면 탈출할 수 있어요. 경비병이 떠나는 지점에서 실 끝을 문간에 붙인 다음 실뭉치를 풀면서 안으로 들어가세요. 그러면 실을 따라 밖으로 나올 수 있을 거예요."

테세우스가 말했다. "내가 미노타우로스의 마지막 먹잇감으로 선택되면 어떡하죠. 열세 명의 선한 아테네 젊은이들이 죽게 내버려 둘 수 없어요. 내가 제일 처음 선택돼야 해요."

"그건 걱정 말아요. 경비대 대장에게 뇌물을 먹여 내일 아침 그대를 고르게 할 테니까, 꼭이요. 하지만 그대에게 아무 무기도 줄 수 없어요. 혼자서 아스테리온과 싸워야 해요."

"놈의 아버지와 맨손으로 싸워 이겼어요." 테세우스는 마라톤의 황소를 떠올리며 말했다.

"그를 죽일 때는 인정을 베풀어 빨리 끝내주세요. 어머니의 잘 못으로 태어난 괴물이긴 하지만, 어쨌든 내 오빠니까요. 아버지가 다를 뿐이지."

테세우스는 그녀의 눈을 바라보며 미소 지었다. "사랑해요, 아리아드네."

"사랑해요, 테세우스."

"놈을 죽이고 나면 돌아와 내 동료들을 풀어줄 겁니다. 그리고 그대를 데리고 아테네로 돌아가 그대와 함께 왕과 왕비로 나라를 다스리겠어요. 자, 이제 두 분 다 떠나세요, 들키기 전에."

"마지막으로 한 번만 더 키스하고요." 아리아드네가 말했다.

"마지막 한 번 음음……." 테세우스가 말했다.

황소 인간

잠은 완전히 깼지만, 그 후 몇 시간은 테세우스에게 열병 같은 꿈처럼 지나갔다. 삶을 함께할 운명의 여인을 만났다. 신들의 자비 덕분이었다.

시간이 얼마나 지났을까. 아테네인 일행 중 선장이 가장 먼저 깨어났다. 그는 테세우스 곁으로 와서, 잠든 젊은이들을 내려다보았다. 그들은 서로 껴안은 채 바닥에 누워 있었다. 아테네 최고의 젊은이들.

선장이 말했다. "그 괴물은 순식간에 상대를 해치운다고 하더군요. 뿔을 찔러넣은 다음 대가리를 쳐들어서 폐와 심장을 쭉 찢어놓는대요. 더 무시무시한 얘기도 있지요."

"오늘 죽는 건 미노타우로스일 겁니다."

"네?"

"내가 첫 먹잇감으로 선택되어 끌려갔다가 그 길로 돌아오면 어떨까요. 나머지 사람들한테 싸울 준비나 하고 있으라고 해요."

"무기도 없잖습니까."

"그건 내가 어떻게 해볼게요."

"희망을 심어주는 건 좋은데……. 맙소사, 저게 뭐지?" 선장은 말을 멈추고 공포에 질린 얼굴로 두리번거렸다.

궁전의 깊숙한 곳에서 그들이 이제껏 들어본 적 없는 소리가 들려왔다. 애절하게 울리던 낮은 울부짖음이 이제는 성난 포효로 커지고 있었다.

테세우스는 선장의 어깨에 한 손을 올렸다. "우리의 친구 미노타우로스가 깨어나서 아침밥을 요구하고 있군요."

옥문이 열리더니 네 명의 병사에 뒤이어 거만한 표정의 뚱뚱한 경비대 대장이 들어왔다.

"기상! 일어나, 이것들아!" 그가 이렇게 고함을 지르며, 거들먹거리는 걸음으로 돌아다니면서 포로들을 발로 차 깨웠다. "어디 보자……. 누구를 골라줄까, 어?" 아테네 젊은이들은 뒷걸음질 치며 그의 눈에 띄지 않으려 애썼다. "너!" 대장이 테세우스를 향해 집게손가락을 쑥 찔렀다. "그래, 너. 따라와."

나머지 아테네 젊은이들은 제물로 선택되지 않자 당연히 찾아드는 안도감을 숨기기 위해 충격과 고통으로 울부짖는 척 엉성하게 연기했다.

"안 돼요, 안 돼! 테세우스 왕자님은 안 돼!"

심지어 한 명은 "나를 데려가요! 대신 나를 데려가!" 하며 소리치기까지 했다.

테세우스는 그들을 진정시켰다. "용감한 친구들이여, 나는 기꺼이 즐거운 마음으로 운명을 맞겠어. 두려워 할 것 없어. 우리는 다시 만나 추억을 떠올리며 웃을 테니."

경비대 대장이 그를 문 쪽으로 밀었다. 테세우스는 실뭉치를 겨드랑이에 끼워 넣고는, 두려워서 팔이 부자연스럽게 움직이는 것처럼 보일 거라 믿었다.

어두컴컴한 통로를 따라가면서 대장이 곁눈질로 테세우스를 힐끔거렸다. "그나저나 자네는 어쩌다가 아리아드네 공주님 심기를 건드린 거지? 공주님이 구릿빛 머리를 가진 키 큰 남자를 제일 먼저 보내라고 사정을 하더군. 공주님한테 무슨 소리를 떠들어댄 거야?"

"글쎄요."

"보나마나 이상한 소리를 떠들었겠지."

"내가 공주님을 쳐다보는 눈빛이 기분 나쁘셨나 보죠."

"그 대가를 톡톡히 치를 거다."

거대한 청동 문이 나오자, 대장은 거기에 난 더 작은 문을 열었다.

"들어가게, 친구. 이 문으로 돌아올 길을 찾는다면, 그땐…… 하지만 그런 사람은 아무도 없었고, 앞으로도 없을 거야."

그는 테세우스를 문으로 밀어 넣었다. "황소 인간한테 내 안부나 전해줘."

뒤로 문이 닫히자 테세우스는 어둠 속에 갇혔다. 칠흑 같은 어둠은 아니었고 지붕에 달린 쇠창살로 달빛이 흘러들어와 통로의 축축한 가장자리와 모퉁이들이 보였다.

그는 잠시 가만히 서서 새로운 상황에 눈을 적응시켰다. 그가 들어왔던 작은 문이 희미한 빛줄기에 보였다. 그는 손잡이를 돌려 보았다. 안 잠겨 있잖아!

"오, 아니, 이러면 안 되지, 친구." 경비대 대장의 빈정거리는 목소리가 들려왔다. "자네가 확실히 갔다는 걸 알 때까지 여기 있을 거야." 테세우스는 문이 자기 쪽으로 밀리며 닫히는 것을 느꼈다. 상관없었다. 문의 이쪽 면에 실을 감을 수 있는 장식 못이 박혀 있었다.

테세우스는 몸을 돌려 실뭉치를 풀면서 움직이기 시작했다.

이런 경험은 처음이었다. 처음엔 바닥이 점점 올라가는 것 같더니 모퉁이를 돌고 나서는 내리막길이었다. 어떤 인간의 형체가 살금살금 다가오는 걸 보고 그는 흠칫 놀랐다. 윤나는 청동판에 비친 자신의 모습임을 깨닫고는 웃음을 터뜨렸다. 가는 동안 네 번 더 이런 일이 벌어졌다. 모퉁이들과 아무것도 안 보이는 후미진 구석을 마주칠 때마다 멈칫했다. 한 지점에서는 빙 돌아 다시 제자리로 돌아왔다는 확신이 들었지만, 냄새와 계속 이어지는 내리막길을 보면 그럴 리가 없었다.

들어가면 갈수록 저 멀리서 들려오는 소리가 점점 더 커졌다. 코를 쿵쿵거리고, 발을 쿵쿵 구르고, 낮게 으르렁거리고, 끙끙 앓는 소리. 으르렁거리고 끙끙거리는 소리가 어쩐지 처량한 것이, 뭔가 묘한 느낌이 들었다. 그 이유가 생각나려 할 찰나 페르세우스는 뭔가를 밟아 우지끈 부러뜨렸다. 몸을 굽혀 주워 보니 인간의 갈비뼈였다. 그리고 갈비뼈가 하나 더, 또 하나.

"아스테리온, 오, 아스테리온! 곧 갈 테니 기다려……." 테세우스는 소리쳤다.

그는 벽에 기대어, 지난 반 시간 동안 왔던 길보다 더 환한, 긴 통로를 바라보았다. 하늘로 뚫린 높은 천장에서 라비린토스의 심장부처럼 보이는 곳으로 달빛이 쏟아져 들어왔다. 여기까지 오는 동안 모퉁이를 참 많이도 돌았고, 기억도 안 날 만큼 여러 번 오르락내리락했고, 거울과 막다른 길에 수십 번은 부딪힐 뻔했다. 같은 통로를 몇 번이나 돌고 도는 것 같은 느낌이었지만, 그가 증거로 남기고 있는 실을 보면 그 느낌은 착각이었다. 복잡한 외관뿐만 아니라 그 현실감에도 설계자의 천재성이 녹아 있는 듯했다. 라비린토스는 공포감을 유발하고 자신감을 좀먹었다.

미궁의 중심에 가까워지자 썩은 고기, 똥, 오줌 냄새가 코를 찔렀다. 테세우스는 거의 다 풀린 실뭉치를 바닥에 내려놓다가 지독한 악취에 재채기를 했다. 여기 돌바닥은 평평하니 그의 생명줄이 딴 곳으로 굴러갈 염려는 없었다.

다행히도 두려움은 완전히 가셨지만, 그런데도 가슴 속에서 심장이 천둥소리를 울리며 뛰어대니 당황스러웠다. 겁먹었으면서 그걸 의식하지 못하고 있는 건가? 저 앞에서 발을 질질 끌다가 쿵쿵 구르고 으르렁 우는 소리가 들려왔다. 천장에 뚫린 구멍으로 밝은 은빛이 막 쏟아져 내려와 제대로 보려면 눈을 질끔 감았다가 떠야 했다.

테세우스는 미노타우로스의 은신처에 있었다. 지붕에서 떨어져 내려온 듯한 뼈, 거름 덩어리, 눅눅한 짚이 발에 밟혔다. 쿵쿵 울리는 자신의 심장 소리와 뭔가가 밟혀 우지끈 부러지는 소리, 질퍽거리는 발소리를 빼면 고요했다. 하지만 이제 새로운 소리, 뿔이 돌을 긁어대는 소리가 나기 시작했다. 구석에서 무언가가 움직이고 있었다. 한 형체가 모퉁이에서 일어나더니 그늘에서 나왔다. 감히 가까이 다가온 인간을 향해 붉은 두 눈이 이글거렸다.

"어이……" 테세우스가 말했다. 크고 또렷하게 말할 생각이었지만, 속삭이는 소리밖에 나오지 않았다.

미노타우로스는 거대한 머리를 쳐들며 쩌렁쩌렁한 울음을 토했다. 그 포효가 돌벽에 튀고, 이 중심부에서 뻗어 나가는 네 개의 복도에 메아리쳤다. 복도 입구에 있던 테세우스가 안으로 한 발짝 들어갔다.

그가 말했다. "아니, 아니지. 이 정도로 내가 겁먹을 리 있나. 들판에 있는 황소들도 다 그렇게 울 줄 알아."

테세우스의 눈에 점점 더 많은 것들이 보이기 시작했다. 미노타우로스는 지금 인간 다리 두 개로 똑바로 서 있었다. 거대한 머리에는 뾰족한 뿔이 달려 있었다. 목이 점점 넓어지며 인간의 어깨로 이어지고, 가슴과 하반신 군데군데 짐승의 것인지 인간의 것인지 모를 털들이 뒤엉켜 있었다. 두 다리 사이에 매달린 커다란 음경은 돌바닥을 쾅쾅 때리고 긁어대는 두 발굽에 닿을락 말락 한다. 괴물은 포효를 멈추고 곁눈으로 테세우스를 보았다. 그 턱에서 침이 기다랗게 한 줄 떨어졌다.

"참 꼴불견이군. 여긴 청소도 안 하나 보네?" 테세우스가 말했다.

둘은 동시에 고개를 들어 천장에 사각형으로 뚫린 구멍을 올려다보았다.

테세우스는 이렇게 똑같은 생각을 한 것이 우스워 웃음을 터뜨렸다. "내 말을 알아듣는 것 같군."

미노타우로스는 으르렁거리고, 콧방귀를 뀌고, 끙끙거렸다.

테세우스는 아까 이 짐승의 목소리가 묘하다고 느꼈던 이유를 깨닫고 깜짝 놀랐다. 인간들이 하는 말의 리듬을 흉내 내고 있었던 것이다. 어쩐지 미노타우로스가 뭔가를 말하려 애쓰고 있는데 소의 성대 때문에 제대로 된 소리를 못 내고 있다는 확신이 들었다.

"말하고 싶은 거군?"

황소의 머리에서 긍정의 대답이 확실한 목쉰 울음이 새어 나왔다.

"가엾기도 하지. 아스테리온, 이게 당신의 이름이지? 아스테리온, 내 말 잘 들어. 나는 이 미궁에서 나가는 길을 알아. 나와 함께 가지 않겠어? 배를 타고 아테네로 가는 거야. 혼자 지낼 수 있는 들판도 줄게."

짐승은 울부짖는 것 같은 소리를 내더니 목 밑에 처진 살을 흔들었다.

"싫어? 그럼 어떡하겠는 거야?"

미노타우로스는 어깨를 펴고 당당하게 서서 새된 비명을 질렀다.

테세우스는 침착하게 말했다. "쉿. 내가 알아들을 수 있게 도와줘. 뭐든 싸우는 것보다는 낫지 않겠어? 싸워 봐야 결과는 하나

겠지만. 내가 당신을 죽일 거야. 그러고 싶지는 않아. 막상 만나고
보니 당신이 마음에 들거든.”

이제 미노타우로스는 새로운 소리를 내려 안간힘을 썼다. 있는
힘껏 숨을 들이마셨다가 뱉으며 낑낑거리는데, 테세우스의 귀에
는 ‘나흐 후겨! 나흐 후겨!’라는 말처럼 들렸다.

테세우스는 그의 말을 알아들었다. “나를 죽여? 죽여달라는 말
이야?”

미노타우로스는 맞는다는 듯 거대한 머리를 숙였다.

“죽여달라고? 그런 부탁은 하지 마.”

미노타우로스는 두 발로 똑바로 서며 소리쳤다. “나흐 후겨! 나
흐 후겨!”

테세우스 역시 가슴을 펴고 똑바로 섰다. “적어도 결투는 해야
지. 당신이 나를 죽여…… 죽여봐!” 이렇게 말하며 그는 똥 더미
를 찼다. 똥이 미노타우로스의 얼굴로 튀었다. “자, 덤벼!”

자기 똥에 맞아 눈이 따끔거리자 짐승은 격노해 울부짖었다. 발
을 쿵쿵 구르고 고개를 흔들며 테세우스에게 덤벼들었다.

테세우스는 왼쪽으로 오른쪽으로 움직이며, 미노타우로스가
공격하도록 부추겼다. 미노타우로스는 혼란스러워하며 고개를
이리저리 돌렸다.

“어이! 어이! 어서 덤벼.” 테세우스는 이렇게 소리치며 벽 쪽으
로 뒷걸음질 쳤다.

미노타우로스는 마음을 정하고는 뿔을 내리고 앞으로 돌진했
다. 마지막 순간 테세우스가 옆으로 펄쩍 뛰자 미노타우로스는 돌
벽을 들이받았다. 왼쪽 뿔이 날카로운 소리를 내며 툭 부러지더니

밑으로 늘어졌다. 테세우스는 앞으로 공중제비를 넘어 뿔을 뽑아 낸 다음, 짐승이 정신을 차리기 전에 그 주름 잡힌 목에 뿔의 뾰족한 끝을 찔러 넣고는 옆으로 확 그어 숨통을 잘랐다.

피가 터져 나와 테세우스를 머리부터 발끝까지 뒤덮었다. 짐승이 경련을 일으키며 이리저리 쿵쾅거리자 목에서 점점 더 많은 피가 분수처럼 뿜어져 나왔다. 피에 젖은 돌에 미끄러진 미노타우로스는 땅으로 쓰러져 몸을 바르르 떨었다.

테세우스는 그 옆에 무릎을 꿇고 앉아 귓가에 조용히 말했다. "존경의 마음을 담아 그대를 빨리 보내주겠다, 아스테리온. 세상은 그대가 용감하고 고귀한 죽음을 맞았음을 알 것이다."

짐승의 목이 베이자 지금까지 말을 못 하게 만들었던 딱딱한 성대가 풀린 모양이었다. 상처에서 계속 피가 솟아나는 와중에 미노타우로스는 말을 뱉을 수 있었다. 아크로폴리스에서 듣는 연설만큼이나 또렷하게 '고맙다'라는 말이 들렸다. 그러고 나서 미노타우로스의 혼은 괴물 같은 육체를 떠났다.

"잘 가거라, 황소 인간이여." 테세우스는 속삭였다. "잘 가거라, 파시파에의 아들, 바다에서 온 황소, 크레타의 황소, 마라톤의 황소의 아들, 아스테리온이여. 잘 가거라, 아름다운 아리아드네의 형제여. 잘 가거라, 잘 가."

낙소스섬의 아리아드네

테세우스는 실을 따라 라비린토스에서 빠져 나왔다. 청동 대문에 달린 쪽문으로 나오자, 맞은편에 있는 의자에 앉아 잠들어 있는 경비대 대장이 보였다. 테세우스는 그의 목을 부러뜨리고 열쇠를 챙기기 위해 살금살금 다가갔지만, 그는 이미 죽어 있었고 그의 허리띠에 채워진 큰 고리에서 열쇠는 사라지고 없었다. 아테네인 동료들이 갇혀 있는 지하 감옥으로 가보니 밖에 아리아드네가 서 있었다. 그녀는 눈을 반짝이며 테세우스의 얼굴 앞에 열쇠를 흔들었다.

"해낼 줄 알았어요." 그녀가 말했다.

테세우스는 그녀를 껴안았다. 그녀는 움찔하며 뒤로 물러났다.

"피범벅이잖아요!"

"여기서 나가면 씻을 겁니다."

"끔찍했나요?"

"빨리 끝냈죠. 공주님이 경비대 대장을 죽였어요?"

"자업자득이에요. 내가 어렸을 때 그 돼지 같은 놈이 나한테 한 짓을 생각하면. 자, 이제 그대의 친구들을 풀어줘요."

두 사람과 기쁨에 찬 아테네 젊은이들은 쪽문으로 조용히 궁을 빠져나가 항구로 향했다. 그곳에 정박해 있는 크레타 배들의 밑바닥에 구멍을 낸 다음, 자신들의 배에 올라타 항구를 떠났다.

그들이 망망대해로 들어설 때 즈음 날이 밝아오고 있었다. 여섯 명의 남자들과 일곱 명의 여자들, 테세우스와 선원들이 힘껏 노를 젓자 이내 크레타섬이 보이지 않을 만큼 멀어졌다. 이라클리온 항구에 있던 크레타 군함들의 바닥에 구멍을 뚫어놓긴 했지만 경비정을 만날 위험도 있어 멈추지 않고 계속 항해했다. 낙소스섬에 이르러 닻을 내리고 육지에 올라 그곳에서 밤을 보냈다.

두껍게 엉겨 붙은 미노타우로스의 피를 말끔히 씻어낸 테세우스는 마침내 아리아드네와 동침했다. 그들은 달빛 속에서 세 번 사랑을 나눈 후 서로의 품에 안겨 잠들었다.

테세우스는 잠든 사이 끔찍한 꿈을 꾸었다. 누군가 그의 귀에 대고 고함을 질러댔다.

"떠나라! 당장 이 섬을 떠나. 당장! 아테네 친구들과 함께. 하지만 아리아드네는 남겨두어야 한다, 나와 맺어져야 할 여인이니. 떠나지 않으면 너희 모두 죽는다. 모두 죽어."

테세우스는 저항하려 했지만, 꿈속의 엷은 안개에서 한 형체가 생기더니 그에게 다가왔다. 머리에 포도나무 이파리를 두른 젊은 남자였다. 아름다우면서도 섬뜩했다.

"세 가지 중 하나를 골라라. 아리아드네와 함께 여기 머물면 너는 죽는다. 아리아드네와 떠나면 너와 동료들은 모두 죽는다. 네 사람들과 떠나면 너는 살아남는다. 내 배들이 오고 있다. 그 무엇도 막을 수 없어. 떠나라, 어서, 당장!"

테세우스는 이 청년이 디오니소스라는 걸 알았다. 그는 일어나 앉아 땀을 흘리며 숨을 헐떡였다. 아리아드네는 곁에서 태평하게 잠들어 있었다.

그는 그녀를 떠나 해변으로 가서 생각에 잠겼다. 선장 역시 잠들지 못하고 그와 함께했다. 그들은 한동안 아무 말 없이 모래밭을 거닐었다.

"꿈을 꿨어요." 마침내 테세우스가 입을 열었다. "그냥 꿈이지만 꺼림칙하네요."

"혹시 디오니소스 님이 나오는?"

테세우스는 눈을 동그랗게 떴다. "설마 선장님도 꿨어요?"

그들은 조용히 나머지 사람들을 깨웠다.

"다른 수가 없어요. 공주님을 놔두고 가야 합니다." 선장은 테세우스에게 몇 번이고 말했다.

바다로 멀리 나갔을 때 뒤를 돌아본 테세우스는 달빛을 받으며 해변에 서 있는 아리아드네의 쓸쓸한 모습이 보이는 것 같았다. 반대편에서는 벌써 디오니소스의 배들이 섬으로 다가오고 있었다. 테세우스는 사랑하는 여인을 잃어버린 것이 애석했지만, 자신이 책임져야 하는 젊은이들의 안전이 무엇보다 중요했다. 자신의 행복을 희생해야 했다. 그녀를 단념해야 했다.

테세우스가 아리아드네를 낙소스섬에 두고 떠난 이유를 아테네인들은 이렇게 해명한다. 하지만 다른 버전의 이야기들에서 테세우스는 필요 없어진 아리아드네를 섬에 버린다. 쓸모가 다했으니 이젠 그녀가 없어도 괜찮다는 것이다. 크레타섬에 전해지는 어떤 이야기에서는 때맞춰 낙소스섬에 도착한 디오니소스가 아리아드네와 결혼해(결혼 선물로 그녀에게 준 보석 왕관을 하늘로 올려 북쪽왕관자리로 만든다) 최소 열두 명의 아이를 얻고, 그녀가 죽은 후에는 그의 어머니 세멜레와 함께 그녀를 하데스에게서 구해와 올림포스에서 다 같이 행복하게 오래오래 산다.

자신과 동료들에게 큰 힘이 되어준 여인을 냉정하게 버린 테세우스에게 호감을 느끼기는 어렵다. 그래서 아테네 사람들은 그가 직면한 어려운 선택을 강조하고, 심지어는 아리아드네가 테세우스를 처음 만났을 때 이미 디오니소스와 약혼한 사이였다고 주장함으로써 모든 것을 그녀 탓으로 돌린다. 아테네인들은 자신들이 좋아하는 영웅을 부정적으로 묘사하는 이야기를 절대 용납하지 않았다.

아테네로 돌아가는 길에 선장은 우울한 생각에 잠겨 있던 테세우스의 어깨를 흔들었다. "위를 보세요, 왕자님, 위를!"

모든 이들이 태양을 빤히 올려다보고 있었다.

"뭡니까?" 그는 사람들이 보는 방향으로 눈을 가늘게 뜨며 물었다. "뭘 보라는 거죠?"

그때 그는 보았다. 하늘을 날고 있는 두 사람을. 노인과 청년. 그들은 커다란 흰 날개를 달고 있었다. 젊은 남자가 높이 치솟았다가 아래로 훅 떨어졌다. 멀리서도 그의 희열이 생생하게 느껴졌다.

아버지와 아들

미노스는 잠에서 깨어나 끔찍한 소식을 들었다. 천장에 달린 쇠창살로 내려다보니 미노타우로스가 자기 방에서 살해당했더라는 것이었다. 경비대 대장 역시 죽었다. 아테네 젊은이들은 사라졌고 미노스의 위대한 군함들은 망가져 움직일 수 없었다. 게다가 아리아드네 공주도 보이지 않았다. 포로로 붙잡혀 갔을지도 모르고, 어쩌면……. 미노스는 누구 탓인지 알았다. 미노타우로스가 죽고 그 범인이 달아났다면 그 이유는 단 하나, 다이달로스가 라비린토스의 비밀을 발설한 것이다. 미노스는 그 발명가와 그의 아들 이카로스를 궁전 탑의 꼭대기 방에 가두고, 하루 종일 밖에 감시병을 세워두라는 명령을 내렸다. 그곳에서 사형 선고를 기다리라는 뜻이었다.

이카로스는 감옥 창가에 서서 아래의 바다를 내려다보았다.

"저 멀리 뛰어내리면 바위를 피하고 물속으로 들어갈 수 있지 않을까요?" 그가 물었다.

다이달로스는 대답하지 않았다. 그는 바빴다. 그들이 갇힌 탑에는 앉아서 쉬는 새들, 그들의 똥과 깃털이 가득했다.

"뭐 하세요, 아빠?"

"양초 동강이 좀 줘봐."

"뭔가 만들고 계신 거예요?"

"쉿! 방해하지 마."

그는 중요한 것을 만들 땐 항상 이렇게 아들의 입을 막았다. 이카로스는 바닥에 가로누워 눈을 붙였다.

시간이 얼마나 지났을까, 그의 아버지가 잔뜩 흥분해서는 그를 흔들어 깨웠다. "일어나, 이카로스, 어서. 이걸 몸에 차거라."

"이게 뭔데요?"

"날개란다, 아들아, 날개!"

이카로스가 휘청거리며 일어나자 다이달로스가 그에게 가죽끈을 채웠다. 이카로스는 무슨 일이 벌어지고 있는 건지, 왜 등과 어깨가 따끔거리는지 보려고 돌아보았다.

"뒤로 물러나서 공간을 두고 날개를 펼쳐봐."

"이번엔 진짜 해내셨군요, 아빠."

다이달로스는 자기 날개를 몸에 맞추고 있었다. "그만 킥킥거리고 나 좀 도와줘."

그는 이카로스에게 날개 사용법을 찬찬히 가르쳐주었다.

"아빠, 창밖으로 뛰어내리면 날개가 우리를 계속 허공에 띄울 거라는 얘기예요?"

"나는 평생 새들을 연구해왔다. 새들에게 공기는 텅 빈 공간이 아니라, 우리의 흙, 물고기의 물만큼이나 단단하단다. 공기는 새들을 떠받치고 우리도 떠받쳐줄 거야. 믿음을 가져."

다이달로스는 아들의 날개에 달린 가죽끈을 매만져 날개를 똑바로 채워준 다음 그의 어깨를 잡았다. "잘 들어, 이카로스. 우리는 바다를 건너 아테네로 갈 거다. 그곳에 가면 테세우스가 우리를 반겨줄 거야. 하지만 조심해야 한다. 너무 낮게 날면 날개가 파도에 젖어 밑으로 떨어질 거야. 태양에 너무 가까이 가면 그 열에 밀랍이 녹아 깃털들이 떨어져 나갈 테고. 알겠어?"

"네." 이카로스는 신나게 폴짝폴짝 뛰어댔다. "너무 낮아도 안 되고, 너무 높아도 안 된다는 거죠."

"자, 내가 먼저 갈까?"

"걱정 마세요, 아빠." 이카로스는 이렇게 외치며 창으로 뛰어갔다. "잘할 수 있어요. 후우우우!"

그는 창밖으로 뛰어내렸고 뒤에서 그를 부르는 아버지의 목소리를 들었다.

"날개를 펴! 날개를 펴라니까! 공기 속으로 날개를 뻗어."

아버지가 시키는 대로 하자마자 공기가 밀려와 날개를 밀어붙이는 느낌이 들었다. 그가 날고 있었다! 바람이 날개를 받치고, 날개는 그를 계속 붙들고 있었다. 아버지의 말이 옳았다, 공기는 단단했다. 그는 팔을 이용해 방향을 조종하는 데 익숙해졌다. 조금만 움직이면 자유자재로 비행할 수 있었다. 밑에서는 주름진 바다가 굽실거리며 그의 유일한 집이었던 크레타섬의 해안을 따라 움직이고 있었다. 그의 아버지가 날개를 활짝 펼쳐 그의 앞에 나타났다.

"아래 절벽에서 올라오는 난류 기둥이 잠깐 우리를 떠받치고 있는 거야." 그가 소리쳤다. "넓은 바나로 나가면 날개 치고 활공하고, 날개 치고 활공할 수 있어."

"갈매기처럼요?"

"그래, 갈매기처럼. 나를 따라와. 아테네는 이쪽이야. 그리고 명심해……."

"알아요, 너무 높아도 안 되고, 너무 낮아도 안 되잖아요." 이카로스는 웃었다.

"잊으면 안 돼."

"우와!" 갈매기 한 마리가 바로 앞으로 끼어들자 이카로스는 깜짝 놀라 소리쳤다. 그러고는 정신을 차리고 아버지를 따라 밑으로 뛰어내렸다.

저 밑에서는 테세우스가 고개를 들어, 이카로스가 획 내려왔다가 치솟아 올라가고 곤두박질치듯 하다가 원을 그리며 나는 모습을 보고 있었다. 이제 다이달로스의 말이 들리지 않을 만큼 떨어진 이카로스는 저 아래 바다에 뱃머리가 새 부리처럼 생긴 아테네 선박이 떠 있는 것을 발견했다. '하하! 좀 놀라게 해줄까.' 그는 속으로 생각했다. 하지만 먼저 높이 올라가야 했다.

그는 급강하 습격에 필요한 높이를 확보하기 위해 높이 더 높이 날아올랐다. 이젠 너무 높아서 테세우스의 배가 잘 보이지 않을 지경이었다. 너무 높아서…… 뜨거웠다. 날개에서 깃털들이 떨어지기 시작하자 그는 놀라서 소리를 질렀다. 밀랍이 녹고 있었다! 그는 몸을 돌려 머리를 아래로 향하고 태양으로부터 최대한 멀리 떨어지기 위해 급강하를 시도했지만 너무 늦었다. 깃털들이 눈송이처럼 주변에 날리고 있었고 그는 추락하기 시작했다. 차갑고 딱딱한 공기가 그를 때려댔다. 아버지가 울부짖는 소리가 들렸다. 그가 할 수 있는 일은 아무것도 없었다. 바다가 그를 향해 치닫고 있었다. 어깨를 움츠리면 수면 아래로 뛰어들었다가 안전하게 올라올 수 있지 않을까.

다이달로스는 절망에 빠져 무력하게 아래를 내려다보았다. 이 높이에서 떨어지면 바다는 화강암 바닥이나 마찬가지였다. 그는 아들의 몸이 파도에 부딪히는 모습을 지켜보았고, 아들이 뼈가 산산조각 나 죽었으리라는 걸 알았다. "오, 이카로스, 이카로스. 왜 내 말을 듣지 않았느냐? 왜 그렇게 태양에 가까이 날아간 거야?"

세상의 아버지들에게는 이후로도 쭉 이렇게 비통해하며 한탄할 일이 많았다. 패기 넘치는 아이들은 위험하다고 아무리 경고해도 태양에 너무 가까이 날아가서 추락하고 만다. 성공하는 아이들도 있겠지만, 대부분은 그러지 못한다.*

---

* 다이달로스와 이카로스의 이야기는 오랫동안 예술가들의 사랑을 받아왔다. W. H. 오든은 피터르 브뤼헐 1세의 그림을 보고 영감을 받아 그의 최고 수작인 「미술관 (Musée des Beaux Arts)」이라는 시를 써냈다. 이 주제에 관한 조각과 그림은 넘쳐난다. 나는 암스테르담 파산법원의 외벽에 새겨진 추락하는 이카로스 부조를 좋아한다. 렘브란트는 재판을 받는 동안 그 조각을 올려다보며 하늘을 찌르는 야망의 위험을 되새겼을지도 모른다. 내가 아는 한 그는 이카로스를 한 번도 그리지 않았지만, 수십, 수백 명의 화가들과 조각가들이 이카로스의 추락을 소재로 삼았다.

테세우스

다이달로스는 바다로 내려가 아들의 망가진 시신을 수습해 근처의 섬에 묻었고, 그 섬은 지금까지도 이카리아라 불린다. 자고새 한 마리가 그 장면을 목격하고는 기쁨에 겨워 지저귀며 날개를 퍼덕거렸다고 한다. 페르딕스는 자기를 밀어 죽이려 한 다이달로스의 아들이 추락해 죽음으로써 비극적인 정의가 실현된 것을 마음껏 기뻐했다. 슬픔에 젖은 아버지는 지중해 지역을 떠돌다, 시칠리아섬 남부에 있는 도시 카미코스의 코칼로스왕 밑에서 일하게 되었다.

죄인들이 말 그대로 날아가 버렸다는 사실을 안 미노스는 주체할 수 없는 분노에 휩싸였다. 딸을 잃고, 천하무적의 강력한 왕이라는 명성에 심각한 타격을 입고, 다이달로스의 탈출로 망신살이 뻗친 그는 반드시 복수하리라 맹세했다. 그래서 발명가를 찾기 위해 고둥 껍데기를 들고서 그리스를 샅샅이 뒤졌다. 왕국이나 섬, 지방을 찾을 때마다 그는 고둥 껍데기의 복잡한 나선형 공간으로 실을 꿰는 자에게 금을 하사하겠다고 공표했다. 그 방법을 생각해 낼 사람은 세상에 단 한 명, 다이달로스밖에 없다고 믿었기 때문이다.

수년의 수색 끝에 마침내 미노스는 카미코스에 당도했다. 코칼로스왕은 미노스의 도전에 응해 고둥을 다이달로스에게 가져갔고, 그는 금방 문제를 풀었다. 개미에게 실 끝을 묶은 다음 꿀 몇 방울로 개미를 꾀어 고둥 껍데기를 통과하게 한 것이다. 코칼로스왕은 실을 꿴 고둥 껍데기를 의기양양하게 보여주며 미노스에게 금을 요구했다.

미노스는 결연히 일어나 단언했다. "이 일을 할 수 있는 사람은 장인 다이달로스, 발명가 다이달로스, 반역자 다이달로스뿐이오. 그자를 내게 넘기지 않으면 지금 당장 크레타로 돌아가 함대를 끌고 와서 그대를 짓뭉개고 그대의 왕국을 응징하겠소." 테세우스에게 패배하긴 했어도 그는 여전히 막강한 해군을 거느린 왕이었다.

"회의실로 가서 의논을 좀 해봐야겠소."

코칼로스왕의 이 말은 "내 딸들에게 물어보겠소."라는 뜻이었다. 그는 딸들이 어린 시절 온갖 기발한 마술을 보여주며 그들과 놀아준 다이달로스를 아주 좋아한다는 걸 알고 있었다. 왕은 딸들을 모아놓고 미노스의 협박을 알렸다.

"미노스왕에게 이렇게 말씀하세요. 내일 다이달로스를 족쇄에 채워 넘기겠다고요. 그러니 오늘 밤은 목욕하고, 먹고, 마시고, 음악을 즐기며 위대한 왕에 걸맞은 대접을 누리라고 하세요." 맏딸이 말했다.

언제나 그렇듯 코칼로스는 딸들의 뜻에 복종해 전갈을 보냈다.

미노스는 예우에 고개 숙여 답했다.

쉬지 않고 늘 새로운 것을 발명하는 다이달로스는 마침 궁전의 난방 장치를 설계해 설치한 참이었다. 중앙 보일러에서 관을 통해 온수를 전달하는 방식을 세계 최초로 고안해냈다.

그날 저녁 욕조로 들어간 미노스는 그곳에서 나오지 못했다. 저 밑에서 공주들이 난방 장치로 물을 끓이고 있었다. 관을 통해 욕실로 뜨거운 물이 뿜어져 나왔고 미노스는 화상을 입고 고통스럽게 죽었다.

테세우스, 왕이 되다

열세 명의 동포들과 함께 배에서 다이달로스와 이카로스의 비행을 올려다보고 있던 테세우스로 돌아와 보자. 아리아드네를 버린 죄책감에 시달리고 이카로스가 추락해 죽는 광경에 경악한 그는 아테네로 돌아가는 내내 마음이 편하지 않았다.

테세우스와 선장은 깊은 생각에 잠긴 나머지, 피레우스 항구가 시야에 들어오는데도 아주 중요한 일을 깜박하고 말았다. 검은색 돛을 내리고 흰색 돛을 올려 아이게우스왕에게 그들의 승리를 알려주겠다던 약속을 새까맣게 잊어버린 것이다.

왕은 날이면 날마다 절벽에 와서 배가 보이기를 기다려왔다. 지금 수평선으로 아테네 선박의 낯익은 윤곽이 보였다. 분명 아들 테세우스의 배가 맞는데, 돛의 색깔은? 배가 너무 멀리 있었다. 흰 하늘을 배경으로 돛이 거뭇해 보이긴 하지만, 윤곽만 보여서 그런 거겠지……. 아니다……. 그건 지나친 바람이었다. 배가 가까워질수록, 죽음만큼이나 시커먼 돛이 선명히 보였다. 이제야 겨우 찾은 용맹하고 어리석은 아들이 죽었다.

신탁의 그 예언.

아이게우스는 아테네의 꼭대기에 이를 때까지 포도주를 담은 가죽 부대의 불룩한 주둥이를 풀어서는 안 된다. 이를 지키지 않으면 비탄 속에 죽으리라.

아이게우스는 마침내 예언의 의미를 이해했다. 수년 전 델포이에서 곧장 아테네로 돌아왔어야 했다. 그 대신 트로이젠에 가서 어쩌다 아이트라와 동침했다. 불룩한 포도주 부대를 푼 것이다. 테세우스라는 아들을 얻어 잠깐이나마 즐거운 시간을 보냈지만, 지금은……. 그래, 신탁은 항상 옳았다. 그는 지독한 비탄에 잠겼다.

절망 어린 비명을 토하며 아이게우스는 아래 바다로 몸을 던져 스스로 목숨을 끊었다. 이후로 이 바다는 그를 기리는 뜻에서 에게해로 불렸다.

테세우스가 어떤 왕이었는지는 확실히 알기 어렵다. 우리에게 전해져 내려오는 역사의 대부분을 저술한 아테네인들은 그들의 시조 왕을 지극히 숭배하여, 그를 레슬링과 황소 뛰어넘기뿐만 아니라 민주주의, 재판, 모든 훌륭한 통치 체제를 창안한 발명가로, 그리고 그들만의 독특한 기질과 문화로 여긴(그래서 이웃 국가들의 원성을 샀다) 지성과 기지, 통찰과 지혜의 화신으로 그렸다. 테세우스가 분할되어 있던 아티카의 작은 지역들(데모스)을 합병하여 아테네 폴리스, 즉 도시 국가(역사 시대까지 고대 그리스 행정 구조의 본보기가 된 체제)의 통치하에 두었다는 것이 중론이다.*

분명한 사실은 테세우스가 여느 사람들과 마찬가지로 인간이 어쩔 수 없는 약점과 강점, 그리고 모순점을 가지고 있었다는 것이다. 미노타우로스를 처치한 후 그의 인생사는 대부분 페이리토

---

* 예를 들어 테세우스는 메가라(헤라클레스의 첫 아내가 아니라 지역 이름이다)와 연합하고, 케르키온의 아들 히포톤을 엘레우시스의 왕으로 앉혀 아테네 영토를 코린토스까지 확장했다.

오스와 얽힌다. 두 사람은 그리스 신화에서 둘째가라면 서러울 우정을 과시한다. 훗날의 아킬레우스와 파트로클로스처럼, 이 둘의 관계에 성적인 요소가 있었을 거라고 암시하는 문헌들도 있지만, 그렇다 해도 두 사람의 여성 편력에는 그것이 아무런 영향을 미치지 않았던 것 같다.

라피테스족의 왕 페이리토오스는 디아와 제우스의 아들이었다. 디아는 익시온의 아내였다. 헤라를 유혹하려 한 익시온을 불타는 수레바퀴에 묶어놓고는 그 남자의 아내를 겁탈한 제우스의 행동이 위선적으로 보이지만, 그 누구도 아닌 제우스라서 저지를 수 있는 일이었다. 디아는 말로 둔갑한 제우스와 관계하여 페이리토오스를 낳았고, 성인이 된 이 아들은 당연하게도 승마 실력과 뛰어난 무술로 이름을 날렸다.*

아테네의 새 왕이 자기 못지않은 명성을 누리고 있다는 소식을 듣고 그를 시험하고 싶어진 페이리토오스는 마라톤을 습격해 테세우스가 가장 아끼는 소 떼†를 훔쳤다. 분노한 테세우스는 라피테스족 왕국의 수도인 라리사로 가서 페이리토오스를 추격했다. 죽이지는 못하더라도 따끔하게 혼내줄 생각이었다. 하지만 두 사람은 만나는 순간 서로에게 호감을 느꼈고 싸우기는커녕 영원한 우정을 맹세했다.

---

* 라피테스족은 말의 입을 더 자유롭게 제어할 수 있게 해주는 재갈을 발명한 것으로 알려져 있다.

† 마라톤의 황소가 테세우스에게 길들여져 아테네로 끌려와서 제물로 바쳐지기 전에 낳은 새끼들이라는 설도 있다. 마라톤의 황소는 미노타우로스의 아버지인 바로 그 크레타의 황소이다. 이 짐승은 정말이지 끝도 없이 폐를 끼치는 것 같다.

두 사람의 우정은 곧 시험대에 올랐다. 테살리아에는 페이리토오스의 왕위를 호시탐탐 노리는 자들이 있었다. 반인반마인 켄타우로스들은 익시온의 후손인 자신들이 더 적법한 왕위 계승자라고 생각했다.‡ 그들은 펠리온산을 근거지로 받았지만, 이를 모욕으로 받아들이고 더 많은 것을 요구했다. 페이리토오스와 그의 신부 히포다메이아§의 결혼식에서 갈등은 최고조에 달했다. 페이리토오스는 정략적인 이유로 켄타우로스들을 초대했지만, 젖을 먹는 그들은 연회에 끊임없이 나오는 포도주에 익숙지 않았다. 술에 취한 그들은 극악무도한 짓을 저지르기 시작했다.¶ 그들 중 에우리티온은 신부 히포다메이아를 겁탈하려 했고, 나머지 켄타우로스들은 연회장에 있던 모든 여자들과 소년들에게 달려들었다. 페이리토오스와 결혼식 하객으로 온 테세우스는 그들과 맞서 싸웠다.

이 소름 끼치는 광란의 싸움('켄타우로스들의 전투'라는 뜻으로 켄타우로마키아라 불리기도 한다)에서 카이네우스라는 라피테스족이 슬픈 최후를 맞은 이야기는 꽤 감동적이다. 그는 원래 카이니스라는 이름의 여자로 태어났다. 어느 날 포세이돈이 그녀를 발견하고는 마음에 들어 덮쳤다. 크게 만족한 신은 카이니스에

---

‡ 그들은 익시온과 네펠레(제우스가 익시온의 사악함을 증명하기 위해 구름으로 헤라의 형상을 본떠 만든 여인) 사이에 태어난 자식들이었다. 프릭소스를 구하기 위해 황금 숫양을 내려보낸 바로 그 네펠레다.

§ 그녀의 이름은 '말을 길들이는 자'라는 뜻이다. 페이리토오스의 이야기에서는 처음부터 끝까지 말들이 질주한다.

¶ 헤라클레스가 네 번째 과업을 수행하는 중이었을 때 폴로스의 동굴에서 포도주를 마신 켄타우로스들에게도 비슷한 일이 있었다. 그들 중 네소스는 훗날 헤라클레스에게 치명적인 복수를 한다.

게 무슨 소원이든 들어주겠다고 했다. 겁탈당하는 경험이 전혀 즐겁지 않았던 카이니스는 남자가 되어 앞으로는 이런 모욕을 당하지 않게 해달라고 청했다. 포세이돈은 겸연쩍었는지 이 소원을 들어주었을 뿐만 아니라 절대 상처 입지 않는 피부도 그녀에게, 아니 그에게 주었다. 페이리토오스와 히포다메이아의 결혼식에 참석한 카이네우스는 페이리토오스, 테세우스와 함께 켄타우로스들에 맞서 싸웠다. 라트레오스라는 켄타우로스가 예전에 여자였던 일을 들먹이며 카이네우스를 조롱했다. 카이네우스는 라트레오스를 공격했고, 상처 입지 않는 몸 덕분에 적들의 맹공격에도 끄떡없었다. 화살들과 창들이 카이네우스의 철벽 피부에 튕겨 나가는 것을 본 켄타우로스들은 돌과 소나무로 그를 짓눌렀고 그는 흙 속에서 질식해 죽었다.

카이네우스를 잃고도 페이리토오스와 라피테스족은 승리를 거두었다. 살아남은 켄타우로스들은 패배감과 실의에 빠진 채 달아났다. 패배감과 실의에 빠져 달아난 이 켄타우로스들 중에는 나중에 헤라클레스를 죽음에 이르게 하는 네소스도 있었다.*

마침내 테살리아에 평화가 찾아오자, 페이리토오스는 친구 테세우스의 아내감을 찾는 일에 나섰다. 그들이 선택한 여인은, 과업을 수행 중이던 헤라클레스에게 허리띠를 빼앗겨 죽은 히폴리테의 자매이자 아마존족 전사인 안티오페였다.† 안티오페는 강제

---

* 헤라클레스 편을 참고하라.
† 셰익스피어의 『한여름 밤의 꿈』을 비롯한 몇몇 버전에서는 테세우스가 히폴리테와 결혼한다. 헤라클레스의 아홉 번째 과업에 동행하고 그 보답으로 히폴리테를 선물받는다.

로 납치당하긴 하지만 아테네에서 테세우스의 왕비이자 아내가 되고 나서는 그를 사랑하게 되었다고 한다. 그녀는 테세우스와의 사이에 아들을 낳고, 그녀의 자매인 위대한 아마존족 여왕을 기리는 뜻에서 히폴리토스라는 이름을 지어주었다.

아마존족의 생각은 달랐다. 자존심 강하고 남자를 싫어하는 이 여성 전사들에게 남자와의 결혼은 배신행위였다.‡ 그들은 아테네를 연이어 공격해 아티카 전쟁을 일으켰다. 아레스의 언덕 아레오파고스§에서 벌어진 마지막 전투에서 아마존족은 패배했다. 그 전투에서 안티오페는 중상을 입었다. 몰파디아라는 아마존족 동포는 비록 반대편에서 싸우긴 했지만, 화살로 그녀의 목을 뚫어 그녀를 고통에서 구해주었다. 이를 본 테세우스는 몰파디아를 죽였다. 신화와 전설, 그리고 역사 비슷한 무언가를 이어 붙여 흥미로운 글을 쓴 여행가 파우사니아스는 다른 많은 신화 속 장소들과 마찬가지로 몰파디아의 무덤도 방문했다.

헤라클레스가 아홉 번째 과업 중에 히폴리테와 그 무리를 쳐부순 사건과 마찬가지로 아티카 전쟁은 아마조노마키아라는 더 큰 전쟁의 일부이다. 야만성을 길들인 또 하나의 전쟁. 그리스인들은 조화로움과 질서 정연한 문명의 잠재력을 위협하는 미개하고 극악하고 야만스러운 벌레들을 세상에서 없애는 전사를 자처했다.¶

---

‡ 아마존족이 사는 방식에 대해 더 알고 싶다면 헤라클레스의 아홉 번째 과업에 관한 이야기를 보면 된다.

§ 아크로폴리스 꼭대기 바로 밑에 있던 아레오파고스는 아테네 장로회의 회의 장소였고, 나중에는 중범죄의 재판이 열리는 법정이 되었다. 존 밀턴은 아레오파고스를 떠올려, 검열에 저항하는 위대한 탄원서 『아레오파기티카(*Areopagitica*)』를 썼다.

¶ 독일의 고대 그리스 로마 연구가 브루노 스넬은 이 점을 아주 잘 설명했다. "그리

켄타우로마키아(페이리토오스의 결혼식에서 벌어진 라피테스족과 켄타우로스들 간의 싸움), 티타노마키아(올림포스 신들과 티탄족 선조들 간의 전쟁),* 기간토마키아(헤라클레스가 참전해 용맹함을 떨쳤던, 신들과 거인들 간의 전쟁)†와 더불어 이 '아마존족과의 전쟁'도 그리스 그림과 조각의 소재로 자주 등장한다.‡ 전체적으로 이 작품들의 주제는 상징적인 관점에서 이해해야 한다. 그리스인들이 자신들을 야만적이고 괴물 같은 무질서한 무리에 대항하여 질서와 문명을 지키는 전사의 모습으로 묘사한 방식으로 받아들여야 한다. 그래서 그들은 인간 본성의 야만적이고 어둡고 위험한 성질을 꺾기 위해 힘겹게 투쟁하는 이야기도 지어냈다.

아마존족을 물리치고 나서 페이리토오스와 테세우스에게 중년의 위기 같은 것이 닥쳤다. 그들은 새로운 신부를 고르기로 했다. 그들의 무모한 선택은 재앙을 초래했다.

페이리토오스는 테세우스가 스파르타의 헬레네를 납치하도록 돕고,§ 그 자신은 지하세계의 왕비 페르세포네를 아내로 삼으면 재미있겠다는 생각을 했다. 망자들의 영역으로 내려가 하데스의

스인들에게 티타노마키아와 기간토마키아는 그들의 세계가 이상한 세계에 대해 거둔 승리를 상징한다. 아마존족이나 켄타우로스들과의 전투와 마찬가지로, 그들은 그리스가 야만적인 모든 것, 모든 기괴하고 상스러운 존재를 정복했음을 강조한다."

* 『스티븐 프라이의 그리스 신화』 1권을 참고하라.

† 헤라클레스 편을 참고하라.

‡ 예를 들어, 아테네의 파르테논 신전에는 기간토마키아, 아마조노마키아, 켄타우로마키아를 묘사한 조각이 또렷하게 새겨져 있었다. 켄타우로마키아를 소재로 한 작품들은 지금까지도 남아 있으며, 고대 그리스의 가장 중요한 건물 중 하나인 올림피아의 제우스 신전에도 켄타우로마키아가 새겨져 있다.

§ 이 이야기는 다음으로 미루는 것이 좋겠다.

코앞에서 페르세포네를 납치해 오자는 정신 나간 제안을 듣고, 현명하고 영리한 영웅, 위대한 왕이자 조언자인 테세우스는 힘차게 고개를 끄덕였다.

"해보지 뭐? 재미있겠는데."

두 사람은 오르페우스가 택했던 장소, 펠로폰네소스의 남쪽 끝자락에 있는 타이나론(마타판곶이라 불리기도 한다)으로 가서 동굴들과 통로, 복도를 배짱 좋게 지나 망자들의 왕국으로 들어갔다. 페이리토오스가 자신의 군인다운 거친 매력에 페르세포네가 넘어올 거라 여겼는지, 아니면 강제로 그녀를 데려 나올 계획이었는지는 알 수 없다. 그들의 원정은 예상대로 처참했다. 심기가 불편해진 하데스는 그들을 돌의자로 내던져, 맨살의 엉덩이를 의자에 딱 붙여놓고 살아 있는 뱀으로 그들의 다리를 꽁꽁 묶었다. 마침 헤라클레스가 케르베로스를 빌리기 위해 하데스와 협상하러 가는 길에 그곳을 지나가지 않았다면 그들은 세상의 종말이 올 때까지 그렇게 묶여 있었을 것이다.¶ 헤라클레스는 테세우스를 풀어주기 위해 의자에서 사납게 그를 떼어내야 했다. 테세우스는 풀려났지만, 그의 엉덩이 살은 다 뜯겨버렸다. 마치 강력 접착제로 의자에 붙어 있었던 것처럼. 아테네인들은 지하세계에 다녀온 후의 테세우스를 엉덩이 살이 없는 모습으로 묘사한다.

테세우스가 지상 세계로 올라와 보니, 헬레네는 오빠들인 쌍둥이 형제(디오스쿠로이라 불리기도 하는) 카스토르와 폴리데우케

_____

¶ 헤라클레스의 열두 번째 과업을 보라.

스에게 구출되고 없었다.*

크게 혼난 뒤 정신을 차린 그는 새 신부를 스스로 선택했다. 아리아드네의 여동생인 파이드라가 그의 눈에 들어왔다. 첫사랑이 떠올랐는지도 모르고, 그녀와 결혼하면 예전에 아리아드네를 낙소스섬에 버리고 온 잘못을 바로잡을 수 있으리라 생각했을지도 모르고, 어쩌면 그저 정략적인 결정이었을지도 모른다. 테세우스만큼 마음을 읽기 어려운 영웅도 없다.

아테네인들의 숙적 미노스는 시칠리아섬에서 산 채로 삶겨 죽었다. 왕위를 이어받은 그의 아들 데우칼리온은 아테네가 크레타보다 강하다는 것을 알고 연합의 가치를 꿰뚫어 봤는지 둘의 결혼을 찬성하고 돕기까지 했다. 테세우스가 그의 누이 아리아드네를 버리고 이부형제 미노타우로스를 죽인 사실은 깡그리 무시해 버렸다.

파이드라와 테세우스는 두 아들 아카마스와 데모폰을 얻었고, 그들은 훗날 트로이 전쟁에서 짧지만 감동적이고 명예로운 활약을 펼친다.

테세우스와 안티오페 사이에 태어난 아들 히폴리토스는 어떻게 됐을까? 그는 테세우스가 자란 트로이젠으로 보내졌다. 그는 준수한 외모에 운동 실력 좋고 사냥을 유난히 좋아하는 청년으로 자랐다. 그는 사냥과 순결의 신 아르테미스를 숭배하고, 아프로

---

* 이 쌍둥이 형제는 헬레네를 스파르타로 돌려보냈을 뿐만 아니라, 테세우스의 어머니 아이트라를 억지로 데려와 헬레네의 보모이자 시녀로 삼았다. 아이트라는 아주 늙어서까지 포로로 지내야 했다. 트로이가 함락될 때 손자들인 아카마스와 데모폰이 그녀를 구한다. 하지만 먼 훗날의 일이다.

디테와 광적인 사랑을 경멸했다. 어떤 남자도 여자도 그의 관심을 끌지 못했다. 무시당하는 것이 당연히 기분 나빴던 아프로디테는 그녀에게 기도도 제물도 올리지 않는 건방진 청년에게 무시무시한 복수를 준비했다.

아버지 테세우스와 계모 파이드라가 트로이젠을 방문했을 때 히폴리토스는 그들을 성실히 모셨다. 테세우스와 히폴리토스는 만나자마자 죽이 잘 맞았다. 그리스 신화에는 아들을 죽이는 아버지, 아버지를 죽이는 아들이 넘쳐나기 때문에 이 두 사람의 서로에 대한 애정과 존경이 더욱 대단해 보인다. 그들은 매일같이 하루 종일 함께 시간을 보냈다. 히폴리토스는 파이드라를 거의 의식하지 않았다. 하지만 파이드라의 눈에는 그가 들어왔다. 점점 그에게 집착하게 된 파이드라는 어느 날 밤 그를 찾아가 사랑을 고백했다.† 히폴리토스는 현명하고 재치 있게 넘기지 못하고, 얼굴빛이 변할 정도로 질색하며 그녀의 구애를 거절했다. 스테네보이아와 벨레로폰, 포티파르의 아내와 요셉의 이야기에서처럼, 모멸감과 치욕감에 휩싸인 파이드라는 강간당했다며 테세우스에게 거짓을 고했고, 테세우스는 아들을 저주하며 아버지 포세이돈에게 그를 벌해달라 청했다. 어느 날 아침 히폴리토스가 전차를 몰고 해안을 달리고 있을 때 포세이돈이 바다에서 큰 황소를 한 마리 보내 말들을 발광시켰다. 히폴리토스는 말들에게 짓밟혀 죽었

---

† 에우리피데스의 『히폴리토스』(그가 이 이야기를 소재로 삼아 쓴 두 편의 희곡 중 지금까지 남아 있는 한 작품)와 로마 극작가 세네카의 『파이드라』에서는 조금 다른 전개가 펼쳐진다. 파이드라는 사랑을 고백하지 않고, 히폴리토스 때문이라는 편지를 남기고 자살한다.

다. 이 소식을 들은 파이드라는 스스로 목숨을 끊었다.

아르테미스는 테세우스에게 나타나, 그의 아들은 처음부터 끝까지 결백했으며 거부당한 사랑과 아프로디테의 원한 때문에 일어난 비극이라고 설명해주었다.

자기도 모르게 아내와 아들의 죽음에 연루된 탓에 아테네와 트로이젠에서 추방당한 테세우스는 비참하고 억울하고 외로운 처지가 되어 열정도 목적의식도 완전히 잃어버린 뒤 진부하고도 애처로운 최후를 맞았다. 스키로스섬의 리코메데스왕에게 의탁했다가 벼랑에서 왕에게 떠밀려 죽었다. 그들 사이에 왜 다툼이 일어났는지는 알 수 없다.

오랜 세월이 지난 후 역사상 실재한 아테네의 왕 키몬은 스키로스를 침공하고, 테세우스의 유골을 찾아오는 성대한 의식을 치렀다. 리코메데스는 훗날 아킬레우스를 맡아 키운 공으로 더 큰 명성을 얻는다.

지금 아테네의 중심이자 주된 집회 장소인 신타그마 광장에는 테세우스의 멋진 나체상이 당당하게 서 있다. 오늘날까지도 아테네인들은 테세우스를 통해 자신들의 정체성과 자부심을 찾는다. 그가 크레타섬의 라비린토스로 떠날 때 탔던 배는 고대 아테네에서 소크라테스와 아리스토텔레스의 시대까지도 피레우스 항구에 정박해 있으면서 관광 명소로 큰 인기를 끌었다. 얼마나 오래 그곳에서 버텼는지 테세우스의 배는 흥미로운 철학적 사색의 주제가 되기까지 했다. 수백 년을 버티면서 밧줄, 선체, 갑판, 용골, 뱃머리, 고물, 목재가 전부 교체되어 원래 선박의 부품은 티끌만큼도 남아 있지 않았다. 그래도 같은 배라고 할 수 있을까? 나는 50년 전의 나와 같은 사람인가? 내 몸의 모든 분자와 세포는 여러 번 바뀌었는데.*

테세우스는 아테네인들이 중시하는 가치를 가장 잘 구현한 영웅이기 때문에, 논리적이고 철학적이며 자유로운 탐구를 즐기는 아테네인들이 그에게 유대감을 느끼는 것도 당연하다. 헤라클레스, 페르세우스, 벨레로폰처럼 그도 세상에서 위험한 괴물들을 없애는 데 일조했지만, 기지와 지성, 신선한 사고방식을 사용했다. 여느 영웅들이 그렇듯 실수도 하고 결점도 있었지만, 우리 모두에게 있는 위대함을 보여주었다. 오래오래 신타그마 광장에 서서 오래오래 사랑받기를.

---

* 정체성의 형이상학이라는 연구 분야에서는 날과 자루를 규칙적으로 바꿔주는 '할아버지의 도끼'가 비슷한 존재론적 난제를 던진다.

마무리하며

영웅들은 인류를 위험에 빠트리고 문명의 발생을 위협한, 땅에서 태어난 괴물들을 세상에서 제거했다. 용들과 거인들, 켄타우로스들과 돌연변이 짐승들이 계속 하늘과 땅, 바다에 우글거렸다면 우리는 자신 있게 세상을 탐사하거나 야만적인 세상을 인류에게 안전한 곳으로 바꾸지 못했을 것이다.

때가 되면, 성장하여 자신감이 생긴 인류가 자비로운 하급 신들마저 밀어내기 시작한다. 님프들, 나무의 요정들, 목신들, 사티로스들, 산과 개울과 초원과 바다의 정령들은 돌을 캐내고 농사를 짓고 건물을 지어 올릴 땅을 필요로 하고 탐하는 인간들을 당해내지 못했다. 세상은 인간들만을 위한 집으로 재편되고 있었다. 오늘날에는 우리와 세상을 공유하고 있는 희귀하고 연약한 짐승들이 님프들과 숲의 정령들과 똑같은 최후를 맞이할 위험에 처해 있다. 서식지 손실과 멸종은 이전에도 있었다.

신들의 시대도 얼마 남지 않았다. 제우스가 염려했듯이, 프로메테우스에게 불을 선물받은 인류가 올림포스 신들 없이도 잘 지낼 날이 올 테니까 말이다.

하지만 아직은 아니다.

헤라클레스는 자신도 모르게 우리의 역사를 완전히 뒤바꿀 재앙의 씨를 뿌려놓았다. 틴다레오스를 스파르타의 왕으로, 아트레우스를 미케네의 왕으로 앉히고, 트로이를 박살 낸 후 프리아모스를 살려준 것이다.* 이 결정들은 훗날 세상에 전에 없던 대화재를 일으키는 불쏘시개가 된다.

아직은 아니다. 제우스와 올림포스 신들은 아직 인간들을 떠날 마음이 없었다.

---

* 헤라클레스 편을 참고하라.

헤라클레스의 광기

얼마 전 월드 레슬링 엔터테인먼트World Wrestling Entertainment*의 스타 크리스 벤와Chris Benoit가 2007년에 아내와 아들의 목을 졸라 죽인 기묘하고 슬픈 사건에 대해 읽고 있었다. '스테로이드 분노'(레슬링 선수들이 사용하는 합성 및 천연 테스토스테론, 난드롤론, 아나스트로졸 같은 호르몬제와 스테로이드가 미치는 정신적 부작용)† 혹은 풋볼 선수들이 경험하는 것과 비슷한 외상성 뇌손상(피터 랜즈먼 감독, 윌 스미스 주연의 영화 〈게임 체인저 Concussion〉에서 중요하게 다루는 문제다) 등이 이 불가해하고 끔찍한 범죄의 원인으로 꼽혔다. 벤와가 특기로 삼은 '다이빙 헤드벗diving headbutt'‡이라는 기술이 그의 뇌에 심각한 손상을 입혔을지도 모른다.

나는 벤와 사건을 읽자마자 헤라클레스가 메가라와 자식들을 살해한 일화와 유사하다는 생각이 들었다. 과다한 남성 호르몬 때문에 화가 끓어올라 순간의 격노 혹은 망상에 사로잡히고 여생을 후회 속에 사는 근육질 남자들. 벤와의 경우엔 여생이 그리 길지

---

* 미국의 프로 레슬링 단체.— 옮긴이
† 벤와 사건으로 WWE의 약물 복용 검사와 무관용 정책이 더 엄격해졌다고 한다.
‡ 로프 꼭대기에서 점프해 매트에 누워 있는 상대에게 박치기를 하는 기술.— 옮긴이

않았다. 그는 살인을 저지르고 이틀 후 스스로 목을 맸다.

모든 신화가 어떤 역사적 진실에 근거하지는 않을 것이다. 그러나 그리스인들의 집단 무의식이 신화적인 괴력의 남자를 상상하고 그에게 생명과 개성과 서사를 부여할 때, 정신병적이고 파괴적인 격분을 터뜨리는 끔찍하고 불가해한 성향을 포함한 사실은 흥미롭다.§ 헤라클레스는 가족들을 야만적으로 살해했을 뿐만 아니라 폴로스의 동굴에서 켄타우로스들을 대량 학살하고, 이피토스까지 죽였다.

물론 점잖고 친절하며 상냥한 근육질 남자들도 많지만(프로 레슬링 선수 앙드레 더 자이언트가 떠오른다), 그리스인들이 야만적인 폭력을 휘두른 후 죄책감에 고뇌하는 어느 실존하는 장사의 이야기를 들었을 가능성도 완전히 배제할 수는 없다.

---

§ 만화책 팬이라면 '헐크' 브루스 배너와 비교해보는 것도 재미있을 것이다.

후기

신화의 연대표는 종종 꼬여 있고 모순적인데, 영웅들의 이야기에서 특히 심하다. 예를 들어, 에우리피데스는 헤라클레스가 열두 번째 과업 후 첫 아내 메가라를 죽였다고 얘기하지만, 대부분의 문헌에서는 헤라클레스가 살인에 대한 형벌로 과업들을 수행하는 것으로 나와 있다. 셰익스피어를 비롯한 몇몇 작가들은 테세우스가 아마존족의 여왕 히폴리테와 결혼했다고 쓰지만, 히폴리테는 헤라클레스의 아홉 번째 과업 중에 죽지 않았는가? 죽고 나서 혹은 태어나기도 전에 아르고호 원정이나 칼리돈 사냥 명단에 이름을 올리는 영웅들도 있다.

신화는 역사가 아니다. 이야기와 서사의 변형은 피할 수 없다. 나는 가능하면 영웅의 삶과 죽음에 대해 모든 얘기를 풀어놓으려 애썼지만, 시간적 모순은 자명하게 드러날 수밖에 없다. 모든 그리스 신화의 주요 원전인 아폴로도로스의 『비블리오테카 *Bibliotheca*, 도서관』도 헤시오도스나 호메로스의 저작과 일치하지 않는 부분이 많다. 우리가 알고 있는 이아손과 황금 양피 이야기는 대부분 아폴로니오스 로디오스의 『아르고호 이야기』에 기록된 내용이다. 로마 작가들인 히기누스와 오비디우스, 그리고 여행가이자 지리학자인 파우사니아스와 스트라보가 나름의 방식으로 그

스티븐 프라이의 그리스 신화: 영웅 이야기

이야기를 윤색하고 가다듬었다.

하지만 신들이나 님프들, 다른 인간들 이상으로 영웅들은 아테네의 3대 비극 작가인 에우리피데스, 아이스킬로스, 소포클레스의 작품들 속에 계속 살아 숨 쉬고 있다. 그들도 신화를 윤색하고 변형했지만, 극작가로서 극적 진실에 관심을 갖고 위기에 처한 인물들에 집중했다.

소포클레스의 테베극 연작은 오이디푸스와 그의 가족에 얽힌 비극의 가장 유명한 버전이다. 에우리피데스는 이아손, 테세우스, 헤라클레스의 삶에 등장하는 여성들에 초점을 맞추었다. 아이스킬로스의 역량은 이 책에서 다루지 않는 시대의 이야기에서 진가를 발휘한다. 나는 위대한 동시대인이자 경쟁자인 이 세 사람의 작품을 상당 부분 가져다 썼다.

『스티븐 프라이의 그리스 신화』1권에서 그랬듯이 이 책에서도 설명이나 해석 없이 이야기를 전하려 노력했다. 신화는 여러 해석이 가능하니, 종종 책을 내려놓고 메두사의 잘린 목에서 크리사오르와 페가수스가 태어나게 한 그리스인들의 의도는 무엇인지, 하르피이아이와 아레스의 섬의 새들과 스팀팔리아의 새들을 그들은 어떻게 구분했을지 생각해보기 바란다. 신화는 단 하나의 의미와 답을 가진 십자말풀이나 우화가 아니다. 우리의 삶이 그렇듯 신화에서도 운명과 필연, 원인, 비난이 끊임없이 엇갈린다. 우리처럼 그리스인들도 해답을 찾지 못했다.

신화란 사실들을 엮어 만든 진주목걸이 같은 거라고 생각하는 사람들이 있다. 과거에는, 심지어 고대에도 신화 기록가들은 툭하면 신화를 실제 역사와 연결하려는 시도를 했다. 이를 유헤메로스설Euhemerism, 혹은 신화학의 역사론이라 부르기도 한다. 트로이와 미케네가 실제로 존재했다는 고고학적 증거가 나온 것은 사실이다. 크레타섬에서 발견된 청동기 시대 및 미노스 문명의 벽화들을 보면 라비린토스를 연상시키는 미로 같은 건축물과 황소 뛰어넘기가 그려져 있다. 켄타우로스와 아마존족은 동방에서 온 말들과 기마 궁수들을 표현한 것으로 해석된다. 유혜메로스설의 또 다른 좋은 예는 벨레로폰에게 패한 키마이라가, 사실은 뱃머리에 사자 모양의 선수상이 있고 선미재에 뱀 조각상이 달린 케이마로스의 해적선이라는 것이다. 이런 유의 해석이나 더 형이상학적이고 심리학적인 추측은 얼마든지 가능하다.

카를 융은 신화를 우리의 '집단 무의식'의 산물이라 했다. 이를 조지프 캠벨은 '공적인 꿈'이라고 표현했다.* 꿈의 해석은 자유롭고 재미있고 무해하지만, 실제 세계에서 증명하기는 어렵다. 신화의 '의미'에 대한 해석 중에는 납득이 가는 것도, 그렇지 않은 것도 있을 것이다. 누구나 땅을 갈아 수확할 수 있는 광야와도 같다.

학자들과 신화 기록가들은 '이중 결정론'에 관심을 갖고 있다. 시인이나 극작가 같은 작가들이 어떤 행위와 인과관계를 내면과 외적 영향(이를테면, 신이나 신탁) 모두의 결과로 보려 하는 성향을 말한다. '아테나가 당신의 귓가에 속삭인다'라고 한다면, 기발한 생각이 떠올랐다는 시적 표현일까, 아니면 실제로 신이 말한 걸까? 누군가가 사랑에 빠진다면, 무조건 아프로디테나 에로스의 소행일까? 우리가 술에 취하거나 광란에 빠지는 건 디오니소스

---

* 신화는 공적인 꿈이요, 꿈은 사적인 신화다.

때문일까? 헤라클레스는 환각을 보고 발작을 일으킨 걸까, 아니면 헤라가 그에게 망상을 불러일으켰을까? 아폴론이 트로이에 역병의 화살을 날렸을까, 아니면 그저 그 도시에 역병이 발생한 걸까? 어떤 왕이 아들이나 손자의 손에 죽을 거라는 신탁은 수많은 통치자들이 아들에게 살해당하고 왕위를 빼앗기는 데 대한 내적 두려움이 외적으로 표현된 것이었을까? 지금까지도 작가들은 글이 잘 써지지 않을 때 뮤즈에게 버림받았다고 말한다. 올림포스가 세워진 후 트로이 전쟁이 끝날 때까지 그리스 신화의 연대표를 따라가다 보면 인간들이 점점 신들을 몰아내고 주인공 자리를 꿰찬다. 그럴수록 답은 더 멀어져 간다. 역사 시대의 그리스인들도 여전히 아레스에게서 용기를 얻는다거나 아폴론에게서 영감을 얻는다고 쓰기는 했지만, 문자 그대로의 의미는 아니었다.

헤라클레스의 고통과 과업을 비롯해, 신들을 거의 언급하지 않아도 가능한 이야기들이 많다. 아폴론이 이 젊은 영웅에게 활과 화살을 줬다는 말은 헤라클레스가 실력 좋은 궁수로 자랐다는 뜻이 아닐까? 아테나가 아르고호의 키잡이들인 안카이오스와 티피스에게 밧줄과 돛을 다루는 방법을 가르쳐줄 필요가 없었을지도 모른다. 지혜롭고 손재주가 좋아 그들이 알아서 잘했을 거라고 믿을 만하지 않은가? 헤라클레스가 스팀팔리아의 늪지대에서 그 냄새 고약한 새들을 쫓아내려고 할 때 굳이 아테나가 그 앞에 나타나 방울을 주지 않았어도 그 스스로 방법을 생각해내지 않았을까?

인정할 것은 인정하자. 지금까지도 우리는 우리를 움직이는 힘이 뭔지 대부분 이해하거나 설명하지 못한다. 예를 들어, 사랑을 생각해보자. 사랑에 빠지는 건 신비로운 사건이다. '생식 세포들이 날뛰고, 호르몬들이 부글부글 끓고, 심리적 친밀감과 성적 관계가 이루어졌다'라고 말하기보다는 '에로스가 그녀의 심장에 화살을 쏘았다'라고 말하는 편이 어울린다. 그리스 신화의 신들은 우리에게 여전히 불가사의한 인간의 동기와 욕구를 대변한다. 충동이나 콤플렉스보다는 신이라고 부르는 편이 낫지 않은가? 우리를 마음대로 갖고 노는 통제 불능의 예측불허한 힘들에 형태와 부피와 개성을 부여하여 의인화하는 건 거기에 직접 맞서는 것보다 더 영리한 방법이다. 아폴론과 디오니소스보다 '초자아'와 '이드'가 우리의 내적 자아를 더 잘 대변해준다고 할 수 있을까? 진화론적 행동주의와 비교 행동학은 우리가 과학적으로 누구이고 어떤 존재인지 더 많은 걸 알려줄지도 모르지만, 우리처럼 둔한 사람들은 인간의 특성을 신들과 악마들과 괴물들의 개성으로 농축하는 시적 방식이 과학의 추상적인 개념보다 더 이해하기 쉽다. 신화는 우리 자신에 대한 진실을 더 쉽게 조작할 수 있게 해주는 일종의 인간 대수학이라 할 수 있다. 상징과 의례는 우리가 어른이 되면 필요 없어지는 장난감이나 게임이 아니라, 우리에게 언제나 필요한 도구들이다. 우리의 과학적 충동을 보완하는 아군과도 같다.

신화의 해석과 마찬가지로 이중 결정론 역시 기호의 문제일 뿐이다. 신들이 나타나 간섭하고 명령하는 것을 보고 싶어 하는 사람도 있고, 인간들이 신의 간섭 없이 의지대로 움직이는 모습을 지켜보고 싶어 하는 사람도 있다.

뮤즈들이 내 귓가에 이제 그만 쓰라고 속삭인다.

감사의 말

제일 먼저 캐나다 온타리오주 나이아가라온더레이크에 있는 쇼 페스티벌 극장의 예술 감독인 팀 캐럴에게 감사 인사를 전하고 싶다. 2013년 런던과 뉴욕의 〈십이야〉 공연에서 연출가와 배우로 만나며 우리는 친구가 되었다. 그는 탁월한 실력으로 칭송받는 연출가일 뿐만 아니라, 호메로스의 시를 그리스어 원전으로 읽는 취미를 가진 사람이기도 하다. 그래서 내가 2017년에 쓴 『스티븐 프라이의 그리스 신화』 첫 번째 책을 무대에 올려야겠다는 생각을 했을 때 협력자로 가장 먼저 떠오른 사람은 당연히 팀이었다. 그와 만나 얘기를 나누면서 한 편이 아닌 세 편의 공연을 하는 것으로 의견이 모였다. 첫 공연은 『스티븐 프라이의 그리스 신화』 1권의 내용(태초의 신들과 티탄족, 올림포스 신들의 탄생, 인류의 창조, 신들과 인간들이 서로 엮이는 초기 신화들)을, 두 번째 공연은 영웅들의 이야기(여러분이 지금 손에 들고 읽고 있거나 컴퓨터 화면으로 보고 있거나 귀로 듣고 있는 이 책)를, 세 번째 공연은 트로이 전쟁과 그 후의 이야기를 다루기로 했다.

우리는 2018년 초여름 나이아가라온더레이크의 극장에서 〈그리스 신화 3부작〉을 공연했다. 두 번째 공연에 등장한 영웅들은 페르세우스, 헤라클레스, 테세우스였다. 이 책을 쓰면서 거기에 벨레로폰과 오르페우스, 이아손, 아탈란타, 오이디푸스를 더했다.

나는 팀에게 어마어마한 빚을 졌다. 이야기와 연대표, 관점을 다루는 그의 감각적이고 지적인 상상력은 내게 극적 서사에 관해 많은 것을 가르쳐주었다. 내가 그로부터 배운 것들이 상당 부분 책에 녹아 있다. 물론 책 속의 부적절한 표현들은 그의 책임이 아니지만, 그는 이 책에 상당히 유익한 도움이 되었고 이와 더불어 그의 우정과 지혜, 기지, 그리고 숨이 턱 막히는 험악한 입심에 고마움을 전한다.

내 책을 출간해주는 펭귄 랜덤 하우스의 임프린트 출판사인 마이클 조지프의 사장 루이즈 무어와 편집자 질리언 테일러에게 특히 감사드리고 싶다. 그들의 따뜻함과 애정, 열정과 격려, 근면함과 지원이 없었다면 이 책은 세상에 나오지 못했을 것이다. 이 책과 전작의 훌륭하고 지혜로운 교열 담당자 키트 셰퍼드의 공도 빠트릴 수 없다. 서사의 모순을 잡아내는 그의 날카로운 눈과 지식은 헤아릴 수 없이 큰 도움이 되었다. 연대나 원전, 혹은 역사적 사실과 관련된 오류가 있다면, 그의 제안을 무시하고 내 무모한 취향을 고집한 탓이다.

연출가이자 배우, 제작자, 그리고 오디오북 녹음을 즐겁게 만들어주는 음향 기사 로이 맥밀런에게도 특별한 감사의 말을 전한다. 그의 깊이 있는 지식과 인내심, 절대 틀리지 않는 직감은 그 값을 매길 수가 없다.

데이비드 하이엄 어소시에이츠의 앤서니 고프는 작가와 출판사가 서로를 존중하며 우호적으로 일할 수 있는 분위기를 만드는 데 있어 가장 뛰어난 저작권 대리인이며, 나는 항상 그의 지혜와 연륜에 큰 덕을 보고 있다.

나 자신보다 나를 더 잘 아는 조 크로커의 노고가 없다면 내가 할 수 있는 일은 이 세상에 아무것도 없을 것이다.

그리고 물론 사랑하는 남편이자 영웅 중의 영웅인 엘리엇에게 항상 큰 빚을 지고 있다.

올림포스 신

아프로디테 사랑의 신. 우라노스의 피와 정자에서 태어남. 헤파이스토스의 아내. 아레스와 정을 통하여 에로스와 포보스를 낳는다. 아탈란타와 히포메네스, 히폴리토스, 메데이아처럼 그녀를 등한시하는 자들에게는 무시무시한 벌을 내린다.

크로노스와 레아의 자식

데메테르 풍요와 수확의 신. 제우스와의 사이에 페르세포네를 낳는다. 해마다 딸이 지하세계에 내려가 있는 여섯 달 동안 슬픔에 잠긴다. 비밀 의식을 통해 그녀를 섬기는 엘레우시스 미스테리아가 있다.

제우스 신들의 왕. 크로노스를 왕좌에서 몰아낸다. 크로노스에게 붙잡혀 있던 형제자매들을 풀어준다. 헤라의 남편. 올림포스 신들의 아버지. 헤라와의 사이에 에일레이티이아와 헤베, 데메테르와의 사이에 페르세포네, 므네모시네와의 사이에 무사이가 불사의 자식들로 태어난다. 아이기나와의 사이에 아이아코스, 안티오페와의 사이에 암피온과 제토스, 플레이아데스 엘렉트라와의 사이에 다르다노스와 하르모니아, 레다와의 사이에 디오스쿠로이인 폴리데우케스와 헬레네, 알크메네와의 사이에 헤라클레스, 에우로페와의 사이에 미노스 1세와 라다만티스, 다나에와의 사이에 페르세우스, 디아와의 사이에 페이리토오스를 인간 자식들로 둔다. 네펠레의 창조자. 아스클레피오스, 아틀라스, 프로메테우스를 처벌한다. 벼락을 부린다. 도도나 신탁소의 주인.

포세이돈 바다의 신. 말의 창조자이자 말의 신. 가이아와의 사이에 안타이오스, 에우리노메와의 사이에 벨레로폰, 메두사와의 사이에 크리사오르와 페가수스, 몰리에노에와의 사이에 에우리토스와 크테아토스, 테오파네와의 사이에 황금 숫양, 티로와의 사이에 넬레우스와 펠리아스, 아이트라와의 사이에 테세우스를 자식으로 둔다. 케르키온, 프로크루스테스, 스키론, 시니스의 아버지일 가능성도 있다. 아이깁토스, 케페우스, 피네우스, 히폴리토스와 네스토르의 할아버지. 안드로메다를 박해한다. 벨레로폰과 헤라클레스의 모험에 관여한다. 아폴론과 트로이의 성벽을 짓고, 라오메돈이 약속했던 보상을 해주지 않자 바다 괴물을 보내 헤시오네를 잡아먹게 한다. 미노스 2세에게 크레타섬의 황소를 보낸 다음, 파시파에가 황소에게 욕정을 품게 만든다. 카이니스의 성별을 바꿔놓는다. 테세우스가 히폴리토스에게 내린 저주를 실현한다.

하데스* 지하세계의 왕. 별칭 플루톤. 페르세포네를 납치해 그녀와 결혼한다. 케르베로스의 주인으로 케르베로스를 헤라클레스에게 빌려준다. 투명 투구와 망각의 의자를 가지고 있다. 투명 투구로 페르세우스를 돕는다. 오르페우스에게 에우리디케를 되살릴 기회를 준다. 페르세포네를 납치하려 한 페이리토오스와 테세우스를 감금한다.

헤라 신들의 왕비. 제우스의 아내. 제우스와의 사이에 아레스, 에일레이티아아, 헤베, 헤파이스토스를 낳는다. 헤라클레스에게 먹이던 젖이 은하수가 된다. 고약한 쇠파리 떼와 포악하고 거대한 게를 갖고 있다. 헤라클레스를 죽이지 못해 안달이지만 나중에 그의 장모가 된다. 기간토마키아에서 헤라클레스가 그녀의 명예를 지켜준다. 넬레우스와 펠리아스 형제와는 앙숙지간. 이아손의 황금 양피 원정을 도와준다. 스핑크스를 보내 테베를 벌하여 펠롭스가 라이오스에게 내린 저주를 실현한다.

헤스티아 화로를 관장하는 신. 로마에서는 베스타로 불렸다. 다른 신들의 구혼을 거절하며 권력 다툼과 술수를 멀리한다.

제우스의 자식

디오니소스 방탕과 무질서의 신. 제우스와 인간 세멜레의 아들. 제우스의 수많은 자식들의 이복형제. 이모인 이노의 젖을 먹고 자란다. 아레스와 마찬가지로, 카드모스 가문에 저주를 내린다. 이모들인 아가우에, 아우토노에, 이노를 광기에 빠뜨린다. 이노와 이종사촌 멜리케르테스를 바다의 신으로 만든다. 아가우에와 아우토노에가 그의 이종사촌 펜테우스를 찢어 죽이게 만든다. 테세우스에게 아리아드네를 포기하라 명하고 그녀와 결혼하여 많은 자식을 낳는다. 아리아드네와 세멜레를 소생시켜 올림

---

* 하데스는 평생 지하세계에서 지냈기 때문에 엄밀히 따지면 올림포스 12신에 포함되지 않는다.

포스에서 다 함께 살도록 한다.

아레스 전쟁의 신. 제우스와 헤라의 아들. 헤파이스토스의 형제. 제우스의 수많은 자식들의 이복형제. 아프로디테와의 사이에 에로스와 포보스를, 님프 하르모니아와의 사이에 아마존족(특히 안티오페와 히폴리테)을, 그리고 알콘, 디오메데스, 에우리티온을 자식으로 둔다. 알타이아와의 사이에 멜레아그로스가 태어났을 가능성도 있다. 트라키아인들의 조상. 인간을 먹는 청동 새들을 데리고 있다. 디오니소스와 마찬가지로, 카드모스 가문에 저주를 내린다.

아르테미스 순결과 사냥의 신. 제우스와 티탄 신족 레토의 딸. 아폴론의 쌍둥이 누나. 제우스의 수많은 자식들의 이복형제. 케리네이아의 암사슴의 주인. 헤라클레스에게 이 암사슴을 빌려준다. 아탈란타와 히폴리토스에게 숭배받는다. 무시당하는 것에 민감하여, 아드메토스와 알케스티스의 초야에 뱀을 풀고, 칼리돈과 아이네우스 가문을 벌하기 위해 칼리돈의 멧돼지와 아탈란타를 보내며, 알타이아와 오이네우스의 딸들인 멜레아그리데스 대부분을 뿔닭으로 만들어버린다.

아테나 지혜의 신. 제우스와 오케아니스 메티스의 딸. 제우스의 수많은 자식들의 이복형제. 아테네의 수호신. 벨레로폰, 헤라클레스, 이아손, 페르세우스의 모험에 관여한다. 아이기스(메두사 참고)를 갖고 있다. 거인 엔켈라도스를 에트나산 밑에 가둔다.

아폴론 궁술과 조화의 신. 제우스와 티탄족 레토의 아들. 제우스의 수많은 자식들의 이복형제. 아르테미스의 쌍둥이 형제. 키레네와의 사이에 아리스타이오스와 이드몬, 코로니스와의 사이에 아스클레피오스, 무사 우라니아와의 사이에 히메나이오스, 무사 칼리오페와의 사이에 리노스와 오르페우스, 파르테노페와의 사이에 리코메데스를 자식으로 둔다. 에우리토스의 할아버지. 피톤을 죽이고, 델포이 신전에서 피티아의 신탁을 주관한다. 제우스가 아스클레피오스를 죽이자 그 복수으로 키클로페스를 죽인다. 아드메토스의 하인이자 애인. 모이라이와 함께 아드메토스의 영생을 모의한다. 헤라클레스와 오르페우스의 모험에 관여한다. 포세이돈과 함께 트로이의 성벽을 짓고, 라오메돈이 약속했던 보상을 지불하지 않자 도시에 역병을 내린다.

헤르메스 신들의 전령이자 저승사자. 제우스와 플레이아데스 마이아의 아들. 제우스의 수많은 자식들의 이복형제. 압데로스와 아우톨리코스의 아버지. 헤라클레스와 페르세우스의 모험에 관여한다. 카두케우스(날개 달린 지팡이), 페타소스(날개 달린 모자), 탈라리아(날개 달린 샌들)를 갖고 있다.

헤파이스토스 대장장이 신. 제우스와 헤라의 아들. 아레스의 형제. 제우스의 수많은 자식들의 이복형제. 케르키온과 페리페테스의 아버지일 가능성이 있다. 갓난아기일 때 헤라에게 올림포스산에서 내던져져 절름발이가 된다. 헤라클레스의 모험에 관여한다. 헤라클레스를 위한 황금 흉갑과 청동 딸랑이, 아이에테스를 위한 칼코타우로이, 그리고 (일설에 따르면) 탈로스를 비롯해 경이로운 물건들을 많이 만든다.

태초의 존재

신

가이아 대지. 카오스의 딸. 우라노스와 폰토스의 어머니. 우라노스와 동침하여 키클로페스와 1세대 티탄 신족을 낳는다. 우라노스의 피와 정액과 결합하여 복수의 세 자매 신 에리니에스와 거인들을 낳는다. 폰토스와의 사이에 카리브디스 네레우스, 포르키스, 케토를 낳는다. 포세이돈과 결합하여 안타이오스를 낳는다. 타르타로스와 관계하여 에키드나와 티폰을 낳는다. 우라노스를 거세하는 데 사용되는 낫 하르페를 만든다.

닉스 밤. 카오스의 딸. 에레보스와 동침하여 카론, 힙노스, 타나토스, 헤르페이데스를 낳는다.

에레보스 어둠. 카오스의 아들. 모로스의 아버지. 닉스와 결합하여 카론, 힙노스, 타나토스, 헤스페리데스를 얻는다.

우라노스 하늘. 가이아의 아들. 가이아와 동침하여 키클로페스와 1세대 티탄 신족의 아버지가 된다. 크로노스의 손에 거세당한다. 그의 피와 정액으로부터 아프로디테와 (가이아와의 결합을 통해) 복수의 세 자매 신과 거인들이 태어난다.

티탄족(가이아와 우라노스의 자식)

레아 크로노스의 아내. 올림포스 신들의 어머니. 크로노스에게 제우스의 생존을 숨겨, 제우스가 아버지를 무너뜨리고 형제자매들을 구할 수 있게 한다.

오케아노스 바다의 신. 테티스와 동침하여 오케아니스들, 아켈로오스, 닐루스를 얻는다. 오케아니스들의 수많은 자식들, 네레이스들, 아틀라스, 프로메테우스의 할아버지.

크로노스 신들의 왕. 레아와 동침하여 태어난 자식들인 올림포스 신들을 먹어치운다. 우라노스를 거세한다. 제우스에게 왕좌를 빼앗긴다.

테티스 바다의 신. 오케아노스와 관계하여 오케아니스들, 아켈로오스, 닐루스를 낳는다. 네레이스들, 아틀라스, 게리온, 프로메테우스의 할머니.

티탄족(후대)

닐루스 나일강의 신. 오케아노스와 테티스의 아들. 아켈로오스와 오케아니스들의 형제. 안드로메다, 카드모스, 미노스, 페르세우스의 조상.

셀레네 달의 신. 히페리온과 테이아의 딸. 헬리오스의 형제.

아켈로오스 강의 신. 오케아노스와 테티스의 아들. 닐루스와 오케아니스들의 형제. 무사 멜포메네와 관계하여 세이렌들의 아버지가 된다. 데이아네이라를 두고 헤라클레스와 레슬링 시합을 벌였다가 패배한다. 헤라클레스에게 풍요의 뿔을 준다.

아틀라스 하늘을 떠받치고 있다. 이아페토스와 클리메네의 아들. 프로메테우스의 형제. 플레이아데스의 아버지. 헤라클레스의 꾀에 속아 넘어간다.

프로메테우스 인류의 창조자이자 친구. 이아페토스와 클리메네의 아들. 아틀라스의 형제. 신성한 불을 훔친다. 헤라클레스 덕분에 영원한 형벌에서 해방된다. 제우스가 올림포스로 다시 받아준다. 기간토마키아가 일어났을 때 올림포스 신들 편에서 싸운다.

헤카테 마법과 주술의 신. 페르세스와 아스테리아의 딸. 스킬라의 어머니라는 설도 있다. 메데이아에게 숭배받는다.

헬리오스 태양의 신. 히페리온과 테이아의 아들. 셀레네의 형제. 오케아니스 페르세이스와의 사이에 아이에테스, 키르케, 파시파에를 얻으며, 아우게이아스의 아버지이다. (가이아와의 사이에 얻은 아들 비살테스의 딸) 테오파네의 할아버지. 바다를 건너는 컵과 아름다운 소 떼를 가지고 있다. 헤라클레스의 모험에 관여한다. 알키오네우스가 이 소들을 훔치면서 기간토마키아가 발발한다.

거인

알키오네우스 포르피리온의 형제. 헬리오스의 소 떼를 훔쳐 기간토마키아를 유발한다. 헤라를 겁탈하려 한다. 헤라클레스의 손에 베수비오산 아래 묻힌다.

에우리메돈 거인들의 왕. 기간토마키아 중에 헤라를 겁탈하려다가 헤라클레스에게 저지당한다. 제우스의 벼락에 맞아 기절하고 헤라클레스에게 살해당한다.

엔켈라도스 거인 중 가장 강력하다. 기간토마키아에서 살아남는다. 아테나에 의해 에트나산 아래 갇힌다.

포르피리온 알키오네우스의 형제. 기간토마키아 중에 헤라를 겁탈하려다가 헤라클레스에게 저지당한다. 제우스의 벼락에 맞아 기절하고 헤라클레스에게 살해당한다.

가이아의 다른 자식

네레우스 변신술에 능한 '바다의 노인'. 가이아와 폰토스의 아들. 카리브디스와 포르키스와 케토의 형제. 오케아니스인 도리스와의 사이에 네레이스들을 얻는다. 헤라클레스와 씨름 대결을 한다.

에리니에스 알렉토, 메가이라, 티시포네. 우라노스의 피와 정액이 가이아와 결합하여 태어난 딸들. 키클로페스, 거인들, 1세대 티탄 신족의 형제늘. 특히 혈속 범죄를 용서하지 않는 무자비한 복수의 신들. 에우메니데스라고도 부른다.

키클로페스 아르게스, 브론테스, 스테로페스. 외눈박이 거인들. 우라노스와 가이아의 아들들. 에리니에스, 거인들, 1세대 티탄 신족의 형제들. 헤파이스토스의 하인들. 제우스에게 벼락을 만들어준다. 아스클레피오스의 죽음에 대한 보복으로 아폴론에게 살해당한다.

포르키스와 케토 바다의 신들. 가이아와 폰토스의 자식들. 카리브디스와 네레우스의 형제자매들. 고르곤들과 그라이아이의 부모.

피톤 델포이의 옴팔로스를 지키는 거대한 뱀. 아폴론은 피톤을 죽이고 속죄하는 뜻으로 피티아 신탁소를 연다.

에레보스와 닉스의 후손

모이라이 운명의 세 자매 신. 운명의 실을 잣는 클로토, 그 길이를 정하는 라케시스, 실을 끊는 아트로포스. 아드메토스를 대신하여 죽을 자가 나타나면 그의 목숨줄을 끊지 않기로 아폴론과 약속한다. 장작개비가 불타 없어지면 멜레아그로스의 삶도 끝날 거라고 예언한다.

모로스 비운 혹은 운명. 우주의 전지전능한 통제자. 불사의 신들조차 두려워하는 존재.

모르페우스 꿈의 신. 힙노스의 아들.

카론 지하세계의 사공으로, 망자의 혼들을 배에 태워 스틱스강을 건넌다. 오르페우스의 음악에 홀린다.

타나토스 죽음. 하데스의 부하이자 저승사자. 알케스티스의 영혼을 두고 헤라클레스와 맞붙어 싸웠다가 진다.

헤스페리데스 저녁의 세 님프들. 열정적인 정원사. 먹으면 영생불사하는 사과를 생산한다.

힙노스 수면. 모르페우스의 아버지.

스티븐 프라이의 그리스 신화: 영웅 이야기

다른 불멸의 존재

그라이아이 데이노, 에니오, 펨프레도. 포르키데스라 불리기도 한다. 포르키스와 케토의 딸들. 고르곤들의 자매들. 이리스의 사촌. 눈 하나와 이 하나, 그리고 페르세우스에게 중요한 정보를 공유하고 있다. 이 외에는 가진 것이 별로 없는 듯하다.

글라우코스 원래 어부였다가 어려움에 처한 뱃사람들을 수호하는 신이 된다. 아르고호 원정대에게 앞일을 예언하며, 헤라클레스와 폴리페모스를 데리러 돌아가지 못하게 막는다. 후대의 전설에서는 키르케, 스킬라와 함께 비극적인 삼각관계에 얽힌다.

네레이스들 바다의 님프들. 네레우스와 오케아니스 도리스의 딸들. 포세이돈의 사촌들로 그의 궁에서 지낸다. 테세우스에게 선물을 주고 환대했다는 설이 있다.

네펠레 구름의 신이자 크세니아를 관장하는 신. 제우스가 익시온을 헤라에게서 떼어내기 위해 미끼용으로 만들었다. (익시온과 함께) 켄타우로스들의 조상. 아타마스의 아내. 프릭소스와 헬레의 어머니. 이노의 살인 계획으로부터 남매를 구하기 위해 황금 숫양을 보낸다.

무사이 제우스와 티탄족 므네모시네(기억)의 일곱 딸들. 시와 노래, 춤, 학습의 신들. 제우스의 수많은 자식들의 이복형제들. 서사시의 무사로 아폴론과의 사이에서 리노스와 오르페우스를 낳은 칼리오페, 비극의 무사로 아켈로오스와의 사이에서 세이렌들을 낳은 멜포메네, 춤의 무사 테르프시코레, 희극의 무사 탈리아, 천문의 무사로 아폴론과의 사이에서 히메나이오스를 낳은 우라니아.

아리스타이오스 농업과 관련된 일을 관장하는 하급 신. 이드몬의 형제. 아폴론의 다른 자식들의 이복형제. 아우토노에의 남편. 악타이온의 아버지. 에우리디케에게 반했다가 비극적인 결말을 초래한다.

에로스 성욕을 관장하는 젊은 신. 아레스와 아프로디테의 아들. 포보스의 형제. 에로테스의 대장. 엄청난 위력의 활과 화살을 갖고 있다.

에일레이티이아 출산의 신. 제우스와 헤라의 딸. 제우스의 수많은 자식들의 이복형제. 헤라클레스가 태어나는 것을 막지 못한다.

오케아니스들 바다의 님프들. 오케아노스와 테티스의 딸들. 아켈로오스와 닐루스의 자매들. 포세이돈의 사촌들. 크리사오르와의 사이에 게리온을 낳은 칼리로에, 네레우스와의 사이에 네레이스들을 낳은 도리스, 타우마스와의 사이에 이리스와 하르피이아이를 낳은 엘렉트라, 조카 아이에테스와의 사이에 압시르토스, 칼키오페, 메데이아를 낳은 이디이아, 제우스와의 사이에 아테나를 낳은 메티스, 헬리오스와의 사이에 아이에테스, 키르케, 파시파에를 낳은 페르세이스, 아틀라스와의 사이에 플레이아데스를 낳은 플레이오네.

이리스 무지개의 신이자 신들의 전령. 바다의 신 타우마스와 오케아니스 엘렉트라의 딸. 하르피아이의 자매. 고르곤들과 그라이아이의 사촌. 칼라이스와 제테스에게 공격받은 자매들을 지켜준다.

케이론 가장 위대하고 현명한 켄타우로스. 크로노스와 오케아니스 필리라의 아들. 펠레우스와 텔라몬의 할아버지. 치유자. 아킬레우스, 아스클레피오스, 이아손, 테살로스를 비롯한 많은 영웅들의 스승. 페가수스가 키마이라에게 입은 화상을 치료해준다. 히드라의 피에 당한 희생자일 수도 있다. 궁수자리가 된다.

키벨레 프리기아의 어머니 신. 그리스인들은 키벨레를 가이아, 레아(크로노스와의 사이에 올림포스 신들을 낳은 어머니) 혹은 아르테미스와 연관 짓는다. 아탈란타와 히포메네스를 벌한다.

페르세포네 코레라고도 한다. 지하세계의 왕비이자 봄의 신. 제우스와 데메테르의 딸. 제우스의 수많은 자식들의 이복형제. 하데스에게 납치당해 그와 결혼하고, 해마다 여섯 달은 그와 함께 지낸다. 하데스를 설득해, 오르페우스에게 에우리디케를 저승에서 데려나갈 기회를 준다. 페이리토오스와 테세우스에게 납치당할 뻔하지만 화를 면한다. 엘레우시스 미스테리아를 통해 숭배된다.

포보스 공포, 아레스와 아프로디테의 아들. 에로스의 형제. 이 책의 평범한 인간들과 영웅들, 신들과 괴물들 사이의 만남에 늘 함께하는 것 같다.

플레이아데스 아틀라스와 오케아니스 플레이오네의 일곱 딸들. 제우스와의 사이에 다르다노스와 하르모니아를 낳은 엘렉트라, 제우스와의 사이에 헤르메스를 낳은 마이아, 시시포스와의 사이에 코린토스의 글라우코스를 낳은 메로페, 오이노마오스와 사이에 히포다미아를 낳은 스테로페, 제우스와 함께 틴다레오스의 선조가 된 타이게테.

헤베 헤라에게 술을 따라주는 임무를 맡은 젊음의 신. 제우스와 헤라의 딸. 제우스의 수많은 자식들의 이복형제. 신격화된 헤라클레스와 결혼한다.

히메나이오스 히멘이라고도 한다. 결혼식을 관장하는 젊은 신. 에로테스의 일원으로 에로스를 수행한다. 아폴론과 무사 우라니아의 아들. 아폴론의 다른 자식들의 이복형제. 세이렌들의 사촌. 이복형제 오르페우스와 에우리디케의 결혼식을 망친다.

괴물

태초의 괴물

고르곤들 스테노와 에우리알레. 포르키스와 케토의 딸들. 그라이아이의 자매들. 이리스와 하르피이아이의 사촌들. 메두사의 동반자들. 멧돼지 같은 엄니, 놋쇠 발톱, 뱀 머리카락을 갖고 있다.

에키드나 가이아와 타르타로스의 딸. 티폰의 형제. 상반신은 여성, 하반신은 물뱀.

카리브디스 한번 빨려들어 갔다 하면 탈출할 수 없는 소용돌이를 만든 괴물. 가이아와 폰토스의 딸. 네레우스와 포르키스와 케토의 형제. 스킬라의 어머니라는 설도 있는데, 신화에서 이 둘은 불가분의 관계에 있다. 이아손은 카리브디스를 피해 간다.

티폰 거대한 뱀. 가이아와 타르타로스의 아들. 에키드나의 형제. 최초이자 최악의 괴물.

하르피이아이 아엘로와 오키페테. 바다의 신 타우마스와 오케아니스 엘렉트라의 딸들. 이리스의 자매들. 고르곤들과 그라이아이의 사촌들. 제우스가 살미데소스의 피네우스를 괴롭히기 위해 보낸 걸신들린 인면조. 황금 양피를 찾는 원정 중이던 칼라이스와 제테스에게 쫓겨난다. 이리스 덕분에 목숨을 부지한다.

티폰과 에키드나의 자식

가이아와 타르타로스의 자식인 거대한 뱀 티폰은 땅에서 태어난 태곳적 괴물들 중 가장 치명적인 존재였다. 그는 바다 괴물 에키드나와 짝을 지었다. 그들 사이에 태어난 자식들 중 다수가 영웅들의 표적이 된다.

네메아의 사자 헤라클레스가 죽여서 가죽을 벗겨 입고 다닌다.

라돈 헤스페리데스의 사과를 지키는 머리 백 개 달린 용. 헤라클레스에게 살해된다.*

레르나의 히드라 머리 여럿 달린 뱀으로 지옥문을 지킨다. 독혈이 흐르고 있으며 재생 능력이 뛰어나다. 이올라오스의 도움을 받은 헤라클라스에게 살해된다. 히드라의 피는 거인들과 에우리티온, 게리온, 네소스, 폴로스, 그리고 헤라클레스의 죽음에 연관된다.

스킬라 머리 여섯 달린 바다 괴물. 카리브디스나 헤카테의 딸이라는 설도 있다. 후대

---

* 어떤 자료에서는 라돈 퇴치가 헤라클레스의 열한 번째 과업으로 나오기도 한다.

의 전설에서는 키르케와 바다신 글라우코스와 함께 비극적인 삼각관계에 휘말린다. 신화에서 카리브디스와 꼭 짝을 이루어 등장한다. 이아손이 피해 간다.*

스핑크스 인간 여자의 머리, 사자의 몸, 새의 날개를 가진 괴물. 유머 감각이 부족하다. 펠롭스가 라이오스와 그의 혈통에 내린 저주대로 테베인들을 벌하기 위해 헤라가 보낸 괴물. 오이디푸스의 꾀에 넘어가 죽는다.

오르트로스 게리온의 소 떼를 지키는 머리 둘 달린 개. 헤라클레스에게 살해된다.

캅카스의 독수리 제우스기 프로메테우스의 간을 쪼이 먹으르고 보낸 독수리. 헤리클레스의 손에 죽는다.

케르베로스 지옥문을 지키는 머리 셋 달린 개. 헤라클레스가 빌려 간다. 오르페우스의 음악에 홀린다.

콜키스의 용 잠들지 않고 황금 양피를 지키는 감시자. 메데이아의 최면에 걸린다.

크롬미온의 암퇘지 파이아라고도 한다. 칼리돈의 멧돼지의 어미라는 설도 있다. 테세우스에게 살해되어 먹힌다.

키마이라 뱀 꼬리를 달고 있는 사자와 염소의 잡종 괴물. 불을 내뿜는다. 벨레로폰에게 살해된다.

다른 괴물과 피조물

게리온 에리테이아의 소 사육자. 세 개의 몸통을 갖고 있으며 기질이 사악하다. 크리사오르와 오케아니스 칼리로에의 아들. 에우리티온과 오르트로스의 주인. 헤라클레스의 손에 죽는다.

네소스 아르카디아의 켄타우로스. 헤라클레스가 폴로스의 동굴에서 자행한 대학살에서 살아남는다. 후에 데이아네이라를 겁탈하려 헤라클레스에게 살해된다. 셔츠를 이용해 죽은 후 복수에 성공한다.

디오메데스의 암말들 디노스, 람폰, 포다르고스, 크산티페. 불을 내뿜는 발광하는 식인마들. 압데로스를 잡아먹는다. 헤라클레스가 던져주는 그들의 주인 디오메데스를 먹고 헤라클레스에게 복종한다. 부케팔로스의 조상들.

메두사 고르곤. 포세이돈의 딸. 뱀 머리카락을 갖고 있으며, 시선이 마주치는 모든 이들을 돌로 만들어버린다. 페르세우스에게 살해된다. 크리사오르와 페가수스의 어머니. 죽은 후 케토와 피네우스, 폴리덱테스를 돌로 만들어버린다. 메두사의 머리는 아

---

* 훗날 오디세우스는 피해가지 않는다.

테나의 아이기스가 된다.

미노타우로스 본명은 아스테리온. 부모인 크레타의 황소와 파시파에를 모두 닮았다. 안드로게오스, 아리아드네, 데우칼리온, 파이드라의 이부형제. 다이달로스가 설계한 라비린토스에 감금된다. 크레타의 황소가 안드로게오스를 죽이자 계부 미노스 2세의 명령으로 아테네의 공물을 받는다. 평생 그를 괴롭혔을 정체성 문제는 테세우스에 의해 완전히 해결된다.

세이렌들 몸의 반은 여자, 반은 새. 매혹적인 노래로 뱃사람들을 홀려 죽인다. 아켈로오스와 무사 멜포메네의 딸들. 히메나이오스, 리노스, 오르페우스의 사촌들. 오르페우스와의 노래 대결에 져서 아르고호 원정대를 무사히 통과시켜 준다.

안타이오스 북아프리카의 반거인(半巨人)이자 레슬링꾼. 가이아와 포세이돈의 아들. 가이아와 포세이돈 각자의 자식들의 이복 혹은 이부 형제. 헤라클레스에게 살해당한다.

에리만토스의 멧돼지 아르카디아 지방을 공포로 몰아넣은 거대한 멧돼지. 도기 화가들에게 인기 많은 소재. 헤라클레스에게 붙잡힌다.

에우리티온 아레스의 거대한 아들. 게리온의 소 떼를 지킨다. 헤라클레스에게 살해당한다.

에우리티온 테살리아의 켄타우로스. 페이리토오스의 결혼식에서 술에 취해 그의 아내를 덮치려다가 켄타우로마키아를 일으키고 만다.

칼리돈의 멧돼지 인간 아기들을 먹어치우는 아이톨리아의 거대한 괴수. 크로미온의 암퇘지의 자식이라는 설도 있다. 디오니소스를 숭배하느라 아르테미스를 소홀히 한 오이네우스 가문을 벌하기 위해 아르테미스가 보낸 짐승. 아드메토스, 아스클레피오스, 디오스쿠로이, 이아손, 네스토르, 펠레우스, 페이리토오스, 텔라몬, 테세우스, 테스티아데스를 비롯한 영웅들에게 추적당한다. 아탈란타와 멜레아그로스에게 살해당한다.

칼코타우로이 불을 내뿜고 청동 발굽을 가진 황소 두 마리. 헤파이스토스가 만든 작품. 아이에테스가 기른다. 이아손이 이들을 길들여 멍에를 얹는다.

케리네이아의 암사슴 황금 뿔과 놋쇠 발을 가진 사슴. 아르테미스에게 봉헌된 성스러운 동물. 잠깐 헤라클레스에게 잡힌다.

케토 포세이돈이 에티오피아를 벌하고 안드로메다를 먹어 치우라고 보낸 바다 용. 페르세우스에게 살해당한다.

크레타섬의 황소 마라톤의 황소 혹은 바다에서 온 황소라고도 부른다. 포세이돈이 미노스 2세의 기도에 답하여 보낸 피조물. 파시파에와의 사이에 미노타우로스를 얻는다. 헤라클레스에게 길들여져 그리스 본토로 끌려갔다가 풀려난다. 테세우스에 의해 아폴론에게 제물로 바쳐진다. 이 황소가 안드로게오스를 죽인 데 대한 보상으로 아이게우스왕은 미노타우로스에게 아테네의 젊은이들을 공물로 바친다.

크리사오르 황금빛 청년. 메두사와 포세이돈의 아들. 페가수스의 형제. 포세이돈의 나머지 자식들의 이복형제. 오케아니스 칼리로에와의 사이에 게리온을 얻는다.

탈로스 청동 거인 로봇. 다이달로스나 헤파이스토스의 작품, 혹은 님프들인 멜리아데스의 자식. 크레타섬의 수호자. 아르고호 원정대와 맞닥뜨린다. 메데이아의 최면에 걸린다. 페이리토오스의 손에 죽는다.

파이아 코린토스지협에서 나그네들을 공포로 몰아넣는다. 크로미온의 암퇘지의 또 다른 자아 혹은 사육자.

페가수스 날개 달린 백마. 메두사와 포세이돈의 아들. 크리사오르의 형제. 벨레로폰을 비롯한 포세이돈의 다른 자식들의 이복형제. 벨레로폰을 도와 키마이라를 죽이고, 아마존족, 솔리모이족, 케이마로스를 제압한다. 키마이라에게 입은 화상을 케이론에게 치료받는다. 벨레로폰을 올림포스산으로 데리고 올려가려다 실패한다. 별자리가 된다.

폴로스 아르카디아의 켄타우로스. 친구인 헤라클레스를 손님으로 접대한다. 레르나의 히드라의 독혈에 우연히 맞는다.

황금 숫양 황금 양피를 가진 양. 포세이돈과 테오파네의 아들. 펠리아스를 비롯한 포세이돈의 다른 자식들의 이복형제. 네펠레가 이노의 살인 계획으로부터 프릭소스와 헬레를 구하기 위해 보낸다. 프릭소스를 콜키스로 데려간다. 제우스에게 제물로 바쳐진 후 하늘로 올라가 양자리가 된다. 황금 양피는 헤라에게 봉헌되지만, 아이에테스왕에게 선물로 바쳐진다. 이아손과 메데이아가 아르고호 원정대(아카스토스, 안카이오스, 아르고스, 아우게이아스, 부테스, 칼라이스와 제테스, 디오스쿠로이, 에우페모스, 에우리티온, 헤라클레스, 힐라스, 이드몬, 멜레아그로스, 네스토르, 오르페우스, 펠레우스, 필록테테스, 프릭시데스, 페이리토오스, 폴리페모스, 텔라몬, 티피스)의 도움으로 훔쳐 그리스로 다시 가져간다.

인간

남성

가니메데스 제우스의 술 따르는 시종이자 애인. 트로스의 아들. 일로스의 형제. 라오메돈의 삼촌. 제우스에게 납치당한다. 불사의 몸이 된다. 물병자리의 별이 된다.

글라우코스 코린토스의 왕. 시시포스와 플레이아데스 메로페의 아들. 에우리노메의 남편. 벨레로폰의 아버지일 가능성이 있다. 자신의 전차를 모는 말들에게 잡아먹힌 후 '말을 두렵게 하는 자'라는 이름의 유령이 되어 돌아온다.

네스토르 넬레우스의 막내아들. 펠리아스의 조카. 포세이돈의 손자. 아버지와 열한 명의 형제들이 헤라클레스에게 살해된 후 필로스의 왕위를 물려받는다. 가장 현명하고 장수한 왕들 중 한 명. 아르고호 원정대의 일원. 이아손에게 콜키스에서 고국까지 먼 길로 돌아가자고 조언한다. 칼리돈의 멧돼지 사냥에 참가한다. 트로이 전쟁에서 그리스군의 고문으로 활약한다.

넬레우스 필로스의 왕. 포세이돈과 티로의 아들. 펠리아스의 형제. 아이손과 페레스의 이부형제. 포세이돈의 다른 자식들의 이복형제. 네스토르를 비롯해 열두 명의 아들을 둔다. 이아손의 삼촌. 펠리아스와 함께 계모 시데로를 죽여 헤라의 분노를 산다. 펠리아스를 도와 아이손으로부터 이올코스를 빼앗는다. 이피토스를 죽인 헤라클레스의 죄를 씻겨주지 않는다. 후에 헤라클레스의 복수로 살해당한다.

다이달로스 천재적인 발명가, 장인, 건축가. 케크롭스의 후손. 페르딕스의 삼촌이자 스승이자 살해범. 크레타섬으로 도주해 미노스 2세 밑에서 일한다. 파시파에와 크레타섬의 황소 간의 교접을 돕는다. 크노소스 궁전의 라비린토스와 (일설에 의하면) 탈로스를 만든다. 인간 비행의 창시자. 시칠리아섬으로 달아나 코칼로스왕에게 고용된다. 멋진 욕실을 설계한다.

데우칼리온 크레타섬의 왕. 미노스 2세와 파시파에의 아들. 안드로게오스, 아리아드네, 파이드라의 형제. 미노타우로스의 이부형제. 아리아드네와 테세우스의 결혼을 추진한다.

델리아데스 알키메데스 혹은 레이렌으로도 알려져 있다. 코린토스의 글라우코스와 에우리노메의 아들. (이부)형제인 벨레로폰이 그를 멧돼지로 착각해 본의 아니게 죽이고 만다.

디오메데스 트라키아의 왕. 아레스의 아들. 헤라클레스에게 던져져 자신의 암말들에게 잡아먹힌다.

디오스쿠로이 '제우스의 쌍둥이 아들들'. 카스토르(레다와 틴다레오스의 아들)와 폴리데우케스 혹은 폴룩스(레다와 제우스의 아들). 클리템네스트라와 헬레네의 형제들. 제우스의 수많은 자식들의 이복형제들. 데이아네이라와 멜레아그로스의 사촌들. 카스토르는 헤라클레스에게 전투 기술을 가르쳐준다. 아르고호 원정대에 합류한다. 폴리데우케스는 뛰어난 권투 실력으로 이름을 날린다. 칼리돈의 멧돼지 사냥에 참가한다. 페이리토오스와 테세우스에게 납치당한 헬레네를 구해 온다. 그녀에게 아이트라를 시녀로 붙여준다. 둘이 함께 쌍둥이자리의 별이 된다.

딕티스 어부. 폴리덱테스의 형제. 다나에의 남편. 페르세우스의 양부.

라다만티스 에게해 제도의 왕. 제우스와 에우로페의 아들. 제우스의 수많은 자식들의 이복형제. 알크메네의 두 번째 남편. 형제인 미노스 1세, 이복형제 아이아코스와 함께 저승세계의 세 심판관이 된다. 오르페우스의 음악에 홀린다.

라브다코스 테베의 왕. 폴리도로스와 닉테이스의 아들. 디오니소스와 펜테우스의 사촌. 라이오스의 아버지. 저주받은 가문의 자손. 친척인 암피온과 제토스에게 왕위를 빼앗긴다.

라오메돈 트로이의 왕. 일로스의 아들. 트로이의 성벽을 지어준 아폴론과 포세이돈에게 보수를 지불하지 않는다. 포세이돈의 바다 괴물로부터 헤시오네를 구해준 헤라클레스에게도 보답하지 않는다. 훗날 헤라클레스의 복수로 살해당한다.

라이오스 충동 조절 장애가 있는 테베의 왕. 라브다코스의 아들. 크레온과 이오카스테의 사촌. 이오카스테의 남편. 오이디푸스의 아버지. 저주받은 가문의 자손이자 조상. 크리시포스의 죽음에 관여한 책임으로 펠롭스의 저주를 받고, 이로 인해 헤라가 스핑크스를 테베로 보낸다. 왕위를 되찾는다. 피티아의 신탁을 피하기 위해 아기였던 오이디푸스를 버린다. 여행길에서의 불운한 사고로 목숨을 잃는다.

리노스 무사 칼리오페와 아폴론(혹은 오이아그로스)의 아들. 오르페우스의 형제. 아폴론의 다른 자식들의 이복형제. 마르시아스의 의붓형제일 가능성도 있다. 세이렌들의 사촌. 제자 헤라클레스에게 살해당하는 성질 급한 음악 선생.

리카스 헤라클레스의 부하. 그에게 네소스의 셔츠를 입혀준다. 고통에 휩싸인 헤라클레스에게 살해된다.

리코메데스 스키로스섬의 왕. 아폴론과 파르테노페의 아들. 아폴론의 다른 자식들의 이복형제. 추방당한 테세우스를 손님으로 접대하던 중 말다툼을 벌이다가 그를 벼랑에서 밀어 죽인다.

메도스 아이게우스와 메데이아의 아들. 테세우스의 이복형제. 아테네의 왕위를 이어받는 계획에 실패한 후 어머니와 함께 아테네에서 달아난다. 메디아의 시조.

멜레아그로스 알타이아와 오이네우스(혹은 아레스)의 아들. 데이아네이라를 비롯한 멜레아그리데스의 형제. 테스티아데스의 조카. 디오스쿠로이의 사촌. 클레오파트라의 태만한 남편. 장작개비가 다 타면 죽는 저주가 내려진다. 아르고호 원정대의 일원. 아탈란타에게 반한다. 칼리돈의 멧돼지 사냥을 지휘한다. 사살된 멧돼지의 전리품을 아탈란타에게 준다. 항의하는 테스티아데스를 죽이고, 알타이아의 복수로 살해당한다. 이로써 그의 운명에 관한 예언이 실현된다. 죽은 후 데이아네이라와 헤라클레스의 결혼을 중매한다.

멜리케르테스 아타마스와 이노의 아들. 헬레, 프릭소스, 스코이네우스의 이부형제. 이아손의 사촌. 자살하는 어머니와 함께 죽는다. 사촌 디오니소스 덕분에 돌고래를 타고 다니는 신 팔라이몬이 된다.

미노스 1세 크레타섬의 왕. 제우스와 에우로페의 아들. 제우스의 수많은 자식들의 이복형제. 미노스 2세의 할아버지. 형제 라다만티스, 이복형제 아이아코스와 함께 저승의 세 심판관이 된다. 오르페우스의 음악에 홀린다.

미노스 2세 크레타섬의 왕. 미노스 1세의 손자. 파시파에의 남편. 안드로게오스, 아리아드네, 데우칼리온, 파이드라의 아버지. 포세이돈의 명을 거역해 크레타의 황소를 제물로 바치지 않는다. 크레타섬의 황소가 안드로게오스를 죽인 책임을 물어 아테네에 미노타우로스에게 바칠 공물을 요구한다. 다이달로스의 후원자였으나 나중에는 박해한다. 다이달로스가 설계한 욕조에서 산 채로 삶아진다.

벨레로폰 '괴물들을 죽인 자'. 에우리노메와 코린토스의 글라우코스 혹은 포세이돈 사이에 태어난 아들. 멧돼지로 착각해 죽이는 델리아데스의 (이부)형제. 포세이돈의 다른 자식들의 이복형제일 가능성이 있다. 그중 페가수스를 아테나의 황금 고삐로 길들인다. 이아손의 사촌. 아이트라와 잠깐 약혼한다. 프로이토스와 스테네보이아 때문에 누명을 쓴다. 키마이라를 죽인다. 아마존족, 솔리모이족, 케이마로스를 제압한다. 여자들의 엉덩이에 질겁해 크산토스에서 달아난다. 이오바테스와 화해하고 필로노에와 결혼하여 왕위를 이어받는다. 오만하게도 올림포스산에 들어가려다 제우스에게 벌을 받아 불구의 몸이 된다.

부시리스 이집트의 왕. 아이깁토스의 아들. 헤라클레스의 사촌. 인간 제물을 열성적으로 바친다. 헤라클레스가 그를 살해하고 이집트 수도의 이름을 테베로 바꾼다.

부테스 시칠리아섬의 왕이자 뛰어난 양봉가. 아르고호 원정대원. 세이렌들에게 현혹되어 배 밖으로 몸을 던진다. 아프로디테에게 구조되어 그녀의 연인이 된다. 아프로디테와의 사이에 에릭스를 얻는다.

살모네우스 엘리스의 왕. 헬레네의 손자. 아타마스, 크레테우스, 시시포스의 형제. 티로의 아버지. 오만불손한 죄로 제우스에게 벼락을 맞는다.

스코이네우스 아르카디아의 왕. 아타마스와 테미스토의 아들. 헬레, 멜리케르테스, 프릭소스의 이복형제. 이아손의 사촌. 아마 클리메네의 남편, 아탈란타의 아버지(갓 태어난 자식을 버렸다가 딸이 유명해지자 아버지 노릇을 하려 든다)일 것이다.

스키론 포세이돈의 아들, 혹은 피테우스의 손자일 가능성이 있다. 케르키온과 시니스를 비롯한, 포세이돈의 나머지 자식들의 이복형제일 수도 있다. 코린토스 지협의 노상강도. 발에 정신병적인 도착증을 갖고 있다. 거대한 식인 거북과 공생 관계에 관계에 있다. (이복형제? 사촌?) 테세우스에게 살해된다.

스테넬로스 미케네의 왕. 페르세우스와 안드로메다의 아들. 니키페의 남편. 에우리스테우스의 아버지. 헤라클레스의 아버지인 암피트리온의 삼촌.

스트라톤 코린토스의 목자. 포르바스에게서 갓난아기 오이디푸스를 넘겨받는다. 아기를 폴리보스와 메로페에게 양아들로 준다. 훗날 오이디푸스에게 그의 출신에 관한 단서를 알려준다.

시니스 피티오캄프테스 포세이돈이나 프로크루스테스의 아들 혹은 피테우스의 손자일 가능성이 있다. 케르키온을 비롯한, 포세이돈의 나머지 자식들의 이복형제일 수도 있다. 테세우스의 꾀에 넘어가, 자기가 파놓은 함정에 당한다.

시시포스 코린토스의 왕. 헬레네의 손자. 아타마스, 크레테우스, 살모네우스의 형제. 플레이아데스 메로페의 남편. 코린토스의 글라우코스왕의 아버지. 벨레로폰의 할아버지. 코린토스의 크레온왕의 조상일 수도 있다. 타르타로스에서 영원히 고통받는다.

아드메토스 페라이의 왕. 페레스의 아들. 낯선 길손들을 친절하게 환대해주기로 유명하다. 아폴론의 주인이자 연인. 알케스티스의 남편. 아르테미스가 부부 침상에 뱀을 풀어 그들의 초야를 망쳐놓는다. 아드메토스를 불사의 몸으로 만들려는 아폴론의 계획을 이행하기 위해 알케스티스가 남편 대신 죽지만, 헤라클레스가 저승에서 그녀를 데려온다. 칼리돈의 멧돼지 사냥에 참가한다.

아르고스 아르고스의 왕자이자 조선공. 아르고호 원정대에 합류한다. 아테나의 도움을 받아 아르고호(그에게 경의를 표하여 붙여진 이름)를 만든다.

아스클레피오스 치유의 대가. 아폴론과 코로니스의 아들. 아폴론의 다른 자식들의 이복형제. 카이니스와 폴리페모스의 친척. 케이론의 손에 자란다. 죽은 자를 되살리는 오만을 부리다 제우스에게 살해당한다. 칼리돈의 멧돼지 사냥에 참가한다. 훗날 불사의 신으로 부활한다. 뱀주인자리라는 별이 된다.

아우게이아스 엘리스의 왕. 헬리오스의 아들. 필레우스의 아버지. 에우리토스와 크테아토스의 삼촌. 티피스의 친척. 불명의 소들과 지저분한 외양간을 갖고 있다. 헤라클레스를 속인다. 나중에 죽음으로 앙갚음당한다. 아르고호 원정대원 중 한 명.

아우톨리코스 헤르메스의 손버릇 나쁜 아들. 에우몰포스(헤라클레스의 임시 음악 선생)의 아버지. 오디세우스의 할아버지.

아이게우스 아테네의 왕. 메데이아의 남편. 아이트라와의 사이에 테세우스를, 메데이아와의 사이에 메도스를 얻는다. 팔란티다이의 숙부. 크레타섬의 황소를 이용해 안드로게오스를 제거한다. 테세우스에게도 똑같은 수법을 시도한 후 메데이아의 독을 사용하려다 자신의 아들임을 알아본다. 미노스 2세가 안드로게오스의 죽음에 대한 보상으로 요구한 공물로 테세우스를 보낸다. 자식의 건망증 탓에 죽고 만다. 그가 죽은 장소는 그의 이름을 따 '에게해'로 불린다.

아이깁토스 리비에와 포세이돈의 손자. 케페우스와 피네우스의 형제. 부시리스의 아버지.

아이손 이올코스의 합법적 왕. 크레테우스와 티로의 아들. 페레스의 형제. 넬레우스와 펠리아스의 이부형제. 알키메데의 남편. 이아손과 프로마코스의 아버지. 펠리아스에게 왕위를 빼앗기고 알키메데와 함께 감금당한다. 이아손을 케이론에게 맡긴다. 이아손이 황금 양피를 찾아 떠난 사이 펠리아스에게 살해되거나, 혹은 펠리아스의 거짓말에 속아 알키메데와 프로마코스를 죽인 후 자살한다.

아이아코스 아이기나섬의 왕. 제우스와 아이기나의 아들. 제우스의 수많은 자식들의 이복형제. 케이론의 딸의 남편. 펠레우스와 텔라몬의 아버지. 이복형제들인 미노스 1세와 라다만티스와 함께 저승의 세 심판관이 된다. 오르페우스의 음악에 홀린다.

아이에테스 콜키스의 왕. 헬리오스와 오케아니스 페르세이스의 아들. 키르케와 파시파에의 형제. 이모인 오케아니스 이디이아의 남편. 압시르토스, 칼키오페, 메데이아의 아버지. 프릭시데스의 의심 많은 할아버지. 황금 양피를 보관하고 있다. 콜키스의 용과 칼코타우로이의 주인. 황금 양피를 손에 넣으려는 이아손에게 과제들을 낸다.

아카마스와 데모폰 테세우스와 파이드라의 아들들. 트로이가 몰락했을 때 아이트라를 구해준다.

아카스토스 펠리아스의 아들. 펠리아데스의 오빠. 아르고호 원정대원이었을 가능성이 있다. 펠리아스를 기리는 웅장한 장제 경기를 개최한다. 이아손과 메데이아를 이올코스의 적으로 돌린 뒤 왕위에 오른다. 아내 아스티다메이아에게 속아 펠레우스를 살해하려 한다. 펠레우스에게 선동당한 이아손에게 왕위를 빼앗긴다.

아크리시오스 아르고스의 왕. 프로이토스의 형제. 다나에의 아버지. 아이깁토스, 케페우스, 피네우스의 먼 친척. 우연한 사고로 손자 페르세우스의 손에 죽는다.

아타마스 보이오티아의 왕. 헬레네의 손자. 크레테우스, 살모네우스, 시시포스의 형제. 네펠레, 이노, 테미스토의 남편. 네펠레와의 사이에 프릭소스와 헬레를, 이노와의 사이에 레아르코스와 멜리케르테스를, 테미스토와의 사이에 스코이네우스를 얻는다. 프릭소스와 헬레를 제물로 바치려는 이노에게 속아 넘어간다. 레아르코스를 죽이고, 이노와 멜리케르테스를 자살로 내몬다.

아트레우스 펠롭스와 히포다메이아의 아들. 니키페, 피테우스, 티에스테스이 형제. 그리시포스의 이복형제(이자 살해범이라는 설도 있다). 힐로스와 헤라클레이다이에 의해 미케네의 왕위에 오른다. 아가멤논과 메넬라오스의 아버지. 저주받은 가문의 자손이자 선조.

안드로게오스 크레타섬의 왕자. 미노스 2세와 파시파에의 아들. 아리아드네, 데우칼리온, 파이드라의 형제. 미노타우로스의 이부형제. 아이게우스의 궁에 머무는 사이 크레타섬의 황소에게 살해당한다. 그의 죽음을 보상하기 위해 아테네는 미노타우로스에게 공물을 바친다.

안카이오스 사모스섬의 왕. 아르카디아의 리쿠르고스의 아들. 이아소스의 형제. 아탈란타의 삼촌일 수도 있다. 아르고호 원정대에 합류한다. 티피스의 뒤를 이어 아르고호의 키잡이를 맡는다. '방랑하는 바위'를 빠져나간다.

안티메데스 라이오스의 충실한 신하이자 조력자. 라이오스의 명령으로 아기 오이디푸스를 산꼭대기에 버린다. 훗날 오이디푸스에게 그의 진짜 정체에 관한 중요한 단서를 제공한다.

알콘 스파르타의 왕자. 아미클레스의 히포콘왕과 전쟁의 신 아레스의 아들. 칼리돈의 멧돼지에게 처참하게 살해된다.

알키노오스 파이아케스족의 왕. 아레테의 남편이자 숙부. 이아손과 메데이아, 아르고호 원정대를 따뜻하게 맞아준다.

암피온과 제토스 테베의 왕위를 찬탈한다. 제우스와 안티오페(폴리도로스의 처제)의 쌍둥이 아들. 제우스의 수많은 자식들의 이복형제. 카드모스를 도와 테베의 성벽과 성채를 건설한다. 친척인 라브다코스를 쫓아내고 대신 테베를 통치한다.

암피트리온 페르세우스와 안드로메다의 손자. 알크메네의 남편. 숙부이자 장인인 엘렉트리온을 죽인 죄로 테베로 추방당한다. 이피클레스와 라오노메의 아버지.

압데로스 헤르메스의 아들. 헤라클레스의 시동이자 연인. 디오메데스의 암말들에게 잡아먹힌다. 헤라클레스는 그를 기리는 뜻에서 압데라라는 도시를 세운다.

압시르토스 아이에테스와 이디이아의 아들. 칼키오페와 메데이아의 동생. 메데이아는 아이에테스의 아르고호 추적을 지연시키기 위해 그의 몸을 토막 낸다.

에릭스 시칠리아섬의 왕으로 권투 실력이 아주 뛰어나다. 부테스와 아프로디테의 아들. 헤라클레스와의 권투 시합에서 죽는다.

에우리스테우스 아르골리스의 왕. 스테넬로스와 니키페의 아들. 헤라클레스의 친척. 아내 메가라를 죽인 헤라클레스의 죄를 씻겨준다는 명목으로 그에게 과업을 부과한다. 힐로스에게 살해당한다.

에우리토스 오이칼리아의 왕. 아폴론의 손자. 이올레와 이피토스의 아버지. 헤라클레스에게 궁술을 가르친다. 헤라클레스가 이올레에게 구혼하지 못하게 막는다. 이피토스를 죽이고 소 떼를 훔친 죄를 씻어달라는 헤라클레스의 부탁을 거절한다. 모멸감을 느낀 헤라클레스에게 살해당한다.

에우리토스와 크테아토스 몰리오네스라 부르기도 한다. 샴쌍둥이. 포세이돈과 몰리오네의 아들들. 포세이돈의 다른 자식들의 이복형제. 아우게이아스의 조카들. 이피클레스를 살해한다. 헤라클레스의 손에 둘로 갈라진다.

에우리티온 프티아의 왕. 아르고호 원정대의 일원. 칼리돈의 멧돼지 사냥에 참가한다. 사위 펠레우스에게 우연한 사고로 살해당해 그에게 왕국을 물려준다.

에우페모스 포세이돈의 아들. 거인 티티오스의 손자. 물 위를 걷는다. 아르고호 원정대의 일원. 티피스가 죽은 후 키잡이를 맡는다.

에테오클레스 테베의 공동 왕. 오이디푸스와 이오카스테의 아들. 안티고네, 이스메네, 폴리테이케스의 형제. 저주받은 가문의 자손. 폴리네이케스와의 공동 통치에 문제가 생긴다. 전투에서 서로를 죽인다.

오르페우스 '알 수 없는 자.' 가장 위대한 음악가. 무사 칼리오페와 아폴론(혹은 오이아그로스)의 아들. 리노스의 형제, 아폴론의 다른 자식들의 이복형제. 마르시아스의 의붓형제일 수도 있다. 에우리디케의 남편. 아폴론에게 음악 수업, 황금 리라, 아폴론의 황금 머리카락을 꼬아 만든 리라 현을 선물받는다. 지하세계에 있는 자들을 음악으로 매료시킨다. 에우리디케를 되살리지 못한다. 아르고호 원정대의 일원. 사촌인 세이렌들을 노래로 이긴다. 트라키아의 여인들에게 갈가리 찢긴다. 그의 잘린 머리가 레스보스섬에서 예언자 노릇을 한다. 죽고 나서 에우리디케와 재회한다. 그의 황금 리라는 별이 된다.

오이네우스 칼리돈의 왕. 알타이아의 남편. 데이아네이라를 비롯한 멜레아그리데스의 아버지, 그리고 멜레아그로스의 아버지일 수도 있다. 디오니소스를 숭배하고 아르테미스를 소홀히 하다가 칼리돈의 멧돼지로 벌을 받는다.

오이노마오스 피사의 왕. 아레스의 아들이라는 설이 있다. 플레이아데스 스테로페의 남편. 히포다메이아의 아버지. 히포다메이아의 구혼자로 전차 경주에 도전한 펠롭스에게 살해된다.

오이디푸스 '부어오른 발'. 테베의 왕. 라이오스와 이오카스테의 아들. 아버지를 무심결에 죽이고, 어머니와 의도치 않게 결혼한다. 안티고네, 에테오클레스, 이스메네, 폴리네이케스의 아버지. 저주받은 가문의 자손이자 조상. 갓난아기 때 라이오스의 명을 받은 안티메데스의 손에 버려진다. 포르바스와 스트라톤에게 구조된다. 폴리보스와 메로페에게 친아들처럼 키워진다. 피티아의 예언에서 벗어나기 위해 코린도스로 달아난다. 스핑크스를 꾀로 이겨 죽이고 테베인들에게 영웅으로 환영받은 후 테베의 왕이 된다. 예언대로 자신이 패륜을 저질렀다는 사실을 알고는 스스로 눈을 찌르고 유배를 떠난다.

오이아그로스 트라키아의 왕. 리노스, 마르시아스, 오르페우스의 아버지라는 설도 있다.

이드몬 아르고스의 예언자. 아폴론과 키레네의 아들. 아리스타이오스의 인간 형제이자 아폴론의 다른 자식들의 이복형제. 자신이 죽으리라는 걸 알면서도 아르고호 원정대에 합류한다. 야생 멧돼지에게 들이받혀 죽는다.

이아소스 아르카디아의 왕. 리쿠르고스의 아들. 안카이오스의 형제. 클리메네의 남편, 아탈란타를 갓난아기 때 버린 아버지일 가능성이 있다.

이아손 '치유자'. 이올코스의 적법한 왕위 계승자. 아이손과 알키메데의 아들. 프로마코스의 형제. 넬레우스와 펠리아스의 조카. 벨레로폰, 헬레네, 프릭소스, 스코이네우스의 사촌. 아탈란타와 프릭시데스의 친척. 메데이아와의 사이에 메르메로스, 페레스, 테살로스를 얻는다. 케이론의 손에 자란다. 아테나와 헤라의 총애를 받는다. 펠리아스에게 황금 양피를 찾아오는 과제를 받는다. 아르고호 원정대를 이끈다. 힙시필레의 연인이었으나 그녀를 버린다. 힙시필레와의 사이에 에우네오스와 토아스를 얻는다. 키지코스를 죽인다. 메데이아의 마법에 힘입어 칼코타우로이를 길들이고, 스파르토이를 무찌르고, 콜키스의 용을 제압하고, 황금 양피를 손에 넣는다. 아이에테스, 세이렌들, 스킬라와 카리브디스, 방랑하는 바위들, 탈로스를 피해 이올코스로 무사 귀환한다. 그가 없는 사이 펠리아스 때문에 아이손과 알키메데, 프로마코스가 죽었다고 믿는다. 이올코스 백성들에게 펠리아스를 죽인 범인으로 몰린다. 메데이아와 함께 코린토스로 달아난다. 크레우사와 결혼할 계획이었지만 메데이아가 신부와 장인 글라우코스, 그리고 자기 아들들인 메르메로스와 페레스까지 죽여 뜻을 이루치 못한다. 칼리돈의 멧돼지 사냥에 참가한다. 아카스토스로부터 이올코스 왕위를 되찾는다. 아르고호와 관련된 사고로 죽는다.

이오바테스 리키아의 왕. 필로노에와 스테네보이아의 아버지. 벨레로폰을 사지로 내몬다. 그와 화해하여 필로노에를 아내로 주고 왕위를 물려준다.

이올라오스 이피클레스의 아들. 헤라클레스의 조카이자 시동이자 애인. 레르나 호수의 히드라를 무찌를 계획을 세운다. 헤라클레스가 히드라의 독혈 때문에 죽는 모습을 목격한다.

이카로스 다이달로스의 아들. 항공술의 선구자. 태양에 너무 가까이 날아간다.

이피클레스 암피트리온과 알크메네의 아들. 헤라클레스의 이부 쌍둥이 형제. 라오노메의 형제. 폴리페모스의 처남. 이올라오스의 아버지. 에우리토스와 크테아토스에게 살해당한다.

이피토스 에우리토스의 아들. 이올레의 형제. 헤라클레스를 손님으로 접대하던 중 그에게 살해당한다.

익시온 라피테스족의 왕. 디아의 남편. 페이리토오스의 계부. 헤라를 겁탈하려다가 타르타로스로 떨어져 영원한 벌을 받는다. 네펠레와의 사이에 켄타우로스들이 태어난다.

카드모스 '최초의 영웅'으로 자주 일컬어진다. 테베를 창건한 왕. 포세이돈과 리비에, 닐루스와 네펠레의 손자. 에우로페의 형제. 하르모니아의 남편. 아가우에, 아우토노에, 이노, 폴리도로스, 세멜레의 아버지. 저주받은 가문의 선조.

카이네우스 라피테스족 영웅. 포세이돈이 성별을 바꾸고 무적의 피부를 선물하기 전의 이름은 카이니스. 페이리토오스의 결혼식에서 켄타우로스들에게 생매장당한다.

칼라이스와 제테스 보레아다이라고 불리기도 한다. 보레아스(북풍)와 에레크테우스의 딸 오레이티이아의 두 아들로, 하늘을 날 수 있는 반(半) 불사의 몸이다. 그들의 누이 클레오파트라가 살미데소스의 피네우스왕과 결혼한다. 아르고호 원정대에 합류한다. 하르피이아이로부터 피네우스를 구해준다. 황금 양피를 찾아 떠난 원정에서 헤라클레스를 버리고 떠났다가 보복으로 살해당한다.

케르키온 엘레우시스의 왕이자 거구의 레슬링광. 헤파이스토스 혹은 포세이돈의 아들. 따라서, 페리페테스나 포세이돈의 다른 자식들(프로크루스테스, 스키론, 시니스 등등)의 이복형제일 가능성도 있다. 이복형제일지도 모를 테세우스에게 살해당하고 왕국을 빼앗긴다. 훗날 그의 아들 히포톤이 왕국을 되찾는다.

케이마로스 리키아의 무시무시한 해적. 벨레로폰에게 제압당한다. 유헤메로스설을 따르는 사람들은 그가 바로 키마이라라고 믿는다.

케익스 트라키아의 왕. 알키오네의 남편. 힐라스의 아버지. 친구 헤라클레스가 자신의 궁에 손님으로 머물게 해준다.

케크롭스 아티카의 시조 왕. 아테네에 그 이름을 붙이고 수호신으로 아테나를 선택한다. 리비에와 포세이돈의 손자. 아이깁토스와 피네우스의 형제. 카시오페이아의 남편. 안드로메다의 아버지.

케페우스 에티오피아의 왕. 리비에와 포세이돈의 손자. 아이깁토스와 피네우스의 형제. 카시오페이아의 남편. 안드로메다의 아버지.

코칼로스 시칠리아섬 카미코스의 왕. 다이달로스의 후원자이자 보호자. 그의 딸들이 미노스 2세에게 불행한 목욕 시간을 선사한다.

크레온 코린토스의 왕. 시시포스의 후손일 가능성이 있다. 크레우사의 아버지. 이아손과 메데이아에게 은신처를 제공해준다. 메데이아의 독에 고통스럽게 죽느나.

크레온 테베의 통치자. 펜테우스의 손자. 이오카스테의 형제. 라이오스와 오이디푸스의 처남. 에우리디케의 남편. 하이몬의 아버지. 저주받은 가문의 자손. 메가라의 아버지. 헤라클레스의 장인. 암피트리온과 알크메네에게 은신처를 제공해준다. 라이오스가 죽은 뒤 섭정을 맡는다. 오이디푸스에게 왕위를 맡겼다가 오이디푸스가 유배를 떠난 후 섭정의 지위를 되찾는다. 에테오클레스와 폴리네이케스가 죽은 뒤 정당한 자격으로 왕위에 오른다. 법을 어긴 안티고네에게 사형 선고를 내린다. 에우리디케와 하이몬은 이에 항의해 자살한다.

크레테우스 이올코스의 왕. 헬레네의 손자. 아타마스, 살모네우스, 시시포스의 형제. 티로와 시데로의 남편. 티로와의 사이에 아이손과 페레스를 얻는다.

크리시포스 펠롭스의 사생아. 아트레우스, 니키페, 피테우스, 티에스테스의 이복형제. 라이오스에게 성적 착취를 당하자 수치심에 자살한다(아트레우스와 티에스테스에게 살해됐다는 설도 있다). 그의 죽음에 대한 복수로 펠롭스는 라이오스와 그의 혈통에 저주를 내린다.

키지코스 돌리오네스족의 왕. 클레이테의 남편. 아르고호 원정대원들과의 야간 전투에서 이아손에게 우발적으로 살해당한다.

테살로스 이아손과 메데이아의 아들. 메르메로스와 페레스의 형제. 케이론의 가르침을 받는다. 다른 형제들과 달리, 어머니의 손에 죽는 화를 면한다. 그의 이름을 딴 지역인 테살리아의 통치자가 된다.

테세우스 '창건자'. 아테네의 왕. 아이트라와 아이게우스 혹은 포세이돈의 아들. 메데이아의 의붓아들. 포세이돈의 자식들과 메도스의 이복형제일 가능성이 있다. 팔란티다이의 사촌. 아트레우스와 헤라클레스의 친척. 안티오페와 파이드라의 남편. 안티오페와의 사이에 히폴리토스가, 파이드라와의 사이에 아카마스와 데모폰이 태어난다. 케르키온, 몰파디아, 팔란티다이, 페리페테스, 프로크루스테스, 스키론, 시니스를 죽인다. 숙련되고 무자비하게 가축들과 싸운다. 크로미온의 암돼지를 죽여서 먹고, 크레타섬의 황소를 길들여 제물로 바친다. 미노타우로스를 죽이고, 칼리돈의 멧돼지 사냥에 참가하고, 켄타우로스들을 죽인다. 아리아드네에게 반하지만, 디오니소스의 명으로 버린다. 괘씸하게도 아버지와의 약속을 잊어 아이게우스의 죽음을 초래한다. 페이리토오스의 막역한 친구. 둘이서 함께 안티오페와 헬레네를 납치한다. 페르세포네를 납치하려다가 실패한다. 헤라클레스의 도움으로 지하세계를 탈출한다. 히폴리토스와 파이드라의 죽음에 관여한 책임으로 추방당한다. 리코메데스와 말다툼을 벌이다 벼랑에서 떠밀려 죽는다. 판크라티온과 황소 뛰어넘기라는 기술의 창시자. 심해 잠수에 능하다. 아티카를 통일하여 아테네가 위대한 국가로 발전할 수 있는 토대를 마련한다.

테스티아데스 톡세우스, 에비포스, 플렉시포스, 에우리필로스. 테스티오스의 아들들. 알타이아, 히페름네스트라, 레다의 형제들. 데이아네이라와 멜레아그로스의 삼촌들. 칼리돈의 멧돼지 사냥에 참가한다. 못 말리게 퇴보적인 성차별적 언행으로 멜레아그로스에게 살해된다.

테이레시아스 테베의 예언자 노인. 히스토리스의 아버지. 헤라가 그의 성별을 일시적으로 바꾸었다가 영원한 맹인으로 만들어버린다. 제우스에게 예언 능력을 부여받는다. 헤라클레스와 오이디푸스의 운명을 예언한다.

텔라몬 살라미스의 왕. 케이론의 딸과 아이아코스 사이에 태어난 아들. 펠레우스의 형제. 헤라클레스의 벗. 아르고호 원정대의 일원. 칼라이스, 제테스와 앙숙이다. 칼리돈의 멧돼지 사냥에 참가한다. 아마존족을 죽인다. 트로이를 약탈한다. 페리보이아와 헤시오네의 남편. 페리보이아와의 사이에 아이아스를, 헤시오네와의 사이에 테우크로스를 얻는다.

트로스 트로이의 창건 왕. 다르다노스의 아들. 제우스와 플레이아데스 엘렉트라의 손자. 가니메데스와 일로스의 아버지. 라오메돈의 할아버지. 제우스에게 마법의 말들을 받는다.

티피스 테스피아이의 하그니아스의 아들. 아우게이아스의 친척. 아르고호 원정대의 일원. 아르고호의 키잡이(안카이오스가 뒤를 잇는다). 앞뒤로 움직이며 노를 저을 수 있는 좌석을 발명한다. 충돌하는 바위를 통과한다. 열병에 걸려 죽는다.

틴다레오스 스파르타의 왕. 히포콘의 형제. 레다의 남편. 디오스쿠로이 카스토르와 클리템네스트라의 아버지. 히포콘에게 왕위를 빼앗기지만 훗날 헤라클레스 덕분에 되찾는다.

팔란티다이 아이게우스의 형제 팔라스의 쉰 명의 아들. 메도스와 테세우스의 사촌들로, 아테네의 왕위를 두고 그들과 경쟁한다. 전쟁에서 테세우스에게 살해당한다.

페레스 페라이의 전왕. 크레테우스와 티로의 아들. 아이손의 형제, 넬레우스와 펠리아스의 이부형제. 불사의 몸이 될 수 있도록 대신 죽어달라는 아들의 청을 거절한다.

페르딕스 유용한 공예 도구를 발명한 천재. 그를 질투한 스승이자 삼촌 다이달로스에게 살해당한다. 아테나가 그의 영혼을 자고새로 만들어준다.

페르세우스 '파괴자'. 제우스와 다나에의 아들. 제우스의 수많은 자식들의 이복형제. 안드로메다의 구원자이자 남편. 스테넬로스, 알카이오스, 엘렉트리온, 페르세스의 아버지. 헤라클레스의 증조부. 아크리시오스, 케토, 메두사, 피네우스, 폴리덱테스를 죽인다. 미케네의 창건 왕. 별자리가 된다.

페리페테스 코리네테스라 부르기도 한다. 외눈박이 거인. 자칭 헤파이스토스의 아들. 케르키온의 이복형제일 가능성도 있다. 키클로페스와는 아무 관계도 없다. 코린토스 지협의 노상강도. 테세우스에게 살해당한다.

페이리토오스 라피테스족의 왕. 제우스와 디아의 아들. 익시온의 의붓아들. 제우스의 수많은 자식들의 이복형제. 켄타우로스들의 사촌. 아르고호 원정대의 일원. 탈로스를 물리친다. 칼리돈의 멧돼지 사냥에 참가한다. 히포다메이아와의 결혼식을 켄타우로스들 때문에 망친다. 테세우스의 막역한 친구로, 그에게 나쁜 영향을 미친다. 둘이 함께 안티오페와 헬레네를 납치한다. 페르세포네도 납치하려다 실패한다. 헤라클레스가 그를 지하세계에서 구해주려다 실패한다. 최종적으로 어떤 운명을 맞았는지는 확실치 않다.

펜테우스 테베의 왕. 아가우에와 에키온(테베의 창건 귀족 중 한 명*)의 아들. 아우토노에, 이노, 폴리도로스, 세멜레의 조카. 디오니소스와 라브다코스의 사촌. 크레온과 이오카스테의 할아버지. 저주받은 가문의 자손. 디오니소스를 무시하다 아가우에와 아우토노에를 포함한 그 추종자들에게 찢겨 죽는다.

펠레우스 테살리아의 왕. 케이론의 딸과 아이아코스 사이에 태어난 아들. 텔라몬의 형제. 헤라클레스의 벗. 아르고호 원정대의 일원. 칼리돈의 멧돼지 사냥에 참가한다. 우연한 사고로 장인 에우리티온을 죽이고 왕국을 물려받는다. 아카스토스의 아내를 범했다는 누명을 쓴다. 이아손에게 아카스토스로부터 이올코스를 되찾으라고 설득함으로써 원수를 갚는다. 아마존족을 살해한다. 트로이를 약탈한다. 네레이스 테티스와의 사이에 아킬레우스를 아들로 둔다.

펠롭스 리디아의 왕 탄탈로스와 디오네의 아들. 아버지가 그를 신들의 저녁 식사로 대접하지만, 제우스가 부활시켜준다.† 오이노마오스와의 전차 경주에서 이겨 그의 딸 히포다메이아와 피사 왕국을 얻는다. 히포다메이아와의 사이에 아트레우스, 니키페,

---

* 『스티븐 프라이의 그리스 신화』 1권을 참고하라.

† 제우스가 이 소름 끼치는 범죄에 내린 형벌 때문에 탄탈로스는 불멸의 이름이 된

피테우스, 티에스테스를 얻는다. 크리시포스의 아버지. 맡아 기르던 라이오스 때문에 크리시포스가 죽자 라이오스와 그의 가문에 저주를 내려, 헤라가 테베에 스핑크스를 보내게 만든다. 펠롭스의 자손들이 다스리는 그리스 남부는 그의 '섬', 즉 펠로폰네소스라 불린다. 저주받은 가문의 자손이자 조상.

펠리아스 이올코스의 왕위 찬탈자. 포세이돈과 티로의 아들. 넬레우스의 형제. 아이손과 페레스의 이부형제, 포세이돈의 다른 자식들(황금 숫양 등등)의 이복형제. 아카스토스와 펠리아데스의 아버지. 네스토르의 삼촌, 이아손의 삼촌. 넬레우스와 함께 계모 시데로를 죽이고 헤라의 원한을 산다. 멧돼지와 사자를 전차에 매는 자에게 딸 알케스티스를 주겠다고 약속한다. 아이손으로부터 이올코스의 왕위를 빼앗는다. 이아손에게 황금 양피를 찾아오는 과제를 내린다. 이아손이 없는 사이 아이손과 알키메데, 프로마코스를 살해하거나 자살로 내몬다. 메데이아의 농간으로 펠리아데스의 손에 토막 나 죽는다.

포르바스 테베의 목자. 산에 버려진 아기 오이디푸스를 구한다. 그를 안전하게 지키기 위해 스트라톤에게 넘겨준다.

폴리네이케스 테베의 공동 왕. 오이디푸스와 이오카스테의 아들. 안티고네, 에테오클레스, 이스메네의 형제. 저주받은 가문의 자손. 에테오클레스와 불화를 일으킨다. 전쟁에서 서로를 죽인다. 안티고네는 그의 시신을 묻어주려다 사형 선고를 받는다.

폴리덱테스 세리포스섬의 왕. 딕티스의 형제. 다나에에게 흑심을 품는다. 페르세우스에게 살해된다.

폴리도로스 테베의 왕. 카드모스와 하르모니아의 아들. 아가우에, 아우토노에, 이노, 세멜레의 형제. 디오니소스의 삼촌. 저주받은 가문의 자손. 닉테이스(암피온과 제토스의 이모)의 남편. 라브다코스의 아버지. 라이오스의 할아버지.

폴리보스 코린토스의 왕. 메로페의 남편으로 후사를 보지 못한다. 오이디푸스를 친아들처럼 키운다. 고령으로 죽는다.

폴리이도스 코린토스의 예언자. 페가수스에 대한 벨레로폰의 애정을 폭로한다.

폴리페모스 라피테스족 족장 엘라토스의 아들. 카이니스의 형제. 라오노메의 남편. 헤라클레스와 이피클레스의 처남. 아스클레피오스의 친척. 아르고호 원정대의 일원. 힐라스를 찾다가 배를 놓친다. 키오스라는 도시를 세운다. 옛 벗들과 다시 함께하려 애쓰다가 죽는다.

프로마코스 아이손과 알키메데의 아들. 이아손의 형제. 부모가 펠리아스에게 붙잡혀

다. 『스티븐 프라이의 그리스 신화』 1권을 참고하라.

감금되어 있는 동안 태어난다. 너무 어려 아르고호 원정대에 합류하지 못한다. 이아손이 황금 양피를 찾아 떠난 사이 펠리아스에게 살해되거나, 혹은 펠리아스의 농간에 놀아나 아버지에게 어머니와 함께 살해당하고 아버지는 자살한다.

프로이토스 미케네의 왕. 아크리시오스의 형제. 스테네보이아의 남편. 벨레로폰에 대한 아내의 복수에 자기도 모르게 연루된다.

프로크루스테스 포세이돈의 아들, 혹은 시니스의 아버지일 가능성이 있다. 케르키온과 스키론을 비롯한, 포세이돈의 나머지 자식들의 이복형제일 수 있다. 코린토스지협의 노상강도. 무면허로 극단적인 정골 요법을 시행한다. 이복형제일지도 모르는 테세우스에게 몸을 잘려 죽는다.

프리아모스 트로이의 왕. 라오메돈의 막내아들. 헤시오네의 남동생. 헤라클레스의 트로이 함락 때 살아남는다.

프릭소스 아타마스와 네펠레의 아들. 헬레의 쌍둥이 형제. 멜리케르테스와 스코이네우스의 이복형제. 황금 숫양 덕분에 계모 이노의 음모를 피한다. 아이에테스에게 의탁하면서 황금 양피를 선물한다. 칼키오페의 남편. 그의 아들들인 프릭시데스는 그가 아이에테스의 손에 죽었다고 믿는다.

프릭시데스 아르고스, 키티소로스, 멜라스, 프론티스. 프릭소스와 칼키오페의 아들들. 이아손의 친척. 할아버지 아이에테스에게 목숨을 위협당해 콜키스에서 달아난다. 아르고호 원정대에 협력한다.

피네우스 리비에와 포세이돈의 손자. 아이깁토스와 케페우스의 형제. 페르세우스에게 살해된다.

피네우스 맹인 예언자이자 살미데소스의 왕. 칼라이스와 제테스의 처남. 예언 능력을 남용한 죄로 제우스가 보낸 하르피아이에게 고통받는다. 칼라이스와 제테스 덕분에 해방된다. 아르고호 원정대에게 충돌하는 바위를 무사히 통과하는 법을 가르쳐준다.

피테우스 트로이젠의 왕. 펠롭스와 히포다메이아의 아들. 아트레우스, 니키페, 티에스테스의 형제. 크리시포스의 이복형제. 저주받은 가문의 자손. 아이트라의 아버지. 테세우스의 할아버지. 스키론이나 시니스의 할아버지일 가능성도 있다.

필레우스 아우게이아스의 아들. 헤라클레스를 옹호하다가 둘리키움으로 추방당한다. 헤라클레스가 아우게이아스를 죽인 후 엘리스의 왕으로 등극한다.

필록테테스 헤라클레스의 벗. 아르고호 원정대의 일원. 레르나의 히드라의 독혈에 괴로워하는 헤라클레스를 불태워 죽여 고통을 끝내준다. 헤라클레스의 활과 독 묻은 화살들을 물려받는다.

헤라클레스 '헤라의 영광'. 태어났을 때 붙여진 이름은 알키데스. 제우스와 알크메네
의 아들. 제우스가 총애하는 인간 아들. 이피클레스의 이부 쌍둥이 형제. 라오노메
의 이부형제이자 제우스의 수많은 자식들의 이복형제. 부시리스, 테세우스의 사촌.
폴리페모스의 처남. 헤라에게 박해받다가 훗날 그녀의 사위가 된다. 아폴론, 아테나,
헤파이스토스, 헤르메스, 포세이돈에게 사랑받는다. 메가라(그가 죽인다), 데이아네
이라(그를 죽인다), 그리고 이복남매 헤베(거의 영원을 함께한다)와 결혼한다. 데이
아네이라와의 사이에 태어난 힐로스를 비롯해 수많은 헤라클레이다이의 아버지. 압
데로스, 히폴리테, 힐라스, 이올라오스, 옴팔레의 연인. 아기였을 때 뱀을 죽인다. 메
가라를 죽인 죄를 씻기 위해 에우리스테우스에게 과업을 받아 수행한다. 아르고호
원정대에 합류한다. 힐라스를 찾다가 배를 놓친다. 알케스티스의 영혼을 데려 나오
기 위해 타나토스와 싸운다. 결박당해 있던 프로메테우스를 풀어준다. 하늘을 잠깐
떠받친다. 지하세계에서 테세우스를 구해 나온다. 사제를 무력으로 위협한다. 이피
토스를 죽인 죄를 씻기 위해 옴팔레의 시중을 들면서 여장의 즐거움을 배운다. 올림
픽 대회를 창시한다. 기간토마키아를 승리로 이끈다. 아켈로오스로부터 풍요의 뿔을
얻어낸다. 아마존족, 켄타우로스들, 게게네이스, 거인들, 티폰과 에키드나의 자식들,
안타이오스, 키타이론의 사자, 에우리티온, 게리온, 트로이의 바다 괴물을 죽인다. 케
르베로스, 케리네이아의 암사슴, 크레타의 황소, 에리만토스의 멧돼지, 디오메데스
의 암말들을 길들인다. 트로이를 약탈한다. 아우게이아스, 부시리스, 칼라이스, 제테
스, 디오메데스, 에우리토스, 에우리토스와 크테아토스, 에릭스, 히포콘, 히폴리테,
이피토스, 라오메돈, 리노스, 넬레우스를 죽인다. 레르나의 히드라의 독혈에 흠뻑 젖
은 네소스의 셔츠를 입고 치명상을 입는다. 필록테테스가 그의 몸에 불을 질러 죽여
준다. 제우스가 그를 불사의 몸으로, 하늘의 별로 만든다.

히포메네스 메가라의 왕자. 메가레우스의 아들, 포세이돈의 손자. 아프로디테의 도움
을 받아 시합에서 아탈란타를 이기고 그녀와 결혼한다. 아탈란타와의 사이에 파르
테노파이오스를 얻는다. 아탈란타와 함께, 배은망덕 죄로 아프로디테에게 벌을 받
아, 무심결에 키벨레의 신전을 더럽히고 사자로 변하고 만다.

히포콘 스파르타의 왕. 형제인 틴다레오스를 왕위에서 쫓아낸다. 넬레우스를 도와 헤
라클레스에게 맞섰다가 살해된다.

히폴리토스 테세우스와 안티오페의 아들. 아카마스와 데모폰의 이복형제. 포세이돈의
손자. 그가 아르테미스를 숭배한 죄로 아프로디테는 그의 계모 파이드라가 그에게
광적인 욕정을 품게 만든다. 테세우스의 저주에 답하여 포세이돈이 보낸 황소에게
살해당한다.

힐라스 케익스의 아들. 헤라클레스의 시동이자 애인. 아르고호 원정대의 일원. 물의 님프들의 유혹에 넘어간다.

힐로스 헤라클레스와 데이아네이라의 아들. 부모의 죽음을 목격한다. 헤라클레이다이의 우두머리. 에우리스테우스를 죽인다. 아트레우스를 미케네의 왕으로 앉힌다.

여성

갈란티스 알크메네의 친구이자 시녀. 헤라의 저주로 족제비가 된다.

니키페 펠롭스와 히포다메이아의 딸. 아트레우스, 피테우스, 티에스테스의 형제. 크리시포스와 이복남매 사이. 저주받은 가문의 자손. 스테넬로스의 아내. 에우리스테우스의 어머니.

다나에 아크리시오스의 딸. 제우스와의 사이에 페르세우스를 낳는다. 딕티스의 아내.

데이아네이라 오이네우스와 알타이아의 딸. 나머지 멜레아그리데스와 멜레아그로스의 형제. 테스티아데스의 조카. 디오스쿠로이의 사촌. 아켈로오스에게 원치 않는 구혼을 받다가 헤라클레스의 도움으로 벗어나고 그와 결혼한다. 힐로스를 비롯한 다섯 아들 헤라클레이다이의 어머니. 네소스에게 희롱당한다. 이올레를 질투하여, 레르나의 히드라의 피를 씻어내지 않은 네소스의 셔츠를 헤라클레스에게 입혀 본의 아니게 그를 죽이고 만다. 헤라클레스의 검으로 자살한다.

레다 테스티오스의 딸. 알타이아, 히페름네스트라, 테스티아데스의 형제. 틴다레오스의 아내. 틴다레오스와의 사이에 디오스쿠로이 카스토르와 클리템네스트라를, 제우스와의 사이에 디오스쿠로이 폴리데우케스와 헬레네를 낳는다.

메가라 테베의 크레온왕의 딸. 헤라클레스의 아내. 망상적인 광기를 일으킨 헤라클레스에게 아이들과 함께 살해된다. 이 범죄를 씻기 위해 헤라클레스의 과업이 시작된다.

메데이아 마법사. 아이에테스와 이디이아의 딸. 헬리오스의 손녀. 압시르토스와 칼키오페의 형제. 이아손과의 사이에 메르메로스, 페레스, 테살로스를 낳는다. 아이게우스의 아내. 그와의 사이에 메도스를 낳는다. 테세우스의 계모. 헤카테의 신봉자. 아프로디테를 경시한 벌로 이아손을 사랑하게 된다. 이아손이 칼코타우로이를 길들이고, 스파르토이를 무찌르고, 콜키스의 용을 제압하여 황금 양피를 손에 넣을 수 있도록 마법으로 도와준다. 아르고호 원정대를 추격하는 아이에테스의 발목을 잡기 위해 압시르토스를 토막 내어 죽인다. 키르케의 저주를 받는다. 탈로스에게 최면을 건다. 펠리아데스를 속여 펠리아스를 죽이게 만든다. 이아손과 함께 코린토스로 달아난다. 질투에 휩싸여 코린토스의 크레온왕과 크레우사, 메르메로스와 페레스를 죽인다. 헬리오스의 전차를 타고 달아나 보복을 면한다. 아테네에 은신한다. 메도스를 아테네의 확실한 왕위 계승자로 만들려다 실패한다. 또 헬리오스의 전차를 타고 달아난다. 콜키스로 돌아갔다는 설이 있다.

메로페 코린토스의 왕비. 폴리보스의 아내로 자식을 낳지 못한다. 오이디푸스를 친아들처럼 키운다. 폴리보스가 죽자 스트라톤을 보내 오이디푸스에게 코린토스의 왕위를 제안한다.

멜레아그리데스 데이아네이라, 에우리메데, 고르게, 멜라니페, 모토네, 페리메데. 오이네우스와 알타이아의 딸들. 멜레아그로스의 누이들. 데이아네이라와 고르게를 제외하고, 아르테미스의 저주로 뿔닭이 된다.

몰파디아 아마존족 전사. 자비롭게 안티오페를 죽여 고통을 끝내준다. 테세우스에게 무자비하게 살해된다.

세멜레 카드모스와 하르모니아의 딸. 아가우에, 아우토노에, 이노의 자매. 제우스와의 사이에 디오니소스를 낳는다. 저주받은 가문의 자손. 벼락의 신으로 본모습을 드러낸 제우스에게 살해된다. 디오니소스 덕에 되살아나 올림포스산에서 며느리 아리아드네와 함께 산다.

스테네보이아 안테이아라고도 한다. 이오바테스의 딸. 필로노에의 자매. 프로이토스의 아내. 구애를 거절한 벨레로폰에게 복수하려 한다. 음모가 실패로 돌아간 후 발각될 것이 두려워 자살한다.

시데로 크레테우스의 두 번째 아내. 넬레우스와 펠리아스, 아이손과 페레스의 계모. 티로를 구박한 죄로 그녀의 아들들인 넬레우스와 펠레우스에게 살해된다.

아가우에 카드모스와 하르모니아의 딸. 아우토노에, 이노, 폴리도로스, 세멜레의 형제. 디오니소스의 이모. 저주받은 가문의 자손. 에키온(테베를 세운 귀족들 중 한 명)의 아내. 펜테우스의 어머니. 디오니소스의 농간으로 광기에 휩싸여, 펜테우스를 찢어 죽이는 데 가담한다.

아드메테 아마존족을 무척 좋아하는, 에우리스테우스의 십 대 딸.

아레테 알키노오스의 아내이자 조카. 이아손과 메데이아와 아르고호 원정대를 따뜻하게 반기고 지켜준다.

아리아드네 미노스 2세와 파시파에의 딸. 안드로게오스, 데우칼리온, 파이드라의 형제. 미노타우로스와 이부남매 사이. 테세우스에게 라비린토스를 빠져나오는 비결을 알려준다. 테세우스가 그녀를 디오니소스에게 넘겨준다. 디오니소스와 결혼하여 그의 자식들을 낳는다. 디오니소스는 죽은 그녀와 자신의 어머니를 되살려 올림포스산으로 데려간다. 디오니소스가 그녀에게 결혼 선물로 준 왕관은 북쪽왕관자리가 된다.

아우토노에 카드모스와 하르모니아의 딸. 아가우에, 이노, 폴리도로스, 세멜레의 여형제. 디오니소스와 펜테우스의 이모. 저주받은 가문의 자손. 아리스타이오스의 아내. 악타이온의 어머니. 디오니소스의 저주로 광기에 휩싸여, 펜테우스를 찢어 죽이는 데 가담한다.

아이트라 피테우스의 딸. 벨레로폰과 잠깐 약혼한다. 아이게우스와 포세이돈과 관계하여 테세우스를 낳는다. 테세우스가 헬레네를 납치한 데 대한 보복으로 디오스쿠로이에게 포로로 끌려간다. 오랜 세월 헬레네의 시녀로 지내다 아카마스와 데모폰에게 구출된다.

아탈란타 '동등한 자'. 클리메네와 스코이네우스(혹은 이아소스)의 딸. 알키메데의 사촌. 안카이오스의 조카이자 이아손의 친척일 가능성도 있다. 갓난아기 때 버려진다. 암곰의 젖을 먹고 크다가 나중에는 사냥꾼들의 손에 자란다. 아르테미스의 신봉자이자 강력한 도구. 여성이라는 이유로 이아손은 그녀를 아르고호 원정에 끼워주지 않는다. 멜레아그로스의 눈에 그녀는 칼리돈의 멧돼지 사냥에 적합하고도 넘칠 만큼 대단한 사람이었다. 그녀가 사냥의 전리품을 받자 테스티아데스와 멜레아그로스 사이에 치명적인 싸움이 벌어진다. 그녀를 결혼시키려는 스코이네우스에게 저항하지만 히포메네스의 꾀에 넘어간다. 히포메네스와의 사이에 파르테노파이오스를 낳는다. 배은망덕한 죄로 히포메네스와 함께 아프로디테에게 벌을 받아, 키벨레의 신전을 본의 아니게 더럽히고 암사자로 변한다.

안드로메다 케페우스와 카시오페이아의 딸. 케토에게 제물로 바쳐진다. 페르세우스에게 구조되어 그와 결혼한다. 스테넬로스, 알카이오스, 엘렉트리온, 페르세스의 어머니. 헤라클레스의 증조모. 별자리가 된다.

안티고네 오이디푸스와 이오카스테의 딸. 에테오클레스, 이스메네, 폴리네이케스의 형제. 저주받은 가문의 자손. 유배를 떠나는 오이디푸스의 곁을 지킨다. 그가 죽은 후 테베로 돌아온다. 에테오클레스와 싸우다 죽은 폴리네이케스의 시신을 묻어주려다 크레온에게 사형 선고를 받는다. 그녀 스스로 목을 매고, 약혼자 하이몬(크레온의 아들)도 자살한다.

안티오페 아마존족 공주. 아레스의 딸. 히폴리테의 자매. 테세우스와 페이리토오스에게 납치된다. 테세우스와 결혼하여 히폴리토스를 낳는다. 아마존족의 풍속을 깬 죄로 동포들에게 살해된다.

알케스티스 펠리아스의 딸. 아카스토스와 펠리아데스의 형제. 아버지를 솥에 끓이는 실수를 자매들과 함께 저지른다. 아드메토스의 아내. 아르테미스가 침대에 뱀을 풀어 결혼 첫날밤을 망친다. 아드메토스에게 불사의 삶을 주려는 아폴론의 계획에 응하여 기꺼이 목숨을 내놓는다. 헤라클레스의 도움으로 다시 살아난다.

알크메네 페르세우스와 안드로메다의 손녀. 실수로 그녀의 아버지인 엘렉트리온을 죽이고 마는 암피트리온의 아내. 나중에 라다만티스와 결혼한다. 제우스와의 사이에 헤라클레스를, 암피트리온과의 사이에 이피클레스와 라오노메를 낳는다.

알키메데 폴리메데라고 부르기도 한다. 미니아스의 손녀. 아탈란타의 사촌. 아이손의 아내. 이아손과 프로마코스의 어머니. 이아손과 함께 펠리아스에게 감금당한다. 이 아손이 황금 양피를 찾아 떠난 사이 펠리아스에게 살해되거나, 혹은 펠리아스의 농간에 프로마코스와 함께 아이손에게 살해되고 아이손은 자살한다.

알타이아 테스티오스의 딸. 히페름네스트라, 레다, 테스티아데스의 형제. 오이네우스의 아내. 멜레아그로스(아마도 친부는 아레스)와, 데이아네이라를 비롯한 멜레아그리데스의 어머니. 모이라이가 예언한 멜레아그로스의 운명을 미연에 막으려 한다. 하지만 테스티아데스 살해에 대한 복수로 멜레아그로스를 죽여 예언을 실현하고는 비탄에 빠져 스스로 목을 맨다.

에리보이아 아테네의 소녀. 아이게우스가 미노타우로스에게 공물로 보낸 젊은이들 중 한 명. 미노스에게 겁탈당할 위기를 테세우스 덕분에 면한다.

에우로페 포세이돈과 리비에, 닐루스와 네펠레의 손녀. 카드모스의 누이. 제우스와의 사이에 미노스 1세와 라다만티스를 낳는다.

에우리노메 메가라의 니소스왕의 딸. 아테나의 총애를 받는다. 시인 헤시오도스의 찬사를 받는다. 코린토스의 글라우코스왕의 아내. 벨레로폰과 델리아데스의 어머니.

에우리디케 오르페우스의 사랑하는 아내. 아리스타이오스의 관심을 피하려다 죽는다. 오르페우스는 그녀를 되살리려다 실패한다. 그가 죽은 후 그와 재회한다.

옴팔레 리디아의 여왕. 남편인 산신 트몰로스가 죽고 왕으로 등극한다. 이피토스를 죽인 죄를 씻기 위해 찾아온 헤라클레스를 노예로 부린다. 헤라클레스의 애인이 되어 그에게 여장을 시킨다.

이노 카드모스와 하르모니아의 딸. 아가우에, 아우토노에, 폴리도로스, 세멜레의 형제. 저주받은 가문의 자손. 조카 디오니소스에게 젖을 먹인다. 아타마스의 아내. 레아르코스와 멜리케르테스의 어머니. 의붓자식들인 프릭소스와 헬레를 죽이기 위해 음모를 꾸민다. 자살한다. 디오니소스의 선처로 바다 신 레우코테아가 된다.

이오 제우스에게 사랑받은 최초의 인간 여성. 제우스로 인해 암소가 된다. 헤라가 보낸 쇠파리 떼에게 괴롭힘당한다. 그녀가 암소의 몸으로 건넌 바다는 보스포루스(암소가 건넌 바다) 해협이 된다.

이오카스테 펜테우스의 손녀. 크레온의 형제. 저주받은 가문의 자손이자 조상. 라이오스와 오이디푸스의 아내. 라이오스와의 사이에 오이디푸스를, 오이디푸스와 사이에 안티고네, 에테오클레스, 이스메네, 폴리네이케스를 낳는다.

이올레 에우리토스의 딸. 이피토스의 누이. 활쏘기 대회의 일등상. 헤라클레스와의 결혼을 금지당한다. 훗날 헤라클레스의 노예가 되고 데이아네이라의 질투를 사서 죽는다.

카시오페이아 케페우스의 아내. 안드로메다의 허풍 심한 어머니. 별자리가 된다.

카이니스 라피테스족 족장 엘라토스의 딸. 폴리페모스의 형제. 아스클레피오스의 친척. 포세이돈에게 겁탈당한다. 그에게 부탁하여 카이네우스로 변한다.

칼키오페 아이에테스와 이디이아의 딸. 압시르토스와 메데이아의 형제. 프릭소스의 아내. 프릭시데스의 어머니.

크레우사 크린토스의 크레온왕의 딸. 이아손의 눈에 들어 청혼받는다. 메데이아에게 미움을 사 그녀의 독에 고통스러운 죽음을 맞는다.

클리메네 미니아스의 딸. 스코이네우스(혹은 이아소스)의 아내. 아탈란타의 어머니. 남편이 갓난아기 딸을 버리도록 내버려 둔다.

클레이테 키지코스의 아내. 키지코스가 아르고호 원정대와의 우발적인 야간 전투에서 이아손에게 죽자 비탄에 잠겨 스스로 목을 맨다.

키르케 지나가는 뱃사람들을 애완동물로 만드는 취미가 있는 마법사. 헬리오스와 오케아니스 페르세이스의 딸. 아이에테스와 파시파에의 형제. 압시르토스를 살해한 메데이아에게 저주를 내린다. 훗날의 전설에서는, 바다의 신 글라우코스와 스킬라와 비극적인 삼각관계로 얽힌다.

테오파네 비살테스의 딸. 가이아와 헬리오스의 손녀. 포세이돈과의 사이에 황금 숫양을 낳는다.

티로 살모네우스의 딸. 삼촌인 크레테우스의 아내. 포세이돈과의 사이에 넬레우스와 펠리아스를, 크레테우스와의 사이에 아이손과 페레스를 낳는다.

파시파에 헬리오스와 오케아니스 페르세이스의 딸. 아이에테스와 키르케의 형제. 미노스 2세의 아내. 그와의 사이에 안드로게오스, 아리아드네, 데우칼리온, 파이드라를 낳는다. 크레타섬의 황소에게 욕정을 품는다. 그와 정을 통하여 미노타우로스를 낳는다.

파이드라 미노스 2세와 파시파에의 딸. 안드로게오스, 아이아드네, 데우칼리온의 형제. 미노타우로스와 이복남매 사이. 테세우스의 아내. 아카마스와 데모폰의 어머니. 아프로디테의 저주로 의붓아들 히폴리토스에게 광기 어린 욕정을 품는다. 그에게 거절당하자 더 무서운 복수심에 불타오른다. 자신이 저지른 짓 때문에 히폴리토스가 죽자 자살한다.

펠리아데스 알케스티스, 알키메데, 안티노에, 아스테로페이아, 에바드네, 히포토에, 펠리아스, 펠로피아, 피시디체. 아버지 펠리아스를 맹목적으로 사랑하지만 귀가 얇은 딸들. 메데이아의 농간에 넘어가 아버지를 솥에 끓인다.

피티아 시빌이라고도 한다. 델포이 신탁소의 사제로 아폴론의 말을 전한다. 신탁은 수수께끼처럼 아리송하지만 결국에는 항상 맞아들어간다. 아크리시오스, 아이게우스, 크레온, 헤라클레스, 라이오스, 오이디푸스, 오이노마오스, 페르세우스에게 신의 뜻을 전한다. 이노와 펠리아스에게 신탁을 위조당한다.

필로노에 이오바테스의 딸. 스테네보이아의 동생. 벨레로폰을 짝사랑하다가 훗날 그의 아내가 된다.

헤시오네 라오메돈의 딸. 프리아모스의 형제. 트로이의 바다 괴물에게 제물로 바쳐진다. 헤라클레스에게 구조된다. 헤라클레스의 트로이 침략 때 살아남아 텔라몬에게 넘겨진다. 텔라몬과의 사이에 테우크로스를 낳는다.

헬레 아타마스와 네펠레의 딸. 프릭소스와 쌍둥이 남매 사이. 멜리케르테스와 스코이네우스의 이복 누이. 이아손의 사촌. 황금 숫양 덕분에 계모 이노의 살인 음모를 피해간다. 숫양의 등에서 해협으로 떨어지고, 그 바다는 그녀의 이름을 따 헬레스폰트라 불리게 된다.

헬레네 제우스와 레다의 딸. 디오스쿠로이 폴리데우케스의 형제. 디오스쿠로이 카스토르와 클리템네스트라의, 그리고 제우스의 수많은 자식들의 이복형제. 페이리토오스와 테세우스에게 납치당한다. 디오스쿠로이가 그녀를 구하면서, 아이트라를 그녀의 시녀로 데려간다. 자라서 진정한 팜므파탈이 된다.

히스토리스 알크메네의 친구이자 시녀. 테이레시아스의 딸.

히포다메이아 오이노마오스와 플레이아데스 스테로페의 딸. 전차 경주에서 승리한 펠롭스와 결혼한다. 아트레우스, 니키페, 피테우스, 티에스테스의 어머니. 저주받은 가문의 조상.

히폴리테 아마존족의 여왕. 아레스의 딸. 안티오페의 자매. 보석 달린 경이로운 허리띠를 갖고 있다. 애인인 헤라클라스에게 살해된다.

힙시필레 렘노스섬의 여왕. 디오니소스와 아리아드네의 손녀라는 설도 있다. 애인 이아손과의 사이에 에우네오스와 토아스를 낳는다. 렘노스섬의 남자들을 학살할 때 아버지를 살려둔 사실이 발각되자 아들들과 함께 섬에서 달아난다. 해적들에게 붙잡혀 노예로 팔려간다.

도판 정보

섹션 1

1. 〈올림포스〉, 피티 궁전 일리아드의 방(프레스코화), 루이지 사바텔리
2. 〈포박된 프로메테우스〉, 페테르 파울 루벤스, 1611~1618년경, 필라델피아 미술관
3. 〈다나에〉, 1907~1908년, 구스타프 클림트, 빈 뷔르틀레 미술관
4. 〈아기 페르세우스를 안고 있는 다나에와 어부〉, 프레스코화, 1세기, 폼페이
5. 〈페르세우스〉, 자크 클레망 와그레, 1879년
6. 〈메두사〉, 가죽 방패에 그림, 카라바조, 1596~1598년경, 피렌체 우피치 미술관
7. 〈페르세우스와 안드로메다〉, 샤를 앙드레 반 루, 18세기, 상트페테르부르크 에르미타주 미술관
8. 〈뱀을 질식시켜 죽이는 아기 헤라클레스〉, 로마, 2세기, 로마 카피톨리니 미술관
9. 〈은하수의 기원〉, 1575년, 자코포 틴토레토, 런던 국립미술관
10. 〈헤라클레스와 네메아의 사자〉, 페테르 파울 루벤스
11. 헤라클레스가 에리만토스의 멧돼지를 들고 있는 모습을 묘사한 암포라, 기원전 510년경, 로스앤젤레스 폴 게티 미술관
12. 〈아마조노마키아〉, 할리카르나소스의 마우솔로스 영묘의 부조, 기원전 4세기경, 영국 박물관/Photo: Carole Raddato https://www.flickr.com/photos/carolemage/16897971954
13. 〈헤라클레스〉, 두리스 양식의 아티카 킬릭스, 기원전 480년경, 바티칸 미술관/Photo: Egisto Sani https://www.flickr.com/photos/69716881@N02/6904749614
14. 〈헤스페리데스의 정원〉, 1892년경, 프레더릭 레이턴, 리버풀 레이디 레버 미술관
15. 〈반란을 일으킨 거인들을 공격하는 제우스(거인들의 몰락)〉, 1530~1533년(프레스코화), 페리노 델 바가, 이탈리아 빌라 델 프린시페
16. 〈벨레로폰이 타고 있는 천마 페가수스〉, 영국 공정부대의 공식적인 상징/Photo: Elliott Brown https://www.flickr.com/photos/ell-r-brown/8687369544

17. 〈하데스와 페르세포네 앞의 오르페우스〉, 프랑수아 페리에, 17세기, 파리 루브르 박물관

18. 〈오르페우스와 에우리디케〉, 엔리코 스쿠리, 19세기

섹션 2

1. 〈델포이의 무녀〉, 존 콜리어, 1891년, 애들레이드 사우스오스트레일리아 미술관

2. 〈힐라스와 님프들〉, 1896년, 존 윌리엄 워터하우스, 맨체스터 미술관

3. 〈심플레가데스를 지나가는 이아손과 아르고호 원정대〉, 1655년

4. 〈아이에테스의 황소들을 길들이는 이아손〉, 1742년, 장 프랑수아 드 트로이, 영국 버밍엄 대학 바버 미술관

5. 〈메데이아〉, 앤서니 프레더릭 오거스터스 샌디스, 19세기, 버밍엄 박물관 및 미술관

6. 〈황금 양피를 훔치는 이아손〉, 푸셀리, 조엘 바로우의 시집을 위한 미출간 삽화, 1806, 영국 박물관

7. 〈칼리돈의 멧돼지 사냥〉, 1611~1612년경, 페레트 파울 부렌스, 로스앤젤레스 폴 게티 미술관

8. 〈히포메네스와 아탈란타의 경주〉, 1762~1765, 노엘 알레, 파리 루브르 박물관

9. 〈오이디푸스와 스핑크스〉, 1864년, 귀스타브 모로, 뉴욕 메트로폴리탄 미술관

10. 테세우스가 아테네에서 이룬 공적을 묘사한 킬릭스, 기원전 5세기, 영국 박물관/ Photo: Twospoonfuls https://commons.wikimedia.org/wiki/File:Theseus_deeds_ BM_E_84.JPG

11. 〈마라톤의 황소를 길들이는 테세우스〉, 1730년경, 샤를 앙드레 반 루, 로스앤젤레스 카운티 미술관

12. 〈투우사〉, 크레타섬 크노소스 궁전, 기원전 1500년경, 아테네 국립 고고학 박물관

13. 〈미노타우로스에게 바치는 공물〉, 오귀스트 장드롱의 그림을 모사한 목판화

14. 〈크레타섬의 라비린토스가 상세히 그려진 테세우스의 전설〉, 16세기, 개인 소장품

15. 미노타우로스가 그려진 아티카의 술잔, '소년은 아름답다'라고 적혀 있다.

16. 〈이카로스의 추락〉, 페테르 파울 루벤스, 1636, 벨기에 왕립 미술관

17. 테세우스 동상, 아테네/Photo: Shadowgate https://www.flickr.com/photos/ shadowgate/3175992141/

18. 〈낙소스섬의 아리아드네〉, 1877, 에블린 드 모건, 드 모건 센터

스티븐 프라이의
그리스 신화 : 영웅 이야기

초판 1쇄 발행 | 2019년 12월 6일

지은이 | 스티븐 프라이
옮긴이 | 이영아
펴낸이 | 조미현

편집주간 | 김현림
책임편집 | 김솔지, 김호주
디자인 | 정은영, 최우영

펴낸곳 | (주)현암사
등록 | 1951년 12월 24일 · 제10-126호
주소 | 04029 서울시 마포구 동교로12안길 35
전화 | 02-365-5051
팩스 | 02-313-2729
전자우편 | editor@hyeonamsa.com
홈페이지 | www.hyeonamsa.com

ISBN 978-89-323-2015-1 (03840)

• 이 도서의 국립중앙도서관 출판예정도서목록(CIP)은 서지정보유통지원시스템 홈페이지
 (http://seoji.nl.go.kr)와 국가자료공동목록시스템(http:// www.nl.go.kr/kolisnet)에서
 이용하실 수 있습니다.(CIP제어번호 CIP2019045744)
• 책값은 뒤표지에 있습니다. 잘못된 책은 바꾸어 드립니다.